A NOITE MALDITA

As crônicas do fim do mundo

1ª reimpressão - agosto de 2013

André Vianco

A noite maldita

As crônicas do fim do mundo

novo século

São Paulo 2013

Coordenação Editorial	Filipe Nassar Larêdo
Diagramação	Guilherme Xavier
Capa	Christian Pinkovai/Santtos
Montagem de Capa	Monalisa Morato
Preparação	Equipe Novo Século
Revisão	Ana Lúcia Mendes
	Fernanda Guerreiro Andrade

Dados internacionais de catalogação na Publicação (CIP)
(Câmara Brasileira do Livro, SP, Brasil)

Vianco, André
As crônicas do fim do mundo: a noite maldita / André Vianco.
-- Osasco, SP : Novo Século Editora, 2013.

1. Ficção brasileira I. Título.

12-09992 CDD-869.93

Índice para catálogo sistemático:
1. Romances : Literatura brasileira 869.93

Impresso no Brasil
Printed in Brazil
Direitos cedidos para esta edição à
Novo Século Editora
CEA – Centro Empresarial Araguaia II
Alameda Araguaia, 2190 – 11º andar
Bloco A – Conjunto 1111 – CEP 06455-000
Alphaville Industrial, Barueri – SP
Tel. (11) 2321-5080 – Fax (11) 23215099
www.novoseculo.com.br
atendimento@novoseculo.com.br

Agradeço à querida leitora Roberta Taveira que, em uma noite de autógrafos em Piracicaba, me prestou uma aula de Ética Jurídica bastante útil para a composição de alguns cenários desta nova obra.

Agradeço também a paciência de minha família, que sempre me apoia quando “endoideço” preparando esses novos mundos onde dou vazão à minha literatura e fantasia.

Agradeço também a vocês, leitores, que sofrem comigo a agonia de esperar a nova aventura.

Para Thiago. Bem-vindo, querido sobrinho.

Este livro também é dedicado à minha leitora, amiga e sonhadora Michelle Costa.
Beijos, garota.

Primeira noite

Capítulo 1

Mesmo não vendo ninguém na estrada e nenhum veículo pelo retrovisor, ele bateu com a mão na seta, indicando que entraria na pista. A picape Toyota deslizou suavemente, e num instante já estava a cento e vinte. Conduzia alheio à paisagem do entorno. Seus pensamentos, naquele momento, não compartilhavam com sua curiosidade nata a atração por lugares novos e desconhecidos. Seus olhos apenas monitoravam a estrada, mecanicamente, enquanto ele divagava sobre o que o levara até ali, ao interior do estado de São Paulo, rodando agora rumo à rodovia Raposo Tavares. Chegaria em casa em coisa de mais cinco horas de viagem. Não conseguiria abstrair olhando para as montanhas e plantações de soja ao redor, nem para os casebres ao alcance da vista. Era noite alta, madrugada entrando. O dia tinha sido cansativo e, apesar dos pedidos dos amigos para pernoitar em Palmital, não queria ficar ali. A única pessoa que poderia prendê-lo por algumas horas divertidas ou nostálgicas não estava mais lá, também tinha ido embora. Ele estava tão compenetrado em seus pensamentos e com tanta vontade de voltar para casa e para a noiva, que não tinha parado sequer vinte minutos no hotel Oriental para um revigorante banho e uma salutar troca de roupas. Sem dúvida nenhuma teria valido a pena um pouco de descanso. Estava com aquele mesmo terno preto, muito bem cortado e ajustado ao corpo, havia mais de vinte e quatro horas. Mesmo com o desodorante extra, não devia estar cheirando bem desde a hora do almoço. Sentia como se toda a sua vontade tivesse sido levada com o caixão que se perdera nas sombras ao fim do funeral. Depois do enterro ficara divagando, só isso; lembrando-se de todos os amigos que tinham passado por sua vida. Não que fossem muitos, porque, no alto dos seus trinta e seis anos, sabia que tinha ainda muita lenha para queimar, mas era estranho, fazendo um breve retrospecto, notar que, desde a faculdade, contava com um ou dois amigos novos apenas. Parecia que, a certa altura da vida, tinha ficado tão cético que novos amigos não lhe interessavam mais. Todo mundo lhe soava superficial demais, falso demais, cego à grande verdade que espreitava a vida. Involuntariamente puxou a gravata, que foi deslizando pelo colarinho até soltar-se. Depositou a peça vermelha no banco de couro do passageiro. O CD tocava agora pela quarta vez a mesma sequência predileta de Norah Jones, tornando-a chata e repetitiva até para ele, um fã. Pressionou a tecla da função rádio no volante, sem despregar os olhos da estrada vazia e monótona. Só estática. Deu de ombros. Isolado entre morros numa estradinha do interior não fazia dele um cara bem posicionado para receber transmissão de uma FM. Foi só então que lançou seu primeiro olhar curioso para fora, desanuviando-se por um segundo de seus lúgubres pensamentos. Abriu a janela. O vento frio entrando, fazendo dançar os longos fios de cabelo sobre seus olhos. Segurou-os sobre a testa e lançou mais um olhar para fora. Noite estrelada. Noite linda. Linda demais para colocar na cova alguém de quem ele gostava tanto, alguém que valia uma viagem tão longa só para uma despedida unilateral. Deixou o vento barulhento entrar e fazer as vezes da FM para afugentar o sono. O frio também contribuía para mantê-lo alerta. Não queria parar antes de estar em casa; antes de estar com quem realmente se importava.

O resto das pessoas mais lhe dava asco do que prazer. Estava cansado de ficar entre estranhos e entre gente que só pensava em objetos, posses e materialismo fútil. Tinha ouvido dois netos da Norata discutindo durante o velório. Falavam de uma casa próxima à represa do Paranapanema. Tentavam combinar com quem ficariam os dois jet skis que a avó mantinha na propriedade. Ela estava deitada no caixão, ainda sendo velada e visitada por uma centena de queridos amigos de toda uma vida, e os babacas ali discutindo o espólio. A maioria dos pesarosos condolentes era de septuagenários como ela, acompanhados por filhos ou netos que observavam — uns sorridentes, outros impacientes — os tantos encontros de parentes. Encontros comuns de cemitério, enquanto prometiam que deveriam se ver, conversar e ligar mais uns para os outros porque ela estava ali, bem perto, pronta para abocanhá-los também. A dona aranha rondava suas casas durante as madrugadas, e eles ficavam mordendo os lábios e piscavam os olhos a cada amanhecer, contentes simplesmente por ainda estarem ali, perambulando pela Terra, agradecidos com o destino que, insensível, brindava-lhes com mais um dia.

Viu as luzes de uma grande cidade surgindo à sua direita. Adorava viajar de carro e, antagônico aos pensamentos que escureciam sua alma naquela jornada, sempre apreciava quando, depois de uma hora completa, tomado pelo breu e pela solidão, conseguia ver sinais de civilização. As luzes amarelas tremeluzentes da iluminação pública iam salpicando e preenchendo o horizonte. Ele sorria enquanto seus olhos vasculhavam, tentando adivinhar se era uma cidade pequena ou grande a que se avizinhava e, por conta disso, só viu o pisca-alerta do caminhão no último segundo. Deu uma guinada feroz para a esquerda e derrapou na pista ao tentar trazer a picape de volta ao controle. A freada brusca, dada no susto, não ajudou muito. Sorte dele o avançado da hora e o sistema ABS que o fez parar com relativa segurança na beira da pista contrária. Ficou olhando pelo retrovisor por um instante. O coração disparado, parecendo que ia sair pela goela. Um calor intenso, seguido de calafrio e tremor nas pernas. Saiu da caminhonete com a respiração ofegante, e os dizeres do para-choque do caminhão ainda gravados em sua retina: "Deus ajuda quem cedo madruga". Debruçou-se na frente do carro e lançou uma golfada de vômito no acostamento de terra. Respirou fundo mais uma vez. Estava indo rápido naquele instante. Sabia muito bem como teria ficado o carro e as possíveis consequências do impacto. Seus olhos se encheram de lágrimas e, num segundo, estava aos prantos, sentado no chão, junto ao pneu dianteiro esquerdo do veículo. Olhou novamente para a pista. Apesar da noite, as estrelas emprestavam um pouco de luz à estrada, e as marcas dos pneus de sua caminhonete atravessando a pista estavam tão evidentes quanto o cheiro de borracha queimada no ar. Aquele rompante lacrimoso durou uns seis minutos, tempo mais do que suficiente para extravasar toda a amargura e a dor que tinha segurado no peito até aquele momento. Durante a viagem de ida e todo o enterro não havia deitado uma lágrima sequer. Por conta disso, não estranhou e, para falar a verdade, sentia-se até melhor e mais confortável agora. Sabia que, cedo ou tarde, explodiria, e nada como um pouco de adrenalina ao ver a morte passar pertinho do seu para-brisa para acelerar o momento mágico e deixá-lo extravasar tudo, ali, sozinho, sem o embaraço de pessoas por perto perguntando a todo instante se ele estava bem. Sentou-se no carro, o motor ainda funcionando. Engatou a marcha e retornou para a pista. O que teria acontecido com o caminhão? Era um daqueles modelos modernos, todo equipado com aparelhos de rastreamento via satélite e antenas, que parecia poder sair dali sozinho, sem motorista nem nada. Vê-lo ali, parado, fora de um posto de serviços, vulnerável, àquela hora da noite era bem esquisito.

No quinto minuto, ainda revivendo o ocorrido, avistou, no fim de uma longa descida, outro caminhão enorme daqueles, com as torres de antenas de satélite formando um semicírculo branco no topo do cavalo, parado à beira da pista, já que naquele trecho não existia um acostamento decente. O veículo era um dos grandes, um treminhão, carregado de cana, com as luzes alaranjadas do pisca-alerta dardejando pelo asfalto. Desviou-se com boa antecedência dessa vez; um sorriso nervoso brotando no rosto. Passou devagar olhando para dentro da boleia e viu o motorista com um celular no ouvido. Acelerou e pegou uma subida longa. Avistou uma placa indicando o limite do município de Angatuba e, então, outro caminhão parado na pista, na contramão. Parecia ser o dia nacional do azar do caminhoneiro.

Ao passar pelo trevo de Angatuba seus olhos pesaram de verdade, pela primeira vez. Estava cansado. Verdadeiramente cansado. Ali a estrada convergia para um trecho mais seguro, duas pistas com canteiro central. Essa nova tranquilidade ajudava a monotonia. Antes que batesse e capotasse, decidiu encostar no primeiro posto de gasolina com restaurante que encontrasse na estrada. Abriu novamente os vidros da frente para que o vento voltasse a mantê-lo desperto. Notou relâmpagos silenciosos iluminando as nuvens. Um cheiro diferente vinha do ar; um cheiro adocicado. Seus olhos mais uma vez convergiram para o acostamento. Agora um sedã Mercedes-Benz estava ali, parado, com o pisca-alerta acionado. Não cogitou reduzir a velocidade. Ouvia cada história sobre violência nas estradas. Adorava viajar de madrugada, mas era justamente nesse horário que arapucas eram montadas para apanhar os mais incautos. De toda forma, não havia ninguém na pista acenando, pedindo auxílio. Só notou os vidros negros, fechados, e o carro parado, vítima de algum tipo de pane. Então, de uma curva à frente surgiu outro caminhão na pista do lado oposto. Pisca-alerta. Alguma coisa estava acontecendo. Não era possível tantos carros darem pane numa estrada de pista boa. Ato reflexo, sua mão direita pressionou o comando do rádio no volante. Talvez alguma rádio de notícias pudesse elucidar aquele estranho fenômeno. Ouviria algo como uma tempestade solar causando distúrbios naquelas máquinas de última geração que funcionavam com sistema auxiliar de navegação. No rádio, o chiado da estática. Selecionou a busca automática no dial. Chiado. Balançou a cabeça negativamente, tentando imaginar outra razão para tantos caminhões parados. Chegou a imaginar que talvez fosse o início de uma greve, mas daí o sedã não se encaixaria. Aventava hipóteses quando as luzes de um grande posto de gasolina surgiram à sua direita. Deu seta e apontou para a entrada, seguindo em direção às bombas. Mais um pouco e estaria na reserva. Encostou e desceu, espichando novamente as pernas. O frentista veio ao seu encontro.

— O que vai ser, doutor?

— Completa pra mim, rapaz.

— Vai pagar no dinheiro ou no cartão?

— Crédito.

— Vixe! Desculpa, mas hoje o senhor tá sem crédito um tiquinho, doutor. As máquinas tão tudo travada, não tá passando nada. Necas.

— Amex?

— Nem Amex, nem Master, nem Visa. Nem mãe de santo dá jeito.

— Tem Banco 24 Horas lá dentro? — perguntou, apontando para o restaurante.

— Ah, tem, sim.

— E café?

— Tem um tiquinho — respondeu o frentista, sorrindo.

— Completa o tanque que já trago o dinheiro.

Ele bateu a mão no bolso do paletó negro e tirou um maço de cigarros. Levou-o mecanicamente até a boca e um segundo depois já estava com um deles aceso, espalhando um adocicado cheiro de cravo no ar. Caminhou até perto da entrada envidraçada da loja e mandou um olhar para dentro do restaurante--loja-de-tudo-o-que-é conveniência e viu o caixa 24 horas. Pelo menos não ia ficar sem gasolina. Tragou longamente o cigarro. Não sabia exatamente o porquê, talvez a fina que tinha tirado do para-choque do caminhão, talvez a cena repetida de caminhões enguiçados, mas alguma coisa o tinha deixado nervoso, ansioso, na verdade. A nicotina logo bateria no seu cérebro e traria um pouco de alívio para aquela tensão toda. Resolveu ficar ali fora, aproveitando o vento fresco da madrugada e esticando os músculos, exercitando o controle da respiração e saboreando a brisa fria até que o cigarro terminasse. Batia as cinzas quando um grito de mulher chamou a sua atenção. Virou-se e viu um Fiat Uno arrancando do estacionamento e pegando a estrada, já totalmente acelerado, obrigando um caminhão embalado a buzinar e a frear, levantando uma nuvem de fumaça com cheiro de borracha queimada. Encolheu os ombros, aflito, esperando o pior. Gente doida. O desastre foi evitado e o caminhão voltou à sua marcha na madrugada. Notou que o pátio apresentava um vaivém incomum de automóveis. Não que fosse um conhecedor da região, mas uns quatro carros estavam parados fora das vagas, e havia espaço suficiente para estarem ordeiramente estacionados em lugares demarcados. Ao menos um deles estava com o motor ligado. Pessoas falavam em voz alta dentro dos veículos. Viu uma garota de uns onze anos passar ao seu lado, chorando, e entrar na loja de conveniência. Lá dentro, um homem a abraçou e acariciou sua cabeça. O homem parecia chorar também. A soma de todos aqueles indícios de coisas fora do lugar formava uma cena um tanto caótica para uma parada no meio de uma estrada que tinha estado praticamente deserta na última hora e meia. Olhou para o relógio. Três e meia da manhã. Pegou o celular no bolso da calça enquanto esfregava o sapato de couro preto na panturrilha para recuperar o lustro. Digitou a tecla três, atalho para sua casa. Um chiado. Esperou. Nada. Olhou para o display do aparelho. Sem sinal.

— Merda! Ela pode ter ligado — disse baixinho.

Guardou o celular, dando algumas tragadas rápidas. Cofiou o cavanhaque por um instante, ainda meio que tomado pelo estado letárgico que o mantivera mais ou menos no automático naquele dia inteiro. Para dizer a verdade, esse modo automático tinha começado assim que se sentou no carro em direção a Palmital, levando pouco mais que uma cueca na mochila. Ligou para a secretária desmarcar todos os horários. Falou cerca de meia hora com Débora sobre a viagem, sentado numa mesa do Fran's Café perto do trabalho dela, e então, já dentro do seu terno enlutado, partiu rumo ao interior do estado de São Paulo, deixando a Baixada Santista para trás. Débora não ralhou nem um pouco. Era por isso que gostava dela. Era independente e segura demais de si para se importar. Não entendia por que ele tinha feito aquela promessa para uma senhora que poderia ser chamada de estranha, entendia muito menos por se tratar de uma promessa tão mórbida. A decisão de comparecer ao enterro de Norata tinha a ver com isso, um compromisso assumido na beira de um leito. E ela sabia que ele iria até o funeral dela fosse onde fosse. Ela não tinha a menor dúvida de que, se a boa senhora fosse enterrada em Marte, seu noivo estaria lá. Ele coçou o cotovelo pensando um pouco sobre isso. Compromissos, Norata e Débora, enquanto caminhava até o banheiro masculino. Deu uma boa e demorada aliviada com o cigarro pendendo em seus lábios e depois parou em frente ao espelho enquanto lavava as mãos. Estava um lixo. Um lixo por inteiro. Não eram só seus olhos que denunciavam o sono. Seu rosto todo estava despencando de cansaço e sendo carcomido por uma tristeza patológica. Essa luta nunca iria acabar, ele sabia muito bem disso. Tinha sido assim com sua mãe. Morreu de tristeza. Ele ainda encontrava refúgio nas drogas farmacológicas que manipulavam as emoções e enganavam quimicamente seu cérebro, ajudando-o a seguir em frente. Deixou a água escorrer por mais de um minuto. Então, apagou o cigarro e jogou a bituca no lixo. Encheu as mãos e esfregou a água gelada no rosto. Pensou em encostar a caminhonete ali no estacionamento e tirar um bom cochilo. Espaço no banco de trás não faltava. Uma boa dormida e depois seguir viagem. Era o mais sensato a fazer. Saindo do banheiro trombou com um rapaz de uns dezessete anos que reclamava com o pai, que vinha logo atrás. Falavam algo sobre a necessidade de ter ligado mais cedo, que ali não tinha sinal algum. Continuou andando até chegar ao restaurante. Existia certa tensão pairando. Pessoas reunidas na frente do aparelho de TV ligado que transmitia chuviscos. Alguém falava que, quando vinha tempestade, às vezes os canais ficavam fora do ar. Mas o fato é que só havia relâmpagos no céu, nem uma gota de chuva ainda. Caminhou até o caixa eletrônico. Um sujeito baixinho, de boné, estava lá, batendo a mão fechada contra o teclado da máquina.

— Nem adianta, boy. Essa porcaria tá zoada — resmungou o baixinho.

Olhou pela enorme fachada de vidro do restaurante e disparou para fora. O frentista já estava abastecendo sua picape e sabia que estava sem dinheiro vivo no bolso.

— Pode parar! — berrou. — O caixa eletrônico não está funcionando.

— Vixe, doutor! Então lascou.

— Colocou um tiquinho?

— Não. Tá quase cheio agora.

— Merda!

Ele entrou na caminhonete e olhou tanto no porta-luvas como nos porta-trecos espalhados pela cabine, juntando algumas notas de trocos antigos abandonadas no veículo.

— Saco!

Conseguiu juntar uma boa grana, mas não daria para pagar nem metade do tanque.

— O senhor tem cheque?

— Não uso mais cheque, amigo. Faz uns três anos.

— O senhor não é daqui, não é?

— Não. Sou de Santos.

— Olha, fala com aquela mocinha. Ela é a gerente. Esse problema com as maquininhas costuma passar logo, mas já faz mais de duas horas que travou tudo.

— Hum. — Fechou a porta da cabine. — Tá. É o jeito. Talvez volte logo.

Tirou o maço de cigarros do bolso novamente. Já ia acendê-lo quando a voz de uma mulher, aos prantos, chegou aos seus ouvidos. A mulher estava de costas para eles, afastando-se de uma Quantum com os braços estendidos.

Ela trocou um olhar com o frentista, que se adiantou.

— Dona, o que aconteceu?

Do jeito que ela apontava para o carro, enquanto se aproximava do frentista, teve a impressão de que veria alguém esquartejado no banco de trás do veículo. A mulher estava em choque. Que diabos estava acontecendo naquele posto de gasolina à beira da estrada?

— Eles morreram! Me ajudem, pelo amor de Deus!

— Qual o seu nome, senhora?

Foi a primeira vez que ela se virou para os dois homens. Ela tremia. Olhou para o homem de cavanhaque que se aproximava dela. Ele tinha o rosto fino e o nariz pontudo, e feições ligeiramente familiares. Ela olhou para dentro do carro mais uma vez.

— Meu nome é Corina. Eles estavam dormindo quando eu parei pra usar o banheiro. Eles queriam comer... Eles estavam apenas dormindo enquanto eu alcançava um restaurante. Acho que minha família está morta!

— Posso ver? Meu nome é Francis, eu sou médico.

A mulher não falou nada, saindo da frente imediatamente. No estado psicológico em que se encontrava, até mesmo para uma benzedeira ela daria passagem, esperançosa. Estava nervosa. Não tinha ideia do que havia acontecido à sua família.

Francis se aproximou da porta traseira da Quantum. Dois garotos aparentemente adormecidos. Levou a mão ao pescoço do primeiro. Parecia ter uns catorze anos, e o outro, uns dezoito. Jovens, aparência saudável. A pulsação de ambos estava fraca, a respiração igualmente débil era preocupante; contudo, estavam vivos. Francis foi até o banco do passageiro. O marido da mulher também estava apagado. Mesma coisa. Pulso quase imperceptível e respiração mínima. Precisavam de cuidados imediatos. Estavam num tipo de coma, e essa situação era sempre imprevisível. Poderiam ter um colapso respiratório a qualquer momento.

Francis viu a mulher segurando uma garrafinha d'água.

— Me empresta?

A mulher entregou-a para Francis.

— Eles... Eles... — gaguejou Corina, incapaz de completar a pergunta.

— Estão vivos, senhora.

Ele derramou um pouco do líquido no rosto do homem. Nada. Nenhuma reação. Ergueu a pálpebra do outro e retirou o chaveiro da sua Toyota do bolso. Acionou um botãozinho que fazia as vezes de lanterna. A pupila se fechou e, ao movimento leve do dedo do médico, o olho acompanhou. Isso dizia que, além de vivo, o cérebro também parecia funcionar.

— A senhora sentiu algum desconforto antes de chegar aqui?

— A bexiga cheia, só isso. Tava doida pra fazer xixi, daí parei. Senão, nem teria percebido eles assim, pensei que estavam dor...

— Não. Não é disso que estou falando. A senhora sentiu falta de ar, tontura, náusea?

— Não, nada. Nadinha.

— Jantaram juntos? Faz quantas horas?

— Acha que pode ter sido a comida?

— Pode ter sido um monte de coisas, dona. O que não podemos é ficar parados aqui. Temos que ir para um hospital, urgente. Estão vivos, mas com os sinais vitais bem reduzidos.

— Ai, meu Deus! Meu Deus! A gente parou para comer três horas atrás. Os meninos queriam parar de novo. Você sabe como eles são umas limas nessa idade.

— Poderia ter sido um vazamento de monóxido de carbono do motor para dentro do carro, mas a senhora também teria sentido alguma coisa ou, pior, desmaiado ao volante. Por isso, cogito intoxicação alimentar. Mas é difícil evoluir igual para três elementos com idades e tamanhos diferentes, ainda mais de forma tão semelhante e tão rápida. Eles teriam reclamado de desconforto, dor ou dificuldade para respirar.

— Comemos todos juntos. Eu não estou sentindo nada.

— O pai tem alergia a algum alimento? Os filhos podem compartilhar, e a senhora, não.

— Os meninos são do meu primeiro casamento. Ele não é pai deles. Pai biológico, quero dizer... É um ótimo pai.

Francis coçou a cabeça. Era estranho.

— Mesmo assim, precisamos ir voando para um hospital. A senhora tem Sem Parar?

— Tenho.

— Doutor, desculpa cortar um bocadinho, mas... e a gasolina? — interveio o frentista.

— Toma, fica com a chave do meu carro. Vou ajudá-los e volto assim que eles estiverem internados. Pode ser grave.

O frentista ficou com cara de tacho para trás, enquanto Francis empurrava o garoto menor para o meio e se enfiava no carro.

— Acabamos de passar por uma cidade. Angatuba. Podemos encontrar uma Santa Casa por lá. É nossa melhor chance. Aqui não tenho meios pra ajudar, mas lá teremos mais ferramentas para descobrir o que está acontecendo.

A Quantum arrancou do estacionamento e ganhou a rodovia num instante. A mulher ia com os faróis altos. Tinha parado de tremer e parecia confortada com a sorte de estar acompanhada por um médico naquele momento tão terrível. Intoxicação alimentar? Não parecia o caso, mas ele, ao menos, tinha apontado alguns caminhos que poderiam esclarecer a tenebrosa coincidência que colocava as três pessoas que mais amava na vida naquela situação inesperada.

Quando alcançaram a praça do pedágio, encontraram mais carros parados no acostamento com os pisca-alertas ligados, capôs levantados. À direita, na cancela do Sem Parar, uma fila com duas dúzias de veículos empacados.

— Pega a normal mesmo, Corina. Vamos perder muito tempo nessa cancela.

— O que está acontecendo com todos esses carros? E no Sem Parar nunca tem fila.

— Tem algo de estranho acontecendo essa noite, dona. Meu celular está sem sinal, os cartões estão fora do ar, o banco não estava funcionando, o rádio da minha picape só dá chiado. Não duvido que eles tenham problemas dessa ordem.

— Cadeia de sistemas de comunicação.

— O quê?

A mulher repetiu a frase. Como Francis ficou calado, ela completou:

— São problemas na cadeia de sistemas de comunicação, é coisa rara.

— Raro nada. Vira e mexe meu celular fica sem sinal na estrada.

— O que estou dizendo é que é raro você não conseguir usar o seu cartão, o seu banco, o Sem Parar.

— E tem o rádio também. Não esqueça.

Corina pressionou um botão no painel. O display de um aparelho de rádio e CD acendeu. Francis sorriu quando a música do Plantação estourou na cabine. Funcionava!

— Desculpe, doutor. Meus filhos são doidos por essa banda.

— E quem não é?

A mulher apertou outro botão e o CD escapou pela boca do aparelho. Daí veio o chiado. A mulher ainda girou o dial. Estática em todas as estações, o que desapontou o médico.

— Esquisito isso, a senhora não acha?

— Aqui o rádio não é exatamente uma beleza.

— Mas pelo menos uma estação local estaria recebendo.

— Pois é, como eu disse, apagão na cadeia de sistemas de comunicação. Foi minha tese de doutorado. Coisa rara quando toda a cadeia se quebra. É um cenário típico de ataque de hackers ou dos tão em moda terroristas cibernéticos.

— Ah! Então a senhora também é uma doutora?

— Sim. Doutora em telecomunicações, esposa, ex-esposa, mãe e veterinária nas horas vagas. Temos dois gatos velhos em casa.

Corina conduziu o carro através do quarto guichê, baixou o vidro elétrico e notou que os carros da frente mal paravam, passando rapidamente. Na sua vez, a garota do guichê foi logo avisando para passar sem pagamento, o sistema operacional estava fora do ar. Do outro lado do pedágio, tomaram o rumo da cidade.

— Coisa rara — repetiu Corina. — Até as rádios estão fora do ar. Como conseguiram isso?

A placa na beira da estrada indicava que a cidade estava a vinte quilômetros dali.

Corina chegou ao hospital com certa facilidade. Conhecia um pouco Angatuba por conta de um namorado da adolescência. As ruas permaneciam as mesmas, assim como o ar interiorano impregnado em cada esquina. Parou bem na porta do pronto-socorro. Duas ambulâncias estavam ali, com o giroflex ligado.

Francis saltou para fora rapidamente.

— Vamos ver se conseguimos cadeiras de rodas ou macas para eles. São pesados demais pra gente carregar. Olhe-os aqui, que eu trago ajuda.

Adentrou o edifício. De cara notou que estava um tanto cheio para um pronto-socorro de uma cidade daquele porte. Uma movimentação frenética de enfermeiras e uma fila grande de gente impaciente se acotovelando no balcão da recepção. Não estava certo se tinha o luxo desse tempo todo. Segurou pelo braço uma enfermeira que passava e pediu uma cadeira de rodas.

— O senhor já preencheu a ficha na recepção?

— Qual recepção, aquela ali infestada de gente brava?

A enfermeira se desvencilhou da mão de Francis.

— Essa mesma. É a única que temos, e o senhor vai ter que esperar. Isso aqui está um inferno.

— Fora da rotina?

— Sim, senhor. O doutor Braga acha que é um surto.

— Surto? Surto de quê?

— Ainda não sabemos, senhor. Pode ser algum alimento estragado. As pessoas estão chegando aqui...

— Comatosas.

— É.

Francis viu Corina se aproximando, aflita, esfregando as mãos.

— Quem é o responsável pelo plantão?

— Doutor Sérgio Braga. Agora me dá licença que eu estou levando esses exames para o laboratório.

Francis deixou a enfermeira seguir seu rumo, olhou para Corina e depois para o corredor entupido de pacientes.

— Espere aqui. Eu já volto.

Corina viu o médico entrar no corredor e sumir por uma porta vaivém.

No setor do pronto-socorro, Francis caminhou em passos lentos, vendo os colegas atenderem pessoas apagadas, deitadas nas macas e camas hospitalares. Apesar de a cidade ser pequena, o hospital de emergência parecia bem estruturado. O problema é que a equipe de plantão jamais daria conta de um evento inesperado como aquele. Uma médica mais alta que Francis verificava a temperatura de uma velhinha no leito. Francis sorriu, pois essa era a sua especialidade. A médica era alta e encorpada, uma mulher forte. Tinha o cabelo preso num coque bagunçado, o que deixava claro que já enfrentava o plantão havia horas, e que aquela quantidade de gente precisando de assistência não estava nos seus planos. Ela conferiu a temperatura e fez uma anotação na prancheta.

— Olá.

— Oi — respondeu a médica sem tirar os olhos da prancheta.

— Meu nome é Francis, e eu sou médico, geriatra.

— Olá, doutor. A que devemos a visita?

— Tenho três pessoas no carro do mesmo jeito. Posso trazê-las para cá?

A médica suspirou. Tirou os óculos um instante e sentou numa cadeira junto a uma mesa metálica.

— Pode, Francis. Pode trazê-los para cá, desde que você cuide deles.

— Cansada, né?

— O Braga já tinha chegado para me render. Eu já estava com o pé na porta indo pra casa quando o primeiro adormecido chegou.

— Adormecido?

— É. É como estamos chamando essa gente. Parecem só estar dormindo.

Francis balançou a cabeça por alguns segundos, olhando para a septuagenária deitada na cama, que dormia e vivia um lindo sonho.

— Já volto com eles.

Francis apanhou uma cadeira de rodas ao lado do leito e saiu para a recepção. Corina, de olhos arregalados e aflita, aguardava parada no exato ponto onde fora deixada. Antes de chegarem à porta, uma turma de adolescentes entrou trazendo dois homens adormecidos. Foi a vez de Francis suspirar. Nunca tinha visto uma coisa como aquela.

— Você é aquele médico da TV, não é?

Francis foi pego de surpresa pela pergunta feita de forma tão espontânea, ali, no meio do salão, num tom bastante distante do adotado por aquelas pessoas aflitas. Ao virar-se, encontrou o rosto sorridente da enfermeira que tinha corrido ao laboratório com uma pilha de exames de sangue.

— É você mesmo, o médico que cuidava do asilo, não é?

— Sou eu, sim.

A enfermeira abriu ainda mais o sorriso e bateu palminhas como uma adolescente de frente para um popstar. Olhando para Corina, que acompanhava a conversa de sobrancelhas erguidas, buscou suporte para o seu surto de tietagem. No entanto, Corina estava apreensiva demais para bater palmas e saltitar. Não que ela também não tivesse experimentado uma sensação de déjà-vu em um ou outro momento na companhia do médico, só não havia encontrado a oportunidade apropriada para falar sobre amenidades, sem parecer esquisita, enquanto seus dois filhos e seu marido estavam misteriosamente apagados no carro. E era neles que pensava agora, vendo aquele jeito besta da enfermeira, ocupando o "seu" médico, bem no meio da ajuda providencial dada à sua família.

— Que ótimo que o senhor parou com aquela maluquice de greve de fome! Tá muito melhor agora, mais fortinho — continuou a empolgada enfermeira, até apertando a bochecha de Francis como uma avó faria com um netinho.

Francis riu do comentário e repeliu a mão da enfermeira. Não era a primeira vez que ouvia aquilo.

— Foi um jeito extremo de ser ouvido em prol dos meus pacientes.

— Foi lindo o que você fez, doutor Francis. Pouca gente tem essa obstinação, essa tenacidade comovente e tão altruísta.

Francis olhou para Corina e sorriu para a mulher.

— É verdade. E, já que você entrou na conversa, vamos lá cuidar da sua família.

A enfermeira sorridente fez um sinal para eles esperarem, entrou no corredor do pronto atendimento e voltou com outra cadeira.

— O que a fama não faz, hein, doutor? — brincou Corina, empurrando a nova cadeira.

O trio foi para o estacionamento em direção à Santana Quantum. A mãe tomou a frente e correu para abrir a porta traseira esquerda a fim de liberar os filhos primeiro.

Francis e a enfermeira se adiantaram, mais acostumados em transferir pacientes inconscientes de lá para cá. Corina, agoniada, passou por trás do carro e abriu a porta do outro lado, olhando para o filho mais novo. Nenhum sinal de melhora. Continuava como o irmão e o padrasto, num apagão absoluto. Não conteve a lágrima que desceu pelo rosto, enquanto afagava os cabelos ondulados do filho. Levantou-se e inspirou fundo o ar frio da noite. Virou a cabeça para o restante do estacionamento, quando ouviu o motor de mais um veículo se aproximando. Uma picape velha de cor laranja desbotada parou atrás de uma das ambulâncias que permaneciam estacionadas, com as luzes ligadas e girando. O estacionamento estava ficando cheio.

Os garotos, apesar de magros, eram altos e deram um trabalhão danado para Francis e a enfermeira Flávia. Francis tinha descoberto o nome dela por meio do crachá que surgira em seu peito, em algum momento entre o segundo esbarrão na recepção e o auxílio com os pacientes no estacionamento. O chão de pedriscos também não ajudou. Mesmo com Corina auxiliando a enfermeira, foi preciso muito esforço para empurrar a cadeira de rodas que levava Rafael, o mais velho, com dezoito anos e um metro e noventa, pelo chão de cimento queimado da frente do hospital. Francis conseguiu sozinho trazer Henrique, o mais novo, mas quando chegou ao chão liso o suor já lhe brotava na testa. Por um instante, Corina ficou em dúvida se ficava ali com o marido, apagado, ou se seguia com os filhos, mas, vendo a dificuldade da prestativa Flávia, acabou ajudando a enfermeira. Quando adentraram a recepção, os ânimos estavam ainda mais exaltados. Uma gritaria no balcão por conta da demora no atendimento. Um médico dava explicações.

— Esse é o doutor Sérgio Braga, o responsável — explicou Flávia para Francis.

— Eu sei que todo mundo está nervoso e preocupado com os parentes aqui! — gritava o médico, tentando pôr ordem no tumulto. — Eu também estou bastante preocupado. Minha esposa está aí dentro com um monte de gente.

— Mas, doutor, eu estou aqui já faz quarenta minutos e ninguém veio ver meu filho! — gritou um homem de pele queimada de sol e roupas humildes de roceiro. — Ele tá que parece morto.

— Esperem eu explicar o que está acontecendo. Daí vou dar um jeito de conversar e atender todo mundo!

— Tem mais dois aqui, doutor! — foi a vez de Flávia se intrometer.

O responsável pelo pronto-socorro lançou um olhar duro para a enfermeira. Levantou as mãos pedindo calma. O grupo de mais ou menos quinze pessoas agitadas fez silêncio. O doutor Sérgio Braga apontou para os dois garotos nas cadeiras de rodas guiadas pela enfermeira e por Francis.

— Vejam! Pessoas precisando de atendimento não param de chegar. Nós já estamos além de nossa capacidade faz tempo. Ainda não sabemos o que está acontecendo, ok?

O zum-zum-zum recomeçou, e o médico ergueu as mãos de novo.

— Só para vocês entenderem um pouquinho, até agora ninguém morreu disso. Um senhor já está melhor. Não sabemos o que é. Tudo indica que seja algum tipo de intoxicação. Pode ser mil coisas. Já estamos fazendo exames, e todos os resultados que recebemos até agora estão normais, ou seja, as pessoas não estão com infecção ou com alteração no sangue. Parece que é algo passageiro. Não posso afirmar nada ainda, mas parece que isso vai passar de maneira tão repentina quanto começou. Vocês precisam colaborar. Esperem com seus parentes aqui, porque eles não estão morrendo.

O alvoroço não parou, e o médico precisou erguer os braços mais uma vez.

— Estamos sem telefone e sem celular aqui na cidade. Assim que as linhas se normalizarem eu...

— Itapetininga também está sem telefone e sem rádio — interveio o motorista do Sistema de Atendimento Móvel de Emergência em seu uniforme azul.

— Enfim, quando tivermos as linhas funcionando vamos buscar na capital mais informações sobre essa possível epidemia.

O médico baixou os braços e pediu licença, retirando-se e tomando o rumo do corredor de acesso ao pronto-socorro. O grupo pareceu ter arrefecido os ânimos, pelo menos por um instante, até que Flávia, Corina e Francis seguiram com os garotos para o corredor da emergência, furando a fila de atendimento. Lá dentro, Flávia procurou por leitos desocupados, porém não existia mais lugar apropriado para ninguém.

— Acho que daqui a pouco algumas dessas pessoas adormecidas precisarão passar para a internação, doutor, lá em cima tem mais leitos. Mas tem essa parte da burocracia, né?

— Tem algum hospital particular por aqui? — perguntou Corina. — Eu tenho plano de saúde.

— Só esse aqui mesmo, senhora. O hospital particular ainda não ficou pronto.

Flávia continuou empurrando a cadeira de rodas e levou Rafael até uma sala ampla onde faziam a medicação mais lenta. Ali existiam robustas cadeiras reclináveis acolchoadas para acompanhantes.

— Bem, não é a melhor coisa do mundo, mas é nossa melhor opção — disse a enfermeira.

Francis e Corina ajudaram a acomodar Rafael na longa cadeira, bem mais confortável que a de rodas. Corina conduziu seu caçula para outro assento e foi ajudada pelo médico.

— Flávia?

O trio se virou para a porta. Era o doutor Sérgio Braga. Ele tinha um olhar severo para a enfermeira.

— O que está acontecendo aqui? Com a autorização de quem está acolhendo pacientes na sala de medicação?

— Doutor Sérgio, este aqui é o doutor Francis, da televisão. Lembra dele?

Francis estendeu a mão, constrangido pela alcunha "da televisão", cumprimentando o colega, que retribuiu mecanicamente, ainda contrariado.

— Aquele da greve de fome, que salvou um asilo de velhinhos em Santos.

— Ah! O famoso geriatra — tartamudeou o responsável pelo pronto-socorro.

— Desculpe invadir seu hospital, doutor Sérgio, mas eu estava na rodovia quando fui abordado por esta senhora. Ela encostou no posto de gasolina e notou que os dois filhos e o marido estavam assim, creio que em Glasgow 3.

— Certo. Os dois primeiros que chegaram foram intubados e, apesar de os parentes não relatarem trauma nem alterações recentes registradas, mandei-os para tomografia e radiografia, pedi os exames de rotina para trauma, assim como eletroencefalograma e eletrocardiograma. Contudo, apesar da aparência de um estado grave, nenhum deles teve qualquer piora ou oscilação no quadro. Ao que parece, todos que entram estão num quadro estável.

— Preocupou-me muito a respiração reduzida.

— Acompanhe-me, doutor Francis.

Francis seguiu o médico até o corredor, deixando os garotos com Corina e Flávia; a enfermeira saberia acomodar os pacientes por enquanto.

Sérgio começou a andar e a falar num tom mais baixo, como se estivesse prestes a revelar um grande segredo.

— Como eu disse, os nossos dois primeiros foram assim, sem alteração alguma. — O médico parou e pressionou o botão do elevador. — Eles chegaram pouco depois da meia-noite. — Olhou para o seu relógio de pulso. — Agora são quatro e meia da manhã, então estamos falando de algo em torno de quatro horas atrás.

— Certo.

— Antes das duas da manhã já estávamos atendendo dez casos desse tipo. Às três eu estava que nem um doido tentando entrar em contato com tudo que é hospital grande da região, mas, sem telefone e sem internet, estamos aqui, ilhados. Nem pelo rádio da ambulância ou da polícia conseguimos qualquer contato.

Francis ouvia atentamente; a voz do médico evocava agora uma importância misteriosa, naquele tom que antecede sombrias revelações.

— Às três da manhã passava de vinte e um casos. Todos exatamente iguais.

As portas dos elevadores se abriram. Os médicos entraram, e o responsável pelo pronto-socorro pressionou o botão do segundo andar.

— Minha primeira suspeita ao ver os casos chegando e aumentando no meu pronto-socorro foi de alguma perturbação metabólica.

— Por intoxicação.

— Exato, doutor Francis. Fora dois casos dos que tive contato, eram todos pacientes saudáveis, jovens, ativos, sem histórico na família de narcolepsia. Infelizmente os equipamentos de ressonância e tomografia não estão funcionando, estão com algum defeito, e espero que o técnico venha amanhã solucionar isso para fazermos uma investigação profunda nesses pacientes. Pelo exame clínico parece que não existe dano extenso neurológico, mas essa perturbação é o suficiente para deixá-los numa situação perigosa, limítrofe.

— Exames de sangue apontam para alguma direção?

— Não. Até agora estão normais. Estou me sentindo num episódio de *House*.

As portas do elevador se abriram, e os médicos tomaram o corredor. Sérgio segurou Francis pelo ombro, obrigando-o a parar. Francis olhou para o lado e viu uma porta dupla branca, com as letras UTI estampadas na madeira.

— Um dos socorristas do Samu fez um comentário que me botou para pensar. No primeiro segundo você vai achar estapafúrdia demais essa hipótese, mas ela é tão simples que faz sentido.

— Qual hipótese?

— Envenenamento.

— Mas como? São dezenas de pessoas aqui neste hospital, talvez haja mais gente na mesma situação nas cidades vizinhas. É uma área muito extensa, peguei aqueles dois há uns trinta quilômetros daqui... o senhor não está...

— Estou. Estou supondo que fomos atacados.

— A troco de quê? Se fosse um ataque terrorista seria numa capital, não aqui no meio do nada, me desculpe a franqueza.

— Hahahaha! Não precisa se desculpar, amigo. Faz sentido a sua análise, mas quais respostas podemos obter? Para algo maciço, dessa envergadura, só pode ser um ataque.

— Jesus.

— O rapaz do Samu disse que, por volta da meia-noite, uma luz estranha brilhou no céu. Disse que parecia um avião muito grande, ficou na dúvida se era um relâmpago e, daí, ouviu um grande estrondo.

— Verdade. Verdade. Eu estava longe daqui ainda, na estrada, e também ouvi um estrondo.

Sérgio passou a mão pelo rosto, visivelmente transtornado.

— Longe o quanto?

— Não sei precisar. Estava chegando em Ourinhos.

— Ourinhos... são quase 200 quilômetros.

— É uma distância impossível para estarmos falando do mesmo estrondo, do mesmo barulho.

— Um ataque explicaria também os telefones, celulares e televisões fora do ar.

— Os caixas eletrônicos também estão inoperantes. Isso é um quadro de queda da cadeia de sistemas de telecomunicação.

— Um ataque poderia ter lançado algum tipo de gás.

— Mas como um gás afetaria só uma parte das pessoas? E de forma tão homogênea? Elas estão todas num mesmo grau de afundamento de consciência. Não tem diferença entre elas; um estaria vomitando, outro desmaiando e outro tendo irritação na pele.

Sérgio fez um sinal para Francis acompanhá-lo até a UTI. Ao atravessarem a porta dupla, pararam em frente a um grande vidro. Os pacientes em cuidado intensivo estavam sendo atendidos por outros médicos e enfermeiras, que executavam suas funções tranquilamente, alheios à bagunça do andar do pronto-socorro.

— O garoto do Samu ainda disse ter sentido um cheiro adocicado, como um perfume barato, empesteando o ar. Isso te lembra alguma coisa, algum agente que pudesse colocar as pessoas num coma induzido?

Francis balançou a cabeça negando, não lhe ocorria nada. Os gases tóxicos mais conhecidos levariam a estados muito mais complicados que aquele. Fez uma cara estranha ao se lembrar de que também tinha sentido um cheiro no ar.

— O que foi?

— O cheiro, eu senti um aroma doce também quando vi as luzes no céu. As luzes pareciam relâmpagos. Não vi nenhum avião, mas o cheiro adocicado veio forte.

— Parece que tem chumbo grosso vindo aí.

Os dois ficaram calados um momento.

— Sérgio, desculpe, mas primeiro você tem que descartar as hipóteses mais próximas da realidade.

— Eu te adverti que no primeiro instante ia me achar um maluco.

— Não, não estou te achando doido, não. Só acho que pode ser alguma intoxicação ligada a algo mais comum. Um vazamento de gás. Contaminação da água da rede pública. Algo assim.

— Qual gás que você conhece que provoca essa reação em massa?

— Precisamos de alguém da Defesa Civil envolvido no atendimento. Certamente eles têm algum especialista que poderá nos orientar.

— Difícil é dispor de algum funcionário só para ir até a prefeitura para acionar alguém da Defesa Civil. Sem celular isso está ficando pior que o inferno.

— Pode ser algum alimento. Alguma cantina móvel servindo comida estragada em algum evento grande que esteja acontecendo na cidade.

— Aqui é uma cidade pequena, doutor. Não tem show nenhum acontecendo nessas bandas por esses dias.

— Indústrias de produtos químicos?

— Só em Itapeva e Itapetininga.

A cabeça de Francis estava a mil por hora. Era uma epidemia, todos os pacientes comatosos afetados da mesma maneira. Tinha que haver uma explicação mais plausível do que um ataque químico.

— O pior é que isso não é tudo — resmungou Sérgio. — Lá pela uma e meia da manhã a doutora Helena me chamou aqui. Tá vendo aquela baixinha bundudinha, de cabelos curtos?

Francis olhou para a colega de avental branco e salto alto. Realmente tinha um corpo atraente. Mas aonde o médico queria chegar com aquela conversa?

— Ela ligou no ramal do pronto-socorro para eu subir. Aquela senhora na cama da ponta. Está vendo?

— Sim.

— Ela teve morte encefálica ontem pela manhã. Uma tristeza. É uma senhora de oitenta e quatro anos. Deu entrada, há duas semanas, com parada cardíaca em consequência de um acidente vascular cerebral isquêmico. Respondeu às manobras de reanimação cardiopulmonar, e estabilizamos os batimentos, mas, enfim, o edema cerebral no hemisfério direito foi muito extenso e se mostrou degenerativo e irreversível. A atividade vinha se deteriorando e, ontem pela manhã, confirmou-se a morte encefálica. Como ela é avó da nossa prefeita e por conta da burocracia, mantivemos os aparelhos ligados.

— Entendo.

— Quero que você saiba que a doutora Helena nunca, mas nunca mesmo, se enganou num caso desses. Ela é uma neurologista muito competente.

— Hum.

— Quando ela me ligou, à uma e meia, pediu para eu subir até aqui. A paciente com morte cerebral estava de olhos abertos.

Francis continuou calado.

— É muita coisa esquisita acontecendo em uma madrugada só, concorda?

A médica olhou pelo vidro e acenou para o colega. Logo saiu por uma porta lateral e veio apressada em direção aos dois.

— Estava contando aqui para o colega de Santos o caso da dona Ercy.

— Você não é o...

Francis estendeu a mão.

— Sou eu, sim.

A médica abriu um sorriso largo e olhou para Sérgio.

— Estamos tendo uma noite agitada, não é, doutor? Até celebridades estão aparecendo aqui.

— Sem sombra de dúvidas.

— E quer saber? Acho que não é dessa vez que a dona Ercy embarca. Nunca fiquei tão feliz em ter errado um diagnóstico.

— Aí é que está, Helena. Eu estava contando para o colega aqui. Você não é uma novata. Não erra. É a primeira vez que vejo isso. Pelo fato de a paciente ainda estar em coma, é algo fascinante e inexplicável. Ontem teve morte encefálica, hoje a pupila reagiu. Não estamos soltando rojões porque não sabemos qual vai ser o quadro final dessa singularidade.

Um gemido no corredor, além da porta de entrada da UTI, chamou a atenção dos três.

Helena caminhou até a porta, mordida pela curiosidade.

— Alguém deve ter se perdido por aqui.

Então, quando a porta dupla se abriu num empurrão brusco, a médica voltou para trás e caiu sentada, abatida pelo susto.

Uma enfermeira cambaleava com a mão no pescoço. Estava pálida e com a boca roxa. Seu uniforme, que deveria ser todo branco, estava lavado de vermelho, vermelho-sangue. Vendo os médicos, ela estendeu os braços como quem pede ajuda e caiu no meio do corredor.

Helena, refeita do susto, engatinhou e chegou primeiro até a enfermeira. Pressionou sua carótida com força e, de olhos arregalados, gritou para os colegas que permaneciam paralisados:

— Ajudem aqui!

Sérgio correu para dentro da UTI e lavou freneticamente as mãos, calçando as luvas de látex e apanhando os conjuntos de pinças e suturas, enquanto, do lado de fora, Francis obedecia ao comando de Helena, apanhando uma maca e ajudando-a a colocar a enfermeira em cima dela. A enfermeira se debatia e abria e fechava a boca repetidas vezes, como se tentasse falar.

— Nanda, fica quietinha, querida. Quietinha. O doutor Sérgio é especialista nesses acidentes. Vai ficar tudo bem — dizia a médica intensivista, tentando acalmar a mulher.

Francis estava envergonhado por ter ficado tão atordoado com o acontecimento. Era um médico, deveria estar preparado para aquele tipo de cena. Anos o separavam da residência, quando tinha atendido em pronto-socorro, e aquilo o tinha pegado com uma intensidade avassaladora. Quando empurrou a maca para junto da médica e da enfermeira, ele estava tremendo. Adrenalina. Tinha outra coisa. A ferida. Parecia um rasgo, um rasgo feito por algum tipo de bicho, de fera.

Sérgio chegou correndo e começou o atendimento ali mesmo no corredor.

— Helena, vamos precisar de duas bolsas de sangue para a Fernanda. Francis, entre na UTI e chame as enfermeiras. Isso não tá nada bom, ela está descorada, perdeu muito sangue. Helena, eu vou pinçar a artéria. Segure firme a cabeça dela, tem que ser de primeira, ok? Agora!

A médica soltou a ferida. No mesmo segundo a enfermeira revirou os olhos e puxou a cabeça para trás, enquanto um jato de sangue acertou o rosto do médico socorrista. Nesse momento um enfermeiro e uma auxiliar chegaram no corredor, e Francis, vendo os novos profissionais, não saiu dali.

— Bernardo, segure os pés dela — disse Helena.

O enfermeiro obedeceu de imediato.

— Como você se machucou assim, hein, menina? — perguntou o médico num sussurro retórico.

Francis nem cogitou aproximar-se. Muito ajudava quem não atrapalhava. Ficou assistindo àquela cena frenética esfregando as mãos. Um cheiro horrível chegou às suas narinas. Um cheiro que nunca tinha sentido antes. Estremeceu mais uma vez. E se o doutor Sérgio estivesse certo? E se tivessem sido expostos a algum agente químico ou biológico? Aquele cheiro talvez estivesse ligado a isso. Ele poderia estar inalando algum gás tóxico e mortal que só agora envolvia aquele pequeno hospital em Angatuba. Seus olhos foram para a porta dupla de acesso à UTI, a mesma porta por onde aquela enfermeira ferida tinha chegado. Um par de mãos vermelhas de sangue coagulado surgiu por uma fresta. O fedor que entrava pelas narinas ficava mais forte conforme aquelas mãos separavam as portas e as atravessavam em direção ao corredor. Aquele era o pior cheiro que Francis já tinha sentido em sua vida.

Corina estava tensa demais para continuar parada no corredor do pronto-socorro. Francis parecia que ia demorar um bocado conversando com o colega interiorano. A mulher apanhou uma das cadeiras de rodas e resolveu trazer o marido sozinha. Por certo, os socorristas do Samu que estavam lá fora seriam prestativos e a ajudariam a acomodar o pesado marido na cadeira de rodas. Depois teria uma faixa de dez metros de brita para enfrentar. Quem tinha projetado aquele estacionamento nunca precisou empurrar a mãe sobre aquelas cadeiras, pensou. Parou na recepção um instante. As pessoas tinham se acalmado um pouco, ouvindo uma ou outra consternação. Uma mulher estava com uma menininha adormecida de aproximadamente dois anos no colo. Corina passou uma mão por um braço e olhou detidamente para o salão. Eram tantos! Ao menos vinte pessoas eram amparadas por seus parentes. As crianças estavam nos colos dos pais. Já os adultos, alguns se recostavam nas cadeiras, e quatro deles estavam no chão. A situação começava a ficar caótica, e para fugir completamente ao controle faltava pouco. Inconsciente, tirou o celular da bolsa, conferiu as horas. Quase cinco da manhã, logo amanheceria. Seus olhos ficaram no display. Uma cruz sobre a representação de uma antena dizia que o aparelho continuava sem sinal. Corina empunhou a cadeira de rodas e seguiu para o estacionamento. Lá fora já se juntavam pessoas fumando e trocando impressões sobre a estranha madrugada. Os rostos estavam carregados de preocupação. Corina se pegou imaginando outras cidades mergulhadas no mesmo apagão de comunicação. Será que também existiam adormecidos em São Paulo e Osasco? Será que aquela estranha noite se repetia no Rio de Janeiro ou em Manaus? Ouviu alguém falar do barulho de um trovão que pareceu uma explosão no céu. Ela chegou a parar a cadeira de rodas ao lembrar que sim, tinham escutado o barulho na estrada. Lembrou-se de que os meninos ainda estavam acordados. Henrique, o mais novo, tinha pedido que parassem o carro para observar o céu. Tinha dito que um meteoro poderia ter caído ali por perto, sendo motivo de chacota entre o irmão mais velho e o padrasto. Aquele maldito CD do Plantação tocando alto. Corina voltou com a mente para o aqui e agora e desceu a rampa, embicando a cadeira em direção ao carro. Uma corrente elétrica percorreu o seu corpo, disparando um alarme. A porta do passageiro estava aberta quando tinha certeza de tê-la deixado fechada. Chegou a sorrir por um breve segundo, imaginando que o marido tinha despertado e que isso aconteceria com os meninos também, mas daí ela a viu. Uma mulher estava eclipsada pela porta e tinha metade do corpo projetado para dentro do carro. Corina soltou a cadeira enquanto uma enxurrada de adrenalina tomava sua circulação. Ela estaria roubando seu marido? Olhou ao redor. Ninguém estava vendo aquilo? Ela continuou andando até chegar ao carro.

— Ei! O que está fazendo aí, sua vagabunda?

A mulher empurrava o corpo do seu marido em direção ao banco do motorista. Ela parou ao ouvir a voz de Corina, que, por sua vez, arregaçou as mangas, preparando-se para arrancar a mulher dali à base de tapas. Entretanto, quando ela se virou, Corina, surpreendida, levou um susto tão grande que deu dois passos para trás. Não era uma mulher, era uma garota. Quinze anos, no máximo. Essa era a parte surpreendente da situação, mas havia a parte assustadora também. Assustador era o fato de a garota ter metade do rosto tomado por sangue. Do nariz até o queixo, pingavam gotas grossas de sangue vivo, tirado de seu marido. Corina levou a mão até a boca.

— Santo Deus!

A garota, ainda virada para Corina, abriu a boca e lançou um rosnado animalesco. Os olhos dela pareceram cintilar, vermelhos, por um breve segundo. Corina, aterrorizada, ficou imóvel, tremendo, enquanto a garota, como um felino se alimentando, simplesmente se voltou para a comida e tornou a empurrar o corpo do homem para o lado, fazendo-o balançar a cada investida. Corina inspirou fundo e, suprimindo todo o seu temor, correu a curta distância que a separava da porta aberta do carro e puxou pelas roupas a garota insana com toda a força que tinha. As duas caíram sobre o chão de pedra britada, e Corina soltou um grito ao bater contra o chão, alto o suficiente para chamar a atenção das pessoas que fumavam do lado de fora. Corina sentiu o cotovelo raspando contra as pedras. Uma gota de sangue brotou em seu braço. Viu quando a menina louca desviou os olhos dos seus e os fixou insanamente no ferimento. As pessoas, aturdidas, não sabiam o que estava acontecendo. Viam duas mulheres rolando no chão. Uma estava com sangue na boca; tomaram como uma ferida por causa da briga. Corina tentava se levantar a todo custo, mas a selvagem sempre conseguia derrubá-la. Corina girou sobre o quadril, ficando de frente para a garota, que agarrava o seu pescoço com as duas mãos. A garota fechou os dedos com força. Corina perdeu o ar, sentindo uma pressão brutal na traqueia. Sem o apoio dos cotovelos, bateu a nuca contra o chão, não sem antes conseguir chutar a maluca para longe com os dois pés. Virou-se e arrastou-se, tentando se afastar da ameaça, mas sentiu novamente as mãos da garota se fecharem em seu pescoço, estrangulando-a pelas costas. Corina perdeu o ar mais uma vez. Uma dor insuportável tomou seu pescoço, e sua visão enegreceu. Foi quando ouviu um barulho surdo e sentiu um impacto poderoso contra suas costas. Sentiu o corpo da adolescente desabar contra o seu, e então as mãos dela afrouxaram. Corina estava respirando novamente. Tombou de costas para olhar para cima. Um homem grande, empunhando um extintor de incêndio, com a camisa suja de sangue na altura do colarinho, olhava para o corpo da garota. Ele chorava. Corina viu o homem cair de joelhos aos pés da menina e começar a soluçar. Só aí a multidão em frente ao pronto-socorro se aproximou. Todos com olhares de interrogação.

— Chamem ajuda para o meu marido. Essa maluca nos atacou, e ele está sangrando.

Alguém correu para dentro do hospital.

O homem colocou a cabeça da garota desmaiada sobre suas coxas e se abaixou sobre ela, chorando ainda mais.

— Ela não é maluca, dona. Não é maluca. A Jade é um doce. Uma menina boa.

— O seu doce machucou meu marido e tentou me enforcar... — resmungou Corina, esforçando-se para levantar.

A mulher foi amparada por uma senhora que terminava seu cigarro. Corina se agarrou à mão da fumante e ficou de pé, cambaleando. Viu pontos de luz diante dos olhos. Dois homens estavam na porta do carro olhando para seu marido. Ela se aproximou, temerosa com a leitura que teve na expressão daqueles homens. Seu marido estava caído de lado, ela o puxou para endireitar seu corpo. O sangue escapava em profusão por uma ferida aberta a dentadas no lado direito do pescoço. Corina sentiu as pernas bambearem e um embrulho no estômago. Foi segurada pelos socorristas do Samu chamados às pressas para ajudar Eusébio.

— O que aconteceu? — perguntou o primeiro deles.

— Essa menina. Ela o mordeu, eu acho.

Em questão de segundos, Eusébio foi colocado numa maca e carregado pelos homens para dentro do pronto-socorro. Um murmurinho tomou o estacionamento. Corina parou em frente ao homem, que ainda estava de joelhos com a filha apoiada nas pernas.

— Leve-a para o hospital também. Você precisa descobrir o que ela tem.

O homem, como saindo de um transe, ergueu os olhos para Corina.

— Não adianta. Ela morreu. Eu bati forte demais.

Corina olhou para o extintor de incêndio jogado ao lado dele. Era da frente do hospital, um daqueles grandes.

— Meu Deus, homem. Ela desmaiou, leve-a pra dentro, pelo amor de Deus.

Corina correu para o hospital, queria ficar ao lado do marido ferido.

Francis ficou imóvel, aprisionado por aquela visão. As mãos empurraram as portas duplas, e então um homem descalço, trajando uma bata hospitalar, pisou no corredor. Ele estava ligeiramente encurvado, com a cabeça projetada para a frente. Sua expressão revelava algo doentio, selvagem. O invasor ergueu o queixo um pouco e inspirou fundo seguidas vezes. Seus olhos apontaram para o chão onde encontraram uma trilha de sangue que acabava na maca onde a enfermeira fora colocada. Ele abriu a boca num sorriso. Sua boca suja de sangue; gotas escuras descendo pela camisola hospitalar. Algo disparou na mente de Francis, uma sinapse lógica. Foi ele, foi ele o responsável pela terrível ferida no pescoço da enfermeira. Juntando os pontos, Francis viu aquele homem agarrando a mulher e mordendo seu pescoço até atingir a artéria. Um demente, provavelmente. Sua dedução se confirmou quando o viu se ajoelhar e lamber o sangue do piso. Ninguém mais estava assistindo àquilo. Talvez algum segurança numa saleta escura estivesse vendo o ato bizarro por uma câmera de vigilância. O odor execrável que emanava daquele sujeito chegou a embrulhar o estômago de Francis. Aquele homem tinha ferido a mulher e, agora, louco e doente, lambia o chão. Era nojento. Era perturbador e, acima de tudo, irritante. Francis soltou o colarinho, sentindo falta de ar e um suor frio brotar em sua têmpora.

Aquilo não estava certo. Aquele homem hediondo não podia estar ali. Aquele homem tinha tentado matar a enfermeira. Aquele homem tinha tomado o sangue dela. Era uma besta, um demônio enviado das sombras para fazer mal a toda gente. O médico sentiu-se ofegante, sufocado por uma urgência que precisava extravasar. Francis correu até o lambedor de sangue e desferiu um potente chute em sua cabeça. O sujeito cambaleou, surpreso, e tombou de costas passando pela porta dupla, caindo no corredor perto do elevador. Sérgio e sua equipe ficaram estupefatos por um momento, mas logo o médico teve que voltar a atenção para a agulha que costurava a veia da enfermeira. Os enfermeiros que o auxiliavam foram atrás de Francis, que passava pela porta dupla como um louco. Do lado de lá o homem chutado estava de bruços, praticamente nu, posto que a bata estava enrolada na altura de seu pescoço, e começava a se virar para ficar de pé novamente. Mas, antes que o fizesse, foi alcançado pelo médico forasteiro, que agarrou seu ombro e desferiu um potente soco bem no meio de seu nariz. O homem foi ao chão mais uma vez, mas girou ágil como um gato e, de quatro, lançou um rosnado que fez Sérgio e os enfermeiros pararem imediatamente.

— Foi ele que fez aquilo com a amiga de vocês! Ele que a mordeu!

Os dois médicos trocaram um rápido olhar.

— Precisamos sedá-lo e contê-lo, doutor. Não espancá-lo.

Francis olhou para o lado, encarando o enfermeiro. O cheiro do sujeito voltou a capturar sua atenção. Não iria sedá-lo porcaria nenhuma! Iria exterminá-lo! Francis correu na direção do sujeito, que saltou para cima de uma mesa, ao mesmo tempo fugindo do médico ensandecido e buscando um lugar mais alto para intimidar os enfermeiros.

— Eu quero o sangue da mulher! — vociferou a criatura. — Saiam do meu caminho!

— Só por cima do meu cadáver! — bradou Francis.

A criatura deu um grito feroz e saltou para o chão de ladrilhos, aproximando-se do médico que bloqueava a sua passagem.

Sem pensar duas vezes, o médico correu e, mais uma vez, se atracou com o homem louco, levando-o ao chão e desferindo socos em sua nuca.

— Pare, doutor! Vai matá-lo assim! — gritou a auxiliar de enfermagem.

O enfermeiro puxou Francis de cima do paciente e apontou o dedo para o médico.

— Se continuar com isso, vou sedar esse cara e o senhor também! Ele é um paciente!

O homem espancado se levantou. Um sangue escuro descia de seu nariz. Ele começou a rir, chamando a atenção do trio. O estranho soltou um urro, abrindo a boca e exibindo dentes pontiagudos de fera.

— Saiam da minha frente!

O enfermeiro e a auxiliar recuaram até a porta dupla, aterrorizados. Francis ficou parado em sua posição, a cerca de três metros daquela coisa, guardando a passagem. Olhou para os lados, não procurando as pessoas que ali estavam, precisava de alguma coisa para debelar a fera. Seus olhos bateram no suporte de um grande cartaz de convocação da Convenção Interna de Prevenção de Acidentes. Arrancou-o do suporte e retirou a haste retrátil, empunhando-a contra a fera, como se fosse uma espada.

O homem grunhiu mais uma vez e disparou para cima de Francis. O médico não pensou duas vezes, ergueu a haste e golpeou o selvagem na cabeça. Aproveitando um segundo de atordoamento, cravou a haste no meio de seu peito, fazendo-o cambalear para trás, trombando contra a parede.

— Puta que pariu! — bradou o enfermeiro.

— Deus amado! — gemeu a auxiliar. — Ele o matou, Bernardo.

Francis manteve o punho firme na haste, soltando um grito também selvagem. Só largou quando as forças do estranho homem com a boca suja de sangue se esvaneceram. O médico assistiu ao homem escorregar escorado na parede, deixando um traço de sangue mais escuro do que o normal no azulejo azul-claro. Francis se abaixou e tocou o pescoço do sujeito. Estava morto. O cheiro pestilento continuava infestando o ambiente, tornando praticamente impossível continuar ali. Afastou-se tapando o nariz.

— Está morto — disse com a voz fanhosa para a plateia.

A auxiliar de enfermagem se limitou a fazer o sinal da cruz, enquanto o enfermeiro apenas olhava para o médico.

— Esse cheiro está insuportável.

— Que cheiro? — perguntou o enfermeiro.

— Não está sentindo? É um cheiro azedo, horrível. Está vindo dele.

— Desculpa, doutor. Não estou sentindo cheiro de nada.

— Impossível. É muito forte e muito ruim.

O rapaz meneou a cabeça em sinal negativo e andou até o paciente caído. A haste tinha atravessado seu peito. Realmente o homem tinha restos de sangue no queixo e nas mãos. Podia mesmo ter atacado a enfermeira Fernanda, mas aquele médico não tinha o direito de ter feito aquilo. Acocorou-se e tomou o pulso do homem. Realmente estava morto.

— Você matou o paciente.

— É. Eu sei.

— Por que fez isso?

— Eu sei lá! Ele atacou a sua amiga, e queria voltar lá para machucá-la ainda mais, com aqueles dentes de monstro. E você fica com esse ar de censura imbecil me perguntando por que eu fiz isso?!

— Não estou sendo imbecil, não, senhor. Eu sou um enfermeiro, treinado para salvar vidas, o senhor me respeite — retrucou o jovem, indócil.

Francis só ergueu os braços e olhou pela janela de inspeção da porta dupla. Sérgio e Helena ainda lidavam com a enfermeira ferida, enquanto a auxiliar estava sentada no chão, chorando.

— Esse homem foi o primeiro a chegar aqui. Foi um dos primeiros a chegar neste hospital em estado letárgico. Estava na ala comum porque não tínhamos mais vagas na UTI. Ele deve ter acordado desorientado e precisava ser sedado, não ser assassinado.

— Ele estava fora de si, você mesmo viu, cara.

— Eu vi o senhor enfiando um ferro no peito de um paciente, foi isso que eu vi — rosnou Bernardo.

— Espera! Você disse que ele estava adormecido, igual aos outros?

— Exato.

— Puta merda!

Francis virou-se e adentrou o corredor da UTI bem quando Sérgio retirava as luvas de látex e ajudava a auxiliar de enfermagem a se levantar.

— Doutor Sérgio, venha até aqui, rápido.

A doutora Helena, com a ajuda da auxiliar, empurrava a maca da enfermeira assistida até o final do corredor.

— Que comoção toda é essa, doutor Francis?

— O enfermeiro...

— Bernardo.

— Um de seus pacientes, que ele disse que entrou adormecido nessa madrugada, acabou de despertar.

Sérgio alcançou Francis e, quando se dirigiam para a porta dupla, ouviram um grito de pavor. Francis se apressou e encontrou Bernardo aferrado à haste, espancando o paciente morto.

— Calma. Ele já morreu.

— Não. Não morreu, não. Ele me mordeu!

— Como é possível, enfermeiro? Eu e você vimos que ele estava morto.

— Eu achei que ele estava. Estava sem pulso. Mas, enquanto eu observava a mancha de sangue em sua boca, ele agarrou a minha mão e mordeu meu punho com toda a força — reclamou o enfermeiro, exibindo a pele perfurada e já com hematoma.

Francis tomou a haste das mãos do enfermeiro e empunhou-a. Parou com um pé de cada lado do corpo caído no chão. O paciente soltou um grunhido fraco e tentou levantar a mão. Francis, sem hesitar, começou a cravar a haste por todo o tórax do sujeito, encontrando resistência enquanto acertava as costelas. Depois mirou na cabeça e atravessou o crânio três vezes pelos orifícios oculares.

— Morra, morra! Desgraçado!

Francis parou por um momento, com a haste suja de sangue em riste. Por fim, jogou-a no chão, ouvindo o tilintar metálico. Aos poucos, o médico de Santos recuperou o controle da respiração, puxando o ar mais fundo e recobrando o fôlego. O fedor tinha desaparecido. Francis olhou para as mãos trêmulas sujas de sangue.

Sérgio, atônito, caminhou até o colega e segurou seu braço.

— Vocês podem me explicar que diabos está acontecendo aqui?

Francis simplesmente meneou a cabeça em sinal negativo.

— Acho que estou ficando louco, doutor. Louco.

Capítulo 2

Eram raros aqueles momentos em que os três estavam juntos. Por isso que ela, a mãe, sempre ausente por conta do trabalho, agora se divertia ao descobrir que Breno, o caçula de dez anos de idade, já estudava fórmulas matemáticas que ela não lembrava mais como resolver. Como é que os professores tinham coragem de mandar uma lição de casa daquela? O duro é que o pequeno precisava de uma boa nota em Matemática, e ela ia aproveitar cada minuto que tinha daquela noite para ajudá-lo. Na cama ao lado estava Pedro, seu filho mais velho, com dezessete anos e uma invariável cara de quem chupou limão apanhado na viçosa árvore da adolescência. Nos últimos anos Pedro foi adquirindo uma personalidade cada vez mais introspectiva dentro de casa, voltando a ser o garoto descontraído apenas quando estava com os amigos de sua turma do condomínio. Raquel lançou um olhar para o filho mais velho, que navegava em seu tablet, olhando fotos antigas de família. O filho olhou para a mãe e suspirou.

— O que foi, querido?

— Já estou cansado disso, mãe. Quando vou poder voltar pro meu quarto?

— A defesa pediu um recesso, e o juiz acatou, Pedro. Assim que terminar esse recesso isso tudo acaba. De vez.

— Não sei por que esses caras dão tanto boi para esses malandros. O papai não dava boi pra ninguém.

A mãe sorriu e tornou a olhar para a apostila do filho mais novo.

— Só falta um.

— Acho que pela lógica só vão sobrar os rinocerontes nessa floresta, mamãe.

— Por quê?

— Porque os rinocerontes são mais fortes que os leões e os chimpanzés. Os leões acabariam comendo os chimpanzés e iriam ficar lentos, com a barriga cheia, daí os rinocerontes atropelariam eles. Há! Há!

— Engraçadinho. Mas não é com essa lógica que a sua professora está lidando. Vamos ter que quebrar a cabeça aqui e conseguir resolver com as fórmulas que você estudou nessa semana. Eu sabia fazer isso, eu juro.

— Ih, mãe, seu negócio é direito penal, você mesma diz. Matemática é coisa do Pedro. Ele é bom com números.

A impressora ao lado da cama do menino começou a funcionar. Uma folha especial para impressão de fotografias começou a descer pela boca de alimentação. A mãe olhou para Pedro, que fechava o notebook e o colocava sobre um móvel improvisado ao lado do colchão e virava-se de lado, cobrindo-se até a cabeça.

A foto que saiu da impressora apagou o sorriso da boca da mulher.

— É a mesma foto que você colocou no meu carro, filho?

Pedro limitou-se a concordar com a cabeça.

Era uma foto dos dois filhos, com bermudões, e com o pai ao centro, todos sentados sobre a longboard do marido. Ela tinha tirado aquela foto, com medo de molhar a câmera. Todos felizes da vida em férias na praia do Lázaro, em Ubatuba. Aquela era a praia preferida dela, onde podia sentar na areia e descansar ou brincar nas águas calmas com os filhos. Breno era ainda um bebê praticamente, não tinha nem três anos, enquanto Pedro deveria ter por volta de nove. Davi preferia praias mais mexidas, onde escolhia entre a longboard ou a gunzeira, suas favoritas. Pedro tinha aprendido a surfar com o pai, mas, depois do assassinato de Davi, o surf parecia ter ido embora junto, uma vez que tornara-se um retorno insuportável aos dias felizes ao lado de quem mais sentia falta naquela altura da vida, quando os meninos sabem que já devem ser homens. A falta avassaladora tinha criado um silêncio que nunca havia existido naquele lar. E um pacto também. Os filhos não reclamavam da ausência da mãe por conta do trabalho. Sabiam que ela, no papel de promotora de justiça, além de trabalhar, também lutava para vingar a morte do marido. Davi tinha virado alvo do maior traficante do país, o Djalma Urso Branco, ao condenar seus principais soldados, um a um, sem jamais ceder ou temer as constantes ameaças deflagradas pelo bandido. Ameaças públicas que, após o assassinato de Davi, tinham virado munição para o primeiro petardo disparado pela promotora, conseguindo pôr atrás das grades mais dois importantes homens do esquema de Djalma e, em seguida, alçando a promotora à categoria de heroína nacional. Desde a morte do marido até a decisão de caçar vorazmente o homem que tinha prometido matar o pai de seus filhos, seu nome não saía mais das manchetes de jornais impressos, eletrônicos e televisivos. A promotora era uma mulher adorada pela massa, pois, igual ao marido, não tinha medo daqueles vermes amaldiçoados que disseminavam o mal a cada esquina da capital paulista em forma de pedras de crack, óxi, papelotes de cocaína e munição para o seu exército do tráfico. Por culpa do verme aquela foto nunca mais seria repetida naquela praia. Ela segurava na mão a fotografia quando uma batida seca na porta retirou-a do torpor. Breno ainda rabiscava na apostila brigando com números, fórmulas, chimpanzés e rinocerontes enquanto ela dirigiu-se à porta e abriu-a. Era Ricardo, o agente que comandava o grupo de federais que faziam a guarda de sua família.

— Novidades?

— O juiz suspendeu o recesso e está chamando todo mundo.

— Quando?

— Agora mesmo, Raquel. Quer todo mundo lá.

— Me dá dois minutos, vou me trocar e seguimos para lá.

Ricardo aquiesceu, deixando a promotora de longos cabelos ruivos para trás.

Raquel ficou imóvel por alguns segundos à porta do quarto, olhando primeiro para o pequeno Breno, que ainda rabiscava a apostila, e depois para Pedro, que tinha descoberto a cabeça e a olhava. Aquele pacto de silêncio estava chegando ao final de seu ciclo. Aquela noite, quando a condenação do maldito Djalma fosse consumada, sua família seria libertada do cativeiro psicológico ao ver o assassino do homem que amavam pagando pelo seu crime atrás das grades. Pedro voltou a deitar-se, e então Raquel foi para seu quarto. O agente Flávio, que estava no corredor, deslocou-se com ela até a porta do quarto da promotora e ficou ali, aguardando que ela se banhasse e se aprontasse para voltar ao tribunal.

No quarto, Breno levantou a cabeça da apostila, não calculava mais nada e fazia o desenho de um rinoceronte. Virou-se para o irmão encoberto e ficou batucando com o lápis na ponta da apostila.

— Eu sei que você não está dormindo, Pedro.

O irmão continuou em silêncio enquanto Breno apanhava a fotografia da bandeja da impressora.

— Eu não vou falar pra mãe nem pro Ricardo, mas dessa vez eu quero ir com você.

Breno deixou a fotografia em cima da impressora e voltou a sentar em sua cama. Recostou-se à parede, escorando-se em um fofo travesseiro, olhando para o irmão na cama improvisada do quarto. Aquela tinha sido uma semana tensa, e por isso Ricardo achou melhor deixar os irmãos no mesmo quarto, para que a vigilância ficasse concentrada em um lugar da casa durante toda a semana do julgamento. Breno sabia que o irmão às vezes conseguia driblar os seguranças para dar uma volta pelo condomínio sem receber olhares esquisitos dos amigos, já que tinham chegado com um bando de guarda-costas na sua cola. Breno já achava divertido e gostava de se exibir com os agentes federais fazendo sua proteção na escola e no condomínio. Ninguém ia se meter a engraçadinho com ele na hora do intervalo. Naquele momento sua cabeça não estava mais nos exercícios da apostila. O pequeno Breno tentava solucionar a equação que colocaria o seu irmão na rua, livre dos seguranças, muito provavelmente para se encontrar com Chiara, a menina mais gata da vizinhança e que era doidinha por ele. Breno sorriu e também se deitou, puxando uma HQ de *O turno da noite* debaixo do seu travesseiro. O lance era não dormir, que tudo ia dar certo. Vinte minutos mais tarde ouviu o ronco do portão automático da garagem que ficava bem embaixo do seu quarto, e então o motor das duas picapes da Polícia Federal saindo, levando a mãe para o fórum. Breno olhou a hora em seu celular. Eram nove e meia da noite. O pequeno continuou ansioso, lendo os quadrinhos dos vampiros que tinham virado matadores de aluguel, tentando imaginar quando o irmão se mexeria para saírem dali. Então, depois de se arrastar uma hora inteira, arrepiou-se da cabeça aos pés ao ouvir três batidas secas na porta. Baixou a revista e fingiu dormir. A porta se abriu. Breno já sabia o que aquilo significava. Um dos agentes vinha a cada duas horas dar uma checada em como estavam as coisas no quarto. Alguns segundos de silêncio, então a porta se fechou mais uma vez. Breno ficou paralisado, quieto, imaginando se o agente ainda estava atrás da porta, com o ouvido colado na madeira, tentando escutar se estava sendo enganado ou não. Não ousou nem abrir a HQ novamente, ficando calado e imóvel, até que escutou Pedro se mexendo. Olhou para o sofá-cama instalado no quarto e viu que o irmão amarrava os tênis, preparando-se para sair.

— Eu vou.

— Porra, não fode, Breninho. Você vai me atrasar a vida.

Breno levantou-se, sem dar ouvidos ao irmão, e já foi pegando seu par de tênis também.

— Você sabe que a gente só tem duas horas, não é? Daqui a duas horas eles voltam para olhar o quarto.

— Eu sei, Pedro. Eu também moro aqui. Sou seu irmão pequeno, mas não sou tonto.

Pedro, contrariado, esfregou o rosto e os cabelos vermelhos como fogo.

— Tá, moleque, mas é o seguinte: a parada é sinistra pra sair daqui. Não é moleza.

— Eu vou com você. Você me ajuda.

— Cê manja de parkour?

— Aquela zica de ficar pulando de prédio?

— É.

— Você me ajuda?

Pedro bufou. Foi até o banheiro e escovou os dentes rapidamente, imitado pelo irmão. Então Breno parou e ficou olhando para Pedro.

— Como é que você sai? Eu sei que você sai. Só não sei como.

— Tá falando daquele dia em que eu deixei o bilhete grudado na sua testa?

— Com durex. É. E fez bem, porque se eu acordasse ia procurar você. Não ia te dedar, pelo menos não de propósito, né?

— Vem cá — Pedro chamou para perto da janela o irmão.

— Eles prendem a gente...

— Protegem, Pedro. Eles protegem.

— Tá, papagaio da mamãe. Eles "protegem" a gente colocando alarmes nas nossas portas e nas nossas janelas. Eles usam um sistema de alarme muito simples, que é de duas chapas de contato, tá vendo isso aqui?

Breno abaixou-se para olhar mais de perto. A luz que entrava no quarto vinha do banheiro e do poste da rua do condomínio. Mesmo assim, ele conseguiu ver um objeto de metal embaixo da janela.

— Se eu levantar a janela, esses contatos de metal se separam e abrem o circuito, disparando o alarme pela interrupção da corrente.

— Hum, então o jeito é abrir mantendo esses contatos grudados?

— Isso aí, garoto esperto!

Breno sorriu, percebendo um genuíno orgulho do irmão, que normalmente abria a boca para reclamar da vida e do quanto ele, Breno, era pentelho e chato.

— Só que isso dá trabalho e dá bandeira. Às vezes os agentes fazem rondas ou tão de olho nas câmeras que colocaram na frente de casa e nos fundos.

Breno ergueu os braços, aturdido.

— Mas, se você não sai pela janela, como é que faz?

— Quando o Ricardo me mudou pra cá, eu até pensei que não ia conseguir sair, mas, felizmente, a planta do seu quarto é igual à do meu, e à do seu closet também — finalizou Pedro, puxando Breno para dentro do closet e acendendo a luz.

— Vem até aqui.

Breno seguiu Pedro até o fim do closet.

— É por aqui que a gente sai, cabeçudo. Cuidado para não enroscar essa cabeçona aí pela passagem quando estiver saindo.

— Cala a boca, Pedro! — reclamou Breno, dando um soco no braço do irmão.

Pedro riu e voltou ao quarto.

— Antes de sairmos, chega aí.

Voltaram até as camas, e Pedro ensinou-o a fazer um corpo falso, juntando cobertores e travesseiros e cobrindo tudo com uma manta.

— Eles só abrem a porta e não fazem barulho pra não acordar a gente. Eles dão uma olhadinha no escuro, veem que estamos capotados e pronto, voltam para a televisão.

— Da hora! — exclamou o pequeno Breno, dando um abraço no irmão.

Por dentro, o coração de Breno batia disparado. Ele já tinha aprontado uma ou outra, desobedecido a mamãe e tudo, mas aquilo era um mundo novo para ele. Era uma contravenção de primeira classe, e com a instrução do irmão mais velho. Estava feliz da vida. Pedro apagou a luz do banheiro e também a luz do espaçoso closet. Tirou de uma gaveta alta uma lanterninha com um facho poderoso e estendeu-a ao irmão.

— Segura aí.

Pedro, já acostumado às escapadas, subiu até o teto usando as próprias gavetas reforçadas do móvel, que rangeram um pouco sob a pressão do seu peso, mas o suportaram até que ele tirasse a tampa de acesso ao sótão e então se içasse para o compartimento.

— Agora vem.

Para o contentamento do irmão mais velho, Breno foi bem decidido, subindo pelas gavetas, imitando-o sem vacilar. A única dificuldade era a menor estatura do irmão, que obrigou-o a se pendurar para fora da passagem a fim de alcançar a mão do caçula e puxá-lo para cima. Pedro afastou Breno para o lado e, com agilidade, recolocou a tampa no lugar.

— Cuidado onde pisa e não encosta nessas vigas, se não quiser ficar com a roupa imunda — recomendou o irmão.

— É escuro aqui.

— Pois é. A vida é lá embaixo. Passa a lanterna.

Pedro jogou o facho de luz para os lados, dando uma ideia para o irmão do tamanho daquele sótão.

— Essa latinha de Coca-cola aí do seu lado, cuidado para não chutar.

— Por quê?

— Primeiro, vai fazer um barulho nervoso, e já era a gente sair daqui. Corremos o risco até de tomar um tiro se eles acharem que são os caras.

— Tá, nem precisa falar mais nada.

— Outra coisa. Ela é que mostra pra gente onde a tampa do closet está.

— Maneiro.

— Agora, vem, bem devagar, no sentido do meu quarto.

Os dois irmãos foram andando, pé ante pé, aprofundando-se no sótão, em direção ao fundo da casa. Vinte metros para a frente Pedro parou, imitado por Breno. O mais velho se abaixou e retirou uma nova tampa do chão.

— Eu vou primeiro, e você vem depois.

Breno olhou para o cômodo abaixo, iluminado pela lanterna do irmão.

— O quarto da Maria.

— Isso. Ela não vem no fim de semana. E eu já me ajeitei com ela. Ela é da hora, e não é dedo-duro.

Pedro ergueu uma escada de alumínio colocada estrategicamente ali ao lado do alçapão. A escada desceu até tocar o colchão da cama do quarto de empregada, propiciando a descida dos dois irmãos. Pedro desceu devagar. Sabia que ali era mais sossegado quanto ao barulho, já que os agentes da PF ficavam na parte da frente da casa. Diminuiu a escada retrátil e escondeu-a debaixo da cama da Maria.

— Agora vem a parte do parkour. Está pronto?

Breno fez que sim com a cabeça.

Pedro abriu a janela do quarto da Maria e passou as pernas para fora. Ali não existiam alarmes nem câmeras da Polícia Federal.

— Veja como é que eu faço, e é só repetir. Você é menor e mais leve, então não tem erro, é até mais fácil pra você. Não vai ficar com cagaço agora, porque daqui não dá pra voltar atrás.

Breno engoliu em seco e ficou olhando Pedro se segurar na beira do batente da janela e deslizar o corpo para baixo. A janela da Maria dava para o jardim de Raquel, onde existia um pergolado de madeiras largas. Usando-a como base para seus passos, Pedro foi lentamente caminhando até a beirada da estrutura. As madeiras eram colocadas paralelas sobre postes, estes também de madeira, que serviam de suporte para o crescimento de uma sorte de trepadeiras.

— Assim que você vai fazer, Breno.

Os olhos do garoto ficaram grudados no irmão, que fechou as pernas, caindo entre duas traves, nas quais fincou as mãos, reduzindo a velocidade da queda e fazendo um pouso fácil no gramado.

Tum, tum, tum. O coração batia tão acelerado que o garoto sentia a pele do pescoço pulsando. O medo era intenso, mas, longe de ser um obstáculo, era um combustível para continuar, vencer e estar com o irmão. Deslizou meio que desajeitado até tocar no primeiro tronco, então soltou-se da janela e teve que abrir as pernas mais do que o irmão para se equilibrar, depois de se soltar. Quase gritou, abafando o som ao fechar a boca e deixar escapar só um rosnado, seu pé foi para a frente e teve que descongelar o outro para não cair. E então, desajeitado, foi se encaminhando para o final do suporte, já imaginando se teria coragem para simplesmente fechar as pernas e se deixar cair da mesma forma que tinha feito o irmão, como um morcego se lançando ao vazio antes de alçar voo. Contudo, só descobriria se teria coragem ou não para tal façanha numa próxima escapada, posto que no terceiro passo perdeu o equilíbrio e seu pé escorregou da madeira, fazendo-o cair de lado, batendo com força contra a estrutura e indo de costas ao gramado.

Foi a vez de Pedro abafar o grito e ficar com o coração disparado. Seu irmão caçula se contorcia no chão, girando de um lado para o outro. Correu até Breno e se ajoelhou, ia lançar uma pergunta quando ouviu o riso contido pelas mãos querendo escapar da garganta de Breno, o que lhe gerou bastante alívio.

— Seu doido! Se machucou?

— Só dói quando eu rio — brincou.

— Vem. Não acabou. Ainda estamos no nosso quintal.

Pedro puxou Breno, que o seguiu mancando. Em certa altura da cerca de sansão do campo havia uma brecha por onde os irmãos se esgueiraram, deixando os limites da propriedade da promotora Raquel. Invadiram o quintal de um vizinho e atravessaram para o quintal da rua de trás.

— Por esses dois quintais não tem cachorro, por isso que eu vou pra trás de casa antes de pegar a rua. Se a gente passa na frente de casa dá muito na cara — explicou o experiente fugitivo.

Apesar da hora, as ruas estavam já um bocado silenciosas.

— Aonde você vai?

— A Vanessa tá dando uma festa na casa dela. Ela me mandou um SMS avisando.

— Hoje? Dia de semana?

— Ué... Qual é o problema? Dia de semana é proibido por acaso, nenezão?

Breno fechou a expressão e deu um soco no ombro do irmão.

— Ei! Para com isso. Sua mão tá ficando pesadinha já. Vou te ensinar uns golpes amanhã.

Chegaram à rua lateral da casa deles e começaram a descer em direção à residência da Vanessa. A menina morava a quatro quadras de distância, coisa de trezentos metros dali.

— Tem mais, os pais dela estão viajando nessa semana e na outra. A essa hora estão num cruzeiro marítimo. Já pensou? Ficar duas semanas no meio do mar?

— Deve ser da hora. Deve ter muita coisa legal pra fazer num transatlântico.

— Ô se tem. A mamãe tá pensando em levar a gente pra um cruzeiro marítimo no fim do ano, pra comemorar esse lance que vai acabar.

— Vai acabar hoje, disse ela.

— Tomara, não aguento mais dormir no seu quarto sentindo os seus peidos fedorentos.

— Ah! Olha quem fala... Você acha que o seu apelido é Foguete por causa do seu cabelinho vermelho, é?

Os irmãos riam enquanto desciam a rua.

O som reverberava alto na sala, fazendo a água do aquário, para o qual olhava, vibrar e soltar gotinhas para cima. Provavelmente os caros peixes ornamentais do pai da Vanessa estariam mortos antes do fim da madrugada se ninguém reduzisse o volume de "insuportável" para "alto o suficiente". Ela mal conseguia ficar sentada no sofá, empurrada de cinco em cinco segundos pelas costas finas e pontudas do Gepeto, atracado a Nana há mais de uma hora. O som insuportável, os cutucos do amigo e as biritas nas ideias quase derrubaram o controle do game da sua mão. Ela sorriu. Nem em seu sonho mais lindo aquela festa iria estar assim, tão perfeita.

— Chiara, quer outra breja?

— Mané, breja, Jéss. Eu quero é subir nas costas dessa Hidra aqui e passar pro próximo monstro. Jéssica ficou olhando para Chiara.

— Tá. Se você tá feliz assim.

Chiara, sem despregar os olhos da TV de plasma, retrucou:

— Eu nunca estou feliz, cara. O único jeito de eu ficar quase feliz é quando a gente tá de galerão nas bikes, descendo montanha a milhão, sem pensar em mais nada. Aí eu fico feliz pra caramba. Ou quando eu termino um game que nem esse aqui.

Jéssica riu da amiga enquanto virava uma long neck na boca. Ia deixá-la em paz, subindo nas costas da tal da Hidra, caso não tivesse visto ELE entrar. Ele era só o cara mais fofo de todo o bairro e um dos poucos que não tinham papo de besta naquela turma. Seu nome era Pedro, fizera dezessete havia duas semanas, não tinha aquele jeitão másculo dos meninos mais velhos, mas seu sorriso era confiante, os olhos fritavam o coração de qualquer otária e os cabelos vermelhos de nascença eram os mais arrepiados do pedaço. O corpo era magrelo e sem graça, e já fora tema de muito tititi entre as garotas que não entendiam como aquele franguinho conseguia tirar o fôlego delas sem fazer o menor esforço. Talvez fosse justamente o jeito descontraído e despretensioso, sem dar muita bola para nenhuma delas e simplesmente rindo junto das meninas, que o fazia brilhar, e tinha aquele lance do sorriso. Que sorriso era aquele do Foguete? O moleque tinha uma boca que dava vontade de passar com um rolo compressor por cima de qualquer piranha que ficasse perto dele só para ser a sortuda que ia chegar primeiro e acabar ganhando um beijo do príncipe encantado. Às vezes as meninas da turma chamavam ele de príncipe, sim, porque o Foguete não chegava babando e se esfregando que nem os outros carinhas. Os outros pareciam uns tarados sem educação. Pedro era diferente. Era divertido, engraçado e, apesar do jeito maduro com que falava às vezes, era leve como tomar picolé de limão num dia de sol, como faziam quando tinham nove anos de idade no recreio da escola. Jéssica tomou mais um gole de sua cerveja e piscou os olhos umas dez vezes. Pedro tinha todas aquelas qualidades, mas já estava na mira de sua melhor amiga. O jeito era colocar a viola no saco e ajudar a camarada a garfar o ruivo.

— Chiara... — murmurou Jéssica.

— Hum — grunhiu a menina, entortando o controle do videogame.

— Olha só quem tá entrando.

— Não enche.

— É ele. O seu Foguete.

Chiara se atrapalhou ouvindo aquilo e caiu das costas do titã no qual tentava bater.

— Odeio esse menino — resmungou, virando-se para trás, balançando o controle e apanhando a cerveja da mão da amiga. — Sempre perco quando ele aparece.

— Odeia? O Foguete? Vocezinha?

Chiara olhou para ele entrando e abraçando a Vanessa. Saco! Detestava aquele sorriso maroto na boca dele. E que boca! Maldito moleque gostoso dos infernos! Ela odiava Pedro por mais uns quinze motivos. Ele era o único que fazia aquilo com a barriga dela, fazia ela ficar dura e parecer que tinha uma pedra de gelo ali dentro. Fazia com que ela, justo ela, a mais descolada e decidida, e mais fodona das amigas, se sentisse de pernas bambas. Não era toda vez que o otário fazia ela ficar de pernas moles, mas, quando o fazia, Cristo! Era duro dar um passo para longe dele! E ela mordia os lábios quando tentava disfarçar seu interesse, e também sentia ódio de outro efeito colateral que fazia todas as amigas se ligarem, apesar de todos os protestos e negações que ela vomitava em seguida. Ele a fazia tagarelar que nem uma louca varrida, sem parar e, muitas vezes, sem falar coisa com coisa, e a fazia parecer com uma groupie retardada de banda pop. Depois de passar uma manhã inteirinha trancada no quarto só pensando em como seria bom beijar aquele idiota da cabeça aos pés e ficar agarrada nele uma vida inteira, ela tinha decidido ficar focada em parar de parecer uma imbecil quando ele aparecia. Missão número 1: manter a boca calada quando ele estivesse por perto. Foi por isso que ela deu de ombros e respondeu:

— Odeio. Ele se acha muito pro meu gosto.

— Cala a boca, Chiara! O Pedro é o cara mais gente boa do colégio inteiro.

— Então pega ele pra você.

— Ai, Chiara! Sabia que você me irrita?! Até parece que você quer que eu pegue o Pedro! Quer que eu tente? Eu me garanto? Se existe uma coisa que eu tenho que moleque nenhum despreza é isso aqui — brincou Jéssica espremendo os seios com os braços no meio do decote.

— Deixa de ser ridícula, garota! — explodiu Chiara, dando um pause no game e levantando. — Fica quieta, e não aponta essas coisas pra ele ou eu te mato.

As duas riram um bocado e voltaram a olhar para o Foguete. Ele ainda estava falando com a Vanessa quando finalmente a anfitriã saiu da frente da porta, deixando mais um garoto entrar. Era Breno, o irmão mais novo de Pedro. Chiara sorriu e olhou para Jéssica.

— Olha como o Foguetinho cresceu. Ah! Ah! Ah! Já está ficando com aquela cara de homenzinho do Pedro. Olha a boquinha. Igualzinha — comentou Chiara.

— Pode crer.

— Aí, você espera mais uns cinco anos, Jéss, e pode ficar com ele.

— Sem graça. Fica aí vacilando com o Pedro que você vai ver o que te acontece. A fila anda, santa.

— Meu maior perigo agora é a Vanessa. Toda cheia de graça pra cima do Pedro.

— A Vanessa?! Chiara, não viaja!

Chiara continuou olhando para a porta enquanto colocava o cabelo para trás. Sua mãe tinha surtado quando ela apareceu com o cabelo raspado na nuca, bem baixinho, deixando só uma franja negra, longa e brilhante escorrendo na testa. Estranhou o fato de os irmãos estarem desacompanhados dos indefectíveis agentes da Federal. Aqueles caras iam até o banheiro com eles, um saco. Muita gente fazia chacota dos dois por viverem com os policiais na cola, e Chiara não era das que engrossavam esse coro. Ela sabia muito bem o porquê daqueles seguranças. Não eram filhinhos de madame. Ela sempre defendia Pedro das brincadeiras nas rodas que se formavam depois que ele passava, dizendo que queria ver como neguinho iria para a escola sabendo que tem um marginal motherfucker babando para botar as mãos em cima de você. É óbvio que eventualmente ela até se sentia aflita. Imaginava isso acontecendo, um dos capangas do Urso Branco deitando os dedos em Pedro e Breno e enrolando os dois em arame farpado. Antevia as imagens na TV, com manchetes e tudo, o sensacionalismo em torno dos corpos carbonizados em uma fogueira feita de pneus, encontrados em um descampado qualquer. Podia ver a mãe de Pedro chorando, agarrada aos caixões dos filhos. Era terrível só de imaginar, e depois se pegava chorando com medo de Pedro aparecer morto; Chiara entregou os pontos e pôs fé que estava mesmo apaixonada pelo carinha. Ele tinha dezessete, ela, dezesseis. Tinham tudo para dar certo. Chiara sabia que Pedro olhava mais para ela do que para as outras. Assim, não tinha certeza absoluta se ele a olhava com segundas e terceiras intenções, pra valer, mais do que só ficar, mas tinha quase certeza. Seu coração disparava só de pensar. E se ele fosse só o cara mais legal do universo? Ela até tinha tentado falar com a mãe a respeito, mas ela logo começou com aquela ladainha toda de que ela tinha que se vestir como uma mocinha, e não daquele jeito esculachado. Quando a mãe começava com aquele mimimi infernal, Chiara só faltava explodir. A maior parte do tempo elas não se bicavam e não entravam em acordo nas conversas. A mãe impunha a ela uma estética que não existia mais! Um saco. Chiara girou pela sala sem saber muito o que fazer. Se ia lá falar com Pedro ou se jogava os dados e esperava ele vir falar com ela. Aí o coração disparava e a barriga gelava. E se uma daquelas piriguetes pegasse o Pedro antes de ele chegar até o meio da sala? Tá, tudo bem que eram só dez passos até onde ela estava, mas tanta coisa podia acontecer entre aqueles dez passos. Chiara fingiu tomar controle dos nervos e sentou no braço do outro sofá. Logo ao seu lado tinha outra pegação. Dois amigos estavam se beijando escandalosamente. Beijar era o jeito bonitinho de comentar a situação. Chiara riu lembrando o jeito que Jéssica falava quando via aqueles amassos violentos. Ela diria que o menino e a menina estavam já "quase fornicando" no sofá. O safado do Gabriel estava enfiando a mão por baixo da blusa da Nara e ela, esgrimando, beijando e esgrimando, impedindo que ele subisse os dedos gulosos.

— Gabriel! — gritou Chiara.

Os amigos pararam um segundo com a pegação e olharam para ela, soltando um sorriso matreiro cada um e voltando aos beijos.

Os olhos dela viraram para a porta. Pedro estava olhando para ela, com aquele sorriso delicioso. Ela sentiu a barriga gelar imediatamente e girou a cabeça para o lado, fingindo que procurava alguma coisa em Jéssica, que tinha apanhado o joystick do game e voltado ao jogo. Ó angústia! Chiara torceu os lábios e olhou de novo para Pedro. Ele vinha andando em sua direção. "Até que enfim!", pensou.

— E aí, Chiara! Quanto tempo não te vejo.

— E aí, Foguete. Pois é, você vive escondido agora.

— É, né? Mas isso vai acabar hoje.

— Eu vi na TV mais cedo. O julgamento vai ser hoje, né?

— Na verdade está sendo bem agora. Minha mãe voltou pra lá.

— Sua mãe vai condenar o cara mais filho da mãe do Brasil.

— Vai, sim.

— Posso dizer uma coisa, com todo o respeito?

Pedro sorriu de novo e ficou olhando nos olhos da amiga, chegando mais perto.

— Você pode dizer o que quiser pra mim, Chiara. Até sem respeito.

Chiara sabia que ficara vermelha naquele exato momento. Suas bochechas ardiam e ela sentiu o peito encher além da conta com a respiração entrecortada. Por que ele estava tão pertinho? "Maldito seja você, Pedro Keller Vareda, por fazer me sentir uma adolescente bobona e apaixonada". Chiara poderia beijá-lo num piscar de olhos.

— Eu vou dizer, mas é com respeito. Hahaha! — dissimulou.

— Manda.

— Sua mãe, cara, sua mãe é muuuuito foda. Ela é a mulher mais foda que eu conheço.

— É. Temos nossas diferenças, mas eu sei que ela é foda.

— Não é só por hoje que eu estou falando.

— Ah, é? Está falando do quê então?

— De tudo que ela está fazendo, de tudo que ela fez até aqui, em nome do seu pai.

— Hum, você gosta de uma mulher vingativa, então?

Chiara enrijeceu o corpo no braço do sofá, endireitando a coluna e deixando-a reta, ficando com os olhos quase na mesma altura dos olhos dele. Ela meneou a cabeça negativamente enquanto imaginava se ele também sentia todo aquele tsunami de sensações assolando seu corpo e sua mente quando ela chegava perto.

— Não. Ela fez isso por amor. Por amor ao seu pai. Ela faria qualquer coisa por amor. O amor faz essas coisas com a gente.

Pedro abriu um sorriso leve que foi crescendo e, então, ele riu enquanto Chiara se ordenava mentalmente mil vezes para calar a boca. Aquilo já tinha soado ridículo o suficiente, e era assim que começava: ela falava uma bosta, depois outra, e outra, e outra.

Pedro foi se aproximando do rosto dela. Seu coração batia rápido. Ele podia sentir o calor das bochechas da garota. Ele fechou os olhos e, no segundo seguinte, já estavam com os lábios colados. Como a boca dela era deliciosa! O beijo surgiu de uma forma fantasticamente natural. Como se aquelas bocas já tivessem se beijado zilhões de vezes. Ele, encantado com a doçura e com o volume dos lábios dela. Ela, hipnotizada pelo frenesi de paixão e desejo e pela firmeza das mãos dele, uma em sua cintura, outra em seu pescoço. Ambos parecendo flutuar ali naquela sala, onde tudo ao redor desapareceu. Não havia mais Hidra a ser batida, não existiam mais traficantes no encalço de alguém, não estava ali a chata da Vanessa nem as preocupações de casa. Foi uma experiência mágica até que os lábios se descolaram e o mundo voltou a existir. Pedro baixou os olhos primeiro. Seu irmão estava ali ao lado dele, parado, olhando. Chiara olhou para o outro lado e encontrou Jéssica, que estava de boca aberta. A amiga começou a dizer coisas só movendo os lábios, sem emitir som algum. Chiara tomou ar e piscou os olhos. Pedro soltou sua cintura e virou-se para o irmão. Ergueu os ombros como quem pergunta "O que foi?". No fim deu dois passos e alcançou Breno, passando a mão em sua cabeça, o que o deixava furioso porque o fazia se sentir um bebê. Breno deu um tapa na mão de Pedro.

— Se acalma, moleque. Vai dar um rolê pela casa, quem sabe você não descola uma boca bonita pra beijar. Tá na hora, já.

— Até parece.

— Vai, carinha, você é boa-pinta. Confia nos teus cabelos vermelhos. Hahaha!

Breno passou por Pedro e sentou no sofá onde Jéssica estava com o controle do game nas mãos.

— Esse jogo é velho, né? Eu li uma matéria especial dele na *Gameworld* on-line.

— *Shadow of the Colossus* não é velho, Foguetinho. É um clássico!

— Deixa eu jogar? No site falavam que era muito bom — pediu o garoto, já estendendo a mão.

— Deixa eu morrer primeiro, "forgado"?

Breno deu de ombros.

— Se te consola, eu sou uma merda jogando isso aqui. Morro rapidão.

— Tá.

— Sabia que você é bonitinho?

Breno ficou calado olhando para a garota sem saber se ela falava a verdade ou se estava de onda com a cara dele. Deu um sorriso no final e depois virou-se para a tela da TV.

Pedro olhou para Chiara. Ela ainda estava olhando para o lado, evitando seus olhos. Pedro ergueu o queixo da menina com o nó do indicador.

— Olha aqui.

Ela resistiu um pouquinho e acabou cedendo, virando o rosto.

— Já estou olhando.

— Olha aqui, no fundo dos meus olhos.

Chiara corou pela milésima vez. Aquilo era desconcertante e desconfortável.

— Faz tempo que eu queria te dar esse beijo.

— E por que não deu, então?

Foguete deu de ombros.

— Marquei touca?

Chiara fez que sim com a cabeça e saiu do braço do sofá.

— Marcou touca legal. Eu já tô pagando pau pra você faz um tempão.

Pedro abraçou Chiara. Um abraço bem apertado. Ouvir aquilo era como um bálsamo para toda a tribulação que trovejava em sua cabeça; era a chegada da calmaria, a bonança do bem-querer correspondido. Se ainda não a tinha, ao menos parecia uma vida feliz começando naquele instante. Chiara tinha um cheiro bom nos cabelos curtos e na pele. Cheiro de menina. Um odor que penetrava e o esquentava. Queria ficar mergulhado naquele abraço para sempre, esquecer que tinha se esgueirado para fora de casa para ter ao menos uma noite por sua conta, sem ter que encarar os olhares dos amigos quando passavam como se ele fosse um alienígena porque estava escoltado por agentes da Polícia Federal.

— Não me aperta assim que eu gamo.

— Faz tempo que não me sinto assim.

— Assim como?

— Você cheira gostoso — desconversou.

— É? Me cheira de novo, depois de um downhill na lama. Aí a gente se fala.

— Por que a gente não vai para um lugar mais calmo que essa sala?

— Danadinho. Quer ficar sozinho comigo, não é? Minha mãe não deixa.

— A minha também não. Não percebeu que eu estou sem os policiais na minha cola?

— Eu notei, sim. Já ia te perguntar.

— Vem por aqui.

Os dois deixaram a ampla sala de estar e passaram pela sala de jantar até encontrar um jardim de inverno. Dali, Pedro guiou Chiara pela escadaria de madeira que levava ao segundo piso da residência até chegarem a uma pequena sala de TV. A grande tela estava ligada, e o canal de notícias exibia uma matéria sobre a São Paulo Fashion Week, que pouco interessou aos adolescentes. No segundo seguinte estavam aos beijos, deitados no sofá. Pedro por baixo e Chiara em cima dele, beijando-o desesperadamente. Num rápido intervalo ela parou e ficou olhando para a cara dele.

— Que foi?

— Você é um danadinho mesmo.

— Por quê?

— Como é que você conhece tanto assim a casa da Vanessa?

Pedro riu um bocado e sentou-se.

— Ué? Isso já é ciúme do namorado, é?

— Hum, além de danadinho é apressado. Quem disse que estamos namorando? Por enquanto você é só o meu peguete.

— Hahaha! Peguete nada. Agora que você caiu nas minhas garras não vou dar mole pra mais ninguém. Pode colocar uma aliança de compromisso aí nesse dedo.

— Para de me enrolar, Foguete. Explica, como é que chegou aqui nessa salinha assim, na maior facilidade?

— Eu estudo com a Vanessa desde que me entendo por gente. Já fiz altos trabalhos aqui nesta salinha. A dona Jú trazia altos suquinhos e bolinhos pra nossa galera.

— Altos trabalhos? Sei. Você dava era altos catos aqui neste sofá, isso sim.

— Ihh, já vi que você nem conhece a Vanessa tanto assim.

— Já ouvi umas historinhas dela. O suficiente pra não gostar.

— Você pode até não gostar dela, mas nunca vai precisar sentir ciúmes.

— Do que você está falando?

— A fruta que eu gosto, dona Chiara, a Vanessa chupa até o caroço.

— Não!

— Sério.

Chiara levantou-se no sofá e ergueu as mãos.

— Você tá brincando, certo?

— Tô nada. Ela é superchegada numa mina.

— Ai, que ódio!

A garota, enervada, andava de um lado pro outro enquanto falava.

— Por que isso agora? Você, toda descolada, vai dar uma de homofóbica agora?

— Não, não é nada disso, tontão. Eu curto gays.

— Você também?

— Cala a boca, Foguete! Tô dizendo que eu tenho um monte de amigos e amigas gays, mas, tipo, é de bom-tom a pessoa te falar, ao menos quando se é menina. Não acredito que a Vanessa é gay, cara. Ela já me viu pelada!

— Como é que é?

— Uma vez, na escola, eu tomei um caldo na piscina, com mochila e tudo. Fui voada para o vestiário da educação física. Cara, ela tava lá e eu pedi pra ela me ajudar a torcer meu uniforme. Porra! Ela me viu peladinha.

— Aposto que ela adorou.

Chiara deu uma série de tapas no ombro de Pedro.

— Vamos combinar uma coisa, gatinha?

— O quê?

— Primeiro beijo, depois briga.

Pedro agarrou novamente Chiara pela cintura e a puxou para o sofá, retomando os beijos na boca da garota, agora descendo também para o pescoço dela, que ficou imediatamente arrepiada.

— Meu Deus... Como isso é bom — gemeu ela.

Pedro agarrou a nuca de Chiara sem dar chance para ela tomar ar.

— Assim você me mata, Foguete.

— Fala menos e beija mais, Chiara.

A garota sentiu outro frio na barriga quando ele sussurrou seu nome baixinho no seu ouvido. A sessão de amasso só terminou quando da TV veio uma notícia que chamou a atenção do jovem ruivo. Pedro sentou-se no sofá e afastou Chiara, que tentava beijá-lo mais uma vez.

— Espera. É minha mãe.

Uma repórter falava da frente do fórum.

— Voltamos aqui ao vivo da frente do fórum criminal Mário Guimarães, na Barra Funda, onde está sendo julgado o traficante Djalma Aloísio Braga, o Urso Branco, alcunha que o criminoso ganhou após a rebelião no presídio de Urso Branco, em Rondônia. Os populares aqui ao redor do fórum fazem questão de aguardar a notícia da condenação do réu, em primeira mão, demonstrando o forte apoio à perseguição que a promotora Raquel Keller Vareda iniciou após o assassinato de seu marido, Davi Vareda, em emboscada que ela lutou para provar ter sido idealizada e executada pelo traficante e seus capangas. Depois de cinco anos de muita luta, finalmente a promotora Raquel...

Repentinamente a imagem desapareceu, dando lugar a um chuvisco e, segundos depois, uma tela preta.

— Putz, que saco! — protestou Pedro, levantando-se e procurando o controle remoto.

Chiara sentou-se e arrumou a blusinha colada ao corpo.

— Tá aqui — disse a garota, pressionando a tecla de canais. — Mas não está funcionando.

Pedro aproximou-se da TV e deslizou os dedos pela lateral, procurando os botões. Quando encontrou e alternou as emissoras, nada, só chuviscos.

Pedro tirou o celular do bolso. Sem sinal.

— Chiara, dá uma olhada no seu cel. Vê se tem sinal.

A menina obedeceu de pronto. Olhou para o display, e o desenho da antena estava apagado.

— Sem sinal. Como você sabe?

— Breno...

Chiara viu Pedro deixar a sala aflito sem dar qualquer tipo de resposta. Ela correu atrás dele, descendo as escadas de madeira, cruzando a sala de jantar e voltando para a frente da TV. Viu Pedro passar a mão pelos cabelos ao não encontrar o irmão ali no sofá.

— Você viu o meu irmão? — perguntou para Gabriel.

Gabriel, que continuava aos beijos com Nara, apontou para a porta que dava para a piscina.

Correram para lá. Nada. Pedro circulou a piscina e abriu um portãozinho que dividia o alambrado junto a uma alta cerca de sansão do campo. Um estrondo como um trovão fez o ar vibrar.

— O que foi isso? — perguntou Chiara.

Os dois ficaram olhando para o céu. O som parecia ter vindo bem do alto.

As nuvens e as estrelas continuavam lá. Latidos de cães subiram das casas. Pássaros revoaram no céu escuro. Algo de muito esquisito estava acontecendo.

— Olha.

A menina, que tinha atravessado o alambrado, apontava para uma brasa viva que tinha acendido e agora sumia.

Os dois tomaram um caminho de pedras desenhado no gramado e chegaram a um jardim. Ouviram a voz de Jéssica cantarolando, pausadamente. Breno estava lá, sentado na frente dela. Ela deu uma tragada longa num cigarro e soprou a fumaça em direção ao irmão mais novo. Pedro, investido de espírito protetor, parou na frente do irmão.

— Vamos embora.

— Por quê?

— Já olhou seu celular?

Breno levantou-se do chão espalmando as mãos e livrando-as dos pedriscos que afundavam na pele. Apanhou o aparelho.

— Sem sinal.

— O meu tá assim, o da Chiara. Olha o seu, Jéssica.

A garota obedeceu prontamente. Digitou alguns números e colocou o aparelho no ouvido. Nada. Um silêncio profundo.

— Vamos embora — disse Breno.

— Por que essa noia com os telefones? — quis saber Jéssica.

Os meninos começaram a responder em movimento, perseguidos pelas garotas.

— Minha mãe sempre diz para verificarmos os celulares. Se todos estiverem sem sinal, é porque eles estão usando um aparelho para bloquear o sinal e evitar que nós ou os agentes da Federal peçam ajuda. Estão preparando uma armadilha pra pegar a gente.

— Eles? — inquiriu Chiara.

Pedro parou e se virou.

— É. O pessoal do Djalma está atrás da gente.

— Aqui? No condomínio?

— Eles não dão moleza. Eles podem entrar em qualquer lugar.

— Liga pros seus seguranças, então, pelo amor de Deus — clamou Chiara.

— Como, se todos os celulares estão mudos?

— Ô, vacilão, antes do celular existia uma parada que se chamava telefone fixo, lembra não? Vem comigo?

O trio passou a seguir Jéssica, que voltou para a grande casa de Vanessa.

O furgão branco com uma fotografia de palhaço adesivada de cada lado estacionou na frente do portão. O motorista baixou o vidro e exibiu seu rosto maquiado, com um nariz vermelho postiço sobre o verdadeiro.

— Alô, o palhaço chegooou — bradou, brincalhão.

Ninguém respondeu no interfone. Olhou para a guarita e viu três seguranças zanzando de lá pra cá. Uma fila crescente de carros encostando atrás do seu e nas guaritas de saída também. Olhou para o lado de dentro do imenso condomínio, mais meia dúzia de seguranças andando pelas cancelas, e dois deles em cima de motos. Alguma coisa estava acontecendo. O palhaço olhou para trás e gesticulou para os outros seis palhaços sentados. Um deles veio para a parte da frente e também olhou. Os seguranças da guarita olhavam para as telas de TV. A maioria delas estava apagada ou emitindo chuviscos. Voltou para trás e ficou calado.

Finalmente um dos seguranças apareceu na janela da guarita.

— Tá indo aonde, chegado?

— Festa da Bianca, casa do senhor... — o palhaço fez uma pausa e pegou um papel no banco ao lado, colocou um par de óculos e passou o dedo no papel. — Senhor Amadeu. Rua Pitanga, número 423.

O segurança apanhou uma prancheta e percorreu os avisos de acesso permitido até encontrar o recado da festa da dona Bianca.

— Tá chegando tarde, não tá, não?

— Não é festa de criança, chegado. O seu Amadeu contratou um show diferente para o aniversário da esposa. Um show bem diferente. Somos palhaços strippers. Hahaha! — O segurança olhou para dentro e para o chefe da equipe de vigilância.

— Libera, libera. O nome dele tá aí na prancheta?

— Tá.

— Deu pau nos interfones, telefones, tá tudo fora do ar. Libera que senão vai virar uma quizumba aí na frente que não vamos dar conta.

O segurança da janela se voltou para o palhaço e apontou a cancela.

— Sabe chegar lá?

— Sei.

— Bom trabalho, palhaço — brincou o segurança, sarcástico.

O motorista acelerou, e o furgão atravessou os muros do condomínio. Já tinha estado ali duas vezes andando pelas ruas para saber que aquele condomínio era um dos mais bem protegidos da cidade e que não teria melhor jeito de entrar ali do que daquela forma, como prestador de serviço. Olhou para os comparsas no banco de trás, eles já estavam com as armas nas mãos, prontos para a investida derradeira contra aquela vaca ruiva. Ela condenaria Djalma, mas não ganharia aquela batalha sem mais um pouco do gosto de sangue descendo pela garganta.

O motorista subiu duas ruas, em direção à residência do Amadeu para despistar. Conseguir colocar o nome na lista de visitantes tinha sido fácil. Um pouco de esforço da Sardenta nas redes sociais, logo o velho Amadeu estava babando pela comparsa, que conseguiu descobrir que a esposa do Amadeu fazia aniversário e era chegada em baladas "alternativas", como danceterias de swingers, clubes de mulheres e toda sorte de showzinhos eróticos para apimentar a relação dela e dos amigos do casal. Então tinham ligado oferecendo um show de strippers como cortesia de um clube de swingers para promover a casa. Caíram como pato e colocaram o nome da equipe na lista de prestadores de serviços autorizados. Carlos olhou pelo retrovisor sem encontrar nenhum carro de segurança em seu encalço. Encostou a van no meio-fio e abriu o porta-luvas tirando uma pistola Glock .40. Apanhou o celular e digitou o número da Sardenta, a mulher do chefe. Ela que estava no comando da operação. O combinado era que ela ligaria caso tivessem que abandonar a missão, e nenhum sinal tinha vindo do comando até o momento. Mesmo assim ele tomou a iniciativa de ter a confirmação, quando ele dobrasse a rua não teria volta. Iria ser ou tudo ou nada contra a casa da promotora. Ela estava longe, no tribunal, enquanto seus filhos estariam no lar, protegidos por um bom número de agentes. Evidentemente, que os homens da Federal estariam preparados, armados e alertas até os dentes, mas o plano de ataque surpresa era bom, teriam uma boa chance de cravar um punhal no peito da "urubuzona". O silêncio no outro lado da linha era total. Não chamava, não caía na caixa postal, nada. Um branco perturbador. Olhou para o display. Sem sinal.

— Bosta. Isso é hora pra ficar sem sinal? Me empresta o seu aí, Marcião.

O homem no banco de trás tirou um aparelho do bolso do casaco. Carlos apanhou e olhou para a tela. Também sem sinal.

— Enfia no rabo essa merda! Tá sem sinal! — reclamou, jogando para trás.

— Acalma os nervos aí, patrão. Deixa eu ver o outro aqui.

Marcião vasculhou o casaco procurando outro aparelho.

— Eu ando com três celulares aqui. Um de cada operadora, já pra não ter zica.

Logo o bandido estava com mais dois aparelhos na mão e um rosto descontente.

— Mas parece que não é nossa noite de sorte, Carlos. Tá tudo zoado, tudo sem sinal.

Os bandidos, como que ensaiados, foram revirando suas coisas e conferindo os aparelhos. Ninguém tinha sinal.

Carlos apertou as mãos no volante. Em geral, quando todas as operadoras estavam fora do ar, era trabalho de algum embaralhador de sinal. O lance é que normalmente eram eles que faziam isso, quando iam começar um assalto ou coisa do tipo. Talvez a Federal tenha ficado esperta... Mas não teriam permissão de ligar um bloqueador ali, num bairro residencial, o tempo todo. A vizinhança já teria caído no fígado da promotora, certeza. Deixa um bando de burguês sem luz, internet ou celular para ver a bagunça que se arranja. Carlos coçou a cabeça e olhou para os comparsas. Marcião, com peruca de palhaço, soergueu as sobrancelhas.

— Ninguém tem sinal nessa porra? — perguntou irritado.

Os seis palhaços, mais os três homens escondidos no compartimento atrás do banco, já tinham conferido. Todos fora do ar.

— E aí, chefia? Tamos na tua fita.

— Lembrem do que eu falei, é tiro na cabeça. Esses cabruncos aí andam só de colete.

— Fechou.

— Vamo que vamo?

— Não é melhor esperar a ligação do Comandante? — perguntou Adilson.

— Tá tudo sem sinal, sabichão. Como é que vou esperar por uma ligação se isso aqui não tá funcionando? Não podemos ficar aqui morgando no meio da rua. Os seguranças fazem patrulha a todo instante. E se sairmos do condomínio não podemos voltar mais tarde. Não tamo fazendo entrega de pizza, sabichão.

Carlos olhou para Adilson pelo retrovisor. Fora a ridícula peruca amarela cobrindo a careca, encontrou os olhos mansos do capanga. Ele tinha aquela cara de peixe morto, mas era um dos bandidos mais sangues-frios com que já tinha trombado na vida. Sabia por que ele estava com aquela cara e por que lançara aquela pergunta que, à primeira vista, tinha parecido tonta. Djalma seria preso. O ataque que estavam prestes a fazer, à la Jihad, caso fosse bem-sucedido, renderia baixas nos dois lados. Policiais federais feridos e mortos de um lado, dois ou três de seus homens do bando tombados do lado de cá. Tudo isso para cumprir uma promessa e fazer valer a palavra de Djalma Urso Branco. Para mostrar que, mesmo preso, o traficante continuaria tocando o terror do lado de fora. Adilson tinha dito que aquilo era birra e não valia o esforço. Depois daquele atentado, matando Polícia Federal e matando duas crianças, seriam caçados até o fim. Carlos tinha rebatido que tanto fazia se aquilo fosse feito para saciar o ego do Djalma ou se de fato seria encarado como uma mensagem de guerra. Pouco importava. O lance é que tinha aceitado o dinheiro do traficante para encarar aquela pedreira. Recebera um bom cascalho, mais as armas que tinham trazido. Não era pouca coisa. Adilson tinha também resmungado que eles eram assaltantes de banco, não assassinos de crianças. Que aquela coisa de invadir casa para matar criança era um pouco demais. Já tinha sido ele quem apagara o marido da promotora, cacete! Carlos convenceu o parceiro do crime a fazer mais essa. E aquele olhar que ele lançava de trás, junto da pergunta, era só para cavar uma brecha, mostrar uma oportunidade legítima de deixar tudo para trás.

— O cara falou que ia ligar, meu irmão. Eu tô achando muito sinistro esse negócio de não ter sinal aqui — tornou Adilson.

Carlos continuou com os olhos no retrovisor, mirando cada um dos capangas. Eram nove dos melhores atiradores e psicopatas assaltantes de banco, com ele formavam dez mercenários. Na casa tinha uns seis agentes, mais os dois moleques.

— Vamo que vamo? — perguntou Carlos mais uma vez.

Os bandidos continuaram em silêncio, retirando suas fantasias e perucas, mantendo apenas a maquiagem sobre o rosto que acabaria por encobertá-los diante das câmeras de vigilância. Sem abrir o bico, diziam, eloquentes que não queriam tomar partido de Carlos nem de Adilson. Eles que resolvessem o destino. Se fossem para cima, iriam para cima. Estavam ali para isso, para sentar o dedo nos federais. Se voltassem para casa, ótimo. Voltariam todos vivos, que o Carlos se virasse com o Comandante depois.

Pedro entrou na sala mais uma vez. Não demorou para localizar o aparelho de telefone sem fio. Pressionou a tecla de discagem para liberar a linha. Sinal de ocupado.

— Saco. Não tá funcionando também — reclamou, nervoso, olhando para o irmão e para Chiara.

— Isso não está me cheirando bem, Pedro.

— Calma, Breno. Ainda não sabemos o que está acontecendo, ok? Pode não ser nada.

— Celular fora do ar, telefone sem funcionar e até a televisão. Eu já vi isso nos filmes, mano. Eles estão aqui, atrás da gente.

— Breno, se acalma.

— Me acalmo o escambau! Precisamos voltar pra casa correndo. O Flávio nem sabe que a gente saiu.

— Exato. Nem a polícia nem os bandidos. Como eles iam saber que estamos aqui, Breno?

— Não sei, Pedro. Não sei. Só sei que esses caras descobrem tudo. A mamãe sempre diz: na dúvida, não vacile.

Chiara e Jéssica ficaram olhando, alternando de irmão para irmão a cada fala. Jéssica ainda fumando, dando tragadas rápidas e nervosas.

Breno andou até a janela da sala de Vanessa e olhou para a rua escura.

— O que a gente faz agora, Pedro?

— Melhor tomar uma bronca por causa da fuga do que ficar de bobeira. Você mesmo disse, mano. Na dúvida, não vacile.

— Vamos voltar pra casa, é isso?

— Agora.

— A gente vai com vocês, nunca vi um esporro da Polícia Federal. Hahaha! Deve ser da hora — brincou Chiara, puxando Jéssica pela mão.

— Melhor não, meninas. A coisa está estranha. Não estou gostando dessa história de o celular não funcionar.

Jéssica soltou uma baforada suavemente no rosto de Pedro e falou:

— Se o bicho pegar, a gente cuida de você, Foguete.

Pedro sorriu e balançou a cabeça.

— Tá, venham. Mas tomem cuidado. Qualquer coisa esquisita, corram, para bem longe da gente.

Finalmente Carlos decidiu-se pela grana e pelas armas e pisou no acelerador.

— Tiros na cabeça. Se fizerem isso, vai dar tudo certo.

Carlos tinha passado pela frente da casa da promotora uma dúzia de vezes disfarçado de corredor. Tinha vindo com a Vandinha. Como ela era novinha, se passava fácil por filha ou namoradinha de empresário abastado, coisa que pululava naqueles condomínios. Umas três vezes pararam quase na frente da casa da promotora fazendo alongamentos, sem despertar qualquer suspeita nem nos federais nem na segurança patrimonial. Sempre tinha pelo menos um policial Federal na varanda da casa. Tinha visto dois rostos diferentes. Numa das vezes viu o carro no qual o motorista levava os garotos para a escola, um Ford Fusion preto. Com a porta da garagem aberta, viu que havia, lá dentro da garagem, uma porta de serviço. Portão de madeira automatizado, com motor que o fazia se levantar e descer mecanicamente, e afastado uns cinco metros da calçada. A julgar pela posição da frente da casa, a porta de serviço deveria passar por uma cozinha, e depois estaria no meio da sala. Numa outra volta pôde ver, pela janela aberta por um dos garotos, uma escada. A escada que levava para o segundo piso. Quantos policiais ficavam de prontidão, nunca soube exatamente. O que se sabia e se estimava por conta de entrevistas que colheu na rede é que coisa de seis policiais acompanhavam os meninos dia e noite. Eles não podiam pôr o nariz na varanda sem estar de colete à prova de balas e dois cães de guarda cada um, armados com uma .40. Não era difícil ver agentes portando fuzis nos carros de apoio. Por isso seu bando trazia fuzis também. Como diziam por aí, ia ser briga de cachorro grande. Coisa rápida. Entrar, executar, sair. Tudo bem que a data inspiraria cuidados extras nos agentes, mas o avançado da hora, a noite feita e a monotonia dariam alguma cobertura ao seu plano. A essa altura do campeonato os agentes já deveriam achar que o bando do Djalma estava vencido. Se a inteligência da Federal estivesse ligada nos capangas do Urso Branco, não contariam com uma ação vinda de um grupo de fora, de assaltantes de banco, de mercenários contratados para o crime. O plano ia funcionar. Uma mistura fina de simplicidade e ousadia. Usariam o furgão como aríete, arremessando-o contra o portão de madeira da garagem. Desceriam do furgão e tomariam o corredor rapidamente. Era imprescindível chegar até a sala o mais rápido possível. Seu bando ficar preso no corredor seria um atestado de burrice. Enquanto seis ganhavam a casa, quatro se dividiriam, dando cobertura do lado de fora, tomando posições estratégicas. Qualquer pessoa que saísse, qualquer pescoço que aparecesse nas janelas, ia tomar bala. Entraram na rua vagarosamente. Tudo manso e de acordo. A tensão foi crescendo a cada respiração dos bandidos.

— Liguem os rádios! Agora não tem volta — avisou Adilson.

Todos pressionaram o botão do aparelho que só poderia ser ligado quando estivessem chegando, para evitar a varredura dos agentes federais. Os homens não brincavam em serviço, ainda mais quando a mídia estava dando o maior cartaz para o caso de proteção da promotora Raquel, um paladino de saias, travando uma luta terrível contra o narcotráfico brasileiro. O som do motor acelerando fez uma carga de adrenalina ser lançada no sangue de cada um daqueles soldados.

— Segura! — gritou Carlos.

O furgão, como previsto, varou o portão de madeira com grande estardalhaço. A porta do lado direito ficou enganchada em restos de madeira e ferro, prensada contra o Ford Fusion que estava estacionado. Imaginando contratempos, Carlos tinha exigido um furgão com duas portas. A do lado esquerdo deslizou suavemente, dando vazão aos bandidos.

Carlos não era do tipo que se intimidava em combates, foi o primeiro a alcançar a porta de serviço. Silêncio. Girou. Trancada. Fez um sinal para Marcião, que enfiou o pé, fazendo a porta voar do batente. Carlos puxou o pino de uma granada e soltou a trava.

— Eu amo isso aqui.

Arremessou o artefato para o fim do corredor, uma explosão infernal de luz clareou a garagem, e só depois que o chefe gritou os homens voltaram a abrir os olhos. Carlos e Marcião iam lado a lado. Dois agentes estavam de pé, atirando na direção do corredor, às cegas. Carlos fez pontaria e abateu os dois. Os tiros cessaram, e Marcião avançou para a sala enquanto uma rajada de disparos foi ouvida do lado de fora da mansão.

— Menos dois! — gritou o bandido.

Celso e Adilson vinham logo atrás. Uma porta se abriu no corredor, à esquerda, surpreendendo a dupla. Um disparo. Celso caiu mudo. Adilson encostou na parede, rente à porta aberta, e pressionou o rádio.

— Aqui atrás.

Quando o braço do agente Federal, empunhando uma pistola, apareceu no corredor, Adilson já tinha soltado seu fuzil e agarrado uma faca. Com sua frieza parceira das horas de agonia, agarrou o punho do agente, puxando-o para perto e cravando a lâmina em sua garganta. O agente conseguiu efetuar dois disparos, mas logo tombou sobre Celso, soltando a pistola e levando as mãos ao cabo da faca enterrada em sua traqueia. Adilson apanhou a pistola caída e a enfiou no bolso; em seguida, virou o policial que tremelicava lutando contra a gadanha da morte, que ia chegando de mansinho. Puxou a faca com tudo, limpando-a no colete do verme e guardando-a na bainha mais uma vez. Olhou para o corredor, Marcião tinha desaparecido e não tinha voltado quando pediu ajuda pelo rádio.

Um quinto bandido, que chegava pelo corredor, logo atrás de Adilson, fez um sinal para a porta aberta a sua frente. O rapaz recostou-se à parede e foi caminhando lentamente, de lado, e olhou para dentro, fazendo outro sinal para Adilson, que entrou. Era uma cozinha. Um prato sobre a mesa com um pouco de macarrão. Sprite. Estava vazia. Voltou para o corredor e para a sala. Carlos e Marcião não estavam mais lá. Correu até a janela. Podia ver um dos seus parceiros lá fora. Pressionou o rádio.

— Onde você tá, Carlão?

Nenhuma resposta. Virou-se para o garoto que o acompanhava.

— Você ouviu minha voz no rádio?

O garoto fez que não com a cabeça.

— Merda. Até o rádio não funciona.

Adilson olhou para o chão da sala. Dois policiais caídos, mortos, tiros certeiros na testa. Gesticulou para o seu companheiro e subiram as escadas procurando os comparsas. Chegando no último degrau, parou, escutando. Passos adiante. O corredor estava claro, havia cinco portas, duas à direita, duas à esquerda e uma no final do corredor. Esta última estava fechada. Adilson sabia que ali não era o melhor lugar do mundo para ficar. Se tivesse um policial do outro lado da porta, ele poderia abrir fogo às cegas contra a porta de madeira e derrubar todo mundo. Caminhou até a primeira porta à sua direita e entrou rapidamente. Quarto de moleque. A cama estava vazia. Suspirou com certo alívio. Ele não queria encontrar nenhum dos garotos. Estava ali para dar apoio ao Carlos, e só. Não queria ser ele a puxar o gatilho para matar porra de criança nenhuma.

Pedro subia a rua e olhava insistentemente para o celular enquanto avançavam. Tinha parado umas duas vezes e olhado para trás, para as sombras. Poucos carros passavam, posto que era dia de semana, e torcia para que uma viatura do condomínio passasse por ali. Ninguém no bando do marginal iria pensar que os irmãos estivessem à solta pela rua, sem seguranças, mas podiam ter algum tipo de informante que tinha visto saindo de casa apenas os dois, e agora estivessem por ali, tentando encontrá-los. Pedro não queria assustar ainda mais o irmão, então sorria para ele, dissimulando sua preocupação nas duas vezes em que um carro virou a rua vindo em direção a eles. Do primeiro carro ele reconheceu o motorista. Um carinha da sua rua que estava com a namorada. Eles sempre saíam tarde da noite. Dois minutos depois desceu mais um carro de passeio. Ele veio bem devagar, com a luz alta, deixando-os completamente cegos. Pedro colocou Breno atrás de si, protegendo-se atrás de uma árvore. As meninas ficaram coladas ao muro da casa por onde passavam e não respiraram até o carro cruzar o asfalto em frente a eles. O ar esfriou ao redor daquele grupo, parecendo congelar aqueles segundos. Pedro olhou para dentro do carro sem reconhecer quem dirigia. Só não tinha gostado daquela velocidade, vagarosa, demorada, como se ali dentro o motorista procurasse por ratazanas fugitivas pelas calçadas. O carro dobrou a esquina sem parar, dissipando aquela atmosfera: medo mesclado à expectativa.

— Vamos — comandou Pedro.

Continuaram subindo. Cães ladravam aqui e ali. Cada fachada daquelas imensas casas de condomínio fechado que conseguiam cruzar era uma vitória que os deixava mais perto da salvação. Pedro olhava para o irmão e as amigas, tentando passar alguma confiança e se alimentar de alguma energia positiva. Em troca, porém, tudo o que encontrava nos olhos do irmão e, em consequência, das garotas era um temor velado que fazia o vazio em seu estômago crescer. Chegaram em mais uma esquina. Pedro deixou os olhos correrem pelos quatro cantos do fim do quarteirão. Um cruzamento era o lugar onde ficariam mais expostos a um atirador. Seu pai tinha morrido assim, em uma emboscada covarde, armada por assassinos escondidos.

— Rápido! Não fiquem parados aqui!

O som dos passos da turma ecoaram pela esquina. Outra vitória. Só mais um quarteirão e estariam lá.

Continuaram subindo. Breno sorriu quando viu a luz da sala de sua casa acesa, lá em cima, no quarteirão, do outro lado da rua. A rua em que estavam, ao seu final, formava um T, acabando exatamente na frente da casa deles. Antigamente a mãe gostava de ficar na janela do quarto dela olhando para baixo, dava pra ver quase o condomínio todo ali do alto.

— Falei que não era nada — disse Chiara. — Já estamos chegando.

— É — murmurou o garoto.

O sorriso da turma se diluiu e se transformou em perplexidade quando viram uma van com desenho de palhaço na lateral passar no final da rua. Ela parecia que ia simplesmente cruzar o campo visual deles. O que manteve os olhos dos garotos grudados nela não foi a cara do Bozo estampada no veículo, mas o fato de ele, repentinamente, dar uma guinada para a esquerda e entrar na calçada que dava na garagem da casa sem reduzir a velocidade, cantando os pneus. Ouviram, pelo ronco do motor, a van acelerando ainda mais em vez de parar e, num segundo, o barulho do impacto quando ela se arrebentou contra o portão de madeira, provocando um estardalhaço espetacular que fez com que todos os cães do condomínio começassem a latir.

— Que foi isso? — perguntou Jéssica, ajoelhando-se.

Todos ainda estavam tomados por um torpor, uma perplexidade que enregelava o sangue e também anestesiava os músculos, mantendo-os cativos daquele momento, forçando-os a testemunhar a terrível verdade que se desenrolava diante de seus olhos. Homens armados com fuzis estavam pulando dos carros, esparramando-se pela garagem, e ao menos um deles vinha em sua direção!

Pedro abaixou-se, sendo imitado pelos outros, beneficiando-se dos arbustos e da folhagem do salgueiro plantado no jardim da casa da esquina.

— Vamos sair daqui, Pedro!

O garoto tinha os olhos arregalados e agarrava o pulso do irmão.

— Pedro! — gemeu Chiara, entredentes, sufocando um grito.

Ainda encurvado, ele caminhou de costas alguns passos. Estava escuro, mas viu quando a porta da área de serviço foi arrombada. Os homens encapuzados jogaram alguma coisa no corredor. Um alarme em sua mente disparou.

— A gente tem que sair daqui.

O homem que caminhava da frente da sua casa até o meio da rua na direção do grupo já tinha virado de costas e olhava para os lados. Lançou um olhar para a esquina onde estavam escondidos, mas, por pura sorte, não pareceu enxergá-los. Ele tinha o rosto maquiado de palhaço, o que lhe emprestava um aspecto bastante sombrio naquele cenário.

Nesse momento o quarteto prendeu a respiração e praticamente se transformou em sombra. Jéssica começou a gemer e Chiara tapou a boca da amiga. Foram passo a passo se afastando. Tinham que dar o fora dali de qualquer jeito. Pedro puxou Breno e Jéssica para o gramado. Os arbustos faziam agora uma cerca completa, não tinha como serem vistos. Só precisavam do silêncio para pensar em um jeito de desaparecer do foco do perigo. Dois disparos fizeram com que os quatro, ao mesmo tempo, estremecessem. Eles se entreolharam de forma nervosa. Pedro pensou nos agentes que tinha deixado para trás na casa. Se os tivesse chamado para a festa da Vanessa não estariam lá agora.

— Eles são bons. Vão acabar com esses caras — falou Chiara, baixinho, parecendo ler seus pensamentos.

Pedro fez um sinal de silêncio e depois outro para que se levantassem. Ouviu barulho às suas costas. Uma fresta de uma janela foi aberta. Os vizinhos curiosos começavam a espreitar. O bom é que logo chamariam a polícia e os bandidos seriam cercados. O ruim é que talvez aquela janela em particular chamasse a atenção do mercenário que estava mais próximo a eles. Estavam prestes a sair dali quando a rua foi inundada pela luz amarela do giroflex da viatura da guarda patrimonial. Um Renault Mégane, caracterizado com adesivos com o logotipo da empresa, um brasão na forma da cabeça de um lobo-guará, subia em alta velocidade com o motor roncando. Os garotos mais uma vez se abaixaram para não chamar a atenção. O carro parou numa freada ruidosa a poucos metros de distância, derrapando de lado, à direita dos adolescentes. O veículo foi recebido à bala pelo inusitado palhaço que portava um fuzil. A coisa toda parecia não ser real. As balas zuniam e perfuravam o capô e o para-brisa do carro. Pedro viu a luz de ré do Mégane se acender, e mais uma rajada de tiros acertou o veículo, quebrando um farol e arrancando o retrovisor do lado do motorista. O carro deu ré desgovernado na direção do quarteto.

— Cuidado! — gritou Pedro, puxando o irmão.

Chiara e Jéssica tombaram para o outro lado e correram para trás do veículo estacionado na casa da esquina, buscando proteção. A janela da casa se fechou com estrépito. Certamente os moradores estavam apavorados. A coisa de dois metros de distância de onde estava, Pedro viu a porta do Mégane se abrir e o motorista descer, cuspindo sangue. Seu rosto estava escurecido e coberto de sangue, apenas um olho era identificável no meio da bagunça que tinha se transformado sua cabeça. Ele tombou na calçada e olhou para os dois garotos. Olhou para o palhaço e ergueu a arma, quando finalmente foi atingido por mais uma saraivada de tiros. O palhaço ficou parado no meio da rua, e uma explosão de luz escapou da casa dos meninos. Pedro já tinha visto aquilo no cinema. Era uma granada de luz usada para atordoar o inimigo em invasões. Simultâneo ao seu pensamento o som de mais tiros veio de dentro da casa, para azar dos agentes federais e sorte dos garotos na calçada, visto que o palhaço assassino virou-se em direção aos tiros. Pedro arriscou um olhar para trás, na varanda superior surgiu outro dos mercenários, que ficou olhando para a rua. Pedro tinha a respiração entrecortada e a cabeça voando a mil. Não sabia se os agentes da Federal tinham sido dizimados ou se sairiam vitoriosos daquele ataque. Não sabia quanto tempo duraria aquele tiroteio e tentava imaginar o que aconteceria quando a ficha dos invasores caísse e eles percebessem que os alvos daquele assalto não estavam lá. Logo entrariam no quarto e perceberiam que, em vez de corpos, tinha só dois pares de cobertores e travesseiros enrolados sob as mantas. Muitas dúvidas e uma única certeza. Não podiam ficar parados ali. Ouvindo o gemido e o choro das garotas e do irmão Pedro, pediu calma. Arrastou-se em direção à viatura da segurança privada e só conseguiu ver o bico do veículo parado no meio da rua. Abaixou-se mais um pouco, evitando sair da proteção do tronco da árvore, e viu a mão ensanguentada do segurança.

— Matei eles! — gritou o bandido no meio da rua.

O grito fez os garotos estremecerem. Pedro ficou com o ouvido alerta e, ainda mergulhado nas sombras, tentou ver onde o homem estava. Se ele entrasse na casa, poderiam arriscar a corrida até a portaria. Até lá eram dois longos quilômetros. Talvez o melhor fosse voltar para a casa da Vanessa e torcer para o telefone fixo ter voltado a funcionar. O coração do garoto batia disparado, olhava a todo instante para Breno e para as meninas. Jéssica estava agora com duas cascatas negras descendo pelo rosto por culpa das lágrimas que lavavam sua maquiagem. Chiara estava com um olhar atônito e incrédulo, como se aquilo fosse irreal ou só mais uma cena dentro dos violentos jogos de videogame de que ela tanto gostava. Pedro voltou a olhar para a rua e viu o homem com o fuzil parado no meio do asfalto. Uma distância de no máximo vinte metros os separavam. Um gemido mais alto poderia ser escutado. Por sorte os cachorros não paravam de latir. O garoto levantou os olhos e viu o homem da varanda, também maquiado, balançar a cabeça. Um terceiro surgiu na varanda, consternado e nervoso, que revelou:

— Os garotos não estão aqui. Viemos aqui só pra nos fodermos.

Pedro e Breno não respiravam. Se o palhaço desse mais dez passos para a frente, poderia encontrá-los na hora.

— Eles estão por aqui. Pode apostar. Vamos revirar cada canto dessa casa e desse lugar. Se os federais estavam aqui é porque eles não estão longe — gritou o primeiro da varanda.

— Você sabe o que aconteceu com os rádios? Não estão funcionando! — foi a vez de o palhaço em frente à casa perguntar.

Pedro não ouviu nenhuma resposta. Seus olhos foram para dentro da viatura. No banco do passageiro estava o corpo do segundo vigia, que não tivera nem tempo de reagir. Estava ainda preso ao cinto de segurança, com a cabeça tombada para a frente. Os ouvidos de Pedro estavam agora focados nos passos do palhaço que se afastava. O som cadenciado do motor do Mégane cobriu o ar por alguns segundos até ser sobreposto pelo barulho de uma moto subindo a rua, o que fez Pedro se enregelar pela milésima vez. A motocicleta subia pela rua de trás. Certamente outro segurança desavisado que seria alvejado assim que pintasse no fim da rua. Pedro viu a porta da frente da casa abrir e mais três daqueles homens saírem.

— Vai lá ver se aquele cara no carro morreu mesmo — gritou um deles para alguém.

Sem querer, o garoto apertou o braço do irmão mais novo, apreensivo. Os olhos dos dois se encontraram. Breno estava com a figura do pavor estampada no rosto. Eles viriam até o carro. Eles os encontrariam, e era isso, o fim. Seriam executados a tiros de fuzil, ali, no jardim da dona Nina.

— Tira a gente daqui, Pedro. Eu não quero morrer.

Pedro agora tremia dos pés à cabeça. Seu coração estava quase pulando pela garganta. Tinha que dar um jeito. Tinha que lutar. Podia fazer alguma coisa para chamar a atenção daqueles marginais e fazer com que fosse seguido. Chiara conseguiria levar Breno e Jéssica para um lugar seguro. A moto estava chegando e criaria um segundo de distração entre os bandidos.

— Chiara... — murmurou o rapaz.

Chiara olhou para o namorado e balançou a cabeça em sinal negativo, com se adivinhasse só pelo olhar que Pedro lhe deu.

— Você precisa levar eles para algum lugar. Bata em qualquer porta e peça ajuda. Só tire o meu irmão daqui.

— Pedro... — choramingou o irmão. — Não, Pedro.

— Você que tem que levar a gente, Foguete. — sussurrou a menina.

— Eu distraio eles e você foge com o Breno e a Jéss. Vai dar tudo certo.

— Pedrooo... — chorava o irmão mais novo. — Não vai... Fica.

Pedro olhou para a rua por entre as folhas oblongas do salgueiro. Os homens estavam olhando na direção da esquina. Finalmente a motocicleta surgiu com a luz dos giroflex lambendo as paredes das casas. O palhaço do meio da rua ergueu o fuzil e efetuou disparos. A moto bambeou, mas não caiu, o motociclista conseguiu virar e iniciar a fuga. Os bandidos correram na direção da esquina. Pedro estava tonto de tanta tensão. Não tinha pensado em fazer aquilo por se sentir um super-herói. Faria aquilo porque era tudo ou nada. Se ficasse ali parado esperando, ele e seu irmão seriam mortos. Fazendo aquilo daria chance para que ao menos Breno vivesse. Do contrário, toda a luta da mãe seria vazia e sem sentido. Contudo, quando todos os bandidos correram, atraídos pelo infeliz vigilante, Pedro teve outra visão. Uma chance brilhou diante de seus olhos num átimo. Foi nesse momento, sob o signo do desespero, que Pedro fez a coisa mais ousada de sua vida. O garoto correu até o carro fuzilado e pulou no banco do piloto. Olhou para o câmbio, desembreou o carro e pisou no acelerador só para ter certeza de que o motor estava ligado. Sentia câimbras no estômago, sua voz quase não saiu quando precisou gritar:

— Vem, Breno, vem!

Olhou para a rua. Ainda estavam atirando contra o motoqueiro que tinha caído e se refugiava entre um ou outro carro estacionado para o lado esquerdo da casa.

— Vem! — gritou.

Breno estava paralisado de medo. Só conseguiu se levantar quando a mão de Chiara agarrou seu braço e o puxou, abrindo a porta de trás do Mégane.

Um tiro acertou o capô. Depois mais dois ou três.

— Entra!!! — gritava Pedro a plenos pulmões.

Chiara bateu a porta traseira assim que conseguiu puxar as pernas de Jéssica sobre si.

Pedro tentava engatar a primeira marcha, mas só se ouvia o ronco do arranhar do câmbio. Então o carro engatou e Pedro pisou fundo no acelerador, girando o volante sem conseguir completar a curva, subindo no gramado da casa do outro lado da rua. Tiros acertaram a lateral do carro, e o vidro do passageiro traseiro esquerdo explodiu em mil pedaços. As meninas gritavam, e o irmão chorava. Seus olhos ardiam e mais faíscas espocavam do lado de fora. Pedro finalmente conseguiu tirar o carro da calçada pisando fundo no acelerador. Passou para a segunda marcha e pisou novamente, fazendo com que seu corpo colasse no banco do motorista. Desceu a rua praticamente desgovernado. Ele sabia dirigir. Tinha dirigido algumas vezes o Fusion, mas ele era automático. Sua mãe nem sonhava que o motorista já tinha deixado ele conduzir meia dúzia de vezes. Contudo, dirigir naquelas condições, para salvar a própria vida, era outra coisa. O coração continuava praticamente pulando da garganta.

Marcião tirou a toalha do braço de Carlos. O sangue tinha empapado tudo. Quando olhou para a ferida, balançou a cabeça.

— Velho, você precisa ir para o hospital agora mesmo. Isso é sangue arterial, e tá saindo bastante. O filho da mãe te acertou direitinho.

— Não tenho tempo pra hospital agora, mané. Já tomei mais de quatro tiros e não morri — resmungou, voltando a pressionar a ferida com a toalha.

Pulou o corpo do Zeca e voltou até o quarto da urubuzona. Adilson estava na varanda atirando.

— Que zona é essa?

— O menino da urubuzona.

— Que que tem?

Carlos adiantou-se, empurrando Adilson, espremendo-se na porta e chegando na varanda a tempo de ver a luz de um carro descendo a rua a toda velocidade. Cheiro de borracha queimada e pólvora.

— Eles estão naquele carro?

— Acho que são eles. Dois moleques ruivos, mais duas minas.

— Vamos atrás, agora!

Carlos saiu do quarto, agora desviando do corpo do agente Flávio. Voou pelas escadas de posse do seu fuzil com Adilson no seu encalço. Correu para a rua e gritou:

— Vambora, cambada! Os moleques tão fugindo!

Os homens que estavam na rua voaram para dentro da van ainda aberta. Carlos pulou no banco do motorista e começou a dar ré, mas o veículo arrastou pedaços de madeira e ferro, queimando pneu e não saindo do lugar.

Adilson, do lado de fora, passou a mão nervosamente na cabeça. Não tinham pensado nisso quando imaginaram a estratégia. A van poderia ficar danificada ou presa. Era justamente o que estava acontecendo.

Carlos, respirando com dificuldade, desceu do veículo e contornou o Ford Fusion. Abriu a porta do motorista. As chaves estavam lá.

— Dirige aí, parceiro. Vamos embora na viatura da urubuzona. Deve ser até blindada essa porra.

Adilson ligou o carro e engatou o drive, saindo da garagem sob o som de metal arranhando. A lateral do Fusion ficou imprestável, mas ao menos tinham um carro de fuga. Dos homens engajados na missão restavam seis. Carlos estava ferido, sentado ao lado do motorista, Marcião, e no banco de trás, Bigode e Cabral, enquanto Fernando corria para a moto abandonada pelo segurança. Logo o grupo descia a rua no encalço do Mégane avariado, deixando para trás os corpos de quatro comparsas mortos no combate com os federais.

Pedro pisou no freio, fazendo o carro derrapar quando chegou na portaria, encontrando dois carros da segurança bloqueando a entrada e a saída. Sete seguranças estavam ali, com armas em punho, gritando para que descessem com as mãos na cabeça.

Pedro desceu primeiro, gritando:

— Eles estão vindo atrás da gente! Eles querem matar a mim e ao meu irmão!

De pronto reconheceram o filho da promotora, baixando as armas. Os olhos dos seguranças estavam arregalados, perplexos.

— Eles mataram os dois que estavam nessa viatura e o da moto também. Eles virão pra cá, liguem pra polícia, pelo amor de Deus. Eles mataram os agentes da Polícia Federal.

— Calma, filho. Calma.

— Eles estão com fuzis e granadas, não vieram pra brincadeira.

Dois seguranças circularam o carro.

— Pode descer — disse um deles para Breno.

Pedro voou para o carro, alarmado.

— Não! Não faz ele descer. Ele está em choque. Deixa meu irmão quieto. Liguem pra polícia.

Um dos seguranças estava imóvel, olhando para o cadáver no banco do passageiro.

— Ele tava vivo agora há pouco.

Pedro ficou olhando para o homem incrédulo. Ouviu o motor descendo a rua. Era um carro negro. Era o Ford Fusion!

— São eles!

Pedro esgueirou-se para dentro do Mégane semidestruído e, ainda com a porta aberta, engatou a marcha e pisou no acelerador, fazendo os seguranças saltarem para os lados, com armas em punho, ainda.

Os seguranças começaram a atirar contra o carro negro que se aproximava, enquanto o Mégane com Pedro e seus amigos batia no bico de uma das viaturas e forçava passagem para a rua.

De dentro do Ford Fusion começaram a vir disparos pelas janelas. Os seguranças descarregaram sua munição na lataria do sedã, e depois tiveram que pular no chão, buscando proteção de vasos e colunas quando o chumbo grosso do revide começou a rugir de dentro do carro. Para sorte dos bandidos e azar dos agentes patrimoniais, o carro da promotora era, como previsto, blindado.

Pedro ganhou a avenida que interligava vários condomínios residenciais e pisou fundo no acelerador, trocando de marcha como podia, fazendo um ronco pavoroso escapar do motor. Percebeu que tinha que passar a marcha mais uma vez, e logo estava em quarta, fazendo o Mégane voar baixo no asfalto; precisava virar a direção hidráulica com cuidado, tentando manter o carro na pista. Buzinas faziam com que ele trocasse de pista assustado. Desacostumado a buscar veículos nos retrovisores, não sabia se as luzes que encontrava eram dos carros em que ele estava quase batendo ou se já eram dos bandidos em seu encalço. No banco de trás as meninas gritavam a todo instante, conforme ele trocava de faixa e fazia o carro rabear na pista. Num segundo de reflexão teve certeza de que as buzinas eram de outros motoristas ameaçados por ele, os bandidos jamais dariam sinal de sua presença. Quando alcançassem seu carro iriam é metralhar os ocupantes. Pedro acionou o limpador de para-brisa sem querer e não conseguiu mais desligá-lo. A iluminação que o carro fornecia era precária, provavelmente um dos faróis tinha ido para o espaço. Na curva os pneus cantaram. Uma lágrima descia de seu rosto. Pensava na mãe e no pai. Sabia que aquele inferno poderia explodir ao seu lado mais dia, menos dia. Só queria que as coisas voltassem a ser como eram antes de o pai morrer. Queria acampar com seu pai. Queria perder o medo do mar e aprender a surfar com ele. Queria ser um bom irmão para Breno. Queria fazer um bolo de cenoura com a mãe. Mas o tempo não voltaria nunca. As coisas jamais voltariam a ser como eram antes. Jamais.

— Larga a mão de ser vacilão, Adilson! Passa pelo buraco que o moleque fez! Se a gente perder esse moleque, a gente tá na roça, meu irmão.

— Atira então que eu passo!

Carlos abriu um pouco sua janela, o suficiente para passar o cano do fuzil. Começou a disparar, poupando munição, procurando um segurança aqui e ali.

— Vai logo, malandro! Essa porra tá blindada, ninguém vai te acertar, não, seu cuzão. Eu já tô arregaçado aqui e não tô com medo. Mete o pé! — reclamou o líder ferido.

Adilson acelerou e cruzou o portão, resvalando os lados do largo Fusion, mas ganhando a avenida. Pisou fundo no acelerador. O garoto tinha pelo menos um minuto de vantagem. Mas, dirigindo daquele jeito, logo estaria à vista.

Adilson olhou pelo retrovisor, vendo Fernando chegar à portaria com a moto e tombar, provavelmente atingido pelos seguranças. Agora não era hora de heroísmo. O amigo que fosse esperto e se entregasse, porque, se parasse agora, nunca mais encontraria o carro com as crianças, e certamente seria ele quem pagaria aquela fatura.

Carlos abriu o porta-luvas do Fusion e sorriu logo com o seu primeiro achado.

— Olha isso aqui.

Adilson deu uma olhada rápida para a mão do amigo. Era uma foto dos garotos e de um cara. Talvez o pai morto deles ou algum peguete da mãe.

— Vou chegar no carro dos moleques com essa foto aqui. Pra não ter erro.

— Pra onde você vai, Pedro?

O garoto olhou pelo retrovisor. Já estava se acostumando com o espaço do carro. Encontrou os olhos vermelhos de Chiara.

— Precisamos achar uma viatura de polícia, um batalhão da PM, qualquer coisa.

Pedro viu a placa de acesso à rodovia Castello Branco.

— E se formos pra Castello? Tem a polícia rodoviária — sugeriu Pedro.

— Não me pergunta nada. Não me pergunta nada.

Chiara estava desesperada. Jéssica chorava baixinho.

— Como tá o meu irmão?

Chiara olhou para Breno. Ele estava encostado na porta, com o quadril no assoalho do carro, os olhos azuis brilhando no escuro.

— Ele tá quietinho, mas tá bem.

— Você tá bem, Breno? — perguntou Pedro.

Breno balançou a cabeça, sem emitir som algum.

— Ele disse que está! — berrou Chiara, olhando para trás pela centésima vez.

Pedro olhou para o lado. Só agora voltava a tomar ciência de que transportavam um cadáver no carro. A cabeça dele estava caída pra frente. Sangue pingava de seu queixo. Ele tinha uma pistola na mão.

— Ele tá morto? — perguntou Chiara.

Pedro olhou para ela pelo retrovisor.

— Tá.

— Ele era legal com a gente.

Pedro olhou de novo para o segurança. Era o Alencar. Gente boa. Sempre orientando a molecada. Enchia o saco por causa da onda de cigarro na boca de adolescentes que tinha se alastrado no condomínio. O Alencar tinha moral com a molecada porque, apesar das duras, nunca caguetava ninguém, só tomava os cigarros. Uma vez ele pegou o Gabriel com maconha. Não caguetou, mas falou um monte para o moleque, que até chorou.

— Lembra daquela vez do Gabriel? — perguntou ela.

— Tava pensando nisso agora.

— Ele nunca mais fumou. — A voz dela estava entrecortada pelo choro. — Ele não merecia morrer. Mó cara gente boa.

— Pode crer.

Pedro pegou o acesso à rodovia Castello Branco. Respirou fundo.

— Chiara, se a gente sair dessa, eu queria namorar você. Pra valer.

Chiara enxugou a lágrima do rosto e sorriu. Pôs a mão no ombro de Pedro e apertou firme. Foi aí que um ronco forte surgiu do lado direito do carro, e o mundo todo girou.

Pedro perdeu o controle do carro quando foi tocado pelo Fusion do lado direito. O carro bateu perto da sua roda traseira, e o Mégane estava numa curva, entrando na rodovia, levando-os praticamente para a salvação. O volante escapou de suas mãos, e a frente do carro girou com tudo para a direita, rodopiando até estourar no guard-rail. Os airbags inflaram e a buzina disparou. Pedro não conseguia se mexer. O pescoço doía infernalmente. Não conseguia ver nada à sua frente. O capô do Mégane tinha levantado, e uma cortina de fumaça se formara ao redor. O corpo do Alencar tinha sido jogado contra o encosto do banco pela explosão do air-bag e agora pendia para a frente novamente. Pedro ouvia a buzina do Renault, enguiçada e disparada continuamente, como se estivesse a quilômetros de distância, habitando outra galáxia.

O Fusion freou do outro lado da pista, retomando o controle. Carlos, no banco do passageiro, ria.

— Te falei que a gente alcançava o pivete. Hahaha! Vai lá, Adilsão. Finaliza eles.

Adilson, quando esteve na varanda, chegou a ter o garoto na sua mira. Atirou no capô do veículo e no farol dianteiro. Jamais mirou no garoto de verdade. Não queria matar aquela molecada.

— Cê tá ligado que eu sou pai e essa parada de criança não é comigo, Carlão. Se quer o menino morto, vai lá e passa ele você mesmo.

Marcião e Bigode ficaram calados, olhando para o carro do outro lado da pista. Uns carros minguados passavam pelo acesso, reduzindo a velocidade, sem parar, atraídos pelo acidente. Cabral foi o primeiro a desembarcar, do lado esquerdo, direto na pista.

De dentro do veículo Carlos ainda olhava para a cara do desobediente.

— E anda logo antes que pinte polícia. Os vigias do condomínio já devem ter ligado até pro FBI, hahaha! — brincou Adilson.

— Tu é uma bichona mesmo, hein? Só porque é um moleque não quer puxar o gatilho?

— Eu tenho cinco crianças em casa, ô infeliz. Minha menina mais velha tem justamente a idade desse porra aí. Eu não vou matar criança, e ponto final. Quer ele morto? Faz você.

— Não tem televisão na sua vida, não, meu chapa? Cinco? Vai foder assim na casa do caralho.

Carlos abriu a porta e soltou o fuzil no banco do passageiro. Ficou olhando para o carro. Só dava para ver o garoto ruivo se mexendo, tentando abrir a porta. O resto do carro parecia um túmulo, envolto em fumaça que saía de todos os cantos. Jogou a toalha ensanguentada no capô do Fusion e tirou o .38 do coldre, de olho na rodovia. Esperou um caminhão passar e então atravessou calmamente, fazendo seus passos estalarem contra o asfalto e os cacos de vidro, barulho encoberto pelo som da buzina disparada do Renault. Contornou o carro pela frente destruída. Deu uma tragada longa no cigarro e olhou para a corneta da buzina. Deu um tiro no aparato, fazendo o silêncio voltar para a pista. Olhou novamente para o Fusion parado do outro lado e balançou a cabeça.

— Agora, sim.

Entendia muito bem o Adilson, para falar a verdade. Eles eram assaltantes de banco, não assassinos de crianças. Acontece que ele estava na vida bandida, não podia ficar escolhendo demais os serviços. Quando Djalma visse o que ele tinha feito por ele, filho da mãe nenhum no crime de São Paulo ia se meter com a turma dele. Carlos soltou a fumaça pelo nariz e jogou o cigarro no chão. Seu braço latejava, e a hemorragia tinha sido tão brava que às vezes parecia que ia desmaiar. Marcião e Bigode também desceram para dar cobertura. Os dois também tinham entendido e deixaram os fuzis no carro para não chamar ainda mais a atenção. Tinham que agir rápido. Carlos se aproximou quando o garoto finalmente abriu a porta.

— Aonde vai, chapinha?

Pedro, com sangue escorrendo pela testa e uma corrente de dor varrendo seu corpo a cada movimento, não conseguiu se levantar do banco, mexer os pés ou responder nada. Não conseguia se virar para trás. Era como se sua coluna tivesse sido arrebentada ao meio. A dor no pescoço e nas costas era insuportável. Queria falar com o irmão, pedir perdão. Queria falar com Chiara e com Jéssica e acalmá-las. Ouvia o choramingo das meninas, mas não escutava o irmão.

— Breno... — sussurrou.

Carlos passou pela porta e olhou para o banco de trás através da janela estourada. Duas meninas enrodilhadas, choramingando. Uma no banco, a outra no chão do veículo, com o ruivo mais novinho. Sorriu irônico quando viu o corpo do segurança atado ao cinto de segurança.

— Cintos salvam vidas. Hahahaha! Aaaai, hoje eu tô afiado, nego!

Os outros capangas riram da graça. Bigode fumava um cigarro, encostou a mão na lataria perto do porta-malas, do lado esquerdo do veículo, olhando para dentro. Marcião foi para a frente observando para o estrago que tinham feito no Mégane. O bichão estava crivado de balas. Enquanto isso, Cabral ia para o meio da pista, também absorvido pela cena do acidente. Pedaços de lataria, cacos de vidro e fluidos vazando para todo lado.

Carlos coçou o rosto e tirou a fotografia do bolso do jeans, voltando--se para a frente. O menino, que tentava virar-se no banco do motorista, tinha conseguido colocar um pé para fora. Devia estar bem machucado. Alinhou a fotografia com o rosto do menino e fez uma careta.

— Olha, garoto, se te consola, posso dizer que você foi muito bem. Me deu mais trabalho do que aqueles agentes federais. Serião. Tu é marrento. Puxou àquela piranha da tua mãe.

Choro dentro do carro. Carlos endireitou o corpo. Pensou ter ouvido sirenes. Fechou os olhos e entortou a cabeça para a esquerda. Eram sirenes mesmo.

— Acabou a festa, garoto. Desce do carro.

Pedro não conseguia se mover.

Carlos o agarrou pelos cabelos e o puxou para fora. O garoto soltou um grito de dor agudo e penetrante. As meninas gritaram apavoradas. Chiara apertou Breno entre suas mãos, não deixando o menino se levantar. Do lado de fora, junto à porta do motorista, Carlos chutou um dos joelhos do rapaz, fazendo-o se ajoelhar.

— Sua mãe não tinha nada que se meter com gente da nossa laia, garoto. A culpa de você estar aqui, de joelhos, é toda dela. A culpa de eu te enfiar um caroço de oitão nos teus cornos, xará, é toda dela.

O bandido ergueu o revólver e o encostou na têmpora do garoto. As meninas ganiam baixinho, desesperadas, assustadas. Os comparsas do assassino olhavam para os lados, vendo se algum veículo se aproximava.

Carlos puxou o gatilho e houve uma explosão dupla. A dor no braço era tão presente que ele demorou para entender o que tinha acontecido. Ele não tinha puxado o gatilho duas vezes. Viu o corpo do garoto tombar para a frente, sangrando com o tiro na cabeça, pedaços de pele balançando e, no segundo seguinte, enquanto o mundo escurecia, ele também caiu.

Incrédulo, Marcião, do outro lado do Renault, deu um passo à frente até a porta do passageiro e puxou o gatilho, metendo uma bala na cabeça do segurança, mandando-o de vez para o inferno, enquanto ouvia o barulho da cápsula expelida por sua pistola quicando no asfalto. O puto do segurança moribundo tinha atirado em Carlos e apontado a arma para trás, entre o banco e a janela, acertando Bigode no meio do peito. Marcião virou-se para o Fusion e ergueu os ombros.

— Caraca, Adilson! Você viu o que o puto fez?

Adilson abriu a janela blindada e deu uma rajada de disparos de fuzil, abatendo Marcião e Cabral.

— Vi. Vi, sim. Isso é pra vocês aprenderem a não matar crianças.

Adilson fechou o vidro e pisou no acelerador, deixando aquele cenário de desgraças para trás.

Chiara, pelo som do motor, soube que o Fusion estava indo embora. Um instante depois, e tudo estava quieto. Ela foi a primeira a se levantar. Jéssica choramingava, em choque, deitada no banco. Breno também tremia, com as mãos tapando os ouvidos. Ela desceu, e o vento frio daquela noite maldita chicoteou sua pele. Ao lado do carro, junto à porta de passageiros, o corpo de um homem com longos e grossos bigodes jazia. Fechou a porta para conseguir passar pelo espaço estreito entre o carro e o guard-rail. O homem que tinha falado com Foguete estava estrebuchando no chão. Chiara levou a mão à boca para não gritar. Foi até o lado dele e se abaixou, pegando o revólver que ainda estava em sua mão. Com lágrimas caindo pelo rosto viu o corpo de Pedro estirado no asfalto, logo à frente do Mégane. Chiara jogou a arma para o lado e apanhou do chão a fotografia que Carlos tinha tirado do carro da promotora. A menina arrastou os pés até Pedro, o seu amor. Ela se ajoelhou ao lado dele aos prantos. Ao lado da cabeça do rapaz havia uma piscina de sangue. Sua pele estava fria, seu rosto, pálido e seu corpo, imóvel. Com esforço ela conseguiu virá-lo de frente. Os olhos dele não respondiam aos seus. Chiara sentiu uma dor funda no peito. A boca de Pedro estava azul. Ela estava vendo o garoto que amava tanto morrer na sua frente. A menina soltou um gemido de dor e agonia, incrédula com tudo aquilo que estava acontecendo. Baixou a cabeça sobre o peito frio de Pedro, chorando. Foi aí que ele respirou fundo uma vez, e um som gutural escapou da garganta do menino. A saliva borbulhava em sua boca. Ele estava vivo! Ela gritou e se levantou. Chiara correu para o meio da pista e caiu de joelhos com os braços erguidos. Um carro freou em cima da garota. Uma mulher desceu aflita, deixando o pisca-alerta ligado.

— Vocês bateram? — perguntou a mulher, erguendo Chiara.

Chiara só chorava. A mulher, preocupada com a menina que poderia ser atropelada, puxou-a, retirando-a da pista e encostando-a no Mégane destruído. Olhava para o rosto da menina, tentando acalmá-la, quando viu a cena ao lado. Levou as mãos aos lábios, aflita, assustada com os corpos ensanguentados no chão.

— Leva meu namorado pro hospital, dona. Ele está morrendo.

Capítulo 3

Everaldo lia automaticamente cada uma das circulares empilhadas no canto de sua mesa. Uma mais chata e repetitiva que a outra. Também, de forma automática, lançava olhares para a tela do computador. Tudo certo. Nenhum alerta ativo. O plantão prometia uma monotonia sem fim. A coisa estava tão morosa que tomou um susto com o ronco desbragado de seu amigo Medeiros. O velho tossiu engasgado com o próprio ronco e recuperou a postura, constrangido, olhando para o monitor e fingindo concentração.

Os geradores iam bem e fazia algumas semanas que nenhuma linha caía. Medeiros esfregou o rosto e se levantou, espreguiçando-se.

— Everaldo, vou dar uma pescada no banheiro, este sono tá brabo. Preciso descansar uns dez minutos.

— Velho é foda. Vive babando pelos cantos.

— Vai te catar, Everaldo! Arruma neto pra você ver o que é bom pra tosse.

— Deus me livre e guarde de ter neto. Nem filho eu quero.

— Se você metesse de vez em quando arrumaria filho em algum lugar, seu gordo brocha.

— Velho! Você tá ficando muito mal-educado, sabia? Tá rabugento demais hoje. Falando palavrão para aquele que sempre acoberta as suas fugas para o banheiro.

— Tô é mal-humorado mesmo. O pirralho não pregou o olho essa noite. Minha filha tá reformando o apartamento e vai ficar mais dois meses em casa.

— Você já falou umas vinte vezes que a Dolores vai ficar dois meses na sua casa. Pura rabugice! Em vez de curtir o netinho, fica aí resmungando.

— Neto é o cacete! Eu quero é minha paz de volta. Moleque dos infernos!

Medeiros saiu andando devagar e olhou para a tela mais uma vez.

— Fica de olho aí no monitor.

— Vai lá. Quinze minutos, hein?

Medeiros tomou o rumo da porta, arrumando a calça na cintura.

O silêncio voltou à sala de monitoração e, com ele, a monotonia. Everaldo pegou mais um memorando, finalmente uma novidade: haveria, no começo do mês, um torneiro de futebol com direito a churrascadas para confraternização dos colaboradores dos dois lados da binacional. Em geral, quando os memorandos lembravam da divisão de bandeiras dentre os que trabalhavam na usina, era em alusão a picuinhas entre os diretores do Brasil e do Paraguai. Quando seu celular tocou, Everaldo estremeceu na cadeira, tomando um susto. Olhou para o display. Era sua esposa. O que ela queria àquela hora? Faltavam poucos minutos para a meia-noite. Tomara que não fosse mais despesas malucas que ela sempre inventava fora de época.

— Alô, meu bem.

— Oi, Everaldo.

— Tá sem sono?

— Faz uma semana que eu estou custando a dormir.

— Deve ser ansiedade com o seu doutorado.

— Hoje eu saí com a Dora e o Carlito antes de vir pra casa.

— Sei — respondeu o marido, colocando a conversa no automático, prevendo que aquilo ia demorar.

— A gente foi no boliche. É legal lá, você vai gostar de ir.

— Aquele na República Argentina?

— Isso. Bem divertido, e não é caro. Pra você se divertir o passeio não pode ser caro, já é um bom começo.

— É verdade.

Os olhos de Everaldo passaram para a próxima circular. Informativo de treinamento de prevenção de acidentes. Lá ia ele perder uma manhã de sono, sendo obrigado a participar de alguma simulação.

— Você sabia que eles vão mesmo para Bariloche nas férias da faculdade?

— Hum, hum. Acho que você já me falou isso um trilhão de vezes, amor.

— Ah, tá.

Silêncio por um instante.

— Hoje eu aprendi o que é um spare — disse a esposa, empolgada. — Você sabe o que é?

— Não. Nunca ouvi falar disso. É do boliche?

— É, amor. Já falei, você precisa jogar! É uma graça.

— E o que é um spare, no fim das contas? É derrubar tudo?

— *Nope*! Derrubar tudo é um strike! Spare é derrubar todos os pinos na segunda jogada.

— Ai! Que confusão esse jogo!

— Não é confuso. É divertido! Joguei todas na canaleta na primeira rodada, mas aí a Dora foi me dando uns toques e fiz um monte de spares na segunda. Uma graça.

— Strike também é derrubar tudo. Não tô entendendo nada.

— Strike é derrubar tudo na primeira! Quando é a sua vez, você tem duas jogadas no boliche. Aí, se derrubar tudo na primeira, é strike, marca um xizinho no painel.

— Ah! Um xizinho...

— Para de tirar onda, amor. Vamos lá que eu te explico.

— Vamos, marca aí com a Dora e o chato do Carlito.

— Não. A gente vai com a sua irmã, a Regina. Ela está precisando se desentocar daquele apartamento. Credo! Não sei como mulher fica assim por causa de homem.

Everaldo riu do comentário da esposa.

— A Dora e o Carlito já tiraram até passaporte para viajar. Uma graça.

— E desde quando precisa de passaporte para ir para Bariloche?

— Ai, eu sei que não precisa. Mas eles querem viver uma viagem internacional, entende?

— Argentina, Isis. Me poupe! Quem aqui em Foz nunca foi para a Argentina? Paraguai?

— Deixa de ser chato, Everaldo. Você tá parecendo o seu Medeiros aí. Tá convivendo muito com ele.

— Fazer o quê, Isis? Preciso do adicional noturno para continuar nossa poupança.

— Eu queria tanto ir para Bariloche com a Dora. Bem que a gente podia ir, né? De lua de mel.

— Deve ser a quinta lua de mel, já. Como você mesma diz: uma graça.

— Eu nunca vi neve, Everaldo!

— Eu raspo o congelador da sua mãe domingo que vem e te dou um pouco de neve.

— Sem graça! Agora, falando sério, faz anos que a gente não viaja nas férias. Suas férias serão bem nas minhas férias da faculdade e bem na época em que a Dora e o Carlito vão. Eles conseguiram descontos especiais.

— Não vem com esse papinho, não, dona Isis. Faz só dois anos que a gente não viaja. E quando eu comecei a economizar você foi super a favor.

— Mas você quer esse dinheiro para comprar uma lancha!

— Uma lancha pra navegar no rio Paraná, coisa que você adora.

— Adorava, mas agora eu quero viajar. Só dessa vez, vai...

— Não, filha, eu cedo dessa vez, aí vem outra vez, eu te conheço.

— Não me chama de filha, você sabe que eu não gosto.

— Filha, pela primeira vez depois de seis anos de casado eu estou conseguindo ver dinheiro na conta e você já quer usurpar tudo.

— Ai, Everaldo! Tudo para você é dinheiro, dinheiro! Eu peço pra minha mãe pagar a viagem, se for o caso.

— Ah, Isis! Pede então! Pede dinheiro pra sua mãe pra suas besteiras e coisas de guria mimada!

— Everaldo!

Ouviu um estrondo a distância, como se tivesse vindo de fora da usina. O rapaz estava tão irritado com a esposa que não deu bola.

— Pede a droga desse dinheiro e vai sozinha com a Dora e o Carlito. E aproveita, na volta, para vocês todos irem para o inferno e me darem um sossego!

Everaldo não tinha notado, mas já estava de pé, tomado por um nervosismo repentino, com a respiração e os batimentos cardíacos acelerados. Isis tinha aquela capacidade incrível de irritá-lo, um dom natural, intrínseco aos bons casais. Contudo, o silêncio que se seguiu ao telefone arrefeceu sua fúria. Ela tinha desligado na sua cara. Ele tinha sido um cavalo, reconhecia isso de imediato. Ficava bravo com assunto de grana. Ela sabia bem que ele não era nenhum marajá e não sobrava muito dinheiro no fim do mês. O pouco que ele conseguia salvar da sanha consumidora da esposa ia para uma poupança destinada a comprar uma lancha. Nem era daquelas grandes, de magnatas. A que ele queria tinha 19 pés e meio, e um motor de 90 hp já estaria de bom tamanho para os seus sonhos de lobo-de-água-doce. Um barquinho, esse era o seu sonho. Isis não precisava ter desligado assim, na sua cara. Ela sabia que os seus destemperos tinham endereço certo em seu cérebro e duravam segundos. Se ela tivesse ficado na linha, estaria agora ouvindo alguma adulação ou contorno que ele sempre dava na conversa para agradar a esposa e minimizar os efeitos de seus arroubos de intransigência. Isis era mimada demais, filha de industriais da região, acostumada a mordomias e regalias com as quais ele não podia arcar e que a sogra adorava garantir com seu talão de cheques de dondoca rica. Everaldo chegou a digitar os primeiros números do celular da esposa, quando seus olhos foram para os terminais. Finalmente saindo de um transe e entendendo que os bips de alerta que escapavam de sua máquina eram a razão do seu trabalho. Algo ia errado na usina de Itaipu. Lembrou-se de imediato do grande estrondo que ouviu. Sentou-se em frente ao monitor e começou a clicar nos avisos e a adotar os protocolos exigidos para cada um deles. Olhou para o monitor do Medeiros. Parecia uma árvore de Natal, piscando. Foi então que um arrepio percorreu sua espinha. O tal do barulho que tinha ouvido, segundos atrás, parecera uma explosão. Acontece que estava encravado no coração de milhões de toneladas de concreto da usina de Itaipu. Aquele barulho teria sido lá dentro? Logo os telefones da sua mesa iriam disparar com chefes de seções ou engenheiros de linha tentando entender o que estava acontecendo. O que estava acontecendo é que, se em menos de um minuto ele não desse conta de todos aqueles alertas e remanejamentos, Itaipu iria parar e metade do Brasil ficaria às escuras. Deu um sorriso de canto de boca. Itaipu não ia parar no seu turno. Ele tinha sido treinado para isso, para não deixar as unidades geradoras pararem. Da mesmice à aflição em segundos. Os primeiros quinze minutos foram estressantes, mas eram todos alarmes de dispositivos elétricos e eletrônicos de segurança, redundantes. A cada manobra uma suspeita ia se solidificando em seu pensamento, havia um sério problema na rede de comunicação do sistema de distribuição, o que poderia levar, em pouco tempo, à suspensão do fornecimento de energia. Everaldo estava com o coração acelerado, tinha que acionar as pessoas certas para que a distribuição de energia de Itaipu não entrasse em colapso, gerando um apagão monstruoso, e, mais importante ainda, tinha que ligar para sua esposa e pedir desculpas pela grosseria, senão seu casamento iria para o buraco de uma vez e, acredite, para ele, não havia escuridão mais assustadora do que essa. Se ao menos o folgado do Medeiros já tivesse voltado ao seu posto, teria o dobro de velocidade na execução dos protocolos. Os alertas na tela vizinha só aumentavam. Everaldo pegou seu telefone e discou o ramal do encarregado do turno na inspeção das unidades geradoras. Estava mudo. Bateu o telefone, consternado, levantou-se e apanhou o aparelho da mesa do Medeiros. Nada, também mudo. Sentou-se mais uma vez em frente ao monitor e digitou freneticamente, gerenciando cada flag que aparecia piscando em seu painel. Abriu o Personal Communicator, um serviço de chat dedicado desenvolvido pelo setor de informática. Mandaria uma mensagem de alerta padrão para as subestações primárias e para os chefes de turno na usina. Olhou nervoso para a porta, esperando que o Medeiros surgisse como um anjo salvador.

— Merda! — exclamou, quando uma mensagem de erro do navegador apareceu na tela. — Sem telefone, sem internet. O que está acontecendo?

Sentiu um arrepio descer até o fim da espinha quando a sirene do corredor disparou seu sinal rouco de emergência. Era o alarme físico da usina que só era acionado quando algo muito sério acontecia. Sério como um incêndio ou sério como uma fratura na estrutura de concreto da represa. Everaldo correu para o corredor. Estava vazio como um mausoléu. A luz amarelada das lâmpadas de emergência estavam girando. A luz tremeluziu.

— Santo Deus! O que está acontecendo?

O rapaz voltou até a sua mesa e pegou a pasta arcaica de memorandos. Em tempos de documentos digitais, como é que alguma empresa ainda mantinha memorandos impressos em papel? Retirou o calhamaço de memorandos. Devia estar no começo o que procurava. Foi esparramando as folhas pela mesa e pelo chão em agonia, até encontrar o que queria e sorrir. "Depto: CIPA/Assunto: Atenção, colaboradores. Treinamento de Incêndio – Simulação".

Era isso! Um exercício! Uma simulação! Provavelmente até a interrupção de toda a comunicação estava dentro da jogada. Mas por que ninguém tinha avisado os controladores? Olhou para o memorando mais uma vez. Memorandos serviam para isso. Ali não mencionava nada de interrupção de comunicação. Pensando bem, era perigoso demais brincar com uma coisa daquele porte, daquele nível. Everaldo correu até o banheiro masculino. Coisa de vinte metros da sala de controle. O alarme era ensurdecedor, como é que alguém conseguia dormir com um barulho daqueles?

— Medeiros! Medeiros!

Everaldo foi passando de vestíbulo em vestíbulo, empurrando as portas de supetão, doido da vida com o abandono de posto do colega. Quando chegou ao último, estranhou. Medeiros não estava ali. Voltou ao corredor e parou ali por um segundo. Virou-se e entrou no banheiro feminino. Medeiros tinha feito uma "camazinha" com papel toalha e estava, literalmente, babando. Everaldo deu dois chutinhos no quadril do velho, que nem se mexeu.

— Folgado — murmurou, irritado.

Everaldo abriu uma das torneiras e enfiou as mãos em forma de concha debaixo do jato. Foi caminhando em direção ao colega e arremessou um punhado de água no rosto de Medeiros, já se preparando para o esporro. Seu sorriso, ainda pequeno, murchou rapidamente quando o velho não se mexeu. Abaixou-se, com as sirenes tonitruando em seus ouvidos. Trêmulo, pôs a mão no pescoço de Medeiros. Aquilo também era resultado de um desses treinamentos chatos promovidos pela Comissão Interna de Prevenção de Acidentes. Abaixou a cabeça até tocar o peito do amigo. Não conseguia ouvir seu coração, nem sentir seu pulso, nem sentir as batidas.

— Medeiros... Porra, velho! Não faz isso!

Everaldo teimou e voltou a pressionar a carótida e a jugular. Ficou aliviado ao sentir um pulso tímido, mas existente. Voltou até a pia e encheu a mão com água mais uma vez, jogando no rosto do homem que, mais uma vez, nem se mexeu. As sirenes continuavam, insistentes. Medeiros era muito pesado para ser carregado, e a enfermaria ficava longe. Everaldo voltou até a sala de controle. O treinamento estava ficando sério. O bom é que, com um treinamento em andamento, deveria ter um médico no plantão. Apanhou o telefone. Continuava mudo. Deixou a sala e começou a correr em direção ao posto de enfermagem. Finalmente encontrou-se com outro colega de trabalho, o Alicate, da manutenção.

— Esse alarme é da simulação? — perguntou Everaldo, aflito.

— Eu não sei. Ia ter simulação?

— Na circular que passaram para o controle, tava escrito.

— Eu vou direto para o pátio porque isso não tá me cheirando bem, Everaldo. Nunca vi simulação de madrugada.

Everaldo agarrou Alicate pela manga do macacão.

— Espera. O Medeiros...

— Por que ele não veio com você?

— Encontrei ele desmaiado no banheiro.

— Liga para o Miro da enfermagem.

— Aí que está, os telefones estão todos mudos.

— Ainda bem que já inventaram o celular, né?

Alicate parou e puxou seu smartphone do bolso. Cofiou o vasto bigode e olhou para Everaldo.

— Está sem sinal.

— Tô te falando, Alicate. Tá muito esquisito esse treinamento. Faz o seguinte, acha alguém da enfermaria e traz pra cá. Ele tá caído no banheiro feminino. Vou ficar com ele, pode ser um infarto, ele pode precisar de massagem cardíaca.

— Banheiro feminino? — perguntou Alicate, já se afastando.

— Corre, cara! Ele tá malzão, depois te conto.

Everaldo e Alicate se separaram. O técnico do controle refez seu caminho até o amigo. Estava na mesma. O consolo é que "na mesma" ao menos significava que estava vivo. Correu até sua sala para reaver o celular. Precisava falar com Isis. Não queria que ela ficasse pensando que ele tinha desligado na sua cara quando a ligação tinha simplesmente caído. Assim que botou a mão no aparelho já viu o ícone de falta de sinal. Arremessou o aparelho de volta à mesa e logo se arrependeu. Aquele barulho das sirenes o estava endoidecendo. Enfiou o aparelho no bolso da calça jeans e voltou correndo para o banheiro. Nunca aqueles corredores pareceram tão fantasmagóricos quanto agora, pintados pelo amarelo rastejante das luzes de emergência. Chegou no banheiro, checou o amigo e foi até a pia lavar o rosto, do qual escorria suor. Fez dois chumaços com papel higiênico e tapou os ouvidos. Ficou enrolando uma bolinha com um resto de papel. Notou que o papel do banheiro das mulheres era diferente, fofo e de folhas múltiplas, muito diferente daquela lixa que colocavam no banheiro masculino. Ajoelhou-se junto ao corpo imóvel de Medeiros e ficou olhando para seu rosto calmo. Ele tinha que estar inconsciente para estar com aquela expressão tão tranquila em meio a toda aquela algazarra infernal estourando contra seus ouvidos. Ficou pensando no neto dele, que já deveria, finalmente, estar dormindo. Pensou também em Dolores, a filha mexicana do Medeiros. Como era bonita a danada! Ela também devia estar dormindo, sem imaginar que o pai tinha infartado ou tido um derrame e estava agora à beira da morte no meio de um treinamento imbecil. Enquanto pensava em como daria a notícia para Dolores, o inferno sonoro cessou. Everaldo ficou de pé e tirou os tampões de papel dos ouvidos. Caminhou pé ante pé até a porta e abriu uma fresta, como se uma fera o espreitasse do lado de fora. As luzes de emergência também tinham sido desligadas. Everaldo sorriu.

— Já não era sem tempo.

Ouviu passos e vozes. Alicate voltava com o doutor Vasco. Assim que avistaram Everaldo na porta do banheiro das mulheres, apressaram o passo.

— Cadê ele? — perguntou Vasco.

Everaldo deu passagem, o médico ajoelhou-se ao lado de Medeiros e tomou o pulso do homem.

— Faz quanto tempo isso? — perguntou, enquanto lançava um facho de luz nos olhos do inconsciente.

— Não sei, desde que ele saiu para cochilar, faz uns quarenta minutos. Ele saiu um pouco antes de começar o treinamento.

— Tá falando da sirene?

— É?

— Não é um treinamento, Everaldo.

— Como assim? Na circular dizia que ia ter um treinamento hoje.

— Eu sei. Eu li. Hoje ao meio-dia, não à meia-noite.

Everaldo se levantou e correu para a sala de monitoração. Os alertas explodiam na tela. Aquilo não fazia o menor sentido. Se todos aqueles alertas eram verdade, mesmo que fosse uma pane de comunicação, as retransmissoras entrariam em protocolo de emergência, desligando a linha. Metade do Brasil estaria às escuras uma hora dessas.

Alicate entrou na sala de monitoração, batendo na porta.

— Dá licença, Everaldo. O doutor tá te chamando. O caso do Medeiros é grave, sim.

Retornando ao banheiro feminino, encontrou o médico com o estetoscópio no peito nu de Medeiros.

— Ele tem batimento e respiração, mas são muito fracos. Não tem nenhuma resposta motora.

Everaldo não sabia o que dizer, o médico era ele. Ficou calado olhando para Alicate e depois para o segurança novo.

— Vamos precisar removê-lo. Ele está em coma — diagnosticou o médico, pegando o celular no jaleco.

— Nem perca seu tempo, doutor. Os celulares estão sem sinal.

— O meu é Nextel, talvez funcione.

Mal terminou de falar, o médico viu que estava sem sinal também.

— Você aí, segurança. O seu rádio alcança a portaria?

— Sim, senhor, quando está funcionando. Mas parece que hoje não é nosso dia de sorte.

— Bem, então chega de falação. Vamos levá-lo no braço — determinou Alicate.

— É o jeito, Alicate. É o jeito. Vocês sabem onde está a padiola do setor?

Em menos de um minuto Everaldo voltava para o banheiro trazendo o equipamento de madeira, com faixas com velcro para imobilização do paciente, bendizendo os treinamentos de prevenção de acidentes. O médico prendeu Medeiros de forma adequada, e logo os quatro homens estavam carregando o pobre diabo pelos corredores do setor de controle.

Quando chegaram ao elevador, o médico reduziu a marcha e apertou o botão.

Everaldo ficou inquieto e, antes de o elevador chegar, questionou o doutor Vasco.

— No treinamento dizem para não pegarmos elevadores em caso de incêndio.

— Incêndio? Que incêndio, Everaldo?

— O alarme.

— Já está desligado esse alarme, filho. Deve ter sido alguma pane.

Everaldo não discutiu. Até que fazia sentido a suposição do médico. Sua tela também estava maluca. Isso o fez lembrar de seu posto de trabalho e que ele era o único ali no turno capaz de analisar as flags de emergência e dar o suporte necessário, por mais ineficaz que fosse naquela noite no meio daquela situação insólita e irracional. A sineta do elevador tocou quando as portas se abriram no andar.

— Eu não posso ir.

— O que é isso agora? — indignou-se o médico.

— Eu sou o único na sala de controle. O Medeiros, meu Deus, tá desse jeito. Eu preciso ficar. A usina não pode parar. Vocês aguentam levar o colega?

O segurança e o funcionário da manutenção aquiesceram.

— Vai lá, garoto! E antes de sair passa na minha sala.

Everaldo soltou a padiola e segurou a porta do elevador para que os socorristas embarcassem. Assim que a porta se fechou sentiu um vazio. Ele era implicante com o Medeiros, mas era coisa de colega de trabalho. Viviam se xingando, mas na base da camaradagem, aquela coisa de irmão, no qual você dá porrada, mas do qual não admite que ninguém fale mal. Temeu que tivesse vivido o último instante com o amigo, ali, levando-o de maca até o elevador. E tinha-o abandonado por ser caxias. Voltou para a sala de controle remoendo o remorso de ter largado o amigo. Olhou para os imensos painéis à sua frente e para as telas em sua mesa, na tentativa de amenizar o sentimento com racionalidade. Milhões de pessoas dependiam do seu trabalho. Milhares de hospitais e serviços de urgência dependiam do suprimento de energia. Faria de tudo para que Itaipu não parasse.

Capítulo 4

A promotora Raquel foi a primeira a ser recebida pelo juiz do caso Urso Branco. Ele havia usado do caráter de emergência que o caso tinha tomado, reportando a Raquel que o filho do governador fora ameaçado naquela tarde e mantido refém por duas horas só para levar para o pai o recado de que Djalma não estava para brincadeira. Por conta dessa novidade e, a pedido do governador, todo mundo tinha sido convocado ainda à noite. Raquel sabia que o advogado de defesa iria matraquear por horas a fio, tentando demonstrar o quão injusto estava sendo o sistema prisional, quão injusto tinha sido a primeira prisão de seu cliente; contudo, com a novidade, as alegações finais dele deveriam ser abreviadas um bocado. Djalma seria definitivamente declarado culpado por oito homicídios qualificados, além de mais uma coleção de sentenças por conta de ameaça, sequestro, tráfico de entorpecentes, corrupção ativa e muito mais. Passaria o resto de sua vida de merda na prisão, e o Estado faria a sua parte para garantir que ele voltasse para um presídio de regime disciplinar diferenciado, que era o horror de qualquer bandido do País. Próximo da meia-noite o martelo do juiz bateu na bancada do tribunal e, com um olhar frio e sombrio, Raquel encarou os olhos do maldito Djalma Urso Branco enquanto ele era removido pelos policiais da corte. Ela caminhou escoltada até sua sala reservada e pediu para ficar um instante sozinha. Ligou a TV sintonizada num canal de notícias, e viu a frente do fórum tomada por uma multidão e várias equipes de reportagem, que esperavam o surgimento de alguém trazendo o veredito. A mulher ouvia mais uma vez a leitura da sentença, item por item, rememorando o som seco da batida do martelo de madeira, assistindo aos agentes levantarem o réu, agora prisioneiro, carregando-o até a porta lateral da sala e batendo a porta de ferro por onde desapareceram. Raquel tinha conseguido. Aquela tinha sido a sua conquista. Seu corpo todo gelou quando ela sentiu o imenso vazio que a abocanhava. Agarrou a fotografia do marido que estava no porta-retratos em cima de sua mesa, deixando as lágrimas de viúva caírem pela primeira vez desde a perda de Davi. Todas as lágrimas que tinha derramado no passado vinham do ódio que nutria por Djalma e por toda a corja que apoiava aquele canalha. Seus dias eram permeados pelo desejo de vingança. Nada na vida tinha tido mais importância desde o assassinato do marido. Nada. Tudo ao seu redor tinha entrado em estado de espera desde que ela fixara aquela meta. Destruir Djalma. Trancafiá-lo para sempre. Derrubar seus asseclas, desmontando sua rede de articulações, capturando seus recursos e reduzindo seu bando a quase nada do que tinha sido um dia. Agora o ciclo tinha se fechado, e o mundo retornava voraz, cobrando o preço de sua volta. O vazio. O choro desenfreado. Raquel afundara os cabelos vermelhos no tampo da mesa e era assolada pela falta de Davi. Era hora de voltar e ser mãe de seus meninos. De estar com eles de verdade. Olhou mais uma vez para a fotografia do marido. Ele sentado na proa de um veleiro em Ilhabela. O mar. Para Davi era sempre o mar. Imenso, misterioso, benéfico e ameaçador. Somente agora, cinco anos depois, sentia falta dos abraços, sentia falta do carinho e do som da risada de Davi em seus ouvidos. Raquel secou as lágrimas do rosto e respirou fundo. Um sorriso largo brotou em sua boca, e então batidas na porta a içaram de volta à noite.

— Entre.

O agente Ricardo surgiu à porta olhando-a por um segundo e então abriu um sorriso cúmplice.

— Promotora, podemos descer agora?

— Podemos, sim, Ricardo.

Raquel colocou seu casaco e olhou para a repórter na TV, que começava a noticiar a conclusão do julgamento. Ela e o agente de Polícia Federal trocaram um olhar ligeiro, novamente carregados com o sorriso de vitória. Nesse instante a TV ficou com a tela negra, e então chuviscos tomaram a cena. Os dois ficaram parados por alguns segundos, até que Raquel se aproximou do aparelho e tentou trocar os canais. Nada. Tudo era estática. Um som vindo de fora fez com que os dois se sobressaltassem. Um barulho grave, como uma grande explosão, levou Raquel e o agente até a janela. Reflexo do treinamento, Ricardo puxou a promotora da frente da vidraça e lançou um olhar rápido para fora, só então relaxando. Fosse o que fosse, não tinha sido ali. Raquel voltou à frente do vidro e olhou para o portão onde estava a multidão. A iluminação pública deixava ver que muita gente ainda estava lá e que, na verdade, parecia que mais e mais estava chegando. Algumas pessoas olhavam para o alto, como que procurando a origem daquele barulho.

— Parecia o som de um jato quebrando a barreira do som — murmurou o agente.

Ricardo acionou o rádio, informando que estava descendo com a pax. Era assim que chamavam Raquel em código no rádio. Pax. Como nenhuma resposta veio, Ricardo tornou a falar pelo aparelho, solicitando confirmação. Nada.

Raquel atravessou a sala para pegar sua bolsa, fazendo seus passos estalarem por conta da bota de couro de salto alto. Tirou seu celular e discou o número de Pedro. No terceiro segundo de mutismo do telefone seu sangue enregelou nas veias. Nada. Olhou para o aparelho. Sem sinal. Quando olhou para Ricardo, ele fazia a mesma coisa, conferia seu celular.

— Muito estranho isso, Raquel.

Ricardo tirou a pistola do coldre e deixou-a em sua mão. Abriu a porta e olhou para o corredor. Seus dois agentes continuavam lá, conversando descontraídos próximos à porta.

— Chequem o celular de vocês — pediu.

Os agentes apanharam os aparelhos na mesma hora e balançaram a cabeça.

— Sem sinal, chefe.

Ricardo olhou para Raquel e fez um sinal em direção ao corredor.

— Vamos sair daqui, doutora. Meu rádio não está funcionando nem nossos celulares. Não estou gostando disso.

— A TV também parou. Acho que foi tudo na mesma hora.

— Exato. Pode ser uma sabotagem na central de comunicação do prédio do tribunal. Pode ser só uma pane. Melhor não dar sorte para o azar logo agora que o espetáculo acabou.

— Concordo. Quero ir para casa, ver meus filhos.

Ricardo gesticulou para um de seus homens e retirou dele o colete à prova de balas, colocando-o na promotora.

— Tente falar com os agentes em minha casa, por favor. Preciso saber se meus meninos estão bem.

Ricardo limitou-se a balançar a cabeça positivamente.

— Então vamos sair daqui agora. Hoje não é um dia bom para dar mole.

Em três minutos, Raquel e todo o aparato da Polícia Federal estavam no subsolo para o deslocamento até sua casa em Barueri. Ricardo, como sempre, ia ao seu lado. Por hábito, tentava, a cada porta ultrapassada, contato por rádio com sua equipe, pressionando o dispositivo em sua mão.

— Ainda não voltou?

— Não, senhora. Só chiado.

— Que coisa estranha, não é?

— Muito estranha, senhora.

Os dois entraram na picape blindada e foram secundados por mais agentes, todos com pistolas nas mãos. Sobre o compartimento aberto da traseira do veículo, mais quatro agentes subiram, portando fuzis, e um carro de escolta, com homens fortemente armados, veio atrás.

Do lado de fora do tribunal fileiras de motocicletas da polícia militar mantinham um corredor de acesso à larga avenida. A população gritava ensandecida, ovacionando a passagem da promotora.

— Se você queria discrição, Ricardo, não deu certo — lançou Raquel, sorrindo para o agente.

Ricardo devolveu o sorriso, olhando para aquela multidão.

— Bem, hoje é o seu dia, senhora. Hoje é o seu dia.

— Nosso, Ricardo. Hoje é o nosso dia. Mais um crápula em cana dura.

— É até emocionante ver toda essa gente celebrando a justiça. Coisa rara em nosso país.

— Os tempos estão mudando, meu amigo. A iniquidade vazou como rio, de forma tão poderosa no Brasil e tão escandalosa, que agora seu volume rompeu os próprios diques. Nem mesmo os engravatados de Brasília serão poupados.

— Deus te ouça, promotora. Dá vergonha viver num país governado por corruptos. Precisamos de mais gente como a senhora nos tribunais.

Um agente aproximou-se da janela da picape, fazendo um aceno para que parassem. Como era o Magalhães, um dos homens de confiança do grupo, Ricardo baixou o vidro.

— O Urso Branco está sendo transferido daqui neste momento — revelou Magalhães.

— Por quê?

— Os telefones caíram. Nem celular está funcionando, nem rádio.

— Isso já sabemos.

— O juiz determinou que ele fosse levado para o CDP de Pinheiros.

— Não sei se concordo com isso, Magalhães — resmungou Ricardo. — Eu prefiro que ele seja mantido sob a custódia da Polícia Federal até que seja transferido para o presídio.

— Bem, a mim só resta obedecer — declarou o agente. — Até que achei a ideia boa. Os homens dele estão contando que ele ficará sob nossa detenção.

— Você estará nessa tarefa, Magalhães?

— É claro, Ricardo. Depois de tanto tempo atrás desse verme, não ia deixá-lo escapar logo agora. Pode apostar.

Raquel suspirou sem se juntar à discussão dos agentes, seus olhos derivaram para uma menina que estava sentada no ombro do pai, um homem forte e sorridente. Eles balançavam bandeirinhas verde-amarelas. Raquel sorriu de leve. Todo aquele esforço parecia ter valido a pena, no fim das contas. A população tinha se comovido com sua história pessoal e, junto da sede de justiça do povo, todas as barreiras que surgiram no caminho foram sendo derrubadas por aquela força poderosa que emanava da população, força que por vezes ficava adormecida. Todos os cuidados para manter um crápula como Djalma dentro do xadrez não seriam em vão. O agente deu passagem à picape de Ricardo e da promotora, que voltou a rodar pela rua coalhada de gente.

Em poucos minutos a caminhonete preta da Federal estava na Marginal Tietê rumando para a Castello Branco. Tudo o que Raquel queria era chegar em casa, abraçar os filhos, tomar um bom banho e dormir a primeira noite tranquila depois daquele inferno. Seria a primeira noite que dormiria em paz em cinco anos, sabendo que o assassino de seu marido estaria definitivamente atrás das grades, cumprindo a pena por toda a sordidez e maldade que tinha alastrado pelas ruas de São Paulo.

Os homens que conduziam a promotora estavam tensos. Não tinham conseguido fazer funcionar os rádios das viaturas, nenhuma frequência respondia, nem mesmo o Copom que, num caso como aquele, seria de grande valia. Aquele apagão nas comunicações era inusitado, e era coincidência demais aquilo acontecer justamente quando o julgamento tinha chegado ao fim, lançando um ar atávico para a noite. Passavam os dedos nervosos no ferro das armas, esperando chegar o mais rápido possível ao destino sem nenhum percalço; contudo, a morosidade do tráfego só fazia aumentar o desconforto. Ricardo viu uma sequência de semáforos piscando em amarelo, como se até o sistema de tráfego da cidade tivesse sido atingido por aquela estranha interferência. Via pessoas nas calçadas olhando para seus aparelhos celulares, viu bares com as TVs chuviscando. Ele e seus agentes trocavam olhares nervosos, posto que, além de ser a noite do julgamento de Djalma, a súbita interferência parecia persegui-los pelas ruas ou, pior ainda, parecia ter alcançado vários bairros.

— Está muito estranho isso, não é? — perguntou Denis ao motorista.

Bastos não tirava os olhos da pista da Marginal Tietê. Os dois estavam na parte da frente da picape e falavam baixo para não deixar a promotora ainda mais preocupada. Bastos precisara desviar de ao menos quatro caminhões parados no meio da pista e, eventualmente, enfiava o pé no freio quando o trânsito travava.

— Meia-noite e meia e esse trânsito? Só em São Paulo uma coisa dessas acontece — tornou Denis.

— Deve ser essa falha no rádio e nos celulares que tá causando isso.

— O quê?

— Pode apostar que é esse apagão que tá perturbando. Já li uma tese sobre um lance desses. Queda dos sistemas de telecomunicação, ou algo perto disso. É um apagão de telecomunicações. As TVs também saíram do ar, o Ricardo me contou.

— Então liga a sirene, Bastos. Toca a mula.

— Não. O Ricardo pediu para irmos quietos. Não quer chamar mais atenção do que o necessário.

Denis torceu o pescoço, girando a cabeça, tentando aliviar a tensão. Olhou pelo retrovisor. Ricardo e a promotora sorriam e pareciam conversar despreocupados.

— Tá rolando um climão lá atrás, e a gente aqui preocupado que é o diabo.

— Desencana, Denis. Pra ela finalmente acabou. Deixa a ruiva relaxar um pouco. Deve tá há uma cara já sem ver uma... Eu pegava essa promotora gostosa fácil.

— Você acha? Mesmo?

Bastos ergueu os ombros para a pergunta.

— Acho o quê? Que eu pegava?

— Não, cara. Acha que acabou? Que agora vão dispensar a gente e ela vai ter um final feliz com os filhos?

— O que eu acho, Denis, é que num caso desses não tem final feliz. Ela perdeu o marido e anos de vida caçando esse vagabundo. Agora ele sai e entram mais oito no lugar. É uma luta inglória essa nossa. Arriscando o pescoço todo dia, sem saber se volta pra casa, pra família e ainda mais com a certeza de que cada um que a gente bota na cadeia é só mais um grão de areia.

Denis ficou calado. A picape parou atrás de outro caminhão.

— E tem outra, acho que esses caminhões todos, parados aí, estão assim porque perderam o sinal com as centrais de vigilância.

— Via satélite, não é?

— Exato. Igual GPS. Olha a tela aqui.

Denis olhou para a tela do GPS da caminhonete e leu a mensagem de alerta "no signal" em vermelho.

— Caraca! Até os satélites estão fora do ar.

— Satélites, rádio. Tudo. Se fosse época da velha Guerra Fria dos States com Moscou, cara, eu ia suar frio. Ia achar que tava acabando o mundo.

O trânsito continuou difícil até o Cebolão, e então entraram na rodovia Castello Branco. A picape chegou a cento e quarenta por hora, mas a alegria durou pouco. Ao se aproximarem da praça de pedágio, o pandemônio. Um mar de veículos em uma confusão só.

Bastos olhou pelo retrovisor, já adivinhando o gesto que Ricardo acabava de lançar, com a mão, indicando a direita. Ligou as luzes do giroflex sem acionar as sirenes e se encaminhou para a cancela livre para veículos de serviço. Os imensos prédios comerciais e shoppings do Tamboré brilhavam à direita do grupo. Muitos carros estavam no acostamento, chamando a atenção dos agentes. A certeza de que algo, que ainda não sabiam o que era, acontecia ia aumentando.

Quando deixaram a rodovia, Raquel estava abstraída, olhando para as luzes dos prédios, reparando em fachadas que nunca tinha visto. Completar aquela tarefa parecia ter libertado sua alma. Estava pronta para uma vida nova, para um desejo novo. E esse desejo novinho em folha não era uma nova caçada. O que queria agora era um pouco de paz. Levar os garotos para Ubatuba para umas férias prolongadas. Todos eles mereciam aquilo. Paz e tranquilidade. Fechou os olhos e suspirou fundo. Viajaria com os meninos no primeiro feriadão; viajaria com eles e passeariam de barco. Tinha uma marina em Ubatuba que costumava visitar quando Davi estava por ali. Não voltava lá desde o episódio do banana boat e do rapaz desaparecido. Naquele dia tinha ficado na praia. Sabia que voltaria àquela praia, e queria voltar com seus meninos. Ainda estava de olhos fechados quando seu corpo foi jogado para a frente com a freada da caminhonete. Não teve tempo de abrir a boca para articular a pergunta que veio à sua cabeça quando a saraivada de disparos espocou contra a lataria blindada do veículo. Gritos e palavrões dos agentes. Raquel agarrou-se ao banco da frente quando o carro começou a virar de lado, atingido por outro veículo. O mundo todo girou. Raquel sentiu aquele vazio no estômago, típico de quando se está com o corpo solto no espaço. Um estrondo na hora da queda. Os vidros do carro se espatifaram e Ricardo caiu com todo o peso de seu corpo imenso sobre ela. Raquel ouvia gritos. Uma explosão. Algo tinha explodido do lado de fora. Sentiu o calor do fogo líquido escorrendo pelo asfalto e vindo em sua direção. Disparos de arma de fogo. Sua cabeça rodava e sua audição parecia afetada, como se estivesse no fundo de uma piscina. Ricardo, desmaiado, foi arrancado por um homem, puxado pelos pés. Mais disparos. Raquel sentiu-se sufocar com a fumaça. A cabeça... Ela não aguentava mais. Escuridão.

✠ ✠ ✠

Raquel abriu os olhos e não conseguiu se mexer. Sua cabeça doía, e nada conseguia enxergar, capturada pela penumbra. Sentia as mãos amarradas às costas, uma amarra apertada. Os punhos latejavam e ardiam e, conforme se mexia, a pele doía como se estivesse cortada. Estava deitada em cima de um tecido malcheiroso e úmido. Cheiro de suor, urina e sujeira. A umidade viscosa era percebida pelo contato da pele do ombro e das mãos. Seu rosto estava encoberto por um capuz, velando o desespero que deveria sentir e expressar pelo rosto contraído. O estômago doía e uma sede desconfortável granulava em sua boca. Não era medo que a fazia apurar os ouvidos e mexer as mãos. Djalma tinha despertado algo transformador dentro dela quando arrancou seu marido. Aqueles bandidos todos a tinham empurrado para uma forja, onde seu coração e seus sonhos foram malhados a brutais marretadas, erigindo uma criatura tão fria e calculista quanto o mais hediondo de seus feitores. Quando ela, viúva e mãe de pequenos órfãos, lançou o primeiro torrão de terra sobre o caixão do marido no fundo da cova, seus medos volatizaram, esvaneceram, subiram e libertaram outra Raquel. As memórias boas dos dias de família feliz foram sublimadas e arquivadas em um habitáculo em sua mente que ela visitava todos os dias para, por um lado, saborear e reviver a doçura daqueles dias de ouro e, por outro, alimentar a fornalha que forjava a fera, providenciando olhos aguçados e narinas largas, como os de uma besta coletora, que rastrearia os fragmentos e cheiros deixados para trás; assim, nunca esqueceria daqueles que tinham destruído tudo aquilo. Aquelas pessoas vis que a arremessaram ao sofrimento eram também as que a tinham feito nova, a libertado de um padrão de comportamento. Nesses momentos, em que ela se sentia a besta coletora, ela não era mais mãe, nem promotora, nem viúva, nem humana. Ela era um desejo manifesto, vivo, encarnado. O que ela buscava com as várias sacudidas das mãos era encontrar um ponto fraco nas amarras. Quando ela se mexia, queria era saber o quão estava presa. Quando escutava o balbuciar dos capangas do Urso Branco, ela queria saber quantos eram. Contá-los e catalogá-los. Ela queria remover o capuz. Precisa saber se algum dos seus federais estava ali com ela, se tinham cometido o erro de deixar Ricardo perto dela. Se pudesse contar com a ajuda de mais alguém quando estivesse com as mãos livres e pronta para lutar — porque, sim, meus amiguinhos, ela se libertaria daquela mordaça, daquele cordão no punho, do capuz sobre o rosto —, iria pegar o primeiro filho da mãe que surgisse em sua frente e acabar com ele com as unhas, se fosse preciso. Ficar quieta em seu canto e buscar uma escapada para sobreviver naquela noite não era uma alternativa. Não havia vontade de amanhã naquele cubículo, havia, sim, um campo de rinha de galo. Ela se atiraria como uma louca desvairada para cima de quem entrasse naquele cativeiro. Ela sabia que eles só estavam esperando a ordem do Urso Branco chegar por rádio ou celular para que ela fosse executada em um micro-ondas. Ela morreria naquela noite, sem ver seus filhos nunca mais. Ela deixaria de existir e estava pronta e alinhada com esse destino que estudara tantas vezes e fazia parte do escopo de alternativas para o final de sua caçada contra os criminosos. Mesmo com a escolta diária dos agentes federais aquela possibilidade nunca, nunca fora descartada. Raquel sentia-se pronta para aquele momento como um suicida se sente pronto perante o abismo que devora a todos. Contudo, o seu sangue não custaria barato. Tinha estudado e se preparado para que, quando o desfecho se avizinhasse, a besta, que fazia seus músculos do pescoço, braços e pernas tremerem, cobrasse o preço do espetáculo. Ela atacaria o maior número que pudesse deles, sangraria seus olhos e suas gargantas. Se, por acaso, Ricardo estivesse ali, ela saberia que teria uma chance de ficar viva por mais algumas horas e iria atrás do maldito que tinha ferrado com a sua vida. Sorriu ao se imaginar sendo julgada por ter matado um daqueles traficantes. Teve que sufocar um riso que emergia de sua garganta. Raquel sabia que não teria essa chance. Aquela noite era sua última noite na face da Terra. Chacoalhou mais as mãos. Raspou o chão com a bota intencionalmente. Se houvesse algum daqueles vagabundos dentro do cômodo para lhe dar outra coronhada, teria tomado uma agora. Contorceu-se e conseguiu ficar sentada. Os músculos do lado direito doíam todos. Ela arfou, salpicada por inúmeras pontadas. Sua boca, presa pela fita, sufocou o grito. Estava quente dentro daquele capuz. Pelos seus cálculos não demoraria mais de dez minutos para que suas mãos estivessem livres. Continuou torcendo os punhos e puxando a mão, fazendo-a escorregar. Sentia a pele rasgar mais um pouco a cada puxão. A dor era gigantesca, mas a certeza de estar num cômodo sozinha, sem um vigia naquele momento, amparou sua alma e lhe injetou mais ânimo. Era agora ou nunca. Empregou toda a sua força, afastando os punhos. Não era assim. Força bruta não ia ajudar. Tivera lições para escapar do cativeiro uma dúzia de vezes. Colocara-se naquela mesmíssima situação e vivido aquilo uma centena de vezes em sua mente. Força não era a resposta para fazer escapar os punhos. Então respirou fundo e os visualizou. Ainda estavam presos, mas agora as amarras estavam um tico mais frouxas. Insistiu nas torções, sua pele machucada doía à beça, mas era encarar a dor ou desistir. Foi fácil escolher. Em menos de dez minutos, torcendo e raspando as amarras contra a superfície áspera, sentiu suas mãos livres. Os ombros e as articulações inferiores estalaram e doeram um bocado quando trouxe as mãos para a frente. Alongou a musculatura e fez o pescoço estalar. Primeiro o capuz, depois a mordaça. A luz estava apagada, mas seus olhos, já adaptados para a escuridão, conseguiram investigar o ambiente. Estava num quartinho com piso irregular, com lajotas quebradas aqui e ali, infiltrações nas paredes e teto, cheio de tralhas amontoadas em um canto. Ela tinha escutado a voz de três homens, pelo menos. Não ouviu a voz de nenhum agente Federal. Estava sozinha. Respirando lenta e ritmadamente, recuperando o controle sobre a ansiedade que a assolara, ela conseguiu se lembrar de um bocado de coisas. Essa respiração controlada evocando os passos que a tinham trazido ao quarto também era resultado dos exercícios forçados para enfrentar o cativeiro. Cada pedaço de memória era valioso nesse instante. Ela lembrava-se do caos que engolira a noite do julgamento após as TVs e telefones saírem misteriosamente do ar. Lembrava-se da felicidade e da preocupação misturadas em sua cabeça. Lembrava-se do vazio encontrado logo após a sentença. Feliz porque aquele inferno tinha acabado e preocupada porque, sem as linhas telefônicas funcionando, ela não tinha conseguido falar com os filhos depois do fim do julgamento. Fez uma prece rápida, pedindo que os filhos estivessem bem. Voltou a sequenciar suas lembranças das últimas horas. Ela e os federais tinham deixado o tribunal dentro da caminhonete de sempre, blindada e carregada de homens e com um carro de escolta. A cidade estava agitada, estranha. Carros parados na Marginal Tietê. O caminho, que deveria estar livre pelo avançado da hora, se mostrara truncado e perigoso. Então eles surgiram, os criminosos. Tinham feito o chão tremer e a caminhonete capotar. Ela ouviu gritos e tiros. Fogo e fumaça. Um zumbido interminável em seus ouvidos. De repente tudo ficou escuro e ela acordara ali. Respirando devagar e revendo os acontecimentos, o primeiro pensamento que se formou em sua mente não era muito animador. Aqueles capangas do Djalma que a mantinham cativa não estavam para brincadeira. Não eram peixes pequenos, ladrões de botequim. Eram homens bem armados, que não piscavam no caso de terem de puxar o gatilho. Eram a elite do maldito traficante. Ela não os subestimaria de forma alguma. Contudo, eles, sim, tinham cometido esse erro fatal. Tinham deitado as mãos sobre uma promotora, viúva de um ex-combatente do narcotráfico, uma mulher, mãe de dois filhos, que entrara nessa história de forma vingativa, movida pelo ódio feminino, protegida por agentes federais. Ela era uma mulherzinha que ficaria encalacrada, indefesa e assustada no cantinho daquele quarto até que Djalma ligasse e ordenasse sua execução. Só era segura de si cercada por oito homens da Polícia Federal, quando tinha a língua grande e a coragem de uma leoa. Ela não era nada sozinha. Era isso que eles pensavam ao ver o seu corpo feminino, cheio de curvas delicadas, cheio da fragilidade comovente e convidativa das mulheres bonitas. Eles a tinham simplesmente amordaçado, encapuzado e manietado, não tinham nem mesmo a revistado em minúcia ou amarrado os seus pés. Como não passava pela cabeça deles que Raquel acordava todo dia com a possibilidade de cair nas mãos daqueles canalhas desde que o julgamento de Djalma tinha começado? Ela recebia ameaças nas formas mais variadas. Bilhetes, e-mails, telefonemas, bombas. Então tinha que ser óbvio que ela se prepararia. Alguém deve ter passado a mão em sua cintura e em seus peitos procurando alguma arma escondida, mas, tomados pela arrogância e ludibriados pela inocência, não revistaram suas botas. Ela baixou o zíper da bota de couro marrom-escuro que terminava em um salto alto e fino. Presa ao forro da bota, no lado interno, uma faca de aço polido foi retirada. Tá, não era grande coisa contra os rifles e fuzis do bando, mas o elemento surpresa jogaria a seu favor. Ergueu o zíper e foi a vez da segunda bota; baixando o zíper e alcançando o forro, retirou um soco inglês com pontas agudas e afiadas. Ela estava mentalmente preparada para aquele momento, e isso fazia dela um tipo de perigo secreto e incubado, prestes a ser deflagrado. Igual ao sujeito ir ao médico da academia para uma simples avaliação física e meia hora mais tarde estar deitado na maca, dentro de uma ambulância, porque o médico descobriu que aquela tonteira boba ao descer da esteira não era só uma tonteira boba. Muitas vezes carregamos o mal dentro de nós, silencioso e traiçoeiro, cultivado por nossas escolhas, e, de supetão, ele eclode raivoso, inclemente, às duas e meia da manhã, e, antes que tenhamos tempo de apanhar o telefone, estamos caídos no chão, espasmódicos, lançados à própria sorte com o dedo frio da morte afagando de leve nossa face. Raquel se levantou silenciosa e caminhou até a pilha de tranqueiras jogadas no canto do cafofo. É, de fato tinham-na subestimado. Garrafas de vidro, pedaços de espelho, plásticos, uma cadeira de madeira apodrecida e requenguela. Uma miríade de porcarias que se tornariam armas nas mãos de desesperados. Raquel sorriu de canto de boca ao lembrar de uma cena do filme *Esqueceram de mim*, em que o garotinho é deixado para trás pela família que viaja de férias no Natal e tem que se virar sozinho contra uma dupla de ladrões que invade sua casa. Raquel não queria fazer a audiência rir de macaquices. Queria encontrar coisas pontiagudas e perfurantes que aumentassem suas chances de machucar ao máximo seus captores e, tipo num sonho bom, fugir daquele buraco dos infernos com vida o suficiente para rever seus filhos mais uma vez. Passear nas costas do rinoceronte adorado pelo caçula. Bagunçar o cabelo espetado do primogênito. Seus filhos, seus amores. Onde estariam agora? Daria tudo por um telefonema. Falar com Pedro e Breno. Escutar a risada certeira do pequeno. Então seus olhos se detiveram num tapume de madeira. Certamente havia uma janela ali atrás. Poderia enfiar a faca nos arames, destroçar o fio e tentar fugir por ali. Estava em sua melhor forma. Corria diariamente cinco, seis quilômetros. Conseguiria evaporar no escuro da noite. Não era uma marginal, mas era inteligente. Quantos casos já não tinha lido nas laudas sem fim dos processos que examinava em seu laborioso ato de condenar? Quantas vezes não leu ali as tantas artimanhas de sujeitos que conseguiam se esgueirar por vielas estreitas de favelas imensas ou se "muquiar" sob escombros de telhas e caixas-d'água até que o dia clareasse, assim ludibriando seus captores? Podia encontrar um córrego e evaporar. Teria que abandonar a bota de salto alto para conseguir correr. Podia enfiar mesmo a faca naqueles arames, mas algo dentro dela não a deixava simplesmente fugir. Algo dentro dela queria dar um destino mais nobre ao fio afiado daquela peça fria de metal. Queria enfiá-la no estômago de um daqueles monstros que povoavam as sombras do seu quarto todas as noites antes de dormir. Então pensava nos filhos que já não tinham pai. Pensava em como eles cresceriam e repassava diálogos em sua mente, diálogos que eles travariam em noites escuras chorando no peito de futuras namoradas, esposas, e depois contariam como foi que a vovó e o vovô morreram nas mãos de mercenários, traficantes, filhos duma puta, e os tinham transformado naqueles garotos com as cabeças mais fodidas de todo o bairro. Foi a primeira vez em que ela chorou no cativeiro. Raquel ajoelhou-se recostada à parede, ao lado da porta, único meio de entrar ou sair daquele cômodo, e dobrou-se sobre seu estômago, que doía de uma forma como nunca tinha doído; contraído, espasmódico. Era o nervoso irradiando de sua mente e materializando-se em seu corpo. Precisou se segurar com as mãos ao chão, largando a faca e o soco inglês. Sentia-se num vagalhão de mar de ressaca, revirando sob a água revolta. Eram emoções demais. Pensamentos demais. Havia o ódio e havia a paixão. Queria viver para ficar com os filhos, finalmente em paz. Mas não queria deixar aqueles imbecis impunes. Eles não podiam escapar impunes. Raquel fechou os olhos por um longo momento. Tinha que retomar sua confiança. Tinha vivenciado esse momento em sua mente centenas de vezes nos últimos cinco anos. Sabia que cedo ou tarde esse inferno poderia sair do espectro da preocupação para a realidade mórbida. A única coisa que não tinha imaginado era aquele cenário, aquela dualidade de emoções. Sentiu uma câimbra estomacal tão forte que quase bateu a testa no chão no espasmo seguinte. Soltou um jorro de vômito sobre as tranqueiras. Sentiu seus olhos arderem como se estivesse em contato com fumaça. Suas narinas queimavam. Sentiu-se tonta, e novas contrações brotaram em seu abdome, mantendo-a abaixada. Sede! Uma sede excruciante gritava por água. Seus ouvidos captaram movimento no ambiente ao lado, forçando-a a retomar o controle do corpo, ignorando as dores estomacais e a tontura para juntar o máximo de informação possível. Recostou-se à parede de madeirite que deixava o som chegar fácil aos seus ouvidos, agora que estava livre do capuz. Esgueirou-se e colou a orelha o máximo que pôde. Barulho de porta batendo. Realmente, três vozes distintas. Três pessoas falando nervosamente, atropelando uma à outra. Uma mulher e dois homens. Um, de voz ofegante e grave, parecia ser, pela lógica, o que tinha acabado de entrar.

— Nada ainda, brother. A chapa deve tá muito quente, porque não tem ninguém lá embaixo na padaria.

— Essa porra de telefone não tá funcionando nem fodendo, faz quatro horas já que ninguém fala com ninguém. Só se eu bater tambor pra falar com o Comandante pra resolver a urubuzona.

A segunda voz era mais aguda, mais rachada, a imagem de um moleque magrelo e franzino formou-se na mente de Raquel. O apelido "Comandante" suscitou outra imagem. Conhecia a alcunha de Tales Mariano, um assassino voraz e patológico, violento, inescrupuloso e temido entre a bandidagem. Era o braço esquerdo de Djalma na favela do Morro Torto. Se tinha alguma dúvida do final que a esperava ali naquele pulgueiro, a menção daquele apelido deixava bem claro o seu destino.

— Não sei. Tão demorando demais para ligar. Desde a hora do julgamento a gente não consegue falar com ninguém. Os vermes que seguravam a urubuzona também tavam sem sinal de celular e rádio, igual a gente.

Raquel sentiu outra convulsão no estômago e cuspiu suco gástrico no chão. Olhou ao redor. Nenhuma garrafa d'água. Estava com uma sede infernal. Poderia beber um litro de água numa virada só. Recostou o ouvido mais uma vez na parede, eles discutiam.

— E agora? O Comandante mandou esperar a ligação dele para passar a doutora. — A terceira voz era de uma mulher.

Raquel repassou o processo do Djalma e lembrou-se de três mulheres que trabalhavam com o traficante em sua cadeia de extorsão e terror. Uma era a Sardenta: além de ser seu braço direito, era sua parceira. Garota de vinte e um anos e suspeita de, ao menos, quatro assassinatos, incluindo o de uma policial militar moradora do Morro Torto. No jargão, Sardenta era a típica sangue ruim. Sardenta e Comandante eram os anjos da guarda do traficante. Anjos de asa negra. Outra era a Vanessa, uma menor de idade que tinha sido tirada de um puteirinho do interior do Mato Grosso do Sul e trazida para a favela como amásia de um dos soldados do Urso Branco. A terceira era a Nora Braço, ex-detenta, presa mais de quatro vezes por tráfico e estelionato, era forte e briguenta. No meio dos pensamentos, Raquel percebeu sua visão escurecer. A secura na garganta aumentou, e também começou uma dor forte no peito. A mulher dobrou-se pela enésima vez. Estava doente. Só podia ser isso. Tinha adoecido, ou a pancada em sua cabeça na hora do acidente fizera alguma coisa em seu cérebro, talvez uma concussão, até mesmo um traumatismo, e agora tudo estava se embaralhando. Passou a mão pela cabeça. Estava menos dolorido o local da pancada que nem mesmo parecia inchado. Mas seus lábios ardiam e seu estômago se contorcia furiosamente. Ela soltou um ronco involuntário pela garganta e caiu de joelhos. Sede. Muita sede. Queria beber algo. Qualquer coisa. Raquel tapou a boca com as duas mãos, temendo ser ouvida. A faca de aço escapou de seus dedos, tilintando e parando dentro do oco de um bloco de cimento. Raquel sentiu o ar faltar no peito, uma ardência aumentando em seu tórax, e então um zunido nos ouvidos. Por um segundo pareceu que não estava ali, naquele lugar estranho, naquele cafofo perdido no meio de uma favela. Por um segundo ela se viu na praia onde veraneava, o sol rajando forte acima de sua cabeça. Então ouviu a voz de seu marido. Ele chamou seu nome. Raquel sentiu um frio na barriga. Ele vinha com Pedro segurado pela mão. Os olhos, agora maternos, procuravam por Breno na paisagem, sem conseguir encontrá-lo. Só Pedro estava com Davi. Os cabelos de fogo do menino esvoaçando com a brisa do mar, lindo, de bermudão e prancha debaixo do braço, esbanjando aquele sorriso encantador que tinha herdado do pai. O som real da arrebentação em seus ouvidos. Raquel começou a correr de encontro à sua família amada. A ventania aumentou até que os grãos de areia encobrissem sua visão, mergulhando a silhueta do marido num negrume impenetrável. Viu Pedro soltando-se do pai e correndo em sua direção, com a mão estendida. Pedro pedia ajuda. Então ela bateu com a testa no chão, soltando outro fluxo de vômito. Estava mais uma vez lá, naquele lugar fétido e asqueroso. E estava com raiva, muita raiva. O som do ambiente voltou aos seus ouvidos. Aquelas vozes discutiam. Então uma batida na porta da rua. Raquel prendeu a respiração e apurou os ouvidos, controlando sua vontade de voar através daquela madeira. Antes da ação, informação. Era assim que Ricardo falava quando planejavam seus deslocamentos em momentos de maior periculosidade.

— Quem é? — perguntou alguém com a voz sussurrada.

— Eu, o Adilson — respondeu uma voz alta e firme.

Mais uma alcunha conhecida pela promotora que lutava para manter-se consciente. Todos os capangas importantes do Djalma estavam metidos naquele esquema. Adilson era do grupo de Carlos, assaltantes de banco que apareceram no processo por duas vezes. Eram mercenários que emprestavam suas habilidades para o traficante eventualmente. Se ela conseguisse chamar ajuda, encalacraria todos aqueles vagabundos numa tacada só. Sentiu o corpo vibrar novamente. Como se alguma coisa dentro dela lutasse contra todas as ideias que não fossem matar aqueles desgraçados, alinhando-a para o inevitável, preparando-a para o combate.

O homem que entrou trombou em alguma coisa, pois lançou imprecações, enquanto ouvia-se o som de um copo de vidro espatifando no chão.

— Vim correndo da função. Por que vocês não tão atendendo à porra do telefone?

— Porque, seu alucinado, não tem telefone nenhum funcionando. Pega aí qualquer aparelho, vacilão. Nenhuma operadora presta.

— E os filhos da promotora? — perguntou a mulher.

Adilson ficou calado. Aquele silêncio cresceu em desconforto, principalmente no cômodo ao lado, sem ser notado pelos bandidos. Raquel recebeu uma descarga elétrica que percorreu seu corpo dos pés à cabeça.

— Já era. Apagamos os pivetes.

O peito de Raquel doeu ainda mais. Sua visão escureceu até sobrar um estreito túnel amarelado à sua frente, um pequeno foco que a fazia lembrar que ainda estava ali. As vozes continuavam bombardeando seus ouvidos enquanto ela, mais uma vez, levava as mãos à boca para sufocar um grito de desespero.

— Como assim? Sem falar com o Comandante? Ele queria eles aqui, Adilson. Caralho, mano. Era pra gente puxar o gatilho na frente da urubuzona!

— E eu não sei, Cabeça? Eu não sei? Claro que sei! Mas sem telefone tava foda, porra. Nem os rádios tão funcionando. Era pegar ou largar. Os seguranças dos moleques deram trabalho, xará. No fim das contas só sobrou eu. Os moleques escaparam do condomínio e eu piquei fumo mesmo. Pior que chegar aqui e dizer que os pivetes fugiram. O Comandante passava eu.

— E agora, Cabeção? A urubuzona? — perguntou a mulher.

— Vamos esperar, Sardenta. Vamos esperar. Ninguém faz mais porra nenhuma sem falar com o Comandante. Já tô sentindo cheiro de merda nisso tudo — disparou o rapaz com voz de taquara rachada. — É foda esse negócio. É foda.

Apesar de a voz ser a de um garoto, o apelido "Cabeção" o apontava como o líder daquele grupo, estando abaixo apenas do Comandante, este, sim, o braço direito do Djalma. Com aquele novo nome revelado, agora eram três bandidos conhecidos na sala ao lado e mais um que não tinha identificado, e a terrível informação de que tinham assassinado seus filhos. O tremor em seu corpo se intensificou. Sardenta, Adilson e Cabeção. Raquel tremia. Sua atenção se concentrava na voz de Adilson, o assassino. Ele dissera que tinha "picado fumo" nos seus filhos. Ele tinha executado suas crianças. Raquel baixou a mão até o bloco de concreto e apanhou a faca. Era ele que ela queria matar primeiro. Adilson seria seu alvo principal. O homem que tinha acabado com sua família. Jamais existiriam outros descendentes dela caminhando por esse planeta. Jamais haveria descendentes dela e do marido. Estava tudo acabado. Não tinha mais motivo algum para pensar em amor. Raquel era puro ódio bombeado nas veias. Sentia-se capaz de atravessar aquela parede de tijolos vermelhos com as unhas. Ela esgueirou-se em direção à porta. Era quase certo que estaria trancada. Teria que esperar nas sombras, no escuro. Controlar suas emoções para tirar o melhor proveito de cada chance de golpear. Mas era difícil esquecer a voz repetindo em sua cabeça "piquei fumo mesmo". O choro desceu poderoso dos olhos da promotora. Imagens vinham involuntariamente. Ela via o pequeno Breno correndo e sendo atingido por um disparo. Via Pedro, seu menino que estava virando homem, com sangue cobrindo todo o seu peito e o seu rosto. Via o pavor no rosto do pequeno Breno, que chorava e chamava pela mamãe. Breno era doce e mimado, o típico filho caçula que se aninha no colo da mãe quando sabe que vem chumbo grosso pela frente. Mesmo depois de passar dos sete anos, continuava sendo meigo e encantador, dono de um poder de observação que impressionava a mãe. Curiosamente foi Breno o primeiro a compreender a perda definitiva do pai, foi também o porto seguro de Raquel, quem primeiro a confortou com palavras leves e cheias de uma sabedoria incomum para uma criança tão pequena. Um sábio aos seis anos. Fora no colo de Breno que Raquel afundara a cabeça e a cabeleira cor de fogo por horas a fio nos primeiros dias após o assassinato de Davi. Já Pedro tinha amadurecido uns dez anos em dez horas. Foi um dos que carregaram a alça do caixão do falecido. Havia tido um compreensível ataque de fúria, destruindo metade do quarto. Nessa hora, em que mãe e filho se agarraram no meio do quarto, ela furiosa, ele assustado, sentaram-se em meio aos "escombros" e se apertaram com força enquanto lágrimas caíram em silêncio dos olhos daqueles dois perdidos. Pedro tinha jurado que mataria os bandidos que fizeram aquilo com o pai. Raquel tinha também feito sua jura. A jura de que não deixaria a vida de Davi escorrer em vão para o outro lado do manto. Que ela continuaria a luta do homem de sua vida e que o honraria, fazendo com que cada um daqueles bandidos apodrecesse atrás das grades. Todo esse turbilhão passou diante de seus olhos como um flash. Deixando-a confusa e desnorteada por um instante. Então algo sutil fez todo o seu corpo entrar em alerta. Eles, os bandidos, tinham se calado. Agora um barulho, como um ferrolho, e alguém mexendo na porta do cativeiro. Raquel agarrou a faca com força. Tinha visto aquela cena em sua mente um milhão de vezes. Tirar a vida de alguém. Não deveria pesar tanto, afinal de contas aqueles malditos filhos da mãe faziam isso quase toda semana, depois eram vistos se divertindo e, por vezes, presos em festas, completamente embriagados de alegria e cachaça. Ademais, eram os assassinos de seu marido e agora, de seus filhos. Assassinos de outras tantas famílias. Ninguém choraria sobre seus cadáveres. Respirar, manter a calma. Eles tinham fuzis e pistolas. Ela tinha a faca, o soco inglês e o elemento surpresa a seu favor. Na melhor das hipóteses, na realização do seu sonho mais dourado, conseguiria dar cabo de dois deles, daí restariam dois homens armados com que lidar. Ela jamais sairia dali com vida, mas levaria Adilson junto. Agarrou a empunhadura da faca negra e recostou-se ao máximo contra a parede, misturando-se às sombras, sentindo o metal frio nas mãos. O som do deslizar do ferrolho chegou ao fim com um leve solavanco da porta de madeira. A porta abria para dentro do cômodo ocupado pelos bandidos. Uma mão de mulher surgiu, pressionando o interruptor. Uma luz fraca alimentou o cativeiro. Sardenta colocou a cabeça para dentro do quartinho, olhando para o amontoado de tecidos no lugar onde a promotora deveria estar. Aquele vacilo de dois segundos foi o suficiente para Raquel agir, enfiando a lâmina até o cabo no pescoço da mulher, que tinha sua altura, e puxando-a pelos cabelos para dentro da baderna, enquanto o sangue dela esguichava pelas paredes com a artéria perfurada. Sardenta revirou os olhos na direção da promotora e ainda tentou erguer a pistola que estava em sua mão, mas seu corpo começou a desmoronar, perdendo as forças enquanto um som gutural saía de sua boca. Raquel largou a faca enfiada no pescoço da vagabunda e correu para a pistola largada no chão. Enquanto levantava com a arma, tecendo um fino fio de esperança, o quarto clareou e um trovão explodiu lá dentro. Raquel cambaleou e bateu contra a parede dos fundos, junto à chapa de madeira onde deveria estar a janela para a fuga. Outro trovão. Raquel caiu em linha reta, contra a parede, desabando sentada, tentando erguer a pistola.

— Que merda, hein, urubuzona? Precisava ter matado a Sardenta? — perguntou o rapaz da voz de taquara rachada. — Você acabou de foder a gente matando a mulher do chefe.

O bandido apontou a pistola para Raquel enquanto balançava a cabeça, irritado.

— Sua vaca.

Outro disparo, bem no meio do peito, dessa vez.

Raquel respirou fundo por vezes seguidas. Tentou falar. Queria olhar para o rosto de Adilson antes de morrer. Sua visão voltou a estreitar-se num túnel fino, onde cabia apenas o rosto de Cabeção. Ela sentia uma dor lancinante a cada respiração. Olhou para baixo. Estava tudo vermelho ao seu redor. O sangue da bandida misturava-se ao seu próprio sangue.

— Tenho sede — murmurou a promotora moribunda.

— Vou te arrumar um drinque do bom, princesa, vai combinar com seu cabelo — ruminou o bandido, agachando-se na frente de Raquel. — Traz gasolina, Adilson. Vamos fazer essa galinha morta subir.

A visão de Raquel apagou-se completamente. Ela teria sorrido por saber que acabou com uma comparsa do Djalma, mas, ao ouvir o nome de Adilson, sabia que tinha falhado em liquidar aquele que tinha matado seus filhos. Tudo o que ela queria era mais tempo, mais dois minutos. Contudo, seus músculos já não obedeciam, tudo ficou negro e um silêncio apaziguador e confortável começou a envolvê-la por todos os lados. A promotora estava morta.

Capítulo 5

Às dez para a meia-noite a sirene disparou no quartel do Corpo de Bombeiros. O tenente Douglas Obe, que acompanhava pela TV as reportagens na frente do fórum criminal da Barra Funda, saltou da cadeira, correndo para o armário e apanhando seu equipamento. Perderia o anúncio do veredito do caso da promotora Raquel contra o traficante Djalma e teria que se contentar em assisti-lo em algum repeteco dos resumos da madrugada. O plantão tinha começado calmo demais, era esse o prenúncio da tormenta. Assim que alcançou o caminhão-tanque, já ouvindo o motorista respondendo ao Copom e acionando o motor, viu que Boris já estava sentando em seu posto, apertando as amarras da bota. Ele sempre fazia isso quando estavam saindo. Mais vinte preciosos segundos até os sete homens estarem dentro do veículo em seus postos e a resposta do Copom chegar. Era um galpão de embalagens ardendo em chamas na Martin Burchard, uma das travessas da Rangel Pestana, coisa de dez quadras do quartel.

— Abre o olho, Japa. Abre o olho. Não vai dar mole que nem da última vez em que pegou fogo na Rangel.

Douglas Obe riu do comentário de Boris. Ele fazia questão de sempre lembrar do episódio da Rangel Pestana, acontecido um ano antes, em que Douglas teve que ser resgatado, em vez de resgatar. Douglas já tinha dezoito anos na corporação, era macaco velho, mas tinha cometido um erro de iniciante ao atenderem uma ocorrência de incêndio num prédio que, na teoria, deveria estar desabitado e lacrado pela prefeitura. Contudo, ao serem chamadas, pessoas que tinham conseguido fugir do prédio em chamas por conta própria diziam que nos andares superiores viviam imigrantes ilegais usados na indústria clandestina da moda que abastecia centenas de lojas do centro de São Paulo. Douglas não tinha testado seu rádio antes de deixar a unidade e, enquanto lutavam com a mangueira para controlar as chamas no segundo piso, ouviu um grito de socorro vindo de cima. Subiu três andares desacompanhado, e então encontrou um apartamento com dezoito bolivianos. Uma mulher nanica, de cabelos negros, lisos e bastos, que batiam em suas nádegas, chorava, tossia e apontava para um senhor idoso. A fumaça era intensa no andar e eles sofriam com a supressão de oxigênio. Foi quando Douglas acionou o rádio para pedir apoio que percebeu a besteira feita. Estava sem contato com o posto de comando. Estava sozinho, ou melhor, rodeado por dezoito civis, sem retaguarda nenhuma para socorrê-los e sem conseguir entender uma palavra do que diziam num espanhol acelerado e embargado pelo desespero. O velho estava com parada cardiorrespiratória, e a droga do seu rádio estava enguiçado! Douglas começou a massagem cardíaca enquanto as muitas mulheres ao redor passavam a chorar e a rezar. Douglas insistiu na massagem e olhou à sua volta. Eram apenas crianças e mulheres. Onde estavam os homens? O caminho estava livre até o térreo, não havia chamas nas escadas, só fumaça. Alguém em condição mais calma e raciocinando poderia ter evacuado aquelas pobres desesperadas. Conseguiu batimento no coração do infeliz prostrado no chão, mas, sem socorro adequado, ele iria a óbito, na certa. Tirou sua máscara do pescoço e prendeu-a sobre o rosto do velho, aumentando o fluxo de oxigênio e dando alguma chance àquele homem de sair com vida. Precisava de socorro urgente e acabou valendo-se do celular de uma das bolivianas para ligar ao Copom e pedir o resgate. Cinco minutos infernais se passaram desde convencer a policial do Copom de que ele era um tenente em atendimento no prédio em chamas e de que aquilo não era nenhum trote até uma equipe de resgate chegar ao apartamento isolado e descer o velho. Apesar de ter salvado a vida do boliviano naquela noite, pronto, nunca mais ficaria em paz no quartel por ter subido para a ocorrência com seu rádio quebrado.

— Se você aprontar de novo eu posso não estar por perto pra adiantar o seu lado. E quem é que vai dançar com a Sara no aniversário de quinze anos? — emendou Boris, rindo da própria piada.

— O padrinho dela dança.

— O padrinho, Japa? O padrinho nada. A Sara já deve ter descolado um namorado a uma altura dessas. Vai ser o namorado dela que vai dançar com ela.

Dessa vez foi o motorista que riu.

— Quer dizer que vai ter bolo e você não me chamou, Douglas? — cobrou o cabo Noronha.

— Vai chorar, Noronha? — debochou Boris.

— Eu sou cabra macho, homem. Hehehehehe.

— As daminhas têm que ir de rosa, viu? Já fizeram as provas e tudo, Noronha, você está atrasado — juntou Douglas.

— Ô, tenente, deixa disso.

— Você não estava no turno sexta-feira, Noronha. Por isso que ficou sem. Seu convite está lá na minha mesa no quartel. Quando a gente voltar você pega.

— Firmeza, tenente. Aí, sim. Agora vou fazer presença com a minha mina. Levar ela pra sair, comer do bom e do melhor e sem gastar um tostão.

— Sem gastar o escambau, ô malandrão. E o presente da aniversariante? — cobrou Boris.

Os homens na cabine riam da graça enquanto o motorista e Copom trocavam rápidas informações em código.

Douglas Obe baixou a cabeça e fez uma rápida prece mental; então repetiu o sinal da cruz três vezes seguidas e beijou uma medalha de Santa Bárbara pendurada no pescoço. Esse era seu curto ritual antes de chegar ao local da operação. Respirou fundo e balançou a cabeça algumas vezes. Sua filha fazendo quinze anos. Que luta! Tinha que tomar cuidado redobrado, a festa seria dali a quinze dias, não podia chegar todo engessado no baile de debutante. Olhou para o novato ao seu lado. Noronha era um cara engraçado, bom rapaz, vindo de Mato Grosso, transferido da unidade que prestava atendimento aos ribeirinhos do Pantanal. Estava em São Paulo havia menos de seis meses, mas já tinha se enturmado com os colegas por causa do seu jeito despachado, brincalhão e bastante cooperativo. Bem diferente do começo de Boris Quintana. Boris estava no quartel havia mais de treze anos, era amigo de todo mundo, mas no começo era chamado de esquisito e arrogante por conta do seu jeito caladão. Douglas logo percebeu que Boris era só um cara reservado, um pouco tímido, até. Também, tinha vindo de fora do estado, na adolescência ainda, quando a família deixou o interior de Minas Gerais, como tantos milhares de migrantes, tentando a sorte em São Paulo. Boris falava pouco, mas se esforçava muito. Pegaram confiança um no outro nas missões, e era difícil encararem um combate separados. Douglas era íntimo o suficiente para se deixar ser chamado de Japa e chamar o mulato de Sombra. Eram também compadres, posto que Douglas era padrinho de Lenin, o caçula de Boris, com nove anos. Ivan, o filho mais velho, tinha dez anos. Apesar dos nomes tão bolcheviques, nada tinha de política na escolha. A mãe de Boris amava a literatura russa, e o filho só continuou a obra, batizando com nomes russos os seus netos. Quando os três iam à sua casa, Marlene, esposa de Douglas, brincava, dizendo que os Karamázov estavam chegando, ou então dizia que os "camaradas" estavam a caminho. Os compadres viveram momentos ruins também, daqueles que ajudam a forjar uma boa amizade. Enquanto Douglas tinha sido o irmão de todas as horas quando Nina trocou o bombeiro por um dentista e partiu para Maceió a fim de viver vida nova, Boris fingia que não ligava muito para a perda da mulher, mas sofria com a distância dos filhos. Ivan e Lenin só apareciam nas férias escolares. No armário do quartel tinha uma foto dos filhos pendurada na porta, com uniforme da escolinha de futebol do São Paulo, que frequentavam antes de partir com a mãe. Por sua vez, Boris tinha sido o chapa quando a pequena Sara passou por uma cirurgia cardíaca em decorrência de agravações de saúde, infelizmente comuns aos portadores de síndrome de Down. Sara era uma menina extrovertida e arteira, bastante alegre e ativa, mas um dia ligaram da escola, ela tinha desmaiado numa aula de educação física. Cirurgia de emergência na mesma noite e quarenta e oito dias de UTI. Marlene recusava-se a sair do lado do leito da filha, e só se afastou de lá umas duas vezes porque Boris tinha insistido muito e se prontificado a ficar ali, do ladinho da afilhada. Douglas sorriu das lembranças, cinco anos depois aquilo era passado e estavam ali, firmes e fortes. O que os colegas mais comentavam a respeito do tenente Boris é que ele mudava da "água para o fogo" quando o alarme soava no quartel, momento em que sua personalidade retraída e reservada evaporava, e o vapor fazia existir um novo Boris, comunicativo, alerta e imponente. Boris era sempre o primeiro a embarcar na viatura. Era sempre o primeiro a tirar alguém do prédio ou da casa em chamas; ele era a personificação daquela imagem mítica e glamourosa que a população tinha de um bombeiro: um herói. Por outro lado, nada tinha de arrogante ou bravateiro: assim que as chamas eram debeladas, o rescaldo finalizado e as mangueiras enroladas, Boris era o primeiro a desaparecer da cena e recolher-se ao quartel. Nada de entrevistas, nada de televisão. A impressão que se tinha era de que aquele segundo Boris, das labaredas, das escadas do veículo plataforma, era uma máscara do seu teatro pessoal e que, quando as chamas do palco se apagavam, Boris voltava a ser só o primeiro Boris, o calado, o discreto, a sombra.

O caminhão fez uma curva rápida sobre o Viaduto Vinte e Cinco de Março, desviando de um ônibus, balançando os bombeiros e obrigando-os a se apoiarem com força. A buzina grave e prolongada era disparada vez ou outra, encobrindo o som das sirenes, buscando afastar os taxistas distraídos e os bêbados que resolviam parar no meio da rua. Som de sirene havia muito já tinha se mimetizado ao som ambiente da capital, ficando nivelado ao ruído branco, permanente, mas, quando a buzina do caminhão-tanque era disparada, qualquer ser vivo virava a cabeça para olhar, e ninguém brincava na frente de uma viatura vermelho-vivo do corpo de bombeiros. Em um minuto a distância do quartel até a Rangel Pestana do outro lado do viaduto foi devorada; as luzes do quarteirão tinham caído, e um clarão agourento alaranjava a paisagem. Os soldados dentro da unidade ficaram calados. Colunas monstruosas de fumaça subiam para o céu. Duas unidades de resgate estavam estacionadas logo à frente, viaturas da guarda metropolitana fechavam as ruas, criando um cordão de isolamento. O motorista desligou as sirenes e deu duas buzinadas, chamando a atenção dos homens à frente e chamando o Copom no rádio. Os bombeiros saltaram do caminhão-tanque encarando as labaredas que subiam além do telhado. O calor emanava pelo ar e ao redor do quarteirão, dando uma boa ideia do inferno que os aguardava lá dentro. Boris correu para os comandos do tanque, ativando a bomba-d'água do veículo. Primeiro tinha que diminuir a temperatura na frente do galpão e criar um campo de trabalho para os companheiros começarem a debelar as chamas.

— Douglas, rápido com a avaliação! Quero mandar água no telhado!

— Eu sei o meu trabalho, Sombrinha!

— Checa o seu rádio.

Douglas riu da brincadeira de Boris e começou com a avaliação visual preliminar do campo da ocorrência. Para jogar água no telhado era preciso ter uma boa ideia da estabilidade da edificação, se suportaria o peso do líquido sem colocar em risco eventuais vítimas ainda presas dentro do incêndio. Precisava determinar a segurança do entorno, se outras edificações corriam o risco de serem afetadas pelo calor ou, no pior cenário, também entrarem em combustão por contato com as chamas ou fagulhas. O centro da cidade era uma área crítica, os prédios antigos eram grudados um ao outro, e os velhos galpões e edifícios tinham sido construídos sem os preceitos modernos de segurança, como escadarias com antecâmaras e elevadores projetados para resistirem ao fogo. Douglas subiu no caminhão-tanque para uma melhor visualização do galpão. Era um telhado resistente, em arco, a água escoaria. Fez um sinal positivo para Boris, que chamou mais três bombeiros e passou instruções.

— A coisa é feia, Boris. A primeira unidade sabe se tinha alguém trabalhando no galpão?

— O Noronha tá lá falando com os caras. O que viu?

— O de sempre aqui no centro. O pior possível. Os prédios vizinhos têm as paredes pregadas com o galpão, e se não controlarmos isso logo... — Douglas fez uma pausa quando o barulho do jato d'água irrompeu da mangueira. — Se não controlarmos isso logo, as chamas vão se alastrar do telhado e colocar os prédios vizinhos em risco. O da esquerda é comercial, talvez não tenha ninguém dentro, mande alguém inspecionar; o da direita é residencial, precisa ser evacuado. A fumaça pode intoxicar os moradores dos prédios da direita e do fundo. Tá escuro, mas o do fundo parece residencial também.

— Resumindo?

— Precisamos de reforços, imediatamente.

Boris apanhou seu rádio e acionou o botão, transmitindo a situação crítica para o Copom e solicitando reforços de mais dois caminhões-tanque e pessoal de resgate. Quando soltou o botão não veio resposta. Pressionou-o novamente e solicitou atenção. Douglas deu um sorrisinho bobo e estendeu seu rádio para o amigo.

— Hoje foi você que não testou o seu, não é?

— Testei, sim, senhor. Tava joinha.

— Hahahaha! Certo.

— Tenta pelo seu, não podemos perder tempo.

Douglas pressionou o rádio. Nada. Nenhuma resposta. Boris correu até o cabo motorista.

— Tá conseguindo falar com o Copom, Marcelo?

— Já faz uns dois minutos que não respondem. Deve ter caído a central lá.

— Quando conseguir contato, peça mais dois caminhões-tanque e pessoal pro resgate, vamos ter que evacuar o prédio ao lado.

Douglas olhou para a frente do galpão, os companheiros ainda lançavam água na parte dianteira da edificação para terem acesso ao interior. Ao lado das duas primeiras ambulâncias havia uma viatura da Defesa Civil encostando.

Populares correram até o caminhão de Douglas e relataram que durante a noite ficava apenas um vigia no galpão e que o homem tinha conseguido sair. Fora ele mesmo quem tinha telefonado para a emergência. Um pouco mais tranquilo com a informação de que no galpão poderia não haver vítima alguma, ainda faltava a questão iminente dos prédios vizinhos. Pensava nisso quando Fred, da Defesa Civil, se aproximou, como que adivinhando os pensamentos do bombeiro.

— Vamos evacuar os prédios vizinhos?

— É. Acho melhor não perdermos tempo e começarmos a evacuação, Fred. Esse depósito está produzindo muita fumaça, e quando metermos água lá dentro vai subir mais fumaça ainda.

Mal terminou a frase, uma explosão rouca ecoou pela rua, estourando os vidros de circulação de ar da frente do galpão. Os pequenos estilhaços voaram da parte alta da fachada, provocando gritaria e corre-corre entre os populares que teimavam em se aproximar. Uma coluna de fumaça preta tomou o céu, sobrepondo-se à fumaça branca; uma onda de calor se esparramou pela frente do prédio. O jato d'água voltou para a parede e para as portas metálicas do galpão, enquanto Douglas reunia seus melhores homens para adentrarem a fornalha.

Os bombeiros — com as máscaras de proteção cobrindo seus rostos, recebiam oxigênio — foram ganhando metro a metro o galpão. As chamas mais altas subiam pelas laterais, onde havia mais material combustível. Eram prateleiras altas, cheias de caixas e mercadorias. As labaredas vinham para o meio do galpão, provavelmente alimentadas por uma corrente de ar que lhes trazia mais oxigênio. Seis bombeiros tomaram o corredor central, carregando duas mangueiras atreladas ao caminhão-tanque. Boris e Douglas entraram munidos de machados e iam avançando e inspecionando. Diversas vezes tocavam o botão do rádio, esquecendo do defeito que persistia em todo o equipamento de comunicação. Precisavam avançar lentamente e se comunicar através de sinais. A água ia se esparramando pelo piso, se transformando numa lama negra e escorregadia; precisavam cravar as botas no chão a cada novo passo. Os machados iam destruindo parte das prateleiras que tinham tombado, inflamadas, calcinadas, desabando no corredor central. Boris e Douglas queriam chegar até o fundo, para que os homens com as mangueiras conseguissem dar conta do incêndio. De quebra poderiam verificar se o galpão de mercadorias estava mesmo vazio, descartando qualquer vítima do incêndio. Douglas olhou para o telhado. As chamas já tinham chegado até a estrutura superior, de metal e madeira, comprometendo a estabilidade da cobertura. Via as línguas laranjas serpenteando pelas telhas de amianto, procurando material inflamável para se agarrar e se esparramar ainda mais, fugindo da água que minava sua força. Viu dois ou três caibros cedendo com o calor, estalando, soltando poeira que revoluteava por conta das ondas de calor que escapavam pelos buracos abertos nas telhas que estouravam com a temperatura alta. O telhado todo podia cair a qualquer instante. Boris tinha ido na frente, pelo trecho intacto do corredor, procurando por possíveis vítimas presas dentro daquele inferno. Assim que o amigo adiantado virou-se, Douglas sinalizou o telhado para Boris e, num segundo gesto, ordenou que saíssem dali. Boris ficou parado por um segundo, observando o telhado danificado, depois olhou para o fundo do galpão. Mais quinze metros e estariam lá. Já podia ver um conjunto de escritórios ainda não tomado pelas chamas. Se alguém tivesse se escondido estaria ali, em algum banheiro ou refeitório. Boris ouvia a própria respiração dentro da máscara de vidro. Olhou para trás, Douglas brandindo o machado e pedindo que voltasse. O telhado rangendo, um pedaço de caibro caiu, trazendo junto duas telhas enormes que partiram com o calor e quebraram ao meio. Boris correu para o fundo do armazém, buscando se abrigar do desmoronamento. Fagulhas pairaram e um bafo de ar quente empurrou as costas do bombeiro, jogando-o ao chão. Boris levantou-se vendo as centelhas ainda suspensas no ar incandescente; olhou para o chão, procurando seu machado. Quente demais. Aquilo estava um inferno. Encontrou o cabo do machado e com a ferramenta foi abrindo as portas dos escritórios ali no fundo. Agora não era só uma questão de encontrar vítimas, era uma questão de sobreviver; com a queda parcial do telhado o ar agora se movimentava em direção aos fundos, fazendo a temperatura se elevar de forma abrupta. Boris podia sentir através do tecido de sua roupa especial o calor insuportável. No primeiro cômodo encontrou uma sala com seis computadores, aproximadamente, armários e pilhas e pilhas de papéis. O ambiente já estava saturado por fumaça e, ao que tudo indicava, o fogo não tinha se alastrado até ali. Saiu, fechando a porta e conferindo o cômodo seguinte. Parecia uma despensa para o pessoal da limpeza. Equipamentos de limpeza pesada, como enceradeiras e máquinas de jato d'água pressurizado, produtos químicos de limpeza, o que era um ótimo petisco para o incêndio ainda ativo. A cada porta aberta o bombeiro via ao menos uma dúzia de opções saborosas para o cliente faminto que se aproximava. Não encontrou refeitório algum no próximo cômodo, como a placa indicava, havia apenas uma pequena copa, com uma mesa para duas pessoas, um fogareiro com duas bocas e um diminuto botijão de gás, num cantinho um comedouro vazio e uma vasilha com água. O pior é que, por alguma razão impossível de adivinhar, a porta da copa tinha sido sacada do batente. Tratou de recuar para o fundo da cozinha, buscando o ponto aonde as chamas mais demorariam a chegar. Encontrou uma porta aberta. Era através dela que se criava aquela perigosa corrente de ar que alimentava e revigorava as brasas e labaredas. Era uma porta antiga, de metal. Precisava fechá-la. Mas primeiro tinha que arrumar um lugar menos arriscado para aquele botijão, a fim de encostá-la depois. Colunas grossas de fumaça escapavam do interior do galpão e ganhavam aquele fundo de quintal, subindo para o céu. Ali o calor desesperador do incêndio dava uma folga e Boris tirou sua máscara por um instante para diminuir a sensação claustrofóbica que ela causava. Poderia ficar com ela por horas, já estava talhado e acostumado ao desconforto. Aproximou-se da parede dos fundos do terreno do galpão. Ali, naquele diminuto quintal, também existiam pilhas de material combustível. De frente para o muro e longe da fumaça respirou fundo; seus amigos dentro do galpão estavam precisando de ajuda, e era certo que estavam preocupados com ele. Já estava com as mãos na máscara para recolocá-la quando ouviu o barulho de garrafas de vidro rolando. Olhou para o muro à sua frente e para os lados bem a tempo de ver um engradado de caixas de cerveja ir ao chão, fazendo cacos de vidro voarem para todos os lados. Ao menos doze garrafas tinham estourado com o impacto. O que intrigava Boris era saber: de onde elas tinham exatamente caído e como? A fumaça foi soprada para o fundo do quintal, baixando a coluna e infestando tudo ao redor. Seus olhos, acostumados com a lida, arderam e lacrimejaram. Ele ergueu o machado e cutucou uma pilha de velhas caixas de vasilhames de cerveja, garrafas empoeiradas, há muito colocadas fora de uso.

— Tem alguém aí?

Do galpão veio o som de mais telhas caindo. Pressionou o rádio, nada. Estava mudo e surdo através do aparelho, mas ali, no fundo do quintal, algo aguçava sua audição. Ouviu outra vez o barulho. Alguma coisa saltando, e novamente coisas rolando para o chão. Dessa vez apenas duas garrafas de vidro estilhaçaram ao bater no piso de cimento.

— Sou do Corpo de Bombeiros. Vim para ajudar.

Olhou para cima de novo e então viu as patinhas ágeis e aflitas de um cachorrinho. Era um lhasa-apso que saltitava, assustado, sobre as colunas de objetos empilhados naquele fundo de empresa. Boris avistou uma escada de madeira comprida o suficiente para alcançar a pequena vítima perdida. Puxou a escada para perto do muro e assoviou, chamando a atenção do cachorrinho, que, arisco e amedrontado, tratou de ficar bem longe da escada. Boris subiu, apoiando o pé ao final no topo de uma pilha de caixas de vasilhames, e continuou assoviando, chamando o cãozinho. Por sorte, em questão de segundos, o dócil lhasa veio para perto do bombeiro, deixando-se apanhar. Boris o prendeu com uma mão junto ao peito e com a outra acariciou a cabeça do cachorrinho.

— Bom garoto. Bom garoto. Eu sabia que ia salvar alguém hoje, eu sabia — brincou Boris, fazendo uma voz infantilizada, querendo se comunicar com o cãozinho. — Agora vamos sair daqui enquanto as coisas estão sob controle.

Assim que completou a frase, Boris olhou em direção ao prédio dos fundos. Já que estava ali, colado ao muro e em cima de uma escada, deixou a visão demorar na edificação para onde o grosso da fumaça do incêndio se direcionava. Se fosse um prédio residencial, teria que ser evacuado imediatamente. Por vício acionou o rádio de novo. Nada. Entre aquele muro dos fundos e o prédio na parte de trás do quarteirão havia um terreno escuro, provavelmente baldio. Boris subiu mais quatro degraus, conseguindo ver por cima do muro. Apanhou sua lanterna e lançou um facho de luz para o terreno. Seu coração se enregelou. O terreno comercial não estava abandonado. Era uma área escura e estreita, com mais ou menos dez metros de comprimento, mas com a largura de quase três lotes, fazendo limites com o muro do prédio residencial da direita e do prédio escuro do fundo e, provavelmente, indo terminar na calçada da avenida Rangel Pestana. O problema era que todo o seu volume estava preenchido com incontáveis tambores de metal e, apesar da fumaça que vinha pela copa, ele podia sentir o cheiro doce do líquido que vazava de um ou outro tonel. Aquilo não era nada bom.

— O que você tá fazendo aí em cima, Sombrinha?

Boris praticamente saltou com o cão de cima da escada, apanhou e empunhou mais uma vez seu machado.

— Uma coisa boa e uma ruim.

— Conta a boa primeiro.

— Encontrei esse cachorro aqui perdido nessa quizumba.

— Essa é a boa?

— É. A ruim é que o terreno do galpão não chega até o prédio dos fundos. O terreno dos fundos está cheio de tambores de líquido inflamável.

— Gasolina?

— Pior. Querosene.

Douglas ficou calado um instante. Boris sabia que ele já estava calculando todas as probabilidades de aqueles tambores irem pelos ares e, como ele já tinha antecipado, sabia que Douglas descobriria que as probabilidades eram muitas.

— Me ajuda aqui — pediu Boris.

O bombeiro tentou fechar a porta metálica, mas a maldita não se moveu um centímetro sequer, nem com a ajuda de Douglas, que era magro e mais baixo, mas forte como um touro quando precisava. A porta estava travada e enferrujada, emperrada naquela posição havia tempo demais. Atravessou as dependências dos escritórios já trajando sua máscara de oxigênio. O cenário estava menos terrível agora. Os times com as mangueiras já tinham conseguido cortar o fogo e iam combatendo os focos, coisa de mais dez minutos até entrarem em um trabalho de rescaldo. O problema que é as telhas ainda estavam caindo, e a instabilidade de todo o telhado predizia que uma boa parte dele iria ao chão até o final do combate. As fagulhas voavam pelo céu, escapando do armazém, e poderiam, perigosamente, ser carregadas ao terreno dos fundos, fazendo tudo ir pelos ares. Tinham que retardar a queda do telhado ao máximo e extinguir por completo as chamas.

Voltando ao caminhão, Douglas e Boris descobriram que, além dos rádios, os telefones celulares também estavam fora de funcionamento, e nem mesmo os orelhões das ruas completavam chamadas. A energia elétrica de cinco quarteirões ainda estava cortada por algum tipo de sobrecarga ou explosão de um transformador em frente ao galpão, atingido pelo calor das chamas. Douglas formou duas equipes para evacuarem os dois prédios residenciais mais próximos do local do incêndio, acionando também os homens da Defesa Civil para verificarem se o prédio comercial do lado esquerdo do galpão estava mesmo vazio àquela hora da noite.

Era meia-noite e trinta e cinco quando Boris e Douglas se posicionaram em frente ao edifício residencial. Alguns moradores, assustados, já tinham procurado as ambulâncias que chegaram mais cedo, e ao menos três daquelas pessoas foram removidas para o pronto-socorro por conta de estarem desmaiadas graças à aspiração de fumaça. A maioria dos residentes estava passando por ataques de ansiedade e mal-estar pela emoção. Viam as labaredas agitadas atravessando o telhado do enorme galpão e deitando de lado com a ação do vento; uma fumaça negra e espessa também atingia as janelas dos apartamentos, e o som do agressivo crepitar causado pela ação do fogo devorando o material combustível ajudava a formar um cenário bastante angustiante para qualquer um que olhasse pelas janelas. Somando isso ao fato de muitos deles terem acordado já com o fornecimento de energia elétrica cortado e também com falta de sinal em seus celulares e telefones fixos para se comunicarem com parentes e amigos, não era de se espantar que o número de moradores em pânico, descendo até a rua e vindo buscar informação com vizinhos e bombeiros, só aumentasse. Boris, Douglas e mais quatro soldados formaram o time de socorro ao prédio ao lado direito do galpão, enquanto Noronha e mais meia dúzia foram para o prédio dos fundos, contornando o quarteirão em passo acelerado. Com a falta de energia, os elevadores estavam parados, e o jeito era correr para não perder tempo.

O prédio que escolheram era mais alto que o dos fundos. Quinze andares até o topo. O condicionamento físico fazia toda a diferença nessas horas. Mesmo sem chamas, carregavam todo o paramento e o machado, o melhor amigo dos bombeiros em combate. Levaram quinze minutos para atingir o último andar, subindo com urgência e trombando com moradores curiosos e preocupados, trajando pijamas e camisolas, e escutando o choro de crianças assustadas. As luzes de emergência da escadaria estavam acesas, mas eram precárias, e muitos moradores desciam, trazendo objetos de valor e pertences. Os bombeiros pararam mais de cinco vezes avisando que não precisavam retirar nada dos apartamentos, o fogo estava dominado no galpão ao lado, a evacuação era só por prevenção para evitar o desconforto da entrada de fumaça pelas janelas e tubulações de circulação de ar. Alguns moradores redarguiam que, se sairiam por prevenção, precisavam levar objetos de valor por precaução. A equipe de soldados dividiu-se no sétimo andar, Boris e Douglas seguiram com Queiroz até o último. Eram quatro apartamentos por andar, o que somava sessenta unidades habitacionais. Ali, no décimo quinto pavimento, encontraram um corredor escuro, decorado com três vasos de bromélias e sem a presença de fumaça. Apontaram as lanternas em todas as direções, duas portas estavam abertas. Deram batidas vigorosas nas duas portas ainda fechadas e aguardaram, falando alto. Testavam os rádios. Nada ainda. Cedo ou tarde a comunicação tinha que voltar a operar.

— Espero que voltem a funcionar rapidinho, Sombrinha. Desse jeito não dá pra trabalhar.

— Mas os rádios são conectados a uma central? — perguntou Queiroz, intrigado.

Douglas balançou a cabeça em sinal negativo.

— Não tem rede. Nossos rádios operam numa frequência específica. Por isso que é estranho. Podem ter quebrado.

— Todos ao mesmo tempo? — indignou-se Boris.

— Muita coincidência, né?

Uma mulher, de camisola preta e longa, chegou a uma das portas abertas. Ela era alta, bonita. Tinha cabelos negros e olhos castanho-claros, aparentando ter mais de quarenta anos. Trazia na mão direita um castiçal com uma vela acesa, que lhe projetava uma cor alaranjada, emprestando-lhe um ar fantasmagórico. O decote da camisola revelava um par de seios avantajados que não escaparam aos olhos dos bombeiros. Douglas elevou a visão aos olhos da mulher e tentou mantê-los fixos em seu rosto. Ele não era do tipo babão, mas aquilo era maior que a sua vontade, o decote era um daqueles que viravam ímãs de pupilas.

— Ai, Deus! O prédio está pegando fogo? — assustou-se a mulher.

— Não, senhora. Estamos evacuando, por precaução. Dá tempo da senhora se vestir.

A mulher fechou o decote da camisola.

— Tem mais alguém no apartamento, senhora?

— Minha avó está dormindo. Minha filha já desceu.

— Pois bem, chame a sua avó e desça, por favor — continuou Douglas.

— Estamos sem luz. O elevador está funcionando?

A vela tremeluziu nas mãos da mulher.

— Não, senhora.

— Minha avó é bem velhinha, não vai aguentar descer quinze andares. É mesmo necessário que ela desça?

Boris entrou na frente de Douglas.

— Podemos pedir que uma equipe da Defesa Civil venha até aqui e ajude vocês duas. Acorde a sua vovó e a deixe preparada.

— Obrigada, bombeiro.

— Nesses dois apartamentos, ninguém atende. Sabe se tem alguém morando aqui?

— Um está vazio. É de uma moça que está estudando na Ucrânia neste ano. Ela é cientista, essas coisas. O outro é do seu Silvio. Só o vi hoje de manhã.

Douglas e Boris trocaram um olhar enquanto Queiroz repetia a batida forte na porta.

— Ele dorme tarde normalmente, é bem capaz dele já ter descido com os outros.

— Vamos verificar os apartamentos abertos e descer então, Boris. Lá embaixo a gente confere se o senhor Silvio já está com os outros moradores — sugeriu Douglas.

Queiroz entrou no segundo apartamento com a porta escancarada. Passou pela sala apontando a lanterna para o ambiente, seus olhos acostumados a caçar traços de incêndio procuravam fumaça, e ele precisava lembrar que seu foco não era esse. Chamou os moradores, avisou em voz alta que era um bombeiro, que estava entrando e que o prédio precisava ser evacuado. Nenhuma resposta, nem mesmo nenhum som. Passou por um quarto de crianças, um banheiro no corredor, mais um quarto e ao final uma suíte. Tudo vazio.

— Vazio! — gritou.

Voltou, fechando as portas dos quartos, banheiro e cozinha, ação que estava em seu piloto automático de bombeiro.

Refez o caminho e, ao chegar ao corredor, encontrou o ambiente deserto, ouvindo as batidas na porta dadas pelos companheiros no andar inferior. Apontou a lanterna e voltou até a porta do último apartamento, fechando-a. Já entrava na escadaria de incêndio quando a linda mulher de camisola negra decotada surgiu na porta mais uma vez e o chamou.

— Bombeiro!

O soldado se virou para a mulher. Ela ainda trazia a vela para clarear seu caminho.

— Meu nome é Queiroz, dona.

— Pode me ajudar um instante?

— A Defesa Civil virá ajudar a senhora, não tenha medo, está tudo sob controle, é só uma evacuação...

— Eu sei, eu sei. Mas eu estou muito aflita — disse a mulher, começando a chorar. — Minha avó não se mexe.

Queiroz ouviu as batidas no andar de baixo. Olhou para a face tensa da mulher, que já tinha seus quarenta e poucos anos, de olhos redondos e rosto benfeito. O decote aberto novamente. Queiroz olhou para a escada e depois para ela.

— Estou com medo, Queiroz. Me ajuda.

— Tá certo. Vamos ver a sua avó.

Queiroz entrou na sala espaçosa. Eram apartamentos grandes. Na parede, perto de uma mesa de jantar, um quadro da Santa Ceia.

— A senhora viu quando começou o incêndio lá embaixo?

— Não vi, não, senhor. Só fui perceber que tinha incêndio quando ouvi as sirenes dos bombeiros e das ambulâncias. Meu prédio é virado para os fundos, difícil de bisbilhotar.

Os dois caminhavam pelo corredor. O quarto da avó era o último, a suíte.

— Não sentiu o cheiro da fumaça?

— Não. — A mulher parou e se virou para o bombeiro quando chegou ao batente da porta. Tinha uma expressão enigmática no rosto.

Queiroz apontou a lanterna para dentro do quarto, enquanto a mulher parecia pensar em alguma coisa, franzindo a testa e colocando a mão na cintura. Viu a cama e, sobre ela, revelado pela luz branca e lavada de sua lanterna de LED, viu o corpo da velha. Parecia um fantasma de tão pálida. O rosto da senhora era encovado e rajado de ranhuras criadas pelas rugas. Parecia ter uns cem anos. Estava vestida num pijama de flanela que aparentava ser quentinho e confortável. Imóvel. Igual a uma morta.

— Agora que você falou de cheiro de fumaça, eu lembro que lá pela meia-noite, pouco antes de vocês chegarem aqui, eu ouvi um barulho no céu, como se fosse uma explosão, um trovão, sabe?

— É. Nós ouvimos do carro também, quando estávamos a caminho. Até pensamos que o galpão aí do lado tinha ido pelos ares.

— E depois veio um cheiro de fio queimado, sabe? Eu andei pelo apartamento procurando se minha avó tinha deixado um ferro de passar ligado, e, quando vasculhava o quarto da minha filha atrás do cheiro, acabou a luz. Aí minha filha começou a gritar, eu acendi uma vela, falei para ela descer e fiquei aqui esperando a luz voltar para descer com a minha vozinha. Eu nem mexi com ela porque ela estava dormindo e não tinha fumaça aqui.

— Então ela não desmaiou por causa da fumaça.

— Não.

A mulher entrou no quarto e deu passagem para Queiroz. O bombeiro ficou olhando um instante para a velha, parecia um defunto. O bombeiro olhou para a neta como quem pede permissão. Tirou uma das luvas e apertou o pescoço da senhorinha. Tinha pulso, mas estava bem fraco.

— Quantos anos ela tem?

— Noventa e oito.

— Ela está bem fraquinha. Está doente?

— Não. Tem mais saúde que eu e você juntos, acredita? Ela desce de elevador e caminha todos os dias, nunca pega gripe. É impressionante. Só não desce de escada por causa do joelho. Estava bem, conversamos na hora do jantar. Ela riu comigo contando uma confusão que viu na rua hoje.

— Prefiro não descer com ela no meu ombro. Eu poderia, pois ela está respirando, mas está muito fraquinha. Tenho medo de ela quebrar uma costela, algum osso. Acho mais prudente esperar a Defesa Civil. Se a energia voltar, eles descem com ela numa cadeira de rodas pelo elevador.

— Será que vai precisar de cadeira de rodas? Ela vai ficar deprimida quando souber.

— Se ela não acordar, vai precisar, sim.

A mulher se afastou dois passos e derrubou a vela.

— Cuidado, senhora. O fogo tá lá embaixo. Não vá começar um incêndio aqui em cima.

Queiroz abaixou e apanhou a vela. Quando levantou, a vela tinha apagado. O pavio emanou um cheiro característico de parafina. Colocou a vela sobre uma cômoda e voltou a lanterna para a mulher. Ela estava de joelhos e com o tronco flexionado para a frente.

— Ai! É aquela dor de novo.

— O que foi?

— Uma cólica, horrível. Nossa!

— A senhora está bem?

— Não, Queiroz! Dói muito! Parece que meu estômago vai virar do avesso.

Queiroz olhou para a velha na cama. Teve uma sensação ruim. Muitas vezes já estivera assim, em apoio à evacuação, em prédios sem energia, acudindo pessoas, mas aquele cenário estava tétrico. Uma mulher de camisola caída à sua frente, se contorcendo de dor, enquanto havia uma senhora parecendo um cadáver, imóvel na cama, no escuro. Parecia acontecimento de um daqueles sonhos estranhos que se tem um pouco antes de acordar, quando tudo parece fazer o maior sentido do mundo, mas sabemos, no íntimo, que algumas coisas estão fora do lugar. Olhou para a mulher, paciente, esperando que ela se levantasse. Ela estava ainda arqueada e, naquela posição, com os seios praticamente à mostra através do decote. Queiroz sentiu um desconforto novamente. Estava ali para socorrer aquela mulher, não para ficar olhando para os mamilos dos seus peitos.

— Por que a senhora não toma uma água?

— Aiiiii!!! — gemeu ela. — Tá doendo demais!

Ato reflexo, o bombeiro levou a mão ao rádio, lembrando que não ia adiantar nada.

— Respire fundo e vamos descer. Pode ser que o incêndio tenha liberado algum tipo de gás tóxico que desconhecemos, senhora. Outras pessoas também desmaiaram aqui no seu prédio.

— É? Sério?

— Sério. Pode ocorrer uma intoxicação que gera esses espasmos estomacais.

Ela sentou-se à beira da cama, ao lado da avó. Agora era a barra da camisola que tinha subido, deixando suas coxas grossas e benfeitas todas à mostra, até mesmo a calcinha igualmente negra. Ela deveria estar preparando uma surpresa para o marido, pois estava cheirosa e deliciosamente convidativa. Talvez a fragilidade repetida daquela mulher tenha mexido com alguma coisa dentro dele, mas o fato era que Queiroz estava se sentindo atraído por ela como o Diabo.

— Melhor descermos.

— E minha avó?

— Eu não gosto de deixar gente para trás, ainda mais assim, desprotegida, mas, se a senhora desmaiar aqui, serão duas mulheres que terei que deixar para trás.

— Dá tempo de eu colocar uma roupa?

— Dá, sim.

— Promete que quando chegarmos lá embaixo arruma alguém para te ajudar e volta aqui para buscar a minha avó?

— Prometo, sim, dona.

A mulher deixou o quarto e tateou até o cômodo do meio.

— Queiroz! — chamou ela.

O bombeiro caminhou atrás dela e parou na porta mais uma vez.

— Ilumina pra mim o meu guarda-roupa, tá escuro aqui.

O bombeiro obedeceu prontamente.

— Bem melhor. Assim eu acho minha calça e uma camiseta. Está frio lá embaixo?

— Não. Está quente, até. Qual é o seu nome?

A mulher não respondeu, estava curvada para dentro do guarda-roupa, tinha tirado a camisola, ficando apenas de calcinha. Queiroz engoliu saliva e sentiu o coração disparar como o de um adolescente. Por que diabos ela estava fazendo aquilo? Já tinha ouvido uma porção de histórias dos amigos, de que muitas mulheres ficavam doidinhas por homens fardados, de que as coroas, principalmente, ficavam loucas em situações de perigo. Era como se o medo as deixasse com o maior tesão da galáxia, mas nunca tinha visto algo assim. Ela não parecia querer seduzi-lo, só parecia assustada e perturbada. Ela debruçou-se um pouco mais e puxou uma camiseta do fundo do guarda-roupa. O bombeiro não conseguiu tirar os olhos das nádegas da mulher, grandes e redondas e, enquanto ela colocava a blusa, pôde notar os seios volumosos mais uma vez e o abdome benfeito para uma coroa, terminando numa virilha bem desenhada. Não era uma mulher que estava se trocando na sua frente, era uma deusa! Pronto, homem era assim, a coisa mais besta. Só de olhar a mulher seminua ficava apaixonado! Ela colocou uma calça jeans e uma blusinha agarrada no corpo; na blusinha tinha o desenho de uma naja com a boca aberta e as presas ameaçadoras projetadas para a frente.

— É da minha filha.

— Coisinha mais fofa.

— Só se veste assim agora.

— Você não disse seu nome.

— Verdade. A dor era tanta que até esqueci. — A mulher se aproximou de Queiroz e estendeu a mão. — Prazer, Letícia.

— Prazer, senhora.

Os dois se cumprimentaram no escuro, a outra mão do bombeiro segurava o machado e a lanterna.

— Não precisa me chamar de senhora, Queiroz.

Queiroz sorriu e olhou para Letícia. Ela era sensual demais até mesmo falando o seu nome. O bombeiro ia abrir a boca para dizer alguma coisa quando foi beijado pela mulher. Foi algo tão inesperado que o bombeiro retribuiu, segurando a mulher pela cintura. Quando abriu os olhos deu um gemido e três passos desequilibrados para trás, batendo as costas e a cabeça na parede do corredor. Com a mão livre, apanhou a lanterna e a ergueu, apontando para os olhos da mulher, enquanto arrumava seu capacete e passava as costas da luva no lábio. O motivo do susto tinha vindo com duas situações abruptas que se apresentaram quase simultaneamente, uma fração de segundo separando um episódio do outro. Primeiro, Letícia tinha lhe mordido o lábio. A princípio, tinha sentido a fisgada como um reflexo mais picante daquele momento arrebatador, de um beijo inesperado, algo como uma fome quente represada nas entranhas daquela fêmea no cio, mas a mordida tornou-se mais forte, e uma ferroada dolorida culminou com o seu despertar. Ainda vivendo esse momento, o bombeiro tinha aberto os olhos e visto aquilo. Os olhos da mulher estavam rubros, como duas brasas. Agora ele erguia a lanterna sobre o rosto de Letícia para confirmar o inusitado.

— Abaixa isso, Queiroz, meus olhos estão doendo.

O bombeiro se recompôs, respirando rapidamente, e lambeu o beiço repetidas vezes, sentindo o gosto de seu próprio sangue.

— Posso te beijar de novo? — perguntou a mulher, se aproximando.

— Não. Você...

Letícia aproximou-se de Queiroz, passou uma mão em seu peito por cima do uniforme, e a outra levou até o pescoço do soldado.

— Pode, mas prefiro te levar para baixo primeiro e tirar sua avó daqui.

— Só mais um beijo. Por favor...

Queiroz olhou para o fim do corredor, para o quarto da velha. Apontou a lanterna para o cômodo, jogando luz sobre a cama. Por um segundo imaginou ter visto a velha se mexer, mas a anciã continuava na mesma posição, inerte, desmaiada. Já sua neta, Letícia, estava bem acordada, abraçando-o e levantando o rosto para beijá-lo mais uma vez. O bombeiro baixou a lanterna e também o queixo, e se deixou beijar pela fogosa coroa. O língua dela passou seguidas vezes pela ferida em seu lábio, lambendo as gotículas de sangue que vertiam da pequena ferida. Ela era doidinha. O bombeiro sentiu um calor delicioso subir de sua barriga quando a senhora passou a mão em sua virilha, apalpando o seu instrumento. Queiroz queria tirar a roupa da dona e transar com ela, ali mesmo, escorados na porta do quarto, mas arranjou forças do fundo da alma para repeli-la mais uma vez.

— Letícia, precisamos descer. Tem gente contando comigo. Precisamos evacuar este prédio inteiro.

A mulher balançou a cabeça positivamente, cruzando os braços. Não parecia irritada; um pouco desapontada, talvez.

— Vamos descer e eu subo com mais gente para apanhar a sua avó. Vão ser só alguns minutos. Tudo bem?

— Tudo bem.

— Depois que isso acabar, se a senhora quiser, eu volto.

Letícia lambeu seu próprio lábio e baixou a cabeça sem dar resposta ao bombeiro.

No décimo quarto andar Douglas e Boris tinham encontrado um apartamento aberto e vazio, e, depois de batidas nas portas de outros três, conseguiram também chamar as famílias. Um casal de meia-idade morava no 143 e, avisados por Boris, se prontificaram a descer. A esposa pediu um minuto para apanhar alguns objetos pessoais e, em menos tempo que isso, estavam os dois rumando para as escadas. O marido de pijama, a esposa colocando um roupão por cima do curto shortdoll e trazendo uma sacola com álbuns de fotografias de família. Boris virou-se para o corredor quando Douglas apareceu na porta do 142.

— Sombrinha, problemas. Venha cá.

Boris acompanhou o amigo, que iluminava o caminho através da sala. Viu porta-retratos com uma família alegre por todos os lados. Entraram na suíte ao fim do corredor. Lá Douglas iluminou um garoto de doze anos, aproximadamente, de pé, ao lado da cama, chacoalhando uma senhora deitada. Boris virou sua lanterna sobre a cama. A mulher e o homem pareciam dormir.

— Pronto, Renan. Já voltei.

— Eles não acordam, tio.

— O casal está inconsciente. Você viu que lá embaixo uma pessoa foi removida para o PS porque tinha desmaiado?

— É. Eu lembro do pessoal da Defesa Civil falando disso.

— Tem alguma coisa acontecendo aqui neste prédio, e eu não sei o que é.

Boris saiu da suíte e foi até a cozinha, olhando pela janela. Na área de serviço teve a mesma visão do terreno do armazém em chamas. A fumaça subia, mas, por sorte, era quase toda carregada pelo vento para o prédio do fundo. A coluna grossa e negra passava cheia na altura do sexto andar — podia sentir o cheiro da fumaça —, mas as partículas não estavam alcançando os andares mais altos, voluteando pelo ar para o outro quarteirão. Não era a fumaça do incêndio que estava afetando os moradores. Apurou bem o nariz, respirou fundo. Não sentia o cheiro de nada de anormal. A hipótese lançada por Douglas era intrigante e fazia sentido. Voltou para a suíte e encontrou Douglas examinando o casal adormecido.

— Você acha que eles estão intoxicados?

Douglas soltou a garganta da senhora.

— Eles têm batimentos, os dois. Peguei bem fraquinho, mas peguei.

— Cara, sem rádio e sem telefone fica difícil. Precisamos de gente removendo estas pessoas.

— Precisamos é de alguém aqui em cima para verificar a presença de algum gás tóxico. Melhor usarmos as máscaras de oxigênio enquanto fazemos a evacuação — sugeriu Douglas.

— Eles estão respirando, têm pulso, mas parecem estar em algum tipo de coma.

— Então é intoxicação, cara. Não podemos ficar aqui parados.

— Renan, quanto tempo você leva para descer essa escadaria toda?

— Nunca cronometrei, mas eu desço rápido pra caramba, tio. Já cheguei antes do elevador um monte de vezes.

— Pega um caderno e uma caneta, rápido.

O garoto disparou pelo corredor e logo voltou com o pedido.

— Vamos fazer à moda antiga — disse Douglas. — Estamos sem rádio e telefone, você vai ser nosso office boy. Pega isso aqui e acha o Fred, da Defesa Civil, que está lá embaixo.

— Defesa Civil.

— Isso. Tá tudo escrito aí. Agora você vai levar outro para o tenente Vital, que está no comando do caminhão-tanque. É o maior caminhão do Corpo de Bombeiros que está lá embaixo.

Douglas terminou de escrever o segundo bilhete.

— Vai, Renan, tem luz de emergência nas escadas. Acha esses dois, que eles vão providenciar ajuda pra gente.

O garoto saiu trombando nos móveis da sala, e logo ouviram a porta bater.

— Office boy? Só você mesmo, Japa.

— Quando a situação está atípica, meu amigo, o jeito é improvisar.

— Vamos, já que você improvisou, não tem mais nada para fazermos por estes dois.

— Eles parecem fracos, mas estáveis. Faz quanto tempo que estamos aqui com eles?

— Uns cinco minutos.

Douglas não disse nada, mas tinha sido pouco tempo para saber se estavam estáveis mesmo ou se estavam piorando. Não tossiam, não se moviam. Passou a lanterna por seus rostos. Por outro lado estavam serenos, pareciam dormir.

— Vamos seguir descendo — chamou Boris.

— Descendo nada, eu estava esperando alguém do 144 atender quando você chamou.

Voltaram ao corredor escuro. As lanternas foram ao número 144. Boris bateu na porta mais uma vez. Silêncio.

— Não deve ter ninguém em casa — murmurou Boris. — Arrombo?

— Não tem por quê. Deve estar vazio. Vamos em frente.

A dupla desceu ao décimo terceiro andar. Adentraram o hall e encontraram as quatro portas fechadas. Douglas lançou o facho de luz sobre a porta do 134. Uma folha de papel sulfite presa com fita crepe tinha a mensagem "Já descemos" escrita com caneta piloto. Eficaz. Douglas bateu no 131, e Boris no 132. Ouviram a tranca do apartamento 131 ser aberta e surgir a figura de um homem de trinta e poucos anos.

— Ah! Deus ouviu minhas preces! Entrem!

Douglas seguiu o rapaz. A sala estava iluminada com uma lanterna elétrica de acampamento.

— Eu fiquei até mais tarde na rua hoje, pra ver o jogo com meus amigos. Quando eu cheguei elas já estavam dormindo.

O homem falava nervosamente e abriu o primeiro quarto. O apartamento dele era modificado, diferente dos outros que Douglas tinha visto. No quarto do meio não havia parede, portanto, tinha o tamanho de dois. Era fartamente decorado com motivos infantis. Um lampião de gás estava sobre uma escrivaninha.

— Eu cheguei antes da meia-noite, tava bem louco de cerveja. Nem quis acordar minhas princesas.

Douglas viu uma mulher jovem deitada na cama, com o tronco ligeiramente elevado por estar apoiada em cobertores e travesseiros, com um livro infantil no colo e com duas meninas fazendo de suas coxas travesseiros. Uma cena encantadora, se ele já não soubesse o que estava por vir.

— Daí eu fui tomar banho, já tinha um furdunço aí embaixo. Gente chamando bombeiro. Eu tava aqui no chuveiro ainda quando acabou a energia. Ouvi as sirenes, olhei pela janela e vi que a coisa estava ficando séria. O meu vizinho bateu na porta, discutimos alguns minutos se devíamos ou não descer. Ele disse que ia descer com sua esposa e sua cunhada, tem um menino de uns quinze anos também — desatou a falar. — O filho dele estava com dor de estômago, vomitando. Aí eu apavorei..

— Calma, senhor. Calma.

— Eu estou calmo, eu estou calmo. É que eu sou acelerado por natureza. Daí eu vim aqui chamar a Ruth e as meninas. Foi aí que eu pirei, cara. Elas não acordam. Eu já estava me preparando para descer com elas nas costas, ainda bem que vocês apareceram. Preciso levá-las para o hospital.

Dessa vez Douglas nem examinou as adormecidas. Viu que o peito da mãe subia e descia discretamente.

— Tem mais gente assim no prédio, senhor. Já estamos organizando uma equipe para retirar quem está nesse estado.

— Mas o que aconteceu? É algum tipo de agente químico que vazou aí do galpão?

— Ainda é cedo para dizer, senhor.

— Mande alguém aqui, pelo amor de Deus. Elas vão morrer se ficarem aqui. Precisamos levá-las para o hospital.

— Calma, senhor. Vamos socorrer a todos. Este é o segundo apartamento em que encontramos pessoas nesse estado. Não sei o que elas têm, mas estão vivas, estão respirando. Vamos ajudar a todos.

— Eu vou ficar aqui. Não posso descer sem elas.

Douglas não tinha o que dizer para aquele pai e marido. Se o prédio não estava em risco de incêndio, seria importante que alguém ficasse com aquelas crianças vulneráveis. Pensou no risco de uma intoxicação que talvez demorasse mais para se manifestar em algumas pessoas.

— O senhor pode ficar, mas não sabemos ainda com o que estamos lidando, se é algo contagioso ou se é um agente externo que está levando as pessoas a esse estado.

O homem passou a mão pela cabeça, ansioso.

— O senhor fica por sua conta e risco.

— Eu fico. Fico. Não vou deixá-las sozinhas, nunca — redarguiu o aflito pai.

Boris bateu repetidas vezes no apartamento 133. Estava esperando quando Noronha surgiu esbaforido.

— O que foi, rapaz? Viu assombração?

Noronha arqueou as pernas e colocou as mãos nos joelhos.

— Não. Não é assombração, mas é quase. — Respirou algumas vezes antes de continuar. — Preciso falar com o Douglas. Vim correndo da rua até aqui. Tem uma porção de gente passando mal com a fumaça nos andares mais baixos, umas quarenta pessoas desmaiadas estão sendo levadas para o pronto-socorro.

— Quarenta? Tudo isso?

— Tudo isso! Não estamos dando conta de carregar tanta gente. Ainda estamos sem contato com o Copom, com a PM, com o quartel. Tá foda, tenente!

Douglas surgiu no corredor quando a energia elétrica voltou ao prédio, iluminando o local.

— Opa! Alguma coisa de bom, ao menos — resmungou Noronha, ainda cansado.

— Pelo menos agora temos elevadores, o que vai ajudar a remover essa gente toda.

— Eu estava falando aqui pro tenente Boris, lá embaixo está um inferno. Cada apartamento em que a gente entra tem alguém apagado.

— E a Defesa Civil?

— O Fred já mandou uma viatura para a base deles para chamar reforço. Esse negócio de telefone e rádio pegou a cidade inteira.

— Aqui não tem ninguém também, já vimos todos deste andar. Vamos continuar descendo e retirando os moradores.

Foi nesse instante que um alarme disparou. O som era bem conhecido dos bombeiros. Alguém tinha acionado o alarme de incêndio.

— Mais essa, agora.

Boris, Douglas e Noronha foram até a escadaria e desceram para o décimo segundo andar. Duas portas abertas no corredor, duas fechadas. Uma mulher saía de um dos apartamentos abertos, puxando a filha, que trazia um gato no colo e franzia a testa e os olhos, incomodada com o som do alarme disparado.

— O que está acontecendo? — perguntou a mulher.

— Estamos retirando os moradores, senhora, por precaução.

— O alarme é novidade. Estamos verificando o que aconteceu ainda.

— Deve ser alguém transtornado com toda essa confusão que disparou o alarme de incêndio — remendou Douglas.

— Tem mais alguém no apartamento, senhora?

— Não. Meu filho não chegou da faculdade ainda. Estou tentando ligar para ele, mas a ligação não completa.

— E esses dois fechados? A senhora conhece os moradores? Viu se já desceram?

— O 121 está para alugar, com mobília e tudo. A família bateu o carro no Natal do ano passado, uma tristeza. Não sobrou ninguém — revelou a mulher, fazendo um sinal da cruz.

— E o 124?

— Aí mora a Francine e a Débora. São um desses casais de hoje em dia. Eu ouvi barulho mais cedo aí dentro, mas elas vivem saindo e voltando tarde. Tão na mesma idade do meu filho Carlos Eduardo. A Francine era amiga de parquinho dele, brincavam no trepa-trepa que quebrou quando veio o pessoal da Congás.

— Entendo. — Boris bateu no braço de Noronha. — Verifica este aqui, Noronha.

— O Carlos Eduardo faz Direito há dois anos. Quer ser delegado. Falou que a turma ia assistir às notícias daquele julgamento do traficante e da promotora Raquel — disse a mulher, enquanto o bombeiro batia na porta e gritava o aviso de evacuação.

— Também estávamos vendo no quartel, assim que iam dar a notícia da condenação do safado ou não, tivemos que sair — queixou-se Douglas.

— É. Logo depois que anunciaram até as TVs saíram do ar. Nem no UOL eu consegui ver.

Douglas conduzia a mulher para a escadaria enquanto ela conversava.

— Tudo vai voltar ao normal em pouco tempo, senhora. Desça com sua filha.

— Noronha, confere o andar de baixo com o Douglas. Eu vou descer até o décimo pra adiantar. Precisamos descobrir quem disparou esse alarme.

Boris deu o comando e desceu. As coisas estavam ficando um tanto desorganizadas ali no prédio. Pensando nos casos de desmaios sabia que teriam que voltar ao topo assim que descessem tudo. Tinham pulado ao menos duas unidades habitacionais. Agora tinham que ser mais insistentes e até arrombar as portas que não fossem abertas. Os apartamentos poderiam estar ocupados por gente desmaiada, como as que tinham visto. Boris ultrapassou a mãe e a filha do décimo segundo andar, orientando-as a descerem direto para a rua. No décimo encontrou as quatro portas abertas. Adentrou os apartamentos, chamando por moradores. O cheiro de fumaça estava mais forte ali. Talvez fosse só a fumaça do armazém adentrando o prédio. Talvez fosse uma nova preocupação. Ninguém ali. Desceu ao nono andar, uma porta aberta e três fechadas, bateu nas portas, sem que ninguém atendesse. Teria que arrombá-las. Gritou o aviso de emergência e enfiou o pé na porta do 91, estilhaçando a folha de madeira e entrando na sala. A luzes do corredor estavam acesas. Boris voltou a gritar, avisando que era do Corpo de Bombeiros. Nada. Uma TV estava ligada, exibindo chuviscos. Logo no sofá da sala encontrou um senhor de pouco mais de quarenta anos, deitado, com os óculos caídos sobre o colo e um livro na mão, adormecido. Impossível que não tivesse acordado com o alarme insistente, nem mesmo com seus brados. Só por via das dúvidas, desenluvou a mão e tocou a garganta do homem com os dedos, pegando uma pulsação muito fraca. Foi até o quarto do meio. Um quarto de menino. Um garoto com aproximadamente três anos estava dormindo em sua cama com desenhos de bolas de futebol. Ao lado dessa cama, outra, com o brasão do Santos F.C., estava vazia. Boris avançou para o quarto master e encontrou ali uma senhora também de seus quarenta e poucos anos, deitada de calcinha e sutiã na cama, descoberta. Aproximou-se lentamente, tomado por uma sensação ruim. Nunca tinha visto nada igual. As pessoas estavam, simplesmente, apagadas. O bombeiro sentiu um calafrio quando viu um vulto mover-se ao lado da cama. Seu coração bombeou rápido e ele andou devagar, contornando a cama de casal, fazendo barulho quando seu cilindro de oxigênio bateu contra a madeira do guarda-roupa de seis portas. A cortina se mexeu.

— Eu sou do Corpo de Bombeiros. Vim para ajudar.

Detrás da cortina surgiu uma pequena mão, e então o rosto contraído de uma criança.

Boris abaixou-se, tinha filho pequeno. Imaginava o quanto aquele garoto estaria assustado. Colocou o joelho direito no chão e gesticulou para o garoto, que estava com o rosto fechado, como se tivesse dor ou raiva. A resposta veio em seguida, quando a criança, inesperadamente, correu de encontro ao bombeiro, tentando golpeá-lo com as mãos e gritando como se estivesse lutando pela vida. Boris deixou seu machado cair de lado e se esforçou para segurar o garoto.

— Calma, menino. Calma. Eu sou do bem. Vim te ajudar.

— Me larga! — gritou a criança.

Os gritos ferinos continuaram, e o garoto se debateu mais um bocado. Boris acabou soltando para ver se reconquistava a confiança do moleque. Ele provavelmente teria uns cinco ou seis anos e estava apavorado. A casa estivera escura até agora há pouco, seus pais e irmão estavam tomados por aquela estranha paralisia, e agora o alarme disparava alto. Ele deveria saber pelo alarme que estava em perigo.

— Está ouvindo o alarme? O prédio ao lado está pegando fogo. Eu vim para salvar seus pais. Eles estão precisando de ajuda, não estão?

O garoto retraiu-se novamente contra as cortinas e então caiu de joelhos, enchendo o chão com um vômito fedorento.

— Céus, garoto! O que você comeu?

Envenenamento. Boris chegou a pensar na água do condomínio. Seria muita coincidência uma intoxicação em larga escala, causada pela água, bem ao lado de onde acontecia um incêndio. As hipóteses ficariam para depois, mas estava cada vez mais claro para o bombeiro que aquelas pessoas estavam sendo afetadas por algum produto invisível por consequência daquele incêndio.

Boris avançou até o canto do quarto e apanhou o menino, que começou a se debater insanamente.

— Calma aí, guri. Qual é o seu nome?

Em reposta só vieram mais grunhidos e arranhões.

— Preciso te tirar daqui. Algo não está fazendo bem para vocês neste prédio. Juro que vamos salvar sua mãe e seu pai. E seu irmãozinho também.

Boris chegou à escadaria e começou a descer. No oitavo andar havia fumaça. Então era isso. De algum modo o fogo tinha cruzado do galpão para o prédio. O tempo corria e as coisas pareciam piorar, em vez de melhorar. A ocorrência que tinha começado com um objetivo bem claro ia se enraizando em outros terríveis complicadores. Desceu os nove andares que o separavam do térreo em coisa de três minutos e logo estava na frente do condomínio, deixando o menino com o pessoal do Samu, reportando que os familiares do garoto eram do apartamento 91, que o garoto apresentara vômito e um comportamento excessivamente agressivo. Boris foi até o meio da rua. Seu estômago se contraiu violentamente, gerando uma corrente de dor que se esparramou pelo tórax. Levou a mão até a barriga e ergueu os olhos para o prédio. Havia fumaça saindo do oitavo andar. Logo acima existia muita gente apagada dentro de seus apartamentos; para aquilo sair do controle bastavam poucos minutos. Levou seus olhos às viaturas disponíveis e formou uma equipe com três homens, explicando que precisavam seguir rápido para o oitavo andar. Boris acionou seu rádio. Continuava inútil. Seu celular também estava sem sinal. Não tinha como contatar Douglas. Na sua equipe montada às pressas, havia Noronha e Queiroz, que tinha deixado a senhora do décimo quinto andar aos cuidados do Samu também. Os moradores ainda saíam do prédio, alguns já tossindo por conta da fumaça, outros trazendo crianças adormecidas em seus colos, além de cães e gatos.

Boris abriu a porta corta-fogo do oitavo andar, encontrando a fumaça que ocupava o corredor. As antecâmaras estavam cumprindo seu papel, mantendo a fumaça segregada ao andar atingido. Assim que alcançou o corredor foi obrigado a colocar a máscara de oxigênio. O vidro do acionamento do botão do alarme estava quebrado, o pequeno martelo vermelho, no chão e o botão, afundado. Através da porta fechada do apartamento 81 passava a fumaça que enchia o espaço e tinha lhe chamado a atenção. Os outros bombeiros se aproximaram enquanto o tenente bradava no corredor, avisando que ia entrar. Enfiou o solado da bota na porta, que rangeu e estalou. Usou o machado para terminar a fissura e conseguiu abrir o apartamento. Uma lufada de fumaça branca escapou em profusão, preocupando Boris imediatamente. Noronha fechou as portas dos outros três apartamentos para cortar a comunicação daqueles convidativos combustíveis com o calor que irradiava de dentro da unidade habitacional afetada, e, assim que Boris franqueou a passagem, adentraram o apartamento.

A fumaça tinha partido para o corredor e aos poucos diminuía na sala enegrecida pela combustão da tapeçaria e dos móveis estofados. Um choro infantil colocou todos em alerta. Uma língua de fogo estava no canto direito da sala, subindo pela parede e comendo a pintura, salpicando as superfícies laterais e o teto de bolhas escuras. Vapores soltavam-se das labaredas e uma onda de calor intenso bloqueava a passagem do corredor; o choro vinha dali, de um dos quartos.

— Fique abaixado, eu vou tirar você daí! Fique abaixado que você respira melhor!

Queiroz usou um extintor carregado com água e atacou a coluna principal de fogo, indo da direita, onde estava o corredor, para a esquerda, onde estava a parede, garantindo que as chamas desistissem daquela passagem. A grande janela da sala, estourada pelo calor, permitia que um vento perigoso alimentasse o indesejado, jogando mais oxigênio nas línguas alaranjadas. Noronha juntou-se ao combate, também acionando um extintor apanhado no corredor, abafando o fogo e diminuindo ainda mais sua intensidade. Com a diminuição da fumaça no recinto, espantados, viram um corpo carbonizado no sofá. A pessoa fora pega dormindo pelas chamas e não teve chance de se salvar. Boris não perdeu tempo, atravessando o corredor e, apesar de ouvir o choro vindo do fundo, abriu o primeiro quarto para verificar, tornando a fechar a porta rapidamente para cortar a corrente de ar que tinha criado. O quarto infantil estava ardendo, as chamas crepitavam, devorando o mobiliário e as cortinas, e também já tinha feito os vidros explodirem. Tinham que levar em conta a emanação de calor que facilmente passaria para os andares de cima, caso o incêndio não fosse contido imediatamente. Abriu a porta do banheiro. Estava isolado, sem fumaça. Abriu o segundo quarto, também íntegro e livre de chamas, e então adentrou o último quarto, de onde vinha aquele choro desesperado de criança.

Boris encontrou uma densa atmosfera de fumaça. A porta estivera aberta esse tempo todo, e a janela também tinha propiciado a catalisação da fumaça para aquele cômodo. A criança tossiu atrás de outra porta. Boris abriu o banheiro e encontrou uma menina de uns doze anos, ajoelhada e perdendo as forças por conta da intoxicação.

— Eu vou tirar você daqui. Qual é o seu nome?

— Meu nome é Alice.

— Alice, eu sou o tenente Boris. Tem mais alguém aqui com você?

Alice começou a chorar. Ela sabia.

— Minha mãe dormiu na sala, vendo televisão e passando roupa — respondeu a menina, aos prantos. — E eu não consegui ligar para vocês a tempo.

Era isso. O incêndio tinha acontecido mais tarde e era fruto de um novo foco de combustão. Nada tinha a ver com o galpão ao lado. A mãe de Alice tinha adormecido em frente à TV quando a energia acabou, logo no início do incêndio vizinho e, agora a pouco, com a volta da energia, seu ferro de passar roupas continuava ligado. Ela, adormecida, não tinha acordado quando o fogo começou, e então, em questão de poucos minutos, o fogo se espalhou pela sala, matando a infeliz.

— Os telefones estão mudos, querida. Estamos aqui porque há um incêndio no galpão ao lado também.

Alice, com o rosto borrado pelo choro, viu a mão estendida do bombeiro, que a ergueu.

— Consegue caminhar?

— Acho que sim.

— Venha, não é seguro ficar aqui.

Boris conduziu a menina pelo corredor do apartamento aquecido pelo fogo do quarto. A menina voltou a soluçar e a chorar. Antes de chegarem à sala Boris colocou sua máscara de oxigênio sobre o rosto de Alice e continuou conduzindo-a até o lado de fora do apartamento. A máscara, além de preservá-la da fumaça, impediria que ela enxergasse a cena trágica da sala. Boris colocou-a na escadaria, só então removendo a máscara de seu rosto.

— Você consegue descer?

A menina só fez que sim com a cabeça.

— Eu desceria com você, mas seu quarto está pegando fogo, quero evitar que as chamas cheguem a outro apartamento. Posso confiar em você? Me espera lá embaixo que quero falar com você, Alice.

A menina gesticulou afirmativamente com a cabeça mais uma vez.

— Vai, então.

Boris assistiu a Alice desaparecer escadaria abaixo. Logo estaria na frente do prédio rodeada por vizinhos. Jamais faria algo parecido, mas tinha mesmo que ajudar Noronha e Queiroz. Caso aquele incêndio se espalhasse pelo prédio, muitas vidas seriam perdidas. Lamentou pela enésima vez a falta do rádio. Seria simples pedir que alguém acudisse a adolescente assim que ela pisasse na calçada.

O tenente abriu a porta da mangueira de incêndio do corredor e começou a montagem do equipamento quando uma onda de tosses o apanhou, fazendo sua barriga toda doer novamente, como tinha acontecido havia pouco lá embaixo. Incomodado com a fumaça, lembrou de recolocar sua máscara. Alertou Noronha e Queiroz do perigo e logo os soldados ajudavam a conduzir a mangueira até a porta do quarto. Boris colocou a mão na maçaneta da porta enquanto Noronha e Queiroz seguravam a mangueira já inflada com o fluxo de água, ainda com o bico travado. Boris tossiu novamente, uma tosse longa, dessa vez. Recostou-se à parede aquecida e fixou o olhar em seus homens, que esperavam o momento de entrar em ação. Girou a maçaneta e empurrou a porta; um fluxo poderoso de calor tomou o corredor do apartamento, e chamas longas lamberam a parede. Noronha destravou a mangueira, e o jato d'água explodiu para dentro do quarto. Passo a passo Noronha foi ganhando terreno, enquanto Queiroz vinha atrás dando-lhe estabilidade. Boris, do lado de fora, recuou alguns passos, envolto por uma nova lufada de fumaça. Apesar da máscara e do oxigênio lançado em suas vias aéreas, não conseguiu conter outro acesso de tosses, dobrando o joelho e cravando-o no chão do corredor. Como se fosse um novato imbecil, arrancou a máscara de cima do rosto, procurando ar. Seu estômago se contorceu, e então foi a vez dele colocar para fora um vômito extremamente fétido e desagradável. Acabou caído de quatro, cuspindo uma baba pegajosa pela boca e, com muita dificuldade, recolocou-se de pé, cobrindo o rosto com a máscara. O corredor do apartamento parecia balançar para a esquerda e para a direita. Deu passos em direção à sala passando pelo quarto em chamas, sendo domado pela dupla de bombeiros. A mulher calcinada no sofá apontava-lhe a mão, culpando-o por sua morte. A sala girou, e então Boris tombou vendo tudo enegrecer ao seu redor.

Capítulo 6

Lúcio suava em bicas enquanto jogava mais uma pá de terra para cima. Tinha feito uma cova com três palmos e sentia os músculos do braço arderem como fogo. Sentia um embrulho no estômago. Era um criminoso recém-saído da cadeia, pego por um assalto malsucedido. Passara três anos na prisão, onde foi aliciado pelo bando do Comandante à guisa de proteção. Lúcio era um sujeito mirrado e assustadiço, que vivia pelos cantos. Era do tipo a quem se dava ordens e não se fazia pedidos. Esse comportamento inerme e adulador cheirava longe. Por conta disso, ao chegarem ao pé do barranco onde enterrariam os corpos, a pá voou para sua mão como se fosse teleguiada. Apesar de bandido e engajado no tráfico, ainda não estava habituado a assassinatos, e matar uma promotora ainda soava-lhe como estupidez pura. Ainda mais "a promotora". Será que aqueles energúmenos não entendiam que com o Djalmão encarcerado a casa toda ia cair e que matar a ruiva só ia trazer os meganhas ainda mais rápido para perto deles? Nem perdeu tempo abrindo a boca, como fizera no cativeiro; sabia muito bem qual era o seu lugar naquela operação, não era ele quem tomava as decisões. Ademais, Lúcio conhecia sua covardia muito bem. Tinha plena ciência de que estava longe de ter estômago para tomar as tais decisões na hora em que fossem necessárias. Cavar uma cova era ok. Além das mortas soltas no barro, havia algo que lhe incomodava. Aquele história toda de os celulares não funcionarem. Não conseguiam falar com mais ninguém do bando e não haviam tido uma única palavra do Comandante. Lúcio estava desconfortável com isso porque era o mais novo, e as coisas sempre fediam para o lado do novato. O cheiro daquilo era da mais fresca e perfeita merda. Celulares sem sinal já podia ser coisa dos meganhas. Secou o suor da testa, jogou a franja para o lado e olhou por um segundo para o barranco. O Cabeção e o Adilson eram chegados de longa data e fumavam ali, ao seu lado, na beira da cova, sem ao menos oferecer um cigarro. Estavam ouriçados, olhando para os lados. Certamente iam falar que a culpa era toda dele se o Comandante ficasse atacado com a notícia da morte da urubuzona.

— Vamos, Lúcio! Agita essa terra aí! Tem que enterrar as duas, porra! — reclamou Adilson.

Cabeção estava calado, agachado ao lado da Sardenta. Parecia fazer uma oração, ou coisa assim. De onde Lúcio estava, o líder parecia estar de olhos fechados e balbuciando alguma coisa. Talvez fosse essa a única linha de comunicação que estivesse funcionando naquela noite, as preces. Até mesmo as preces dos bandidos eram ouvidas vez ou outra. Na cadeia tinha escutado muita história de vagabundo convertido na base do milagre de última hora. Uma bala na cabeça que tinha entrado e saído sem deixar o cara besta. Duas dúzias de negos degolados numa única cela em dia de rebelião, deixando para trás um sortudo. Um terço inteiro de pequenas crônicas da desgraça do cárcere para convencer mais prisioneiros a chegarem à Palavra. Lúcio puxou fundo o ar. Estava perdendo o fôlego, e os braços estavam começando a arder. Mais uma vez enxugou o suor da testa e deixou a vala. Estava exausto e não conseguiria erguer mais uma pá sequer.

— Joga elas aí. Tô acabado.

Cabeção olhou para o novato e balançou a cabeça em sinal negativo. Arremessou a bituca do seu cigarro dentro da cova e olhou para o lado.

— Ajuda aqui, Adilson. Pega as pernas da Sardenta.

Sem muita cerimônia apanharam o corpo da amiga morta e a jogaram no fundo do buraco.

— Agora é a urubuzona — reclamou Adilson.

Arrastaram a promotora para o buraco e jogaram por cima da Sardenta.

Lúcio apanhou a pá e ia começar a cobri-las quando Adilson segurou em seu ombro.

— Peraê, camarada.

O bandido aproximou-se da cova e começou a cantarolar "Na boquinha da garrafa" enquanto abria o zíper da calça jeans e colocava a ferramenta para fora. Na maior tranquilidade, começou a urinar na cabeça da defunta.

— Isso é pra você chegar benzida lá em cima, sua vaca.

— Deixa disso, Adilson. Respeita a defunta — resmungou Lúcio.

O marginal virou o jato amarelo para Lúcio, molhando as botas do rapaz, que saltou para trás.

Lúcio poderia ter arrancado a tampa da cabeça de Adilson com um golpe só, mas reprimiu sua raiva por causa de Cabeção. Aquele sim era perigoso e não deixaria quieto um escalpo de graça ali, no pé do barranco. Melhor obedecer. O que aqueles dois não sabiam é que já estavam perdidos, igual àquelas duas na cova. A polícia não ia demorar. Era hora de rapar fora. Dar linha na pipa. Lúcio estava cansado e com sono. Era a sua segunda noite sem dormir. Assim que enterrasse as defuntas daria uma desculpa qualquer e se entocaria num hotelzinho fuleiro no centro de São Paulo. Queria dormir e esquecer que estivera ali, enterrando a promotora mais conhecida do Brasil. De manhã, quando acordasse, pegaria um ônibus para Foz do Iguaçu. Ia sumir por uns tempos e só voltaria para aquelas bandas quando tivesse algo realmente importante para fazer, tipo, ficar rico ou virar rei.

— Aí, ô respeitador! Enterra essa filha duma puta bem enterradinha pra ninguém chegar aqui curiando amanhã. E vai rápido que não demora para amanhecer — advertiu Adilson.

Capítulo 7

O despertador trinava irritante havia quase um minuto. Cássio respirou fundo, escorregando pouco a pouco das garras do sono para o mundo dos vivos. Quatro e vinte da manhã. Bateu a mão no despertador e ativou o modo soneca, que lhe daria mais cinco minutos de preguiça para agonizar no leito. A cada ano que passava ficava mais difícil acordar tão cedo. O emprego era bom, ruim era o horário. Estava tudo escuro e sem nenhum pensamento na mente quando o despertador tocou de novo. Era como se os últimos cinco minutos nem tivessem existido. Deixou o aparelhinho buzinando enquanto tirava as pernas de baixo do cobertor. Deu um toque suave no relógio, acabando com o alarme. Mal tinha recobrado a consciência, divagando entre vigília e sono, e seus pensamentos já tentavam projetar uma rota para o dia. Pagar as contas de água, luz e TV a cabo na hora do almoço, uma vez que o soldo já tinha caído na conta. Precisava falar com o Mathias. Fazia meses que o amigo tinha lhe prometido um gato na TV, uma conta a menos no fim do mês. Ele não se importava com aquele trem de TV a cabo, mas o sobrinho adorava todos aqueles canais com desenhos e seriados para crianças. Quando a irmã trabalhava com carteira assinada e tudo ela pagava a TV a cabo, mas fazia quatro meses que ele tinha tomado para si a responsabilidade. Alessandra tinha perdido o emprego, e Cássio, tio de coração mole, prometera ao sobrinho choroso que manteria a TV a cabo. Era o mínimo que podia fazer, já que morava havia quase dois anos no quarto e sala nos fundos da casa da irmã. Só não queria contar que o dinheiro estava começando a faltar e acabaria apelando para o gato. Decisão difícil. Lesar terceiros não combinava com seu trabalho fardado. Cássio era policial militar desde os vinte anos de idade, quando sonhava em ter um emprego estável, exercendo uma atividade com a qual pudesse ajudar a comunidade. Hoje o sonho estava um tanto descorado. Ganhava pouco, era verdade, mas sempre conseguia cuidar de si mesmo e ajudar a irmã, que tinha dois filhos. Já tinha recorrido judicialmente duas vezes para se livrar da pensão que pagava para a ex-esposa, uma vez que não tinham filhos. Ele é que deveria receber algum da ex-mulher, pensava. Contudo, o advogado da ex tinha sido melhor que o seu e cabia a ele entrar com recurso atrás de recurso para reaver o dinheiro que era retirado de sua conta para depósito judicial. Completava o soldo fazendo um bico aqui e ali, mas o tempo tinha apertado depois que resolvera entrar num programa da Secretaria Estadual da Saúde. Sabia que o jeito era esperar por dias melhores, mas o tempo lhe parecia cada vez mais caro com o avançar da idade. Suspirou quando o despertador tocou novamente, fazendo-o sentar-se à beira da cama. Cássio coçou a cabeça e olhou para o quarto vazio e frio. A janela escura, indicando que a noite ainda reinava do lado de fora. O homem levantou-se e cambaleou até a porta do banheiro. Resmungou quando acendeu a luz, os olhos demoraram a se acostumar com a claridade. Fez a barba em frente ao espelho, repensando o dia. Bateu o barbeador na pia, limpando as lâminas debaixo do jato da torneira, percorreu embaixo do queixo com ele e fez uma careta. Um corte. Bem pequenino, mas daqueles ardidos e irritantes. Enxaguou o rosto e o secou. Ligou a cafeteira e apanhou o livro da vez. Enquanto o café passava, lia mais um trecho de *O eleito* sentado no vaso sanitário. Estava de queixo caído com aquele livro, cheio daqueles clichês de novela, acompanhando a saga do menino chamado de "pequeno dragão" por Thomas Mann. Quando voltou para a cozinha, sua xícara de café já estava lá, destilando a deliciosa fragrância da bebida. Tomou alguns goles quentes, passando os olhos pelo livro, e ainda bebia da xícara enquanto ajeitava sua farda na mochila.

Quando abriu a porta de casa o frio da madrugada abraçou-lhe o corpo, fazendo-o detestar novamente ter que levantar tão cedo. Fechou a porta e a trancou, enfiando a chave no bolso do jeans. Parou no meio do quintal olhando para a casa da frente, completamente silenciosa. Sua irmã, agora desempregada, só acordaria por volta das seis e meia da manhã para levar as crianças à escola estadual, que era logo ali perto. Olhou também para o alto. O céu limpo e escuro, salpicado de estrelas; a alta torre de telefonia celular fazendo seu trabalho silencioso. Cássio deixou a casa às cinco e cinco da manhã, como fazia em toda jornada de trabalho. A rotina não era algo que o incomodava. Quando se trabalha como sargento, monotonia não é uma coisa ruim. Novidade em um dia de trabalho podia significar um tiroteio, um confronto com uma turba revoltosa em dia de reintegração de posse, pauladas e pedradas. Gostava da rotina. Tinha escolhido para si a rotina. Melhor do que mudar de casa a cada quatro meses. Melhor do que não ter ideia de em qual colégio iria estudar ou se teria ou não almoço no dia seguinte. Sabia muito bem que eram culpa de sua infância agitada as suas escolhas de uma vida mais ordinária e repetitiva. Um eco perpétuo no seu pensamento. Como se rodasse um programa no seu inconsciente que o fizesse sempre tomar decisões que o mantivessem dentro de uma zona de estabilidade e não voltasse a se confrontar com as penúrias que tinha encarado quando pequeno. Se casasse e tivesse filhos um dia, não queria que os pequenos não tivessem amigos, não tivessem uma escola fixa ou que perdessem brinquedos que eram deixados para trás em mudanças de endereços feitas às pressas, repentinas, executadas na calada da noite, fugindo com os pais de cobradores e senhorios enraivecidos com a falta de pagamento. Assombrado pelas lembranças da infância, Cássio dobrou a esquina e chegou à avenida onde apanharia o coletivo, sem dar muita atenção ao cenário. Quando seus olhos começaram a processar o entorno, começou a estranhar o que percebia. Tudo tão quieto. Poucos carros passando. Os cães, calados atrás dos portões. Um vento frio e cortante, atípico para a estação. Assim que alcançou a avenida onde apanhava o ônibus, encontrou uma via também silenciosa. Não tinha a metade dos carros que seria comum encontrar passando por ali naquele horário. Ainda que cedo, o bairro do Tremembé era sempre movimentado. Não tinha metade do número usual de pessoas nas calçadas. As lojas de roupas e de informática, além do pet shop da praça, tudo fechado, o comum para o horário; já as duas padarias e o bar que tinha ao alcance da vista denotavam o estranho. Só a padaria da praça Dona Mariquinha estava com as portas levantadas. O silêncio sepulcral era o que perturbava, posto que parecia uma manta cobrindo tudo ao redor. As poucas pessoas que passavam pela calçada andavam mais rápido do que o habitual, com os rostos pesados e muitos escondidos atrás de golas grossas de blusas ou toucas de blusões. Seus anos de janela na Polícia Militar facilitavam ler um tipo de aura ao redor dos transeuntes. Não estava diante de pessoas suspeitas. O que encontrava naqueles olhos e naqueles passos ariscos era medo. Pessoas assustadas, como que fugindo de um inimigo invisível. Isso não era bom. Um ônibus passou trazendo barulho de volta ao mundo. Não era o seu. Estava lotado. Mais uma observação para o panteão de esquisitices daquela manhã. Ruas semidesertas não combinavam com um ônibus lotado. O ponto de parada era mais um tópico a especular. Nem metade das pessoas do dia a dia. A garota que fazia ESPM não estava ali com seus headphones estilosos e unhas cintilantes. O evangélico de Bíblia na mão que começava a pregar logo cedo. O professor saradão de Educação Física que sempre torturava o aglomerado de gente que ali esperava com suas piadas sem graça de torcedor fanático do Corinthians. Cássio sentiu como se estivesse indo trabalhar num feriado. Chegou a passar a data na cabeça, aventando algum esquecimento. Teria que ir para o quartel de todo jeito, já que era sua escala, mas ao menos aquela sensação desconfortável de dia estranho talvez fosse embora. Tinha ali no ponto de ônibus apenas meia dúzia das pessoas que via todo dia, mas, como ele, eram os mais calados. Ao menos, em comum, todos estavam tremendo de frio igual a ele. Um dos mistérios perpétuos e desconcertantes da cidade de São Paulo. Enfrentar as quatro estações até o meio-dia. Cássio tirou o celular do bolso só para conferir a hora. Sete minutos de atraso, e nada do ônibus. Notou que o aparelho estava sem sinal e voltou a enfiá-lo no bolso do jeans. Enfiou a mão no bolso de novo ao lembrar da voz da irmã estrilando que ele ia acabar com a tela do celular colocando-o no mesmo bolso da chave. Mesmo tendo ele providenciado uma capinha de tecido para proteger a tela, a irmã era implacável em reclamar. Um cachorro vira-lata de médio porte passou capengando pelo ponto de ônibus. Estava com a pata machucada e seu pelo branco tinha manchas de sangue coagulado, que desciam pela pata da frente. Tinha sido uma briga das boas. Se tivesse tempo Cássio talvez até tentasse chamar o cão e examinasse a gravidade das feridas. Não era veterinário nem tinha esse pendão, mas tratando dos cavalos de sua companhia tinha aprendido uma coisa ou outra com o veterinário da cavalaria. Limitou-se a observar o claudicar do cão até a esquina. Uma senhora lançou um "tadinho" em voz alta, sendo esse o ponto alto da comoção externada pelos espectadores. Atrasado vinte e cinco minutos, lá vinha o ônibus. Igual ao último, mais cheio do que o comum para o horário. Cássio mal subiu, a porta foi fechada atrás dele. Aqueles mesmos rostos preocupados ocupando o espaço. Já não estranhava mais. O ser humano tinha daquilo. Se adaptava rápido à situação vigente. Cássio espremeu-se, esperando os passageiros se ajeitarem, para se fixar em algum lugar. Naquele horário, em geral, não tinha dificuldade alguma para encontrar assento. Procurou o cobrador Oswaldão com os olhos, buscando ajuda para que aquele tormento se explicasse. O cobrador em serviço não era o negro de todo dia. Como percebeu que sua curiosidade não lhe deixaria quieto, o jeito foi se esgueirar um pouco para trás para perguntar direto ao branquelo que ocupava o lugar do seu camarada se tinha acontecido alguma coisa com o Oswaldo.

— Não veio. Hoje o trem tá ruço, moço. Tá faltando gente em tudo que é linha.

Cássio recostou-se ao travessão perto da porta de embarque. Um rapaz tentava usar o celular e reclamava a todo instante.

— Não adianta, filhote. Desde as três da manhã tá tudo parado. Tentei ligar pro meu marido a noite inteira. Saí pro trabalho sem falar com ele. Não funcionava nem celular, nem telefone fixo — alertou uma senhora gorda, sentada ao lado do rapaz, espichando os olhos enquanto ele começava a discar outro número.

— Explica isso para o meu professor de Ecologia, dona. Tenho que falar com minha namorada de qualquer jeito. Eu esqueci meu trabalho bimestral na casa dela ontem. Se ela não levar o pendrive pra mim, tô lascado.

Cássio virou de lado. Uma mulher chorava baixinho com uma menina no colo. Um velho, que poderia ser avô da criança, tentava consolá-la.

— Tem que ter calma nessas horas e se pegar com Deus. Só com fé para vencer essa provação, filha.

— Mas ela não acorda de jeito nenhum, pai. O médico disse que, se ela piorasse de novo, ia ter que internar.

— Pode não ser o pulmão dela desta vez, filha. Olha como ela tá respirando!

— Só que não acorda, pai. Isso tá me deixando nervosa. Já joguei água, já balancei. Não é normal uma criança não acordar.

— Deve ser uma virose — falou um garoto com boné e um tocador digital indo para os ouvidos. — Coisa de criança.

A mulher fungou o nariz e passou a mão no cabelo da filha.

— Hoje, quando tava saindo pro colégio, vi a vizinha colocar o filho dela no carro, do mesmo jeito. Ela tava chorando também e veio falar com meu pai. Disse que o menino não acordava. Meu pai mandou ela correr pro hospital, mas acha que ela vai ficar boa. A sua filha também vai ficar boa.

— Ah, Deus te ouça, menino. Eu só acalmo depois que o médico do convênio disser que ela só tá dormindo e que tá boazinha de tudo.

Cássio estava acostumado com aquele tipo de conversa na condução ao trabalho. Pessoas conversavam desde as mais fúteis banalidades, como os segredos devassos de vizinhos puladores de cerca, até sobre seus mais nobres objetivos a serem alcançados ainda nesta vida depois de muita luta. O sargento ficou olhando um instante para a garotinha. Para ele, ela parecia dormir serena. Não parecia doente. Deu um passo para trás e recostou a cabeça no apoio metálico, olhando para fora. Novamente seus olhos encontraram coisas fora do padrão, fora da rotina que prezava tanto. Carros parados no meio de cruzamentos, com os pisca-alertas ligados, mais caminhões-guincho do que o normal rebocando veículos de última geração do meio das ruas. Amontoados de pessoas ao redor de telefones públicos, o que era uma visão quase impossível naqueles dias em que todos tinham um aparelho celular no bolso com vinte chips de operadoras diferentes. Por curiosidade, tirou o seu Nokia revestido pela proteção do tecido que parecia uma meia. Anteninha com um "x" em cima. Ainda sem sinal. Cássio mordiscou o lábio, um indicativo clássico de que seu sistema operacional interno estava passando para uma estado de atenção redobrada. Fazia isso inconscientemente quando ficava nervoso, fosse no trabalho, num jogo do Palmeiras ou ali naquele ônibus lotado achando tudo estranho. Nesses casos, mordiscava e só se dava conta de que o fazia quando a boca começava a doer ou quando sentia o gosto do sangue na língua, demonstração de que estava realmente nervoso. Não era o celular nem a menina indo para o hospital. Era o todo. Ele via, através das janelas dos ônibus que cruzavam o caminho, mais gente com aquela aura sendo carregada no bojo da condução, como engolidas por um grande animal que as excretaria depois de digeri-las; via nos olhos das mulheres e dos homens presos em seus carros. Estavam todos indo, como todo dia faziam, para seus trabalhos, para seus compromissos. Tinha coisa ali no rosto da maioria. Alguma coisa, como uma energia, se infiltrando na alma das pessoas, espécie de fluido que ia preenchendo tudo até sufocar ou corroer. Ele via, quando o ônibus parava nas esquinas, os olhos dos pedestres procurando abrigo. Não era o frio. Sua entranhas estavam sendo carcomidas por algum tipo de presença. Dentro dos carros, os que não se preocupavam, dormiam, como a menina no colo da mãe nervosa. Seria comum ver pessoas dormindo àquela hora, claro que seria! Mas e os acordados? Por que não conversavam? Por que seguiam amordaçados pelo medo? Nas calçadas, uma sucessão de padarias fechadas, postos de gasolina com as correntes passadas ao redor, sem vender combustível. Carros parados em filas inúteis esperando que abrissem para abastecer. O que aquela gente toda estava fazendo? Seu alarme interno estalou de vez quando notou que em todos os cruzamentos o motorista tinha que negociar, avançar vagarosamente, porque nenhum dos semáforos estava funcionando no trajeto. Cássio aproximou mais a cabeça da janela. Agora ouvia gritos do lado de fora. Instintivamente seu dedo roçava a arma escondida na cintura. Um homem chorava e berrava, pedindo ajuda, enquanto carregava uma mulher de pijamas de flanela nos braços com o colo manchado de sangue, muito sangue. O ônibus deu uma freada brusca, jogando todo mundo para a frente. Ninguém xingou, quando normalmente o fariam. Cássio olhou de relance, viu uma ambulância passando furiosa. Bem, isso não era novidade, acontecia pelo menos três vezes na semana no trajeto de casa ao trabalho, e vice-versa. A surpresa mesmo veio quando o ônibus passou sobre um viaduto. Dava pra perceber a imensidão de São Paulo ao cruzar o Rio Tietê, e, nesse vasto horizonte, podia enxergar pelo menos quatro largas e negras colunas de fumaça rajando o céu, saindo do meio de condomínios residenciais. Incêndios dos grandes. O que diabos estava acontecendo com a cidade? Dois quarteirões depois do viaduto, aproximando-se do Minhocão, o trânsito parou. Buzinas e buzinas coalhando os ouvidos. Bastou cinco minutos parados no mesmo lugar para se desencadear um desconforto geral e crescente, que foi se materializando em protestos e pedidos de "abre a porta". Vencido pelo bom senso, o motorista cedeu e deixou que os passageiros desembarcassem fora da plataforma, no meio do asfalto.

Cássio desceu, ou melhor definindo, foi carregado junto ao rebanho de gente balindo, perdida e confusa. O policial, tão afeito a sua rotina, ficou um minuto parado do lado de fora, olhando para os lados e para as colunas negras de fumaça, agora somando ao menos uma dúzia, ascendendo ao céu, observando o trânsito caótico por conta da sequência sem fim de sinaleiras piscando num amarelo intermitente. As luzes dos semáforos grasnavam pedindo atenção, atenção, atenção. Pareciam falar alto como profetas anunciando o fim do amanhã.

Cuidado. Cuidado. Cuidado. Não estava longe do quartel, mas seria uma boa caminhada. Talvez o mundo voltasse ao normal até chegar às cocheiras. Virava e mexia isso acontecia. Quando discutia ou se pegava irritado com alguma coisa acontecida em casa, com a irmã ou com os sobrinhos, ao chegar ao trabalho, esquecia tudo. Depois que começava a tratar de Kara, sua parceira, uma égua de dois metros de altura, alva, dócil e garbosa, os problemas ficavam pequenos. Quando fora transferido para aquela unidade, oito anos antes, começou a se sentir um pilantra dentro da corporação. Simplesmente porque amava cavalos, e trabalhar com o que era seu hobby instilava aquela sensação de malandragem. Trabalhar com prazer, com o que se gosta, é um privilégio para poucos. Podia estar chovendo canivete em sua vidinha que, ao entrar nas baias, tudo evaporava. Cássio tomou rumo da avenida Rio Branco. Dali para a frente o trânsito estava impossível. Curiosamente não havia um único carro da CET nas imediações. Ao dobrar uma esquina contou ao menos sete carros abandonados, no meio da pista, com portas abertas e sem motoristas ou alguém para querer saqueá-los. Isso estava indo além de uma esquisitice qualquer. Atravessou a rua no sentido de um posto de gasolina aberto com placas pintadas à mão e expostas na calçada. "Só dinheiro $$$! Favor não insistir!" Gotas grossas escorriam dos garranchos negros. Uma viatura da polícia militar parecia tentar manter organizada uma fila que subia a rua. Cássio se aproximou dos policiais e se identificou.

— O que é essa bagunça toda, parceiro?

— Depende: em qual planeta você está vivendo?

— Hã?

— Não viu a televisão hoje de manhã, não?

— Nada. Saí direto para o trabalho. O que apareceu na TV?

— Esse é o problema. Não tem nada na TV. Nenhum canal funcionando. Nem estação de rádio nem nada.

— Nem os rádios da corporação estão funcionando, Cássio. Tudo fora do ar.

— Caramba!

— Caramba é pouco. Tivemos instrução com o capitão no pátio do batalhão. Patrulhar e manter a ordem. Acho que vão colocar a corporação toda em alerta antes do almoço. Tô até vendo. Nem vou voltar para casa hoje.

— É. Se entrar em alerta, todo mundo vai se enroscar. Minha irmã queria viajar amanhã comigo. Aproveitar o feriado prolongado.

— É bom você nem ir, então. Nunca vi tanto soldado faltar que nem hoje de manhã.

— E o dia está só começando — emendou o outro.

— E o posto? Por que está assim?

— Os bancos pararam, aí as máquinas de crédito e débito pararam também. É uma pane geral nas telecomunicações. Estamos sem chefe, sem cabeça, sem ouvidos. Não dá pra pedir ambulâncias nem por rádio, nem por telefone. Tudo parado. Sem informação, nego começa a entrar em pânico. Uma desgraça.

— É. Pra ser sincero com vocês, eu já estou entrando em pânico também — revelou Cássio, ao sentir o gosto do próprio sangue na boca.

Os soldados recostados à viatura riram.

— Não. Você não pode entrar em pânico. É pago para isso — disse o mais alto.

— E se fosse só isso. Você viu os adormecidos? — perguntou o outro policial.

— Hã? — respondeu Cássio.

— Pessoas que dormiram esta noite e não acordaram de manhã.

— Eu vi um homem carregando uma mulher no colo, de pijama, suja de sangue, do outro lado da ponte. E tinha uma menina assim dentro do ônibus, dormindo.

— Isso está virando um deus nos acuda já. Disseram que os hospitais começaram a encher de madrugada. Quero ver é a partir de agora, com as pessoas acordando em casa e dando conta de que parte da família não acordou mais.

Cássio sentiu um frio na espinha. Tinha acordado como toda madrugada para ir trabalhar. Tinha saído quieto como fazia todo dia para não acordar a irmã na casa da frente. O silêncio rotineiro da casa agora lhe lembrava o silêncio de uma cova.

— O que foi?

— Nada. É que... Minha irmã e meus sobrinhos, eles estavam dormindo quando eu saí.

— Ah.

— Calma. Ninguém morreu. Eles apenas dormem. Se estavam de fato dormindo, pode não ter acontecido nada. Daqui a pouco os celulares vão voltar a funcionar e você liga pra ela.

Toda manhã de trabalho Cássio deixava o carro na garagem para Alessandra usá-lo. Ele não gostava de dirigir para o trabalho. Se estressar para quê? Tinha ônibus a dois quarteirões de sua casa, ia e voltava sossegado por causa do horário. Quando muito levava quarenta minutos. Além do mais, podia conversar com conhecidos e observar a cidade.

Cássio despediu-se e continuou a caminhada. Tirou o celular do bolso e, mesmo com o sinal insistente de falta de cobertura, digitou o número da irmã, mais por desencargo que por qualquer outra coisa. Não chamava. Nada. Nem gravação remota. O celular estava morto. Por isso os orelhões apinhados de gente. Viu um telefone público na esquina. Um papel descartado por uma impressora matricial estava colado com fita adesiva marrom e escrito com tinta de uma Bic azul, quase invisível: "Não funciona". Mesmo assim tinha gente debaixo dele, tentando ligar. Gente chorando aqui e ali. Ficou olhando para trás e quase trombou numa cadeira de rodas na esquina, saindo da faixa de pedestres. Uma senhorinha, franzina, com aparência de beirar uns setenta anos empurrava um senhor barbudo, obeso e adormecido.

— Eu ajudo a senhora a subir.

— Obrigada, filho. Deus lhe pague.

— Para onde a senhora vai?

— Estou indo ao apartamento da minha filha. Ela mora dois quarteirões para baixo, naquela curva antes de descer para a Barra Funda, sabe?

— Por que não esperou em casa? Está uma confusão dos diabos aqui.

— Meu velho não acorda, moço. Ele é sempre tão disposto. Todo dia de manhã a gente faz caminhada. Nos domingos andamos lá em cima do Minhocão. Nunca o vi assim. Ele tem pressão alta, sabe? Estou com medo de ser um derrame. O irmão dele está há mais de ano no Incor por causa de derrame. Não anda, não fala, não faz nada. Vive no tubo.

— Tem uma viatura de polícia descendo essa calçada. A senhora consegue chegar lá?

— Eu pensei que você ia me ajudar.

— Eu ia. Mas estou atrasado para o trabalho. Diga a eles que o Cássio pediu pra eles te levarem até a casa da sua filha. É perto, não é?

— Pertinho.

— Eles vão te levar. Grava meu nome.

— Cássio.

— Isso. Ele não teve derrame. É uma epidemia. — Cássio vacilou, não sabia se era uma epidemia ou não, só estava repetindo o que tinha escutado. — Ou coisa parecida. Tem muita gente assim.

— Eu estou perdida, moço.

— Vai.

Cássio passou a mão sobre a mão da mulher que empunhava a cadeira de rodas, e partiu rumo ao quartel. Seus pensamentos estavam começando a turvar. Pensava no trabalho e pensava na família. Podia voltar agora de onde estava. A cidade parecia em curto-circuito por falta de comunicação. Cássio continuou caminhando na direção do quartel. Mas já não estava tão seguro se iria até o fim. Caso entrassem em alerta, poderia ficar detido no seu posto até as coisas voltarem ao normal, ou até ter uma autorização para voltar à residência. E se a irmã estivesse daquele jeito? Como o sobrinho e a sobrinha reagiriam? Eles tinham cabeça, iam chamar alguém, algum vizinho. Megan se lembraria do tio Francisco, que morava dois quarteirões adiante. Mas e se achassem que Alessandra estava morta? As crianças entrariam em pânico. Tentariam ligar no seu celular, mas os telefones estariam fora de serviço. Cássio parou indeciso. Virou-se em direção à Ponte das Bandeiras. Estava ao lado de uma banca de jornal. Pessoas paradas olhavam para as manchetes. Ao que parecia, nem toda comunicação tinha sido cortada. Foi caminhando lentamente até a banca. Os maços de jornais iam evaporando um a um. A manchete em um era: "O Brasil parou!". No seguinte, outra manchete sensacionalista: "Apagão nas telecomunicações gera mortes na capital". No terceiro leu: "Defesa Civil orienta: Permaneçam em casa". Os pedaços de matérias que os olhos alcançavam declaravam um estado de insegurança geral no trato das notícias, comentários superficiais, porém, assustadores. As telecomunicações tinham cessado em vários estados brasileiros, e não se conseguia conversar de forma alguma por rádio, telefone ou internet. Alguns especialistas lançavam hipóteses de tempestade solar, de fenômeno de discrepância, entre outras teorias que exigiam um conhecimento técnico básico para se entender do que estavam falando. Em um dos cadernos Cássio se apegou à frase: "É possível que tudo volte ao normal em mais algumas horas, sem explicação alguma; como tudo começou, tudo deve terminar". Cássio suspirou e tomou o rumo do quartel. Se a coisa estava assim no estado inteiro, precisariam de sua ajuda. Se até o começo da tarde nada desse sinal de melhora, pediria dispensa e seguiria para sua casa imediatamente. Precisava saber de sua irmã e de seus sobrinhos.

Primeira manhã

Capítulo 8

Só agora que o despertador do seu relógio de pulso tinha disparado, Everaldo tinha se dado conta da noite de cão que passara ali na usina. Ficara tão entretido com os repetidos sinais de erro que pululavam na tela de seu computador e na tela principal do painel de controle que não tinha visto a hora passar. Em sincronia com o relógio, Leandro entrou na sala e dirigiu-se ao seu monitor. Acionou o computador e então olhou para o painel central.

— Nossa Mãe do Céu, Everaldo!

— Bem-vindo ao inferno! — resmungou Everaldo.

— O que é que está acontecendo?

— Quer saber?

— Quero.

— Não sei, Leandro. Não sei e não sei — desabafou Everaldo, girando a cadeira e encarando o colega. — Foi assim a noite inteira. Toda medida que eu tomo volta para a fila como falha. Estamos sem telefone, sem celular, sem televisão no refeitório. Ninguém veio aqui gritar no meu ouvido, então eu imagino que, de alguma forma mística, a usina ainda não parou.

— Aqui também está sem telefone?

Leandro coçou a cabeça. Leandro era alto, coisa de um metro e noventa, e era gordo.

Tinha um cavanhaque comprido e os olhos fundos. Sentou em frente ao seu computador e teclou a senha.

— Pensei que o dia estava esquisito só lá fora. Acho que o mundo tá acabando, então. Cadê o Medeiros?

— Pois é, estava esperando vocês chegarem para dar uma corrida lá no posto médico. Ele passou mal de noite e foi levado para o hospital.

— Eita! A coisa não foi pouca, não, né?

— Eu estou moído, Leandro. — Everaldo desligou seu computador e levantou-se, espreguiçando-se. — Agora a bucha é toda sua.

— Boa sorte no caminho pra casa. A cidade tá uma loucura.

— O que está acontecendo?

— Eu que sei?! É o que você falou, TV não funciona, nem o rádio funciona. Sempre venho ouvindo a Esportiva FM no caminho do trabalho; tá fora do ar.

— Que estranho, né?

— A minha vizinha acordou aos gritos hoje. Tive que ajudar a colocar o marido dela no carro. Tô com as costas doendo até agora. Todo mundo acha que só porque eu sou grande sou burro de carga.

— O que aconteceu com o marido dela? Infarto?

— Não... Ele tava com o coração batendo quando eu entrei. Tinha dormido no sofá vendo TV e de manhã tava lá, largado no sofá ainda, sem se mexer. Não acordava de jeito nenhum! Deve ter assistido a um filme de matar, não é? Hahahaha!

Leandro riu sozinho da piada infame, enquanto Everaldo erguia a sobrancelha.

— O Medeiros foi meio assim. Ele saiu pra cochilar no banheiro e não acordou mais. Saiu daqui carregado.

— Cochilar no banheiro? Eu sabia que vocês da madrugada sempre davam um jeito de tirar uma pestana... E ainda ganham 30% de adicional.

— Deixa de besteira, Leandro. Ele não estava se sentindo muito bem. Não tinha conseguido dormir por causa do neto. Agora eu vou ter que ir lá na casa dele dizer o que está acontecendo. Sem telefone, ninguém deve ter ligado. Coitado do Medeiros, que merda.

— Os faróis estão piscando amarelo, tem gente dirigindo que nem louca na rua. A frente do hospital está coalhada de gente. Escreve aí: hoje não é um dia normal.

Everaldo saiu da sala andando apressado e pressionou o botão do elevador. Levou cinco minutos até chegar à enfermaria. Sala trancada. Tudo apagado. A enfermaria funcionava vinte e quatro horas por dia. Everaldo coçou a cabeça. O jeito era ir até o hospital da cidade procurar pelo doutor. Ato reflexo, levou a mão ao bolso da calça jeans para apanhar o celular. Sempre ligava para Isis quando estava no estacionamento. Brincava que ligava para avisar o Ricardão, para não ter o constrangimento de trombar com o amante quando chegava de manhã. O risinho no lábio que tinha surgido ao lembrar da própria piada sumiu quando recordou-se da impossibilidade. Ficou parado um segundo, olhando para o estacionamento ainda vazio para a hora. Normalmente nesse horário sorria por já estar com a missão cumprida, vendo um monte de gente chegando ainda para começar a jornada de trabalho. Caminhou devagar até o carro e deu a partida, lembrando-se do que o Leandro tinha lhe dito: "A cidade está uma loucura". Não era de se esperar menos. Com telefones fixos e celulares inutilizados, as pessoas estavam sem contato umas com as outras. A sociedade moderna estava extremamente dependente desse contato, de celulares, de mensagens instantâneas, e-mails e tudo o que os fizesse se sentir próximos um do outro, a um clique de distância. Everaldo deu ré e saiu com seu carro a álcool pipocando, nunca tinha paciência de esperar o motor esquentar, quanto mais numa manhã atípica daquelas. Queria chegar logo em casa e, com sorte, encontrar Isis por lá ainda, saber dela e do que acontecia na cidade, fazer um chameguinho gostoso; e, depois de um cochilo, daria uma corrida até a casa do Medeiros para saber se já estavam por dentro ou se seria ele mesmo o portador das más notícias.

Quando chegou ao portão do estacionamento, a cancela não se abriu. O vigia veio até seu carro e fez sinal para que baixasse o vidro.

— Você é o Everaldo, não é?

— Eu.

— O doutor Vasco pediu para te entregar isto aqui quando saísse.

Everaldo apanhou o papel da mão do vigia e agradeceu. O homem voltou até a portaria e acionou a cancela.

Com a Parati pipocando ainda, Everaldo passou a entrada de Itaipu e tomou a pista. Desdobrou a folha e decodificou as linhas com letras hieroglíficas de médico.

"Levei o Medeiros para o hospital Cataratas na Kombi da enfermaria. Avise a família dele, por obséquio".

Everaldo acelerou o carro e suspirou. Até sua casa levava em média trinta minutos; àquela hora o trânsito estava sempre bom no contrafluxo. Se passasse na casa do Medeiros primeiro iria levar o mesmo tempo, mas indo para o outro lado da cidade. Quer dizer, na melhor das hipóteses, levaria quase uma hora até chegar em casa e, certamente, Isis já teria saído para malhar, e necas de pitibiribas de chamego logo cedo. Coitado do Medeiros. Quando alcançou a Avenida Tancredo Neves encontrou alguns carros parados na pista, com pisca-alertas ligados. O que chamou sua atenção naquela meia dúzia de veículos nos dois quilômetros seguintes é que não eram carros velhos, com manutenção precária, mas todos modelos novinhos, último lançamento, daqueles SUVs importados. Os semáforos, como Leandro tinha alertado, estavam piscando em amarelo. Certa confusão nos cruzamentos, ambulâncias e carros de bombeiros passando. Foi aí que se deu conta da nuvem negra no horizonte. Em algum lugar alguma casa ou alguma empresa estava em chamas. Era coisa grande. A coluna de fumaça preta era larga e subia ao céu, formando um cone. Conforme adentrava os bairros centrais de Foz do Iguaçu, via mais cenas peculiares demais para uma manhã que deveria ser comum. A voz de

Leandro ressoou em sua cabeça mais uma vez: "Acho que o mundo tá acabando, então". Mal concluiu seu pensamento, uma van escolar atravessou a faixa buzinando, sem diminuir a aceleração no cruzamento, obrigando Everaldo a pisar no freio com força e fazendo seu carro derrapar.

— Puta merda!

Everaldo ficou parado no meio do cruzamento, sem ação, por um segundo, talvez na esperança de que a van freasse e desse marcha à ré para o condutor lhe pedir desculpas, ou talvez porque estivesse pasmo demais. Quando outros condutores buzinaram no meio da confusão, Everaldo engatou a marcha e saiu do meio da pista, encostando o carro junto ao meio-fio. Respirava rápido, assustado com o quase acidente. E se a van estivesse cheia de crianças indo para o colégio?! Bateu a cabeça no volante. Não. Àquela hora elas já estariam na sala de aula. As crianças entravam às sete da matina para estudar. Mesmo assim, o motorista da van escolar era um irresponsável. Levantou o rosto e viu um homem caminhando pela calçada, vindo em sua direção com as mãos erguidas, cobrindo o rosto. Ele chorava e gritava. Quando o homem viu seu carro, bateu no vidro, fazendo Everaldo ter outro sobressalto. Everaldo arrancou com o carro. Aquele homem chorava sangue! O mundo tinha enlouquecido naquela noite? Só podia ser isso. Seguiu direto para casa, sem parar, lançando olhares assustados para o vidro do carona, agora com a marca dos dedos escorridos do homem que chorava sangue. Era estranho, mas, apesar do ar caótico que a manhã vinha vestindo, as ruas pareciam mais vazias do que o normal. Era como se fosse domingo no centro de Foz, mas um domingo salpicado de pesadelo. Passou por mais carros novos abandonados. Contou dois caminhões e uns oito veículos de passeio até embicar em sua avenida. Parou em frente ao portão de sua casa e apanhou o controle remoto para acionar a abertura automática. Nada. Bateu o controle na palma da mão. Talvez a pilha estivesse fraca. Pressionou novamente o aparelho, e nada. Desceu do carro batendo a porta e olhou ao redor. Olhou para as antenas de TV em cima das casas. Olhou para a grande antena repetidora de sinal de celular. As antenas estavam lá, onde sempre estiveram, mas as ondas de rádio pareciam ter evaporado do mapa. Era por esse inusitado fenômeno que seu portão não tinha aberto, que seu celular tinha parado de funcionar e que as TVs e estações de rádio estavam fora do ar. Havia algo acontecendo com as ondas de rádio. O homem destrancou o portão, deixando o carro estacionado na calçada, entrou em casa batendo a porta e bufando. Soltou os botões da camisa, como sempre fazia, e foi para a cozinha, como sempre fazia, tomar dois comprimidos de Maracujina. O aroma de café enchia o ambiente de forma deliciosa. Apanhou uma xícara e encheu até a metade com o líquido preto. Quatro gotinhas de aspartame. Com a xícara em punho andou até o meio do carpete da sala. Olhou para a tela negra da TV de plasma, último presente de aniversário da sogra. Pressionou o botão lateral para ligar a TV, ignorando o controle remoto que não funcionaria. A tela acendeu e chuviscou. Nada. Desligou a TV. A casa estava silenciosa demais.

— Isis?

Foi bebericando o café quente até a porta do quarto. Adorava aquela máquina de café automática, programada para fazer café pontualmente às oito e vinte da manhã, tempo mais que suficiente para ele chegar, descer do carro e pegar a primeira xícara quentinha, como fazia todos os dias. Olhou para dentro do quarto. A TV no rack da parede ligada, chiando. Isis estava deitada, dormindo de bruços.

— Isis?

A mulher não se mexeu. Everaldo suspirou fundo. Talvez ela estivesse fazendo birra pela discussão da noite passada, talvez tivesse ficado assistindo a alguma coisa até tarde. Everaldo voltou até a cozinha, apanhou uma caneta na gaveta abaixo dos talheres e rabiscou num papel, deixando o bilhete em cima da mesa da sala. Perdeu quinze minutos no banheiro, defecando e pensando na vida, com os olhos cheios de areia e morrendo de vontade de tomar um banho e cair na cama. Em vez de todas as possibilidades agradáveis, saiu, fechando a porta com cuidado, e voltou até o carro. No bilhete pedia que Isis não fosse para a academia quando acordasse e que o esperasse em casa; a cidade estava de pernas para o ar.

De volta ao carro, conduziu rumo ao condomínio onde Medeiros morava. Entrando numa das avenidas largas de Foz, ficou mais uma vez de frente para a grossa coluna de fumaça negra que subia aos céus. Vagou com os olhos mais pacientes pela paisagem. Os ônibus estavam vazios, os pontos, que a essa hora deveriam estar abarrotados, davam ares de domingo. O som de sirenes vinha de todos os lados. Dois carros de polícia passaram zunindo à sua esquerda e, antes de deixar a avenida, uma ambulância cruzou o asfalto. Quando entrou no bairro do colega de trabalho, viu um caminhão-tanque do corpo de bombeiros subindo em direção à coluna de fumaça, fazendo soar sua buzina rouca e imponente. Avistou outra daquelas colunas de fumaça no meio da cidade e, dois quarteirões para cima, passou por um amontoado de gente em frente a uma farmácia também em chamas. O povo acudia o funcionário que usava uma mangueira doméstica para tentar conter as chamas. Everaldo intuiu imediatamente de onde vinha aquele desespero. Os telefones mudos e os celulares sem sinal deixavam claro a dependência dos aparelhos de telecomunicação por parte da sociedade. Nem o farmacêutico nem os transeuntes tinham conseguido contatar o Corpo de Bombeiros; iriam lutar instintivamente contra as chamas, usando as próprias mãos. O socorro profissional só viria quando alguém tivesse a boa ideia de ir de carro até o quartel que distava coisa de quatro quilômetros dali para pedir ajuda *in loco*. Everaldo até poderia virar o carro e tocar para o quartel, mas a visão daquelas colunas de fumaça anteriores e o som das diversas viaturas em ação lhe manifestavam uma certeza, os carros estavam todos para fora da base, prestando algum tipo de atendimento naquela manhã maluca. Ademais, ele já estava no meio de uma missão ingrata: avisar a família do Medeiros de que o velho tinha sofrido um mal súbito e estava em coma, sendo atendido no hospital Cataratas. Num misto de torpor pelo sono que começava a lhe apanhar e de surpresa pelas cenas que se desenrolavam à sua frente, chegou até o endereço de Medeiros. Logo na entrada, o porteiro informou que estavam sem interfones operando, mas, após uma breve explicação, liberou Everaldo para subir. O terreno do condomínio continha três torres, a do amigo era a mais afastada. Olhando para o lado oeste da cidade, um arrepio subiu pelo seu braço. A coluna negra ainda estava lá, marcando a paisagem, e parecia mais grossa, bem mais grossa. Viu mais três colunas de fumaça, distantes umas das outras. O que estava acontecendo? Era bom a televisão voltar logo a funcionar para que pudesse saber o que tinha provocado aquele apagão de informação em Foz do Iguaçu. Era nisso que pensava quando o elevador abriu a porta no sexto andar. Andou até o apartamento 63 e tocou a campainha. Ouviu um cachorrinho latindo, o som vinha detrás, do apartamento 64. Prestou atenção no olho mágico. Quando a luz sumisse era porque teria alguém atrás da porta, olhando para ele, intrigado porque o interfone não tinha tocado antes. Talvez ninguém ainda tivesse se ligado que a TV, a internet e os telefones tinham ido para as cucuias. O cachorro continuou ladrando. Um latidinho estridente, de cão pequeno; o grau de irritabilidade instilado pela fera pressupunha um daqueles poodles de madame que eram, invariavelmente, tratados como filhos. Everaldo, já tonto de sono, tocou mais uma vez a campainha. Escutou passos do outro lado e começou a imaginar dona Neia se desaguando em choro ao ouvir a notícia. Ela ia pedir que ele a levasse ao hospital, certeza. Tinha que arranjar uma boa desculpa para voltar para casa. A porta foi destrancada, e a corrente de segurança, solta. O rosto redondo e inchado de Dolores surgiu pela fresta da porta.

— Tagarela... Quer dizer, Everaldo? O que você está fazendo aqui?

O rapaz arqueou as sobrancelhas. Antes que pudesse abrir a boca, a garota voltou a falar em meio a um bocejo longo.

— Desculpe, acho que eu ainda estou dormindo. O neném me deu folga hoje.

— Dolores, eu vim aqui para falar do seu pai.

— Ele não chegou ainda. Aliás, por que você não falou com ele lá no trabalho? Ele disse que falar é com você mesmo. Pelo visto tem coisa que não muda, né, Tagarela?

Dolores abriu a porta e saiu andando, deixando Everaldo no hall. O rapaz vacilou um instante, então entrou atrás da garota que se jogou no sofá, apanhando o controle remoto. Ela estava com um quente pijama de flanela, abotoado até em cima e com calças largas. Por que diabos as mulheres usavam aquelas roupas grossas para dormir? Como conseguiam?

— Não, Dolores. Você não me entendeu. Eu fui trabalhar e vim falar do seu pai, não com seu pai. E não adianta ligar a TV, ela não está funcionando.

Dolores ignorou sumariamente o aviso e pressionou o botão do controle remoto. Nada.

— Não disse?

A mulher levantou-se e ligou manualmente, ativando o aparelho. Estava passando um desenho de um dragão saltando sobre casas e soltando fogo pelas ventas, as pessoas gritando e correndo. Dolores virou o rosto para o homem, que tinha uma expressão de espanto.

— A TV não estava funcionando agora há pouco... Digo, estava tudo fora do ar, nenhum canal sintonizando.

— É um DVD. Minha mãe vive esquecendo ligado quando tenta fazer o Rian dormir aqui no sofá.

A jovem deixou o canal de vídeo e colocou na Globo. Chuviscos por dois segundos, e então a tela ficou negra.

— É, está fora do ar. O que você veio me contar do meu pai?

— Ele passou mal ontem à noite.

Os dois ficaram em silêncio um instante. Dolores respirava devagar e olhava direto nos olhos de Everaldo. Ela lambeu os lábios ressecados e fechou as pálpebras duas vezes.

— Você não veio aqui dizer que o meu pai morreu, veio?

— Não. Ele não morreu.

— Graças a Deus! Nossa! Tô até arrepiada agora. Eu podia jurar que você ia dizer que ele morreu. Nossa! Que alívio, Senhor!

— Ele desmaiou no banheiro. Eu até achei que ele tinha morrido...

— Onde ele está? Preciso ir vê-lo!

— O médico do ambulatório disse que ele está em coma e o levou para o Cataratas.

— Em coma? Meu paizinho? Ai, meu Deus!

Dolores saiu andando para dentro do apartamento. Voltou um segundo depois com o celular no ouvido.

— Não vai funcionar — resmungou Everaldo. — Os celulares, os telefones, está tudo fora do ar. A cidade está sinistra hoje. Nem TV nem rádio estão funcionando. A internet tá fora também. É um apagão geral de comunicação.

— Mais essa agora! Eu tinha que ir ao banco hoje, ver o financiamento da reforma. Ai, que saco!

Everaldo apertava as mãos sem saber exatamente o que fazer. Uma vez ele tinha saído com a Dolores, quando ainda não era casado e ela era uma adolescente. Ele nem sonhava em trabalhar com o Medeiros na Binacional. Tinha achado ela uma grande cabeça de vento fútil, dona de uma bunda maravilhosa, e percebia que nada havia mudado dentro da cachola da garota; já a bunda, tinha aumentado. Everaldo bufou e ergueu as sobrancelhas. Ele acabara de falar que o pai estava em coma e ela preocupada com o banco e o financiamento da reforma.

Dolores foi para o corredor mais uma vez, desaparecendo dentro de seu quarto. Everaldo ficou em pé na sala, olhando ao redor, os penduricalhos sobre a estante abarrotada de caixas de DVDs de filmes e bibelôs mexicanos. O Medeiros era apaixonado por filmes de ação e de comédia. Quando via algo novo no cinema ficava horas falando do filme e como tal ator tinha sido bom ou péssimo e que o diretor tinha evoluído muito comparado ao último filme. Eram esses momentos em que o velho Medeiros retirava sua casca de velho ranzinza e voltava a ser criança, trocando figurinhas e brincando de pique-esconde. Everaldo ouviu os passos de Dolores voltando pelo corredor.

— Pus o Rian com a minha mãe. Ele nem piscou, está capotado, e ela também não se mexeu. Deixa só eu preparar uma mamadeira de farinha láctea e deixar no quarto, que ele vai acordar faminto.

Dolores passou por Everaldo e foi até a cozinha.

— Venha cá.

O rapaz seguiu a mulher. Ela agora vestia uma bermuda jeans apertada e uma camiseta decotada.

— Você se importa se eu te pedir para me levar lá, ao hospital?

"Não me importo que você pergunte, só não vou te levar", pensou Everaldo.

Dolores apanhou o leite na geladeira, misturou o mingau e encheu a mamadeira, levando-a ao micro-ondas. O prato vítreo girou por trinta segundos sem que nenhum dos dois abrisse a boca. Assim que apitou indicando o fim do trabalho, a mãe retirou o leite do filho e chacoalhou a mamadeira. Quando voltou para a sala já tinha os cabelos escovados e um batom nos lábios.

— Vamos?

No caminho até o carro Everaldo se perguntou umas vinte vezes por que não conseguia dizer "não" para os outros. Parecia que todo mundo queria tirar uma casquinha dele. Tinha se sentido um banana durante a madrugada quando não ajudou a carregar o Medeiros de maca até a enfermaria por causa da tela cheia de avisos inúteis. Era amigo do Medeiros, poxa! Já fazia dois anos que trabalhavam juntos na madrugada, já fazia dois anos que nos momentos de mais puro tédio confidenciavam seus temores filosóficos um ao outro. Já tinham passado por todo o ritual de religião, futebol e política. Tinham pouquíssimas coisas em comum, como a paixão pelo Furacão, por exemplo, mas muito papo um com o outro. Enquanto Everaldo cobria as sonecas de Medeiros no banheiro feminino, Medeiros era quem às vezes logava o monitor com a senha de Everaldo quando ele se atrasava um pouquinho por ter saído com os amigos da esposa para uma baladinha. Um ajudava o outro, enraizando aquela camaradagem corporativa que, às vezes, ameaçava chegar às vias de fato. De forma antagônica, agora queria dizer "não" à filha do Medeiros que, em última instância, era a mesma coisa que dizer não ao próprio. Sinuca de bico. Everaldo estava cansado, com sono e preocupado com a esposa.

— O que é aquilo? — dardejou a morena ao virarem a primeira rua.

— Um incêndio. Dos grandes.

— Pai amado. Será que é no supermercado novo?

Everaldo deu de ombros enquanto passava a marcha, ganhando aceleração e entrando na avenida principal do bairro. Nem sabia que tinha supermercado novo.

Os dois continuaram em silêncio por mais um minuto completo, então os olhos de Dolores passearam pelas calçadas, capturando fragmentos de pequenos dramas. Um homem forte carregava com dificuldades um carrinho de obras, só que, em vez do carregamento de massa de concreto, trazia uma senhora obesa, aparentemente desmaiada. Depois viu um menino, de pijamas azuis, coisa de sete anos, encolhido embaixo da marquise de uma loja de R$ 1,99, com os olhos vermelhos como se sofresse um estágio avançado de conjuntivite. Ele se espremia todo, com os olhos apontados para a faixa de sol que estava na calçada, como se estivesse com medo da claridade. Então, na porta de um edifício entre uma padaria e uma farmácia, um senhor com duas crianças inertes no colo, chorando como se os filhos estivessem mortos.

— Everaldo? O que está acontecendo?

Uma ambulância descia a avenida, as pessoas paravam para olhar.

— Não faço ideia.

— Até que você está falando pouco para quem tem fama de falar pelos cotovelos — espezinhou a mulher, rindo da própria piada.

— Tem hora que é para falar e tem hora que é para calar.

Dolores continuou com um sorriso bobo no rosto e tornou a olhar para fora. A opressora coluna negra de fumaça voltava a surgir no horizonte, forçando seu sorriso a murchar.

— Para falar a verdade, Dolores, eu tô cagando nas calças.

A mulher não riu nem fez graça dessa vez. Sabia exatamente o que o colega do pai e ex-amigo de faculdade estava querendo dizer. Ele não precisava exprimir mais nenhuma palavra pela boca. Ela sentiu um frio na barriga subir até chegar ao pescoço. Uma viatura de polícia estava parada na esquina seguinte; no chão, quatro corpos cobertos por lençóis que deveriam ser brancos, mas que agora, protegendo os cadáveres, estavam tomados de sangue.

Apesar das ruas muito mais vazias do que de costume, Everaldo teve dificuldades para encostar na frente do hospital. Os carros estavam totalmente desorganizados, um pandemônio.

— Dolores, vá lá ver o seu pai. Eu não posso ficar. Estou preocupado com minha mulher.

A jovem olhou para a frente do hospital atulhada de gente.

— Eu tô com medo de ir lá sozinha. Deus me livre de pensar nisso, mas o que vou fazer se me disserem o que eu não quero ouvir agora?

Everaldo olhou para a rua e depois para o estacionamento lotado. Subiu com o carro na calçada, parando em local proibido. Os dois desceram do carro e começaram a caminhar em direção ao hospital. Passos rápidos, nervosos.

— Dez minutos, só posso ficar dez minutos.

Em dois dos carros estacionados de qualquer jeito viram pessoas que pareciam desmaiadas, acalentadas por familiares que buscavam socorro no hospital.

— Ver toda essa gente apagada sendo carregada nas ruas me fez pensar numa coisa.

Apesar de ainda assustada e olhando para os lados, a mulher ouvia as palavras de Everaldo.

— Quando eu cheguei em casa minha esposa estava dormindo. Senti o cheiro do café fresquinho e achei que ela tinha feito para mim e voltado a dormir.

— E o que que tem isso demais?

— É que lembrei, quando a gente saiu da sua casa, que a minha cafeteira tem timer. Eu já deixo programado para o café estar quentinho quando eu chegar. Tipo, eu faço isso todo dia e minha mente me pregou uma peça.

Os dois chegaram ao saguão do hospital Cataratas e ficaram estarrecidos com o que encontraram. A recepção entupida de gente, gente adormecida nas cadeiras, no chão, um corre-corre de enfermeiros e funcionários. Everaldo já tinha estado ali muitas e muitas vezes quando os médicos do hospital cuidaram do sogro. Então esgueirou-se direto ao balcão correto para ter informações. A balbúrdia era infernal e beirava ao caos. Seguranças estavam nas portas e tentavam orientar as pessoas. Pelo que tinha percebido, o hospital não podia receber mais nenhum paciente por conta do excesso de atendimentos em espera; a indignação era geral. Pessoas choravam, crianças e adultos sentados ou deitados no chão. Everaldo conseguiu a atenção de uma funcionária, que procurou no sistema pelo nome do Medeiros. O colega estava na enfermaria do terceiro andar. Ele e Dolores subiram pelas escadas, ainda calados, olhando para todos os lados, enquanto ouviam as reclamações de parentes que também enchiam os corredores do hospital.

— Nossa, Everaldo! O que aconteceu aqui em Foz?

— Não sei, Dolores. Essa gente toda desacordada. Tá me dando uma aflição danada. Eu não falei com a Isis achando que ela estava dormindo normal... E se ela estiver assim? Desmaiada? Preciso voltar.

Dolores segurou a mão de Everaldo.

— Agora, não. Agora estamos aqui. Só me leva até a enfermaria. Eu tô morrendo de medo.

— Seu pai não está morto, Dolores. Não está morto porque está num hospital. Minha esposa pode estar precisando de ajuda.

— Vem comigo, por favor?

— Eu não posso.

— Vou ter um treco se eu ficar sozinha.

Everaldo bufou e apontou a escada para a mulher, e voltaram a caminhar. Chegaram ao terceiro andar e dirigiram-se à enfermaria indicada na recepção. Ali o vaivém de funcionários também era frenético. No balcão da enfermaria não havia ninguém. Everaldo e a filha aflita saíram procurando Medeiros de quarto em quarto. Em oito leitos encontraram pessoas adormecidas, veladas por parentes que choramingavam por conta da falta de informação. No sexto quarto encontraram o pai de Dolores. Pálido e imóvel. A filha entrou já com lágrimas descendo pelo rosto, enquanto os acompanhantes de uma senhora que também estava imóvel na cama davam passagem.

— Paizinho... — gemeu Dolores.

Everaldo, que não gostava de gente aglomerada, ficou ali, no corredor, olhando pela porta. A angústia represada em suas veias aumentava, fazendo uma pressão no peito. Será que ele ia sair dessa? Será que todas aquelas pessoas acabariam mortas até o fim do dia? Os gemidos de Dolores tinha se transformado num choro desbragado e triste. As pessoas do leito ao lado ficaram caladas, olhando para a mulher. Uma moça de uns vinte e dois anos abraçou Dolores, que continuou chorando.

— Um médico passou aqui mais cedo. Disse que, apesar de eles estarem assim, estão controlados.

Dolores levantou a cabeça e secou as lágrimas com as mãos.

— O médico falou que pode ser narcolepsia — continuou a moça. — Algumas pessoas sofrem desse problema.

— Mas até agora não explicou o que aconteceu com o meu pai — emendou um rapaz que estava ao lado. — E não sabe por que tanta gente teve isso ao mesmo tempo.

Dolores sentou-se ao lado do pai e começou a acariciar seu rosto.

Everaldo, percebendo que tinha cumprido sua missão com o velho camarada, tratou de sair dali, para resolver a sua agonia que atendia pelo nome de

Isis. Deixou o andar da enfermaria e desceu até o térreo, de onde, praticamente, esgueirou-se entre os adormecidos e parentes enraivecidos com a demora no atendimento. A entrada do hospital estava mais cheia agora, e precisou forçar o caminho para conseguir chegar ao estacionamento. Os seguranças na porta do hospital já tinham passado do jeito instrutivo, assumindo uma postura mais agressiva. O funcionário de Itaipu não tinha dúvidas de que, antes das dez da manhã, um quebra-quebra feio ia acontecer ali na frente do hospital.

Chegou à sua Parati olhando mais uma vez para o estacionamento. O caminho livre para sair seria praticamente um milagre. Os carros não paravam de chegar e, com eles, mais gente desacordada. Everaldo girou a chave na trava do carro e, quando bateu a porta já sentado no banco, colocando o cinto de segurança, foi surpreendido por furiosas batidas no vidro que fizeram seu coração disparar. Era Dolores, de olhos vermelhos, chorando e com os braços cruzados que o tinha assustado como o cão. Ele baixou o vidro girando a manivela e encarou a mulher.

— Você vai me deixar aqui? Assim?

— Dolores, eu também tenho família. Você encontrou seu pai e eu ainda estou preocupado com a minha mulher.

— Acontece que o meu bebê pode estar assim também, desacordado. Pensa.

— Sua mãe está com ele.

— Minha mãe estava dormindo quando a gente saiu.

— Dolores, então pega um táxi, um ônibus e vai para casa. Sua casa nem é tão longe daqui. A minha é do outro lado da cidade.

— Poxa, Everaldo! Você não era assim, insensível!

— Eu não estou sendo insensível, Dolores! Só estou pensando que a Isis pode estar no mesmo barco que o seu pai.

— E o meu filho também, ele é só um bebê.

— Olha, Dolores, entra no carro antes que eu me arrependa.

A mulher deu a volta, dando pulinhos de alegria. Mal sentou, Everaldo arrancou com a velha Parati, tomando o rumo da grande avenida. Seu sangue fervia por dentro. Não era para ele ter chamado a Dolores. Por que ele era assim tão banana com as mulheres? Era para estar em sua casa uma hora dessas! O farol vermelho fez com que parassem e ele desse um tapa no volante, tamanha a irritação.

— Tá nervoso? Desse jeito não precisa me levar. Eu vou andando.

— Dá um tempo, Dolores! Estou te fazendo um favor e você ainda fica me tirando de tonto, fazendo chantagem babaca! Estou nervoso mesmo!

Dolores virou o rosto e ficou quieta, enxugando as lágrimas com as costas das mãos. Everaldo começou a tamborilar no volante, olhando para a luz vermelha. A coluna imensa de fumaça negra no horizonte parecia ter dobrado de tamanho. Everaldo brigava com seus pensamentos. A mulher tinha um bebê de poucos meses em casa, nos braços da avó que dormia. Se os dois estivessem desacordados para valer? Acontece que sua esposa também estava na cama quando ele chegou, e isso era bem estranho. Ela nunca faltava na academia. Quando ele chegava, se desse sorte, ela ainda estava no chuveiro, se banhando, ou zanzando pela casa, esperando por ele. O farol ficou verde, e então Everaldo pisou fundo, resultando numa cantada de pneus no asfalto e fazendo um retorno proibido no cruzamento da avenida. Buzina de dois carros que vinham em sentido oposto. A Parati acelerou e tirou uma fina de um Honda Civic.

— Minha casa é para lá!

— Fica quieta, Dolores! Eu te dei carona até aqui quando nem podia. Estou cansado, com sono e preocupado. A cidade está uma loucura. Preciso ver minha mulher primeiro.

— Seu egoísta! Vamos demorar meia hora para ir e voltar, enquanto eu vou ficar preocupada com meu filho!

Everaldo freou com tudo. O Civic que vinha atrás cantou pneus e bateu na traseira da Parati. Everaldo espichou o braço e abriu a porta do passageiro para Dolores.

— Se quiser ir a pé para sua casa vai, daqui são quinze minutos!

Os gritos do motorista do carro de trás chegaram à rua. Um senhor de cabelos brancos, com os óculos torcidos no rosto pelo airbag, desceu do sedã berrando palavrões cabeludos, vermelho como um pimentão.

— Eu não vou descer, Everaldo! Não vou! Eu estou com medo!

— Então fecha a merda dessa porta e cala a sua boca até eu resolver o que eu tenho que resolver. Se você fosse menos mole estaria correndo para sua casa agora para ver o seu bebê — disse o homem, espumando de raiva.

Dolores tremia, assustada com o rompante de Everaldo.

O velho do Civic chegou gritando em sua janela. "Doido" foi o xingamento mais bonito que saiu da boca dele.

Everaldo esticou-se novamente sobre o colo de Dolores e abriu o porta-luvas. Tirou um cartão e jogou pela janela.

O velho, assustado com o gesto, já tinha recuado dois passos imaginando que o rapaz pegava uma arma, e ficou surpreso com o cartão arremessado no asfalto.

— Pega isso aí e liga para o meu seguro. Pede pra falar com o Lucas.

— Você bate no meu carro e ainda quer que eu faça interurbano pra São Paulo?! Não é muita folga, não, meu filho?

Everaldo acelerou novamente, deixando para trás o homem parado no meio da rua com a frente do seu sedã novinho retorcida. Dolores ficou calada durante todo o trajeto, só abrindo a boca quando o carro freou na frente da casa do amigo de seu pai.

— Posso entrar?

Everaldo fez que sim com a cabeça e foi seguido pela mulher até dentro de sua casa. O silêncio continuava lá. Everaldo foi direto para o quarto. Sua mulher na cama.

— Isis! Acorda!

Ela não se mexeu.

Everaldo contornou a cama e chacoalhou a mulher pelos ombros.

— Isis! Não faz isso, Isis!

Ela não moveu um músculo da face. Everaldo começou a chorar e afundou o rosto no colo da esposa.

— Isis...

Everaldo levantou o rosto e ficou encarando o rosto pintadinho da mulher. Aonde tinham ido parar aqueles olhos vivos e o sorriso que ele amava? Estavam sob um véu inerte, encalacrados dentro daquele corpo imóvel.

— Isis...

— Ela também dormiu, Everaldo. Ela também dormiu. Meu bebê também dormiu, Everaldo. Meu Deus do céu, o que é que está acontecendo com a gente? Eu quero acordar deste pesadelo! Eu quero acordar!!! — Dolores tinha começado num tom de consolo, mas foi perdendo o controle, e agora já estava totalmente transtornada.

Everaldo se levantou, olhando para a filha do amigo se debatendo no corredor, batendo as costas na parede repetidas vezes. Ele agarrou a mulher num abraço forte. Os dois choraram juntos, e juntos ficaram até se acalmarem.

Everaldo voltou para a cama e virou a esposa, deixando-a deitada de costas no colchão. Cobriu-a com o cobertor e ficou olhando para o seu rosto um tempo. Ela respirava. Quase não notava o peito subir e descer, mas respirava. A visita ao hospital tomou a sua mente. Não iria levá-la para aquele inferno. Fosse o que fosse aquela maldição que tinha invadido os lares naquela noite, não tinha matado as pessoas, só as deixara daquele jeito, paralisadas, adormecidas.

— Vamos — disse por fim, levantando-se e indo para o corredor.

Dolores ficou parada um instante e apontou para a mulher; quando olhou para o homem ele já estava na porta da sala.

— Vamos — repetiu ele.

A mulher saiu da casa enquanto Everaldo trancava a porta da frente e depois trancava o portão. Sua esposa estava indefesa lá dentro, trancar a casa era o máximo que podia fazer por ora para protegê-la.

Capítulo 9

As imagens sangrentas do hospital ainda assaltavam sua memória e infestavam sua retina, mesmo estando a mais de cinquenta quilômetros daquele lugar, dirigindo a Quantum de Corina. Quando piscava, numa fração de segundo, via os olhos vermelhos do homem que atacara a enfermeira e depois voltara-se contra ele. Era difícil dirigir por causa do sono, mas não queria perturbar o silêncio dentro do carro, nem queria desviar a conversa de novo. Suas mãos ainda tremiam nervosas, vez ou outra, quando a lembrança da haste de ferro perfurando a cabeça daquele homem surgia vívida e clara em sua mente. Ele tinha matado um homem, e nada poderia mudar isso. Era como se tivesse se transformado em outro alguém por alguns minutos. Não se reconhecia em suas lembranças. Teria, quando muito, atacado aquele sujeito e feito ele desacordar, pedindo por um sedativo aos enfermeiros ao redor enquanto o segurava contra o chão. Já tinha feito isso uma porção de vezes em sua profissão. Um ato extremo de selvageria para os seus parâmetros seria ter dado uma pancada na cabeça daquele homem descompensado e o feito desacordar. Só que não foi isso que fez. Tinha enfiado o bastão no crânio do sujeito sucessivas vezes, tomado de uma raiva incontrolável para ter certeza de que qualquer coisa de vida cessasse dentro dele. Da saída do hospital até aquele momento já tinha se pegado pensando na hipótese de um ataque biológico uma dúzia de vezes. Assim que construía essa ideia começava a desconstruí-la também. Era um médico geriatra, e parte de sua especialização era lidar com a degeneração das células do cérebro. Nada do que conhecia se encaixava com aquele cenário, tão avassalador e tão potente. Nada explicava o surto psicótico daquele sujeito, e também nada explicava o seu próprio surto. Respirou fundo. O silêncio no carro era brutal. Olhou pelo retrovisor. Os meninos ainda estavam dormindo, e o marido de Corina vinha recostado ao vidro com um grande curativo no pescoço.

— Estou tão cansado... Exausto, na verdade — disse o médico, para quebrar o silêncio e combater o sono que fazia seus olhos pesarem.

Corina não respondeu. Ela estava havia, pelo menos, quinze minutos olhando para fora através do vidro fechado da janela.

Francis olhou para a mulher mais detidamente, e então percebeu que ela também tinha adormecido. Pisou no freio, assustado, fazendo a Quantum deslizar a traseira de forma brusca.

— Meu Deus do céu, Francis! O que foi isso? — gritou a mulher, despertando alarmada.

Francis, confuso e constrangido, apertou o volante e olhou para a mulher.

— Eu pensei que você tinha adormecido também.

— Sim, eu estava cochilando.

— Pensei que você tinha dormido, como eles.

Um carro passou na rodovia sem reduzir a velocidade. Corina olhou para os olhos visivelmente cansados de Francis e depois olhou para trás, para seus filhos e seu marido. Duas lágrimas desceram em seu rosto.

— Eles vão ficar bem, não é?

Francis apertou o volante mais uma vez, agora nervoso. Abriu a porta do veículo e saiu para o ar da noite. O cheiro adocicado tinha desaparecido por completo. Sua memória olfativa tinha sido bombardeada por dois odores, primeiro o perfume e depois o fedor do paciente morto no hospital. Pensava naquele homem transtornado quando olhou para os familiares da mulher. Voltou para o carro e tomou seu assento.

— Eles vão ficar bem, Corina. Mais cedo ou mais tarde irão acordar, assim, de uma hora para a outra, como se nada tivesse acontecido. É nisso que acredito. Só fiquei com medo de você ter dormido também. Estou com um sono lascado, minha viagem ia ficar muito mais chata.

Corina soluçou alto dessa vez e abraçou Francis, que não se afastou e afagou as costas da mulher.

— Se você acha que eles vão ficar bem, por que ficou com medo, então?

Francis franziu o cenho num esgar querendo sorrir, mas não conseguiu. Afastou a mulher e encarou seus olhos.

— Eu tive medo, só isso. As coisas ficaram pra lá de estranhas nesta madrugada. Eu sei que cada uma das pessoas que dormiu vai acordar, mas não sei dizer como nem quando. Eu estou sem pregar os olhos sei lá desde quando, provavelmente vou começar a ter alucinações já, já.

— Quer que eu dirija? Sinceramente, acho que pior do que está não pode ficar.

— Eu recusaria sua oferta, mas já estou passando mal de tanto sono, de tanto cansaço. Seria burrice eu continuar guiando.

— Melhor eu dirigir, então.

— Mas eu não quero dormir. Não vou dormir. Tenho uma sensação ruim dentro de mim.

— Bem, eu estava dormindo, e nada aconteceu. Esse surto, ou sei lá como vão chamar essa doença, deve ser passageiro.

Francis tamborilou no volante por alguns segundos.

— Tá. Você venceu, Corina. Se tem uma coisa contra a qual eu não luto é um bom argumento.

Francis desceu rapidamente e trocou de lugar com Corina, numa dança que seria até engraçada de se observar. A mulher deu a volta por trás do carro, enquanto Francis tinha ido pela frente. Corina media mais ou menos um metro e setenta e cinco e tinha os ombros largos. As rugas de expressão denunciavam que já tinha passado folgado dos quarenta anos, sem perder a beleza. O sorriso dela era extenso, de lábios finos, o que a tornava ainda mais charmosa. Tinha cabelos cacheados, em caracóis pequenos, e as madeixas louras, queimadas de sol, rajadas de amarelo e dourado descendo até a altura dos ombros. Só agora Francis se dava conta do quão charmosa era aquela mulher.

Francis acomodou-se no banco do carona e puxou um cigarro do bolso do paletó que vinha dobrado em seu colo.

— Se importa?

Corina deu a partida e já estava tomando a pista, engatando a terceira marcha.

— Nem um pouco — disse, dando de ombros. — Nessa altura do campeonato a fumaça do seu cigarro é o menor dos meus problemas.

Francis pressionou o acendedor de cigarros no painel e colocou o cigarro apagado na boca.

— Voltei a fumar faz quatro dias.

— Tem alguma coisa a ver com o enterro de que você falou?

— Hum... Sim. Tem muita coisa a ver com o enterro.

— Nem vou perguntar se a pessoa era importante. Você veio de tão longe.

Um "plic" estalou dentro do carro, tirando Francis dos pensamentos que já o tomavam. Ele apanhou o acendedor e tragou o cigarro, deixando uma brasa vermelha tomar a ponta do cilindro. Abriu a janela do carro e recolocou o acendedor no lugar.

— Era uma senhora, uma promessa.

— Promessa? Agora, sim, estou espantada. Me explica.

— A Norata, a morta, era irmã de uma senhorinha que eu cuidava em uma clínica em Santos.

— Essa senhorinha de Santos era do abrigo pelo qual você fez aquela loucura de greve de fome?

— Era, sim. Elas eram gêmeas. Norata vivia aqui em Palmital. Enquanto a Gerusa vivia lá, em Santos. Foi minha paciente por anos, mas acabei mais ligado à Norata do que à Gerusa, no fim das contas.

— Conta, como foi isso?

— Quando a Gerusa morreu, meses depois daquela comoção toda, Norata tinha vindo a Santos para cuidar da irmã coisa de duas semanas antes de acontecer.

— Acontecer o quê?

Francis pressionou o acendedor de cigarro mais uma vez, só para ouvir o "plic" da trava enquanto suspirava. Falar da morte era coisa corriqueira em seu trabalho, estava acostumado e calejado; no entanto, aquela história toda lhe batia com uma melancolia incrível.

— O falecimento. Os órgãos pararam. Não havia mais força nela para continuar lutando. Quando desligamos os aparelhos da Gerusa, Norata me pediu, com lágrimas nos olhos, que eu fosse ao seu funeral. Eu perguntei o porquê, fiquei intrigado mesmo. Por que eu? Ela me segurou com a mãozinha trêmula dela, você precisava ver. Me segurou e disse que, agora que a irmã dela tinha ido embora, não havia mais ninguém para chorar no enterro dela. Que ela morria de medo de ser enterrada sozinha.

— Ela não tinha filhos?

— Pois é, tinha filhos, netos, tudo. Mas morria de medo de não ter um parente à beira da sua cova. E, como eu tinha cuidado por anos da irmã dela, me fez esse pedido. Eu aceitei. Ela parecia realmente buscar por conforto. Quando eu prometo alguma coisa, eu cumpro.

Corina não interrogou mais e foi a vez de Francis ficar olhando para fora do carro, com a janela aberta. No final arremessou a bituca pela janela e recostou-se ao banco. A placa indicava que já tinham passado de Sorocaba. A luz do sol se levantando incomodava seus olhos cansados. Fechou-os para relaxar. Só precisava repousar um pouquinho para logo mais trocar de lugar com Corina. Logo estaria em Santos e encontraria sua esposa, Débora. Queria saber como ela estava. Queria saber se ela também tinha escapado daquele mal. Só precisava descansar um pouco. No meio desses pensamentos, Francis adormeceu.

Capítulo 10

Chiara abriu os olhos com o sol da manhã batendo em seu rosto. Seu cérebro martelava em sua testa, era a primeira enxaqueca de sua vida. O choro e os gritos das pessoas ao redor pareciam agulhas entrando em seus ouvidos. Chiara olhou para o lado. No assento vizinho estava Jéssica fazendo cafuné na cabeça de Breno, que dormia. A vida real voltou como uma bomba para os seus pensamentos. Poucas horas atrás Pedro tinha sido baleado na cabeça quando entravam na Castello Branco, fugindo daqueles bandidos que viviam atrás de sua mãe. Uma mulher, assustadíssima, tinha parado o carro e socorrido, quase por milagre, ela e seus amigos. Chiara tinha ouvido a mulher dizer que também estava indo para o hospital porque seu filho estava passando mal e seu irmão era neurologista ali perto. Pedro respirava quando foi colocado no carro e todos se espremeram no banco de trás. Jéssica passou para a frente para liberar espaço. O filho da mulher se chamava Pedro também, um ingrediente a mais na sopa do destino que fez a moça pisar mais fundo no acelerador, pois, afinal, um dia seu filho, que Deus o livrasse, poderia estar na mesma situação, precisando de ajuda. O carro deslizou ligeiro pela Castello Branco entrando em Osasco. O trânsito infernal na alça de acesso à cidade não intimidou a mulher, que trocava de faixa buzinando e enfiando seu carro, pegando trechos na contramão e rodando por cima das faixas separadoras de pista sem permitir que seu carro parasse. Chiara tinha estado naquela cidade umas três vezes com a avó, visitando amigas antigas, que cheiravam a naftalina. Quando o carro embicou no Hospital Regional do Estado, Chiara chorava novamente, pois não sabia dizer se Pedro ainda respirava. Seus lábios estavam tão escuros! A providencial auxiliadora cuidou de tudo, saiu com seu filho pequeno no colo, e logo vieram enfermeiros que colocaram o Pedro grande numa maca, entrando por um corredor e deixando-a lá, plantada naquela sala de espera, sem notícia alguma por horas, até que ela adormeceu no banco.

— Disseram alguma coisa, Jéss?

A amiga só balançou a cabeça negativamente.

Chiara se levantou e olhou ao redor. O hospital estava entupido. Quando chegaram, assim que levaram Pedro e enquanto ela tentava acalmar o pequeno Breno, notou que mais e mais pessoas iam chegando com doentes de todas as idades, como se uma epidemia repentina tivesse eclodido em Osasco. Em geral as pessoas estavam iguais ao pequeno Pedro da dona motorista. As horas foram passando, e a única coisa que o pessoal da portaria dizia era que Pedro estava em cirurgia. Chiara, mesmo sendo menor, foi quem assinou os papéis, mentindo que era maior, que tinham sido assaltados, que Pedro tinha sido baleado e que seus documentos tinham sido roubados. Ela não soube o porquê da mentira, mas um alarme tinha tocado em sua cabeça. Enquanto não falasse com a mãe de Pedro, não falasse com um policial, achava melhor não deixar ninguém sabendo que o garoto estava ali, vivo e vulnerável. Uma senhora ficou olhando para ela enquanto passava as informações para a assistente social. A mulher a olhava de um jeito insistente, estranho, teve medo que estivesse ligada com o grupo que fizera aquilo a Pedro, então a ouviu também passar informações de seus dois filhos. Eles tinham adormecido. Chiara tinha se afastado daquela senhora, ainda com medo de que os bandidos voltassem para terminar o serviço que o outro deixara para trás.

Jéssica cutucou Chiara, que saiu de uma espécie de torpor induzido pelas lembranças e voltou ao saguão lotado.

— Chiara, meu, eu preciso ir — disse Jéssica, levantando e se espreguiçando.

Chiara não sabia o que dizer. Ela era uma amiga ponta firme e seria impossível falar qualquer coisa para ela, pedir que ficasse, que não a deixasse sozinha com o pequeno Breno e o Pedro naquele estado. Queria dizer que precisava de alguém ali caso um médico surgisse trazendo uma má notícia. Queria dizer que estava morrendo de medo. No ombro de quem iria chorar? Como diria para o Breno uma coisa daquelas? No entanto, Chiara ficou calada e só balançou a cabeça, concordando. Jéssica já tinha feito demais, tinha passado com ela por tudo aquilo e sabia que os pais da amiga comeriam o fígado dela viva assim que ela botasse os pés em casa.

— Os telefones estão mudos desde ontem à noite. Meu pai deve estar doidinho. Vai me cobrir de porrada se eu não aparecer em casa.

Chiara não disse nada e só abraçou a amiga bem forte. As duas ficaram de pé e choraram diante dos olhos de todos os que também esperavam notícias sobre seus parentes adoentados.

— Você sabe pegar ônibus pra voltar para Alphaville?

— Eu já voltei com os meninos uma vez. Quando eles vieram jogar handebol no ginásio aqui atrás do hospital, a gente voltou de trem até Carapicuíba e lá pegamos um ônibus. A estação de trem é aqui pertinho do Regional, ouvi uma mulher falando disso enquanto você estava dormindo.

— Você tem dinheiro?

— Sempre saio com algum, né, amiga? Meu pai tá na fase das vacas gordas.

— Seu pai sempre está na fase das vacas gordas — retrucou Chiara, secando as lágrimas que desciam pelo rosto.

As duas riram um pouco.

— E você, Chiara? Tem algum?

Chiara balançou a cabeça negativamente.

— Como a minha mãe diz, tô lisa.

Jéssica enfiou a mão no bolso e deu vinte reais para a amiga.

— Com essa grana você come um dogão e ainda sobra pra você voltar com o Breno.

— Tenta falar com a mãe deles. Ela deve estar por lá. Deve ter um monte de polícia lá na casa deles. — Chiara parou de falar, roendo a unha. Só roía a unha quando estava muito nervosa. — Se puder, vai na minha casa também, conta tudinho pra minha mãe e diz que não vou voltar até conseguir achar a mãe dos meninos. Não vou deixá-los sozinhos. Não posso.

Jéssica olhou para Breno, ainda dormindo.

— E ele, hein? E se o Pedro... Como ele vai ficar?

— Nem fala isso, Jéss. O Foguete vai ficar bem. Vai dar tudo certo. Pensa positivo.

As duas se abraçaram mais uma vez.

— Vai lavar seu rosto. Seu rímel escorreu todo. Tá parecendo o Coringa — disse Jéssica antes de sair do hospital. — E para de roer as unhas; se eu conseguir voltar, trago o meu kit pra refazer.

Chiara sorriu para a amiga, e aquele sorriso perdurou por alguns segundos, morrendo quando seus olhos encontraram o irmão mais novo adormecido. Pobrezinho. Dormiu com fome. De madrugada ele tinha pedido para comer algo e Chiara o tinha distraído, dizendo que comeriam de manhã.

Jéssica não demorou para avistar a passarela subterrânea que a levaria até a estação da CPTM. Apesar do sol radiante sobre o céu de Osasco, a manhã soprava uma brisa gelada. Realmente a mulher que conversava com a outra mais cedo tinha razão. A estação do centro de Osasco estava a coisa de quinhentos metros do hospital. Atravessou do bairro de Presidente Altino para o centro por baixo de um túnel. A estação ainda estava vazia. Ficou na plataforma olhando para o lado onde ficava o hospital, imaginando Chiara sozinha. Queria ficar com a amiga, mas estava com medo e com vontade de ver sua mãe. Tinha sido muita loucura para uma balada na casa de vizinhos. O pior é que seu pai já havia falado para não ficar andando com os filhos da promotora por aí porque eles eram alvos marcados. O trem chegou, e meia dúzia de pessoas desceu do vagão. Jéssica entrou e sentou enquanto ouvia o sinal de partida e as portas deslizarem, se fechando. O vagão estava vazio, estranhamente vazio. Cerca de quatro ou cinco pessoas. Uma mulher no fim do vagão, vestindo blusa de lã com uma touca e cachecol, chamou sua atenção. Ela estava sentada e curvada para a frente. Ela cobria os olhos com um dos braços. O corpo da mulher estremeceu e ela baixou o braço, olhando direto nos olhos de Jéssica, que sentiu a respiração parar e um arrepio de puro medo. A mulher estava vomitando sangue, e seus olhos, completamente vermelhos, como se as veias internas tivessem estourado por conta de um derrame.

Capítulo 11

Mallory já tinha chorado antes no trabalho. Ela havia escolhido aquela profissão inspirada pela mãe, que fora enfermeira até se aposentar. A mãe, dona Cícera, era referência na cidade natal, fazendo as vezes de médica e, na maioria das urgências, parteira das barrigudas desamparadas, oriundas dos garimpos da região. Foi a mãe mesma quem lhe disse que, para ter mais sorte no trabalho, deveria tentar as coisas em São Paulo. E foi assim que, aos dezenove, sete anos atrás, deixou as ruas de terra da periferia de Bom Futuro, em Rondônia, de mala e cuia, chegando a uma cidade onde não conhecia quase ninguém. Quase. O padrinho, Nicolau, de nome muito apropriado, lhe presenteou com uma passagem para São Paulo e lhe deu guarida nos primeiros meses. Esses meses foram se movendo a passo de tartaruga a princípio, enquanto, em algum canto de sua mente decidida, a menina, que crescera no meio de garimpeiros, de gente religiosa, de gente violenta, assomava e ficava assombrada e resistente ao jeito dos paulistas, sentindo uma saudade imensa da mãe e dos amigos. A casa do padrinho Nicolau, homem vivido, que estava no quarto casamento, agora juntado com uma paulista testemunha de Jeová, lhe servia além de abrigo físico, abrigo da alma quando a nostalgia batia em seu peito. O jeito de falar de Nicolau a fazia se lembrar de seu povo deixado em Bom Futuro, e os hinos cantados na igreja lembravam a cantoria da mãe nos salões de madeira da congregação mais humilde. Achava graça quando chegava da faculdade de enfermagem e já encontrava o padrinho e a nova esposa dormindo em quartos separados. Um dia, em reservado, o padrinho tinha explicado que Tatiana, a nova mulher, não dormiria na mesma cama que a dele até que fossem realmente casados diante do pastor. Nicolau tinha dito que fora uma peleja danada convencer a mulher a receber a afilhada em sua casa. Afinal de contas, essa coisa de afilhada e padrinho não condizia com a igreja que agora frequentavam. O velho ria ao contar a história de quando conseguiu dobrar a mulher com as palavras da própria Bíblia. Depois de alguns cursos e estágios, tinha conseguido uma boa vaga de auxiliar no Hospital das Clínicas, na ala pediátrica. Daí, estabilizada, alugou com uma amiga uma quitinete na Bela Vista, ficando perto do trabalho e deixando o padrinho viver sozinho com a, finalmente, esposa. O padrinho lhe viera à memória àquela tarde, porque tinha se pegado a pensar muito sobre o amor. Por que o padrinho entrara em conflito com a esposa para que ela estivesse ali, em São Paulo, estudando? Muitas vezes ele vinha com um dinheirinho retirado de sua aposentadoria e lhe pagava um livro necessário. Às vezes ela chegava tarde e encontrava o velho dormindo na sala, com a boca encovada por sua magreza genética, roncando, e depois descobria que ele não tinha dormido porque estava inquieto, inquieto porque ela estava na rua. Via-o escrevendo cartas para mandar para sua mãe em Rondônia, dando notícias do progresso da afilhada. E a tratava tal qual uma filha. Mallory enxugou duas lágrimas. Às vezes a vida nos põe anjos no caminho e tardamos a reconhecer a providência divina. Longe de qualquer suspeita — não, ela não era filha de Nicolau, tampouco qualquer malícia partiu da alma daquele senhor. Quando perguntado, numa das caminhadas matinais que ela obrigou o velho Nicolau a colocar em sua rotina para ajudar a controlar o diabetes, ele passou a mão em sua cabeça e a olhou demorado, dizendo que devia muito ao seu pai. Mallory não disfarçou a surpresa, pois sabia que até poucos anos antes do pai falecer, quando ela tinha dezesseis anos, os dois, pai e padrinho, estava sem se falar havia cinco anos. O padrinho a amava ou, amando-a, procurava se reconciliar com o passado. Todo esse turbilhão de pensamentos tinha lhe arrebatado porque se sentia uma enfermeira incapaz quando falhava miseravelmente ao tentar separar o emocional do profissional sempre que uma criança piorava e, trabalhando na UTI da oncologia pediátrica, isso acontecia de forma bruta e rotineira. As memórias do carinho do padrinho, homem que a tinha ajudado a mudar seu destino, misturadas ao sentimento de ser incapaz de lidar com a perda dos pequeninos que, assim que admitidos, começava a amar de forma incondicional, tinham lhe fragilizado o espírito sobremaneira. Ela, por culpa do seu uniforme de enfermeira, tinha sido parada por inumeráveis pessoas no metrô a caminho do trabalho. Era tanta gente que chegou ao cúmulo de, em dado momento, Mallory olhar espantada para uma fila que tinha se formado atrás da pessoa com quem conversava. Estava perdida, simplesmente tentava dar algum conforto à mulher que trazia, a duras penas, um jovem de quinze anos nos braços. Só então, depois da quarta pessoa pará-la para tentar entender por que tanta gente tinha adoecido, é que ela notara o volume de gente adormecida sendo carregada, crianças trazidas no colo. Aturdida, Mallory pediu desculpas e explicou que não era médica, e teve até mesmo que correr para se afastar da fila e do choro das mulheres que tinham filhos apagados em seus braços. Ela sabia para onde todas aquelas pessoas iam, levando os parentes afetados por aquele inusitado mal súbito. Estavam indo para o seu trabalho, para o maior hospital público da América Latina, o Hospital das Clínicas. Por conta disso, ao pôr os pés no hospital e se deparar com aquele caos nunca antes visto, ela começara a chorar, chorar como uma tola, como se fosse uma daquelas enfermeiras novatas que não tinham a menor ideia do que fazer num momento de crise de um paciente ou diante de uma bronca de um médico chato e exigente. Ela não era assim. Julgava-se forte. Poderia muito bem ter digerido a dificuldade de levar meia hora para atravessar a entrada abarrotada de pessoas trazendo gente desacordada para o HC. A confirmação do cenário se pronunciava através das inúmeras ambulâncias e viaturas presas num engarrafamento monstro na rua em frente ao complexo. Na entrada do Instituto da Criança tinha se formado um tumulto, onde se misturavam ao amontoado de corpos choros de crianças e pais, gritos de pessoas que queriam entrar. Era gente trazendo crianças no colo, idosos em cadeiras de rodas, dizendo que eram seus vizinhos, seus amigos ou sua família. Algumas vozes rezavam, pedindo ao divino a solução para aquela tragédia. Mallory tremia. Hospitais e prontos-socorros eram feitos para isso. Para amparar os doentes. O clima era tenso e partia para um empurra-empurra alimentado por altercações e desespero. Tinha que limpar a cabeça de todo aquele torvelinho porque os seus pequenos precisavam dela íntegra, disposta para o trabalho. Era hora de secar as lágrimas e arregaçar as mangas. Aquele desespero antecipado não ia ajudar ninguém ali dentro do Instituto da Criança. Tinha preocupações maiores a tratar com seus miudinhos.

Mallory chegou ao seu andar de trabalho na terapia intensiva. Lá dentro, a primeira coisa que estranhou foi os corredores mais vazios do que o de costume. Na sua ala, onde encontraria ao menos mais duas enfermeiras e seis auxiliares, havia apenas uma enfermeira e duas auxiliares de enfermagem. Fora as faltas recordes do plantão da manhã, o trabalho e os pacientes estavam dentro da normalidade esperada. Pegou o resumo dos prontuários com a enfermeira Nice, com quem teve uma rápida conversa antes de trocar o turno. Nice estava um bocado aflita porque não conseguia falar com a filha, que não tinha ido para casa naquela noite caótica.

— Eu saí de manhã para trabalhar com o coração apertado, Mall. Não sei que inferno aconteceu nesta cidade. Se ao menos os celulares voltassem a funcionar.

— As pessoas pararam você toda hora quando veio hoje de manhã?

— Umas quatro pessoas, menina. Fiquei me sentindo a última bolacha do pacote hoje.

— Você deu sorte, Nice. Acho que umas quarenta pessoas me pararam. Teve uma hora que formou até fila.

— Nossa, Mall!

— Até fugi. Já pressentindo a bomba que ia ser isto aqui hoje.

— O duro é que até agora ninguém sabe o que é. Os médicos estão todos reunidos com a doutora Suzana lá no auditório do HC.

— Nem precisa dizer que o negócio está sério. Deve ser uma epidemia.

— Eu não vou nem pro refeitório almoçar, vou direto embora ver se acho minha princesa. Se os telefones estivessem funcionando, eu nem saía daqui, porque hoje vai ter serviço que não acaba mais e muita gente precisando.

— Você leu as manchetes dos jornais? — perguntou Mallory.

— Não? Qual jornal?

— Eu vi um rapaz com um *Estadão* no metrô. Parece que essa coisa de falta de sinal e telefone está acontecendo até na Baixada Santista.

Nice benzeu-se.

— Creia em Deus! Tá parecendo até aquelas histórias do fim do mundo. Só não estou desesperada no último volume porque o noivo da minha filha é um chiclete, certeza de que ele está com ela.

Um minuto depois Mallory viu-se sozinha na sua ala da Unidade de Terapia Intensiva. Desde que começara a trabalhar ali, havia dois anos, nunca tinha visto aqueles corredores daquele jeito. Apesar da solidão, sabia muito bem o que tinha que fazer, só teria que fazer em dobro. Normalmente os pacientes eram divididos entre as equipes de enfermagem, mas hoje a equipe toda era ela mesma. Respirou fundo e foi fazer sua primeira ronda. Entrou no primeiro quarto da UTI, com cinco crianças. Aquele quarto era destinado aos pacientes mais complexos, saídos de cirurgia — que, por conta de alguma intercorrência, acabavam em coma induzido ou coma por sequela —, e também para os pacientes terminais que eram mantidos em regime paliativo. Quatro estavam nessa condição de coma e o quinto era Wando, um terminal de dez anos de idade. Ele era o único paciente com o qual Mallory evitava cruzar os olhos durante o atendimento. Mesmo sem avistá-lo, ela sabia exatamente como era o seu aspecto. Sabia que se olhasse para o seu leito naquele instante encontraria um rosto sulcado e o corpo conectado ao soro para acesso de medicação, aparelho de oxigênio e bomba de analgesia epidural, transitando entre a dor e a inconsciência, resistindo graças à medicação sedativa, sendo devorado aos poucos por um inimigo alojado em seu fígado. Mallory não queria vê-lo, tamanha a tristeza que a consumia. Ela tinha sido treinada para não deixar isso acontecer. Não misturar seus sentimentos. Entender a condição de seus pacientes e a da inevitabilidade. Lembrava-se de quando o tinha visto pela primeira vez, sorridente, na brinquedoteca do hospital. Os olhos brilhantes e vivos e a canção da esperança cantando por todos os seus poros de criança. Poucos meses separavam ambos daquele primeiro encontro, quando o menino ainda estava rechonchudo e brincalhão. No início da semana corrente ele seria operado do fígado para a retirada do tumor, mas, nos últimos exames pré-operatórios, metástases em pontos devastadores foram encontradas, se esparramando pelo corpo infante.

Portador de um prognóstico extremamente sombrio, lambido no rosto pela tão falada inevitabilidade, a enfermeira relutava ao máximo em encontrar com os olhos de Wando, sendo reduzida por aquele repente de covardia profissional e sentimental, por temer que os olhos do menino suplicassem para que ela empunhasse a espada e derrotasse aquela que era invencível.

Wando era uma criança bastante afetuosa e carismática. Mesmo tão fraco e sucumbindo, ainda era possível encontrar, sem muito garimpo, um pouco do brilho peculiar que existira antes em seus olhos quando ele falava ou, agora bem mais raro, sorria. Fora exatamente esse brilho fulgurante que impressionara tanto Mallory quando vira o garoto pela primeira vez. Todas as crianças têm um pouco daquilo, daquela energia que transborda e contamina a todos ao redor. Foi apego à primeira vista. Mallory tinha imaginado já Wando moço, com seus dezoito, dezenove anos, lindo, vibrante. Sempre acontecia isso quando ela se apegava a uma das crianças. Começava a especular sobre o seu futuro. Quem seria uma engenheira ou um bom advogado. Como seriam seus sorrisos em rostos adultos, como seriam seus filhos quando tivessem família. Ela tomava para si aquele compromisso de ajudá-los a sair dali, do tratamento oncológico e de chegar àquela outra realidade vislumbrada. Agora nada daquelas visões oníricas fazia sentido; agora, quando olhava para Wando, enxergava um outro futuro. Um futuro muito mais breve. Via uma caveira. Via um leito vazio. Imaginava o pequeno sozinho no cemitério, sendo pego pela mão da babá Osso-duro. Para ela, de um modo mágico, evitar encará-lo afastava aquela visão que não fazia justiça ao menino. Wando tinha enchido de luz todos à sua volta. Animado, brincalhão, cheio de respostas inteligentes retrucando a encheção de saco dos mais velhos, arrancava risos e gargalhadas com uma leveza de impressionar. O pequeno ainda não sabia que sua cirurgia tinha sido desmarcada. Era sempre difícil dizer para uma criança que tinham desistido de operá-la, que tinha chegado o fim da linha. Eram crianças, mas não eram estúpidas! Sabiam, ou intuíam, o que aquela decisão significava. A enfermeira ponderou um pouco. Eventualmente ela conversava com os pacientes terminais que permaneciam conscientes, conectados em bombas de analgesia ligadas diretamente em suas colunas vertebrais. Sabia que esse trabalho de iluminação era feito pelo departamento de psicologia, mas muitos daqueles pequenos transitavam entre a vigília e o sono, ficando à deriva no mar escuro. Então ela explicava para eles a situação toda, explicava direitinho, escolhendo palavras, elaborando metáforas curiosas para ilustrar como aquele mal afetava seus organismos, dando pausas para as crianças assimilarem. Algumas das crianças vinham para o HC, transferidas ou referendadas, de hospitais e municípios dos mais distantes e carentes do Brasil. Muitos dos pais dessas crianças mal sabiam ler ou escrever, e poucos tinham condições de se estabelecer em São Paulo para acompanhar o tratamento do filho, porque tinham deixado para trás uma prole inteira desamparada em cidades miseráveis e, quando acontecia de a criança terminar ali, sozinha na UTI, era ela, Mallory, quem muitas vezes a amparava. Esses solitários transitavam ali, à mercê das benesses dos profissionais de saúde. Alguns, apesar de ganharem sorrisos e injeções de ânimo da equipe de psicologia, eram privados de informações... E ficavam com medo. Só que dessa vez o medo tinha tomado os ossos da enfermeira primeiro, fazendo-a jogar aquele jogo fantasioso, imaginando que, dessa forma infantil, Wando fosse perdurar. Era a hora do menino. Era a hora de contar-lhe, numa fresta de lucidez, que tudo o que fora possível fazer já tinha sido feito, e só restava esperar. Esperar por ela. A Dona do Tempo, a mão firme que segurava a roldana do manto.

A enfermeira deixou o quarto, submersa em suas concatenações. Tomou um susto quando ouviu seu nome sendo chamado alto pelo corredor. Era a voz da médica intensivista.

— Mallory, vou precisar de você.

A enfermeira secou outra lágrima e endireitou o uniforme, aproximando-se da oncologista. Se ela a viu chorando, não comentou nada.

— Pois não, doutora.

— Infelizmente as condições de segurança e a estrutura do hospital estão se degradando rápido, e não temos mais como manter todos os nossos pacientes. Fizemos uma reunião agora há pouco e estamos liberando todos os que têm condições de ser removidos para outras unidades menos afetadas ou de esperar em casa, sem risco, por uma semana.

— Por quê?

— As pessoas afetadas por essa moléstia do sono são muitas, mas muitas mesmo. Não teremos condições de socorrer a todas e tememos que os funcionários que faltaram hoje possam estar sofrendo desse mesmo mal.

— Não brinca, doutora.

— Não estou brincando, não, Mall. A coisa é séria.

Foi então que Mallory olhou pelo vidro da UTI e encarou Wando nos olhos pela primeira vez naquele dia. Ele estava sereno e imóvel. Daquela distância nem sabia se ele estava de olhos abertos ou fechados. A médica sentou-se à mesa das enfermeiras e apanhou alguns dos prontuários daquela ala, começando a lê-los.

— Vamos para o andar dos pacientes estáveis e vamos dar instruções precisas para os pais ou parentes que estiverem acompanhando as crianças. Se alguém estiver sozinho, informe assim que um parente chegar aqui para visitá-los.

— Entendo. Eu quase não consegui entrar hoje, de tanta gente que tinha no saguão. Já sabem o que aconteceu para tanta gente ficar desse jeito?

— Ainda não há um consenso, Mallory. Esse tipo de coma é muito incomum. Poderia ser uma catalepsia, mas esse é um distúrbio neural um tanto raro. Esse volume de gente adormecida ao mesmo tempo é inédito. E existe um outro temor.

Como a médica se calou, Mallory tirou os olhos do vidro da UTI e encarou-a.

— Ao que tudo indica, essas pessoas logo vão acordar novamente. A doutora Suzana já encarregou o doutor Elias de estudar as pessoas que despertam. Oito despertaram até a hora do almoço.

— Não entendi o temor. Isso parece bom.

— Sim. Mas alguns desses pacientes que despertam desse sono voltam com um tipo de comportamento anômalo.

Mallory segurou as pranchetas contra o peito e continuou encarando a médica.

— Não ouviu falar disso ainda?

— Não, doutora Ana.

A médica de cabelos louro-acinzentados passou os dedos pelos fios lisos de sua cabeça e suspirou antes de falar.

— Como eu disse, tudo indica que em pouco tempo todos voltarão ao normal, mas...

— Mas...

— Algumas dessas pessoas acordam... Perturbadas, Mallory. Perigosas — resmungou a médica, levantando-se e parando em frente ao carrinho da enfermagem, apanhando um par de luvas de látex.

Mallory sentiu um frio na barriga ao ouvir o "perigosas". O que a doutora Ana queria dizer com aquilo?

— Duas chamaram mais a atenção. Acordaram completamente transtornadas, não reconheciam seus parentes, estavam fora de controle. Uma foi sedada antes de deixar o quarto, mas precisou ser contida por cinco enfermeiros.

— E a outra?

— A segunda pessoa era uma senhora de setenta e cinco anos. Acordou tão perturbada que mordeu a própria neta, no pescoço. A coitada precisou até de sutura. Uma loucura que ainda não entendemos. É disso que temos medo.

Mallory sentiu um frio na espinha. Uma imagem adormecida em sua mente voltou com tudo nessa hora, eriçando todos os pelos de seus braços e nuca. Lembrou-se de seu Rusty. Um cachorro vira-lata de pelo preto e vermelho, seu xodó da infância, amigo de todas as horas e de toda a molecada da pequena vila. O cachorro corria com ela e os amigos pelas ruas de chão vermelho de Bom Futuro e se virava nas cheias do rio, parecendo um sagui ao andar sobre as fiadas e as palafitas de madeira entre as casas. Rusty tinha adoecido, e todos diziam que era raiva. De uma hora para a outra ela passou a se esconder embaixo da casa de madeira, fugindo da luz, fugindo das pessoas. Dias depois Rusty explodiu em violência, atacando qualquer pessoa que chegasse perto. Mallory chorou desesperada quando começou a ouvir um zum-zum-zum de gente dizendo que não tinha mais jeito, que era necessário sacrificar o animal.

— Ainda é cedo para determinar o que elas têm, mas o que assusta é que as pessoas que acordaram incomodadas com a luz, raivosas, estão ficando cada vez mais violentas — finalizou a médica, terminando de calçar as luvas.

— Violentas? Do que você está falando exatamente? — questionou a enfermeira, revendo seu dócil cãozinho transtornado avançando contra ela.

— Violentas ao extremo. — A médica entrou no quarto da UTI seguida pela enfermeira, onde estava Wando e mais quatro pacientes operados. — A recomendação é de que permaneçam trancadas, isoladas ou presas ao leito até que o surto passe. Seu amigo, o enfermeiro Laerte, do Trauma, foi acometido por esse mal.

— Não brinca!

— Sim. Ele foi levado para o Incor, com mais vinte profissionais aqui do HC. Parece que alguns deles nem chegaram a dormir para ficar assim, começaram a passar mal durante a noite, e de manhã estavam afetados por essa doença.

A médica olhou para a menina de seis anos do leito dezenove. Tinha removido um pedaço do intestino e fígado e se recuperava da cirurgia. Ana notou que dois dos pacientes estavam com os olhos abertos, e então começou a falar mais baixo.

— Doutora Ana, eu estou passada. O Laerte é um doce com todo mundo.

— Pois é. Ele não foi o único. Das centenas de pessoas que vieram para cá hoje, ao menos seis tiveram um episódio de violência. Cinco dessas pessoas foram descritas como calmas e pacíficas. De alguma forma esse "sono" alterado que tiveram causou um dano neurológico.

— Permanente?

A médica ergueu as mãos.

— Não sabemos. Não temos a mínima ideia. O laboratório está entupido de análises. Os neurologistas estão passando os casos extremos pela ressonância, mas ainda não sabemos nada.

Mallory baixou os braços.

— Doutora Ana, preciso ser sincera com a senhora. Estou apavorada. Eu já estava chorando ali no balcão quando a senhora chegou...

— Calma, Mallory. Estamos no meio de uma crise e você é uma das melhores, não posso perder você para o pavor. E muito menos os pequenos, é sobre isso que vim falar com você, garota.

A doutora apanhou o prontuário do menino do leito vinte. Tumor inoperável no pulmão direito. Era mantido em sedação para aliviar a dor.

Foi a vez de Mallory suspirar fundo.

A médica fez anotações no prontuário e encarou a enfermeira.

— Eu e você sabemos que alguns dos pais não vão poder vir buscar seus filhos. E sabemos que alguns dos pacientes não resistiriam à remoção.

— Verdade. O Wando mesmo, ele não suportaria isso.

— O que vou te pedir não é fácil, mas não tenho outra opção.

As duas deixaram o quarto da UTI, e a doutora Ana recostou-se à parede. Seu olhos estavam inchados, como se também tivesse chorado ou como se não dormisse havia horas. Era nítido o quanto estava abatida.

— Muitos enfermeiros e médicos não vieram hoje, nem sabemos quando virão ou se virão. Olha a hora que estou passando em visita! Eu sempre passo antes das dez da manhã. Não posso lhe obrigar, mas queria que você ficasse responsável por essas crianças até que as coisas voltem a funcionar por aqui.

— Eu sou responsável por metade deles, doutora.

— A Valquíria já chegou?

— Não. As meninas da manhã foram embora assim que eu pus os pés aqui. Estão assustadas com tudo isso. Todas têm família para ir ver.

— Pois é. A enfermeira-chefe não chegou, nem as auxiliares. Só temos você aqui na UTI hoje. Quero que esteja preparada para não voltar para casa essa noite quando seu horário acabar.

Mallory apertou os olhos com os dedos enluvados.

— Ei, Mall! Calma. É uma escolha sua. Já consegui que a Francine ficasse com os adolescentes no andar de baixo. Se for pedir demais... Me avise logo, preciso conseguir alguém antes do anoitecer ou antes de eu desmaiar.

— Desmaiar? O que a senhora tem?

— Estou de plantão desde ontem de manhã, e essa noite não preguei o olho. Nunca estive tão cansada como agora. Não sou mais uma menininha. Hahahaha!

— Então descanse um pouco. Não vai mais conseguir ajudar os pacientes se estiver com sua capacidade de concentração atrapalhada pela falta de sono.

Mallory calou-se logo após o conselho. Sabia o quanto a doutora Ana era competente, como era exigente e até, algumas vezes, arrogante com os enfermeiros. Jamais admitiria uma enfermeira lhe dando conselhos profissionais. Para sua surpresa a médica balançou a cabeça em sinal positivo por alguns instantes e foram caminhando até o posto de enfermagem. A médica sentou-se ao lado da enfermeira olhando para dentro de outro quarto da UTI, onde via ao menos mais duas crianças terminais em seus leitos, respirando por aparelhos. A médica mordeu o lábio inferior por um segundo e então tirou as luvas de borracha, jogando-as no lixo sob a mesa. Por fim encheu os pulmões e exalou um suspiro cansado, dizendo:

— Não vou conseguir dormir, querida. Simplesmente não vou conseguir. Essas crianças precisam de alguém acordado por aqui.

Mallory percebeu na hora a mudança no humor da médica.

— O que está acontecendo, doutora? Tem mais alguma coisa rolando que a senhora não me contou?

Ana cobriu o rosto com as duas mãos e colocou os cotovelos no tampo da mesa.

— Só Deus sabe o quanto confio Nele e o quanto estou lutando para ajudar essas pessoas, mas eu estou morrendo de medo, Mall. Morrendo. Acho que, se eu dormir, vou ficar igual a elas.

— Não vai, não, doutora. Foi muita gente acometida por esse distúrbio. Acho que quem tinha que ficar assim já ficou.

— Eu tenho tanto medo. Tanto medo de ficar daquele jeito, igual ao Laerte. Sou da oncologia há seis anos, eu escolhi essa especialização. A gente vê cada coisa terrível que essa doença faz, mas juro que nunca senti esse medo.

Mallory aproximou-se da colega e apertou seus ombros, fazendo uma massagem suave, reconhecendo uma pessoa comum por trás do avental da médica.

— A senhora mesma disse que quem adormeceu vai despertar...

— Ah! Mas você não viu aqueles que estão transtornados. Não viu! Eu vi um e já me assustou o suficiente.

— Acalme-se, doutora Ana, a senhora pode contar comigo. Pronto, já decidi! Eu fico aqui com você, se isso lhe sossega.

Ana olhou com seus olhos claros para a enfermeira e deu um tapinha em sua mão.

— Me sossega, sim. Um problema a menos na minha cabeça cansada.

— Só não posso sair da minha ala até que mais alguém chegue aqui para ficar de olho na gurizada.

— Que confusão, Mallory. Nunca vi a cidade desse jeito.

As duas entraram no segundo quarto da terapia intensiva e ficaram silenciosamente olhando para as crianças. O que seria delas se aquele inferno se perpetuasse por mais um dia?

Capítulo 12

A impressão que tinha era de que a tarde avançava rapidamente. Era difícil, mas tinha tentado ignorar a angústia de não ter notícias da irmã a maior parte do tempo, racionalizando que a cabeça das pessoas sempre imaginava o pior cenário. Ele tinha acordado bem, no horário em que acordava todos os dias, atormentado pelo despertador. Sua irmã poderia muito bem ter acordado também e, caso Megan ou Felipe demonstrassem algum sintoma daqueles dos quais tinha ouvido pelas ruas e no quartel, ela saberia o que fazer. O sargento passara um bom tempo observando e considerando os cavalos nas cocheiras. Notava que estavam diferentes, agitados e indóceis, e isso acabou absorvendo sua atenção. Os equinos recusaram a ração. Quando um dos amigos retirou o seu animal da baia, a égua saiu em disparada, coisa que nunca tinha feito antes, tentando fugir do quartel. Sobre todos os sinais, aquele foi o que cravou a certeza de que algo de muito ruim estava acontecendo. Tinha crescido ouvindo os mais velhos dizerem que os cavalos pressentiam o perigo. Cássio não tinha conseguido ligar uma única vez para casa. Os celulares ficaram sem sinal o dia inteirinho. O problema se repetia com todos os amigos e, para piorar, o Departamento de Comunicação também não conseguia contato com nenhum outro quartel, fosse por rádio, telefone ou computador. O capitão tinha dito que a pouca comunicação existente mantinha-se com mensagens manuscritas ou digitadas entregues a soldados que faziam as vezes de mensageiros, que se deslocavam de um quartel a outro em busca de informação e instrução, valendo-se de batedores para manter a ordem no percurso. O quartel estava em estado de alerta. Cássio explicou ao capitão a situação de sua família. Estava sem contato desde a manhã, posto que só tinha tomado ciência da confusão depois de sair para o trabalho. O capitão Oliveira, atolado em pedidos parecidos e em informações que iam e vinham inconsistentes, assolado pelo estresse das primeiras horas do dia, nem ao menos esperou que Cássio concluísse seu relato.

— Estamos em alerta por aqui, sargento. Todos os quartéis estão. Não posso dispensar ninguém. Deixa a coisa normalizar pelo menos um pouco, aí libero você e os outros que têm crianças em casa para cuidar. Apesar de serem sobrinhos, eu sei que são pequenos. Não vou esquecer de você.

Cássio prestou continência e se afastou sem se queixar da decisão. Ao menos não reclamou verbalmente, mas por dentro o sargento sabia o que era mais importante naquela hora: sua irmã e seus sobrinhos. Precisava saber o que estava acontecendo de fato, e precisava saber se eles estavam em segurança. A irmã era inteligente e capaz de manter as crianças bem e protegidas; contudo, com o passar das horas, não conseguia resistir ao pensamento de que a irmã também poderia ter sido apanhada por aquele tal de sono do qual todos comentavam. Ela poderia estar adormecida, e as crianças, sozinhas e assustadas. Cássio passou a mão pela cabeça e voltou em direção às cocheiras. Não encontrou um único rosto em paz, todos caminhavam sorumbáticos e preocupados. Aquilo já tinha passado de uma sensação, de um pressentimento, para algo físico, que impregnava a todos como uma lama esparramada pelo chão onde enfiavam seus pés. Um sentimento de mudança, um sentimento de derrota que se alastrava pelas veias e artérias e fazia os músculos dos ombros doerem, e as pálpebras tremelicarem involuntariamente. Por que derrota? Não sabia explicar, mas era isso. Como se toda a cidade tivesse sido vencida por um inimigo que, até o momento, parecia invisível. Cássio estava tomado por aquilo. Foi retirado de seus pensamentos lúgubres pela voz conhecida do amigo de farda lhe chamando.

— Psss. Sargento Porto, chega aí.

Cássio estreitou os olhos e avistou a última cocheira, distinguindo nas sombras uma brasa queimando. Andou pelo chão de pedra e parou na entrada.

— Pssss! — chamou novamente. — Chega mais, meu velho.

Era a voz de Santos, um pouco mais rouca, mas era a voz dele. Sabia muito bem que não podia fumar em serviço, ainda mais nas baias cheias de feno. O cabo estava sentado num banquinho de madeira e soltava uma baforada de fumaça para cima.

— Você tá maluco, Santos? Apaga esse cigarro antes que alguém lhe dê um gancho.

Santos deu outra tragada no cigarro e fez um sinal com o dedo indicador, para que Cássio se aproximasse.

— Sai desse sol. Tá ardido demais hoje.

Cássio olhou para o céu. Nuvens pesadas eram arrastadas, bloqueando parcialmente a luz do sol.

— Não tô me sentindo bem, Porto. Meu estômago começou a doer pra caramba.

— Comeu alguma coisa estragada?

— Não. Só um pão na chapa na padaria da Santa Clara, a única que estava aberta no quarteirão. Tava uma fila dos diabos. Só aceitavam dinheiro.

— É. O dia começou esquisito.

Outra tragada seguida de uma longa baforada.

— É por isso que te chamei aqui. Tô achando melhor a gente rapar fora do quartel. Isso que está acontecendo não é normal. Andei pensando numas coisas.

Cássio continuou calado, parado na porta banhada de sol.

— Sabe o que eu acho que está acontecendo e nossos cabeças não querem nos contar?

— O quê?

— A Terceira Guerra Mundial, Porto. É isso que está acontecendo.

— Guerra? Que piada.

— Eu sempre imaginei que quando os Estados Unidos fizessem alguma grande merda ia sobrar pra gente. Deve ter um monte de mísseis nucleares caindo no Brasil... Aqui em São Paulo ainda não aconteceu nada, mas vai acontecer uma catástrofe, pode crer. O mundo vai acabar, meu irmão. Por isso que tô falando. Melhor a gente sumir daqui do quartel, não vai adiantar patavina ficarmos plantados aqui feito uns patetas olhando o mundo acabar.

— Você tá louco, Santos?! Por que iam disparar mísseis contra o Brasil? O problema desses países armados com bombas nucleares não é com a gente.

— Você que pensa. Raciocina. Se acontece uma guerra e eles se comem em bombas nucleares, você acha que eles não iriam apontar nenhuminha pra cá? Claro que iriam.

— Por quê?

— Pura inveja, Porto. Pura inveja. Para que deixar um país lindo e abençoado que nem o nosso livre da guerra? A gente ia virar uma superpotência no dia seguinte aos bombardeios.

— Se sobrasse alguma coisa do mundo, sua teoria até que poderia fazer algum sentido.

Santos passou a mão sobre o estômago e apalpou por cima da farda, fazendo uma cara de dor.

— Vai por mim, Porto, o mundo deve estar em guerra. Por que tirariam as TVs do ar? Rádio? Por que estamos sem telefone ou celular? Eles querem evitar que as notícias cheguem e querem evitar o pânico generalizado.

— E as pessoas dormindo? Onde entram nessa sua teoria da conspiração mundial?

Santos levantou-se e caminhou pela cocheira vazia. Atirou a bituca no chão e apertou com a sola da bota.

— A gente fica tanto tempo em cima dessa merda que nem sente mais o cheiro, né?

Cássio Porto deu de ombros.

— De que pessoas dormindo você está falando?

— Ué, todo mundo está falando disso, Santos. No ônibus de casa até aqui só falavam disso.

— Do que você está falando?

— Tem uma porção de gente sendo levada para os hospitais agora mesmo. Tem filas que não acabam mais na frente dos prontos-socorros. — Cássio falava disso entredentes, como se fosse um segredo.

— Tá vendo, Porto? Tá vendo? Depois você acha que não é guerra.

Cássio franziu a testa e afastou-se um passo de Santos. Saiu da cocheira quente, abafada e úmida, para o passadiço mais arejado.

Santos o seguiu até a beira da porta da cocheira, ficando ainda na sombra e apertando os olhos como se não saísse para a claridade há séculos.

— Isso é guerra biológica. Querem nos atingir também. Estamos sem meios de comunicação para que a população não entre em pânico. Eles querem que fiquemos desinformados até darem um jeito. Já começaram. Lançaram alguma arma invisível que penetra na gente. E essa dor dos infernos vai acabar comigo.

Incrível como é só colocar um "eles" na conversa para tudo começar a soar papo de doido. Era nisso que pensava Cássio, olhando para Santos se contorcendo e praguejando. Acontece que Santos parecia bem sério, como todos os loucos paranoicos devem parecer. O único problema para Cássio é que aquela paranoia toda começava a fazer algum sentido. E se o mundo estivesse em guerra? Podia não ser verdade, mas, naquele preciso momento, Cássio não podia desmenti-lo de forma alguma. Como era possível, de uma hora para a outra, todos os meios de telecomunicação pararem, todos serem apanhados por uma espécie de pane? Parecia coisa provocada, algum tipo de terrorismo, coisa de hacker. E as pessoas adormecidas? Seria mesmo um artefato biológico o causador daquele distúrbio? Cássio virou-se para a cocheira e procurou Santos. Ele não estava mais na porta. Tinha voltado para o fundo escuro da estrebaria e se acocorado lá. Santos era esquisito, sempre fora aquele cara quietão e cheio de teorias malucas, iguais àquela que cuspira agora mesmo, mas estava ainda mais sombrio naquele fim de tarde.

— Santos? Você tá bem?

O sargento remexeu-se no fundo do cômodo, arrastando terra e esterco de cavalo.

— Não tô legal, Porto. Minha barriga parece que vai explodir, minha boca tá seca, cara. Eu não tô legal. Tá me dando uma sede dos infernos. Acho que eles me pegaram também.

Santos levantou e voltou rapidamente até a porta, assustando o sargento.

— Veja isto.

Santos colocou o braço no sol e ergueu sua blusa.

— Minha pele está queimando no sol. Arde. Meus olhos não aguentam essa claridade. Eles me pegaram, tô te falando.

Cássio sentiu-se na frente de um lunático, mas seus olhos foram até o braço exposto do homem. A pele começou a enegrecer lentamente.

Santos puxou o braço e cobriu com tecido, voltando para o fundo da cocheira e se abaixando de costas para o sargento.

— Você quer que eu te leve para o hospital?

— Não enche, Porto! Só quero ficar sozinho! Melhor é você sumir daqui. Não vai adiantar nada ficar parado aqui nessa merda de batalhão. Quando esse sol baixar eu vou cair fora.

— Você não tá legal, cara, precisa de um médico...

— Some daqui, Porto! Some!

Cássio ficou ainda encarando o homem acocorado, de costas para ele. Não tinha medo de Santos, mas aquela voz mais rouca, aquela inflexão, era atormentadora, sinistra. O homem parecia possuído por uma psicopatia ou espírito do mal. Era um subalterno na hierarquia militar, poderia ordenar que fosse ao posto médico. Por bem achou melhor afastar-se. Não estava nem um pouco a fim de retirá-lo à força daquele lugar, e certamente isso iria mais atrapalhar as coisas do que ajudar. Deixar Santos em seu canto seria um problema a menos em sua cabeça. Os cavalos inquietos relinchavam em suas cocheiras, enquanto no pátio da frente viaturas entravam e saíam. Os soldados desciam e se reportavam à chefia de forma descoordenada, em meio a uma balbúrdia que ele nunca tinha visto antes. Civis tomavam a frente do batalhão, indo até ali para ter notícias, fazer denúncias e pedir socorro. As notícias não eram boas, cada viatura que chegava, de cantos diferentes do distrito, fornecia peças para montar um cenário maior: incêndios na Barra Funda, quebra-quebra em agências bancárias da Avenida Rio Branco, saque no Mercado Municipal, desordem generalizada, gente acometida pelo coma inexplicável sendo carregada aos montes, parando na frente de hospitais e unidades de saúde. A cidade estava se degenerando rápido demais.

Cássio voltou até a baia de Kara, sua égua, e encontrou-a agitada. Tratar dos animais talvez tirasse sua cabeça do tormento que era imaginar a irmã e os sobrinhos sozinhos nesse inferno. Segurou Kara pelo focinho e ficou passando a mão, aquietando o animal, murmurando coisas até que ela se acalmasse. Conseguiu tranquilizar seu animal, menos sua própria mente.

— Volto para buscar você assim que eu puder. Espere. Você é minha menininona. Só preciso descobrir o que está acontecendo, cuidar da minha família, e volto pra te tirar daqui se as coisas piorarem.

Capítulo 13

Mais cedo, logo depois de deixar à agência do banco, Amintas decidiu passar a tarde no centro da cidade. Não adiantava voltar para o apartamento àquela hora do dia, ninguém estaria lá para receber a boa notícia. Sua mãe tinha saído bem cedo para Benevides com mais umas quatro carolas para tratar de preparativos para a festa do Círio de Nazaré, que logo aconteceria. Graça o tinha deixado na cama quando saiu para o trabalho em Ananindeua, e lá o gerente do supermercado à beira da BR-316 não deixava nenhuma das caixas atender ligações. Quando ela voltasse, já seria hora de ele estar pegando no batente no Coração de Cigana. Tinha aproveitado a madrugada de folga, com a boate fechada, para reparos hidráulicos no banheiro das meninas, e, já que a dona Zelina tinha dado folga para todo mundo, tratou de ir ao banco resolver seu empréstimo.

Aquela ansiedade, convertida em um desassossego do bem, tinha lhe consumido a tarde inteira e não dava sinais de arrefecer com a chegada da noite. A boa-nova só seria dita para as duas na manhã seguinte, quando largasse o turno no Cigana. A felicidade de um grande sucesso no banco tinha lhe enchido a alma de alegria. Apesar de o seu pessimismo certeiro ter conjecturado uma dúzia de negativas, levando em conta sua idade, seu trabalho informal, sua renda baixa, ou seja, todos os cenários antevendo uma negativa de crédito, a gerente tinha sorrido no final, agraciando-o com uma deliciosa surpresa, dizendo que ele já poderia escolher a casa. Só não tinha assinado a papelada porque, dos azares o menor, o sistema do banco tinha ficado fora do ar a manhã toda. Assim que recebeu a notícia, ainda tentou falar ao celular com a esposa para dar vazão àquela alegria.

Preferiu ficar enrolando na rua, curtindo sua rara felicidade, sentindo o ar da vida bater em seu rosto. Passou no banco de novo para ver se o tal do sistema já tinha voltado a funcionar. Chegou na agência logo depois da hora do almoço e soube que a gerente de crédito imobiliário já tinha saído, para resolver problemas em sua casa com um filho doente, mas havia deixado um recado, pedindo que o homem voltasse no dia seguinte, assim que o banco abrisse. Amintas esfregava as mãos, aflito, irrequieto, sentindo a pele formigando e o corpo vivo como se tivesse de novo seus quarenta anos. Mal podia esperar para ver a cara delas quando lhes desse a notícia! Elas vibrariam, pulariam. Graça lhe agarraria pelo pescoço e pularia em seu colo feito uma menina. Já sua velha mãe que, apesar da idade, ainda tinha o sonho de morar em casa própria, sem pagar aluguel — um lugar seguro para terminar os dias que lhe foram reservados e não mais precisar pular de galho em galho ao bel-prazer de casamentos chegando, de divórcios acontecendo, de bebês crescendo, vidas se movendo e outras tantas histórias contadas pelos senhorios —, não chegaria ao arroubo de um pulo no cangote por conta da idade avançada, mas daria aquele sorriso fundo que só as anciãs conseguem dar, dizendo tudo sem falar nada.

Amintas andou pela Cidade Velha e, só para se distrair, encostou no balcão do seu Elias no Ver-o-Peso. Pediu uma dose de branquinha com limão e uma porção de peixe frito. Fazia anos que não botava uma cachaça na boca, mas hoje era um dia para comemorar! Conversou com o velho Elias, que reclamava que dois de seus funcionários não tinham ido trabalhar de manhã e que o movimento no mercado estava diminuído. Foi só aí que Amintas se deu conta de que as ruas estavam agitadas — sim, com gente correndo de lá pra cá a fim de cuidar da vida —, mas os comércios por onde tinha passado estavam mais vazios do que o comum.

— Acho que é a doença, seu Amintas. A doença tá entre nós.

No momento daquela observação o recado da gerente do banco voltou à sua mente. As palavras deixadas não eram importantes. Importante é que tinham lhe dito que ela tinha ido para casa porque um filho dela estava doente. Crianças adoecem sem pedir licença todos os dias, isso era um fato da vida, mas então Amintas lembrou-se de ter visto um homem, duas horas antes, colocando uma senhora e uma criança desmaiadas dentro uma carroceria puxada por uma moto CG125. Lembrava do rosto lívido e preocupado das pessoas que se benziam e choravam ao redor daquele preocupado socorrista. O leão de chácara do Cigana tinha observado aquela cena por um instante, sem assimilar o que acontecia à sua frente, sem dar importância. Provável fruto do seu inconsciente, não queria que sua mente embebida por aquela alegria insuportável contraída na manhã se contaminasse com pormenores; por esse motivo, voltou a tapar seus olhos e ignorar tantas outras estranhas ocorrências que tentaram lhe alertar naquela manhã.

— Que doença é essa, seu Elias?

— Não sei, não, cabra. É coisa repentina. Pegou a gente despreparado. Tô achando que meus meninos que não vieram hoje têm a ver com isso.

Amintas pagou a conta e deu um giro pelo mercado, desanuviando os pensamentos; ele não estava doente. Estava feliz e era dia de comemorar! Comprou alguns agrados para sua amada. Aquele estado de espírito de confiança e alegria fazia aquilo com ele, o deixava de mão aberta. Transitara entre as lojinhas, olhando para os artigos do Ver-o-Peso e encontrando muitos amigos que conhecia desde a mocidade. Amintas já tinha trabalhado no mercado mais famoso da Amazônia, e alguns dos donos de boxes logo iam perguntando por que o ranzinza leão de chácara estava daquele jeito, de boca aberta, mostrando os milhos para todos que passavam, enquanto a maioria deles estava ressabiada com o murmurinho da doença que tinha chegado naquela noite. Amintas, naquele dia, e só naquele dia, não cansou de contar e recontar a história de sua conquista que, narrada com tanta felicidade, alargava os sorrisos e despreocupava a todos que se pegavam a ouvi-lo. A conquista, essa sim, era uma doença contagiosa.

Toda aquela ciranda o tinha colocado ali, na calçada da avenida, chegando no trabalho bem na hora do pôr do sol. Os garçons chegavam nos bares e casas noturnas naquele mesmo horário, engrossando o balé, como as revoadas de pássaros que buscavam a invernada ao tocar da segunda campainha antes do espetáculo.

— Fala, velho! Que sorriso maroto é esse na tua cara?

Amintas virou-se e encontrou Toninho parado ao seu lado, na porta de entrada.

— Tô feliz da vida, Toninho.

— Pelo visto deu tudo certo lá no banco.

— Tudo certíssimo. Daqui a quinze dias, mais ou menos, já tô morando no meu cafofo novo. Meuzinho.

Toninho deu dois tapas nas costas do amigo e subiram juntos para o vestiário. Ele era um dos doze garçons e trabalhava havia quatro anos no Cigana, a boate mais badalada da capital paraense.

— Parabéns, meu velho! Não tem nada melhor nessa vida do que um cantinho para espichar o esqueleto.

Amintas riu enquanto destrancava seu escaninho. Tirou de dentro dele uma camisa limpa e seu terno preto: o indefectível uniforme de segurança de puteiro. Empurrou um saco de papel para o lado, tirou a roupa suada e colocou-a no armário. Do fundo do compartimento tirou seu sabonete e uma escova de dentes.

Ligou o chuveiro e regulou no registro a temperatura da água, deixando-a fria o suficiente para não incomodar seu esqueleto de sessenta anos de idade. Não tinha pregado o olho naquela noite e passara o dia fora de casa. Contudo estava sem sono, só cansaço, um cansaço que agora parecia brutal.

Toninho chegou até o chuveiro onde Amintas se banhava e começou a rir.

— Agora só falta tu encomendar um neném, se é que essa piroca velha e murcha ainda atira.

— Olha o respeito, rapaz! Tá achando o quê? Tenho mais gás no bujão que muito moleque que entra aqui atrás das raparigas.

— Se quiser ajuda é só me chamar, viu?

— Ah, mas tô ficando frouxo mesmo. Tá achando que vou pedir ajuda? Eu emprenho minha mulher, a tua, as tuas vizinhas todas, tua mãe e até tu, se ficar marcando touca.

Os dois riram enquanto Amintas deixava a água fria descer pelos ombros. Ficou lá calado e parado por uns três minutos pela primeira vez naquele dia. Ele era assim. Mesmo com a terceira idade lhe dando boas-vindas, Amintas era invejado pelos amigos mais novos pelo vigor que esbanjava. Girou o registro, fechando a água, e voltou até a frente do seu armário. Destrancou o cadeado, guardou o sabonete e a escova de dentes e, assim que se vestiu com a roupa limpa e passada da qual dona Zelina fazia questão de cuidar pessoalmente, apanhou o saco pardo de papel e tirou de dentro o seu .38 guardado no coldre, prendendo-o na cintura. Passou um perfume barato e saiu para o salão. Notou que Ernesto não estava lá, dando o costumeiro trato na pista de dança, encerando e passando um pano com produto perfumado. Ele fazia aquilo todo dia. O Cigana abria brilhando para ir se enchendo de gente, chegando no ápice lá pelas duas da madrugada. As garotas eram as mais lindas da cidade. Em noite boa, coisa de sessenta dessas beldades desfilavam pelo salão cheio de marmanjos e moleques recém-saídos das fraldas. Muitas delas se exibiam em espetáculos concorridos, fazendo stripteases ou danças sensualíssimas, imitando as rainhas de escola de samba cariocas, com seus trajes brilhantes e emplumados ou fazendo os homens irem ao delírio com o corpo pintado como índias morenas de peitos empinados. Mas essa festa só fazia tanto sucesso porque a gerente, Dona Zelina, estava ali, todo dia, de olho na limpeza e na segurança dos convivas. Era ela quem limpava o chão da casa, polia os metais dourados onde as garotas se penduravam e giravam, mantinha os quartinhos arrumadinhos e cheirosinhos toda santa noite. Todo mundo sabia que dona Zelina era uma ex-puta que ostentava em seu cartel cerca de cinquenta homens enlouquecidos, três mortos embriagados — por cachaça ou por suas curvas enfeitiçadas, que a tinham disputado em briga de faca — e para lá de duas dúzias de casamentos desfeitos. Dona dessa reputação infernal e de um corpo perdido para o tempo, ela preferiu continuar trabalhando no Cigana, junto das meninas e da agitação, e longe de um previsível marido moralista e castrador que pregava aos quatro cantos a decência e a abominação à promiscuidade, mas que todo fim de noite seria capaz de se esgueirar pelos inferninhos pagando um extra para tomar umas dedadas no meio do vuco-vuco. O pessoal mais antigo da casa ainda dizia em tom de chacota durante a bebericagem que Dona Zelina era a verdadeira empresária dona de tudo ali, e não o deputado Vieira, como eram levados a crer. Ela tinha sido a melhor amiga de Marta Cigana, a fundadora da casa havia três décadas, dando um ralo danado para fazer a boate vingar junto da amiga. Marta e Zelina eram confidentes das boas e más horas. Foi Zelina que tirou Marta da cadeia duas vezes durante o regime militar, e todo mundo na cidade sabia que ela não precisou gastar um único centavo para convencer o comandante a soltar a patroa inocente. Justiça seja feita, o bordel-boate só prosperou com a passagem do tempo e o tino empresarial das visionárias do sexo. Meninas lindas, vindas dos mais distantes rincões do Pará, Amapá e Maranhão, atraídas pelo dinheiro prometido, pelo brilho do Cigana e da agitação da capital, deixavam para trás suas vidas pacatas no meio da roça e tentavam a loteria da zona. Zelina tinha perdido a conta de quantas mulheres haviam saído dali para habitar mansões de políticos dos arredores, virando consortes de senadores, governadores e deputados. Mais um bom número delas tinha ido parar na casa de fazendeiros seduzidos pelas artes de bem amar. Zelina estivera com Marta em seu leito de morte e fora ela, a fiel escudeira, quem organizara a festa do enterro. O velório mais animado que a cidade teve a chance de ver fora perpetrado naquele salão, a pedido da morta, e celebrado, e bebido, por tantos amigos que passaram por aquele oásis de pura alegria e diversão encravado no deserto da vida. Uma das frases mais lembradas era um pedido que Marta fazia, uma brincadeira que ela gritava aos amigos nos dias de maior agito ou festividades. Marta dizia que o Cigana deveria receber uma placa de ouro do Ministério da Saúde, pois ali os homens faziam terapia intensiva contra estresse e muitos curavam males de pressão alta, aumentavam a resistência cardíaca e aliviavam a tensão mortal do dia a dia. Não eram poucos os que compactuavam com aquela verdade, posto que em trinta anos de funcionamento apenas uma pessoa caíra dura num dos quartos, vítima de infarto fulminante. E não fora um obeso, e muito menos um velhinho septuagenário, mas, sim, um franguinho de dezenove anos, que chegara lá e cheirara todas. Os amigos, em depoimento na delegacia, ainda diziam que o parceiro de balada andava empolgado com o uso de esteroides anabolizantes para cavalos e injetava a bomba na veia uma vez por mês. A bomba explodiu. Corpo de touro, coração de gelatina. Não tinha aguentado as reboladas ferozes da Loura Tanajura, a mais cortejada garota da época. Virou moda na ocasião fazer eletro antes de marcar horário com a Tanajura. E assim tinha sido a vida animada do Cigana, juntando cacos de histórias e somando crônicas que encheriam dez livros até ali e, por essas e outras, diziam que Dona Zelina era a real proprietária da casa comandada pelo monossilábico deputado Vieira.

A gerente torcia o pano no balde quando notou Amintas parado no meio do salão.

— Que cara de tonto é essa, seu Amintas?

— Nada, não, dona Zelina.

— Tá com jeito de coisa de mulher.

— Ah! É quase isso.

— E o que é melhor que mulher, maninho?

Amintas suspirou, abotoando o terno e sentando no balcão do bar.

— Realizar um sonho, dona Zelina.

A mulher terminou de torcer o pano de chão no balde e parou, encarando o leão de chácara.

— Hum, coisa boa mesmo. Não é todo dia que a gente realiza um sonho, não é, seu Amintas?

— Verdade. Vontade de sair correndo daqui, comemorar.

— Pois comemore, homem. Sonho é coisa séria — disse a mulher, voltando a tratar do chão. — Se quiser tirar a noite hoje, pode tirar. O Rufino tá atrasado, mas logo deve estar aí. Se os telefones estivessem funcionando, eu ligava pra ele vir ligeiro.

— Não. Agora eu tenho uma obrigação. Não vou sair fazendo gastança, não. Já comprei metade do Ver-o-Peso hoje à tarde só pra presentear minha mulher.

— Tu é mão aberta, é? Isso é novidade.

— Só quando tô muito feliz.

— Sortuda a Gracinha. Sortuda. Tu é um cabra bom.

Amintas ficou distraído, com seu sorriso na cara, bobo feito criança enquanto o barman dava um trato nos copos em cima do balcão, aguardando a clientela que começaria a chegar assim que o sol terminasse de cair.

Dona Zelina parou mais uma vez com a limpeza e não se conteve.

— Mas a curiosidade é um diacho mesmo, não é? Tô aqui doidinha pra saber qual é o sonho que você realizou, Amintas. É particular demais?

— Que isso, Dona Zelina?! A senhora é como uma irmã, te conto o que quiser da minha vida.

— Então desembucha!

— Bem, hoje o banco aprovou o financiamento da minha casa própria. Simples assim, sem mais nem menos, sem encheção de saco. Por isso tô besta como menino novo. Agora vou casar de vez com a Graça.

— Casar? Ixi, coisa mais antiga! Agora todo mundo junta, nego.

— Mas eu sou das antigas. Ainda compro flores em dia de pagamento e levo pra Gracinha.

— É, falei que a tua bichinha é de sorte. Sabe há quantos anos que eu não sei o que é um buquê de flores?

Amintas deu com os ombros.

A mulher continuou.

— Casa própria é coisa para se comemorar mesmo. Se eu fosse o Beto te dava um drinque por conta da casa, não é, Beto? O homem não merece?

O barman lançou um olhar por cima dos óculos para a gerente enquanto polia os copos.

— Eita! É claro que merece! Esse homem aí é uma fortaleza, Dona Zê. É um enviado do céu pra proteger nosso escritório. Melhor leão de chácara de Belém do Pará. O que quer tomar, leão?

— Desce um rabo de galo aí, Betão. Mas só vou tomar um pra brindar com vocês. Hoje é dia de cuidar das meninas. De que vale um segurança pinguço?

O trio riu do dito, e logo os três tinham bebida no copo para o primeiro brinde à felicidade de Amintas.

Segunda noite

Capítulo 14

A confusão no batalhão era tamanha que ninguém se deu conta quando Cássio saiu. Ele deixou sua mochila com roupas para trás para não chamar a atenção e seguiu para a rua ainda trajando a farda. Seguiu pela Tiradentes em direção ao rio Tietê. Os semáforos piscavam em amarelo, e o trânsito, agora carregado, se mostrava caótico. Havia mais gente do que o normal andando a pé. Um aglomerado de pessoas junto a uma banca de jornal que descia suas portas, emperiquitando-se sobre os ombros daqueles que tinham conseguido apanhar a *Folha de São Paulo*, e Cássio leu em letras garrafais: Edição Extra. Fazia décadas que não via aquilo. Uma edição adicional saindo no fim da tarde para atualizar a população, manchetes destacadas comentavam o colapso geral dos meios de comunicação. Cássio alcançou o jornaleiro antes da porta cerrar completamente.

— O senhor tem mais um aí?

— Tem trocado? Só tá saindo em dinheiro, as maquininhas pararam.

Cássio tirou três reais do bolso e estendeu ao homem, apanhando o maço de folhas cinza. O tom das notas copiava aquelas da manhã. Acostumado com leitura de jornais, encontrou ao final de cada matéria outra pista de que a coisa estava muito séria, na simples observação da diagramação do jornal. As notas eram assinadas por jornalistas "da redação". Não havia comentários de jornalistas de fora, nem as famosas rubricas das agências internacionais France-Presse ou Reuters. Também ecoavam naquelas matérias a superficialidade da manhã, ninguém tinha certeza de coisa alguma. Ainda não se confirmava se o fenômeno era apenas no Brasil ou se rompia barreiras englobando as nações vizinhas. Uma matéria falava da queda de dois aviões em Guarulhos. Em outra, um astrofísico relatava que estava prevista uma grande interferência das correntes solares sobre o campo magnético terreno naquele mês; continuava dizendo que jamais fora observado um fenômeno de proporção tão intensa e catastrófica e terminava por não dar certeza de que a interferência nas telecomunicações era de fato uma perturbação causada pela estrela. Outras matérias assim, recheadas de "achismos", mantinham os leitores em suspensão, fazendo com que mais teorias surgissem na cabeça de cada um. Em nenhuma das páginas falava-se de guerra mundial, nem se chegava a uma resposta para a grande quantidade de pessoas adormecidas. Entrevistas com médicos e epidemiologistas já estavam ali, nas linhas, esparramando razões para aquilo e pedindo que a população não entrasse em pânico. O policial dobrou o jornal e seguiu em direção ao seu ponto de ônibus. Não sentia-se nada bem ao abandonar o batalhão na surdina, mas era um mal extremamente necessário. Sabia que, estando o quartel em estado de alerta, ele não poderia sair até segunda ordem. Por outro lado não ficaria em paz enquanto não soubesse se sua irmã e seus sobrinhos estavam a salvo bem no meio daquele caos. Ficaria enfurnado naquele batalhão por período indeterminado só esperando as coisas se agravarem? De jeito nenhum! Nisso o coitado do Santos tinha razão. Iria ver Alessandra, Felipe e Megan. Só assim para conseguir voltar ao batalhão, sob pena de ser detido por deserção. Passava um tanto das seis da tarde, as calçadas da avenida Tiradentes eram um rebuliço anormal de gente andando para todos os lados. Parou no ponto de ônibus e continuou lendo o jornal. Agoniado, quando chegava ao final da página, acabava voltando para cima para reler tudo, pois não conseguia se concentrar e reter a informação, tamanha sua ansiedade. Persistiu vasculhando as letras, as notícias; tinha que ter alguma coisa ali que fizesse sentido, que servisse para acalmar toda aquela gente e justificar aquele dia de caos. O tempo correu e de repente se deu conta de que nenhum ônibus de linha tinha passado por ali. As pessoas ficavam um pouco no ponto de ônibus e logo tomavam rumo a pé. O jeito era esse, seguir caminhando até sua casa no Tremembé. Dava coisa de dez quilômetros até lá. Não era perto, mas também não ia ser nenhum suplício. O céu mergulhado no crepúsculo revelava as primeiras estrelas quando chegou à ponte Santos Dumont. Diminuiu a marcha e olhou para os dois lados quando estava no meio da ponte. Apesar de já ter escurecido um pouco podia ver que o número de colunas de fumaça saindo dos prédios tinha aumentado em relação à manhã. Era como se a cidade estivesse pegando fogo sem que os bombeiros pudessem dar conta.

— Tá parecendo que o mundo tá acabando, né, chefia?

Cássio olhou para o lado e viu um ambulante ali parado, também contemplativo, impressionado com as colunas de fumaça. O policial iniciou um sorriso que foi estrangulado ao pensar que talvez o vendedor não estivesse de todo errado. Talvez toda aquela babel fosse o primeiro acorde da cantiga para o fim. O cenário confuso estava se desenhando, saindo do rascunho para um formato mais palpável. O mundo ia descarrilando lentamente, mas de forma inexorável. Cássio sondou o rosto das pessoas que, como ele, iam a pé para suas casas ou para a casa de parentes buscando notícias. Só então se deu conta de que não era mais um espectador daquela encenação. Ele era um ator participativo naquela altura, posto que também vestia uma daquelas máscaras de preocupação e desamparo. Passou a entender melhor aquela expressão no rosto das pessoas, sabia exatamente o que ia no âmago de cada uma delas. As pessoas, como ele, estavam perdidas e vulneráveis. Ele ainda era um policial e andava com uma arma na cintura. Mesmo assim sentia-se pequeno diante daquela tormenta onde todos tinham sido apanhados desprevenidos, sem aviso algum. Viu um homem gritar sozinho e arremessar o celular de cima da ponte, fazendo o aparelho mergulhar na água parda do rio. Carros buzinavam nas pistas da Marginal Tietê, sem que conseguissem sair do lugar. Era como se as vias fossem um sistema circulatório estagnado, coagulado, prendendo cada célula de quatro rodas naquelas estreitas artérias. Os carros não se moviam. Aqui ou ali viam-se veículos que tinham sido abandonados sobre calçadas, com seus pisca-alertas ligados, atravancando ruas e esquinas. Outros, abandonados ainda nas vias, eram empurrados por passantes e motoristas que tentavam abrir caminho à força. Nenhum daqueles motoristas tinha se dado conta de que os carros não valeriam mais nada quando chegasse a noite. Quem insistisse em ficar dentro dos carros esperando um desafogamento das vias acordaria ali, atrás dos volantes, parado no mesmo quarteirão. Cássio sentiu-se preso à ponte por um segundo também, sentindo o vento frio da noite chegando, apertou o passo, a caminhada seria das boas, estava fora de forma para uma corrida, então levaria coisa de duas horas e meia até sua casa.

Uma procissão silenciosa seguia também rumo ao bairro, parecendo que todos fugiam do centro de São Paulo, como manadas de animais assustados que previam um grande tremor de terra por vir. Do outro lado da ponte o posto policial estava deserto. As luzes apagadas e nenhum viatura estacionada ao lado. Certamente os policiais estavam ocupados com alguma ocorrência urgente. Cássio continuou em frente. A iluminação pública projetava uma aura alaranjada sobre a paisagem. Era impossível não parar a cada esquina e olhar o entorno. Apesar de aquela imagem ser comum, assim que chegou à entrada da praça Campo de Bagatelle o número de gente andando deu a exata dimensão de como aquele apagão nas telecomunicações tinha mexido com o organismo da cidade. Sem celulares, sem telefones, sem caixas eletrônicos, as pessoas vagavam unidas, reforçando aquele sentimento de manada que tinha detectado segundos atrás. A chegada da noite tinha feito as pessoas se juntarem mais ainda. A cidade, estranhamente, estava silenciosa. Ouviam-se os passos mais altos do que as buzinas que tinham ficado para trás, nas pistas da Marginal. Alguns carros ainda passavam, mas lentamente. Em vez de pararem por conta de um semáforo ou outro carro, os motoristas negociavam espaços com pedestres e veículos parados. A escuridão veio engolindo todos os cantos, tomando esquinas, telhados, invadindo garagens, enchendo de medo aqueles rostos já tão assombrados, tão assustados pela confusão instaurada. Cássio olhou para a frente, a silhueta do 14-Bis eclipsada pelos galhos de árvores erigidas ao redor da praça que criavam braços escuros e sombrios sobre o gramado. O estranho silêncio foi cortado quando gritos ganharam as ruas, vinham das ruas no entorno da praça, dos estacionamentos ao redor. O sargento, movido pelo instinto de carreira, apurou os ouvidos, cerrou os olhos, procurou coisas nas sombras, e a mão na coronha da pistola. As pessoas trocaram olhares e não pararam de caminhar, enquanto o policial tinha estado ali parado por mais de um minuto. Retomou a marcha, atravessando a praça. A rua Paineira do Campo estava escura demais — a iluminação pública não estava funcionando por ali —, por isso decidiu continuar pela avenida Santos Dumont, mais para a frente viraria para a direita e tomaria o rumo da rua Voluntários da Pátria. Notou que um grupinho de aproximadamente doze adolescentes vinha andando bem perto dele. Eram todas meninas em uniformes de colégio, com suas vozes agudas, risinhos e gritinhos, certamente apavoradas com o escurecer e a paisagem inóspita e assustadora que tinha se formado. Se ele andava rápido, elas acompanhavam, se ele reduzia a velocidade, ouvindo a noite e tentando entender aqueles gritos, elas esperavam. Cássio sorriu. Sabia o que estava acontecendo. Sentiam-se protegidas por estarem próximas a um policial fardado e com uma arma na cintura. Mal sabiam elas que ele também estava se sentindo oprimido pelo fim daquele estranho e longo dia, sem contar que a sola dos pés já estavam doendo pra valer, e até o Tremembé ainda tinha muito chão para palmilhar. Na larga avenida, já tinha contado pelo menos vinte automóveis de passeio abandonados só daquele lado, alguns com portas abertas, outros com os já costumeiros pisca-alertas ligados. Era incompreensível aquela situação. Todos esses carros eram novos, últimos modelos. Sorriu porque um Fusca 72 tinha acabado de passar, seguido por uma Kombi caindo aos pedaços, e aqueles carros enguiçados ao seu redor eram a última palavra em tecnologia. Talvez estivessem sofrendo de pane seca. Os postos de combustíveis não estavam aceitando pagamento eletrônico, e os bancos estavam sem sistema para saques; logo, muitos motoristas da cidade, acostumados com os cartões de crédito e débito, viram-se sem um centavo para alimentar os vorazes motores de suas máquinas movidas a combustão. O policial tinha passado o cruzamento com a rua Santa Eulália, ainda perseguido de perto pelas garotas, quando avistou um sedã negro parado em cima da calçada, a frente parecia ter batido nos fradinhos que protegiam o gramado de uma praça. Sua atenção foi atraída pelo movimento dentro do carro. Esquadrinhava o automóvel negro com os olhos quando notou movimento no interior. As duas portas abertas do lado direito, viradas para calçada e meio encobertas pelo chassi do próprio veículo, tornavam difícil ver bem. Tinha pouca luz ali. Cássio levou a mão ao cabo da arma instintivamente. Começou a circular o sedã. As garotas perceberam a preocupação do policial e pararam de andar imediatamente, juntando-se ainda mais. Uma delas olhou para o carro e também notou movimento lá dentro, apontando para as demais, que se afastaram, indo para o canteiro central da Santos Dumont, em conjunto, soltando risinhos nervosos, mas de olhos pregados no policial, que gesticulou para que fizessem silêncio. Cássio finalmente contornou a frente do carro, os faróis estavam apagados. Pisou na calçada e então viu o homem de joelhos, no gramado da praça. Era um homem gordo, de paletó e gravata, ele tinha arrastado alguma coisa de dentro do carro e ido para o meio do gramado onde agora estava debruçado. A falta de luz prejudicava a interpretação do que ele fazia ali, no meio do nada. Cássio, em silêncio, se aproximou mais quando um veículo passou pela avenida e, num relance de luz, o policial teve a chance de ver o que se passava. O homem estava debruçado no meio das pernas de uma mulher com as saias levantadas. Cássio baixou a arma e balançou a cabeça.

— Que merda — murmurou baixinho, já dando um passo para trás. Imaginava estar interrompendo uma sacanagenzinha exibicionista daqueles dois.

Um grunhido vindo do homem fez o policial não virar de costas e simplesmente seguir o seu caminho. O som tinha sido estranho, algo de animal, e não de gente. Cássio continuou olhando para o homem, agora erguendo a arma mais uma vez. Outro grunhido. O homem levantou a cabeça e virou-se para o policial. Cássio sentiu um arrepio da cabeça aos pés. O homem tinha os olhos vermelhos e o queixo coberto de sangue, que pingava agora sobre o gramado. A mulher, inerte, parecia morta. O homem levantou-se e grunhiu mais uma vez, dando um passo na direção do policial, alcançando a calçada pavimentada.

— Calma aí, cidadão — advertiu Cássio, erguendo a arma. — Levante as mãos, por favor. O senhor está preso.

O homem ergueu as mãos até a altura de seu nariz, com os dedos separados, como um mágico se preparando para um número; o sangue escorria de seus punhos e descia pelos braços, sumindo dentro do paletó. De seu queixo ainda caíam gotas grossas, estourando no chão de cimento. Ele começou a rir.

— Todo mundo está tendo um dia difícil hoje, senhor, mas vamos tentar manter a calma.

O homem riu mais ainda.

— Manter a calma, policial? Por quê?

Cássio não soube o que responder, só manteve a arma apontada para a cabeça daquele estranho sujeito.

— Eu passei mal o dia todo, o dia inteirinho com esse sol dos infernos queimando meus olhos — grunhiu o homem. — Fazendo meu corpo inteiro doer. Tinha também essa sede, essa sede insana.

O homem baixou as mãos e apontou para o corpo da mulher.

— Eu só queria voltar para casa, aí essa dona aí me chamou, estava histérica. Disse que o carro não funcionava desde ontem à noite e ninguém vinha ajudá-la. Ela gritava e chorava e pediu para eu ajudar. Eu até queria... Ocupar minha cabeça, esquecer essa dor, essa sede. Quando começou a escurecer eu comecei a me sentir bem melhor. Muito melhor! — rugiu o sujeito.

— Calma — pediu o policial para o homem, que tinha virado novamente em sua direção e dado dois passos. — Ajoelhe-se, com as mãos na cabeça, com muita calma.

— Agora eu estou calmo, policial. Fiquei muito mais calmo depois que entendi que o cheiro bom que eu sentia vinha dela, do corpo dela.

— Ela está morta?

— Eu não sei. Por que o senhor não vem aqui perto dar uma olhadinha?

Cássio sentiu mais uma vez aquele arrepio. O homem tinha aberto a boca e ele pôde ver um par de dentes pontiagudos que lembravam a figura de um vampiro, daqueles de cinema, que agem de forma estranha e que matam a sede e a fome com sangue. Isso o deixou meio aturdido e sem saber o que fazer. Teria visto aquilo mesmo? A luz ali era pouca, o rosto do homem agora estava submergindo na sombra de uma grande árvore. Cássio vacilou um instante, lembrando da conversa estranha do amigo Santos na cocheira; falava com uma voz rouca, lembrando aquele sujeito ali na sua frente. Ele falava de uma dor e reclamava do sol. Voltou seus olhos para o homem, que mergulhou completamente na escuridão debaixo da árvore, e foi nesse instante que algo fez seu coração disparar. Quando a cabeça do homem mergulhou nas trevas, seus olhos se destacaram do resto, ficando vermelhos, como brasas de carvão, um brilho pálido e fugaz, mas notável, sobretudo. Cássio sabia que não estava diante de uma pessoa comum.

— O que foi, policial? Não quer me prender?

— Não se mova!

— Ou o quê? Vai pegar seu rádio e chamar seus amigos? Esqueceu que essa porra toda não está funcionando, e por isso estamos aqui... Eu e você, um de frente para o outro, com você se perguntando, por que diabos eu tomei o sangue daquela mulher?

Cássio deu mais um passo para trás.

— Está com medo de mim, policial? É você quem está armado. Deveria vir aqui, me algemar, evitar que eu faça isso com outras pessoas, porque eu vou te dizer um negócio: como é bom tomar sangue! Nunca tinha me ocorrido experimentar esse troço antes. Nunca! — debochou o sujeito, com a voz alterada e rouca, andando lentamente para a frente e olhando para o outro lado da avenida, onde as adolescentes tinham se juntado e observavam de longe a cena.

— Saiam daqui! — berrou o policial para as garotas.

Elas não pensaram duas vezes e voltaram a caminhar, afastando-se rapidamente, lançando olhares para trás. O brado de Cássio chamou a atenção de outros passantes. Alguns pararam, olhando para aquele policial com uma arma levantada e apontada para um homem próximo ao carro com o pisca-alerta ligado.

Os olhos do homem brilharam de novo, um pouco mais fortes agora. Ele andou mais em direção a Cássio e saiu da penumbra. O policial podia ver que, mesmo sem brilho, a íris de cada olho do sujeito continuava avermelhada. Sua pele estava pálida e suja do sangue da mulher.

— Fica quietinho aí.

— Vai chamar seus amigos? Vai me prender?

— Quieto.

— Não sabe o que fazer, não é? — O homem voltou a andar. — Não sabe o que está acontecendo. Eu aposto. Tá tudo diferente, policial. Ontem eu era um, hoje eu sou outro. Dá pra notar de longe. Começou com essa dor no estômago dos infernos. Queria ajuda, mas minha esposa não acordou nessa manhã. Saí para trabalhar xingando a vaca de tudo que é nome, mas no escritório descobri que tinha mais gente assim. Quase ninguém ficou até o fim do expediente, só o trouxa aqui, porque tenho prestação da casa pra pagar todo santo mês. Acontece que essa dor e essa sede não me deixaram em paz um segundo, meus olhos ardiam, minha cabeça fervilhava, parecia até que eu estava ENLOUQUECENDO! — gritou o gordo engravatado no final.

Cássio estremeceu, mas manteve a arma apontada para a ameaça. Aquele homem estava sofrendo um acesso de loucura. Não sabia o que fazer. Baixar a arma e se afastar estava fora de cogitação. Aquele maluco tinha cometido um crime, estando doente ou não. Cada passo que o homem dava em sua direção, Cássio dava um passo para trás, tentando concatenar e achar uma saída. Precisava de reforço. Precisava prendê-lo.

— Eu não suportei e, quando saí do escritório, a cidade toda estava um inferno, e ninguém fazia a menor ideia do que estava acontecendo.

Cássio reconhecia seus pensamentos saindo pela boca do homem.

— Acontece que eu sei, policial. Eu sei muito bem o que está acontecendo. Quer saber?

— Desembucha.

— Eu nunca fui de ir pra igreja nem nada, mas não precisa ser um gênio para somar dois com dois. Isso ao nosso redor, policial, é a hora do Juízo Final que chegou e está tomando o seu lugar.

Cássio parecia estar ouvindo seu amigo Santos na cocheira, falando de guerra mundial, agora aquele sujeito falando de fim do mundo. Um dos dois deveria estar certo.

— De que vai adiantar você me prender? Agora só temos um juiz no universo todo, esse juiz é Deus. — Terminou a frase num sorriso, exibindo novamente seus dentes pontiagudos.

Cássio, pela enésima vez, foi tomado por um calafrio. Eram dentes salientes, longos e afiados. Estava diante de um demônio. Cássio deu mais dois passos para trás. Realmente não poderia prender aquele sujeito, pois não teria como chamar uma viatura para conduzi-lo a uma delegacia. Os gritos. Os gritos vieram à sua mente, aqueles que há pouco ouvira aqui e ali tinham um significado. Aquele demônio insano parado ali na sua frente não era o único. Então era isso! Era isso o que estava acontecendo! O mundo estava mudando, fugindo dos trilhos, deixando pessoas caírem num sono para despertarem mudadas, como que saindo de um casulo e se tornando aquilo: demônios, monstros, assassinos, vampiros. Existiam mais deles, seu amigo Santos era um. Ele tinha falado da sede e mostrado o que o sol estava fazendo com a sua pele, enegrecendo-a. Tinha se entocado no fundo escuro da cocheira. Ele deveria estar atacando alguém a essa altura, talvez sua própria família, se tivesse voltado para casa. Aqueles seres estavam por ali, escondidos em casas, no meio do escuro, deitados sobre camas, esperando a hora certa de pegar pessoas desprevenidas com seus botes ferinos e fincar-lhes os dentes pontiagudos para saciar a sede de sangue à custa da morte do outro, exatamente como tinha feito aquele louco que debochava ali na sua frente.

O homem de terno franziu o cenho, exibindo os dentes e soltando um grunhido, e correu em direção ao policial.

Cássio puxou o gatilho, e o disparo ribombou pela avenida. Pessoas começaram a correr e a gritar, outras, as que estavam paradas observando a cena, murmuraram umas com as outras, mas ninguém se intrometeu, ninguém correu para cima do policial ou do sujeito baleado no peito, apenas observavam o enredo como uma cena de teatro. Quando o pesado homem de paletó desabou na calçada, algumas pessoas simplesmente voltaram a caminhar.

Cássio ficou parado, olhando para o corpo estendido no chão. Ele tinha caído com os braços abertos e de cara no pavimento. A mão direita tinha tombado na grama da praça, enquanto a mão esquerda pendia apoiada na guia do meio-fio. O disparo de Cássio foi perfeito. Entrou na altura do coração e fez o homem tombar de imediato na calçada. O policial andou em sua direção e chutou levemente seu ombro duas vezes. Nenhum movimento. Estava morto. Caminhou até a mulher com a saia levantada. A infeliz tinha ferimentos nas pernas brancas e também no pescoço. As alças de seu vestido tinham sido arrebentadas, e um seio escapava pelo decote. Cássio se aproximou. Ela estava imóvel, fria. Seu dedos alcançaram a jugular. Ela estava ferida ali também. Gélida. Morta.

Cássio guardou a pistola no coldre e afastou-se do cadáver, indo na direção do carro. Sua cabeça latejava. Em quase vinte anos de profissão, era a terceira vez que disparava contra um ser humano, e era a primeira que matava alguém. Virou para o corpo do homem desconhecido e assombrou-se. Ele não estava ali. Girou sobre os pés, procurando qualquer sinal dele. Nada. Seu estômago virou uma pedra, e o coração disparou. Foi para o meio da avenida. Via dezenas de pessoas passando, um homem ou outro de terno e gravata, mas ninguém do porte do sujeito, alto, gordo, forte. Olhou para o chão novamente, seus olhos poderiam estar lhe pregando uma peça, mas não. Ele tinha sumido! Aproximou-se do lugar onde ele caiu. Um trilho de sangue ia em direção ao meio da avenida. Estava escuro, contudo, Cássio percebeu que o rastro de sangue chegava ao canteiro central da Santos Dumont e então, num relance, viu o gordão pulando da calçada e se agarrando ao alambrado da base aérea do Campo de Marte. Com uma agilidade que não condizia com seu porte físico, pulou para o outro lado. Cássio cogitou segui-lo, mas no instante seguinte já estava caminhando rapidamente no meio da avenida. Ainda estava longe de casa, era noite, não havia transporte público, nada que atalhasse seu caminho até o reencontro com a irmã. Aquele sujeito tinha sido a prova definitiva de que o mundo todo estava esfarelando. Precisava reencontrar Alessandra e seus sobrinhos. Eles poderiam estar agora frente a frente com alguém daquele mesmo jeito. Os carros que passavam vez ou outra eram parcos e lotados de passageiros apanhados no meio do caminho, pensou até em meter a pistola na frente de um motorista e exigir uma carona. Seu senso moral e "caxias" não permitia tamanho desatino. Conseguiria caminhar, tinha que controlar a ansiedade. Sua irmã não era uma idiota, saberia muito bem defender os filhos até que ele estivesse lá e desse uma solução naquele imbróglio. Ela sabia muito bem onde estava o .38 e a munição que ele tinha deixado escondido para ela. O coração batia forte, sua cabeça era só um tum-tum dolorido, pressionada pelos pensamentos fragmentados do dia. Confusão. O sargento cobrava-se um pouco de sanidade e racionalidade, mas estava sendo difícil manter-se racional tendo visto o que acabara de ver. Era ele o porto-seguro da casa, era para ele que os amigos de trabalho apontavam quando queriam a opinião de alguém sensato. Cássio mordeu os lábios e até sorriu nesse instante. Seria demais até mesmo para ele, o senhor cuca-fresca, estar de boa numa noite maldita como aquela. Revisou o dia, de começo ordinário, com a queixa comum de levantar cedo, com a caminhada curta até o ponto de ônibus; daí começaram as caras cheias de preocupação, o prenúncio de coisas estranhas acontecendo ao seu redor. O centro da cidade num caos absoluto, todos os meios de comunicação fora do ar, contribuindo para a crescente sensação de insegurança e baderna. Agora aquilo, um homem que, até que se provasse o contrário, era um vampiro, um vampiro com dente e tudo e que tinha escapado depois de tomar um tiro no coração. Acharia fabuloso, não fosse tétrico.

Depois do insólito encontro com o vampiro as sombras tinham ganhado outra proporção. A escuridão agora significava perigo. Agradecia a Deus pela iluminação pública ainda estar funcionando. Ainda estava com a mão na coronha da pistola quando viu ao longe o posto da guarda civil metropolitana. Poderia avisá-los do corpo estendido na praça ao lado do carro e do fujão que tinha evadido para a área do Campo de Marte. Acelerou os passos e, à medida que se aproximava, seu entusiasmo com uma solução arrefecia. A base estava com as luzes apagadas e o pátio, no canteiro central, estava vazio igual ao posto da PM lá atrás. Um estalo em sua cabeça. Quando estava na praça poderia ter ido pedir socorro no Departamento de Investigações sobre Crime Organizado, o DEIC. Estava apenas a algumas quadras da delegacia. Cássio baixou a cabeça e a balançou negativamente, se autorrepreendendo. Não voltaria agora. O corpo seria encontrado. Do contrário, depois de resolver a situação na casa de sua irmã e ter certeza de que sua família estava segura, ele poderia voltar até seu batalhão e reportar o acontecido ao seus superiores. Pedir-lhe-iam a arma, seria aberto um inquérito, mas era a rotina a se cumprir. Diante das circunstâncias, o pior seria explicar sua deserção do quartel do que o disparo contra um sujeito que tinha evaporado.

Cássio retomou a caminhada, chegando finalmente à rua Voluntários da Pátria. Já era quase metade do caminho. Além dos pés doloridos pela falta de costume de caminhar, o sargento sabia que estaria exausto antes de chegar na parte mais dura da jornada. A subida infernal até a parte alta do Tremembé. Quando, quarenta minutos depois, chegou ao Hospital do Mandaqui, não era a exaustão corpórea que mantinha sua caminhada lenta e seus pés pesados como sacos de cimento, era tudo o que seus olhos alcançavam e seus ouvidos escutavam que transformava em caco toda a sua estrutura psicológica. Isso porque ele se julgava um cara centrado e calmo, preparado pela profissão para enfrentar com serenidade as situações mais extremas. As ruas da cidade pareciam cenário de guerra civil. Da saída da Santos Dumont até aquela altura da Voluntários da Pátria tinha contado nada menos que três edifícios ardendo em chamas, com moradores desolados, aos prantos, nas calçadas em frente aos edifícios incandescentes. Em frente a um deles ficou parado, olhando para as pessoas. Uma família, pai e mãe e dois meninos de pouca idade, parados, olhando para a torre iluminada pelas labaredas que eram cuspidas pelas janelas, com os rostos cobertos de fuligem, com riscos fundos na face causados pelas lágrimas que desciam dos olhos até os queixos. Um velhinho pegou na mão de Cássio e a sacudiu, pedindo ajuda. Cássio mal entendia a voz do homem. O velho dizia que o apartamento era tudo o que tinha, que o policial tinha que chamar ajuda. Cássio apanhou o rádio em sua cintura e pressionou o botão de fala, chamando o Comando de Operações da Polícia Militar só para satisfazer a angústia do velho e, por compartilhamento, também a sua.

O rádio era só chiado. Explicou que não havia nada que pudesse ser feito. Assim que se distanciou daquele prédio, chegou ao Hospital do Mandaqui. Uma multidão incalculável tinha se juntado nos portões fechados da instituição. Seguranças e enfermeiros barricavam os portões com macas e mesas e gritavam, tangendo o povo que queria invadir como se fosse gado teimoso. As pessoas, do lado de fora, choravam e gritavam, muitas pessoas adormecidas no chão. A imagem do vampiro da praça voltou à sua mente. Todos aqueles adormecidos acordariam como ele, transformados. Não eram mais gente, eram monstros hibernando em corpos humanos. Viu dois deles acordados, amarrados em lençóis e presos com braçadeiras plásticas, e visivelmente não estavam gostando nada daquilo, estavam espumando de raiva, separados por coisa de três metros de distância um do outro. Os familiares pareciam ter se juntado por partilhar o mesmo calvário. Uma das famílias era evangélica, e um adolescente tinha uma Bíblia na mão, parecia orar para a mulher amarrada, que poderia ser sua mãe.

Cássio afastou-se do Hospital, correu pela descida até chegar ao grande cruzamento da Caetano Álvares. A lanchonete do McDonald's, também ardia em chamas. A fumaça soprada pelo vento entrou por suas narinas, fazendo-o tossir e desviar para o meio da rua. Uma buzina soou alto, obrigando o sargento a se jogar no chão. O carro passou a centímetros de suas pernas. Levantou-se e continuou andando. Os bancos ao redor do cruzamento tinha as portas de vidro estouradas, e os alarmes soavam. Os saqueadores tinham usado pedaços de madeira e pedras para invadir as agências e pés de cabra para arrombar os caixas automáticos, sem que nenhuma viatura de polícia parasse para incomodá-los. A população estava experimentando uma sorte de medos. Medo de perder o dinheiro que estava trancado dentro daquelas instituições, medo de ficar sem dinheiro para comprar comida, medo das pessoas adormecidas, e nessa noite descobririam um novo medo. O medo daqueles que tomavam sangue.

A caminhada até sua rua foi puxada. Ladeiras, escuridão, vultos, falta de iluminação em vários trechos. A ânsia pela confirmação de que sua irmã e seus sobrinhos estavam bem sobrepujava o cansaço, dando a energia exata para que seus passos avançassem. Quanto mais adentrava os bairros periféricos, mais desertas as ruas se tornavam, fazendo com que os latidos dos cães ganhassem importância. Os carros eram cada vez mais raros. Virou-se duas vezes para ver motos passando. Nenhuma viatura de polícia. O poder público parecia ter evaporado. As pessoas andando na rua também rarearam e, quando Cássio chegou ao trecho do Horto Florestal — espremido por um lado pelas árvores e grades do parque e do outro por um muro, aprisionado por uma escuridão inescrutável —, parecia que aquele homem gordo saltaria de trás das grades e o derrubaria, cravando os dentes em seu pescoço. Aquelas ruas nunca pareceram tão longas. A luz pública faltava e o escuro parecia trancar o caminho, escondendo os comércios, as árvores e as casas do entorno. Quando finalmente adentrou a rua Japiúba, o sargento teve a sensação de adentrar uma rua fantasma. As casas pareciam mortas, e só os cachorros lamentavam nos quintais. Seus olhos percorreram as casas com melancolia, o silêncio aumentando a sensação de que cada porta era um sepulcro.

Com os joelhos doloridos, as plantas dos pés latejando, caminhou portão adentro e girou a chave na porta da frente. Estava destrancada. Entrou lentamente. Luzes apagadas. Bateu o dedo no espelho e acionou a lâmpada da sala. Tudo quieto. Fechou a porta atrás de si.

— Alessandra! — chamou de forma firme e sussurrada.

Silêncio na casa. Parou na porta da cozinha. Nada. As louças estavam limpas e guardadas, indicando que ninguém usara o fogão naquele dia. Avançou pelo corredor. As portas dos quartos estavam fechadas.

— Alessandra!

Cássio abriu a porta do quarto das crianças. Não estavam lá. O quarto da irmã estava vazio e revirado. Cobertor no chão, coisas fora do lugar. Alessandra sempre deixava tudo certinho antes de ir trabalhar. Cássio avançou até os fundos da casa, olhou para o seu puxadinho. Escuro e calmo. Uma claridade leve iluminava o chão de cacos de cerâmica ali nos fundos. As nuvens tinham se dissipado e deixavam a bem-vinda luz da lua banhar a cidade. O homem foi para o meio do quintal dos fundos e ficou olhando para cima. A torre de celular com pintura laranja e branca, plantada no meio da sua rua, estava lá, intacta e inútil. Tirou o celular do bolso e o ergueu em direção à torre. Nada. Nenhum sinalzinho. Lá fora sobravam os latidos dos cães e faltava o resto da trilha sonora: nada de motores de carros, caminhão do lixo, estudantes conversando e voltando em grupos animados, nada de motoboys de pizzaria e suas buzinadinhas curtas e agudas chamando os fregueses na porta da casa, nem de moleques passando com som alto em seus carros tunados, nada. Era como se já fosse alta madrugada. O sargento sacou seu celular do bolso e conferiu as horas. Nove e quarenta da noite, ainda. Suado e aflito, voltou para dentro de casa. Parou na cozinha e apanhou um copo de vidro na cristaleira. Abriu a geladeira e encheu-o com água gelada. Imediatamente uma membrana de gotículas envolveu o vidro. Tomou em grandes goles. Encheu mais uma vez e, quando colocava o copo na pia, viu o papel em cima da mesa. Um bilhete da irmã.

"Cá, fui para o hospital. As crianças não acordaram hoje de manhã, estou com medo. Tem risoto de ontem na geladeira. Reza. P.S.: tentei ligar, mas o telefone não funciona e não sei onde deixei meu celular".

Cássio sentou-se à mesa com o papel balançando em sua mão, revelando um tremor involuntário. De uns tempos para cá era assim, quando ele ficava estressado, as mãos tremiam ou algum músculo na face ficava tilintando. Estresse. Recolocou a folha sobre o tampo da mesa e deu um soco na madeira. Não conseguiu conter os soluços que subiram pela garganta, culminando com algumas lágrimas que rolaram dos olhos. Os sobrinhos... Tinham se tornado aquela coisa. Eles também despertariam com sede e recusando o sol. Ela deveria ter escrito para qual hospital tinha ido! Como reuniria a família agora? Respirou fundo. Também, não era para menos não ter deixado mais detalhes. Conhecia bem a irmã, era baladeira, avoada, cheia de pilha e brincalhona. Agora, queria vê-la desesperada e inepta, era só acontecer alguma coisa com as crianças, febre alta, falta de ar, uma internação para ficar em observação, qualquer coisa que acontecesse com os filhos a deixava exatamente incapaz de pensar de forma prática. Cássio suspirou. Não era impossível achá-la. Qualquer mãe que encontrasse seus filhos desacordados correria para o hospital mais próximo. E o hospital mais próximo era justamente o da Polícia Militar, a poucas quadras da casa. Outra opção seria o hospital do convênio, para onde ele mesmo já tinha levado Megan duas vezes por causa de garganta inflamada. Pegou o mesmo papel e a caneta e escreveu outro bilhete. "Saí para procurar vocês. Fique dentro de casa. Tranque a porta e não abra para ninguém. Você sabe onde está meu alicate, deixe-o com você. Defenda-se". Bastou o tempo de Cássio escrever o bilhete, sentado naquela cadeira, para seu sangue esfriar e o cansaço de toda a jornada do fim do dia fazer suas pernas pesarem cem toneladas cada uma. Arrastou-se até a sala e ligou a TV. Nada. Uma onda de chuviscos brancos e ruído tomou o ambiente. O policial ficou parado, olhando para aquilo até desabar no sofá de três lugares. Talvez a TV voltasse a funcionar e ele estaria ali, olhando para ela e encontrando um rosto conhecido de um ou dois âncoras dos telejornais. William Bonner, Leilane Neubarth, Boris Casoy, César Tralli, Carlos Nascimento, Datena, qualquer um deles, qualquer um mesmo, que aparecesse ali na telinha, dizendo que as coisas estavam voltando ao normal, mesmo que ninguém soubesse explicar coisa nenhuma, mesmo que milhares de vidas tivessem sido perdidas, o simples fato de alguém conhecido surgir na tela e dizer que tudo ia ficar bem no fim das contas seria um alento incalculável. Cássio sentiu os músculos relaxarem e, atendendo ao pedido da irmã, adormeceu enquanto rezava.

Capítulo 15

A noite veio tomando a luz do dia e, de forma mansa, sem que algo novo e positivo chegasse aos ouvidos da enfermeira, a qual continuava a marcha indefectível sob a sinfonia dos aparelhos da unidade intensiva, o céu escureceu. Mallory teria decretado a imutabilidade do plantão, não fosse um fato inusitado ter chamado a sua atenção quando ia chegando às sete e meia da noite. Wando ergueu a mão em seu leito. Tá, poderia ser um movimento involuntário. Tá, poderia ser algo normal e corriqueiro. Mas não era! Ele manteve a mão levantada e fez um movimento de chamar com o dedo indicador, preso a um aparelho que monitorava sua oxigenação, intrigando a enfermeira, que o enxergou através do vidro. Mallory levantou-se, atravessou a porta do quarto e foi andando lentamente até o leito. Os olhos do menino estavam abertos, e um pouquinho daquela energia boa ressurgiu em suas pupilas. Inacreditável! A enfermeira passou a mão na cabeça lisa do garoto.

— Fale, meu bem. Tudo bem com você?

A menino balançou a cabeça em sinal positivo.

— Acordou faz tempo?

— Não. Acabei de acordar. Estou com sede, Mall.

— Espera um pouquinho, vou dar um jeito nisso. Olha, sua bombinha aqui, deixa na sua mão.

— Não está doendo agora.

Mallory sorriu ternamente para o menino. Uma resposta coerente e positiva. Isso queria dizer muita coisa.

A enfermeira foi até o balcão ao lado da pia do quarto e apanhou uma jarra com água, enchendo um copo até a metade. Descansou o copo numa mesinha ao lado do leito de Wando e calçou as luvas de borracha para embeber um punhado de gaze no líquido, retornando até o menino.

— Abra a boca.

Os lábios do garoto apresentavam algumas feridas por conta do ressecamento prolongado. A enfermeira, docemente, gotejou um pouco de água na boca do menino e depois umedeceu seus lábios com a mesma gaze.

— Por enquanto só posso te dar isso, ok?

— Já tá de noite?

Mallory olhou para o relógio na parede.

— Sete e meia da noite, meu bem.

— Por que você ainda está aqui? Você vai embora às sete...

A mulher puxou uma banqueta para o lado do leito de Wando. As demais crianças dormiam, ou sedadas, ou cansadas da luta. Ela tinha tempo para ele. Sentou-se ao seu lado e voltou a acariciar o rosto do menino, suavemente, emulando um carinho de mãe.

— Minha cabeça está latejando, Mall. E minha barriga tá roncando.

— É normal, meu bem. Se sua cabeça começar a doer demais, me avisa; a doutora Ana está de plantão, ela te prescreve alguma coisa para aliviar.

— Deu tudo certo na cirurgia?

A pergunta fatídica. Mallory suspirou. Ela sempre preferia a sinceridade com as crianças. Eram muito mais maduras do que se pensa. Encarou os olhos castanho-claros do menino.

— Não, meu bem. Não foi operado ainda.

O garoto revirou os olhos e afundou um pouco mais a cabeça no leito. Pareceu pensar. Então ergueu o lençol e olhou para seu abdome.

— Pelo menos minha barriga desinchou.

A enfermeira levantou-se da cadeira e também soergueu o lençol da barriga do menino. Afastou a bata que recobria a pele e viu o abdome. Seus olhos não esconderam o espanto. No turno de ontem a barriga do garoto estava bastante inchada e abaloada. Agora estava praticamente lisa. Mallory apalpou suavemente próximo ao umbigo do menino e depois pressionou um pouco mais forte.

— Dor?

Wando balançou a cabeça negativamente. Mallory avaliou que a ausência de dor poderia ser resultado da bomba PCA.

— Vou chamar a doutora. Ela virá dar uma olhadinha.

— Isso é ruim?

Mallory levou a mão à boca e olhou para a barriga do menino, depois para os olhos dele.

— Não, Wando. Acho que não. Acho que é uma coisa muito boa. Só não estou entendendo.

A enfermeira voltou ao balcão da enfermagem e foi ao telefone. Chamaria a médica em seu ramal. Ficou com o aparelho mudo no ouvido por uns segundos, até se dar conta da inutilidade daquilo e recolocá-lo no encaixe, sentindo-se uma tonta perfeita. Os telefones ainda não funcionavam. Voltou ao quarto de Wando. Todos repousavam. Nara tinha os olhos abertos, mas estava bem calma, reflexiva, talvez. Eram cinco terminais na sua ala. Cinco pequenos sofredores. A menina, de oito anos, tinha o rosto muito magro e sulcado. A medicação poderosa usada para debelar seu neuroblastoma tinha causado uma perda de peso expressiva e debilitado ainda mais aquela frágil vida. Vinda do interior do Tocantins, por culpa de um diagnóstico equivocado e um tratamento inútil contra verminoses, tinha chegado com uma degeneração de abdome avançada, já tomada por infecções que se espalhavam por sua corrente sanguínea, afetando agora órgãos da cavidade abdominal, e se alastrava perigosamente, fazendo-a delirar em meio a sucessivas febres. Era triste e doloroso esse processo de desenlace. Muitas vezes a UTI era apenas um processo de passagem, entre uma cirurgia e uma feliz recuperação. Na maioria das vezes as crianças entravam ali para justamente terem o atribuído cuidado intensivo, evoluírem para o total restabelecimento, sendo devolvidas para seus quartos e enfermarias, indo para casa em uma ou duas semanas. Outras vezes, a UTI, como no caso daqueles coitados, era apenas um meio de tentar diminuir a dor da passagem, tornar mais humano aquele momento único e cheio de mistério que vinha pontuar a vida terrena. Aquela aparente melhora no aspecto abdominal de Wando trazia um pouquinho de luz para aquele cantinho do hospital, embora Mallory soubesse que a diminuição do inchaço podia não significar absolutamente nada diante do quadro geral do garoto. Não ia festejar coisa alguma até falar com a doutora Ana. Rezava para que alguém surgisse no corredor. Não podia deixar seus pacientes sem supervisão. Na medida do possível estavam estáveis, mas não poderia correr o risco de sair dali. Atormentada por essas considerações, aproximou-se de uma janela que dava para uma área externa do hospital. Sob a luz dos postes via pessoas andando lá embaixo. Andavam apressadas. Mallory permaneceu na janela por quase um minuto, voltando para a UTI após afastar-se bruscamente do vidro. Um homem tinha parado na passagem cimentada lá embaixo e olhado de um jeito assustador para ela através da janela. Mallory sentiu o sangue gelar nas veias. Ela sentiu uma estranha força naquele olhar. Sem saber precisar o porquê, sentiu um medo brutal daquele homem, um medo que se manifestou em suas vísceras. A imagem dele parando na calçada e então virando-se direto para ela na janela do terceiro andar tinha lançado algo de sinistro em sua direção. Era como se ele também tivesse sentido o olhar da enfermeira em suas costas. Mallory engoliu em seco. Havia algo mais em sua lembrança. Ela voltou para perto da janela para se certificar. Olhou para a calçada lá embaixo mais uma vez. O homem não estava mais lá. Sentiu tanto alívio quanto curiosidade. O susto que levara virara temor, pois podia jurar que os olhos do homem tinham brilhado, vermelhos, maléficos, por um mísero segundo. Mallory tornou a se afastar daquela janela e voltou para o corredor, olhando para os pacientes através dos vidros. Passou a mão pelos braços. Era inquietante o silêncio daquele lugar onde todos os dias ao menos oito pessoas se revezavam atrás do balcão, com os médicos e toda a sorte de profissionais que o Instituto da Criança designava para aqueles pacientes mirins.

Mallory sentiu um alívio enorme quando Francine surgiu no corredor. Francine era enfermeira dos adolescentes, e também tinha ficado de plantão sem hora para ir embora, diante dos acontecimentos emergenciais daquele dia. Francine era uma senhora chegando aos cinquenta anos. A primeira coisa que impressionava quando a viam pela primeira vez era sua altura, um metro e oitenta e cinco. Era uma mulher bem magra para a idade, com um sorriso engraçado no rosto, que salientava um bocado para a frente seus dentes superiores avançados; certamente, em sua adolescência, ainda não era muito difundido o uso de aparelhos ortodônticos. Depois acabavam descobrindo uma mulher muito engraçada, que levava os pequenos percalços da vida na esportiva, rindo e fazendo rir. Era durona no trabalho, mas tinha um coração de manteiga com seus pacientes e colegas de trabalho.

— Ainda bem que você apareceu, Fran. Tô precisando ir buscar a doutora Ana para vir ver um paciente meu.

— Qual?

— O Wando. — Antes de continuar, Mallory puxou Francine pelo ombro e falou baixo. — Ele é terminal, um câncer no fígado se espalhou e se tornou inoperável, sabe?

— Sei. Chegou a hora, é?

— Ele já estava comatoso e tudo, uma tristeza, mas hoje teve uma melhora súbita. Ergueu o dedinho me chamando, uma graça.

— A famosa melhora da morte?

— Ai, credo, Francine. Eu tô falando de melhora, melhora mesmo.

— Credo por quê? Já devia ter se acostumado com isso. Com o vaivém e com o entra e sai.

— Acostumar, não acostumo, não. Acho que não sirvo para trabalhar com crianças, sabe? Ultimamente vem piorando. Mas não é disso que estou falando agora... O menino teve uma melhora no estado geral e seu abdome desinchou sensivelmente, o que não é normal. Nesse estágio a coisa só piora.

— Hum. Deixa eu ver.

As duas adentraram a sala e se aproximaram do leito. Wando já não estava tão pálido, mas seus olhos continuavam encovados, e seu rosto, um tanto cadavérico. A impressão ruim sumiu de imediato quando ele abriu um sorriso vendo a aproximação das enfermeiras.

— Mall, ainda estou com sede.

— Já, já vou te dar mais água, meu bem. Deixa eu mostrar sua barriguinha pra Francine.

Wando ergueu as sobrancelhas.

— Barriguinha, Mall? Barriguinha?

— Que foi?

— Eu já tenho dez anos, quase onze, não dá certo você usar esse jeitinho de bebê comigo.

— Falou aí, senhor adulto! O senhor deixa eu mostrar sua pança pra minha amiga?

— Vai em frente — disse o garoto, descobrindo o abdome.

Mallory deu espaço para Francine, que apalpou a barriga do garoto e olhou para a colega. Saiu e voltou com o prontuário dele em mãos. Realmente, a surpresa da amiga não era gratuita. O abdome parecia bastante normal para o estágio em que o câncer do garoto estava. De acordo com as anotações da médica, aquela ascite que o paciente apresentava não deveria ter diminuído sem uma interferência, como uma punção. Ainda assim, não retirariam todo o líquido. Impressionante.

— Provavelmente a doutora vai mandá-lo para uma tomo.

— Você pode ficar aqui com eles um pouco enquanto a procuro?

— Claro, Mallory. Vim aqui justamente para ver se você estava precisando de ajuda. Lá na minha ala estamos em três.

— Tem ideia de onde a doutora possa estar agora?

— Do jeito que ela tava acabada quando passou no meu andar, acho que deve ter ido para o quarto dos plantonistas tirar um cochilo.

— Duvido, mas, mesmo assim, não custa tentar. Aguarda que vou num pé e volto no outro.

Mallory chegou à cardiologia infantil. Ali também a maioria dos pacientes tinha sido removida, permanecendo apenas os mais graves. Encontrou três enfermeiras na ala, papeando, e uma delas até fazendo as unhas. Sentiu inveja. Uma companhia ia deixar bem mais fácil a vigília com as crianças da sua UTI até que as coisas normalizassem. Mallory conversou com dois médicos que encontrou no caminho, e nenhum deles tinha visto a colega Ana. Pudera, o hospital era imenso e, mesmo com a equipe tão reduzida, seria difícil encontrá-la sem uma pista. Decidiu seguir o conselho de Francine, refazendo parte do caminho de volta à ala pediátrica e tomando o rumo da sala de descanso. Abriu um sorriso quando encontrou a doutora Ana na segunda. Estava encolhida na cama, descansando gostoso. Levou a unha do dedão aos dentes, roendo, agora nervosa. Poxa, a doutora estava cansadíssima! Merecia um pouco de repouso. O problema é que não tinha nenhum médico da oncologia infantil disponível. Os médicos do PS, com toda a certeza, ainda estavam assoberbados com a multidão de adormecidos que tinham sido amontoados no térreo do HC durante todo aquele dia e sem perspectiva que parassem de chegar. Mallory não tinha ideia de quando a diretora, a doutora Suzana, iria dar um basta na entrada de pacientes. A coisa ia ficar muito mais feia antes de melhorar. Suspirou olhando para a doutora Ana. Apesar de saber que Wando, ao que parecia, tinha tido uma melhora, e não uma piora, e não haver urgência, Mallory resolveu agir.

— Doutora. Acorde.

A médica não se moveu.

— Doutora Ana! — chamou mais alto.

Mallory olhou para o corredor vazio e deu dois passos para dentro do aposento. Chegou perto da médica e a balançou pelo ombro.

— Doutora Ana! Acorde! Estou precisando da senhora!

Nenhum movimento. Foi então que os olhos de Mallory se arregalaram. Ela tinha demorado para entender, mas era isso. A doutora Ana tinha sido apanhada pelo sono!

Capítulo 16

Assim que a noite caiu, como num passe de mágica, o que era morto tornou-se vivo. Aquele corpo reanimado abriu os olhos, encontrando a mais impenetrável escuridão. Ela sentia todos os músculos doerem insanamente com a menor contração. Estava presa por todos os lados. Sentia uma pressão insuportável no peito, no abdome e na virilha, impedindo-a que se movesse. Então uma porção de lembranças inundou seu pensamento, fazendo-a duvidar que ainda pairava no mundo dos vivos. Tinha tomado dois tiros. Seria aquele invólucro que a comprimia uma nave para o inferno? Deveria estar morta. Pelo menos fora esse seu último pensamento antes de apagar, com falta de ar, sem conseguir mais respirar, sentindo o peito arder logo depois dos disparos do bandido. Se ainda estava viva, era provável que estivesse de volta ao cativeiro. Então aquela sensação angustiante e implacável que sentira ainda viva voltou violenta. Era a sede. Corroendo sua língua, ressecando sua mucosa e gengivas, invadindo sua garganta. Aquela sede inacreditável estava ali mais uma vez, turvando seus pensamentos, consumindo sua alma, aprisionando sua mente. Cheiro de sangue. O seu próprio sangue. Como tinha sobrevivido àquilo? Como continuava no cativeiro? Raquel não sabia. Uma ideia louca brotou em sua cabeça e começou a se tornar desesperadora à medida que aquela imobilidade total lhe sugeria uma hipótese terrível que engatinhava para uma certeza. Aquela prisão hermética lhe sugeria que não estava no cativeiro, nem fora amarrada de forma mais severa. Os tiros certeiros tinham dado a impressão a eles de que ela estava morta. Ser amarrada não era lógico. Restava pensar que estava viva no fundo de uma cova! Era por isso que não enxergava nada e tinha aquela sensação desagradável nos olhos. Quando abriu a boca passou a língua em um tecido áspero e fino. Por baixo da trama podia sentir a textura e o aroma de terra. O cheiro brutal de sangue voltou, velando todos os seus sentidos, sobrepondo-se ferozmente, criando um efeito inesperado. Afastando o medo e o pavor que deveria estar tomando sua mente e substituindo a primeira urgência por outra; um desejo incontrolável de encontrar a fonte daquele aroma perturbador. A sede virava fome! Raquel tentou gritar, mas seu grito foi sufocado pelo tecido colado em seus lábios. Ela remexeu-se com força. A dor lancinante continuava ali, mas ela não podia ficar parada, esperar para morrer sufocada ou por inanição. Conseguiu flexionar os dedos, sentindo a terra se movimentar ao redor. O cheiro de sangue não a deixava em paz, aumentando sua angústia. A hemorragia tinha sido grande. Ela poderia morrer meramente por tentar sair dali, empreendendo tanto esforço. Raquel precisava. Precisava se mexer, precisava encontrar o sangue, precisava criar espaço. Ela se chacoalhou inteira, e então sentiu a perna direita se dobrar e se apoiar em algo que a ajudou a empurrar as costas para cima com força. A sensação da gravidade lhe dizia que tinha sido arremessada de bruços naquela cova. Remexeu-se mais, podia sentir a terra fofa embaixo de sua barriga e cedendo mais facilmente acima de suas costas. Se Deus atendesse suas preces, estaria numa cova rasa o suficiente para escapar. Moveu mais uma vez suas mãos. Sentiu um calafrio percorrendo seu corpo. Tinha cabelos na mão esquerda, e não eram seus. Puxou a mão direita em direção ao seu rosto. Levou cerca de cinco minutos para conseguir alcançar seu queixo, então foi fazendo movimentos de concha, tentando livrar o caminho até sua mão direita também alcançar aquela sensação. Cabelos. O cheiro de sangue vinha dali. Seus dedos dançaram em frente ao seu rosto, criando um vazio preenchido pela aroma enlouquecedor. Do meio da terra entranhada em seus dedos vinha um pouco daquele líquido escuro e coagulado. Sangue. Raquel lambeu seus dedos sujos, sentindo o estômago queimar ainda mais. Era isso que seu corpo queria, era essa maldição que seu corpo cobrava para aplacar a dor e lhe render mais energia, mais vida. A terra entrava até em suas orelhas e, agora com o tecido junto aos lábios rasgados, invadia sua boca. Conseguiu formar um oco entre seu rosto e os cabelos logo abaixo. Apesar da situação extremamente mórbida, Raquel estava curiosa. O cheiro era bom demais! Ela remexeu as costas, conseguindo mais alguns centímetros de espaço. Sua mão cavou em direção aos seus seios, depois roçou para o fundo. Sentiu o tecido úmido na ponta dos dedos, e então tocou com a mão na nuca gelada de um cadáver. Era a Sardenta. Só podia ser. Os miseráveis não queriam fazer esforço. Cavaram apenas um buraco para enfiar as duas. Raquel retornou a mão para perto do rosto e estremeceu mais uma vez dos pés à cabeça só de ansiedade ao sentir os dedos molhados e cheios do sangue. Sentiu um tesão incontrolável conforme os espasmos cresciam dentro do hiato que antecedia o que sabia ser uma enorme sensação de prazer. O cheiro do sangue era inebriante e fazia com que sua garganta clamasse por alívio. Ela trouxe a mão até a boca, lambendo os dedos ensanguentados mais uma vez. Repetiu o ir e vir com a mão, lambendo os dedos até quase arrancar a pele da mulher morta, enfiando-os aos pares entre seus lábios, esfregando-os contra seus dentes. Era impressionante. Sentia-se melhor, sentia-se menos sufocada, mais afoita, mais poderosa. Ela, decididamente, queria mais daquela bebida inebriante. Cavou com força, conseguindo afastar a terra para os lados, criando uma bolha debaixo da cova rasa conforme compactava o solo fofo. Conseguia enxergar melhor. Não era aquela coisa de simplesmente acostumar-se à escuridão e distinguir as nuances da penumbra, era muito mais que isso. Ela conseguia ver. Ver os cabelos tingidos de laranja da Sardenta, ver até mesmo as pintas em seus ombros que lhe davam o apelido. Ela tinha força. Conseguiu puxar o corpo soterrado da defunta para mais perto de si e, então, num instante, alcançou a ferida no pescoço da vítima. O espaço era exíguo, mas Raquel conseguiu introduzir a língua no corte e sorver o líquido morto daquele corpo apagado. Agora o sabor não lhe parecia tão agradável quanto da porção que lambera em seus dedos, mas a queimação em seu estômago estava diminuindo, bem como a sede que sentia, e suas forças estavam aumentando. Ela podia ver cada canto daquele buraco. Ver as minhocas se revirando no meio da terra escura, raízes exalando cheiros da noite; podia ouvir o sangue da Sardenta deslizando por suas veias mortas. Então Raquel descobriu suas presas de vampira. Seus dentes cravaram no pescoço do cadáver, sem deixar que o rasgo escapasse de sua boca. Continuou sugando aquela ferida até encher-se daquele sangue morto, coagulado. A noite vibrava acima de sua cabeça, chamando-a para fora, para o mundo dos vivos, prometendo mais sangue. Sangue vivo! Era disso que ela precisava! De sangue vivo! Sangue de seus inimigos, de seus carrascos. Raquel sentiu a barriga encher, e então uma imediata repulsa pelo cadáver fez com que projetasse suas costas para cima com toda a sua força. A terra moveu-se fazendo um barulho. O barulho de um monstro prenhe que rebentava sua bolsa amniótica, lançando sua cria na terra escura e fria, permitindo que o novo ser das trevas pusesse as mãos para o alto e se arrastasse para fora daquele útero maldito, primitivo, deixando sua irmã gêmea morta e sem sangue para trás. Viveu a mais forte. A vampira sabia que era noite, mas enxergava cada fresta sombria como se fosse dia. A favela à sua frente dormia num silêncio forjado. Talvez a ação dos bandidos tivesse decretado um toque de recolher. Talvez cada ser vivente tivesse assistido ao espetáculo de sua ressurreição e agora se escondia embaixo da cama, temendo ser o próximo a lhe servir de comida. Raquel sorriu enquanto caminhava em direção à favela. Não era má ideia saborear algo diferente daquilo que tinha experimentado na cova fria. Raquel queria mais sangue, sangue vivo e quente. Queria encontrar aqueles que tinham matado seus filhos e seu marido, aqueles que tinham acabado com sua vida e, talvez por misericórdia, empurrado seu corpo antigo para dentro daquela cova. Queria arrancar um pedaço de cada um com seus dentes novos. Raquel queria fazer com que sentissem tanta dor, a ponto de implorarem para serem mortos e enterrados.

A vampira vagou entre as vielas dos barracos e casas de alvenaria. Os cães ganiam atrás de portões e pequenas varandas com medo do novo. Deteve-se em frente a uma janela de um dos casebres. A cortina de tecido velho balançava levemente. Lá dentro um menino aparentando cerca de quatorze, quinze anos também tinha os olhos escarlates e brilhantes. Raquel ergueu o queixo e se aproximou da janela. Ele tinha a boca suja de sangue, e seus olhos serenos diziam que era ele o dono daqueles cinco cadáveres sobre a cama no exíguo quarto. Raquel fez um meneio com a cabeça, um rápido cumprimento. Eram iguais. Eram semelhantes. Raquel voltou a caminhar apurando o olfato, tentando refazer o caminho pelo qual a tinham arrastado. Poderia demorar, mas encontraria o barraco onde fora feita cativa.

Capítulo 17

A noite na boate Cigana começou atípica. Àquela hora da noite já era para a casa estar coalhada de gente e com uma fila dobrando a esquina. No entanto, o salão estava quase vazio, e a única fila na frente do estabelecimento consistia em alguns rapazes que esperavam a coragem chegar com os amigos atrasados para entrar no puteiro. Amintas, em geral, orientava uma equipe de oito homens pelo rádio, que naquela noite não funcionava. Não teve um dos rapazes que desse jeito nos aparelhos. Tinha escutado o dia inteiro as pessoas reclamando do celular fora de serviço, coisa que pouco o incomodava, uma vez que era avesso ao aparelho e só tinha um por culpa da preocupação de Gracinha com o seu trabalho. Agora sentia falta da comunicação. Não sabia o que estava acontecendo lá em cima porque era ele mesmo quem ficava na porta da rua. A boate ocupava dois andares inteiros no alto do prédio comercial de três pavimentos. Fazia questão de ficar ali na frente olhando o movimento de entrada e saída também para ser visto, posto que seu rosto duro e enrugado e seu olhar fundo e intimidador, com um corpo forte dentro de um terno escuro, formavam o kit pelo qual ele era identificado. Era o leão de chácara mais conhecido ali no centro. Conhecido e respeitado. Mesmo sem abrir a boca, quem o encarasse por mais de um minuto e visse as cicatrizes que ele tinha espalhadas pelo corpo saberia que Amintas era um cara cheio de histórias para contar a respeito de como tinha sobrevivido a tantas brigas violentas.

Enquanto Amintas cuidava da porta lá embaixo, no salão a música eletrônica bombava nas caixas, lançando impactos surdos e graves que chacoalhavam os tímpanos da freguesia e a estrutura do centenário casarão. Aquele não era o gênero predileto dos frequentadores do Cigana, mas, por conta do espetáculo oferecido aos outros sentidos, nenhum deles reclamava. A maioria dos homens enrodilhava-se nas meninas de corpos generosos e curvas abundantes, metade delas era realmente deslumbrante, mulheres perfeitas para uma noite de perdição e delícias. Para a outra metade, bem, era melhor que as luzes continuassem daquele jeito, mornas, leves, sem revelar por demais detalhes que não tinham sido lapidados com muito capricho pela mãe natureza e que, no ainda imaturo efeito dos vapores etílicos, poderiam ser notados. Quando aquela turba de lobos cansados da caçada estivesse encharcada por drinques e doses de cerveja, todas seriam elevadas ao patamar de semideusas, e qualquer inadequação anatômica passaria despercebida.

Da calçada, Amintas sentia falta do vaivém frenético dos bêbados a pé, jovens casais e moleques ouvindo som alto em seus carros tunados, indo buscar outros bares abertos, sinucas e qualquer diversão que a vida boêmia pudesse oferecer. As ruas estavam estranhamente caladas, e o estalar de sapatos era escutado a distância. As ruas só não estavam desertas graças aos inferninhos que continuavam ali para saciar o instinto mais persistente dos homens desprovidos de pares ou meramente enfadados com os sabores da alcova cotidiana. Por conta da rua vazia para a hora, pôde ver uma mulher magrelinha e baixinha, com cabelos encaracolados, surgindo na penumbra a distância, fazendo com que abrisse um sorriso. Não gostava que Graça viesse falar com ele na porta do Cigana por razões óbvias, mas naquela noite era tudo diferente. Queria contar a ela a grande nova. Queria ver o sorriso nos olhos dela assim que dissesse que tinham agora um teto definitivo para morar. Aquela sensação e aquele teatro se repetiam em sua mente sem parar. Revivia aquele momento, aquele átimo de felicidade fazendo só aumentar, represando aquele desejo de locução. Uma ruminação de alegria. Contudo, o avistamento evaporou sua alegria quando se aproximou. Não era ela. Era outra mulher, dona da mesma silhueta física e do mesmo gingado. Amintas, no fim das contas, sorriu. Sentiu-se um besta apaixonado, sentindo calafrios de adolescente. A ansiedade fazia com que os minutos passassem se arrastando, quase congelando o tempo, convertendo sua espera num martírio insuportável. Era assim que os momentos inesquecíveis começavam a cavar ranhuras em nossas memórias para se agarrar às entranhas de nossos cérebros, petrificando os neurônios e gravando neles, como hieróglifos, as mais marcantes e vívidas recordações. Talvez por razões equivocadas, que o segurança da boate ainda nem imaginava, naquela noite, na verdade, a notícia nunca escaparia de suas lembranças, deixando um pedaço de seu cérebro marcado a ferro e fogo.

Uma hora e meia se passou quando Amintas conseguiu se distrair conversando com amigos e clientes que aguardavam na modesta fila para entrar na casa. Foi fácil deixar o tempo avançar quando seus pensamentos saíram do foco da notícia guardada e transitou pelo cotidiano daquelas pessoas. Um dos homens na fila comentava com outro que tinha encontrado o genro em outra boate, saiu de fininho e veio para o Cigana antes de ser visto. Alcoolizado, ria da situação com mais três parceiros de noitada, que diziam que o sogrão não podia pegar pesado com o namorado da filha porque senão o garoto também poderia dar com a língua nos dentes. Debochavam da providencial falta de sinal nos celulares, pois assim escapariam das ligações das esposas deixadas em outros estados enquanto eles estavam ali, trabalhando. Funcionários de TI contratados do sul do país garantiam o movimento e o sustento dos puteiros dos quatro cantos do Brasil.

Então Amintas teve sua atenção chamada por uma velha que vinha pela calçada. Ela estava curvada, com a mão na parede para não cair. Amintas teve um impulso de sair de seu posto para saber o que acontecia e se a pobre mendiga precisava de ajuda, quando sentiu um cheiro horrível chegando no ar. Era um fedor absurdo que o obrigou a tapar as narinas. Só podia vir da mendiga. Conferiu o canhoto de pagamento de cinco homens que desceram e saíram gritando pela calçada, e deixou mais dois garotos entrarem. Seus olhos voltaram para a mulher, que estava caminhando com dificuldade e chegando perto da fila. Queria ajudá-la, posto que era uma senhora anciã, que o fazia lembrar de sua mãe. A velha vomitou ali na calçada, lançando um jato de líquido escuro e fedorento que revirou seu estômago. Contudo, Amintas não notava nos olhos dos frequentadores aquela agonia com o cheiro. Alguns tinham virado o rosto enojados com o vômito, mas ninguém comentava o cheiro. Então seus olhos se encontraram com os da mulher, fazendo com que Amintas se arrepiasse todo. Por um segundo viu aquela mulher com os olhos vermelhos como sangue, iluminados como os olhos de um gato. Esfregou os seus para enxergar melhor. Agora não via a estranha cor nem o brilho. Restavam o odor terrível e uma vontade inexplicável de partir para cima da velha. A velha virou-se e foi embora, desaparecendo na esquina e deixando uma estranha sensação em Amintas, tão estranha que só depois ele se deu conta dos rostos horrorizados e do silêncio na fila. Amintas guardou seu revólver de volta no coldre. Ele tinha sacado a arma e estava com o dedo no gatilho, sem nem se dar conta de que, se a velha tivesse ficado ali mais um instante, ele a teria descarregado no corpo dela.

Amintas passou a mão no pescoço e bufou, olhando para os homens que ainda o encaravam com certo temor. Subiu as escadarias correndo e pediu para o Toninho descer e olhar a porta. O velho leão de chácara correu para o banheiro do fundo e se trancou ali, abrindo a torneira e se olhando no espelho. Deixou a água fria penetrar em sua barba, e as gotas geladas emaranhadas aos fios pingavam.

— Êeee. Que tá acontecendo, homem? — perguntou-se, diante do reflexo.

Ter sacado a arma o perturbara. Por que tinha erguido o revólver para uma velha? Nunca tinha feito isso. Estava ficando louco? Quando recobrou a consciência do movimento na calçada, estava com o dedo no gatilho. Nunca fazia isso. Nunca. E se tivesse atirado?

Rápidas batidas na porta fizeram com que se sobressaltasse. Amintas secou o rosto e abriu uma fresta, como se estivesse com medo do mundo pela primeira vez na vida. Através da fresta viu o rosto contraído de Ceci, uma garota vinda da periferia de Salinópolis, parada no corredor. Amintas terminou de abrir a porta.

— Seu Amintas, me acuda.

— O que foi?

— Dona Zelina pediu para o senhor ir até o meu quarto. Meu cliente morreu.

— Égua! Como isso? — perguntou Amintas, já se colocando para fora do banheiro e coçando a cabeça.

Amintas acompanhou Ceci até o quarto. A menina, coberta apenas pela lingerie, tremia da cabeça aos pés, fazendo com que suas nádegas balançassem ainda mais conforme caminhava. Ela parou na porta, sem entrar, tomada por aquele medo arraigado, mágico, que a presença opressora da morte instila no ar ao brindar os vivos com um novo convidado. Ceci ficou parada, limitando-se a manter a mão erguida e o dedo indicador apontado para o leito. Ela tinha sido tão convicta em dizer que o cliente estava morto que ninguém se alvoroçou para chamar uma ambulância. Amintas entrou e bufou vendo o homem estendido na cama.

— Ele já te pagou? — perguntou calmo.

A menina só balançou a cabeça, fazendo que sim, e chorava, tremendo. A presença de Amintas no corredor dos quartos era um alerta de confusão, por isso umas vinte meninas se aglomeraram atrás da amiga Ceci. Simone tomou a dianteira por curiosidade, caindo ao passar pela porta e perdendo um pé de seu sapato dourado.

— O homem morto aí e tu perguntando se ele pagou, homem? Que coisa é essa?! — indignou-se a daminha da noite.

Amintas parou e olhou para ela, dando a mão para que se levantasse.

— E isso é da tua conta?

— Claro que é. Esse é o Quero-quero. Vem toda semana e sempre me escolhia, até essa lambisgoia chegar.

Ceci fez uma careta para Simone, que retribuiu, enquanto as outras meninas, ainda que nervosas com a visão do morto no quarto, riam.

— Não tá com cheiro de morto, sabe? Eu sinto cheiro de morto de longe.

— E morto novo lá cheira?

— Ô! Cheira! E cheira de longe, Simone.

— Eita! Se tu é apegado assim com a morte, estou logo vendo por que é chamado de "o melhor leão de chácara de Belém" — juntou a morena com voz acetinada, segurando no braço do segurança e aproximando o corpo sensualmente.

— Sou bom porque sou atento, garota. Atento o suficiente, entende? — perguntou, afastando um pouco a mulher.

— Ele reclamou de alguma coisa, Ceci? Disse que tava passando mal?

— Não, senhor, seu Amintas. Ele só perguntou se podia dormir um pouquinho porque estava cansado. Ele disse que não tinha dormido desde ontem à noite, tinha passado a noite em claro no trabalho.

— Ele trabalha no Mangueirão — revelou Simone.

— Deixa eu contar, sua intrometida? O seu Amintas tá perguntando para mim.

— Mas é uma moleca ousada mesmo.

— Deixa ela falar, Simone! Fica na sua aí!

Simone e Ceci trocaram um olhar elétrico, e a menina mais nova tornou a falar.

— O cliente disse que estava cansado e só queria dormir um pouco antes de sair porque ele tinha ainda meia hora comigo. Então, enquanto eu me banhava, deixei ele aí, descansando. Quando fui acordar o homem ele nem se mexia.

— Ele não está morto.

Amintas estava curvado sobre o Quero-quero e ouviu o murmurinho às suas costas.

— Ele só está dormindo.

— Mas ele não acorda, seu Amintas.

— Mas ele não está morto, Ceci.

— Prove — exigiu a garota de programa, cruzando os braços.

Amintas sorriu. Realmente a respiração do velho estava bem fraca, e os batimentos, quase imperceptíveis. O leão de chácara olhou para a cômoda onde havia um copo com meia dose de uísque e o óculos do cidadão apagado. Pegou o óculos e colocou perto da narina do homem.

— Vem ver aqui, sua teimosa.

Ceci olhou sobre o ombro de Amintas. Ele segurava o óculos perto do nariz do morto.

— É para eu ver o quê?

— O vidro da lente. Veja. Está embaçando.

— E o que que tem?

— O que que tem é que o velho tá respirando, sua anta. Se embaça o vidro é porque a pessoa está respirando.

— Ah. Então tá.

Amintas apanhou o copo com uísque quente deixado sobre a penteadeira, foi até o banheiro e jogou fora a bebida, tornando a encher o copo com água da pia. Voltou até o homem e despejou metade do copo na sua cara. Esquisito. Nem a mínima reação. Isso era bem inesperado.

— Eu já chacoalhei o homem, seu Amintas! Já belisquei, já gritei no ouvido, ele não se mexe.

— Pode ter tido um ataque, um derrame, ele deve estar em coma. Vou chamar uma ambulância.

— Ele está com a doença — profetizou Simone. — E você deve ter pegado, viu, filha?

— Vai jogar praga na sua mãe! — irritou-se Ceci.

O leão de chácara foi até o balcão do bar e apanhou o aparelho telefônico. Digitou o número da emergência e estranhou a demora no atendimento. Não tinha caído na fila de espera, o que já seria surpresa o suficiente, mas a ligação nem chamava. Desligou e tornou a ligar. Mudo, sem linha.

— Os telefones não estão funcionando, não. Nem rádio nem TV — disse Beto, o barman.

— Pensei que fosse só o celular. Nem tentei o meu.

— Pois é, não é só aqui, não. A cidade toda tá assim desde ontem de manhã. Não ouviu nada disso, não?

— Ouvi nada. Ontem eu saí daqui e fui direto pro banco. Fiquei lá esperando. Nem dormi. Igual ao Quero-quero no quarto da Ceci. O velho apagou e precisamos de uma ambulância.

— O Carmo da Saúde tava aí agora mesmo. Vira e mexe ele vem com a ambulância da prefeitura pra cá.

— Ele já saiu. Eu estava lá embaixo e até brinquei com ele.

— Esse negócio de celular não funcionar tá dando até prejuízo, já.

— É? Por quê?

— Um caboclo tava aqui agora mesmo reclamando com o amigo, foram embora porque não conseguiram ligar pra casa para dar uma desculpa esfarrapada do celular, nem daqui nem lá debaixo, do orelhão.

— Que coisa — murmurou Amintas, desapontado. — Bem, o morto não pode ficar lá no quarto.

— Vixe! Morreu mesmo?

— Não. Tô tirando onda. Serviu muito o cliente da Ceci?

Beto puxou um papel na prancheta. O número da Ceci era setenta e cinco. Torceu o lábio.

— Ele já veio aqui antes e bebeu muito mais que isso. Hoje foram três doses de uísque, e só. A Ceci tomou um Campari.

— Bem. Deixa eu correr com o homem, porque não quero defunto aqui dentro. Se ficar esperando esses telefones voltarem à ativa, podemos já ir arranjando a missa de sétimo dia por aqui mesmo

— Falta de padre não vai ter. Hahaha!

Em cinco minutos, com uma maca improvisada com o tampo da mesa do refeitório das garotas, o homem apagado foi removido pelos fundos e colocado sentado no banco da frente do Chevette do Amintas. O hospital ficava perto e, mesmo que o cliente apagado parecesse apenas dormir placidamente, era bom não ficar à mercê da sorte. Amintas ligou o carro e, com a ajuda de Ceci, que tinha se vestido e era a pessoa mais indicada para responder a qualquer pergunta que o médico fizesse, partiu para o pronto-socorro. A madrugada ia alta, com poucos carros no caminho e muita gente perambulando pelo centrão, onde se concentravam os bares e a bagunça da noite. Amintas chegou a parar o carro, ouvindo um grito aqui e ali. Quando pararam num sinal vermelho, foi a vez de a garota de programa ser atraída por alguma situação.

— Olha! O que é aquilo?

Os olhos de Amintas seguiram o dedo indicador da mocinha. Um enorme clarão tomava a esquina duas ruas para cima na avenida.

— Parece um incêndio.

Tomado pela curiosidade, Amintas espichou o caminho para passar em frente ao clarão. Dois carros do Corpo de Bombeiros estavam lá, jogando água num enorme prédio comercial. O vento forte fazia com que pedaços grandes de material em brasa voassem para os telhados vizinhos. Se os bombeiros não agissem com rapidez, aquilo ia se transformar numa tragédia. Foi quando diminuiu a velocidade perto da muvuca que o leão de chácara se deu conta de outra coisa peculiar. Viu duas pessoas adormecidas sendo carregadas nos braços de amigos. Seriam vítimas do incêndio ou ébrios despencados num coma alcoólico muito parecidos com o passageiro ao seu lado? Só saberia se descesse do carro, e não estava muito disposto a fazer isso naquela hora. Queria deixar o sujeito e a garota de programa no hospital, voltar para o Cigana e esperar um par de horas até que pudesse se despedir de todos e finalmente tomar o rumo de casa. Pensava nisso quando cruzou o novo quarteirão, virou para a direita e se deparou com um aglomerado de pessoas em frente a um mercadinho com as portas levantadas e sendo saqueado, enquanto línguas de fumaça negra saíam do fundo e labaredas alaranjadas iluminavam o céu. Era o segundo incêndio em questão de metros. Passou mais três quadras, dobrou na avenida Nazaré e chegou no hospital, parando o Chevette na calçada.

— Espere aqui com ele, menina.

Amintas atravessou a calçada e subiu um curto lance de escadas. Assim que entrou no saguão, travou no caminho. Aquilo era inesperado. Dezenas de pessoas estavam sentadas com desacordados ao seu lado. Havia choramingos, reclamações pela demora no atendimento e todo o tipo de imprecações daqueles que eram pegos de surpresa por um mal súbito na família. Gente com terço na mão, velhinhas fazendo o sinal da cruz, olhos vermelhos etc. Vendo um bando de pessoas nervosas, apinhadas na recepção, nem perdeu tempo buscando informações, andou pelo saguão procurando uma cadeira de rodas. Nada. Nem lugar em cadeiras comuns parecia ter. Saiu do hospital e desceu até o Chevette.

— Ceci, desce. Você vai ter que ficar com o sujeito por aqui.

Amintas abriu a porta do lado do passageiro e desatou o cinto do homem desacordado. Bufando um pouco, tirou o sujeito do carro, depois ajeitou seu próprio corpo, firmando as pernas e as costas, agachando e jogando o cliente sobre o ombro.

Ceci — que inclinava o banco da frente e descia, trajando uma calça jeans agarradíssima às suas curvas delicadas, salto alto e uma blusa branca — arregalou os olhos.

— Nossa, seu Amintas! É por isso que eu admiro o senhor! Dá de dez em muito molequinho que eu tenho que pegar lá no Cigana.

Amintas gostava dos elogios das meninas do trabalho, sabia que era um senhor bem apanhado e ainda bastante forte, mas, subindo as escadas com um caboclo nas costas, não revelava a ninguém o quanto seus joelhos doíam e o quanto suas costas estariam doendo ao anoitecer. Para um leão de chácara era bom que o imaginassem sempre como um titã, forte, bravo e destemido. Dor nas juntas era para os fracos, pensava, rindo de si mesmo, galgando um degrau por vez.

Chegando ao hall de entrada, um funcionário do hospital veio esbaforido interpelá-los.

— Não! Não estamos recebendo mais ninguém desde o meio-dia.

Amintas curvou-se e deixou o homem sentado no chão, à porta do hospital.

— Como assim? Olha o estado desse homem!

— Não posso receber mais ninguém, senhor. O hospital lotou de manhã, essa gente que o senhor está vendo nos bancos está aqui desde a manhã. Não tem médico para todo mundo. Precisa levá-lo para outro hospital.

Amintas olhou para Quero-quero dormindo, recostado à porta do hospital, com o corpo no chão frio.

— Ouviu, Quero-quero? O senhor tem que ir para outro lugar — avisou.

Amintas começou a descer a escada em direção ao carro.

— Senhor! — gritou o funcionário. — O senhor não pode deixá-lo aqui!

— Ué! Na hora que ele acordar manda ele ir para outro hospital.

— Vou ligar para a polícia!

— Pode ligar.

Amintas e Ceci entraram no carro e partiram pela rua, deixando um exaltado atendente do hospital parado no meio do asfalto, com os braços erguidos e praguejando.

Dentro do carro Ceci ria de cair lágrimas de seus olhos.

— Seu Amintas! O senhor é dose!

Amintas sorria e conduzia o veículo de volta ao Cigana, observando como as ruas estavam vazias.

— Deixou o homem na porta do hospital.

— E ia deixar ele onde daquele jeito? Não é meu filho pra ficar dormindo no meu carro.

Ceci riu de novo, lembrando da cara do atendente.

— Que horas são? — perguntou o homem.

— Quatro e quarenta da manhã, seu Amintas.

— Tô doido pra ir pra casa, encontrar minha mulher. Doido para contar as novidades pra ela e dar uma dormidinha.

— Ah, a Rosa me falou. O senhor comprou uma casa, né?

— Comprei não, vou comprar.

— Ué? Mas a Rosa disse que o senhor já tinha comprado.

— Não. Eu recebi o crédito do banco. Agora é só escolher a casa. Achar uma que caiba no empréstimo e partir pro abraço.

— Parabéns, seu Amintas. O senhor e sua esposa merecem.

— Agora quero chegar em casa, falar para minha esposa e minha mãe e capotar. Não durmo desde ontem, igual ao teu cliente.

— Só não vai dormir igual ele também, hein, seu Amintas? Esse negócio de dormir parece que tá pegando muita gente. O hospital estava cheinho.

Amintas lembrou-se daquele saguão lotado. Realmente, era muita gente. Mas, fosse o mal que fosse, os médicos achariam um jeito de curar toda aquela gente. Além do mais, a saúde pública não era da sua conta. Só queria era saber da sua casa.

Capítulo 18

Cássio acordou num pulo. Estava tendo um pesadelo com o homem gorducho de terno e gravata. Ele o tinha seguido pelo caminho até o Horto, encontrado a sua rua e agora estava parado ali na frente do portão da casa da irmã. O vampiro queria entrar. Cássio tinha a respiração entrecortada. Olhou para a TV ainda ligada, ainda carregada de estática e chiados, sem trazer um único fio de esperança. Foi até a janela e olhou para o portão, só para se certificar de que aquela visão tinha sido só um pesadelo. Voltou e ficou parado em frente à TV, descalço sobre o chão de tacos. Não dava para entender aquilo. Foi até o quarto do sobrinho e voltou com um pequeno rádio de pilha nas mãos. Tinha dado o aparelho de presente para o Felipe quando levou o sobrinho ao primeiro jogo do Palmeiras da vida dele. Aquele dia vitorioso no Parque Antártica parecia tão distante agora. Por sorte a pilha ainda tinha carga. Passou pelo dial das FMs só captando estática. Passou a chave para AM e aconteceu a mesma coisa. Fosse o que fosse, o que causava aquela interferência estava durando e parecia que ia complicar a vida de todo mundo por um novo dia, mantendo a população toda coberta por esse manto de desinformação e medo. Quando bateram na porta, ele se sobressaltou. Foi impossível não lembrar do vampiro em seu pesadelo. Aturdido, caminhou devagar e segurou firme na maçaneta.

— Quem é? — perguntou com voz firme.

— Desculpe se te acordei, Cássio, mas vi a luz da TV brilhando.

Era uma voz de mulher. Cássio a reconheceu. Era Gema, sua ex-sogra.

O policial girou a maçaneta e abriu, deixando-a entrar.

— Entra, dona Gema. Não fica na rua que o negócio tá feio — disse o homem, no meio de um esgar.

— O que você viu por aí?

— Vim andando do batalhão até aqui. Ontem não tinha ônibus, não tinha táxi, nada.

Os pés ainda doíam, assim como os músculos da parte interna das coxas.

— Tô ficando velho. É isso — reclamou, fechando a porta.

— E a saúde?

— Cuidando.

— Eu vi a TV ligada e vim chamar.

— Fora essa loucura, mais algum problema?

— Eu vi a Alessandra saindo com as crianças. Queria saber se está tudo bem — informou a velha, esfregando a mão direita sobre o braço esquerdo, um sinal que Cássio conhecia muito bem.

— Estou no escuro, literalmente. Ela deixou um bilhete explicando que tinha ido para o hospital, mas não disse qual.

Dona Gema ficou parada com os olhos miúdos e ainda esfregando o braço lentamente.

— Pode dizer, dona Gema. O que a sua filha fez pra senhora estar assim?

— Ela saiu cedo ontem e não voltou até agora. Tá tudo uma confusão. Estou tão preocupada, ela sempre liga, dá um sinal, mas dessa vez estou aqui, presa em casa sem saber o que fazer.

— Olha, dona Gema, posso não ser a melhor pessoa pra reconfortá-la nesse momento, mas, se lhe acalma, acho que metade da população da cidade está passando pela mesma aflição. Os telefones estão sem funcionar desde ontem de manhã, a cidade está um caos, um pandemônio. Logo, logo a Thaís aparece aí na porta da sua casa.

Cássio Porto andou até a cozinha e apanhou seu celular. Discou o número da irmã. Estava mudo. Mesmo que funcionasse e chamasse, ele sabia que ela estava sem o aparelho. O celular tinha virado um mero relógio. Três horas da manhã. Tinha dormido demais. Seus olhos deram em dona Gema, ainda aflita.

— Fala, dona Gema. O que mais te aflige?

— Se ela não chegar até de manhã, você me ajuda a procurar minha filha? — pediu a mulher, com os olhos rasos d'água.

Cássio refreou o ímpeto de confortá-la e abraçá-la. Estava diante da mulher que acobertara e encorajara a sua ex-esposa a arranjar outro partido. Dona Gema tinha essa face meiga, essa cara de boa velhinha, mas era uma cobra bem peçonhenta quando queria, e sabia se fazer de vítima na hora certa. Ele tinha prometido não contar nada para a sogra sobre os problemas de saúde que enfrentava por culpa da infidelidade da ex-mulher. Dona Gema era uma moralista de meia pataca, que tinha os valores bem flexíveis, dependendo a respeito de quem falava mal.

— Olha, dona Gema, eu adoraria — disse o homem, segurando a senhora pelos ombros e girando-a em direção à porta. — Primeiro preciso achar minha irmã, o Felipe e a Megan. Enquanto eu procuro, por que você não pede para o namorado da Thaís ir atrás dela?

— Eu não consigo falar com ele também. E aquele homem é uma banana.

— Pois é. Disso eu já sabia. Boa noite, dona Gema, tente dormir. Tranque a porta.

— Eu não entendo por que você está agindo assim, filho. Ela foi sua esposa.

— Pois é, dona Gema. Ela foi. Não é mais, e não é problema meu onde ela está.

Cássio fechou a porta sem se despedir, mas ficou olhando pela janela a senhora se afastar. Não era dado a esse tipo de frieza no trato com as pessoas, mas aquelas duas mereciam. Olhou novamente para o display do celular. Não podia ter se dado ao luxo daquele sono tão comprido. Sua ideia era apenas um cochilo rápido para recuperar a disposição. Saiu para o quintal e andou até sua casa, nos fundos. Tomou uma ducha rápida, colocou uma calça de moletom confortável para caminhar, tênis e uma camiseta de mangas longas. Tentaria o hospital particular primeiro, as crianças tinham convênio ali. Com alguma sorte sua irmã estaria lá. Talvez alguma alma caridosa parasse na rua e lhe desse uma carona. Às três da manhã? Não, sem chance. Viu-se novamente trilhando as ruas a pé.

Mudou o caminho e levou onze minutos para chegar ao pronto-socorro do bairro, quem sabe num golpe de sorte encontrasse Alessandra por ali. O silêncio quase absoluto da madrugada era quebrado eventualmente por um carro passando acelerado ou um motoqueiro com o escapamento aberto, conduzindo a duzentos por hora. Todos estavam assustados com aquela noite. Logo na frente do pronto-socorro ficou claro que o problema dos desacordados só aumentava. A visão do Hospital do Mandaqui já tinha dado uma boa dimensão do transtorno e do despreparo para uma emergência tão numerosa. Ali, no Tremembé, um amontoado de gente atulhava a porta do PS. Algumas pessoas chorando, outras alteradas, gritando, querendo entrar. Os olhos do policial pararam sobre os montes de pessoas adormecidas, ajudadas por parentes ou amigos. As portas do pronto-socorro estavam fechadas, dando vazão ao furor dos que tinham seus entes desamparados, precisando de um médico. Cássio conseguiu se aproximar a muito custo da porta de vidro, espiou lá dentro, na recepção, abarrotada de gente, ocupando todas as cadeiras e espaços no chão, macas e cadeiras de rodas, um corre-corre frenético de funcionários. Cássio nunca tinha visto nada igual. Se as TVs estivessem ativas, não se ouviria falar de outra coisa, de decreto de estado de calamidade pública para cima. Não viu sua irmã. Impossível achar alguém daquele jeito. Mostrou sua identificação de policial militar para os quatro seguranças que barravam a porta e a passagem, e mesmo assim precisou empregar muita lábia para que uma fresta fosse aberta. Assim que explicou que só estava atrás de informações, a passagem lhe foi franqueada. Agonia. Não tinha outra forma de descrever aquilo. O desespero estampado no rosto das pessoas somava-se ao seu. Era tanta gente, tanta gente adormecida. Que doença teria aquela força devastadora de apanhar tantos em um único dia? Precisou agarrar uma servidora pública pelo braço para que lhe fosse dada atenção. A moça, evidentemente atarantada, explicou que não adiantava procurar no computador o nome da irmã porque desde as nove da manhã não tinham condições de fazer mais fichas, e o sistema informatizado tinha travado.

— Moça, até agora eu não perguntei a ninguém, mas vocês já descobriram o que é essa doença?

— Olha, ninguém sabe ainda. Os médicos só disseram que é um tipo de coma. Como se estivessem sedados. Até agora ninguém morreu disso, se é isso que te preocupa.

— E como eu faço agora para achar minha irmã aqui?

— Se ela estiver aqui, só por olhômetro. Dá uma volta aí procurando, fique à vontade.

— Posso falar com um médico?

— Você está doente?

— Não. Eu só...

— Só temos dois médicos para o PS inteiro, eu nem me atrevo a ir lá chamar um deles pra falar com o senhor. Se quiser informação, vá até o HC.

Como Cássio não respondeu e ficou ainda olhando para ela, a enfermeira continuou explicando:

— Depois das duas da tarde todo mundo foi encaminhado para o Hospital das Clínicas, mas agora ele não está mais aceitando pacientes novos também. Só que podem já ter descoberto o que está acontecendo com essas pessoas.

Cássio nem redarguiu. Não tinha o que contestar. O murmúrio e a lamentação que vinham da multidão de desesperados eram bem eloquentes. Perdeu meia hora andando da recepção às antessalas de atendimento e salas de medicação. Pelo menos uma centena de pessoas tomava soro, todas supervisionadas por meia dúzia de enfermeiros com olheiras, exauridos. Depois de rodar sala por sala, saiu, sem encontrar sinal de sua irmã e seus sobrinhos. Os cidadãos, desnorteados e desesperançados, não enxergavam que não ia adiantar nada ficar ali parados com seus familiares. Era evidente que a maioria era de gente humilde, que estava tão assustada que não admitia voltar para casa sem que um médico visse seus parentes. Cássio voltou para a rua e tomou o rumo do Hospital da Polícia Militar; numa situação calamitosa dessas eles atenderiam a população e sua irmã. Pela distância, ela poderia ter ido para lá, mesmo estando com o seu carro. Talvez no HPM estivessem fazendo alguma coisa para ajudar essa gente desacordada. Aquela noite maldita parecia não ter fim.

Ele não ia ficar parado. Não era coisa humana aquele transtorno. Tinha a mão do capeta naquele fenômeno. O engravatado no caminho. Aquilo não era mais gente. Era um bicho, um monstro. E todos os adormecidos acordariam daquele jeito. Era gente demais. Seriam vampiros demais. Como seria quando todos despertassem com sede de sangue, fazendo exatamente o que o gorducho tinha feito? Cássio caminhava pela rua, um bom pedaço do caminho até o Hospital da Polícia Militar era cercado por mato e árvores dos dois lados. Tímidas casas e pontos comerciais mortos de movimento pelo avançado da madrugada seguiam a noite mergulhados na escuridão. Era assustadora a perspectiva de encontrar com um daqueles lunáticos por ali, na rua deserta. Quando voltou a tentar adivinhar o futuro daquela inesperada situação, estacou. Não estavam preparados para aquilo! Se aquele fenômeno estivesse acontecendo na cidade inteira, seria um massacre quando aquelas criaturas começassem a matar seus parentes. Matariam. Era isso que o vampiro engravatado tinha prometido. Ele dissera que mataria mais e mais para saciar a sede. Vampiros, nos filmes, faziam isso, vinham atrás de sangue, tirando vida atrás de vida. Cássio sentiu uma tontura. Só podia ser um pesadelo. Era inacreditável ao extremo tudo aquilo que tinha vivido nas últimas horas. Queria acordar daquele mundo sombrio e voltar aos seus problemas rotineiros, entre os quais o maior inconveniente era perder a hora de tomar a medicação. O homem do sedã preto tinha matado aquela mulher. Tinha tomado um tiro no meio do peito e continuado a viver. E seus olhos brilhavam vermelhos na escuridão. Dentes salientes, pontiagudos, para poder perfurar a pele humana. Cássio tinha que alertar o alto comando. Talvez eles não soubessem. Talvez ninguém tivesse se dado conta do que realmente eram aquelas feras. Ainda parado na calçada, aturdido e apanhado por aquela visão louca, sentiu um frio subindo sua espinha quando as luzes se apagaram. Ouviu gritos vindos das casas, choro de crianças. A escuridão era total. A energia pública tinha caído, as ruas que seus olhos alcançavam estavam negras. Levou tempo até seus olhos se acostumarem com a pálida luz da lua. Assim que começou a enxergar o caminho, voltou a andar. Agora a passagem se estreitava ainda mais. Desde que saíra do PS não tinha visto um único carro na rua. Deu mais alguns passos com um muro à sua esquerda e a grade dos fundos do Hospital Militar à sua direita. Escutou passos. Uma mulher vinha andando pela calçada, indo em direção ao bairro. Ela estava com os braços cruzados, como se sentisse frio. Vestia uma saia jeans e uma blusa de uma cor que Cássio não conseguiu definir por conta da distância. Ainda que a Lua emprestasse um pouco de luz, estava difícil discernir. Não teve como não sentir os batimentos cardíacos acelerarem. Ao menos, quando ela também o viu a distância, seus olhos não brilhavam vermelhos. O policial seguiu em frente, torcendo para sua cabeça funcionar direito, torcendo para olhar para as pessoas como se fossem apenas pessoas. Aquela era apenas uma mulher andando assustada, de madrugada, sozinha como ele. Ela reduziu seus passos quando o avistou; vacilante por um segundo. Isso tinha sido um bom sinal. Então, por que diabos ele estava com a respiração alterada, quase ofegante de tanta ansiedade, com a mão direita roçando a arma presa em sua cintura? Um cachorro saltou num portão ao seu lado, ladrando ferozmente. O sargento pulou para o meio da rua, sobressaltado. Certamente a mulher tinha tomado um susto também. Olhou para a frente. A estreita rua estava vazia. Ouviu o ranger metálico de um portão sendo movido. Ela deveria ter chegado a sua casa. Cássio continuou andando e, pela primeira vez, olhou para trás. Dois homens vinham andando também, na mesma direção que ele. Um próximo ao muro das casas, outro rente à grade do hospital. Um olhou para o outro, andavam rápido, logo estariam ali, junto dele. Cássio virou-se para a frente. Não sabia se eram homens ou uma ameaça. Mal completou seu movimento, a mão da mulher agarrou seu pescoço com uma força bruta que não condizia com o seu tamanho. Sem parecer se importar com os oitenta e cinco quilos do sargento, ela elevou-o da calçada, sufocando-o, forçando-o a lutar pela vida espremido entre os dedos fortes dela.

Cássio agarrou a mão da mulher sem conseguir o menor efeito com esse ato, com o braço esquerdo desferiu um potente soco na cabeça dela, fazendo-a cambalear alguns passos para trás, sem soltá-lo. Cássio já estava ficando roxo, sem ar e preocupado com a ideia de que mais dois homens vinham logo atrás. Tinha que agir rápido. Tirou a pistola da cintura e o primeiro disparo foi instintivo, acertando no topo da cabeça da mulher, fazendo uma nuvem de sangue negro lavar a calçada. Cássio caiu com a vampira e colocou-se de joelhos em um segundo. Os olhos dos dois sujeitos estavam vermelhos, e eles tinham parado de avançar, mantendo as bocas abertas e emitindo grunhidos, exibindo seus dentes compridos. O sargento levantou-se e foi se afastando lentamente, sem despregar os olhos daqueles dois. Tinha que dar uma olhada na mulher. O engravatado de antes, com um tiro no peito, tinha se levantado novamente. A vampira tinha um buraco no topo da cabeça. O projétil, seguramente, transfixara seu cérebro, tornando impossível qualquer movimento. Cássio cutucou com a ponta do tênis o ombro da criatura, tomando um susto quando a vampira ergueu um dos braços. Cássio mirou sua cabeça novamente e disparou mais duas vezes. O braço caiu mole sobre o meio-fio, morto. Quando ergueu os olhos em direção à dupla de vampiros que estava na sua frente, nova surpresa, um avançava correndo em sua direção, enquanto o outro saltava a cerca de ferro para dentro do hospital. Seu vacilo durou apenas um segundo, o suficiente para o vampiro, com os braços estendidos e ainda grunhindo como um animal selvagem, o alcançasse. Dois disparos à queima-roupa no abdome fizeram a fera interromper o ataque e cair de joelhos, ainda com as mãos estendidas. Cássio manteve a pistola erguida na direção do agressor, então girou, olhando ao redor. O cão ainda ladrava, enfurecido, jogando-se contra o portão que tinha ficado vinte metros para trás. A mata emitia um murmúrio suave com a passagem do vento. Nem sinal da outra fera.

— Não atire na minha cabeça.

Cássio olhou para o vampiro de quatro à sua frente. A criatura levantou o tronco, exibindo a camiseta manchada de sangue. Estava pálido e com uma expressão assustada.

— Não atira. Não faz que nem fez com ela.

— Você a conhecia?

— Ai... Ai, minha barriga... Acho que vou morrer.

— Você ia me matar.

— Foi ideia dela. É minha amiga de faculdade.

— Ela... Vocês eram daqueles que estavam doentes?

— Doentes? Estávamos doentes? Tem mais iguais a gente?

— Muitos. Um monte de gente adormecida.

— Os adormecidos? Não. — O rapaz ficou vacilante, demorou a voltar a falar, como se tentasse se lembrar de alguma coisa. — A gente não teve essa doença. Fui eu que comecei a passar mal primeiro. A gente tinha levado uma outra amiga para o hospital. Ela, sim, tinha adormecido. Aí, ontem de manhã, quando amanheceu, eu comecei a passar mal. Minha pele ardia. Meu estômago doía. Depois foi a vez dela, da Daniela. Ela também começou a passar mal. Sentia as mesmas coisas. A gente se escondeu do sol e, quanto mais escuro era o lugar, melhor. Daí, duma hora para a outra a nossa amiga Sandra acordou. A Sandra...

O homem ferido dobrou-se, voltando a ficar de joelhos e começando a chorar.

Cássio não estava confortável com aquilo. Aquele vampiro poderia apenas estar ganhando tempo para que o fugitivo desse um jeito de surpreendê-lo.

— O que aconteceu com a Sandra?

— A gente não tinha ido para a faculdade. Voltamos para a república onde a gente mora. Mas aí quem piorou foi ela, a Daniela, a que você matou. O sol queimava nossas peles, ficamos mais irritados. A Sandra, coitada, ela estava normal, tentando cuidar da gente. Uma hora a dor em meu estômago e a sede que eu sentia eram tão grandes que eu desmaiei. Acordei quando o sol se pôs, e a primeira coisa que eu vi foi a Daniela no chão, com a Sandra no colo e com a boca em seu pescoço. A Daniela estava tomando o sangue da nossa amiga. — O vampiro encarou Cássio com lágrimas escuras descendo pelo rosto pálido. — Eu... Eu não sei o que está acontecendo comigo, moço. Não sei. Só sei que eu achei a coisa mais normal do mundo. Minha barriga começou a arder, e só parou quando eu também experimentei o sangue da Sandra, e isso fez eu me sentir tão bem, tão bem. Os pensamentos voltaram a funcionar na minha cabeça.

— Você matou a sua amiga e acha isso normal?

— Não é normal, eu sei. Mas parecia normal. Eu não queria fazer aquilo.

— Você sabe o que você é agora, não sabe?

— Um vampiro?

Cássio fez que sim com a cabeça.

— Não quero ser um vampiro, senhor. Não quero. Oh, meu Deus! Oh, meu Deus! O que vai ser de mim?

O sargento estava confuso. Aquele rapaz acabava de dizer que não era um adormecido, mas que tinha se tornado um vampiro de uma hora para a outra. Cássio começou a se afastar, de olho fixo no vampiro chorão, ajoelhado ao lado da amiga morta. Ao monstro tomador de sangue restavam algum sentimento e consciência. Isso fez Cássio estremecer. Viu quando ele tentou se levantar, mas caiu, segurando o abdome dolorido. Ficou indeciso se atirava ou não naquela criatura, acabando logo com aquilo. Por fim, abaixou a arma e começou a caminhar em passo rápido, quase correndo, olhando para trás a cada instante para se certificar de que não estava sendo seguido e de que não havia nenhum daqueles seres grotescos e perigosos em seu caminho.

Quando finalmente chegou ao hospital a energia elétrica tinha sido restabelecida. Encontrou quase o mesmo cenário desde a porta. Gente adormecida, amparada pelos desesperados e atormentados familiares com a falta de informação. A entrada não estava bloqueada como no pronto-socorro público; no entanto, ostensivos cartazes e meia dúzia de policiais militares avisavam que estavam fora de atendimento. Lá dentro tudo se repetia, gente que não acabava mais, deitada em macas, no chão e sentada em cadeiras. Cássio interpelou um dos funcionários e ficou sabendo que o hospital tinha declarado às quinze e trinta incapacidade de tratar os casos de adormecidos e impossibilidade de internar quem ali chegava. Mais uma vez ficou sabendo que todos estavam sendo conduzidos para o Hospital das Clínicas. Sentiu um fio de esperança quando o mesmo funcionário disse que poderia tentar localizar no sistema os nomes de seus sobrinhos. Nada. Não tinham passado por ali desde as oito da manhã até as dezessete horas. Cássio ficou quase dez minutos vagando, perdido em seus pensamentos. Começava a sentir certa inquietação ao perceber-se rodeado e preso no meio de tanta gente naquele estado. Era algo angustiante e claustrofóbico. E se aquilo fosse contagioso? Se apagasse aquela noite e não acordasse mais? Como iria ajudar sua irmã? Estava perturbado. A doença poderia se manifestar tardiamente em algumas pessoas? Quando as autoridades dariam notícias ou informações precisas sobre aquele mal? Quando diriam quantas pessoas tinham sido afetadas por aquela epidemia? Saiu para a rua, para o ar fresco. Fresco e repleto de novas armadilhas. Aquelas pessoas que tinham lhe atacado havia pouco. Seriam mesmo vampiros? Seriam o resultado final da misteriosa doença que assolava a cidade? Talvez a doença afetasse a mente da vítima e provocasse uma loucura. Mas loucura não explicava o fato de o engravatado ter se levantado depois de tomar um balaço no peito nem a força inexplicável daquela mulher que o outro chamara de Daniela. Se aquele ser arrependido lhe disse a verdade quando lhe contou que não tinha adormecido, talvez houvesse alguma esperança para seus sobrinhos. Talvez os adormecidos fossem os que estariam a salvo, no fim das contas, e os despertos é que se tornariam a ameaça. Fosse o que fosse, nenhum cenário era promissor. Queria era acordar daquele pesadelo louco. Parou, estático, passou a mão nos cabelos revoltos e apertou os olhos, imaginando por um segundo Megan daquele jeito, caída no chão, com dentes pontiagudos, transformada de menina em um monstro hediondo. Se a transformação apanhasse os sobrinhos, perderiam o que havia de humano dentro deles para viver da morte dos outros? Aquelas pessoas transformadas eram perigosas, eram inimigas. Teriam que ser combatidas rapidamente pelo governo e, se não existisse uma cura para aquele transtorno, precisariam ser exterminadas. As TVs inoperantes e as rádios fora do ar privavam a população de informação. Os cabeças do governo já saberiam daquela ameaça? Sabiam o que eram aquelas pessoas? A palavra "vampiro" martelava na sua cabeça. Aquelas pessoas ali nos hospitais pareciam nem se dar conta desse segundo perigo. Cássio encarou a rua escura. Em mais uma hora já seria dia. Pela primeira vez na vida sentiu medo do escuro. O medo envolvia a cidade de uma forma quase palpável. As esquinas escuras, os trechos onde os postes falhavam, onde seus olhos não conseguiam penetrar. O medo estava ali. Mesmo sentindo aquele bolo pressionando seu estômago, ele não podia ficar parado. Tinha que voltar até sua casa e ver se a irmã tinha aparecido ou deixado notícias, e, tão urgente quanto encontrar seus familiares, também precisava retornar ao batalhão de infantaria e tentar justificar sua ausência.

Capítulo 19

— Menina. Menina, você precisa acordar.

Chiara abriu os olhos.

— Graças a Deus. Já achei que você tinha pegado a doença também.

Chiara esfregou os olhos e se levantou do banco. Tinha apagado completamente. Estava exausta de tanto esperar.

— Olha, vem comigo. Você que é a amiga do Pedro, não é? O médico quer falar com você.

Chiara estava zonza, meio que deslocada no tempo e no espaço. Estivera sonhando até ser chamada pela enfermeira. Estava no Hospital Regional de Osasco ainda. Gosto amargo na boca, esfregou os olhos e se levantou. Olhou para o chão e não encontrou seu par de tênis, que tinha deixado bem no cantinho do banco onde se alojara. A recepção ainda estava lotada, encontrou alguns rostos familiares dos quais foi companheira de aflição durante todo aquele dia; a mulher que ficara lhe encarando enquanto dava detalhes de Pedro e que a tinha enchido de apreensão estava dormindo recostada em uma janela. Ela trocara de roupa e parecia ter tomado banho, fazendo Chiara até sentir inveja. Havia também uma porção de gente nova. Olhou embaixo do banco procurando os tênis. Nada. Não era só isso que faltava. Sentiu um frio na barriga. Onde estava Breno?

— O pequeno. Cadê ele?

— Calma, ele foi beber água. Está com a irmã de um garotinho que está esperando atendimento. Vem, o médico quer falar com você agora.

— Não acho meu tênis.

A enfermeira passou a mão no rosto e olhou ao redor. A recepção estava entupida. Muita gente de olhos fechados, por conta da madrugada avançada. Não dava para separar quem só tirava uma soneca e quem tinha chegado ali pego pelo misterioso sono.

— Nem adianta perguntar para o povo. Vamos falar com o médico, quando a gente voltar eu te ajudo a procurar.

— Roubaram meu tênis — reclamou Chiara, seguindo a enfermeira, andando de meias brancas pelo saguão.

No caminho do corredor encontrou Breno, tomando água no bebedouro; uma menina estava ao seu lado.

— A água está com um gosto ruim.

— Vem, Breno. Depois você volta pra ficar com a sua amiga.

— O Foguete já pode ir embora?

— Vem. O médico vai falar comigo.

— Meu irmão está melhor?

— Eu não faço ideia do que o médico vai dizer, Breno. Espero que só diga coisas boas.

Chiara apertou a mão de Breno contra a sua.

— Chiara, por que você está de meias?

A enfermeira abriu uma porta e passaram para um longo corredor. Ali também havia gente aos montes, sentada no chão, com adormecidos no colo. As macas estavam todas ocupadas.

— A gente está fazendo o que pode, mas está difícil, viu? Nunca vi uma coisa dessas, minha Nossa Senhora — queixou-se a enfermeira.

Subiram uma escada e tomaram a esquerda, parando em frente a outra porta. Passaram por mais um corredor, onde o vaivém de enfermeiros, médicos e parentes era intenso. Chiara leu "Centro Cirúrgico" numa porta dupla, por onde passaram.

— Sente aqui. Ele já vem.

A enfermeira apertou uma campainha elétrica, e logo a porta foi destravada.

Chiara encarou Breno, por um instante. O garoto estava calado, visivelmente oprimido por aquele cenário caótico.

— Dependendo do que o médico disser, Breno, eu te levo pra casa.

— Eu estou com saudade da minha mãe, Chiara.

— Eu sei.

— Mas eu não vou deixar meu irmão sozinho aqui. Nunca.

Chiara abriu um sorriso largo e alisou o rosto do menino.

— Ah, mas eu volto, ninguém vai deixar o Pedro sozinho.

— Tava tão legal lá na casa da Vanessa, né?

— Tava, sim. Como vocês conseguiram despistar os seguranças?

— Ah! O Pedro é maneiro! Ele fez eu fazer parkour com ele. Pular no jardim da mamãe.

— Hum. O Foguete deve ser um irmão da hora.

— Chiara...

A menina olhou para o garoto.

— Eu quero a minha mãe.

Chiara sentiu vontade de chorar naquele instante, abraçou o pequeno e ficou calada junto a ele.

A porta abriu-se novamente, dessa vez o médico veio atrás da enfermeira.

— São eles, doutor.

O homem, aparentando uns cinquenta e poucos anos, trajava um uniforme verde, touca da mesma cor e uma espécie de sapatilha de pano que cobria os sapatos e lhe dava um ar engraçado. Ele se aproximou de Chiara e Breno com uma prancheta na mão.

— Você que é a amiga do Pedro, não é?

— Namorada.

— E esse aqui é o irmãozinho dele, não é?

— Isso mesmo, doutor.

— Como foi que isso aconteceu? Como ele veio parar aqui com uma bala na cabeça?

— Ele está vivo? Eu posso ver ele?

— Não, querida. Você ainda não pode vê-lo. Ele está em coma. O que, por si só, já é um verdadeiro milagre. Ele teve oito paradas cardíacas durante a cirurgia, e revertemos todas.

Chiara não sabia exatamente o que aquilo queria dizer, mas, se o médico dizia que era bom, era porque era.

— Resumindo, seu irmão está vivo por enquanto — disse sorrindo e apontando para Breno. — Mas o estado dele é gravíssimo. O que nos leva a outras perguntas.

Chiara e Breno ficaram olhando para o doutor, respiração suspensa por um segundo.

— Cadê os pais do Pedro?

Chiara e Breno trocaram um olhar confidente. A garota tinha explicado para Breno o porquê de esconder a identidade do Pedro.

— O pai deles faleceu há alguns anos. Já a mãe, ela... Adormeceu na madrugada passada e não acordou mais.

— E como diabos esse garoto foi baleado? A mulher que trouxe vocês até aqui disse que encontrou o garoto caído na beira da rodovia cercado por cadáveres.

— Eu não sei explicar como isso aconteceu. Nós estávamos voltando de uma festa no condomínio...

— Uma festa, você, o Pedro e o pequeno aqui? Enquanto a mãe dele estava lá, desmaiada? Não faz muito sentido, mocinha.

Lágrimas brotaram no rosto de Chiara. Ela não sabia mais o que dizer naquele instante. Era mestra em arrumar desculpas em casa, para enrolar a mãe quando não tinha entregado um trabalho do colégio, mas estava tão cansada e tão ansiosa com aquela espera que sua cabeça tinha virado um poço de insegurança.

— A sua sorte, mocinha, é que estamos sem telefone, sem celular, sem contato com a polícia, porque esse caso aqui é de polícia. Seu amigo chegou aqui...

— Namorado! Eu já disse! — gritou Chiara, espumando de raiva.

O médico recuou um passo, surpreendido com a reação exasperada da garota. Logo se recompôs e continuou seu sermão.

— Pare de gritar comigo, ok? Eu sei que não está sendo fácil para nenhum de vocês dois, que estão esperando notícias dele desde ontem cedo, eu sei como é. — O médico fez uma pausa e olhou para a enfermeira, que deu de ombros, e depois apontou com a cabeça para Chiara. — O fato é que o Pedro chegou aqui morto. Foi por um triz que conseguimos recuperar os batimentos cardíacos dele — revelou o cirurgião, levantando a mão e juntando os dedos para dar ênfase ao que acabara de contar. — O coração dele parou ontem e conseguimos trazê-lo de volta sete vezes. Dizem que gato tem sete vidas, não é? Pois é, o seu namorado já gastou as sete e já está devendo uma para a próxima encarnação. Eu não fui para minha casa desde ontem por causa desse garoto, então eu quero saber o motivo de estar deixando minha esposa e meus filhos de cabelo em pé lá em casa, sozinhos e sem receber notícias minhas.

— Ele é o filho da promotora Raquel, tá legal?! É por isso que eu não queria dizer nada. Ele é o filho da promotora! Tentaram assassinar a gente! — gritou Chiara, pela segunda vez, com o rosto lavado de lágrimas, entregando os pontos.

— Ssssh! Fala baixo, menina. Sssh! — fez o médico, aproximando-se dela e quase pondo a mão em sua boca.

O médico foi até a porta dupla e olhou pelo corredor. Algumas pessoas que aguardavam notícias de parentes na UTI esperavam ali e estavam com olhos curiosos sobre os vidros, tentando entender os gritos da adolescente.

O médico voltou, olhando para a enfermeira mais uma vez.

— Você está falando da promotora Raquel? A ruiva que prendeu o Urso Branco?

— Ela prendeu ele?

— Prendeu. Foi a última notícia que ouvi no rádio, dentro do meu carro antes de... Antes de sumir tudo.

— A minha mãe não está dormindo, doutor.

— Oh, meu bem, você sabe onde ela está? — intrometeu-se a enfermeira.

Breno fez que não com a cabeça e olhou para Chiara, como se pedisse permissão a ela para dizer mais alguma coisa.

— Eu sabia que era coisa séria. Como é o seu nome, garota?

— Chiara.

— Tem alguma chance de você trazer a promotora aqui?

— Eu posso voltar para casa, levar o Breno para casa também. Posso ver se ela está ou não no condomínio. Mas alguma coisa me diz que não vai ser nada fácil encontrar a mãe do Pedro, doutor.

— Por quê?

— Porque minha amiga foi embora daqui ontem de manhã, saiu cedo e não voltou mais. Se a promotora estivesse em casa esperando notícias dos meninos, ela já estaria aqui. Minha amiga não é besta nem nada, deve ter avisado a segurança do condomínio de tudo o que aconteceu e também deve ter deixado um bilhete na casa da promotora Raquel. Se ela estivesse em casa, já teria vindo para cá voando, acredite.

O médico coçou a nuca.

— Eu preciso de um responsável aqui. A situação do Pedro não é nada boa. Ele precisa ser removido para um hospital com mais recursos e mais seguro.

— Mais seguro? Como assim? Ninguém sabe que ele é filho da promotora. Ninguém vai invadir este hospital e ameaçá-lo.

— Não estou preocupado com quem está fora, Chiara. Estou preocupado é com quem já está aqui dentro. Este hospital está sobrecarregado em todos os sentidos. Eu preciso deixar o meu posto, e meu substituto ainda não chegou. — O médico puxou Chiara pelo braço, afastando-a de Breno e falando baixo. — Não deixe o garoto andar sozinho pelo hospital, não desgrude os olhos dele. Tem gente perigosa aqui dentro.

— Como assim?

— Alguns dos pacientes, às vezes até alguns dos acompanhantes... Estão sofrendo um surto violento bastante incomum — revelou o doutor, enquanto a garota arregalava os olhos. — Já cuidamos de nove casos aqui, só nessa madrugada. Tem gente enlouquecendo, Chiara. Amarramos todos os violentos, mas tenho medo que surjam mais. Precisamos encontrar a mãe do Pedro e tirá-lo daqui, entendeu? Eu já tenho coisas demais para fazer com meus pacientes, não posso focar na transferência do Pedro. Não sei se a assistente social virá hoje, mas vá se informar e tire seu namorado deste hospital; se ele ficar aqui e essa confusão toda permanecer, ele vai morrer.

Chiara olhou para Breno. Não sabia o que fazer agora. Estava sozinha, de meias, sem dinheiro e cuidando do pirralho. Só tinha certeza de uma coisa, não ia sair do lado de Pedro, nunca.

Capítulo 20

Raquel caminhou entre os barracos e os casebres das estreitas vielas que serpenteavam pela imensa favela. Tinha parado no topo de uma daquelas casas subindo em uma caixa-d'água e deixado seus olhos varrerem os telhados. As nuvens tinham sumido do céu, e agora a luz da lua encantava o lugar. Deixou seus ouvidos de vampira trabalharem, ouvindo os sons daquela estranha noite. Ela ouvia vozes atrás das paredes. Ouvia choro de gente grande que estava assustada. Gritos fizeram festa em seus ouvidos. Iguais a ela também buscavam alimento. Levou horas andando lentamente, procurando pistas de onde os vermes haviam passado. Então, numa das vielas sentiu o cheiro mágico do sangue de sua vítima, e seguir aquela trilha marcada por pingos teimosos que tinham escapado durante o transporte dos corpos foi a coisa mais fácil. Aquele cheiro inconfundível bateu forte em suas narinas. O cheiro da vida e da morte. O cheiro do sangue da Sardenta emanava pelas frestas de uma parede vermelha de tijolos expostos, fugia para a rua através de uma janela fechada, tampada por uma placa de compensado. Tinha sido ali o seu cativeiro. Se não tivesse a menor referência visual, o cheiro patente daquele sangue serviria de perfeito guia para reencontrar o barraco onde fora mantida presa por horas após o ataque. Aquilo tinha sido outro dia? A noção do tempo vagava em sua mente como um barco à deriva. Ela tinha passado as horas de sol sendo gestada em sua cova, preparando-se para a nova vida e, quando a noite chegou, trouxe consigo energia para seus músculos, permitindo que se libertasse do novo cativeiro. Raquel recostou-se à porta e ficou escutando. Nenhum barulho vinha lá de dentro, e não era difícil imaginar o porquê. Depois de a executarem e a enterrarem, deixaram o esconderijo. Raquel girou a maçaneta no eixo. A porta estava destrancada. Entrou na cozinha pequena e malcheirosa, seus olhos passaram por panelas cheias de arroz azedo sobre o fogão, restos de comida caídos dentro da pia, duas caixas de pizza e, finalmente, pararam sobre um bilhete na mesa. Os garranchos desenhavam duas frases curtas:

"Serviço feito. Fomos buscar pastel".

Raquel sorria porque sabia o que aquilo queria dizer. "Serviço feito" era bem óbvio, "fomos buscar pastel", no entanto, só foi decifrado por conta de sua memória de outra vida. Da vida em que fora uma promotora. Aquilo significava que tinham ido para outro esconderijo, um tipo de base na qual eles puseram o codinome de "pastelaria". Curiosamente Raquel lembrava-se bem de onde ficava essa toca de marginais. Quando leu no processo a localização, a ousadia tinha saltado aos olhos. A pastelaria era um sobrado no Morumbi, edificada a cinquenta metros da delegacia de polícia do bairro. Raquel caminhou para fora da favela e chegou até a rua. Suas roupas estavam sujas de barro, e seu cabelo vermelho, empastado. Precisava se localizar e providenciar uma visita à pastelaria. A vampira estava faminta e ansiosa por um pastel de carne e dois copos de vingança.

Capítulo 21

O dia todo tinha sido estranho. Logo de manhã notou que tinham demorado para trazer o café da manhã: uma ração de pão murcho com manteiga azeda e leite aguado misturado a algo parecido com café. E uma maçã. Ao menos as maçãs eram sempre maçãs. Mesmo com a barriga roncando ficou olhando enviesado para a fruta pequena e dura. Ontem terminara o dia com o rosto inchado junto ao pescoço por conta de uma dor de dente infernal que o deixara acabrunhado. O incômodo de um canal mal curado às vezes o visitava, transformando-o num tipo de demônio encarnado, pronto para arrancar o dente batendo a cabeça contra as grades da cela. A dor ficou agarrada com ele durante a madrugada. Outra coisa o irritava. Perto da meia-noite a penitenciária fora infestada por um odor de perfume vagabundo, que empesteou tudo. A mistura de um cheiro forte capaz de embrulhar o estômago com uma dor que dá vontade de se matar dá uma noção de como as coisas estavam terríveis para o seu lado. Canivete e Prata eram os seus companheiros de xadrez. Semana passada tiveram o alívio de outros dois manés que caíram, mortos por entregarem serviço para os blindas do pavilhão. Com mais espaço, estavam até mais bem-humorados naquela semana. Os dois estavam deitados nas camas e quietos havia um bom tempo. Então viu Canivete se mexer. Perguntou se o parceiro sentia o cheiro de perfume no ar, e ele respondeu que não. Ficou calado bem uns cinco minutos antes de chamar Canivete de novo. O amigo ainda estava acordado. Entabularam um papo rápido, Canivete falando que era para ele procurar dois parceiros do lado de fora que eram firmeza e não metidos com crime, iriam dar um emprego para ele. O papo o distraiu por quase uma hora; então o amigo capotou, entrando num sono comprido. Ele tinha resolvido não pregar os olhos naquela noite, e tinha bons motivos para isso.

Quando amanheceu notou o incomum lambendo o chão da prisão, chamando a sua atenção para o fato de que o pavilhão estivera silencioso a manhã toda. Quieto demais. Quando as coisas ficavam assim no pavilhão era porque coisa boa não vinha. Viu passar três detentos carregados em macas bem na frente da sua cela. Provavelmente foram degolados, um ajuste de contas ou uma dívida de cigarros tinham dormido e alguém, na crocodilagem, facilitara a parada. Por isso não queria dormir naquela noite. Sabia que, se fossem tentar alguma coisa com ele, seria naquela madrugada. Qualquer merda era mais preciosa que a vida de um prisioneiro dentro daquela masmorra. Os parceiros de xadrez continuaram dormindo depois de o café ser servido, e pensou que os putos iam perder a refeição. Logo o faxina passaria recolhendo tudo. Duas horas depois do café viu mais macas transitando com prisioneiros apagados. Vicente respirou fundo. Às vezes as rebeliões cheiravam forte horas antes, mas naquela manhã estava tudo atípico e quieto, muito quieto. Não abriram as celas para o banho de sol, e ninguém reclamou. O faxina demorou para passar recolhendo os pratos do café da manhã e despejando tudo no carrinho de cesta plástica. Quando parou na frente da cela de Vicente, o Nelsão olhou para o prato vazio do gigante careca e para os dois pratos intocados, e começaram a conversar.

— Xiiii. Aqui também, é?

— Aqui o quê?

— Seus amigos aí, estão apagados, não é?

Vicente olhou para o Canivete e para o Prata. Ele tinha achado um bocado esquisito eles não terem acordado para tomar o café e continuarem lá, dormindo que nem dois bebês, mesmo com o avançar da manhã. Principalmente o Prata, que era elétrico e sofria de insônia.

— Tem uma pá de nego apagado assim, Vicentão. Tá o maior buchicho no xadrez. Tão achando que puseram alguma coisa na caixa-d'água.

Vicente coçou a cabeça raspada e olhou de novo para os dois amigos.

— Ô, Prata, acorda!

Nenhum dos dois se mexeu. Nelsão abriu um sorriso largo e ficou olhando para Vicente, que se aproximou dos colegas de cela e chacoalhou o ombro do Prata.

— Acorda, malandro!

Nada.

— Tô te falando, meu irmão — tornou o faxina. — Tão comentando aí que jogaram coisa na água.

— Porra, eu bebi água pra caralho ontem, Nelsão, e tô legalzão. Quem ia fazer uma crocodilagem dessas?

— A gente viu um águia subindo no telhado lá do pátio. Ele tava carregando alguma coisa lá pra cima.

— E por que até agora ninguém tá balançando a cadeia? Como é que tá todo mundo quieto?

— Porque tá todo mundo assustado. Foi pra lá da metade dos detentos que apagou essa noite.

— Eu nem dormi, de tanto nervoso — revelou Vicente, colando na grade e olhando para o pavilhão. — A Lili vem me visitar hoje.

Nelsão abriu de novo o sorriso.

— Coisa boa quando ela chega, não é não?

Vicente só sorriu de volta.

— Os funcionários estão todos no alvoroço aí. Tem coisa grande acontecendo na cidade.

— É. Não gosto dessa conversa, não. É que nem diz os antigos, alegria de pobre dura pouco. Se acontecer alguma merda com a minha Lili, eu vou chacoalhar essa porra inteira.

Alguém gritou no corredor, mandando o faxina seguir com o serviço.

— Te cuida, grandão. Hoje é teu dia.

Vicente jogou os pratos dentro do carrinho, segurando um pão e as maçãs para mastigar mais tarde. Se a boia do almoço demorasse, não ia ficar de barriga roncando. Quando Nelson sumiu de seu campo de visão, seus olhos foram para os dois colegas apagados. Que merda era aquela? Tinha sonhado com eles, com todos os parceiros do coletivo, na verdade, mas não naquela noite. Naquela noite a ansiedade não o tinha deixado pregar os olhos. Era o dia de sua soltura, o que já tinha deixado muita coisa girando no seu sangue e seu cérebro acelerado o suficiente para espantar o sono, mas também havia decidido ficar lendo e de olhos abertos porque não queria dar mole. Era sua última noite no xadrez, e sabia que um alemão tinha ido dar com a língua nos dentes, matraqueando com o presidente. O presidente do xadrez era o Avenida, e nunca tinha tido nenhuma desinteligência com a sua pessoa. Vicente era justiceiro, tinha ido parar no presídio anos antes e ficado no seguro por um bom tempo, até a poeira baixar. Tinha o respeito dos outros detentos porque sabiam que ele tinha vingado um pai morto e que tinha partido para cima de cabra sangue ruim. Acontece que três meses antes caiu ali um mané, preso por crime pequeno, mas que era da sua bocada. O mané se chamava Juninho e era o irmão caçula de um casca-grossa, estuprador, no qual Vicente tinha sentado o dedo e feito subir para o andar de cima. Agora estavam num impasse. Para ajudar, o Juninho era afilhado de um preso velho e cagueta, apelidado de Mister M, que tinha colado no ouvido de Vicente, no pátio, alertando que o moleque estava doido para arrumar uma cama de gato para cima dele. Vicente não tinha medo de nenhum vagabundo ali dentro. Era grande, preparado e destemido. Não era trouxa de não se proteger. Acontece que sabia que era grande, mas não era dois. Bastava o bosta do Juninho amealhar mais uns desafetos e agir na trairagem. De mais a mais, se fosse para morrer, morreria. Só não queria morrer dormindo, nem morrer justo na véspera de receber sua liberdade, sua desejada Lili. Algo lhe assoprava no ouvido que sua vida mudaria de agora em diante. Sairia daquela prisão para fazer algo importante. Não era religioso nem nada, mas às vezes ouvia o culto dos crentes e sentia que, como eles diziam para todo mundo, havia algo sendo preparado para sua vida, algo especial sendo urdido para ele continuar lutando do lado de fora. O sonho inusitado que tinha visitado seu espírito noites atrás também aumentava essa sensação. Eles contavam com ele. Tinha sonhado com os amigos da cadeia, e não sabia o porquê. Tinha lido em algum lugar daqueles muitos livros que as pessoas sonham com gente conhecida porque o cérebro não inventa rostos durante o sonho. Então estavam lá todos eles, o Prata, o Nelsão, o Avenida, o Canivete, o diretor e até os porras dos agentes penitenciários. Só que estavam num lugar, numa paisagem que não possuía grades; eles, pequenos e lá embaixo, olhavam para cima, como se ele, Vicente, fosse algum tipo de divindade, algum tipo de guardião de suas vidas. No sonho Vicente podia sentir essa responsabilidade, palpável, real. Ele era responsável por aquelas pessoas e olhava para baixo, de cima do grande muro. Um muro alto e extenso que continha do outro lado a água da tormenta, represando-a. Ela vinha descendo um desfiladeiro, poderosa, perigosa, roncando assustadora. O muro era uma barragem, uma proteção que manteria a ameaça do lado de fora. Então a água chegou, fétida e perigosa, trazendo árvores e pedras, arrastando tudo em seu caminho, batendo contra o muro, fazendo-o estremecer e guinchar. Vicente olhou para dentro da fortaleza mais uma vez. Todos ali, com medo, olhando para ele, o seu salvador. Vicente tinha que os proteger de algo terrível que vinha com aquela água. Uma capa esvoaçava em suas costas, como se fosse ele um super-herói, um super-herói com uma espada na mão. O rugido do mar contra o muro era um convite que ele não podia recusar. Então Vicente mergulhou, saltando do alto do muro e, ao tocar na água, despertou ensopado de suor. A camiseta molhada era a única pista de que estivera naquele lugar imaginário.

A noite em claro antes da soltura agora cobrava o preço. Seus olhos estavam pesados no fim da tarde, e, quando a noite chegou, estava bastante cansado. Os funcionários passavam agitados nos corredores dos pavilhões. O dia todo prisioneiros adormecidos foram carregados de suas celas, sem que informação alguma fosse dada. Ninguém saiu do xadrez naquele dia, nem mesmo a administração apareceu para dar sua soltura. Vicente sentia-se um azarado. Um bode daqueles bem no dia de cair na rua e voltar para o mundo que todo mundo dizia estar mudado. Ele via TV, sabia o que estava rolando. Gostava de folhear revistas e conversar com velhos amigos de cárcere que recebiam visitas dos que vinham de fora. Quando tinha entrado ali não sabia o que era celular, agora estava inteirado de que tinha gente conversando através daqueles aparelhinhos, com câmeras, olhando para a cara do outro, como acontecia na televisão nos seriados de ficção científica que ele via quando era garoto. Queria sair dali. Cavar um buraco através do concreto e abraçar a liberdade que agora era merecida, pois já tinha pagado por seus crimes. Queria sair, não para ver um celular desses funcionando ou a internet que todo mundo comentava. Queria sair para achar uma mulher. Para matar a saudade de um corpo macio e cheiroso colado ao seu. O sono o deixava irritado. A dor de dente tinha sumido como por encanto e, quando a noite entrou, o perfume não voltou. Só tinha sobrado o costumeiro cheiro azedo de homens amontoados. Agora não tinha mais silêncio no pavilhão. A população carcerária fazia barulho e estava agitada, batendo nas grades, dando gritos e pedindo explicações. Gritavam que era a água e que não iam mais beber. Gritavam que iam chamar a TV, a reportagem e os direitos humanos. Ninguém apareceu para controlar a turba. Os poucos agentes penitenciários que tinha visto durante a tarde tinham os rostos tão assustados quanto os dos aprisionados. Os revoltosos conseguiram abrir algumas celas, e muitos andavam pelo pavilhão, enraivecidos, prometendo um motim. Vicente sabia que teria que passar outra noite em claro se quisesse sair vivo dali. A noite seria longa e avançava a curtos passos de tartaruga.

Capítulo 22

Raquel tinha caminhado desde a favela até o Morumbi, percorrendo os seis quilômetros em pouco mais de uma hora e meia. Ainda experimentava a noite como uma nova criatura, buscando entender aquela curiosa metamorfose. Tinha entendido havia algumas horas que aquela passagem para um novo existir não fora uma exclusividade sua; não recebera o dedo de um Deus em sua testa, nem mesmo estava ali para cumprir antigas escrituras. Ela era agora uma criatura da noite e pertencia a uma nova casta. Pelas ruas, encoberta pelo manto da escuridão, ela estava rodeada de semelhantes que caminhavam com olhos curiosos iguais aos seus. Era gente que também queria o novo alimento. Não era preciso ser muito inteligente para perceber que algo de mágico tinha acontecido. Algo que havia mudado toda a vida no planeta Terra. Os humanos agora estavam separados entre os que eram alimento e os que, como ela, se transformaram em outra coisa. Os telefones não funcionavam mais, as rádios e a televisão continuavam fora de serviço, tudo aumentando o medo e a angústia daqueles que se escondiam atrás das portas das casas. Se escondiam dela. A vampira.

Raquel passou a mão sobre seu peito frio; pressionando o tecido da blusa que trajava encontrou os dois furos por onde as balas tinham entrado e feito morrer qualquer parte sua que ainda fosse humana. Ela sabia que seu coração não batia mais. Só não tinha ideia por quanto tempo ainda seria capaz de perambular por aí, naquela prorrogação de algo parecido com a vida. O fato era que se sentia mais forte e poderosa. Sentia a energia roubada do sangue morto da Sardenta percorrendo seu corpo de uma forma encantada. O mesmo encanto soprava em seu ouvido que não podia ficar com a sede. A sede tinha que ser saciada para ela continuar agarrada ao mundo dos vivos. O sangue quente tinha que descer por sua garganta e lhe faria então muito mais forte do que o sangue morto a tinha feito. E Raquel queria aquele debute em grande estilo. Queria o sangue do assassino de seus filhos dentro do seu corpo, dando mais energia para ela continuar sua vingança.

Durante o longo percurso Raquel ouviu gritos vindos das casas, ouviu choro e disparos de armas de fogo. As ruas estavam escuras e desertas. Poucas pessoas se aventuravam fora de seus lares, algumas carregando aqueles enfermos que pareciam adormecidos. Raquel passou em frente a uma delegacia. Um policial civil fumava do lado de fora, olhando para a rua. Pareceu não se importar muito com a figura da mulher com a roupa suja de barro e os cabelos empastados pela lama. Raquel poderia ter subido aqueles poucos degraus e afundado suas presas no pescoço do homem. A arma que ele tinha na cintura não seria problema. Contudo, preferiu continuar caminhando. A "pastelaria" ficava naquele mesmo quarteirão, e não correria o risco de deixar de apanhar aqueles que tinham arquitetado sua morte e a de seus filhos. A luz da rua piscou duas vezes, e a vampira ouviu a explosão de um transformador algumas ruas para cima. O quarteirão continuava energizado, mas os gritos que sucederam a explosão davam a ideia de que a eletricidade tinha acabado perto dali. As pessoas estavam com medo. Na opinião dela, tinham toda a razão de estar. Nenhum daqueles seres que caminhavam na noite trazia boas-novas em seu interior. Eles traziam apenas a sede e a vontade de roubar a vida de quem surgisse à frente. Raquel estacou em frente à casa. Reconhecia a fachada pela foto anexada ao processo. Havia luz lá dentro. E silêncio. O sobrado era guarnecido por muros altos e portões sólidos. Raquel olhou pela fresta do portão. Uma sombra passava do outro lado da cortina da grande janela da frente, mas ninguém vigiava a frente da casa. Só havia um jeito de fazê-lo. Raquel espiou a rua. Dois vampiros tinham chegado na esquina e andavam na porção mais escura da calçada, descendo em direção à Marginal Pinheiros. Raquel observou o muro, e algo dentro dela logo fez o que ela só imaginava fazer. Seus músculos eram agora encantados, e seu corpo parecia não ter peso. Agarrando-se ao portão conseguiu escalá-lo como se fosse uma aranha, um bicho feito para aquilo, subir, pular e conquistar. De cima do muro olhou para a janela da frente mais uma vez. A sombra andava dentro da casa. Agora as vozes chegavam ao seu ouvido, e uma em especial pareceu-lhe música. Era Adilson. O homem que matara seus filhos.

Adilson estava nervoso com a demora do Comandante em aparecer com seu dinheiro. Já ia fazer vinte e quatro horas que estavam enfiados na pastelaria, esperando. Os rádios não funcionavam, nem a merda do telefone, deixando-os completamente à deriva. Ninguém sabia de nada. Cabeção estava andando pela sala em círculos havia uma hora, parecendo uma barata tonta. Adilson até pensou em vazar, mas queria o dinheiro. Precisava do dinheiro vivo que o Comandante prometera para sua quadrilha de assaltantes de banco. Até onde os bandidos sabiam, ele tinha cumprido a sua parte no trato. Pelo menos isso era o lado bom de os celulares e a TV estarem fora do ar. Ninguém ia saber a verdadeira versão da história, que tinha deixado as crianças para trás, com ao menos um filho da urubuzona vivo. Não ia dar na TV que tinham encontrado o corpo do Carlão lá no acesso da rodovia. Nem mesmo a quizumba que tinham feito na casa da promotora seria noticiada. O lance era deitar a mão na grana, passar em casa para pegar a patroa e as crias e se pirulitar pelo mundo. O mundo. O mundo estava louco. Havia saído duas vezes para buscar cigarro. Nem estava no barato de fumar, só queria respirar ar fresco, sair da frente do garoto que estava mais nervoso do que ele com o sumiço de todo mundo. Lá fora as pessoas estavam histéricas, carregando gente doente nos braços. Um corpo tinha amanhecido na frente da delegacia logo para baixo. Ninguém sabia de nada nem dava explicações. Havia visto dois prédios pegando fogo no caminho da favela até ali. Nenhum carro dos bombeiros. Nenhuma viatura de polícia. As pessoas estavam entocadas dentro de casa, como se elas também tivessem matado alguém e quisessem se esconder. Adilson estava de saco cheio daquela vida. Ia pegar o dinheiro e mudar. Não ia mudar só de lugar, de cidade. Ia mudar mesmo. Abrir uma birosca, uma quitanda. Podia também agiotar com o dinheiro. Mesmo como um agiota não ia passar pela metade do que passava naquela vida de assaltante. A verdade é que ele estava cansado de dormir com um olho aberto e outro fechado. Cansado de ficar com medo de sentar de costas para as portas, de se sobressaltar quando um balão de aniversário estourava, sempre achando que tinha um policial querendo grana na sua cola ou um parceiro do mundo cão, doido por uma brecha para acabar com ele na trairagem.

— Quer mais uma? — perguntou Cabeção, apontando para a lata de cerveja.

— Manda aí.

Os dois já tinham bebido duas dúzias de latinhas. Adilson era bem acostumado com cerveja na mesa de boteco, jogando truco com os malandros da vila até altas horas, mamando todas até o sol raiar. Já o moleque tinha ficado alegre na quinta latinha, começado a falar mole na oitava e a bambear na décima. Adilson estava torcendo para ele cair de bêbado e parar de andar para lá e para cá que nem um panaca. Sem contar que ele não parava de falar, tinha perguntado umas oitenta vezes as horas, onde será que estava o Comandante, onde estava o Urso Branco. Pelo menos tinha fechado a cortina. Tinha passado a tarde toda lá, contando os carros e as pessoas desmaiadas que eram carregadas pelos transeuntes. Depois de começar a tomar cerveja tinha se acalmado, e agora Adilson sorria vendo-o cambalear em direção à cozinha do imenso e insuspeito sobrado. Nisso o Djalma era bom. Quem ia pensar que a quadrilha de traficantes mais procurados do Brasil estaria alojada numa casa coladinha a uma delegacia? A ideia era brilhante! Bem que Adilson queria ter uma casa de bacana como aquela para a sua criançada se acabar de brincar. O duro é que casa de bacana custava caro. Não era só comprar a casa e pronto. Depois tinha IPTU todo ano, manutenção, pintura. Manter uma casa daquela era broca. Quanto será que não viria de conta da Eletropaulo? Adilson cortou seu fluxo de pensamento burguês ao ouvir um baque na cozinha. Olhou para a porta e viu uma lata de cerveja rolando para dentro da sala. O puto do Cabeção tinha caído de bêbado. Adilson caminhou até a cerveja e apanhou a lata, que ainda girava. Quando levantou-se em direção à cozinha o sangue gelou nas veias. Uma mulher na porta bloqueava o caminho. Não era uma mulher qualquer. Era uma morta que tinha sido enterrada, uma morta que não devia estar ali. Adilson tremia. Não acreditava em fantasmas nem ia à igreja, mas podia jurar que era a promotora em carne e osso que estava ali, parada na sua frente. O cabelo dela empastado pela terra da cova de onde tinha saído, a roupa suja. Não havia dúvida, era ela. Como?

— Suponho que seja você o assassino dos meus filhos.

Sua pistola estava na mesa de centro da sala, no meio das latas vazias de cerveja. Tinha que ganhar tempo. Dois passos para trás.

— Tirar meu marido não bastou?

O coração de Adilson bombeava acelerado, fazendo sua pele esquentar. A bebedeira arrefeceu, conforme a sensação de medo foi se apoderando da sua consciência. Era ela. De alguma forma era ela. Talvez ela estivesse usando um colete à prova de balas. Talvez o tiro não tivesse acertado bem no coração. Não adiantava tentar explicar por que a sinistra promotora estava andando em sua direção, com os olhos cerrados, com uma expressão fria e determinada, a mesma que os rostos dos assassinos assumem quando estão prestes a matar. Ela falava do marido. Ela falava dos filhos. Ela não estava ali para ter respostas. Adilson sabia que ela só queria uma coisa. Vingança.

O bandido conseguiu dar mais um passo em direção à mesa. Raquel permaneceu parada. Ela sabia que ele ia tentar escapar. Ele poderia até tentar. Ele tinha esse direito. Quando ele se virou e abaixou em direção à mesa, Raquel sorriu.

Adilson agarrou sua arma e deu um rolamento sobre a mesa. Virou-se e cravou dois disparos que arrancaram lascas da parede. A assombração não estava mais ali. Adilson tinha a respiração entrecortada e os olhos agitados percorrendo toda a sala. O que era aquilo? Estaria sofrendo algum tipo de alucinação? Levantou-se com a arma balançando nos dedos. Não era homem de tremer. Acontece que também não era homem de ver gente morta. Só podia ser alucinação. Cabeção tinha acertado dois tiros no peito da promotora. Ela tinha tentado ficar de pé e exalado sua última respiração caída no cafofo. Lúcio tapara a cova. Ela estava morta. Então as luzes da casa se apagaram.

— Merda — balbuciou o homem.

Não era alucinação. Era ela. Ela tinha apagado as luzes. Adilson continuou dando passos para trás. Podia ver a iluminação pública lá fora. Até que não era burra aquela promotora. Nem um pouco. Só era louca. Louca de vir até ali sozinha. Foi aí que Adilson virou-se para a janela e puxou a cortina olhando para fora. Ela não estava sozinha! Ela era uma promotora. Ela tinha trazido a polícia.

O homem não teve tempo de virar-se para a frente. Sentiu uma mão fria e forte agarrando sua nuca e firmando-se em suas costas, arremessando-o através da ampla vidraça. Adilson explodiu num grito enquanto seu corpo voava pela janela da sala e caía quatro metros para baixo, no estacionamento do sobrado. Quando bateu violentamente contra o chão, ouvindo ossos estralarem, virou-se de costas gritando ainda mais. Olhou para seu braço direito. Ele brilhava com o sangue quente descendo pelo rasgo que o osso partido fez ao furar a pele. A vaca tinha quebrado seu braço e, pela dor que sentia, algumas de suas costelas. Ele gemia e gritava quando a viu surgir pela vidraça quebrada. A mulher rugiu como se fosse uma fera, e seus olhos cintilaram vermelhos. Adilson rastejou de costas até bater contra o portão, assistindo à mulher saltar da janela da sala e bater no chão como se não tivesse peso.

— Por favor! Por favor! Não me mate!

Raquel andou até perto da vítima acuada. O cheiro de sangue entrava por suas narinas e fazia sua respiração também se alterar. Era um convite irrecusável ao festim.

— Meus filhos clamaram assim? — perguntou a vampira, abaixando-se e pegando a pistola largada no chão.

— Do que você está falando?

— Você, ontem, disse que picou fumo nos meus filhos. Apagou os pivetes.

— E-eu não matei eles.

Raquel riu e abaixou-se ao lado do bandido, trazendo a pistola do homem até encostá-la em seu queixo.

— E-eu eu tenho fi-filhos também, dona.

— Mas você disse que os matou.

— A senhora sabe como são os homens do Djalma.

— Sei, sei bem.

— Eles iam me matar se eu não dissesse aquilo. Eu disse que matei, mas não matei.

Raquel mudou a expressão e tirou o cano da pistola do queixo do homem. A vampira se levantou e andou para a frente, voltando-se para ele.

— O Carlão atirou no seu menino. No mais velho.

— Pedro...

— Isso. Isso. Daí eu atirei no Carlão e nos outros caras. E-eu não sei matar criança, não, dona. Juro.

— Onde eles estão?

— Eles estão com as meninas. E-eu levei eles para o hospital.

Raquel voltou-se para o homem e se abaixou novamente. Segurou a mão do braço quebrado e torceu-a, fazendo o osso se soltar completamente, ficando preso pela pele e pelos nervos.

Adilson urrou de dor e urinou nas calças.

A vampira, com o olfato sensível, sorriu ao notar o resultado.

— Eu sei fazer isso doer muito mais, seu verme.

— Eu não matei seus filhos, dona.

— Você está mentindo! Está mentindo! — vociferou a vampira.

Adilson começou a chorar, um misto de dor e terror. Ele tinha visto os dentes daquela mulher. Não eram humanos!

— Não estou mentindo, dona. Não estou mentindo. Eu mesmo deixei eles no hospital.

Raquel ergueu a pistola, agora apontava para a testa do sujeito.

— Qual hospital?

— Me ajuda, me salva que eu falo.

Raquel retirou o municiador da pistola e jogou-o para a rua. Retirou a bala que tinha ficado no carro e a colocou na mão boa do bandido, arremessando a pistola no meio da garagem.

— Fala! — disse entredentes.

Adilson respirava com dificuldade. O corpo inteiro doía. Respirar doía.

— Eu os levei para o Hospital das Clínicas, dona. Seus filhos estão vivos.

Raquel controlou sua respiração e fechou os olhos. Vivos. Abriu novamente as pálpebras e então abriu sua boca, mordendo o pescoço daquele infeliz. Sangue vivo! Era disso que precisava. O homem debateu-se sobre seus braços fortes, enquanto ela mantinha força na mordida, engolindo cada jato quente que enchia sua boca e a extasiava. Uma onda de prazer intenso percorreu seu corpo de vampira, fazendo com que seus pelos se arrepiassem. O medo da morte que aquele homem sentiu até o final de suas forças jorrou pela ferida e foi tragado por Raquel. No final ela mordeu com mais força e puxou parte da pele do bandido. Ele não sentia mais dor. Ele não sentia mais nada. A vampira levantou-se e limpou a boca com as costas das mãos.

— Te vejo no inferno, seu filho da puta.

Raquel voltou para dentro do sobrado e parou na cozinha. Cabeção ainda estrebuchava com a garganta esmagada. A vampira serviu-se do sangue do segundo homem. Subiu para o segundo andar do sobrado, verificando cada cômodo. Era uma casa confortável, montada com móveis caros, cinco suítes, closets, tudo do melhor que o dinheiro do tráfico podia comprar. Num dos quartos encontrou um guarda-roupa com peças femininas, e na primeira gaveta que abriu, a chave de um carro. Perdeu alguns minutos ali, escolhendo roupas limpas. Entrou num dos banheiros e ligou o chuveiro, deixando a água gelada tirar de seu corpo a lama e o sangue que ainda cobriam seus cabelos e sua pele. Vivos. Agora tinha um novo propósito. Raquel iria atrás de seus filhos.

Capítulo 23

Com a chave do carro abriu a porta de um Punto. Atrapalhou-se nos primeiros minutos com a embreagem e com o câmbio. Estava irritada e excitada ao mesmo tempo. Era um mundo novo, um mundo de morte, poder e vingança. Assim que desceu a avenida e alcançou a Marginal, já dirigia com tranquilidade, coisa que fazia desde os seus dezoito anos de idade. O que estava acontecendo com sua mente?, perguntava-se a vampira. Toda aquela força e poder vinda com a transformação sofrida no fundo da cova estava cobrando um preço? Estaria sua mente perdendo parte do seu passado e de suas lembranças? Não queria isso. Queria lembrar. Lembrar para se vingar e lembrar para amar. Mataria o maldito que havia destruído a sua vida, e então recuperaria o que talvez tivesse sobrado dela. Se o homem que assassinara minutos atrás lhe dissera a verdade, seus filhos ainda estariam vivos e em algum lugar no Hospital das Clínicas.

Raquel buscou em sua mente a figura de Djalma Urso Branco. Traficante. Assassino de muitos. Corruptor de menores. Ele estava trancafiado. Mas não em uma prisão, ainda. Tinha acontecido alguma coisa na noite em que ela fora capturada pelo bando de Djalma. Ele tinha sido transferido para um Centro de Detenção Provisória em Pinheiros. Os olhos da vampira percorreram as placas da Marginal. Raquel subiu pela ponte João Dias, atravessando para a outra margem do rio Pinheiros e tomando o rumo da Zona Oeste da cidade. Poucos carros ousavam singrar as pistas negras naquela noite. É como se as pessoas soubessem que ela e outros como ela já transitavam perigosamente pela cidade, com sede de sangue e de desgraças.

Raquel alcançou os portões do Centro de Detenção Provisória quando a madrugada já tinha entrado alta. Precisava saber se Djalma continuava ali e agir rápido, caso o encontrasse. Parou em frente ao portão principal. Estavam fechados, mas ela não esperava outra coisa. Baixou os vidros, e seus olhos de cria da noite não foram impedidos pela escuridão, ela podia ver os muros sombrios e, ao longe, as vigias. Até mesmo o CDP III estava diferente naquela noite. Pelo menos uma das guaritas em cima do muro estava desguarnecida. Na mais próxima enxergou um agente penitenciário sonolento em seu posto. Buzinou. Mais de um minuto se passou até que uma luz se acendesse na recepção e um agente surgisse. Ele ficou parado em frente à porta sem demonstrar nenhum entusiasmo com o carro ali parado. Raquel leu a placa na grade do estacionamento bem à sua frente: "Favor descer e identificar-se".

A vampira abriu a porta do carro negro e andou até o portão.

— Promotora? — inquiriu uma voz vacilante.

Raquel abriu um sorriso. Sim. Era ela. A promotora Raquel, ainda reconhecida mesmo sendo agora habitada por um monstro de coração morto movido a vingança.

— O Urso Branco ainda está no CDP?

— Está sim, senhora, mas não é hora de visitas.

Raquel se aproximou e reforçou seu sorriso para o homem.

— Não vim visitá-lo, agente. Vim vê-lo por conta do desaparecimento de meus filhos.

— Aguarde um instante, doutora. Estamos sem telefone e sem rádio. Eu vou chamar o agente que está cuidando da custódia do detento.

Cinco minutos mais tarde o agente penitenciário voltava, acompanhado de um homem com terno e gravata. Raquel o reconheceu. Era um dos membros de sua equipe de segurança pessoal, o agente Federal Magalhães.

O homem estava com os olhos arregalados, parecendo ver uma assombração; estava certo, mas ainda não sabia disso.

— Promotora? Como...

A frase ficou sem final. Ele parecia buscar outras palavras. A unidade do agente sênior Ricardo Flores tinha sido dizimada, e a promotora Raquel, dada como desaparecida.

— Preciso levar a senhora daqui imediatamente, promotora. O Ricardo foi morto, e toda a sua unidade...

— Irei com você, Magalhães, para onde você quiser, mas preciso saber se o Urso Branco ainda está aqui.

O agente aquiesceu.

— Preciso vê-lo. Ele está com meus filhos.

Magalhães coçou a cabeça.

— Ele está incomunicável desde a sentença, desde que saiu do fórum até aqui.

— Só vou precisar de um minuto com ele, Magalhães. Só um minuto.

O agente da Federal olhou para o homem no portão e terminou fazendo um sinal com a cabeça, e o segundo liberou a entrada da promotora.

O porteiro deixou o agente e a promotora seguirem sozinhos até o prédio da cadeia. Magalhães, talvez atiçado pela surpresa, não parava de falar, enquanto Raquel apenas ouvia. Não só a voz e as lamentações repetidas do homem, mas ouvia. Ouvia a prisão de concreto, ouvia as vozes sussurradas que vinham das celas depois das antecâmaras. Ouvia a respiração de cada um dos encarcerados e ouvia o sangue correndo em suas veias. Sentia o cheiro forte e poderoso daquele homem ao seu lado. Escutava seu coração disparado, bombeando e bombeando. Ela poderia acabar com ele num segundo, empurrando-o contra a parede, não deixando que ele escapasse, enquanto deslizaria as mãos em seu peito até prender seu pescoço. Antes de o sangue do agente terminar em sua garganta, ele lutaria, tentaria escapar dela, lutaria pela vida, enquanto ela atacaria pelo prazer e para saciar sua sede. Tudo foi reprimido num átimo de segundo quando ouviu Magalhães batendo contra uma porta de ferro. Uma tranca pesada deslizou do outro lado, dando acesso a uma sala do pavilhão. Magalhães explicou a situação para outro agente penitenciário, cujo rosto era sombrio, quadrado e marcado por olheiras profundas. O homem era alto, com uma barba grisalha por fazer. Havia uma falha no queixo, onde tinha uma cicatriz. Uma queda ou um soco de um detento. Magalhães conversou com ele. A voz do agente penitenciário era rouca e baixa, e Raquel prestava atenção em cada palavra. Agora eram dois homens com que lidar caso resolvessem impedir seu acesso até o alvo. O agente Magalhães parou e ficou olhando para a promotora. Havia algo no olhar do homem que Raquel teria que decifrar. Não era como ser olhada em sua vida de antes. Não era um olhar de desejo, muito menos de curiosidade ou da costumeira veneração que algumas pessoas lhe prestavam por conta de sua cruzada contra o tráfico. Era um olhar amalgamado a uma sensação. Magalhães percebia algo nela. Talvez fosse sua pele clara. Talvez as pessoas que já tinham matado outras enviassem sinais invisíveis para policiais, como se a culpa vazasse de seus poros. Raquel não sentia culpa. Sentia desejo. Desejo de reparação. Talvez Magalhães sentisse medo, um medo ancestral, animal, preso bem no fundo de seu inconsciente, lutando para aflorar e alertá-lo: "Cuidado, Magalhães, ela não é o que você está pensando. Cuidado, a promotora não está mais nesse corpo encantado!".

— Djalma Aloísio Braga! — chamou o carcereiro.

O Centro de Detenção Provisória de Pinheiros era uma cadeia imensa e abrigava boa parcela dos piores sujeitos em trânsito sob a tutela do sistema prisional. Havia, porém, uma grande quantidade de peixes pequenos esperando vagas nos presídios masculinos e que precisavam ficar estocados em algum lugar até a destinação. Ali eles ficavam comprimidos em celas projetadas para oito detentos onde, na prática, viviam trinta. Poucas celas davam o luxo do espaço para os seus habitantes, ocupadas por grandes figurões ou bandidos maiores, chefes do tráfico e líderes de facções. Essa noite, numa dessas celas privilegiadas, sozinho, com a porta fechada lembrando uma solitária, estava o Urso Branco, de olhos cerrados, adormecido. O carcereiro bateu na porta mais duas vezes, fazendo aquele barulho metálico ecoar pelo corredor e acordar os outros detentos, menos Djalma.

O carcereiro abriu uma fresta da porta para espiar lá dentro. Djalma continuava imóvel. Estivera assim desde a tarde, desde que toda a confusão tinha começado ali dentro do CDP. Funcionários ausentes, rádios enguiçados e telefones quebrados tinham colocado todo mundo em alerta, e o falatório começara nas celas. Muitos prisioneiros não tinham despertado na alvorada, até mesmo dois agentes do plantão tinham saído de ambulância. O carcereiro ouviu dizer que o diretor mandou buscar um médico no Instituto Médico Legal, nas Clínicas, para examinar os detentos e dizer o que se passava. Agora essa, mais um prisioneiro que não despertava.

— Tá acordado, cidadão? Você tem visita.

Nenhuma resposta.

— Vai, vagabundo! Acorda!

O carcereiro voltou a pensar no surto de gente que havia dormido e não mais acordara. Não se falava em outra coisa ali dentro da cadeia, até mesmo porque quem vinha de fora dava notícias de como as coisas estavam perturbadoras nas ruas da cidade. Mesmo desconfiando que o detento tinha sido apanhado por aquele sono enigmático, não se atreveu a colocar a chave na fechadura. Iria falar com o tal agente Federal que não saíra dali nem um minuto desde que o visitante célebre passara a ocupar a cela nove. Quando se virou para voltar ao corredor, um sobressalto colossal o fez tremer. Tinha uma mulher parada bem à sua frente, e não era uma mulher qualquer. Era a promotora. O que ela estava fazendo ali? Era uma peça incomum para aquele cenário da madrugada, e tinha mais coisas fora do padrão em sua espectral presença. O carcereiro juntou as sobrancelhas, tentando entender. Aquilo manchando o queixo da promotora Raquel... Seria sangue? Antes que atinasse com uma resposta, antes que formulasse outro pensamento, seu corpo foi arremessado contra a porta metálica da cela de Djalma. Podia jurar ter ouvido um som de metal entortando com uma explosão de dor insuportável, resultando num grito pavoroso. Sua clavícula havia se partido com o empurrão da mulher, e agora não pensava mais em como ela tinha ido parar ali, muito menos no que era aquilo que lambuzava a boca da promotora. Só pensava em viver, em tentar retomar o ar que ela impedia que chegasse aos seus pulmões, em vencer aquelas mãos frias e aquele braço forte que tinha lhe tirado do chão como se fosse um saco de penas. Queria se livrar da dor. A dor dos ossos quebrados em seu ombro era passado, e agora sentia agulhas penetrarem sua carne, seu pescoço. A língua da promotora ruiva era áspera como a de um gato e raspava em sua pele. A mordida foi mais poderosa do que tudo que ele pôde pensar, e então veio o breu e o silêncio, um casal cuidadoso carregando-o pela mão, levando-o dali, fazendo-o existir em outro lugar.

Raquel soltou o corpo pesado do homem sobre o chão frio. O carcereiro desmoronou como um fardo de arroz, sem vida, sem graça. Magalhães tinha dado mais trabalho, muito mais trabalho. Uma breve luta para atiçar seu desejo de tomar-lhe a vida. Agora, uma noite depois do encontro com a morte e o feitiço de vida, ela era mais forte, mais forte que um homem, mais forte que dois. O primeiro disparo de arma de fogo acertou seu ombro, e o segundo fez uma bala entrar em seu abdome. Ela gritou, tá, doeu para valer. Foi ótimo o agente Federal e o penitenciário terem atirado. Eles ficaram parvos um instante, sem nada entender, olhando para ela caída e, quando o agente penitenciário chegou bem perto, ela saltou e agarrou sua cabeça, girando-a com toda a força, fazendo um barulho de ossos deslocados e esmigalhados encher o recinto. Ela agiu com muita naturalidade, como se ela sempre tivesse feito aquilo. Parvo continuou Magalhães, por um breve segundo, olhando o agente penitenciário cair morto, com os olhos abertos e congelados naquele esgar de surpresa, fazendo tilintar um molho de chaves. Raquel apanhou as chaves e olhou para a porta amassada da cela nove. Levantando-se devagar ela sentia o corpo inteiro vibrar, tremer, filtrando o perfume do sangue vivo aos seus pés e deixando entrar pelas narinas o cheiro dele, do Djalma, o Urso Branco, o assassino de seu marido, o homem que tinha mandado matar seus filhos, bem ali, a uma porta de distância. Os gritos de protesto dos detentos do corredor preencheriam a trilha sonora daquela morte. Raquel fez deslizar a vigia da porta. O cheiro do maldito chegou mais forte. Ela enfiou a chave na tranca, sentindo cada mola do segredo provocar uma suave resistência, uma eletricidade, algo quase erótico se esparramou por seu corpo de morta-viva quando ela girou a chave na fechadura. Um clique metálico estalou alto, entrando pelo seu ouvido como os sussurros sacanas de um amante que promete uma onda de prazer em um instante. Ela empurrou a porta, pronta para voar para cima de Djalma assim que pusesse os olhos nele. Faria aquele porco sangrar e chorar antes de arrancar dele o espírito e esmagar o seu coração. Ele saberia que era ela, a promotora, a sua inimiga, que tinha voltado dos mortos com um único propósito. Matá-lo. Porém, assim que a porta revelou a pequena cela, o brilho de ódio nos olhos da vampira arrefeceram. Djalma estava deitado, de olhos fechados, como morto, jazendo sobre um catre de cela, cela imunda e escura, digna de um merda como aquele. Raquel voou para o lado do bandido e colocou a mão em sua garganta, suspirando aliviada. O maldito ainda estava vivo. Vivo para ser morto por ela. Esperava que ele despertasse com o toque em sua garganta; contudo, nada aconteceu. O homem continuava dormindo. Raquel tinha visto gente adormecida sendo carregada pelas ruas. Algo tinha acontecido no mundo, transformando tudo e destruindo as certezas, inaugurando ruínas novas, prontinhas para se deteriorar. Desferiu uma bofetada de mão cheia, fazendo a cabeça do homem pender para o lado do catre, mas sem que alteração alguma fosse captada em sua face. Djalma estava afundado no mundo de Morfeu, onde provavelmente estaria festejando com oitenta putas, litros de uísque, a quilômetros de distância da prisão onde mofaria por anos e anos a fio. Ele estava longe, longe dali, longe da vingança da vampira. Raquel sentiu-se frustrada. Queria que ele soubesse que era ela quem estava ali. A mulher, a mãe, a promotora, a esposa e a viúva. Agora era também a coisa nova, com dentes e fome de sangue. A coisa mais perigosa que já tinha surgido na frente dele. Raquel bateu o pé no chão como menina mimada e deu outra bofetada no desgraçado, fazendo-o voltar à sua posição original. Deixou a cela, caminhando pelo corredor, bufando de raiva. Não era justo. Ele tinha que saber. Ele tinha que ser castigado, penalizado. Ele tinha que sofrer como ela sofrera. Raquel já alcançava o segundo corredor da carceragem, embalada por vozes de homens que gritavam em suas celas, deixando Djalma para trás, quando cravou os pés no chão mais uma vez e explodiu num grito de fúria, voltando, refazendo o caminho até o carcereiro caído, tirando dele o cassetete, empunhando-o pela manopla. A vampira voltou para dentro da cela, agora em passos lentos, saboreando a aproximação. Djalma não sairia daquela cela do jeito que tinha entrado. Ela tremia e era tomada por uma fúria aprisionada em sua pele, vinda do resto de humanidade e das lembranças da vida que havia tido até despertar no fundo da cova rasa lambendo o sangue da Sardenta. Ela ergueu o cassetete acima de sua cabeça e desceu com toda a força bem no meio do rosto do bandido, que não se moveu nem emitiu o menor gemido. Ela ergueu a arma mais uma vez, vendo o resultado do golpe, enquanto uma excitação inominável extravasava de sua garganta de vampira, descendo e culminando com uma deliciosa sensação no meio de suas pernas de mulher. Ela queria isso. Queria ter prazer enquanto acabava com aquele traficante. O resultado do primeiro golpe tinha lhe encantado. O rosto do poderoso bandido, chefe do tráfico no estado de São Paulo, estava destruído, o nariz tinha desaparecido, e a testa, afundado. Uma poça de sangue começava a se juntar na depressão que ela tinha feito surgir no crânio do homem, vazando pelas órbitas esmagadas dos olhos e pelo nariz macetado. O segundo golpe desceu com mais fúria e força, fazendo o sangue espirrar da cabeça do homem e lavar as paredes da cela com respingos generosos. O terceiro, o quarto e o quinto vieram acompanhados de um arfar que crescia com o prazer da promotora. O subir e descer do bastão se repetiu com intensidade até que ela se sentiu saciada como uma mulher dominadora, dando prazer ao sortudo que ela tinha escolhido para saborear suas entranhas. Quando ela jogou o cassetete de lado, tudo o que tinha sobrado de Djalma era uma massa de carne esmagada e deformada; impossível saber onde terminava sua cabeça e onde tinha ido parar seu pescoço, o peito tinha pedaços de ossos para fora; a vida não habitava mais aquela cela, nem no bandido nem nela. Raquel ajoelhou-se e lambeu o sangue do bandido, primeiro timidamente, depois sofregamente. Queria levar embora dele tudo o que ele tinha e tudo o que havia restado do Urso Branco. Ele não existia mais. Ela existia. A morta, a assassina, a vampira, a mulher.

Segunda manhã

Capítulo 24

O ar da manhã tinha esfriado, o que era incomum naquela terra quente. Serpenteando com o Chevette pelas ruas, depois de deixar o Cigana, algo o deixou atônito, conforme se aproximava do centro da cidade. Fumaça negra. O centro estava em chamas, e os carros dos bombeiros não davam conta de tantos prédios e casas incandescentes. Belém ardia. Sentiu um frio na espinha, apanhou seu celular. Ainda sem sinal. Teimoso, teclou o atalho e viu a animação emitindo uma seta para o espaço... E nada. Mudo. Jogou o aparelho no banco do carona e pisou fundo no acelerador. Sentia-se aflito agora. O bairro onde morava numa casa alugada era distante do centro, para chegar pegava uma pista larga e de mão dupla, rodando quinze minutos até adentrar a vizinhança. Queria correr para casa. Não era só a boa notícia que queria dar. Queria saber se a esposa e a mãe estavam bem e seguras no pequeno apartamento de sobreloja. Sabia que as duas não estariam no meio daquelas chamas, mas precisava vê-las. Parou o Chevette em frente à imobiliária onde compraria sua casa. Eles é que tinham preparado toda a papelada para o banco, sabiam cuidar dessas coisas burocráticas. Os portões estavam fechados, e as janelas também. Era só o que faltava. Se o incêndio do centro chegasse até aquela rua, podia comprometer a realização do seu sonho da casa própria. Deu partida no carro mais uma vez. Não ia esperar alguém aparecer. Se ficasse parado mais um segundo, ali dormiria. Estava cansado e com sono. O melhor era seguir direto para casa. Fez todo o caminho olhando pelo retrovisor e achando cada vez mais inquietante aquele tanto de colunas negras que despontavam no horizonte, arranhando o firmamento. O fogo estava fora de controle, só podia ser isso, e vinha daí aqueles problemas com as linhas de telefone e a televisão. Quanto às pessoas desacordadas, não fazia ideia. Vinculou o incêndio e a fumaça àquela perturbação. Pessoas com alergia a fumaça poderiam desmaiar mesmo estando longe dela? Não sabia responder. Só entendia de bêbados e de putas. Precisava formular alguma coisa na mente para que aquela série de episódios fizesse algum sentido. Levou o dedo ao botão da rádio FM para tentar ouvir as notícias na emissora local. Nada, só chiado. Estava tudo ficando de ponta-cabeça, e aquela cisma desconfortável só fazia aumentar. Quando entrou em seu bairro viu carros lotados de bagagem e bugigangas parados na frente de muitas casas. Em seus bagageiros iam televisores, trouxas amarradas com mantas velhas, gente desmaiada sendo carregada aqui e ali, um pandemônio. Parou o carro em frente à sua casa, que ficava no alto de um açougue, correu ligeiro pelo corredor estreito, subiu as escadas e passou pelas duas portas dos vizinhos até, finalmente, girar a chave na fechadura. Estava tudo muito quieto, o que já alterou seu estado de alerta. Àquela hora sua mãe já teria se levantado, e o café preto já estaria na térmica, à sua espera. A cadeira onde colocava seu paletó quando chegava, colada na parede da pequena sala, estava no chão. O sofá fora do lugar e o tapete do corredor amontoado contra a parede. Por instinto, Amintas tirou o revólver da cintura. A porta do quarto da mãe estava escancarada. A adrenalina injetada em sua corrente sanguínea fazia com que seus ouvidos amplificassem os ruídos. Ruídos atrás da porta do quarto do casal. Ouviu alguma coisa rolando, como um copo no assoalho do quarto. Segurou a voz. Queria chamar por Graça, mas, se houvesse alguém ali, atrás da porta, desejando o mal, talvez não o tivesse ouvido entrar, talvez não soubesse que tinha um homem no corredor, segurando um revólver, avançando pé ante pé. Escutou cochichos. Olhou para o lado, para dentro do quarto da mãe. Os móveis revirados. Mais três passos e estava colado na porta de seu quarto. Segurou a maçaneta com firmeza e girou, empurrando a porta com seu ombro. Ela não abriu. Amintas forçou, batendo com mais força, ouvindo gritos e choro.

— Graça! Mãe! Sou eu, Amintas! — avisou.

Amintas escutou o som de móveis sendo arrastados e da tranca sendo aberta. Finalmente ele viu a maçaneta sendo girada e a porta separando-se do batente, deixando-o ver a esposa e a mãe às lágrimas.

— Calma! — bradou o homem. — O que está acontecendo aqui?

— Ele queria pegar a gente, amor! — choramingou a esposa, se atirando contra o peito do marido.

Amintas baixou a arma, sem soltá-la, e seus olhos percorreram o rosto da esposa e da mãe, que também chorava. Se a velha chorava é porque a coisa tinha sido feia.

— O que aconteceu aqui, pelo amor de Deus?

— É o cão, filho! É o cão querendo a gente!

— Que é isso, mãe? Conta o que aconteceu.

— Ai, que bom que é tu, Amintas. A gente tava com tanto medo.

Vendo que as duas ainda estavam muito assustadas e não conseguiam responder, Amintas afastou-as para o lado e ficou olhando para o corredor. A casa bagunçada e revirada parecia o palco de uma briga.

— De madrugada a dona Rica bateu na nossa porta dizendo que a Nena tava passando mal — falou a mãe, com a voz rouca.

— Eu acordei e fui lá ver, a sua mãe acordou também com o barulho na porta. Chegamos lá e a irmã da Rica tava...

— Desmaiada — completou Amintas.

— Isso mesmo. Como tu sabes?

— Não foi só com a Nena que isso aconteceu. Aconteceu com um monte de gente.

— Como assim?

— Aconteceu no Cigana também, um cliente apagou lá dentro. Sobrou pra mim. Tive que levá-lo ao pronto-socorro quando já amanhecia. O hospital estava lotado de gente desmaiada.

Dona Zefa ficou olhando para o filho. Amintas virou-se para o corredor mais uma vez.

— E essa baderna? Como foi?

— A gente acudiu a dona Rica como pôde, mas a Nena não acordava. Daí o Sandro foi chamar o namorado da Nena, que veio correndo, trouxe carro e tudo para levá-la para o hospital. Mais tarde o seu Paulo bateu na porta. Eu abri e ele empurrou a porta e sentou no sofá.

— Era o cão, já. Eu sei.

Amintas nunca tinha ouvido a mãe falar daquele jeito, com medo na voz. A mãe era sempre corajosa, mas agora estava pálida e assustada.

— E por que tu não mandaste ele sair?

— É claro que mandei, Amintas. Mas o homem ouvia?!

Amintas deu de ombros.

— A tua mãe fez até um café para ele. Ele sentado aí, sem falar nada. Ele estava muito estranho, muito estranho. Me arrepia só de lembrar.

Amintas foi até a janela do quarto e olhou para a rua. Viu mais dois carros saindo de moradias. Gente carregando crianças no colo. Crianças chorando na frente de casa.

— Ele ficou parado umas duas horas, e nada da dona Rica voltar. Eu tentei te ligar umas vinte vezes, perdi a conta.

— A gente tava se cagando nas calças, filho.

— E o que aconteceu pra casa ficar revirada assim?

— Ele derrubou a tua mãe.

— O seu Paulo? Ele deve ter uns setenta anos!

— Ele virou o cão, filho. Com aqueles olhos vermelhos!

— A tua mãe, coitada, caiu com tudo de costas. Eu comecei a gritar e tive que trazer ela arrastada aqui pro nosso quarto, depois fiquei até com medo de ter machucado ela.

— Fiquei com o braço tudo roxo — mostrou a mãe, levantando a manga da blusa de lã fina e exibindo a pele e os músculos flácidos daquele velho corpo. — Ele tentou me agarrar, me puxar para a sala, mas eu fiz daquele jeito que tu me ensinaste.

— Pisar no pé e empurrar.

— Isso. Ele rolou no corredor, levantou gritando, mas aí eu já estava aqui dentro do quarto e tranquei a porta. Ele ficou empurrando do lado de fora até quase o sol raiar.

Amintas foi até o quarto da mãe. A manta que a velha usava para se cobrir durante a noite estava no chão, e uma sapateira junto à janela, tombada. O leão de chácara olhou debaixo da cama de dona Zefa só para garantir. O quarto estava vazio. Voltou até a sala e ligou a TV. Chuvisco.

— Estamos sem saber o que está acontecendo no mundo. Sem televisão, sem telefone, sem rádio.

— O que está acontecendo, amor?

— Eu consegui o empréstimo — disse Amintas.

A esposa chegou mais perto, enquanto a velha também surgia ao fim do corredor.

— O empréstimo da casa própria.

Graça continuou esfregando os braços e se aproximou do marido, que olhava pela janela da sala do apartamento. Ao longe viu a larga e assustadora coluna de fumaça negra elevando-se ao céu, vindo da direção do centro de Belém. Olhou para a rua e viu pessoas caminhando, assustadas, algumas levando trouxas em cima das cabeças, homens carregando pertences em carrinhos de mão e muita gente desacordada sendo carregada por todos os lados. Os desmaiados eram crianças, jovens, adultos e velhos, homens e mulheres, como se uma grande praga tivesse se abatido sobre a humanidade.

— O que está acontecendo, Amintas?

— Não sei, meu bem. Não sei.

— Eu falei que era coisa do cão — resmungou dona Zefa, olhando para a fumaça no horizonte. — Primeiro o mundo acabou em água, agora vai acabar em fogo e fumaça.

— Misericórdia, dona Zefa! Não fale um negócio desses!

Amintas, vendo as pessoas deixando suas casas com seus doentes, notou que todos se dirigiam ao centro da cidade para buscar ajuda.

— Ninguém vai ajudá-los no centro da cidade. Ninguém.

— Eu vou chegar atrasada no trabalho hoje, e dona Eunice vai me comer o fígado.

— Tu não vais trabalhar hoje, Gracinha. Não é seguro.

— Mas, Amintas! Tu conseguiste o empréstimo. Agora, mais do que nunca, vamos precisar de nossos empregos. Se eu falto, a dona Eunice me manda embora.

— Eu cuido daquela vaca da tua patroa quando as coisas voltarem ao normal — respondeu em voz baixa.

— Eu conheço essa tua voz, seu Amintas. Quando começa a falar desse jeito é porque está maquinando alguma coisa.

— A gente tem que sair daqui. A cidade está pegando fogo. As pessoas estão doentes. Tem coisa estranha no ar. Quanto dinheiro temos em casa?

A mãe encostou a mão no ombro do homem.

— Não temos para onde correr, filho. Isso é a vontade de Deus.

— Não é a vontade de Deus, mãe? Deus não tem nada a ver com isso. Então devemos ficar esperando para ver o que vai acontecer?

Capítulo 25

Everaldo encheu outro copo de uísque sem gelo e deu uma generosa golada. Estava bêbado desde o anoitecer, e agora a aurora chegava ao horizonte de Foz do Iguaçu. Sua casa estava silenciosa, tudo desligado. Isis continuava como morta na cama, sem demonstrar melhora. Everaldo sentia o mundo girar com o efeito de uma garrafa e meia de uísque percorrendo seu organismo. As coisas não estavam nada bem. Na manhã anterior, depois do choque de descobrir a esposa também apagada, igual ao Medeiros, levou Dolores de volta à sua casa. Com efeito, a mãe de Dolores estava desmaiada também. Seu bebê chorava desbragadamente de fome, mas estava desperto, acordado, o que naquele dia já significava muito. Dolores correu para acudir Rian e começou a chorar por conta da mãe. A mulher também concordou que era melhor a mãe permanecer ali a ser levada para um hospital. Pediu para Everaldo ficar, mas ele não ficou. Ele tinha seus próprios problemas em casa. Voltou para a residência fria e morta. A casa nunca parecera tão cinza, sem brilho. Abatido, Everaldo sentou-se ao lado da esposa e dormiu sem tomar banho ou se alimentar. Queria ficar como ela, apagado, desligado do mundo, desconectado daquela tristeza que apertava seu peito. Acordou no meio da tarde com fome e com Isis, ainda imóvel, do seu lado. Falou com a mulher. Acariciou-a. Beijou-a. Ela estava quente, viva, mas cativa de um sono encantado, como das histórias de contos de fadas das quais ela tanto gostava. Everaldo estava sentado na cama e sentia fome. Lembrava de Isis dizendo um dia antes que precisavam ir ao mercado. O homem foi até a cozinha e, com efeito, só encontrou pó de café e um saco de arroz. Não queria arroz. Queria outra coisa qualquer, menos ter que preparar comida naquela hora. Tentou a TV. Nada. Tudo fora do ar. Ligou o velho rádio que a última empregada tinha esquecido em casa e tentou sintonizar alguma estação. Só estática. Percebendo que nada tinha mudado, Everaldo saiu de casa depois de se despedir da esposa com outro beijo. Trancou a porta e ganhou a rua com sua Parati. Não tinha dinheiro em casa e precisava sacar alguma coisa para poder comprar comida e abastecer o carro. As ruas continuavam estranhas, com carros desobedecendo os semáforos, buzinas e caos. Assustou-se ao ver um mercado em chamas perto da agência do banco. A porta de vidro estava estilhaçada, e os carrinhos de compras, esparramados até no meio da rua. A primeira coisa que pensou naquele momento foi que o mercado tinha sido saqueado. Encostou o carro em frente à agência e foi direto ao caixa automático. Uma mensagem de defeito piscava na tela. Everaldo olhou para dentro da agência, encontrando-a cheia. Passou pela porta giratória e procurou a mesa de sua gerente. Ao menos quatro pessoas gritavam, enquanto a mulher, firme, tentava acalmar os ânimos. Everaldo olhou para as outras mesas, encontrando o mesmo cenário. Os correntistas, neurastênicos, enquanto os gerentes de contas davam explicações. Aproximou-se de Vera, a gerente, e tirou o cartão do bolso.

— Vera, eu preciso sacar algum dinheiro da minha conta.

A gerente ergueu os olhos para o teto e pôs a mão na cabeça.

— Entra na fila do Procon então, meu amigo, porque o negócio tá difícil aqui hoje — disse um dos correntistas, que havia poucos segundos, gritava junto à mesa da gerente.

— Ela está dizendo que está sem sistema desde hoje de manhã. Eu não quero nem saber de sistema! Eu quero meu dinheiro!

— Gente, vocês precisam entender que eu não sou dona do banco. Eu represento o banco e, no momento, estamos passando por esse problema técnico de comunicação, não conseguimos nem abrir o cofre.

— Vera, não fala uma coisa dessas. Eu estou sem um pão em casa. Preciso abastecer o carro e comprar comida — reclamou Everaldo.

— O seu problema ainda é fácil de resolver, amigo. Eu estou com minha mãe e minha irmã no hospital, e eles estão pedindo dinheiro para o caução porque não conseguem falar com o meu convênio.

— Isso é um absurdo, Fernando. Isso, sim, é caso de polícia — juntou a gerente.

Uma explosão fez um bando de gente gritar. Everaldo, naquele momento, tinha apenas se assustado e olhado para trás. Um homem estava com um revólver apontado para o alto e deu outro tiro, segurando uma mulher pelo cangote, fazendo-a de escudo contra os seguranças do banco.

— Eu só quero o meu dinheiro! — gritou o sujeito. — Não tô assaltando! Eu quero o meu dinheiro!

Só então a ficha caiu para Everaldo. O homem estava fora de controle. Abaixou-se atrás da mesa juntando-se à Vera, que chorava, e a outros correntistas que se escondiam.

— Meu Pai do Céu... — murmurou um dos correntistas.

— Eu só quero o dinheiro que está na minha conta. Três mil reais. É o que tinha lá ontem — continuou a gritar o homem armado.

Everaldo ficou espiando por uma fresta da mesa. O homem baixou o revólver e largou-o no chão, depois soltou a mulher. Os seguranças, esbaforidos, aproximaram-se, enquanto o homem caía de joelhos aos prantos.

— Eu só quero o meu dinheiro.

Um dos gerentes se aproximou do homem e o levantou, levando-o para sua mesa.

Everaldo deixou o banco com um zumbido ecoando em seu ouvido. Não era efeito do disparo da arma de fogo bem ao seu lado. Não era o fato de ter presenciado aquela violência seguida de um surto de loucura. Era a certeza de que as coisas não estavam bem nem iam melhorar. Tinha algo acontecendo no mundo. Algo que estava fazendo o mundo mudar do estado em que sempre esteve para aquele novo mundo arisco e selvagem. O mercado saqueado veio à sua mente. Se os bancos não voltassem a funcionar naquela semana, como seria para comprar comida para ele e para a esposa? Se ela acordasse naquele dia, estaria faminta. Everaldo sentou-se em seu carro e segurou o volante, enquanto começava a chorar. Aquele descontrole tinha durado um bom quarto de hora, fazendo Everaldo se arrepender de ter dado partida no carro, deixando a gasolina queimar. Conduziu de volta ao seu bairro, passando em frente ao boliche do qual a esposa tinha falado, e parou na mercearia do seu Andrade. Tinha meia dúzia de pessoas lá dentro, fazendo suas compras. Everaldo apanhou alguns mantimentos, pacotes de macarrão instantâneo, manteiga, açúcar, ovos e enlatados. Fazia tempos que não entrava na mercearia do seu Andrade, já que ele e Isis sempre recorriam aos grandes supermercados da cidade. Aquela mercearia lhe remetia à infância, quando parava no balcão do seu Andrade, então um pequeno boteco de uma porta só, e esparramava as moedas, levando um tempo infinito na frente do baleiro a escolher as melhores balas e chicletes para mascar lendo histórias em quadrinhos ou para rachar com a turma do futebol no campinho. Everaldo sentiu um frio na barriga enquanto passava as compras no caixa. Não tinha olhado, mas o velho Andrade colara um cartaz escrito à mão dizendo que só estava vendendo a dinheiro.

— Seu Andrade, só estou com cheque aqui. O senhor aceita?

— Ih, rapaz... Assim complica.

— Eu fui até o banco, teve até tiroteio lá dentro. Está uma confusão dos diabos na cidade toda.

— É por isso que só estou pegando dinheiro, Everaldinho.

— Poxa, quebra essa, seu Andrade. Tô sem nada em casa. Quando as coisas voltarem ao normal eu venho e troco o cheque pro senhor.

O velho olhou para as outras pessoas que faziam suas compras, ninguém estava prestando atenção neles.

— Leva isso aqui, mas não posso vender mais fiado para ninguém, ouviu? Não é nada contra você.

— Poxa, obrigado, seu Andrade.

O velho passou tudo na registradora e estendeu a nota para Everaldo.

— Segunda deve tá tudo bom e você vem e me paga. E bico fechado, garoto. Não fala pra ninguém que fiz isso, que já passaram umas vinte pessoas aqui hoje que nem você.

— Poxa, obrigado de novo, seu Andrade. Segunda-feira eu tô aqui, sem falta.

Everaldo embalou as compras e voltou para dentro de seu carro.

Dentro da casa morta preparou o seu macarrão instantâneo. Chorou um pouco de novo ao ver-se sentado sozinho à mesa, sabendo que a esposa estava no quarto, inativa, doente, pega por aquele sono misterioso que tinha levado tantas pessoas. Passou o dia deitado ao lado da mulher e resolveu não ir trabalhar. Para quê? Quem iria? Tinha que ficar em casa e cuidar de sua esposa. Se ela não despertasse durante a madrugada, iria colocá-la no carro e partir para Curitiba assim que amanhecesse. Procuraria seus pais e família que moravam na capital. Nas horas em que a vida sai dos trilhos, os filhos lembram dos velhos pais. Nesse momento, Everaldo foi até o seu guarda-roupa e pegou as duas garrafas de uísque que tinha ganhado no fim do ano. Uma havia sido presente do Medeiros. A outra, resultado de uma rifa que um amigo fizera em Itaipu. Era um Blue Label comprado no Paraguai. O cara estava com os documentos atrasados e teve o veículo apreendido na estrada. Tinha rifado tudo o que podia para reaver o carango. O que ele estaria fazendo agora? Seria ele também um daqueles desacordados? Ou estaria velando o sono profundo de algum familiar e se perguntando também sobre quando as pessoas iriam despertar? As coisas estariam assim em Curitiba? Fora de controle, sem hospitais nem telecomunicações? Em São Paulo? Rio de Janeiro? Essa desgraça estaria espalhada por todo o País? Submerso nessa desesperança, Everaldo tomou o primeiro copo numa virada só. Sentou-se no sofá e ficou ali por horas. Anoiteceu, e ele não foi para o carro como sempre fazia. Não voltaria à sala de controle da Binacional. Eles que se virassem. Sua esposa estava doente. O mundo todo estava doente. Quando a noite tomou a rua, ouviu gritos vindos de fora. Ficou na janela olhando, vigiando. Ninguém saía para a rua. O medo que ele sentia também tinha se estendido para os outros lares. Bebeu mais e deitou-se ao lado da esposa, cochilando por meia hora. Abriu os olhos quando ouviu outro grito, seguido de disparos de arma de fogo. Correu até a janela da sala e espiou para a rua além da garagem. Abriu a porta da sala e foi até o portão. Seu coração batia disparado. Do outro lado da rua havia duas crianças debruçadas sobre uma mulher. As crianças tinham sangue na boca e mordiam a pele da velha senhora caída. Uma delas levantou a cabeça, dona de olhos brilhantes, encarando Everaldo. O homem correu para dentro de casa e trancou a porta. Voltou a espiar pela janela, mas ninguém apareceu. Agora a alvorada chegava e ele mandava mais um copo de bebida para dentro.

Com o surgimento da primeira claridade a cidade ficou mais silenciosa. Só então Everaldo teve coragem de voltar à garagem e espiar a rua. O corpo da senhora estava lá, caído na calçada, com as roupas rasgadas, cercado por três pessoas. Uma delas, uma moça de uns vinte anos, estava chorando ajoelhada ao seu lado. Everaldo conhecia a moça de vista, vivia ali no bairro. Tinha sido uma daquelas adolescentes vistosas, cheias de curvas e risadas; depois, provavelmente começara a trabalhar e a estudar à noite, sumindo das rodinhas que se formavam ali perto no fim da tarde. Everaldo destrancou o portão e enfiou a chave no jeans, caminhando até aqueles ao redor da morta. O choro da moça foi aumentando de volume conforme se aproximava. A mulher assassinada parecia ter coisa de cinquenta e poucos anos. Estava com a camisola rasgada, e os chinelos tinham se perdido pela rua. Era uma costureira que sua mãe conhecia, dona Cadinha, se não falhava a memória. Estava com a boca um pouco aberta e os olhos cerrados. Everaldo não disse, mas lembrou-se das meninas com as bocas cheias de sangue mordendo o pescoço da mulher, como se fossem vampiras de filme de terror.

— Tem jeito que endoidou desde ontem — falou uma mulher que estava ao lado da moça que chorava.

O outro presente era um senhor de uns sessenta anos, dono da banca de jornal que ficava ao lado da mercearia do seu Andrade.

— Na minha rua um rapaz atacou a própria mãe — disse o jornaleiro. — A gente ouviu grito a noite inteira nos vizinhos. De manhã veio a notícia da desgraça. Não bastava ter um monte de gente dormindo feito morta, agora isso.

— A mãe desse rapaz, ela morreu? — perguntou Everaldo.

— Sim. Quando eu disse desgraça, não quis dizer outra coisa.

A moça que chorava secou as lágrimas com as costas das mãos.

— Quem fez isso com a minha mãe? Por quê? Ela tá toda mordida, olha.

Everaldo se aproximou, ainda zonzo pelo efeito do álcool, e se abaixou ao lado da mulher.

— Eu vi duas crianças aqui com ela, de madrugada.

A moça chorona virou o rosto para Everaldo.

— Foram as meninas. Duas. Morderam ela no pescoço. Pareciam duas vampiras.

A moça voltou a chorar, soluçando.

— Quem são as meninas? — perguntou Everaldo. — Você as conhece? Porque, se conhecer, olha, elas estavam com o diabo no corpo. Com uns olhos brilhantes, pareciam assombração.

A outra senhora e o jornaleiro ficaram olhando para Everaldo. Ele levantou-se balançando e voltou para a sua casa, pensando no que tinha visto e ouvido, tentando recuperar sua sobriedade. Entrou no banheiro e tomou uma ducha fria. Voltou ao quarto e ficou mais de quinze minutos sentado, imóvel, olhando para a esposa adormecida. Ela estaria com fome? Com sede? Não sabia responder. Everaldo pensou nas meninas. Se elas entrassem em sua casa? Poderiam fazer com Isis o mesmo que tinham feito à senhora na rua. E pelo que o jornaleiro tinha revelado, existiam outros, por aí, soltos e matando gente. Por quê? Everaldo sempre assistia a filmes de terror, com vampiros e zumbis e o fim do mundo. Sentiu um calafrio percorrendo o seu corpo. Se aquilo fosse um pesadelo, queria despertar naquele momento.

De fato despertou do torpor ouvindo a campainha. Foi até a sala e olhou através da janela. Era Dolores, com o filho no colo. O que aquela maluca estava fazendo ali?

Everaldo saiu para o quintal.

— Graças a Deus você está aqui, Everaldo! Graças a Deus!

— O que foi que aconteceu?

— Ai, tudo, Everaldo! Aconteceu tudo!

— Seu pai ou sua mãe melhoraram?

— Não.

Conversavam enquanto Everaldo destrancava o portão e pedia para Dolores entrar.

— É o meu marido. Ele chegou em casa ontem, voltou do trabalho porque os telefones não funcionavam e o patrão na viação dispensou todo mundo do escritório. Ele começou a passar mal de noite, muito mal. Uma hora ele começou a me bater, Everaldo. Olha o meu rosto.

Só agora Everaldo percebia a marca roxa no rosto da mulher.

— Foi um soco?

— Mais um empurrão, mas doeu que nem um soco. Ele ficou fora de controle, dizendo que seu estômago estava doendo, que sua cabeça estava explodindo, que estava de saco cheio de todo mundo e, quando eu pedi para que falasse baixo por causa do neném dormindo, ele me agrediu. Nunca o vi daquele jeito, Everaldo, nunca. Você tá bêbado?

— Pra caralho. Bebi a noite inteira.

Dolores colocou o neném enroladinho no cobertor no sofá e pôs o rosto no meio das mãos, os cotovelos apoiados nos joelhos. Everaldo não se mexeu. Deixou a mulher chorar um pouco. O que ele ia dizer? O marido dela era um baita dum escroto pelo que o Medeiros falava, mas nunca tinha batido nela.

— Eu me tranquei no quarto, Everaldo, com a minha mãe. Ela ainda tá daquele jeito, que nem meu pai. — Dolores soluçou, parecia uma menina de dez anos chorando. — Ele ficou batendo na porta a noite inteira, Everaldo, a noite inteira. Falando que queria entrar, gritando que nem um louco.

— E como você conseguiu sair?

— Quando estava perto de amanhecer, ele parou de bater na porta. Eu abri e saí para ver o apartamento. Ele tinha revirado tudo na sala. Estava dormindo no quarto da empregada, como se nada tivesse acontecido.

— Está tudo muito estranho. Mataram uma vizinha aqui na rua, quase na frente da minha casa.

— Eu vi umas pessoas ao redor de uma mulher desmaiada ali fora.

— Não está desmaiada. A mulher está morta. É dela que eu tô falando.

— Que horror! Como isso aconteceu?

Everaldo ficou calado um segundo enquanto olhava pela janela.

— Vi duas meninas ontem em cima dela. Duas crianças.

Dolores franziu a testa.

— Elas estavam machucando a mulher. Atacando a velha com dentadas, parecendo animais, bichos do mato.

Dolores se benzeu.

— As crianças estavam com sangue na boca, Dolores. Acho que estavam bebendo o sangue da mulher.

— Você já tinha bebido?

— Já. Ei! Espera! Não estava alucinando, não. Eu vi, Dolores. Eu vi as meninas mordendo a velha. Parecendo coisa de zumbi, de vampiro, de lobisomem.

— Eu ouvi gritos em outros apartamentos também. Será que o Vinícius... — a mulher não conseguiu concluir o pensamento.

Everaldo ficou pensando naquilo que ela tinha acabado de sugerir.

— Não sei, Dolores. Está tudo muito estranho, só sei disso. Eu não fui trabalhar essa noite, e as coisas continuam na mesma. Quero dizer, continuam loucas. Hoje no banco, fui tentar sacar um dinheiro, porque eu tô liso. Você acredita que um cliente deu tiros dentro da agência?

— Por quê?

— Porque tá tudo de pernas para o ar, Dolores. Sem telefone e sem internet, acho que o sistema do banco parou também. Daí que eles não estão liberando saques pra ninguém. Mais uns dias assim e ninguém vai ter dinheiro. A galera vai pirar, escuta o que tô te dizendo.

— Pirar por causa do dinheiro?

— Sim e não. É que, sem comunicação, os estabelecimentos só estão aceitando dinheiro vivo. Vi um supermercado que acho que foi saqueado. Se as coisas continuarem como estão, em poucos dias será o caos total. Gente lutando armada para conseguir comida.

— Ai, Everaldo! Não fala uma coisa dessas.

— Eu vou colocar a Isis no carro e sair daqui. Estava pensando em ir para Curitiba agora que amanheceu, mas lembrei que não tenho um puto para pôr gasolina.

— Eu acho que tenho algum dinheiro em casa. Se você me ajudar com meus pais, eu posso te emprestar.

Everaldo ficou olhando para a mulher. E essa agora? Ela queria fugir com ele?

— Tem a chácara do meu pai. É bem mais perto que Curitiba e fora da cidade. Podemos ficar lá e ver se as coisas melhoram antes de você tentar a capital.

O homem coçou o nariz e olhou para a rua mais uma vez. A velha continuava lá do outro lado, cercada pelas mesmas pessoas. Sua cabeça pesava com a bebida, e o sono, por conta de seu horário invertido, batia em sua porta. Apertou os olhos e focou a mulher morta, soltando um estalo com a língua quando baixou as pálpebras. Ninguém do serviço público viria buscá-la. Como a moça que chorava ia fazer? Ia ficar lá esperando alguém tomar uma providência? Iria enterrar a velha no quintal? Alguma coisa ela tinha que fazer, porque, do contrário, até de noite, aquela mulher ia começar a inchar e a feder. Não podia deixar um cadáver ali, na calçada. Pobrezinha. Talvez chamasse o padre.

— Everaldo... — murmurou a voz irritante de Dolores às costas. — Everaldo. Eu posso ir com você?

O homem não respondeu e respirou fundo. O caso é que a ideia de Dolores até que não era de todo ruim. Ele conhecia a chácara do Medeiros ao sul de Santa Helena. Já tinha ido a pelo menos umas quatro churrascadas lá. A propriedade era grande e bem cuidada, tinha até piscina. O Medeiros plantava batatas lá, e a mãe de Dolores cuidava de um pomar. Isso queria dizer que a terra era boa e poderiam se virar com o que tinha plantado ali por alguns dias, caso o suprimento de comida faltasse. Batata é batata em qualquer lugar. Talvez aquele surto de sono fosse como uma gripe, em uma semana todo mundo terá acordado, como se nada tivesse acontecido. Além do mais, afastando-se da cidade, para um lugar retirado e rural, ficariam longe daquela gente maluca que estava atacando as pessoas. Agora Everaldo passava a mão no queixo, coçando a barba que crescia, e lançava um sorriso desanimado para Dolores.

— Sua ideia é boa. Muito boa.

Capítulo 26

Amintas viu quando a luz da reserva do tanque acendeu. A estrada ainda estava escura, mas não ia demorar muito para o sol raiar. Já tinha passado de Paragominas, e agora cruzava a divisa do Pará com o Maranhão, rumando para Imperatriz. Nunca tinha pegado aquele trecho da estrada e precisava de atenção redobrada por conta da hora e do sono que começava a castigar seu corpo. Não pregava o olho desde a manhã do empréstimo confirmado pelo banco, estando naquela hora por mais de trinta e seis horas acordado, direto. A advertência de Ceci repetia-se em sua cabeça, dizendo que não era para ele dormir como os outros, que o hospital estava cheio de gente assim. Precisava parar e abastecer. No bolso trazia quatrocentos reais que a esposa tinha em casa para pagar a fatura do cartão de crédito. Era todo o dinheiro da família no momento. Encher o tanque consumiria ao menos um quarto daquela grana. Caso achasse um posto de gasolina naquele trecho deserto de estrada. Amintas rodou mais trinta quilômetros vendo o ponteiro bater no fim do marcador, sabia que o motor começaria a falhar a qualquer momento a partir de então. Olhou para o lado, vendo Graça se mexer no banco. A mãe vinha deitada atrás e finalmente parecia descansar. A velha mãe tinha passado o dia inteiro choramingando por causa do empréstimo e da casa. Dizia que Deus não queria vê-la feliz. Graça tinha rezado com ela, dito a ela que Deus não queria ninguém infeliz, muito menos uma senhora tão dedicada à causa do Criador, uma senhora bondosa. Mesmo assim, a dona Zefa continuou ruminando que estavam deixando para trás o banco que lhes emprestaria o dinheiro da casa própria que ela nunca tivera. Amintas parou de ouvir a mãe, senão enlouqueceria. Ele tinha passado o dia mais feliz da sua vida e, ao entrar da madrugada, parecia ter ingressado num pesadelo sem fim. Tinham deixado Belém em chamas para trás. Os bombeiros já não davam conta do gigantesco incêndio que consumia a capital. O plano era descer até Brasília. Se tinha alguém em algum lugar que sabia o que estava acontecendo com o mundo, deveria estar em Brasília. O Chevette entrou numa subida longa e, pouco antes de chegar ao fim, o motor começou a pipocar. Amintas resmungou qualquer coisa e viu o veículo vencer a subida entrando então num trecho em declive. Ele deixou o carro descer pela inércia, poupando o combustível que ainda lhe restava. Quando atingiu o fim da descida, encontrou uma placa anunciando um posto de gasolina a dois quilômetros. Com os dedos cruzados e fazendo figas, o leão de chácara conduziu por aqueles dois mil metros até entrar no posto de gasolina de beira de estrada. Quando passou pelo chão de paralelepípedos, o motor já engasgava. Havia uma fila de uma dúzia de carros e, pelo que entendeu, apenas uma bomba estava funcionando. Graça se remexeu no banco quando o carro parou.

— Já chegamos?

— Ainda não, querida. Quando chegarmos em Imperatriz eu paro pra gente descansar.

— Tu precisas dormir.

— É — resmungou Amintas. — Estou bastante cansado.

— Não precisa ficar com medo. Eu dormi e acordei. Essa doença já deve ter pegado quem ela queria.

Amintas ficou calado, olhando o desanimado frentista que atendia a fila. Um rapaz franzino, de provavelmente vinte anos de idade, com pelos na cara que um dia virariam barba.

— Não estou com medo. Estou preocupado. Se eu não estiver aqui, quem vai cuidar de vocês, Graça?

A mulher se aconchegou novamente no banco e voltou a dormir. Amintas desligou o motor e desceu. Sua boca estava seca e queria algo para molhar a goela. Olhou através do posto de gasolina e encontrou uma porta de boteco aberta onde alguns sujeitos estavam reunidos. Podia apostar que, assim como eles tinham deixado Belém, aqueles homens também estavam deixando algum lugar e procurando explicações para as estranhas mudanças. Amintas se acercou do boteco e pediu um guaraná, ouvindo a conversa da roda de cinco homens e duas mulheres. Os homens falavam alto; discutiam a melhor rota a seguir de Imperatriz adiante. Amintas escorou-se numa coluna metálica da estrutura do posto de gasolina prestando atenção aos argumentos de cada grupo. O leão de chácara logo entendeu que tentavam escolher entre Fortaleza e Salvador como destino para o comboio que tinham formado ali. Amintas pensava em se juntar à discussão quando olhou para trás e viu a figura de uma morena sensual se aproximando do boteco. Ela vinha da direção de um dos carros estacionados. Sua pele era pálida, como se estivesse doente, e, conforme avançava para o grupo, um cheiro ruim vinha com ela. O mesmo cheiro ruim que tinha sentido na frente do Cigana quando a velha apareceu na calçada. Amintas olhou para os homens. Ninguém tinha notado a mulher que vinha rebolando, toda sensual. Amintas estava acostumado com mulheres provocantes e sabia que aquela ali estava se insinuando.

Ela parou a certa distância do grupo, olhando Amintas nos olhos. Ele, que era habituado com os corpos curvilíneos das gazelas do Cigana, ficou surpreso em sentir certa atração por aquela morena. Ela sorria enquanto rebolava. Incrédulo, viu-a tirar a blusinha que cobria seu corpo, ficando nua da cintura para cima.

— Renata! — gritou um dos homens, olhando para a mulher e depois para Amintas.

O leão de chácara baixou o refrigerante e tapou o nariz. O cheiro da mulher era insuportável.

— Para com isso, Renata. Coloca sua blusa! — bradou o marido irritado, abaixando-se para apanhar a blusa da mulher.

Nesse instante ela emitiu um rosnado e seus olhos ficaram vermelhos, fazendo Amintas arrepiar-se dos pés à cabeça, como se uma enguia subisse por suas costas. Ela atracou-se com o homem abaixado no chão, mordendo o seu ombro. Na hora Amintas lembrou-se da história do vizinho Paulo atacando sua mãe e sua esposa. As pessoas estavam enlouquecendo. Logo os outros homens que discutiam juntaram-se ao casal que rolava no chão, o homem gritando.

— Que que é isso, Adão? — gritou um deles.

— A Renata tá doida de novo! — exclamou ele, erguendo a cabeça da esposa, evitando suas mordidas.

Foi preciso cinco homens para segurar a mulher. Terminaram amarrando-a e colocando-a no porta-malas da picape, enquanto ela gritava, vítima de um surto psicótico. Amintas foi capturado por aquela imagem e por aquele cheiro horrível. Era como se a mulher estivesse podre por dentro. Olhou para seu carro, a fila já tinha andado. Empurrou o Chevette para mais perto da bomba e, vinte minutos depois, finalmente chegava a sua vez. Enquanto seu carro era abastecido, Amintas lembrava dos olhos da mulher e dos seus dentes pontiagudos. O que teria acontecido com ela? Seria essa a mesma loucura que tinha tomado a cabeça do seu Paulo? Amintas fechou os olhos recordando das grossas gotas de sangue que caíam do ombro ferido do marido da louca. Benzia-se quando o rapaz parou em sua janela.

— Noventa reais, senhor.

Amintas pagou com duas de cinquenta e ficou esperando o troco, olhando para o posto e para a fila de carros atrás do seu, carros cheios de malas e trouxas nos bagageiros e em seus interiores. Olhou para a frente do bar, agora vazio. O motorista da picape e os outros tinham seguido para o litoral. Amintas estava determinado a continuar rumando para o sul. Brasília. Lá conseguiria respostas para essa loucura. Apanhou os dez reais de troco e olhou para o crucifixo pendurado em seu retrovisor.

— Quer que eu dê uma olhada na água e no óleo, senhor?

— Não precisa, não, amigo. Não precisa.

O leão de chácara pisou no acelerador, deixando o posto de combustível para trás.

Amintas tinha dirigido por mais duas horas e então o sono atrasado cobrava o seu preço. Ele não aguentava mais. Precisava ao menos cochilar. O sol tinha se levantado e começava a esquentar o dia. A mãe foi a primeira a despertar, e logo acordou a nora, as duas engatando numa conversa bastante descontraída. O homem olhou para uma construção à beira da estrada. Era o galpão de um estabelecimento que fora uma granja, e agora parecia completamente abandonado, com a pintura da madeira descascada, um imenso painel de zinco enferrujado e com as letras desgastadas pelo tempo. Amintas embicou o carro naquela direção e entrou na estrada de terra.

— Onde está indo, amor?

— Preciso descansar. Estou quase fechando os olhos.

— Eras, mas já estamos tão perto de Imperatriz, filho.

— Mas eu tô pregado. Melhor a gente demorar para chegar do que não chegar, certo?

Amintas parou na sombra da velha granja com a frente do carro penetrando o galpão. Um cheiro forte de bicho entrou pela janela.

— Ai, Amintas. Que cheiro horrível!

No mesmo instante o leão de chácara se sentiu transportado para aquela madrugada vivida no posto de combustível. O cheiro daquela mulher era muito pior que o bafo quente que vinha do interior do galpão. Era um cheiro azedo como carniça.

Amintas reclinou o banco do carro, enquanto a esposa e a mãe desciam.

— Vem, dona Zefa. Vamos andar um pouco, que já estou com a bunda quadrada.

O homem ficou olhando a esposa e a mãe se afastarem pela estrada de terra. Os pássaros chilreavam da copa das árvores que balançavam suavemente com a passagem do vento. Amintas cobriu o rosto com o braço, e logo o cansaço fez o seu trabalho, agarrando a consciência daquele homem e submergindo-o em profundo e misterioso sono.

Capítulo 27

Quando terminou o banho e vestiu a farda limpa mais uma vez, o horizonte já começava a ganhar aquele brilho peculiar da alvorada. Eram quase seis da manhã. Tudo continuava tristemente igual. TVs e rádios fora do ar. Telefones mudos. Pessoas com caras preocupadas zanzando pelas ruas. Pais com crianças no colo, com as cabeças sobre os ombros; era impossível saber se dormiam por conta da hora ou se estavam apagadas, pegas por aquela praga que tinha se alastrado pelos bairros, fazendo as pessoas, perdidas e sem informação, andarem para lá e para cá sem direção certa. O caos continuava na cidade. Saiu de casa sem comer nada, a única coisa que o deteve foi a ideia de deixar também um bilhete para a irmã. "Alê, preciso ir trabalhar. Procurei por você nos hospitais do bairro e não achei. Se voltar, não saia mais de casa. Algumas pessoas estão loucas, e é muito perigoso ficar na rua. Proteja as crianças. Voltarei às 22 h, sem falta. Te amo. Cá". Aviou-se pelas ruas em passos rápidos. Precisava voltar ao batalhão e ver como as coisas iam. Ver se ainda era um sargento ou se tinham lhe apontado como desertor, ou coisa do tipo. Não duvidava de nada. A Corporação era rígida com os casos de abandono de posto e rigorosa com qualquer tipo de insubordinação. Infelizmente a escapada até sua casa tinha sido infrutífera. Só servira para deixá-lo mais preocupado. Ao menos sabia que a irmã estava desperta e cuidava das crianças. Se fosse o contrário, só Deus sabe como a noite poderia ter acabado. Lembrava-se agora de que, enquanto voltava do segundo hospital, uma pequena ponta de esperança começara a esquentar como uma brasa: Talvez a irmã já estivesse em casa. Mas nem ela nem os sobrinhos haviam retornado. Nem um novo bilhete, nada. A caminhada ia ser das boas se os ônibus ainda estivessem fora de circulação. Andou calado até o ponto de ônibus, e não precisou de muito tempo para notar que as linhas tinham parado completamente de operar. Era de se esperar. Num ambiente como aquele era óbvio que muitas outras pessoas tivessem sido atacadas por aquelas criaturas durante a noite. Isso iria se espalhar de boca em boca, e logo todos estariam aterrorizados antes de anoitecer mais uma vez. Motoristas de ônibus não iriam trabalhar, tinham que proteger suas famílias até as coisas se normalizarem. Cássio suspirou. Será que se normalizariam algum dia? O jeito era andar. Suas pernas ainda doíam, ressentidas da longa subida da noite anterior e da caminhada pela madrugada, e teriam que enfrentar mais dez cansativos quilômetros até o batalhão. Sentiu saudades da época em que corria cinco quilômetros todos os dias. Ao menos estaria em forma e sentiria muito menos agora que seu condicionamento estava sendo exigido. Três quarteirões para baixo encontrou um aglomerado de gente na esquina. Logo viu a razão. Dois corpos caídos. Um homem e uma mulher, pálidos, com perfurações nos pescoços, braços e pernas, como se atacados por uma matilha daqueles bichos com que tinha cruzado na noite passada. Vozes alteradas subiam. Uma senhora disse que se trancara a noite toda com a filha no banheiro, porque o pai tinha ficado alterado. Pelo que ela contava, um senhor de quase oitenta anos tinha enlouquecido de uma hora para a outra, levantando-se da cama e atacando-as logo que anoiteceu. Mais duas pessoas deram depoimentos semelhantes, uma delas falando que a vizinha matara o próprio filho. Todos estavam enlouquecendo com aquela doença. Lembrou-se imediatamente de seus agressores da noite passada e se arrependeu de não ter dado um tiro no meio da testa daquele último. Aquele monstro, por um momento, tinha lhe parecido carregado demais de sentimentos humanos e dúvidas que desafiavam a imagem de voraz sugador de sangue. Contudo, podia muito bem ter sido ele e seu parceiro, que se evadira para o terreno do hospital, quem tivesse dado cabo daqueles dois ali caídos no chão. Cássio olhou novamente para os corpos. Estavam tão brancos, com as bocas arroxeadas, que parecia não ter sobrado nenhuma gota de sangue nas veias. Para aqueles dementes que estavam atacando as pessoas, o sangue deveria exercer uma atração tão poderosa quanto a simples visão de pequenas pedras de crack desempenhava sobre os viciados. A mulher morta perdera o sapato direito, e seu rosto havia sido paralisado num esgar de terror. O homem tinha os dedos curvados, feito garras, e as roupas rasgadas, como se tivesse lutado até o fim das forças. Alguém, provavelmente procurando parentes desaparecidos, recolocou as folhas de jornais sobre os seus rostos. Quando Cássio se aproximou mais, por conta do uniforme, a roda se abriu.

— Seus amigos acabaram de sair daqui. O rádio deles não tava funcionando.

Cássio olhou para uma senhora gorda, de lenço na cabeça. Ela vestia um uniforme de uma empresa de exames laboratoriais.

— Eles foram buscar o IML. Disseram que tinham que ir pessoalmente chamar o rabecão.

Cássio achou estranho. Normalmente ao menos um policial ficaria na ocorrência. Bem, no fim das contas, não tinha muito mais o que estranhar. As coisas haviam saído dos trilhos de vez. Abaixou-se e ergueu um dos jornais que cobria o homem. Estava voltando para o quartel e tinha que prestar o máximo de informações que pudesse. O aspecto das vítimas batia com o da mulher de vestido levantado, morta pelo engravatado, perto do sedã preto. Feridas abertas no pescoço, sangue coagulado na pele e no asfalto. Os dentes do homem do paletó voltaram à sua mente. Dentes para perfurar. Dentes de vampiro. Abriam as veias e artérias das presas e depois bebiam-lhes o sangue. Depois dos dois encontros e agora com aqueles corpos exangues aos seus pés, não tinha mais como combater aquela imagem. Todos deveriam saber daquele perigo. Mas como fazer? Se saísse bradando: "Fujam, os vampiros estão à solta", certeza que seria o primeiro a ser jogado dentro de um manicômio. Teria que falar com seus superiores na Polícia Militar. Certamente eles já estavam sabendo de alguma coisa. Alguém no alto escalão deveria saber exatamente o que estava acontecendo e, melhor ainda, o porquê de estar acontecendo.

— Tá muito brabo aí, Cássio?

O sargento levantou a cabeça e viu o vizinho, Fábio, parado junto à turba.

Cássio levantou-se e cumprimentou o vizinho. Os olhos e ouvidos de quem estava por perto esperando mais comentários sobre os cadáveres ficaram atentos ao policial.

— Quem fez isso com eles não estava para brincadeira. Cortou a garganta dos dois.

— Que horror — disse a dona de lenço na cabeça, benzendo-se.

— Isso foi de noite. Acho melhor todo mundo tomar cuidado depois que anoitecer, até as coisas voltarem ao normal. Eu fui atacado aqui perto ontem à noite por um cara com os olhos vermelhos.

— Minha vizinha se escondeu a noite toda com a filha no banheiro porque o pai dela, um velhão, ficou doido. Ele gritava que queria entrar, queria pegar elas — repetiu a história a moça indignada. — Parece filme de terror. Deus me livre!

— Só sei que eles atacam quando escurece — tornou Cássio. — Tomem cuidado. Não fiquem na rua depois que escurecer e procurem avisar o maior número de pessoas possível.

— Você tem ideia do que está acontecendo, meu velho?

Cássio afastou-se dos corpos, juntando-se a Fábio e falando baixo.

— Difícil dizer, Fábio. Tô mais perdido do que cachorro que caiu do caminhão de mudança. Se você está falando em informações oficiais, esquece. Ninguém sabe de nada.

— Tudo tão súbito. Se continuar assim, até minha prainha do fim de semana vai micar.

Cássio riu.

— Praia? O mundo acabando e você preocupado com praia?

— Mundo acabando? — o rapaz pareceu mesmo surpreso. — Olha, se for acabar mesmo, não tem jeito melhor do que ver tudo terminar surfando em Ubatuba.

— É. Talvez você tenha razão.

— Bem, deixa eu puxar o carro. Vou ver como estão as coisas no meu escritório.

— Eu preciso voltar para o batalhão. Isso se ainda tiver batalhão. Hahaha!

— Te dou uma carona. Tô sabendo que não tem ônibus hoje.

Cássio abriu um sorriso.

— Você caiu do céu, meu irmão.

Caminharam dez metros e já estavam de frente para a moto de Fábio. Uma Kawasaki Ninja 650. Fábio tinha um capacete só, mas Cássio mandou ele tocar o barco. Nenhuma blitz iria parar os dois naquela manhã. Com certeza.

Descendo de volta em direção à Marginal Tietê, seus olhos cravaram nos prédios do outro lado do rio, o centro da cidade. Colunas negras, somando dezenas, se erguiam a perder de vista, marcando o horizonte. Tudo parecia piorar com o avançar das horas. Não demoraram para chegar até a Marginal, mas da Marginal em diante a coisa estava caótica. Centenas de carros abandonados na pista local, travando o acesso de outros veículos que viessem dos bairros. Numa luta inglória, Cássio viu dois guinchos da CET trabalhando, aparentemente retirando veículos da via e despachando-os para onde atrapalhassem menos, na tentativa de recuperar a fluidez das marginais. As motocicletas conseguiam avançar aos poucos, ziguezagueando entre os automóveis parados. Na pista expressa os carros ainda conseguiam trafegar em velocidade reduzida. A maioria deles cheios de malas, como se as pessoas estivessem partindo num fim de semana de veraneio. Ainda era bem cedo e, ao que parecia, muito mais da metade do comércio estava com as portas cerradas. Procurando no caminho, viu apenas dois postos de gasolina e uma padaria com fila na porta na descida do Tremembé até a Marginal. Nos dois postos, filas de veículos dobrando a esquina e cartazes anunciando que só receberiam em dinheiro vivo. Aquilo já serviu para entender que nada tinha voltado a funcionar, e a situação da população só piorava.

Quando a moto atravessou a ponte sobre o rio, o cenário ganhou outra dimensão. As colunas negras, que agora se aproximavam, não vinham de amontoados de lixos queimando descontroladamente. Vinham de prédios inteiros, ardendo, sem receber auxílio algum no combate às chamas. Fábio parou a moto num cruzamento e apontou para o prédio.

— Eu já vi.

O rapaz tirou o capacete e virou-se para perguntar:

— Cara! O que está acontecendo?

— Esse negócio de telecomunicação pegou todo mundo. Sem rádio e telefone os bombeiros não conseguem chegar a tempo.

— Que loucura, cara!

— Os prédios residenciais ainda contam com os moradores, que são proprietários dos apartamentos e lutam para proteger seu patrimônio. Agora, aqui no centro, a maioria desses prédios deve ser comercial. É um corre-corre pra todos os lados.

Cássio desceu da moto. Dali de onde estava bastava andar seiscentos metros, e estaria no batalhão.

Estavam ainda boquiabertos quando foram apanhados pelo som do motor de um grande avião. Então seus olhos se desviaram para o alto, contemplando as nuvens de papel que caíam do céu azul, granulando a paisagem. Não era um avião, apenas. Cássio contou de pronto ao menos sete aeronaves. Eram aviões grandes, bojudos, verde-oliva. Aviões da Força Aérea.

— Mas o que é isso agora?

Cássio não soube responder ao amigo.

— Valeu pela carona, Fabão. Não sei quando as coisas vão voltar ao normal, mas tomara que não demore.

O amigo colocou o capacete e deu partida na Kawasaki. Cássio bateu-lhe no ombro.

— Velho, toma cuidado aí pelas ruas, principalmente à noite. As pessoas estão enlouquecendo e atacando umas às outras.

Vendo o rosto sério e as expressões pesadas do policial, Fábio até ergueu a viseira do capacete.

— Pode deixar, meu irmão. Tô ligado que à noite a parada tá sinistra.

— Mais do que sinistra. Estou falando sério. Passei fogo em três aberrações dessas na noite passada. Três.

— Tá dando uma de justiceiro, é, meu velho?

— Tô falando sério, Fabão. Sério. Essa gente adormecida, não sei... Essa gente... Tem uns que se transformam. Atirei em três e só matei um. Os outros fugiram.

Fábio segurou um esgar, espremendo uma risada, um sorriso, esperando uma brincadeira, um arremate de uma piada que não veio. Voltou a ficar sério. O amigo estava falando a verdade.

— Eles atacaram gente, eles mataram gente ontem à noite. Não saia na rua durante a noite até tudo voltar ao normal.

O som dos papéis começou a aumentar em seus ouvidos. Eles giravam ou planavam, atraindo a atenção de quem passava. Cássio notou que não eram meros papéis. Estavam impressos. Sorriu ao sentir um estalo em sua cabeça. É claro! Sem telefone e rádio, só podia ser algum sinal do governo. Apanhou um deles no ar e trouxe aos olhos, que correram ligeiros pela mensagem. Inacreditável! Aquela sensação de coração acelerado já estava ficando corriqueira nas últimas vinte e quatro horas.

— O que tem aí? Você ficou pálido, meu irmão.

Cássio estendeu o papel ao amigo, que o apanhou com a mão enluvada. Fábio encarou a mensagem:

AVISO PÚBLICO GERAL Nº 0001

MINISTÉRIO DA DEFESA
COMANDO CENTRAL – BRASÍLIA

1 – Avisamos à população que temporariamente todos os serviços de telecomunicação, radiotransmissão e televisão estão inativos por razão desconhecida. O bloqueio das comunicações parece cobrir todo o território nacional. Nossos profissionais estão trabalhando em tempo integral para restabelecer esses serviços o mais rápido possível.

2 – Sobre aqueles que foram apanhados pela doença desconhecida, nossa junta médica informa que:

2.1 – Não há motivo para pânico.

2.2 – Alguns pacientes despertaram espontaneamente após o sono prolongado, normais e saudáveis.

2.3 – A doença desconhecida pode ser uma variante da paralisia do sono (f03-g47) e pode durar mais algumas horas, ou mesmo mais alguns dias, mas todos acordarão.

2.4 – Aqueles que despertarem com dores abdominais ou comportamento agressivo deverão ser isolados num cômodo, e as autoridades deverão ser avisadas para remoção e tratamento de observação; não levar os agressivos para os hospitais.

2.5 – Só deverão ser encaminhados para hospitais para internação pessoas que apresentarem dificuldades visíveis na respiração.

3 – Fiquem em suas casas até o final dessa crise.

4 – Não saiam de casa após o anoitecer.

Ass. Virgílio Macedo – Ministro da Defesa

Fábio ficou igualmente boquiaberto.

— Caralho, Cássio! E eu achando que você tinha pirado grandão, cara.

— Bem que eu queria, Fabão. Bem que eu queria — tartamudeou o soldado. — Preciso ir. Preciso voltar ao batalhão e depois encontrar minha irmã. Alguma coisa me diz que nesta noite o caldo vai entornar.

— Caraca. A Alê tá solta nessa confusão?

— Está. Ela, a Megan e o Felipe. Obrigado pela carona, mas preciso ir.

Cássio deu as costas ao amigo e partiu, caminhando rápido em direção ao batalhão. Apanhou mais um daqueles panfletos no ar enquanto ouvia o ronco agudo do escapamento da Kawasaki se afastando. Seus olhos percorreram o céu mais uma vez. A visão era insólita, não tinha como não ser afetado por aquilo. Os aviões eram eclipsados pelas colunas de fumaça, que aumentavam na paisagem da cidade, e logo ressurgiam, despejando mais nuvens de papel de seus compartimentos de carga, deixando todos que apanhassem e lessem um daqueles avisos saber que coisas muito estranhas estavam acontecendo no Brasil. Apesar de todo o caos e da confirmação do perigo, aquele pedaço de papel trazia um pouco de alívio, pois deixava todos cientes de que havia uma mobilização por parte do governo e das Forças Armadas. Aquela ação teria algum resultado positivo junto à população, que não se sentiria totalmente à deriva. Havia enfim alguma orientação.

Antes de chegar ao quartel, encontrou o primeiro prédio em chamas, ardendo indelével, à própria sorte. O calor que emanava do incêndio era absurdo, afastando as pessoas, que saíam do calçamento e contornavam pelo meio da avenida. As labaredas já tinham alcançado o prédio vizinho, dando uma ideia de como o inferno estava se propagando pela capital paulista. Sacos de lixo esparramados aqui e ali, restos de um dia que não foram recolhidos pelo serviço público ausente agora amontoavam-se. Agora um carpete branco cobria parte da paisagem, fruto das folhas impressas despejadas com o aviso do Ministério da Defesa que ainda se assentavam lentamente. Um carroceiro, catador de papel, fazia a festa, ajudado por dois meninos, provavelmente seus filhos. Cássio desviou-se das pessoas que se amontoavam na calçada em frente ao batalhão. Havia uma fila extensa, e um colega, o Camargo, estava numa mesa colocada ali fora. Ele ouvia as queixas das pessoas e ia escrevendo numa folha. Cássio nem precisou perguntar o que era aquilo: com os telefones fora do ar, as ocorrências continuavam, e os mais necessitados vinham buscar ajuda direto na fonte, deduziu. O alvoroço no quartel permanecia. Contornou os escritórios e foi logo para as baias dos cavalos. Animou-se ouvindo o trotar de alguns animais que estavam para fora. Assim que adentrou o pátio descobriu a razão dos animais para fora. Montavam uma patrulha. Dirigiu-se à baia de sua égua. Ela bebia água mansamente, mexendo de vez em quando as patas dianteiras. Cássio assoviou, ela ergueu as orelhas e se agitou, vindo para a porta da baia e enfiando a grande cabeça para fora.

— Boa menina, Kara. Boa menina — disse o soldado, afagando sua montaria.

— Fala, Porto.

Cássio virou-se para o amigo que se aproximava.

— Não te vi o dia inteiro ontem. Tava de folga?

— Folga? Tava nada. Precisei voltar para casa por causa dessa confusão toda. Minha irmã tá sumida desde ontem com meus sobrinhos. Eles foram pegos por essa paralisia do sono.

— Você também leu o folheto, é?

— Li. Acabaram de despejar — respondeu Cássio, tirando o seu do bolso e mostrando-o para o cabo Rossi.

Graziano Rossi era um cara grande, de ombros largos e cabelos pretos. Tinha olhos azuis e um sorriso cativante. Os soldados brincavam que Graziano não era o melhor cara para sair junto na balada, já que o mulheril todo se alvoroçava e era todo sorrisos e olhares para Rossi.

— Acho que você vai ficar contente com isso que eu estou te trazendo.

Cássio soergueu as sobrancelhas.

— O que é?

— Um bilhete. Da sua irmã.

O sargento praticamente voou para cima do pedaço de papel dobrado na mão do colega.

— Me dá isso aqui!

— Calma, sujeito. Calma.

Cássio leu as poucas linhas, estupefato. Não sabia se ria ou se chorava. A irmã tinha estado ali poucas horas antes, durante a madrugada. Sentiu um frio na espinha imaginando a irmã andando sozinha no centro da cidade, largada à própria sorte. No bilhete ela contava que as crianças estavam no Hospital das Clínicas com uma amiga e que talvez conseguissem passar com um neurologista infantil ainda naquela manhã. Dizia que ficaria lá até que elas pudessem ir para casa e pedia para que ele não se preocupasse. O soldado dobrou novamente o bilhete e o colocou no bolso de trás do uniforme. No fim das contas sorriu. Agora, pelo menos, sabia onde a irmã estava. Iria até o HC para levá-la para casa. Segundo o bilhete do governo, não ia adiantar muita coisa as crianças ficarem no hospital. Depois tinha aquele problema das pessoas que não se recuperavam bem, e também daqueles sujeitos de dentes compridos, os mais perigosos. Agora o maior temor que carcomia sua alma era o de seus sobrinhos terminarem daquele jeito, como malucos sugadores de sangue. Eram novos demais para aquilo. Talvez as crianças não sofressem daquele mal. Era cedo demais para se flagelar com aquela hipótese. O jeito era conseguir chegar ao Hospital das Clínicas e ver como todos estavam.

— Boas notícias?

— Mais ou menos, Graziano, mais ou menos.

O sargento ficou calado, girando na mão um daqueles papéis lançados do avião.

— O bom é que agora sei onde eles todos estão.

— Onde?

— HC.

— Nossa. Aquele lugar deve estar um inferno.

— Certeza que está. Paciência. Agora ela está lá e, segundo esse aviso do governo, não vai adiantar de muita coisa ela ficar naquele hospital. Preciso ir lá buscá-la. Mas, depois do que aprontei ontem, duvido que o Oliveira vá deixar eu arredar o pé daqui.

Foi a vez de Graziano franzir a testa e encarar o amigo, lançando uma pergunta:

— Não soube o que aconteceu com o capitão?

Cássio torceu os lábios e meneou a cabeça.

— Ele e o cabo Santos se pegaram aqui ontem. O Santos tava com o capeta no corpo, fumando um cigarro atrás do outro dentro das cocheiras. Mordeu o capitão e tudo.

— Mordeu?!

— Sim. Mordeu, bateu, cuspiu. O Santos parecia que estava possuído. Se agarrou com o capitão, dizendo que queria o seu sangue. Ele só não tomou um tiro porque os colegas chegaram a tempo e apartaram. O Oliveira não vai voltar tão cedo para o quartel. Foi levado ao HPM ontem, no começo da noite, com um corte no pescoço.

Cássio até queria lamentar pelo Oliveira, mas essa surpresa vinha a calhar; e dado ao que parecia, ninguém sabia que ele tinha desobedecido ao capitão dado sebo nas canelas na tarde anterior.

— E o Santos?

— Foi detido. Está numa cela lá atrás, esperando o capitão voltar e ver o que faz.

Cássio afagou a égua mais um pouco, enquanto pensava se contava ou não para Graziano sobre seu encontro com as criaturas durante a noite.

— Tá uma correria para montar as patrulhas, e logo eu, que estou doido para ajudar, não fui escalado para nada. Com essa confusão toda não chegaram as ordens do dia detalhadas. Tô vendo que vou ficar moscando aqui até o capitão voltar.

— Pois é. Espero que ele não demore.

Graziano começava a se afastar quando o rosto de Cássio se iluminou.

— Rossi! Quer um pouco de ação fora da agenda?

O cabo voltou com as sobrancelhas contraídas.

— O que você quer aprontar, Porto?

— Minha irmã e meus sobrinhos.

— Você tá querendo ir para lá agora?

— Do jeito que isso aqui está, ninguém vai se importar se montarmos uma patrulha nós dois. Veja se consegue um daqueles papéis que o Camargo está preenchendo lá na porta, são queixas daquela gente lá na frente. Peça a ele algo na região do HC enquanto eu vou estilhar a Kara para o passeio.

Rossi coçou a cabeça e olhou para a numerosa patrulha que saía pelo portão principal. Não queria ficar enfurnado dentro daquele quartel, sabendo que tinha uma porção de gente precisando de ajuda. Se era um chegado que precisava de ajuda, melhor ainda.

— Deixa comigo que eu arrumo uma ocorrência.

Quarenta minutos mais tarde Cássio Porto e Graziano Rossi não tiveram dificuldades para deixar o quartel, que ainda estava contaminado pela gigante anarquia que tomava a cidade. Agora a dupla ia lado a lado, subindo a Avenida Tiradentes, montados em seus cavalos imponentes, paramentados com capacete, cassetete e espada embainhada, algumas granadas de gás nos alforjes. Graziano nem precisou gastar sua lábia com o comandante, informando apenas que o sargento Porto o tinha escalado para seguirem juntos o destacamento do tenente Edgar. Passavam agora em frente à Pinacoteca do Estado. Cássio deteve o olhar sobre as janelas da Pinacoteca. Sorte o incêndio estar comendo um prédio comercial metros para baixo; se o fogo estivesse ali, o estrago seria incalculável. Percebeu uma mulher de cabelos longos e castanhos andando apreensiva de um lado para o outro no estacionamento do museu. Se não estivesse em diligência, pararia para averiguar o que se passava com ela. A camiseta, com o logotipo estilizado da pinacoteca, deixava claro que ela era uma funcionária. Deviam estar lutando para manter o acervo do museu a salvo. Não ficou considerando por muito tempo, pois entre o dia passado e o corrente o que mais encontrava nas ruas era gente com o semblante aflito e atarantada, andando de um lado para o outro sem saber para onde ir. Conforme avançavam em direção ao centro o panorama ficava mais sombrio. Os papéis lançados do céu eram varridos por duradouras rajadas de vento, criando um ar de abandono impressionante na cidade. Parecia um feriado, mas não típico da capital, e sim um feriado de cidade do interior, quando os carros não transitam acelerados, quando os comércios descem suas portas, quando cães soltos dominam os caminhos. Talvez já fosse o efeito causado por aquele aviso público lançado do céu. Muita gente parecia ter desistido de tentar chegar ao emprego. As pessoas que ainda estavam na rua caminhavam aceleradas, ainda mais assustadas do que na manhã anterior. As pessoas — com seus parentes e amigos sofrendo com a inesperada doença que abatera milhares de humanos de uma hora para a outra, com os hospitais incapacitados de receber tanta gente ao mesmo tempo — percebiam que eram mais importantes em casa, cuidando do próprio bem-estar, do que em escritórios, tentando manter o negócio dos outros. Quem faria pedidos com os telefones mudos? Quem organizaria a logística de entregas com a internet fora do ar? Quem teria cabeça para papelada e e-mails com filhos e pais desacordados, sabendo que teria que trancar a mãe em seu quarto quando voltasse para casa porque aquele maldito panfleto caído do céu dizia para assim fazer? As pessoas estavam abandonando seus postos em escritórios e lanchonetes, em lojas de produtos importados e farmácias. A cidade inteira estava em colapso, as horas avançariam e logo a noite chegaria mais uma vez. Com a escuridão viriam aqueles outros personagens que tinham começado a povoar as ruas de São Paulo. Era nessas criaturas sombrias que Cássio Porto pensava enquanto estugava sua égua, subindo em direção ao centro velho.

— Cara, estou perdidinho no meio disso aqui.

— Vamos na direção da República agora e pegamos a Consolação, acho que é o caminho mais direto daqui.

— Não tô falando disso, Porto. Pelo amor de Jesus Cristo! Tô falando desse cenário. Dessa visão. Não dá pra acreditar que é o mesmo centro da cidade de dias atrás. Ontem ainda tava quase tudo normal.

— Então sua ficha demorou para cair, Rossi. Ontem eu já senti o clima muito estranho. Se alguém for escrever sobre o fim do mundo, vai ter que escrever sobre aquela madrugada.

— Não dá para entender tanta gente adormecida. Só no meu andar são sete casos. Moram treze pessoas no meu andar. Quatro apartamentos. Sete casos. Agradeço a Deus por estar aqui, acordado.

— É, não sei. Tô achando muito cedo pra gente agradecer por qualquer coisa. Isso tudo tá com cara de que vai piorar um bocado antes de voltar ao normal.

— Não seja tão pessimista. O que poderia acontecer para isso aqui ficar pior do que já está?

— A que horas você saiu do batalhão ontem, Rossi?

— Fiquei de plantão até a meia-noite. Como a Marginal tava engarrafada, resolvi dormir no quartel mesmo.

— Poxa, o trânsito tava tão feio assim? Dava para você ter ido por dentro. Não precisava ter dormido no quartel.

— Moro sozinho agora, esqueceu? Como não tinha ninguém me esperando, também não quis me incomodar. Até que dormi bem no alojamento. Na noite passada eu tava de folga, e foi osso dormir em casa por causa do cheiro.

— Que cheiro?

— Um cheiro de perfume que impregnou tudo lá no meu prédio.

— Estranho.

— Estranho? Você nem sabe. Ontem de manhã eu perguntei pro porteiro, ninguém mais sentiu o diacho do cheiro, só eu. Sozinho lá no meu apartamento, sentindo cheiro de perfume de piranha.

Cássio tinha esquecido. Graziano, até o começo do ano, morava com o pai. O velho tinha falecido, complicações decorrentes de um trauma ortopédico. Caiu durante o banho e quebrou o braço. Além da diabetes, tinha oitenta e quatro anos, e a coisa toda degringolou quando entrou um quadro de infecção generalizada. Graziano, o filho temporão, ficou bem abatido a princípio. O pai era lúcido e forte, era o companheiro de todas as horas e todos os papos. Graziano falava muito do jeito siciliano do pai, que fora seu principal incentivador quando resolver entrar para a Polícia Militar. O velho brincava, chamando-o de pequeno carabinieri. Graziano Rossi tinha sido o quarto filho de Frederico Rossi, sendo o caçula junto de uma linha de três meninas. Fazia agora quase oito anos que não via as irmãs. Logo que os pais se separaram, no começo da década de 1980, as irmãs foram morar com a mãe, que se mudou para o Rio de Janeiro. Duas delas se mudaram para a Itália quando a mãe faleceu, cerca de seis anos atrás. Agora, a queixa constante do amigo de batalhão era de que o apartamento parecia muito vazio e silencioso com a ausência do pai, que sempre colocava um disco de ópera na velha vitrola.

— É. Tinha esquecido do seu velho.

— É impressionante como quem morre desaparece rápido desse mundo. Principalmente os mais velhos. Simplesmente desaparecem. Ninguém mais lembra deles.

— É que estou com um monte de coisas na cabeça — argumentou Cássio, puxando a rédea para a direita suavemente e fazendo Kara desviar-se de um monte de sacos de lixo empilhados na frente da Estação da Luz. Dois pedintes famintos ergueram cuias na direção do policial, balbuciando alguma coisa inteligível. — Desculpa aí. Eu gostava do jeito do seu pai. Sempre lúcido, e um bom contador de histórias.

Sua égua se agitou com a aproximação dos pedintes, obrigando os militares a manobrar os animais e a pedir que eles se afastassem.

Ao dobrarem uma esquina encontraram mais um prédio comercial em chamas. Num dia normal a rua já estaria bloqueada, e uma dezena de veículos do Corpo de Bombeiros estaria ali na frente. Apenas um caminhão brigava com as chamas do edifício, talvez porque existissem pessoas lá dentro.

— Relaxa, brotherzinho. Foi uma reflexão minha, não uma bronca. Uma constatação.

— Hum.

— Mas por que você acha que essa confusão ainda vai piorar?

Cássio suspirou.

— É uma longa história.

— Bem, até o HC vai levar uns quarenta minutos, no mínimo.

— Ontem eu abandonei meu posto. Fui obrigado. Esse negócio de gente com problema do sono me deixou muito cabreiro. Fiquei pensando na minha irmã e nos meus sobrinhos. Eles podiam estar na mesma situação.

— Certo. Qualquer um ficaria. Nunca vi o batalhão tão desordenado como ontem.

— Acontece que o capitão não tava liberando ninguém. Depois de conversar com o Santos, vazei na miúda. O Santos já estava com a cabeça atrapalhada, falando em fim do mundo e tudo. Não sei, acho que fui influenciado pela conversa dele.

— Tá, mas e daí?

— Daí que a minha ideia era ir lá em casa, dar uma bisolhada e voltar para o batalhão. Saí no fim da tarde, quando estava a maior zona. Ninguém me viu. Fiquei me sentindo péssimo, Rossi, mas não consegui parar de pensar na minha irmã.

— Normal, sargento. Acha que se o meu velho tivesse vivo eu teria dormido no batalhão? Nem a pau! E ninguém pode abrir a boca pra falar de você. Tá pra nascer sargento mais ponta firme e caxias que você.

— E, com os telefones fora de serviço, eu não tinha a menor ideia de como as coisas estavam. Quando eu saí era mais de seis da tarde, já começava a escurecer e, para piorar, não tinha mais ônibus nenhum circulando. Eu não podia pedir ajuda no batalhão, porque estava abandonando meu posto, não podia nem pegar a Kara para não levantar suspeita.

— Tá, mas isso todo mundo viu. Os telefones zoados e os ônibus faltando já é ruim; o que mais aconteceu para te dar certeza de que isso ainda vai piorar?

— Como disse, não tinha ônibus, e só tinha um jeito de eu chegar em casa.

— De táxi.

— Não. Fui a pé.

— Caraca, Porto! Você queria mesmo achar a sua irmã!

— Comecei a andar para não perder tempo, mas, a cada quadra, não tinha jeito, a curiosidade me pegava e eu me colocava a olhar para a cidade já desordenada, e começando a dar sinais de que a coisa toda ia degringolar.

— Do que você tá falando, cara? Desenvolve isso, daqui a pouco começo a dormir aqui cavalgando.

— Os prédios em chamas.

— Mas isso não é um sinal, é uma consequência. Sem telefone para a população pedir ajuda, os bombeiros não iam chegar nunca. O Evandro chegou dizendo que no meu bairro foram os moradores mesmo que combateram o fogo em um prédio de cinco andares.

— E do rosto desesperançado e assustado das pessoas, ele te falou também?

— Não. Ele não falou nada disso. Falou do fuzuê todo. Da anarquia.

— A preocupação das pessoas me prendia a atenção, me deixava em alerta, como se tivesse alguma coisa viva no ar.

— Você tá precisando ir se benzer, Porto. Isso é falta de mulher, meu irmão. Só falta os puteirinhos da cidade fecharem também.

— Para de zoar, Rossi. Você que pediu para eu contar. Deixa eu contar do meu jeito?

Graziano deu uma risada comprida, puxando seu cavalo BH para o lado, seus olhos percorreram as ruas fantasmagóricas do centro. Aquilo que o amigo tinha acabado de dizer sobre o medo nos olhos das pessoas podia conferir agora mesmo quando cruzavam com os passantes.

— Depois que passei a praça Campo de Bagatelle, aconteceu a coisa mais estranha. Tinha ficado noite e eu comecei a ouvir gritos.

— Gritos?

— É.

— De mulher?

— Sei lá, cada hora era de um jeito. Gritos de mulher, de homem, de criança. Me arrepia só de lembrar.

— E aí?

— Aí que a Santos Dumont já estava escura, e duas quadras para a frente eu encontrei um sedã preto, com os pneus sobre a calçada. Quando cheguei perto do carro, já fazendo uma averiguação, com a arma erguida, encontrei um sujeito sobre o gramado. Ele estava em cima de uma mulher com as saias levantadas até a cintura.

— O sujeito tava numa fornicaçãozinha e você foi atrapalhar?

— Não, cara. É sério o que vou te falar, muito sério.

— O sujeito estava violentando a mulher?

— Pior!

— Não consigo pensar no que pode ser pior para uma mulher num cenário desse.

— Ele estava sobre ela, mordendo-a.

— Mordendo a mulher?

Cássio fez que sim com a cabeça.

— Não te lembra nada? — perguntou o sargento.

Graziano puxou a rédea de sua montaria, parando no meio da avenida e sendo imitado por Cássio.

— Deveria lembrar o quê?

— O Santos, porra! Ele, quando anoiteceu, também mordeu o capitão.

Graziano ficou olhando para o sargento com as sobrancelhas crispadas.

— Você fez o quê? Prendeu ele?

— Não. Não tinha como chamar o Copom, não tinha como levá-lo para lugar nenhum, o posto da PM na boca da Marginal estava deserto, mas escuta isso, Rossi. O cara estava mordendo a mulher para conseguir tomar o sangue dela.

— Para! Como assim?! Tomar o sangue dela pra quê?!

— Pois é. É disso que estou falando. Eu mandei ele sair de cima da senhora. Ele se levantou e começou a tagarelar, falar um monte de coisa sem pé nem cabeça. Parecia que eu estava vendo o Santos, lá nas cocheiras, mas lá, na minha frente. O sujeito falava que o sol estava acabando com ele, que ele estava com sede, e só o sangue da mulher matava sua sede. Ele assassinou aquela mulher, Rossi. À base de dentadas.

Graziano, com o rosto tenso, franziu os olhos de uma forma que era muito característica dele. Ele bateu os calcanhares no ventre de seu cavalo, e a estugada fez o animal voltar a cavalgar. Cássio ficou parado um instante, olhando ao redor. Em seguida contornou o amigo com sua égua, olhando-o fixo nos olhos, e parou de frente para ele, praticamente fazendo-o também parar.

— Quando ele se levantou, veio para cima de mim, cara. Veio, e os olhos dele estavam vermelhos, brilhantes, como se ele estivesse possuído pelo capeta. Aquele cara, com aqueles olhos vermelhos e com a boca cheia de sangue, me fez ter a certeza de que isso tudo que está acontecendo é obra de vampiros.

Graziano continuou com o rosto enrugado, olhando para o sargento à sua frente. Continuou com o rosto tenso por uns dez segundos, até que não aguentou e estourou numa gargalhada.

— Vampiros, Porto? Vampiros?!

— Porra, Rossi! Eu te contando um negócio sério, e você ri na minha cara?

— Vampiros não existem, meu irmão. É um fenômeno meteorológico, só isso. O sol tá de cabeça quente e mandou uns trecos pra cá. Esqueci como é o nome disso.

— Não é o sol, Rossi. Não tem nada a ver com o sol.

— E vai me dizer que o cara que você viu ontem era vampiro, dentucinho e tudo?

— É o que eu estava te dizendo.

— Vampiros... Para com isso! Vampiro é treco de cinema. O que está acontecendo é coisa científica, que vai voltar ao normal. Não tem nada dessas coisas de assombração. Para com isso.

Cássio alinhou-se ao parceiro, e tornaram a cavalgar lentamente.

Ouviam choro de criança ao longe. As ruas eram uma sequência sem fim de portas de comércio fechadas. Uma mercearia ou outra estava aberta e, quando se encontrava um estabelecimento de alimentos funcionando, encontrava-se também uma fila e um alvoroço.

— Vampiros tomam sangue e viram morcego. E nem ia adiantar você apontar uma arma para ele, cara. Desde que eu me entendo por gente eu só vejo vampiro morrer com estaca de madeira no peito.

— Quando ele voou para cima de mim, veio correndo, e não com asas de morcego igual você tá falando pra tirar sarro...

— Para com isso. Não tô tirando sarro. É que está todo mundo perturbado com esse negócio do sol.

— Ele pulou em cima de mim, com os dentes pra fora da boca. Eu dei um tiro bem no coração do filho da mãe. Bem no meio do peito. Ele tombou que nem bosta.

— Tô te falando. Se fosse vampiro não ia morrer com tiro.

— Eu fui olhar a dona que ele tinha atacado. A coitada estava morta, pálida que nem um pedaço de mármore. Quando eu virei para olhar para o homem caído no meio-fio, ele não estava mais lá.

— Para, Cássio. Você tá tirando sarro da minha cara.

— Eu dei um tiro no coração daquele desgraçado, Graziano. Bem no coração. Ele não estava mais no chão quando eu virei. Estava atravessando a avenida. Eu o vi correndo, atravessando a Santos Dummont, pulando dentro da base aérea do Campo de Marte. Eu vi, com esses olhos aqui — frisou Cássio, apontando os dedos curvados para os próprios olhos.

— Você está falando sério? Sério mesmo?

— Por que razão eu iria inventar uma história dessas pra você, Rossi?

— Para tirar onda com a minha cara, só isso.

Cássio balançou a cabeça negativamente.

— O pior é que estou falando sério, e isso não é tudo.

— Tem mais?

— Sim. Você mesmo me disse que o Santos ontem foi preso porque atacou o capitão. Você me disse que ele mordeu o capitão. Eu nem sabia dessa história. Não acha isso coincidência demais? Eu saí do batalhão depois de falar com o Santos. Ele e o sujeito engravatado que eu baleei falaram umas coisas parecidas, que tinham sede.

Cássio fez uma pausa na revelação de seus temores quando cruzaram a Aurora com a Andradas. Em uma hora como aquela, o lugar deveria estar fervendo de gente em busca de eletrônicos na região da Santa Ifigênia. Até mesmo o bando de noias que desfilavam como zumbis pelas ruas da Cracolândia tinha o número reduzido para menos da metade. Provavelmente uma boa parte deles também havia sido apanhada pelo estranho sono.

— No caminho até a minha casa eu encontrei mais alguns desses bichos loucos, que foram amarrados por parentes em frente ao Hospital do Mandaqui. Só voltei a deparar com outros deles, soltos e perigosos, de madrugada, quando andava pelos hospitais do bairro, procurando minha irmã e meus sobrinhos.

— Sinistra demais essa sua história, Porto. Se for tudo verdade, a coisa é séria pra caralho.

— Tô falando que é verdade, pô! O que eu ia ganhar mentindo pra você?

— Já falei, acho que você quer tirar sarro, só isso.

— Não sou homem de brincar com coisa séria, Rossi. Estou te alertando. Quando anoitecer, esses bichos vão aparecer de novo, pode escrever o que estou te falando.

— Mas eu não ouvi mais ninguém falando disso.

— Pois é. Nas duas vezes que me encontrei com eles, só me safei porque eu estava armado.

— Duas vezes?

— É. Mais tarde eu estava beirando o muro do Hospital da Polícia Militar, procurando minha irmã, quando deparei com uma mulher vindo na mesma calçada que eu, ao meu encontro. Um cachorro me assustou e, quando olhei de novo, ela não estava mais na minha frente; para piorar, tinha dois caras na minha cola. Não sei como aquela mulher nanica surgiu do nada e me ergueu pelo pescoço. Cara, foi embaçado, viu?

— Você contou isso para alguém?

— Eu, não! Todo mundo ia me tirar de louco. Quando eu vi o panfleto jogado pelos aviões, me liguei que o Governo já está sabendo disso. Dos atormentados que estão agindo que nem vampiros.

— Meu, mas pelo menos para alguém no batalhão você tinha que ter contado.

— E quem ia acreditar, Rossi? Você que é meu amigo está duvidando.

— Mas não é por mal, cara. Essa história é muita ficção pra minha cabeça. Mas deixa isso para lá, me conta o que aconteceu quando a nanica te agarrou.

— Primeiro eu tentei dar um soco nela, mas a vaca tava me sufocando, rindo da minha cara, com aqueles dentes pra fora, já. É por causa desses dentes compridos que eu tô chamando eles de vampiro. E tem também o detalhe de que ela queria tomar o meu sangue. Eu não tive outra opção senão dar um tiro na cabeça dela. E pode esquecer essa história de estaca. Tiro na cabeça também serve.

— Tiro na cabeça é para zumbi.

— Bala de prata para lobisomem.

Os dois riram.

— Ainda bem que você não foi atacado por um saci.

— Por quê?

— Porque de saci eu não sei como a gente se livra.

— É só mandar ele te dar uma rasteira. Quando ele te der o rodo ele cai, aí é só algemar.

A dupla de soldados da cavalaria voltou a rir da piada, mas cortaram as gargalhadas quando os gritos de uma mulher tomaram a rua Aurora. Um pouco para a frente, já na larga avenida Rio Branco, viram uma senhora negra, usando uma saia de sarja cor-de-rosa e uma blusa de lã cor creme. Ela estava sangrando na testa e balançava a mão na direção dos policiais, que estugaram as montarias a avançar acelerado.

— Vamos lá, Porto! Depois você conta o que aconteceu com a nanica.

Os policiais deram um trote ligeiro até se aproximar da cidadã, que brandia a mão, meio desorientada.

— Graças a Deus. Eles me acertaram e estão levando tudo. Preciso de ajuda.

— A senhora consegue andar?

A mulher balançou a cabeça em sinal afirmativo e voltou para a esquina. O sangue pingava de sua cabeça, deixando marcas grossas no chão. Tinha um hematoma do lado esquerdo da cabeça, acima da supercílio, e um rasgo na manga da blusa. A cada três passos, cambaleava um. Ao cruzar a esquina apontou para um mercado.

— Eles bateram na cabeça do gerente com um pedaço de pau. Estão levando tudo embora. Ajudem-me.

Cássio e Graziano avançaram rápido assim que avistaram os saqueadores correndo para fora do mercado. Cássio cruzou a frente do posto de gasolina, onde dezenas de carros tinham sido abandonados. Tinha o seu sabre embainhado, mas preferiu sacar o cassetete.

— Parados aí! — berrou o policial.

O grupo de vândalos era enorme, contando com mais de trinta indivíduos. As portas do mercado estavam abaixadas, uma delas torta e parecia ter sido arrombada. Fora por ali que eles invadiram, saquearam e agora se colocavam em fuga. Nenhum deles pareceu escutar o policial. A maioria era menor, correndo com o que podia na mão, de mantimentos a eletrodomésticos.

— Parados! — bradou mais uma vez, ouvindo os cascos do cavalo de Graziano se aproximando.

Uma lata de extrato de tomate bateu contra o seu capacete.

— Filho da mãe! — gritou Cássio.

— Foi aquele moleque ali — disse Graziano, já batendo os calcanhares contra a barriga de seu cavalo e partindo no encalço do garoto.

Tiveram que se abaixar, desviando de outras latas que voaram em sua direção, provavelmente foi assim que eles abriram o talho sangrento na cabeça da mulher de saia rosa. Ele venceu facilmente o canteiro central, o bando de delinquentes tinha tomado a direita, passado a rua Vitória e corriam em direção à rua dos Gusmões. Ele não queria levar a mão à pistola por causa de um punhado de massa de tomate, mas os infelizes haviam machucado a mulher, e ela reportara que também haviam atacado o gerente do mercado com um pedaço de ferro. Eram garotos atrás de comida e bagunça, mas eram violentos e tinham cometido um crime. Com cassetetes em riste, Graziano e Cássio conseguiram encurralar ao menos seis dos delinquentes em frente a uma agência bancária. Os demais correram, desfazendo o bando, em direção à praça Duque de Caxias. Dentre a meia dúzia encurralada, agora sob a mira da pistola .40, havia dois homens que beiravam os trinta anos.

— Eu faço a averiguação — avisou o sargento.

Cássio desmontou de sua égua e amarrou-a junto ao poste. Coberto pelo olhar atento de Graziano, ainda montado, Cássio colocou os seis de frente para a parede. A situação da agência bancária não era das melhores, a vitrine tinha sido estourada, estilhaços de vidro tomavam a calçada e chegavam até a avenida. Um dos menores não tinha documento algum e era figura fácil ali na Rio Branco, provavelmente mais um dos perdidos para o vício do crack. Verificando a identidade dos homens mais velhos, vasculhou suas carteiras, vendo-as cheias de cartões de crédito com o nome deles mesmo. Estavam falando a verdade, não eram bandidos.

— Por que estava saqueando o mercado? — perguntou Cássio para o mais velho, com trinta e três anos.

— Eu não sou ladrão, policial. Eu só vi a confusão e entrei também. Sei que é errado, mas antes tinha vindo aqui nesse banco tentar sacar; estou sem um centavo em casa. Só tenho dinheiro no banco. E as agências estão todas depredadas.

Cássio olhou para Graziano, que deu de ombros.

— Acontece que a mulher que nos chamou disse que vocês bateram no gerente. Ele pode estar morto uma hora dessas.

Oportunamente uma viatura da ronda escolar parou, descendo mais dois PMs que ajudaram com a abordagem.

— Vou ver o gerente do mercado — bradou Graziano para Cássio.

Vendo os outros dois PMs se aproximando, Cássio fez um sinal positivo para Graziano.

— Eu não vi o gerente, juro. Eu só entrei porque meu filho de dois anos ficou sem leite. Não estão aceitando cartão em lugar nenhum. Minha esposa está apagada. Eu li no papel que é para ficar em casa.

— E você deixou seu filho sozinho em casa com sua esposa apagada?

— Não, policial. Minha sogra está lá. Está chorando desde ontem por causa da minha esposa — disse o homem, com a voz embargada, as mãos entrelaçadas no topo da cabeça, de costas para o sargento. — Posso me virar?

— Devagar.

O homem tirou as mãos da cabeça e apontou para uma lata na sarjeta.

— Eu peguei duas latas de leite em pó iguais àquela. É só para dar leite pro meu filho. Eu não sou ladrão. Os cartões de débito não estão funcionando, nem o banco. Estou sem um puto em casa.

— Quem foi que agrediu o gerente?

— Eu não vi esse gerente. Juro.

— Quem agrediu o homem? — gritou Cássio, agora para a turma ainda recostada na parede. — Ninguém vai falar? Vai dormir todo mundo na delegacia?

— Pelo amor de Deus, eu só peguei um leite.

Cássio olhou para o homem e fez um sinal para que se calasse.

— Vamos lá, vou dar uma chance para vocês. Se eu levar todo mundo para a delegacia vai ser muito pior. Vocês vão passar a noite no xadrez porque a cidade está um inferno. Ninguém vai conseguir ligar para advogado soltar vagabundo nenhum. Quem tem passagem aqui?

Dois menores ergueram as mãos.

— Vira pra cá, moleque.

Os dois obedeceram.

Os outros dois policiais estavam parados ao lado do grupo, com as mãos nas coronhas das armas.

— Sua passagem é do quê? — perguntou Cássio, se aproximando do garoto mais alto, o primeiro a se virar.

— Foi 155, senhor.

— Tá solto desde quando, moleque?

— Abril.

— Quem bateu no gerente?

— Não fui eu, não, senhor.

— Quem bateu no gerente? Fala!

— Foi o Diguinho — disse o outro, ainda colado na parede.

— Não perguntei nada pra você, fica quieto.

Cássio apanhou o RG do garoto à sua frente e olhou seu rosto. Conferia.

— Quem bateu no gerente?

— Foi o Diguinho, senhor.

Cássio conhecia a alcunha. Diguinho era um menor delinquente que já tinha sido preso meia dúzia de vezes, mas sempre voltava para a região e não tardava a aprontar de novo. Provavelmente aqueles dois estavam falando a verdade.

Dali a quatro minutos o cabo Graziano voltou, avisando que o ferimento no gerente não parecia grave. O homem tinha se levantado e conversado com coerência. A descrição do atacante batia com os traços do marginal apontado pelos outros menores. O gerente do mercado disse que ia trancar a loja porque não tinha mais condições de continuar atendendo o público daquela maneira, machucado e cercado de insegurança. Graziano orientara que ele e a senhora de saia rosa seguissem para o pronto-socorro mais próximo.

Os policias da cavalaria, mais os dois colegas que tinham chegado na viatura, confabularam rapidamente e acharam por bem liberar todos os detidos para averiguação. Aquele era um delito menor em vista do que poderia acontecer, e acabaria tirando ao menos dois policiais das ruas por horas a fio para acompanhar a ocorrência. Assim que os menores e os homens que buscavam comida foram liberados, Cássio e Graziano voltaram a cavalgar em direção ao HC.

CAPÍTULO 28

O tenente Douglas Obe estava no seu segundo dia de serviço. A noite tinha sido terrível, e a chegada do sol trazia um código que ele tinha demorado para decifrar. A luz do sol entrando pelo quartel e lavando o asfalto irradiava um pouco de paz. Era isso. Paz. As colunas de fumaça continuavam rasgando o céu da capital e sussurravam em seu ouvido que não havia mais o que fazer. Se a cidade não voltasse ao normal, se seus soldados não voltassem ao trabalho, se o rádio não voltasse a funcionar, estaria tudo acabado. O fogo ia se espalhar e devorar cada prédio da capital. E não era essa certeza que consumia sua alma. Sua alma estava dividida entre sua casa e o Hospital das Clínicas, onde tinha deixado o amigo Boris depois da crise respiratória que o levara a um coma profundo. Durante a noite Douglas e sua equipe socorreram duas grandes ocorrências na região do centro, debelando o fogo que consumia dois prédios residenciais. Os populares tinham se mobilizado no segundo endereço, combatendo com os próprios meios o incêndio que destruía o prédio onde moravam. As pessoas não queriam assistir impassíveis ao fogo levar embora todo o patrimônio que possuíam. Sabiam que a cidade corria fora dos trilhos e que ajuda alguma chegaria até seus lares em chamas. Lutaram e, em alguns casos, venceram as chamas. A ideia de civis combatendo o incêndio seria reprovada de imediato pelo tenente, contudo, durante todas aquelas horas de loucura, essa parecia ser a única saída razoável para aquelas pessoas não perderem seu patrimônio. Seus homens voltaram cansados e abatidos, derrotados de uma forma que ele nunca tinha visto. Além das chamas do dia a dia, esses homens tinha chegado ao quartel vergados pelo peso da preocupação. Um inimigo invisível, escondido no medo que transitava na cabeça de cada um, rondava entre os soldados, espreitando, aguardando a menor fraqueza para atacar. A incerteza era o oxigênio desse novo inimigo, a falta de informação, a falta de esperança de ver tudo voltando aos trilhos era o seu alimento. Alguma coisa tinha batido forte naqueles homens no meio daquela noite, uma coisa que aumentava a eloquência das colunas de fumaça, formando coro com o lamento dos que carregavam seus parentes desacordados e chamava a atenção para os que tinham adoecido de uma hora para a outra. A doença que deixava as pessoas perturbadas e agressivas, perigosas e irracionais. Tudo está perdido. Era isso que a voz cuspia nos ouvidos daqueles combatentes. Tudo está perdido. Eles se encurvaram, acuados, e Douglas sentiu um frio no estômago ao perceber que na maioria deles o medo, em alguns latente, em outros, flagrante, tinha cavado trincheiras e os debilitado. Talvez o nome dessa fera que roía seu batalhão fosse Desesperança. E "tudo está perdido" era um mantra que a fera exalava. O tenente Douglas Obe sabia que a fera estava certa e não poderia exortar seus pupilos, encorajando-os a lutar ainda mais. Tudo está perdido, repetiu a fera em sua mente.

Quando o caminhão-tanque encostou no pátio do batalhão, assistiu à procissão de soldados descendo e seus homens, extenuados, rumando para o alojamento. Não tinham dito uma palavra. Agora voltava sua atenção para aquela sensação contraditória em comparação à madrugada amarga. A luz do sol clareando o dia e trazendo um pouco de paz. O tenente não sabia o que dizer aos seus homens. O comandante do quartel não estava lá. Pessoas chegavam aos portões do batalhão a todo instante, trazendo choro e histórias de casas inflamadas. Mais um caminhão cruzava o portão. Douglas estava cansado demais para continuar. Pensava em seu próprio lar vulnerável, com a esposa Marlene cuidando da pequena Sara. Até ontem a principal preocupação das duas era a bendita festa de quinze anos de sua menina. Dava graças por nenhuma das duas ter sido apanhada pelo surto do sono. Outra parte de sua preocupação era seu compadre, Boris. Não sabia como estavam os meninos dele, morando longe, com a mãe, sem telefone ou celular, não tinha como buscar notícias daqueles que tanto ele quanto Marlene consideravam seus sobrinhos. Boris tinha caído na sala, durante a ação, e tinha sido removido pelos colegas. Não teriam como chamar mais ambulâncias e nem como esperar por orientação via rádio. Boris tinha desmaiado e não voltava à consciência. Correram com ele num dos carros dos bombeiros direto para o Hospital das Clínicas, e lá o amigo tinha sido internado. Tinha voltado no meio do dia para vê-lo, mas ele continuava inconsciente. O médico explicou que o caso dele era muito parecido com o dos adormecidos. Estava estabilizado, respirando bem, mas estava em coma. Os médicos tinha prometido mais exames de imagem assim que conseguissem controlar a enxurrada de pacientes que chegavam ao hospital trazidos de todos os cantos da cidade. O tenente não contestou a demora para um diagnóstico mais apurado porque era testemunha de tudo o que estava acontecendo. A frente do Pronto Atendimento das Clínicas estava intransitável. O prédio de ambulatórios estava apinhado de gente sentada pelo chão e pelas passarelas de acesso aos andares superiores. Eram pessoas comuns, acordadas, cuidando de adormecidos e daqueles que pareciam ter enlouquecido. Por conta dessa aberração episódica, também não achou estranho o fato de não terem tido tempo de tirar a farda de combatente de seu parceiro. O tenente tinha deixado o hospital ainda mais oprimido do que antes.

Douglas estava cansado, e sabia que não conseguiria passar outro dia e noite inteiros de plantão no batalhão. Seu medo era que o quartel sucumbisse assim que ele arredasse dali. Muitos dos oficiais não tinham voltado desde a manhã anterior, quando tudo de estranho tinha começado. Seus homens, enfraquecidos, precisavam de alguém que os mantivesse unidos. Apesar de todo o peso em suas costas, Douglas sabia que tinha que ir ver sua família e depois seu amigo. Torcia para que o quartel não se esfacelasse durante sua ausência. Antes de sair, juntou os homens que resistiam no quartel e informou que iria até sua casa ver a esposa e a filha, que tinha decidido trazê-las para o batalhão onde ficariam mais protegidas. Sob o olhar iluminado dos homens que entendiam o plano, disse que cada um deles poderia fazer o mesmo com seus parentes. O que não podiam era abandonar o quartel e, em consequência, abandonar a população da capital de São Paulo à sua própria sorte contra o terrível incêndio que a consumia. Os bombeiros deveriam resistir. Iriam se fortificar ali, no quartel central, e organizar o maior grupo de combate ao fogo da história daquela cidade.

Capítulo 29

A notícia veio na hora mais inesperada. Vicente estava havia dois dias sem pregar os olhos. A rebelião começara no início da noite anterior. Os líderes cobravam explicações pelos maus-tratos e, sobretudo, queriam saber o que tinha acontecido com os presos que foram recolhidos. Pelo que Vicente pôde notar de sua cela durante aquelas horas da madrugada, ao menos metade dos companheiros de xadrez havia sido levada desacordada. Os líderes perguntavam se eles seriam usados numa experiência como ratos de laboratório. Vários pacotes de garrafas d'água foram trazidos e distribuídos entre os prisioneiros, que tomaram para si a tarefa de racionar o líquido. Aquela bagunça toda gerava distração na administração e, sem seus dois companheiros de cela, Vicente achou por bem não marcar bobeira, ficando de olho aberto o tempo todo, sem dar uma piscada desde então. Lá pelas sete da manhã os amotinados entraram em acordo com a administração, que prometeu passar o máximo de informações possível e explicou que aquilo não estava acontecendo só ali no presídio. Começou uma gritaria de gente querendo saber da família. Pelas palavras do agente, Vicente sabia que ele não estava falando nem metade da verdade, mas conseguiu apaziguar os prisioneiros, que voltaram para as celas. Assim que a rebelião foi controlada, um dos agentes penitenciários mandou chamá-lo. Com o presídio ainda em desordem, por conta da baderna provocada pelos amotinados e do estranho episódio daquele monte de presos desmaiados, não era de se esperar que fossem se preocupar com a soltura de um detento. Vicente foi escoltado até a administração, sem que nenhum novo incidente perturbasse o andamento de sua soltura. Se tinha uma coisa com a qual encarcerado não brincava era com a liberdade dos outros. O ofício estava ali na sua frente. O diretor do presídio nem quis olhar para a sua cara, só fez cumprir o que lhe fora ordenado e pediu que os agentes propagassem a soltura entre os detentos. Talvez aquela demonstração de boa vontade ajudasse a acalmar os ânimos.

Eram dez da manhã quando Vicente colocou os pés para fora do cárcere, depois de dezesseis anos. Tinha entrado lá ainda muito moço, com fama de justiceiro, por ter vingado a morte do pai trabalhador. Foi declarado culpado e sentenciado, tratado como bandido, mesmo que em seu bairro muitas vozes o chamassem de herói, de protetor. Vicente não se sentiu injustiçado. Ele sabia muito bem o que ia dentro da sua caveira. Depois de um tempo com a arma na mão, deitando no chão os vagabundos do seu bairro, ficava difícil dizer de qual lado o executor estava. Veio a tranca brava, veio a marretada do juiz e o tempo para pensar no que fizera até ali. Não estava arrependido. Quando pegou na arma pela primeira vez, com a certeza de que iria matar o assassino do seu pai, sabia muito bem o que estava fazendo e o risco que estava correndo. Ser pego fazia parte do jogo. Era risco calculado e aceito. Se tinha um erro em como as coisas haviam ocorrido talvez fosse a decisão de não ter parado ali, na justiça feita a seu velho, e ter começado a aceitar os pedidos da vizinhança à mercê da malandragem. Vicente tinha se tornado *persona non grata* nas duas frentes: era malvisto pelos homens da lei e odiado pelos bandidos.

Quando pisou do lado de fora, ninguém estava ali lhe esperando. Não tinha ninguém no mundo para recebê-lo de braços abertos após o cumprimento da pena. Enfiou a mão no bolso, apanhando o seu legado obtido na última semana de cárcere. Tirou um cigarro do maço e o enfiou na boca, acendeu-o e deu uma longa tragada, olhando para trás, para o portão e para as torres de vigia que agora não eram mais da sua conta. Tinha uma porção de mulheres junto ao muro da prisão, uma fila interminável de mães, esposas, irmãs, tias, filhas e toda a sorte de gente aguardando sua vez na hora da visita. Respirou fundo. Não sentia mais aquele cheiro doce que sentira na madrugada em que a rebelião começou. Achava que era alucinação sua, uma vez que mais ninguém sentiu. Um odor doce e penetrante. Parecia até que um tambor de perfume vagabundo tinha virado no meio da cela. Mas ali fora era diferente. A cidade fedia a liberdade. A cidade estava estranha. Vicente tomou o rumo do seu bairro. Não ia pegar ônibus nem metrô; apesar do cansaço pela falta de sono nas últimas duas madrugadas, queria ver tudo o que pudesse. Estava livre! Queria andar e ver como é que o mundo estava, o mundo que agora só conhecia pela tela da TV. Principalmente achar uma mulher com quem se deitar e matar a saudade dos cheiros, sabores e delícias. Depois disso ia matar a curiosidade de conhecer a tal da internet que era mostrada na televisão, nos jornais e nos filmes a que assistia. Ficar parado na cadeia dava muita ideia. Já tinha seu plano, escrito numa folha de papel sulfite, dobrado e guardado no bolso.

Não precisou passar mais que cinco quarteirões para saber que, por mais mudada que a vida do lado de fora estivesse, aquele não era um dia normal. No único boteco que encontrou aberto, foi atendido por um balconista com um pano encardido pendurado no ombro. Um papel pardo preso com durex na tela da TV avisava que estava quebrada. Pediu uma cachaça, e o tempo que levou para tomar o pequeno copo de 51 bastou para ouvir histórias bizarras e diferentes. Aquela coisa de gente desmaiada não era só no presídio; no fim das contas, o agente penitenciário tinha falado a verdade para os amotinados. A cidade inteira estava sofrendo com isso. Da porta do bar via duas colunas de fumaça negra subindo ao céu.

— Esses prédios tão queimando desde ontem — informou o balconista.

— Os bombeiros estão em greve?

— Qual o seu nome, grandão?

— Vicente.

— Então, Vicente. Você saiu da cadeia hoje?

Vicente torceu os lábios e balançou a cabeça. Caramba! Era tão evidente assim?!

— Só alguém que estivesse internado em coma ou preso não ia saber o que está rolando.

— Eu tava em coma.

O balconista riu, continuando a secar os copos do escorredor.

— Faz dois dias que as TVs saíram do ar.

— Greve também? Coisa do Lula?

— Não. Não tem greve nenhuma. As TVs saíram do ar, as estações de rádio, telefones. Nada funciona. Daí tem prédio pegando fogo a dar com pau, porque ninguém consegue ligar para os bombeiros. Ninguém consegue pedir socorro a tempo. E não é mais o Lula o presidente.

— Mas e se for correndo no quartel dos bombeiros?

— Acho que eles estão sobrecarregados. E tem outra.

— O quê?

— Já que você estava em coma, não deve ter visto isto aqui. O guarda não te deu um desses antes de sair do hospital?

Foi a vez de Vicente rir do sarcasmo do balconista, enquanto apanhava um folheto que lhe era estendido.

— Aviso público? Que porra é essa?

— Jogaram pelo bairro todo, de manhã.

— Então a coisa tá feia.

— Péssima ideia ser solto num dia como esse, Vicente. Péssima ideia.

— Por quê? Estar solto é melhor do que estar trancado, meu irmão.

— É. Vai ver.

O balconista continuou com seus afazeres enquanto Vicente virava o último gole. O grandalhão olhou para os poucos frequentadores em volta. Eram quatro. Três já completamente bêbados e recostados à parede de azulejos. O quarto era um traveco que lixava as unhas.

— O que esse aviso quer dizer com "acordar agressivo" e "manter isolado"?

— Eu vi um deles ontem quando anoiteceu.

Vicente sentiu o pelo da nuca se arrepiar.

— Ele estava parado bem ali — disse o balconista, apontando para o pilar debaixo da ponte. — Tinha os olhos vermelhos que nem o diabo.

Vicente ficou olhando para o lugar apontado e imaginando uma pessoa com os olhos vermelhos igual ao diabo.

— Ele foi andando para lá, na direção do largo — continuou o balconista. — Já era tarde, então eu corri e baixei a porta aqui do boteco. Moro aqui em cima mesmo. Tranquei a porta daqui de baixo e subi para o meu apartamento pelos fundos. É um quarto e sala, é o que me basta.

Vicente olhou para o teto do bar, encardido pelos vapores da chapa, teias antigas, negras, cobertas de poeira e insetos.

— Depois passaram mais, andando juntos. Homem, mulher, até criança eu vi. Vou te falar uma coisa, fortão, eu fiquei com um medo da bexiga. Eu tava lá em cima, olhando pela fresta da veneziana. Apaguei até a luz. Estava bem escuro já, a cidade num silêncio que eu nunca tinha visto. Era como se todo mundo estivesse com medo desses bichos. Um zé mané de um mendigo que anda com um carrinho de mercado aqui por essas bandas veio subindo a rua, quando se deparou com essa gente esquisita... Credo!

— Conta.

— Eles pularam em cima e começaram a morder ele. O coitado amanheceu morto aí na frente do boteco.

— Dá mais uma dose aí.

O balconista serviu mais uma generosa dose de 51 para encompridar a conversa e molhou a língua.

— Acho que eles me viram observando, sabe? Dois deles se desgrudaram do grupo e vieram pro lado do meu restaurante. Eu fiquei quieto, sentei no meu sofá e prendi até a respiração. Pensa num cabra com medo.

— E aí?

— Aí que ouvi eles raspando as mãos nessa porta aí. Minha sorte é que, se um mosquito tosse perto dela, ela faz barulho. Eles ficaram se esfregando nela um tempão, tentando entrar. Isso é a tal da gente violenta que está no aviso que caiu do céu.

— Caramba, velho! Você tá falando sério? Tem gente doida solta na cidade?

— Tem sim.

— E agora, onde eles estão?

— Sei, não. Quando ia chegando a hora de amanhecer eu não vi mais nenhum.

— Quanto é a pinga?

— Dois conto.

— Dá mais uma, então.

Vicente esperou o copo se encher, e então virou num gole só.

— É, tá vendo por que eu disse que era um péssimo dia para sair da cadeia? Daqui a umas horas vai anoitecer e esses malucos vão aparecer de novo, pode apostar.

Vicente benzeu-se.

— Bem, então o jeito é eu botar o pé na estrada e ver se encontro algum conhecido na minha vila para ter abrigo por essa noite. Quanto é?

— Se você ficar aqui e me ajudar a proteger meu bar, é por conta da casa. De lambuja ainda te dou almoço e jantar enquanto essa doideira durar.

Vicente olhou nos olhos do balconista e depois para os bêbados e para o traveco, que ainda lixava as unhas.

— Qual é o seu nome?

— Valdemar.

— Você não é bicha, não, né?

— Ôxe! Tá doido, homem? Sou cabra macho.

— Não leva a mal, não, Valdemar. Depois de quinze anos preso eu tô enjoado de comer bunda de homem.

Valdemar coçou a cabeça, enquanto o traveco parou de lixar as unhas e lançou um olhar com sobrancelhas levantadas na direção de Vicente.

— Trato fechado, seu Valdemar. Eu cuido do teu bar hoje, e amanhã eu rapo fora.

— Você foi preso por que mesmo?

Vicente riu.

— Um pouco tarde pra fazer essa pergunta, o senhor não acha?

Capítulo 30

Quando amanheceu, Corina parecia ter envelhecido dez anos. Não sabia se estava acordada ou se aquilo era um pesadelo. Só sabia que estava cansada. Cansada daquela nova realidade em que quatro homens que ela queria tão bem continuavam dormindo, presos a um mundo no qual ela não conseguia penetrar. Na manhã anterior, após deixarem o hospital, Francis, cansado de dirigir, trocara de lugar com ela, passando-lhe o volante. Dirigindo para São Paulo, Corina tinha a impressão de que, quanto mais se afastava de Angatuba e daquela região, maiores ficavam as chances de tudo voltar a ser como antes. A gritaria e a briga dos irmãos pelo controle do som do carro, pela autoridade sobre a próxima música. Das queixas e chateações de Eusébio sobre o tempo, sobre o caminho, sobre a velocidade. Então o médico cansado dormiu. O médico que a entendia, o confidente de suas agonias, fechara os olhos para repousar, talvez esquecer as últimas horas. Corina comeu o asfalto com a Quantum. O plano, naquela madrugada, era chegar até o Hospital das Clínicas, conseguir ajuda para a família. Então ela também se cansou quando adentraram a cidade e viu que ali tudo estava diferente também. Um trânsito infernal quando chegou ao final da Raposo Tavares, desaguando num cantinho do Butantã, não era a razão do estranhamento. Os sinais de trânsito confusos, as ruas travadas, tudo aquilo fazia parte do cenário cotidiano da metrópole. O que destoava era aquele sentimento, como uma premonição, algo quase elétrico pinicando sua pele e sussurrando que o medo estampado no rosto das pessoas que andavam pelas calçadas tinha a ver com a noite dos adormecidos. Eles estavam por ali também, e não só no interior de São Paulo. A energia sussurrava mais. Sussurrava que tudo o que ela via e conhecia estava mudando. As pessoas também ouviam os acordes daquele réquiem, e já não andavam do jeito que andavam todos os dias. Oprimida por essa sensação espessa e tangível, com o coração esmagado pelo que entrava por suas retinas e pelo silêncio avassalador que a cercava, Corina, sem perceber, chorou pela primeira vez. Quando se deu conta das lágrimas que saltavam do queixo para o colo, já atravessava a ponte em direção ao bairro de Pinheiros, caindo na Rua Butantã e rumando para as Clínicas. Encostou o carro na calçada e desatou em lágrimas, tremendo, apavorada. Deitou sua cabeça sobre o volante, soluçando, e, por algum motivo, esperava que Francis passasse as mãos em seus ombros e afagasse seus cabelos dizendo para ela se acalmar, que tudo ia ficar bem; queria que ele a consolasse como um cavalheiro, um parceiro, um homem. Não aconteceu. O médico continuava dormindo. Ela o chamou e o balançou. Incrédula, saltou para fora do carro dando passos para trás, sendo trazida de volta ao mundo quando um ônibus metropolitano disparou sua buzina, freando a poucos centímetros de seu corpo. Corina foi até a calçada aos soluços. Não precisava pensar muito sobre aquilo. Francis também tinha sido apanhado. Era isso. Ele também tinha submergido naquele mundo secreto para onde estavam indo aquelas pessoas que não acordavam. Todos despencavam pela toca do coelho da Alice e agora sonhavam. Sonhavam com o Chapeleiro, com o Gato e com o Rei e a Rainha de Copas. Corina, acreditando-se consciente, estava sozinha. Nunca na vida tinha sentido uma solidão tão vigorosa e cristalizada. A solidão estava ali, com ela; podia vê-la, tocá-la, se quisesse. E ela sorria de sua sorte sombria, sorria olhando para os homens capturados dentro do carro e, como uma assombração, desmaterializou-se num segundo, deixando para trás aquela adaga de medo e peso no coração de Corina. Um ferimento poderoso e fatal que ela jamais havia sentido; um isolamento anímico tão indelével. Nem mesmo quando o primeiro casamento acabara sem ela nem saber o porquê, encontrando apenas os compartimentos do guarda-roupa vazios. Aquele desconhecido, o médico santista, tinha se tornado, nas primeiras horas daquela madrugada infernal em que sua família havia mergulhado, seu arrimo, seu esteio, mais do que um homem encontrado num posto de gasolina à beira da estrada. Os quilômetros percorridos do posto até o Hospital de Angatuba, as aflições e suposições lançadas em torno de tudo o que estava acontecendo tinham feito de Corina e Francis cúmplices, astronautas descidos de uma nave num mundo espetacular onde tudo era diferente do que já conheciam. Francis tinha matado um homem no hospital, um homem tão descontrolado quanto a garota que mordera seu marido desacordado. Um desfecho com chave de ouro para o primeiro ato. A certeza do quanto estavam ferrados, daquela noite em diante, sendo entalhada em suas mentes.

Corina deixou o carro no estacionamento subterrâneo junto ao hospital, descobrindo que o estabelecimento funcionava de forma manual, com as cancelas erguidas e dois rapazes anotando à caneta as placas dos carros e emitindo recibos escritos à mão, avisando que ainda não estavam aceitando cartões e meios eletrônicos de pagamento, só dinheiro à vista. Naquela manhã ela subira até a rua e, ao parar em frente ao Hospital das Clínicas, descobriu um mar de gente que havia tido a mesma ideia durante a noite. Aquelas pessoas invadiam o pronto-socorro e inundavam o saguão do prédio de ambulatórios das Clínicas. Caos. Corina andou entre as pessoas procurando um funcionário. Todos estavam ocupados e nervosos. A mulher olhou para todos os lados, e só encontrou agonia nos olhos dos apurados parentes que traziam os seus convalescentes. Corina tinha deixado seus homens adormecidos dentro da Quantum. Dando de cara com aquela profusão de pessoas tão desnorteadas quanto ela, soube que as coisas não seriam tão fáceis assim. Depois de encontrar um balcão onde funcionários davam orientações aos cidadãos perdidos naquela manhã confusa, foi avisada de que as Clínicas não estavam recebendo os adormecidos, somente as pessoas que tinham se tornado agressivas. Sua mente voltou ao hospital de Angatuba, lembrando-se da menina golpeada com um extintor na cabeça pelo próprio pai. Isso era um agressivo a que a moça se referia. Seus filhos, seu marido e o médico apenas dormiam. Seu desapontamento foi tão evidente que a mulher já emendou uma série de recomendações, dizendo, inclusive, que muito hospitais na Grande São Paulo ainda poderiam aceitar cuidar dos adormecidos. A mulher acabou voltando para o carro e, cansada e com medo, adormeceu exausta em seu banco. A despeito do desconforto e dos pesadelos que giraram em seu cérebro nas horas seguintes, acordou com um fio de baba escorrendo do canto da boca e com a manga da blusa encharcada por uma mancha de saliva. A cabeça levou alguns segundos para voltar a funcionar. Estava num fundo escuro, como uma caverna, cercada por outros carros. Ao seu lado o médico continuava adormecido. No banco de trás seus filhos e seu marido também mantinham-se cativos de Morfeu. As lágrimas voltaram a cortar o rosto da mulher solitária. Depois de levar cinco minutos se refazendo, de contar o dinheiro que tinha na bolsa e revirar os bolsos do marido, juntado coisa de quarenta reais, Corina deu partida no carro com a luz da reserva acesa no painel de combustível. Virou-se para Francis, vasculhando o bolso de seu paletó, e encontrou sua carteira.

— É por uma boa causa, doutor. Juro que eu devolvo.

Agora tinham oitenta reais. Dava para reabastecer e rodar pela cidade atrás de um hospital que desse conta de seus adormecidos. Acelerou pelo estacionamento e, encontrando a cancela aberta e os rapazes que cuidavam da entrada da garagem ocupados com outros veículos que chegavam, pisou fundo, passando sem pagar.

Aquela tarde avançou sem que ela encontrasse um pronto-socorro que a atendesse. Quando o sol começou a baixar, e finalmente conseguiu abastecer a velha Santana Quantum, o frentista do posto de gasolina que ficava ao lado de um grande viaduto metálico em frente à Prefeitura de Osasco a aconselhou a procurar o Hospital Regional. Ficava em Presidente Altino, dissera ele. Era só seguir reto por aquela avenida, passar a ponte e sair à direita; do lado do ginásio de esportes encontraria o Regional. Corina não tinha pensado muito sobre aquela decisão, quando deu por si avançava pela avenida indicada, passando ao lado de um imenso Walmart e levando uma hora só para alcançar a tal da ponte que estava a trezentos metros de distância, mas atravancada por um congestionamento impossível. Não tinha pressa. A única coisa que a movia era a esperança. A esperança de dar algum conforto para aqueles quatro homens, e poder ela também descansar um pouco daquele inferno. Uma dúzia de carros tinha sido abandonada sobre a ponte, dificultando ainda mais a passagem dos que queriam alcançar o outro lado. Não cruzavam sobre rio algum. O que havia logo abaixo dos veículos era uma linha de trem ainda operando. Viu uma composição azul se afastar a noroeste. Observar o trem a distraiu por alguns segundos. A travessia da ponte tomou mais meia hora. Uma viatura da polícia estava no pé da ponte e dois policiais tentavam, como podiam, ajudar os veículos a deslizar com mais agilidade em sentido ao Cebolão ou tomando outra ponte rumando para o Rochdale e outros bairros da zona norte da cidade, bairros dos quais ela nunca tinha ouvido falar e só conhecia agora pelas placas de sinalização. Finalmente conseguiu percorrer o trajeto indicado pelo frentista, e logo avistou o ginásio de esportes Professor José Liberatti. A frente do hospital estava tomada por veículos com os pisca-alertas ligados, dizendo a ela que não teria como parar ali. Contornou a praça do ginásio e parou em seu estacionamento. Abriu uma fresta do vidro na porta do passageiro e na sua também, descendo e travando o carro. Foi assim que chegou ao hospital e, pela primeira vez desde que encontrara o doutor Francis, algo de bom acontecia. O Regional estava recebendo os adormecidos para avaliação. Ficou tão satisfeita com a notícia que perdeu-se em seus pensamentos por um instante, olhando para aquela recepção tão cheia como a de outros hospitais por onde tinha passado, vendo uma porção de gente dormindo nas pernas de parentes, gente de todas as idades, de todas as classes. O sono parecia, inclusive, não escolher só os homens, como ela chegara a acreditar no começo, ainda mais quando o Francis também fora apanhado de manhã. Secou os olhos, cansada de chorar. Não era uma chorona. Agora tinha apoio para a família, e era hora de agir. Seus olhos encontraram duas garotas dormindo com um garotinho ruivo também desacordado no meio delas. Teriam os três sido apanhados pelo sono? Mais tarde perceberia que não. Ao menos a menina de cabelos curtos tinha se levantado, era ela quem estava na sua frente na fila para passar os dados dos pacientes para a assistente social do Hospital Regional. Corina tinha se comovido com a história da garota. O namorado fora baleado depois de uma festa, e o pobrezinho estava em cirurgia há mais de quatro horas. Eles pareciam tão indefesos, tão novinhos.

Conversando com a assistente social, tudo começou a se desenrolar para Corina. Logo enfermeiros e voluntários traziam seus filhos, seu marido e o médico para dentro do hospital, sendo todos colocados numa ordem para avaliação e triagem. A assistente social disse que ainda não tinham muitas informações a respeito do que havia desencadeado aquele surto de coma, os médicos ainda estavam muito reticentes em emitir hipóteses e prognósticos, e todo aquele blá-blá-blá que ouvira em Angatuba.

O dia passou sem novidades, com Corina se acostumando aos rostos que transitavam pelo salão. A garota de cabelos curtos, que ainda esperava por notícias do namorado, tinha ficado com o garoto pequeno aos seus cuidados. Corina ouviu alguém dizendo que o garotinho era irmão do namorado da menina. A outra, que tinha ficado um bom tempo ao lado dela, fora embora. Corina suspirou lembrando dos seus namorados de adolescência. Tinha aproveitado muito bem essa idade, quando ainda era novidade ver uma garota que trocava de namorado mais de uma vez na semana. Um deles, o Miguel, tinha sido uma coisa de louco e foi seu namoro mais duradouro até conhecer o Everton, com quem se casou. Dava suspiros, dava pulos de alegria quando recebia recadinhos trazidos pelas amigas do colégio antigo. Uma vez ele pegou catapora, e a coisa estava feia. Ela, como já havia tido a doença, acreditava que não ia pegá-la mais, então o visitava todos os dias na enfermaria do Hospital de Ourinhos. Seu pai era funcionário da Sorocabana naquela época, não era novidade quando tinham que se mudar de uma cidade do interior para outra. Foi com o coração partido que deixou Ourinhos e Miguel para trás. Secretamente lançou uma oração para que aquela menina não perdesse seu namorado, nem o brilho de sua juventude.

O sol começou a cair no horizonte, e uma sensação ruim tomou conta de Corina. Foi no meio da noite anterior que tudo aquilo tinha começado. O fim do dia e o começo da noite poderiam muito bem trazer esperança, afinal de contas tudo se iniciou do nada, como feitiço, pegando a todos de surpresa, então não seria muita loucura esperar que acabasse assim também, espontaneamente, com o simples passar das horas. Mas não era esperança que se derramava em seu coração. O nome do que sentia era medo. Saiu da recepção do hospital e adentrou o corredor onde sua família tinha sido acomodada provisoriamente. Ficou afagando o rosto do seu caçula, Henrique, por um longo tempo, passando o dedo indicador sobre a cicatriz na testa do menino, relembrando as suas peraltices de quando era um garotinho de cinco anos. Fora uma fase terrível para o Henrique. Quatro anos mais novo que Rafael, tentava imitar o irmão mais velho, que já aprontava algumas manobras de skate. Henrique só parou quando chegou com a cabeça rachada depois de tentar saltar uma escada. Ia bem na escola, e no começo da adolescência fazia um sucesso danado com as meninas. Não que fosse um galã de novela, mas era do tipo que sabia chegar em qualquer uma e fazer a menina morrer de rir. Rafael era tímido, ótimo com matemática e um leitor contumaz. Adorava conversar com a mãe sobre tecnologia e comunicação, assunto que a doutora Corina dominava e, apesar de ter escolhido ficar em casa para criar os meninos, do qual fazia questão de se manter atualizada. Por isso era tão perturbadora aquela coincidência. Os meios de comunicação com os adormecidos e também aqueles agressivos. Era possível que o medo viesse daí. Os agressivos. Alguns dos parentes trazidos por outros até aquele hospital não estavam ali por causa do sono. Estavam ali por conta do comportamento violento que tinham assumido durante a noite. Depois que amanheceu, muitos deles tinham se aquietado, é o que diziam pelos corredores, mas agora, com o sol caindo no horizonte, Corina já tinha cruzado com o olhar atravessado de duas ou três pessoas, que começavam a se contorcer nas cadeiras de espera, voltando de um torpor inexplicável para um estado mental alterado, arredio. Os agressivos. Era assim que tinha ouvido na rápida passagem pelas Clínicas. Talvez devesse voltar lá, sozinha, para ver se tinham mais informações. Passou para a maca da frente, agora alisando o rosto do seu menino mais velho, Rafael, de dezoito anos, na flor da idade, consumido por aquele mal que ninguém entendia. Será que o veria de olhos abertos novamente? Veria seu sorriso largo e ouviria sua voz grossa como a do pai? Rafael tocava violão todas as noites quando chegava do cursinho. Queria ser engenheiro civil. Queria montar uma banda de rock e fazer shows igual ao Plantação. Para estádios lotados. Queria vencer a timidez que às vezes travava sua voz quando era o centro das atenções. Dizia que se estava com o violão não era assim. No momento em que cantava sua cabeça não pensava em nada, só na música. Agora os dois meninos já não brigavam a todo instante, tinham mais aquela coisa de um ficar sacaneando o outro, mas eram bons meninos, davam orgulho. Um dia Corina achou restos de maconha no quarto do filho. Perguntou se o rapaz estava fumando. Rafael disse que tinha só experimentado e que aqueles restos no quarto eram dele, mas que não gostou e que não ia fumar mais. Corina acabou descobrindo tudo no final, quando apertou o Diego, o melhor amigo de Rafael. Diego disse que quem fumava os baseados era a Magali, a menina de que o Rafael estava a fim. Ela às vezes fazia aquilo, pedia para o Rafael deixar ela fumar no quarto dele porque na casa dela nem pensar. O pai dela a mataria. Corina teve uma longa conversa com Rafael, sobre a vida, sobre a moral. Nada de comida de rabo nem moralismo hipócrita. O que tinha deixado a mãe chateada e preocupada era a relação errada de Rafael com a menina de que ele gostava. Ela o tinha manipulado, escondendo-se da família e indo fumar maconha na casa dele para não ser pega. Coisas que começavam assim muitas vezes não terminavam bem. Rafael ficou puto da vida, reclamando do Diego e dizendo que não era nada daquilo. A Magali era só uma amiga que ele queria ajudar. Conversaram mais e mais e, no fim das contas, o assunto morreu. Corina nunca mais viu Magali por ali nem encontrou mais restos de maconha no quarto do filho. Não ficou paranoica e acreditava que, conversando, tudo ia se ajeitar. Ela mesma já tinha experimentado uma coisa ou outra na sua juventude e não tinha se perdido na vida nem caído na dependência química, o maior terror quando se tem contato com entorpecentes. Rafael nasceu quando ela tinha 28 anos. Os meninos eram fruto de seu primeiro casamento, com Everton, o seu amor da faculdade. Ficaram casados por oito anos, até que Everton perdeu o emprego e acabou se viciando em cassinos clandestinos. As brigas, além de constantes, começaram a se tornar intensas e, quando finalmente o marido aceitou se tratar e as coisas voltaram aos trilhos, para sua surpresa, de uma hora para a outra, ele simplesmente foi embora. Corina secou as lágrimas teimosas que caíam molhando o rosto do filho deitado na maca. Pegou-se pensando em Everton por um breve minuto. Tinham perdido contato. Não sabia onde ele morava, não queria pensão, sempre tinha se virado muito bem sem ele, mas agora pensava no ex-marido, imaginando como tinha sido aquela noite para ele. Teria ele também sucumbido àquele estranho sono? Estaria ele naquele mesmo momento velando uma pessoa querida, na esperança de vê-la abrir os olhos? A mulher suspirou e abaixou-se para beijar o filho, passando para a maca seguinte onde jazia Eusébio. Acariciou o peito do companheiro e levou uma mão aos olhos, tentando não chorar mais. Era uma doutora, uma estudante de Ciências, há muito perdera seu contato com a religião dos pais, mas sabia que agora era um momento de ter fé, de acreditar num Deus maior, num Pai que socorreria os filhos aflitos. Eles acordariam. Todos acordariam, e as coisas voltariam a ser como eram antes. A vida retornaria para aqueles corpos e ela regressaria para casa e para a rotina de seus filhos. Por fim seus olhos encontraram o médico santista. Francis, como os demais, conservava sua roupa, estando ainda dentro de um terno preto, o rosto pálido e marcado pelo cavanhaque fino. Corina levou a mão até perto da face do médico, hesitando um segundo, então tocou seu rosto também, com o mesmo carinho e compaixão com que havia feito com seus parentes.

Enquanto girava a chave do carro no dedo, Corina lembrava que a primeira noite em Osasco tinha sido muito desconfortável. Perto das duas da manhã uma enfermeira veio até o saguão dar um aviso geral a todos os presentes, informando que o hospital estava incapacitado de receber novos pacientes e que todos que tivessem parentes agitados deveriam preencher um formulário que estava em suas mãos. Corina sentiu algo na voz da mulher. Era o medo que encharcava a todos, mas que transbordava pelos olhos dela. Alguma coisa estava acontecendo. Lembrou-se de Francis, ainda acordado, dentro do carro, descrevendo o terrível encontro que teve com um dos pacientes de Angatuba, que tinha acordado violento, atacando uma enfermeira e depois atacando ele e os outros profissionais. Francis disse que perdera a cabeça e se defendera daquela pessoa insana terminando por matá-la. Tinha visto nos olhos do médico o mesmo transbordo que via nos olhos da enfermeira. Ela arfava enquanto falava e enquanto encarava o saguão. Olhava para as fileiras procurando as pessoas agitadas. Existiam cinco, amarradas há horas pelos parentes indignados com a demora no atendimento. Não demorou para que enfermeiros viessem e drogassem aquelas pessoas, e, quando elas finalmente apagaram, foram removidas para dentro. Corina tinha andado pelo saguão. A menina de cabelo curto ainda estava lá, cuidando do pequeno garoto ruivo que dormia, sem testemunhar os acontecimentos. A jovem só foi despertada perto do amanhecer, sendo levada por uma enfermeira para os corredores internos do hospital. Quando ela voltou, percebeu que a menina estava bastante agitada e olhava debaixo dos bancos ocupados por outras pessoas. Foi quando teve o primeiro contato com a jovem e soube que seu nome era Chiara. Sentaram e conversaram até o nascer do sol. Chiara contou para Corina que era seu namorado quem estava mal. Não tinha sido apanhado pelo sono nem era um daqueles dos quais os médicos tinham medo. Ele tinha sido baleado na cabeça e chegado morto ao hospital. Graças aos médicos foi reanimado, e uma cirurgia complicada foi realizada. Agora, segundo o médico, seu namorado precisava ser transferido para um hospital em melhores condições que o Regional de Osasco, porque as coisas estava tumultuadas ali, tumultuadas demais. Não havia mais neurologistas de plantão, os médicos estavam cansados e sobrecarregados. Ainda que tecnicamente a UTI do Regional fosse muito bem equipada, a superlotação do hospital e o déficit de profissionais comprometeria o atendimento dispensado a Pedro.

Corina perguntou sobre os pais do garoto. Chiara tornou-se evasiva naquele instante, informando que Pedro era órfão de pai. Sobre a mãe, disse que ela poderia estar de volta em casa, mas que não tinha certeza. Corina não insistiu, percebeu que a menina não queria falar muito sobre a mãe do namorado. Então ela tinha começado a chorar. Ergueu os olhos para a mulher e disse que não ia deixar o namorado sozinho naquele lugar.

— Espere. Uma hora você vai saber o que acontecerá com ele.

— Tenho medo que ele morra.

Corina suspirou e olhou para a menina, que calçava apenas meias brancas, com as solas encardidas.

— Todo mundo que respira, filha, um dia vai morrer.

Chiara chorou mais um pouco e, sentada, dobrou-se para a frente. Corina passou a mão nos ombros da garota.

— Ele é meu namorado. Ele é muito novo para morrer.

— E como isso aconteceu? Quem atirou nele?

— Fomos assaltados, dona. Nós saímos de uma festa e tudo aconteceu.

— E a polícia? Já está procurando quem fez isso?

— Não. Acho que a polícia nem sabe. Foi bem na noite que tudo começou, essa coisa toda. Não tive como chamar a polícia, não apareceu ninguém aqui.

— E os seus pais?

Chiara deu de ombros.

— Meu pai mora na Itália, e minha mãe tá pouco se lixando pra mim. A vida dela é o namorado. Não deve nem ter percebido que eu estou fora de casa.

Corina sorriu.

— Duvido muito. Com essa confusão toda, ela deve estar doida atrás de você.

— Eu estou mais preocupada é com a mãe do Pedro e do Breno — disse, empurrando o queixo na direção do irmão mais novo do namorado, que corria com outra menina entre as fileiras de bancos da recepção. — Ela, sim, deve estar doida atrás deles. Uma hora ela aparece aqui.

— Quer que eu vá com você até a casa dela?

— E os seus parentes?

— São meus dois filhos e meu marido que adormeceram.

— Não consigo entender isso de as pessoas adormecerem.

— Nem eu, Chiara. Nem eu. Só sei que daqui eles não vão sair.

— Você faria isso por mim, tia?

— Levá-la até sua casa? Claro.

Chiara abraçou Corina por um longo tempo.

Chiara, ainda só de meias, chamou Breno e segurou-o pela mão.

— Preciso da sua ajuda, maninho.

Breno ergueu os olhos para a garota e deu de ombros.

— Pode dizer.

— Eu vou até a sua casa ver se eu acho a sua mãe.

O rosto do menino se iluminou, abrindo um sorriso.

— Mas preciso que você fique aqui, olhando o seu irmão. Eu já conversei com a assistente social, e ela vai cuidar de você.

Breno murchou na hora.

— Ah, Chiara! Eu também quero ir — choramingou.

— Não dá, Breno. Não dá. Seu irmão não pode ficar sozinho.

— Mas ele está dormindo. Não vai para lugar nenhum.

— E se ele acordar? E não tiver ninguém do lado dele, já pensou?

— Tá bom. Você me convenceu. Só vou ficar aqui porque você é muito maneira.

Chiara passou a mão na cabeça do menino.

— Quando encontrar minha mãe, traz ela correndo pra cá.

— Combinado.

Chiara levou o garoto até a assistente social, que já sabia que ela sairia com Corina em busca da mãe dos garotos, e logo ambas estavam atravessando o portão da lateral do hospital e descendo no sentido do ginásio de esportes, onde estava estacionado o carro de mulher. Estavam adentrando o estacionamento e curtindo o vento do lado de fora do hospital quando ouviram um barulho. Havia poucos carros circulando e bastante gente andando a pé pelo bairro, então os motores que roncavam sobre suas cabeças se sobressaíam a todos os outros sons daquele canto da cidade.

Corina ergueu os olhos igual a duas dúzias de pessoas que estavam atrás do hospital. Algumas fumavam, outras simplesmente buscavam ar fresco depois da noite agitada na recepção do hospital, e todas olhavam para o céu e achavam curiosa a aproximação de algumas aeronaves. Quanto mais perto chegavam, mais alto ficava o ronco dos motores. Corina passou da suspeita à certeza em poucos segundos: eram aviões militares, verdes-olivas, voando em baixa altitude, aspergindo algum tipo de nuvem pelas caudas. Os aviões passaram rumando ao norte, deixando aquela trilha branca no céu. Não eram nuvens. Eram papéis que agora farfalhavam assoprados pelo vento, indo em direção ao pedaço do rio Tietê que corria ali perto. Muitos caíram sobre o bairro de Presidente Altino, indo também cair no Centro e em outros bairros de Osasco. Antes mesmo de botar a mão em um deles Corina sorriu. Algo em sua memória tornou-se cristalino e vívido. Quando toda a cadeia de telecomunicação porventura caísse o governo deveria intervir explicando e acalmando a população. Aqueles papéis que desciam das aeronaves do Exército ou da Aeronáutica tinham uma missão: falar com o povo. Corina aproximou-se de Chiara ainda com um sorriso no rosto.

— Deve ser um aviso do governo.

Chiara ergueu a mão, apanhando um daqueles papéis no ar, enquanto o som das folhas caindo e infestando as ruas enchiam os ouvidos ao redor.

Corina também apanhou um dos papéis e aumentou seu sorriso de um jeito besta, orgulhosa por ter antecipado o significado daquilo que segurava nas mãos. Contudo, logo nas primeiras linhas aquele sorriso foi morrendo, e uma onda fria serpenteou por suas veias.

— Aviso público geral? — leu Chiara. — Comando Central. — Brasília? O que é isso, tia?

Corina leu rapidamente até o final e logo as informações foram se assentando e fazendo conexões lógicas em sua cabeça. Antes de responder à garota precisava entender o que vinha nas entrelinhas daquela mensagem. A melhor coisa em tudo aquilo era que, aparentemente, o governo sabia que quem estava meramente adormecido não estava morrendo, nem parecia estar em perigo. Contudo, as observações a respeito daqueles que sentiam dores abdominais e tinham comportamento agressivo eram de preocupar. "Não saiam de casa após o anoitecer" tinha ligado seus alertas. A população deveria estar entrando em pânico, e uma onda de violência sem precedentes deveria se avizinhar. Era por isso que o governo tinha resolvido intervir. Com as pessoas em casa, reduziam-se os riscos de confronto civil.

— É o governo tentando tranquilizar as pessoas, querida. Isso que a gente está vivendo aqui deve estar acontecendo no país inteiro.

— Nossa! A coisa é mais séria do que eu imaginei, então.

— É. Se estão agindo assim é porque a coisa está muito, muito séria, querida.

— Não saiam de casa após o anoitecer... Por que eles pediriam isso?

Corina ergueu os ombros.

— A primeira coisa que eu penso é que querem manter a ordem pública.

— Certo, deu pra sacar. No hospital disseram que não são só as rádios e a TV que estão fora do ar. Disseram que a internet também caiu. Sem informação a galera pira, entra em pânico.

— Exato. E tem mais. O sistema financeiro pode ficar completamente inativo se esse bloqueio de comunicação perdurar. Os cidadãos, sem o dinheiro que está no banco, vão precisar continuar abastecendo seus carros, vão precisar continuar a comprar comida, e quando não conseguirem pagar com cartões... As coisas vão sair do controle.

— É que nem aquela música, tia, "homem primata, capitalismo selvagem".

Corina riu do comentário da garota.

Entraram na Santana Quantum e pegaram a pista de asfalto. Chiara explicou que precisavam entrar na rodovia Castello Branco, e Corina foi se guiando pelas placas. O trânsito continuava péssimo na região, só rodando mais livre quando chegaram à rodovia. Quando estavam próximas à alça onde tudo aconteceu, Chiara foi capturada pelo passado recente, ouvindo novamente os disparos que colocaram Pedro naquela situação. Guiou um tanto apática a senhora que se oferecera para ajudar, e logo se viram à frente do condomínio onde a menina morava. Uma das cancelas estava destruída e demarcada para passagem por cones que desviavam o trânsito local para a portaria dois. Chiara logo se identificou sob o olhar surpreso do segurança, subindo com Corina a avenida que a levava até sua casa. Impossível para ela não se lembrar da descida em alta velocidade a bordo do veículo da empresa de segurança particular. Lembrar das esquinas onde às vezes ficavam de bobeira, batendo papo, quando Pedro estava bem.

— Entre na próxima à direita, dona. A minha casa fica logo no começo.

Corina estacionou o carro quando Chiara apontou a casa. Puxou o freio de mão da Santana Quantum olhando para o imenso sobrado dentro de um terreno sem cercas, com um longo gramado verde à sua frente.

— Bonito aqui, hein? Deve ser bem cara essa casa.

Chiara desceu, seguida por Corina. Subiram os degraus que beiravam uma larga varanda. Chiara tirou uma chave do bolso de trás do jeans e a girou na porta branca e larga que guarnecia a frente da casa. Lá dentro, tudo quieto. Sem energia elétrica no bairro não havia aparelhos de som nem TVs ligadas, ainda que não tivesse programação alguma sendo exibida. Corina chegou ao meio da sala logo após o hall de entrada, espantada com a altura do pé direito.

— Que casa mais linda você tem, menina.

— Não é minha, não, dona. É da minha mãe.

Corina juntou as sobrancelhas, estranhando a resposta.

Chiara desapareceu para dentro da casa, chamou a mãe duas vezes. Silêncio total ali. Corina voltou até a porta da frente e ficou olhando para a rua iluminada pelo sol que ia chegando ao meio-dia. Um cachorro com uma longa coleira no pescoço descia a rua, arrastando a tira de tecido e couro, como se tivesse fugido de casa. Escutou os passos da menina vindo ao seu encontro.

— Nada?

Chiara balançou a cabeça em sinal negativo.

— Deixe um bilhete para ela, dizendo que você está bem, que está viva, que passou a noite no hospital cuidando de um amigo. Com essa confusão lascada que está aí fora, ela vai ficar feliz em saber que você está bem.

Chiara sorriu para a mulher e voltou para dentro da casa, procurando uma caneta e algum papel onde pudesse deixar uma anotação. Normalmente a comunicação entra ela e sua mãe acontecia via SMS. Assim sabiam onde estavam e que horas iam chegar. Em geral a mãe chegava mais tarde, dependendo de onde tinha ido com o namorado. Algumas vezes a mãe passava dias seguidos fora de casa. Chiara sentou-se à mesa de jantar e ficou olhando para aquela folha de papel em branco. O que escreveria para sua mãe? Que Pedro estava num hospital lutando contra a morte? Que ela se sentia sozinha, sem ninguém, e que toda aquela banca que ela colocava de menina independente era uma máscara para aguentar a vida sem a mãe por perto sendo uma mãe igual às outras? Diria que no ano passado tinha fumado uma pedra de crack para ver qual era o barato e que tinha desmaiado e vomitado porque também tinha bebido uma garrafa de vodca sozinha? Ou contaria para ela que até hoje nunca havia tido uma relação sexual porque morria de medo de engravidar e ser uma mãe igual a ela? Chiara batucava com a caneta sobre a folha em branco quando a primeira lágrima caiu. Seguiu o conselho da estranha que tinha lhe dado carona até ali, escreveu no papel: "Mãe, onde você está? Eu estou viva, no Hospital Regional de Osasco. O Pedro está internado lá. Venha me ver quando puder".

Chiara se levantou e se encontrou com Corina no quintal da frente.

— Pronto?

— Acho que sim. Disse onde eu estava, se ela quiser me achar — revelou, passando por Corina, que a olhava com o queixo caído. Seus filhos eram tão dependentes que aquela garota a assustava. — Agora vamos, tia. Temos que ver se encontramos a mãe do Foguete.

— O seu namorado? Ele se chama Foguete?

— É Pedro. O apelido é Foguete.

Corina contornou a Santana Quantum, enquanto Chiara atravessava a rua.

— Deixa o carro aí, tia. É logo ali em cima.

As duas continuaram subindo a rua. Corina estava interessada na arquitetura nobre das residências, enquanto Chiara revivia os últimos momentos que tinha passado ali, naquele trecho, revendo onde tinha se encolhido para se proteger e se esconder dos bandidos, onde o carro da segurança particular tinha parado, o som das balas destruindo a lataria do veículo, as mortes. Ao final de duas quadras, viraram para a esquerda. Chiara parou de andar quando chegaram à rua da casa de Pedro.

— Meu Deus... — murmurou a garota.

As mulheres ficaram quietas por alguns segundos contemplando uma grande propriedade no meio do quarteirão. A casa tinha a frente enegrecida por um incêndio que havia ameaçado o local. A estrutura parecia íntegra, apesar de parecer um caco de cenário de guerra.

Chiara conhecia um pouco a casa. Estivera ali dentro em dois ou três aniversários, ocasiões em que os seguranças da promotora abriam uma exceção, deixando os amigos dos meninos entrarem na propriedade e acontecer um simulacro de vida normal para os protegidos. Aproximando-se mais, Chiara viu fitas de isolamento da polícia colocadas nas portas da frente e na garagem no térreo da casa. Não se importou com as fitas e passou entre elas, adentrando a sala da casa de Pedro. O piso de madeira estava negro, e ainda subia um pouco de fumaça de um ponto ou outro do chão.

— Você acha que a gente pode entrar assim? Tem aquelas faixas ali na frente — incomodou-se Corina, sentindo que invadia um lugar onde a polícia tinha estado.

Chiara olhou ao redor e tomou um corredor de piso frio onde o fogo não havia chegado. Uma marca de giz fazia o contorno de um corpo no chão. Assim que Corina colocou os olhos naquela marcação, sentiu um arrepio percorrendo seu corpo.

— Ai, Chiara. Eu acho melhor a gente sair daqui.

— Tenho que achar a mãe deles, tia.

— Se isso é igual àqueles filmes, é porque alguém morreu aqui. O seu namorado tomou um tiro na cabeça. O que está acontecendo, menina?

— A mãe deles é a promotora Raquel. Eles tinham seguranças vinte e quatro horas em cima deles, mas, naquela noite, o Pedro deu uma escapadinha com o irmão e nos encontramos...

— A promotora Raquel? A promotora Raquel!

Chiara parou e jogou sua franja, olhando para a mulher.

— Por que você não falou antes, Chiara?

— Falar pra quê? Para ficarem tendo chiliquinho que nem a senhora? Não falei porque tenho medo que alguém ainda esteja atrás do Pedro.

— E o que você quer fazer?

— Preciso encontrá-la, tia. Ela precisa saber onde o Pedro está e tomar as providências para ele ir para outro hospital.

— Mas não salvaram a vida dele lá no Regional de Osasco?

— Salvaram, graças a Deus, mas o médico que operou o Pedro, o cirurgião, disse que precisa descansar e que não tem mais nenhum neurologista lá no hospital. E tem os agressivos também.

Corina nem precisou perguntar o que ela queria dizer com aquilo. Os agressivos, ela sabia muito bem do que a jovem estava falando.

Chiara continuou circulando pela casa sem encontrar Raquel em lugar algum. Tinha chamado algumas vezes. Não queria pegar a promotora de surpresa. Ela poderia estar ali, com alguns seguranças. Difícil. Ela devia estar rodando por aquela cidade, enlouquecida, buscando pistas que a levassem ao paradeiro de seus filhos. Talvez já estivesse lá no Regional, descobrindo tudo o que tinha acontecido com Pedro. Descobrindo Breno aos cuidados de uma assistente social. Chiara subiu e olhou os quartos. Encontrou o quarto de Breno. Pedro tinha contado que dormia com o irmão, dividindo o quarto para facilitar a vigilância dos policiais federais. Encontrou a cama do namorado e, se aproximando, sentiu seu perfume, seu cheiro. Olhou para a impressora sobre a escrivaninha e apanhou dela uma folha de papel. Numa das gavetas uma caneta. Escreveu um bilhete dizendo que Pedro tinha sido baleado e que estava se recuperando no Regional de Osasco. No bilhete dizia que cuidaria de Pedro e Breno até que ela aparecesse, e que jamais deixaria alguma coisa de ruim acontecer ao filho ferido.

— Você acha seguro deixar um bilhete aqui, menina? Você disse que tem gente atrás do seu namorado.

— Eu fiquei pensando nisso, tia. Por isso que vou esconder o bilhete.

— E como espera que ela encontre?

— Ela é mãe dele, tia. Quando ela estiver chorando porque ele não está aqui, ela virá até esse quarto e vai sentar nessa cama, só pra sentir o cheiro dele.

— Olha, eu sou mãe de dois meninos igual ela, mas não sei se isso vai funcionar, não.

Chiara sorriu e escondeu o bilhete dentro da fronha do travesseiro.

— A senhora nunca sentiu o cheiro dele, tia. Acredita em mim. Vai dar certo.

As duas deixaram a casa e voltaram caminhando lentamente até o carro, introspectivas, olhando o entorno e tentando adivinhar o que acontecia atrás da fachada de cada casa. Chiara estranhou o pouco movimento no condomínio, via um vizinho ou outro na janela. Marcas de freadas de pneu no asfalto rememorando a noite em que fugiram dali.

Quando chegavam ao carro, Chiara abriu um sorriso ao ver a amiga Jéssica parada em frente à sua casa e disparou correndo para se jogar em um abraço na amiga.

— Jéss!

Jéssica retribuiu o abraço efusivo.

— Que bom que você voltou, amiga!

— Eu vim ver se a dona Raquel tava aí.

— Nem tá, né?

— Nem.

— Ontem eu vim umas quatro vezes aqui. Quando anoiteceu eu não podia sair mais.

— Putz, nem sei o que fazer. Deixei um bilhete pra ela e vou esperar ela aparecer.

— Meu, você precisa tomar cuidado. Minha mãe surtou, Chiara.

— Que aconteceu?

— Meu pai tá apagado, dormindo, e não acorda. E você sabe como minha mãe é cagona. Ela leu aquele bilhete que caiu do alto para não sair de casa nem levar ninguém dormindo para o hospital. Ela queria ir pra casa do meu tio, mas embaçou tanto pra tomar coragem pra sair que ficou tarde, e ela ficou com medo de não voltar antes de o sol se pôr. Daí que a gente ficou trancada no quarto dela com o meu pai, e de noite ouvimos uns barulhos sinistros dentro de casa.

Chiara levou a mão à boca.

— Jura?

— Entraram em casa, Chiara, bateram na porta. Minha mãe quase desmaiou de medo. Mó zica.

— E aí?

— Aí que a gente ouviu gritos no condomínio a noite inteira. Ouvimos tiro e tudo. A coisa tá feia. Você precisa sair daquele hospital e ficar num lugar seguro, amiga. Vem ficar aqui com a gente.

As duas conversavam segurando as mãos uma da outra. Corina aproximou-se, ouvindo o depoimento aflito.

— E o Pedro? Eu não vou deixar ele lá nem a pau. Tô ferrada, Jéss. Tô grudada nele e não vou deixá-lo sozinho.

— E o Breno?

— Estão cuidando dele no hospital enquanto eu estou aqui. — Chiara apontou e sorriu para a mulher mais velha. — Essa aqui é a Corina. Maneira ela. Me trouxe aqui só pra ajudar a achar a mãe do Foguete.

— Será que ela dormiu também?

Chiara ficou calada, refletindo sobre a pergunta da amiga.

— Não sei, Jéss. Não tenho ideia do que aconteceu com ela. Só sei que, se ela estivesse viva, estaria aqui, atrás dos filhos dela. Aquela lá é mãe faixa-preta.

— Chiara...

As meninas olharam para Corina e entenderam. As duas se abraçaram com lágrimas nos olhos. Se beijaram ternamente e ficaram abraçadas por quase um minuto.

— Se cuida, Jéss. Assim que eu conseguir achar a dona Raquel eu venho te contar.

— Se cuida, amiga. E cuida deles. Tô aqui torcendo pra te ver logo aqui de novo.

— Se vir a louca varrida da minha mãe, avisa pra ela onde eu estou.

Capítulo 31

Mallory completava vinte e quatro horas ininterruptas de plantão no Instituto da Criança, e só agora, passado de uma da tarde, conseguiu uma folga para almoçar. Foi avisada pela amiga Nice de que os restaurantes ao redor estavam todos fechados, tinha uma ou outra barraquinha de vender lanches, mas abarrotadas de gente. Nice orientou-a a ir até a cozinha do hospital, posto que, pela anormalidade dos últimos dias, os funcionários partilhariam a alimentação dos pacientes emergencialmente. A ideia não era ruim e não afetaria o atendimento aos pacientes, uma vez que desde as primeiras horas daquele segundo dia de transtornos um plano de evacuação do hospital estava sendo posto em prática para lidar de última hora com a situação. Seguindo essa lógica, haveria menos pacientes internados, e o depósito de alimentos estaria provido para alimentar os funcionários até que a crise acabasse. Todos esperavam que tudo entrasse nos eixos assim que as telecomunicações se restabelecessem.

— Você já comeu, Nice?

— Já, sim. Está uma delícia o que prepararam pra gente.

— Não me deixa curiosa — reclamou Mallory.

— Ah, tem de tudo um pouco. Picadinho de carne, espaguete e também uma variedade de saladas, fizeram até um buffet para a gente escolher e se servir à vontade.

— Hum. Quando tudo voltar ao normal, poderiam oficializar essa ideia, né? Hehehe.

— Verdade.

— Nice, tô morta de cansada. Tô aqui desde ontem, sem pregar os olhos.

— Não conseguiu dormir à noite também?

— De que jeito? Fiquei morrendo de medo com o que aconteceu com a doutora Ana. Também fiquei preocupada por causa das pessoas agressivas. Vieram aqui me avisar de madrugada que algumas delas estavam levantando e atacando os outros. Não quero ninguém desajustado perto das crianças.

— Sabe o que é mais estranho, Mal?

— O quê?

— Essa gente que está afetada por essa doença, essa demência, eles parecem que só ficam doidos de noite. De dia ou estão quase normais ou estão dormindo igual aos outros coitados.

— Ah. Não vejo a hora de a Francine chegar para eu ir para casa um pouquinho, só dar uma esticada, tomar um banhinho, ver minha novelinha e dormir no meu colchão. Não tem lugar melhor pra dormir do que no próprio colchão.

Nice ficou quieta com a prancheta na mão.

— Que foi?

— Primeiro, seu desejo tem um monte de coisa errada. E pelo visto não te disseram ainda, né?

— O quê?

— A Fran começou a passar mal ontem. Ela nem foi para casa.

— O quê?

— Ela começou com essas dores na barriga, começou a delirar.

Mallory levou a mão à boca.

— Não!

— Sim. Ela está na ala dos isolados. Ela contraiu essa loucura também.

— Não acredito!

— Pois acredite. Ela ficou ensandecida ontem, pulou em cima de um paciente de uma hora para a outra e mordeu o pescoço do coitado.

— O pescoço?

— Isso. Essa gente doida parece vampiro, vai pulando logo no pescoço.

Sem saber muito o porquê, Mallory lembrou-se daquele homem que tinha avistado pela janela na tarde anterior. Ele dava medo.

— E seu desejo está errado, porque quando você chegar em casa não vai assistir a novela nenhuma.

— Ah, é mesmo! Estou enfurnada aqui há tanto tempo que até esqueci o negócio da televisão. — Mallory deu um suspiro longo e olhou através do grande vidro para os seus pacientes da UTI — Mas isso é o de menos. Estou preocupada com a Francine agora.

— Não se preocupe tanto. Ela está no isolamento. A doutora Suzana criou duas comissões, duas juntas de médicos especialistas. Uma está estudando os adormecidos sem parar, e a outra...

— Está estudando os agressivos. Nossa.

— É muita gente que está assim, Mall, é muita gente. A cidade tá um inferno. Quem não foi pego pela doença do sono profundo foi pego por esse transtorno. Tá faltando gente em tudo que é departamento do hospital.

— Deve estar faltando gente em tudo que é departamento na cidade toda. No Brasil todo, aliás.

— Credo, Mall, que pessimismo.

— O aviso que lançaram do avião, está todo mundo falando disso. É coisa de Brasília, então está afetando o Brasil todo.

Nice benzeu-se.

— Deus me livre e guarde de ficar quem nem eles. Dá muito medo.

— Adormecida?

— Não, Mallory. Os adormecidos são uns anjos. Estou falando igual ao Laerte, igual à Fran. Você não vai acreditar como eles estão perturbados.

— O Laerte não melhorou ainda?

— Melhorou? Ontem à noite todos eles foram sedados. Queriam porque queriam sair dos leitos. Alguns conseguiram se levantar, atacaram os colegas que estavam lá para cuidar deles. A doutora Suzana mandou colocar todos os colaboradores no Incor, para não perder o controle de onde encontrar as pessoas. Tão anotando tudo em papel, os computadores não tão funcionando mais. Você precisa ver, menina. Tem enfermeiro, médico, faxineiro, gente de fora, paciente que chegou amarrado. Cruz credo, Mall! Eu estou apavorada. Hoje, quando acabar meu plantão, preciso ir para casa de qualquer jeito. Nem a Carla nem o Tadeu deram notícias. Preciso saber como meus filhos estão.

— Pelo menos eles são adultos, né, Nice? Sabem se virar. Duro é quem tem filho pequeno e está aqui ainda. Eu já teria ido embora.

— Filho é filho, Mallory. Quando você tiver os seus, vai ver o que é ter preocupação. Pra preocupação filho não tem idade, não. Estou aqui quase tendo um treco. Por que você acha que essa gente doida está só aqui no Incor, no HC? Aqui a gente ainda conseguiu prendê-los nos leitos. Agora imagina quem está por aí?

Mallory ficou calada um instante, pensando em sua mãe, em sua vila em Rondônia. Será que até lá eles estariam sofrendo com essa crise? Será que sua mãezinha estava bem ou teria sido apanhada pelo misterioso sono? Assim que os telefones voltassem a funcionar ligaria para ela, para acalmá-la. Ela deveria estar igual à amiga Nice, roendo as unhas de aflição.

A enfermeira deixou seu andar e seguiu para o refeitório do Hospital das Clínicas. Profissional da área de oncologia, para ela não foi difícil tecer um paralelo entre um tumor agressivo e a deterioração pela qual a cidade passava nas últimas horas. Era como se a cidade estivesse doente, sendo atacada e debilitada mais e mais a cada minuto. Mallory tinha apenas atravessado a rua, para tomar um pouco de ar, e bastou coisa de dois minutos para inalar toda aquela situação de desespero ao seu redor. Trombou com ao menos seis pessoas jogadas no chão, escoradas em bancos públicos e no passeio, como se tivessem sido abandonadas por seus parentes em frente ao Instituto da Criança, onde não tinham encontrado ajuda. Para aqueles cidadãos adultos estarem ali é porque a portaria do HC estava intransponível. Cachorros vira-latas andavam pelas sarjetas farejando os restos de tudo que era jogado ao meio-fio. O lixo se acumulava pelas ruas, dando como certo que a coleta tinha sido interrompida. As portas da estação Clínicas do metrô estavam fechadas. Em algum lugar perto dali, na rua Teodoro Sampaio, muito provavelmente, ouvia uma voz saída de um megafone, através do qual um homem recitava versos da Bíblia, intercalando com chamados para oração porque ao que todos assistiam e no que não queriam acreditar é que o fim do mundo tinha chegado. Mallory desceu até o prédio do HC e pegou a entrada dos colaboradores. Poucos rostos conhecidos no caminho. O trânsito sempre pródigo de estudantes de medicina em seus aventais brancos tinha escasseado, ela contou apenas dois estudantes do Instituto da Criança até a portaria do HC. As entradas automatizadas para as garagens subterrâneas plantadas no meio da rua pareciam entradas de grandes cavernas, que engoliam os carros, levando seus passageiros para uma escuridão sepulcral. A visão de um carro descendo o acesso da garagem a fez notar que não havia um ônibus público sequer no terminal. Com o metrô paralisado e os ônibus ausentes, os paulistanos tinham sido lançados à própria sorte. Se levasse a cabo o plano de voltar para casa naquela tarde, teria de fazê-lo antes do anoitecer.

Ao adentrar o refeitório a atmosfera não era muito diferente. Os colegas com quem cruzou traziam os semblantes pesados e cansados, deixando evidente que, como ela, partilhavam da obrigação de cuidar e não abandonar seus pacientes, nem seus postos de trabalho. A esse respeito Mallory ainda não sabia o que fazer. A doutora Ana tinha sido apanhada pelo sono, e nenhum médico surgira até o momento para substituí-la. Apesar da evacuação organizada pela doutora Suzana, ainda existia muita gente internada no hospital, pessoas que os parentes não tinham vindo buscar, mas que tinham condições de permanecer alguns dias em casa, esperando essa crise momentânea se dissipar. Realmente era a melhor coisa a fazer. Aquele hospital que se traduzia em solução e esperança para milhares de pessoas que passavam por seus consultórios, clínicas e leitos todos os dias do ano, sete dias da semana, estava implodindo diante da situação caótica, e ficar ali seria mais arriscado do que ficar em casa, afastado de todo o caos. Fez sua refeição de forma serena, cabeça baixa e muito pensativa. Por mais que pensasse, não conseguiu vislumbrar o motivo daquilo estar acontecendo. Muitas vezes em que tentava raciocinar acerca da situação recorria a lembranças de sua vida em Rondônia, frequentando a escola dominical e ouvindo as instrutoras falarem sobre o fim do mundo que estava se aproximando, pois o Senhor, nosso Salvador, ia voltar para julgar os que viviam naqueles dias. Era impossível não pensar na iminência do fim do mundo, igual a profetizada pelo homem do megafone na frente do Instituto da Criança. De repente uma gargalhada explodiu no refeitório. Em uma mesa com enfermeiros, alguns deles riam até chorar. Aquela demonstração de descontração e felicidade repentina tinha pegado a todos de surpresa, causando um efeito até catártico; e ela mesma abriu um sorriso. O som da risada tinha se tornado uma melodia rara nas últimas horas, em que tudo era motivo para mais e mais preocupações. Não obstante, o poder daquela gargalhada arrefeceu, e, desanimada, Mallory levou seu prato sujo até a bancada.

Saindo do refeitório, dirigiu-se a um dos banheiros e tirou do avental sua nécessaire, apanhando sua escova de dentes e o creme dental. Abriu a água da torneira e fez a escovação lentamente, como que apanhada por um transe, acalmada por uma situação de rotina que massageava sua mente. Passou o fio dental retirando um fiapo da carne do picadinho do meio de um dos molares. Jogou fora o fio usado e abriu a torneira mais uma vez, lavando a boca. Suspirou fundo e fez concha com as mãos, jogando água na face. Levantou o rosto e encarou seu próprio olhar por alguns segundos. Seus olhos estavam fundos, sua pele morena jambo parecia mais pálida sob a luz fria. O cansaço fazia sua cabeça doer. Jogou água mais uma vez, sentindo a pele se hidratar e se refrescar. Novamente ficou com os olhos pregados no espelho. Ela via tristeza em sua expressão. Não a tristeza encontrada em tantos outros rostos, derrubados pela preocupação. Aquela tristeza de Mallory era a da solidão. De não ter a quem buscar num dia como aquele, não ter quem lhe fazer companhia no dia do fim do mundo. Não ter o abraço e o beijo demorado e apaixonado na noite em que todos seriam arrastados da vida para o além. A enfermeira secou as lágrimas e guardou a bolsinha de volta no seu avental. Saiu do banheiro e logo ganhou a rua novamente, precisava do céu aberto para escapar daquela sensação opressora que a consumia. Assim que chegou à calçada, foi surpreendida pela visão de um batalhão de cavalaria adentrando a rua. Eram ao menos quarenta soldados montados. Por certo mais uma manobra da diretora do HC na tentativa de fazer prevalecer a segurança de pacientes e funcionários. Muitos deles se dirigiram para a frente do prédio dos ambulatórios, onde se concentrava um grande número de cidadãos ainda com seus pacientes adormecidos nos braços, e foi ali, naquele instante, que Mallory viu pela primeira vez algumas das pessoas que estavam sendo descritas como "agressivas", amarradas de forma improvisada pela família. O som do pastor de megafone chegava trazido pelo vento, enquanto seus olhos percorriam as pessoas que se contorciam, como se demônios lhe carcomessem a alma. Alguns de rostos pálidos, brancos como cadáveres. Outros com a pele vermelha e inflamada, como se tivessem ardido no fogo até ficarem em carne viva. Mallory se afastou, intimidada pelos olhares daquela gente que se debatia com a sua aproximação, como se a quisessem apanhar e pegar, como se ela fosse culpada pela situação precária e doentia em que estavam. Mallory atravessou a rua mais uma vez, indo à portaria do Incor dessa feita. Era para o prédio do Incor que os apoiadores infectados com a súbita doença estavam sendo levados, tratados e contidos. Sim, Nice disse que eles estavam isolados, trancados em alguns leitos de uma ala. Exibindo o crachá do IC ela conseguiu passar pela porta trancada da frente. No balcão, onde normalmente existia quase uma dúzia de recepcionistas, encontrou apenas um rapaz, visivelmente atarantado com todo o distúrbio.

— Querido, pode me dizer em qual andar vocês estão tratando os colaboradores?

— Nono andar, enfermeira. Mas só estão autorizando gente da equipe do Incor por lá.

Mallory poderia até estranhar a informação, mas sabia como cada hospital ligado à Faculdade de Medicina tinha sua própria política, então tratou de pensar em algo para conseguir o que queria, que era visitar sua amiga.

— Ah, só vim pegar o relatório da situação, o doutor Elias pediu para eu falar com a chefe da enfermagem que está cuidando dos colaboradores.

Vencido pela impossibilidade de checar por telefone o procedimento a seguir, o rapaz deixou que ela fosse para os elevadores.

Mallory pressionou o botão do nono andar. Num dia comum haveria ali uma ascensorista e um entra e sai movimentado em cada andar até chegar ao destino, contudo, a viagem foi direta e solitária. Assim que as portas se abriram, Mallory encontrou um corredor praticamente vazio. Caminhou, com os ouvidos apurados, e então avistou uma enfermeira em um balcão, folheando uma revista. Aproximou-se sem ser notada.

— Oi.

A enfermeira se assustou e olhou para Mallory, ali parada na sua frente.

— Oi. Posso ajudar?

— Eu sou enfermeira do Instituto da Criança, dois amigos estão sendo tratados aqui. Como lá ninguém sabe nada sobre como eles estão, eu vim visitá-los.

— Os colaboradores não estão recebendo visitas, querida. Ainda não sabemos como essa doença é transmitida de uma pessoa para a outra. Se é contagiosa ou não.

— Se eu não posso visitá-los, eu posso ao menos ter notícias deles?

— Os nomes.

— Os dois são do IC também, enfermeiros Laerte e Francine.

A enfermeira pegou um caderno escrito à caneta. Mallory percebeu que tinha um bocado de nomes ali.

— É. Os dois estão aí dentro, sim. O quadro continua inalterado e não temos previsão de alta. Até agora, pra dizer a verdade, ninguém melhorou.

— Santo Deus. O que será que eles têm?

— Olha, os médicos estão até evitando falar com a gente, sabe? O duro é que todos são amigos, funcionários. A coisa tá feia, menina.

— Ninguém melhorou?

— Ninguém. De dia eles ficaram mais calmos, alguns pediram para sair do hospital, querem ir para casa. Ontem de manhã, como tinha só um ou outro assim, o doutor até liberou uns quatro para ir embora, só que à noite, menina, os que ficaram e os novos que chegaram viraram o capeta, ficaram se chacoalhando, querendo morder todo mundo. Uma agonia só.

— Que horror!

— E é tudo gente boa de dia. Mas à noite ficam o cão. Depois de ontem à noite o doutor Otávio, que tá responsável por esse isolamento, suspendeu as altas e não deixou ninguém mais sair.

— Quantos funcionários estão assim?

— Olha, isso eu nem podia tá comentando, não, pediram pra gente ficar de bico calado.

— Nossa. Então a coisa é feia.

— Põe feia. Passou de cem hoje.

— Nossa! Cem pessoas?!

— Só colaboradores. Já pacientes e gente que foi trazida pelas famílias assim, desequilibrada, já passa de trezentos e cinquenta internados. Estão em outra ala.

— É muita gente.

— É. E o doutor andou conversando e acha que tem muito, mas muito mais pessoas sofrendo desse mal por aí, e que a coisa vai ficar feia se todos eles tiverem essa mesma reação violenta ao anoitecer.

— Mas por que ao anoitecer? Não tem sentido isso.

— Ninguém sabe. É a tal da tempestade solar, talvez. Os médicos falam cada um uma coisa. Eu que tava afastada da igreja tô pensando até em voltar.

— Pois volte, pelo andar da carruagem, só Deus vai dar jeito nisso.

Nesse momento a porta dupla junto ao balcão se abriu num rompante, assustando as duas enfermeiras. Um enfermeiro tirou seu traje azul e o colocou em cima do balcão. Ele vinha seguido por um médico.

— Nem adianta, doutor Otávio. Não vou ficar aqui nem mais um segundo. Daqui a pouco começa a anoitecer e eles vão ficar todos atacados de novo. Eu tenho minha noiva pra ver, meu pai e minha mãe pra cuidar, não saio desse hospital há três dias. Chega!

— Décio, poxa, Décio, a gente precisa de você, ninguém veio para o plantão da tarde.

— É, ninguém veio. Adivinha por que ninguém veio, doutor?

— Décio, são todos amigos seus, amigos meus. Tem médico, tem enfermeira, tem recepcionista, estamos no meio de uma emergência.

— Doutor, eu sei que é tudo amigo, mas o senhor tem que ver o meu lado. Eu estou cansado, estou acabado, estou preocupado com minha noiva. E se ela tá assim do mesmo jeito? E se ela está adormecida que nem os outros? Se eu acho ela dormindo é até uma benção.

O médico seguiu argumentando até o elevador, que pelo visto estava no mesmo andar ainda, posto que não se ouviu mais a voz de Décio.

Mallory e a enfermeira do balcão trocaram um olhar longo.

— Verdade o que o Décio disse. Do jeito que essa gente atacada está, dormir é uma benção.

O médico voltou e parou na frente do balcão. Olhou para Mallory sem falar nada.

— Ela veio visitar os amigos dela, do Instituto da Criança.

— A Francine?

— Isso.

— Eu já trabalhei com ela. Ótima chefe de enfermagem. Venha comigo. Venha ver a sua amiga.

— O Laerte também é meu amigo. Como ele está?

O médico bateu as mãos nas coxas e mostrou um rosto contorcido de preocupação.

— Venha vê-los. Para ser bem honesto, ninguém sabe como eles estão.

Mallory passou a porta dupla e chegou ao corredor de leitos. Viu dois enfermeiros no corredor. Uma loira e um rapaz moreno. Eles destrancaram uma porta e entraram juntos, levando o carrinho de medicação.

— O que estão dando para eles, se não sabem o que têm?

— Hidratação, para combater a sede que a maioria diz ter. Eles pararam de se hidratar por via oral, então aproveitamos as horas do dia para fazer hidratação intravenosa. Também decidimos manter os mais violentos sob sedação constante até que descubramos o que está acontecendo com eles. Analgesia para a dor abdominal.

— Já descobriram o que causa a dor?

O médico parou de andar e encarou a enfermeira.

— Os exames de imagem não encontram nada anômalo na morfologia, os exames de sangue têm uma variação grande, a maioria tem uma queda acentuada de hemoglobina e hemácias, mas aí, horas depois, alguns registram uma recuperação anormal. Um terço deles também apresenta interrupção dos movimentos peristálticos, que também é combatido com medicação, mas assim que a medicação é diminuída o quadro se agrava. Quadros assim não são exatamente raros, acontecem esporadicamente. Agora, uma população inteira sofrendo dessa infecção, chamemos assim, é algo nunca visto antes.

— Infecção?

— A debilitação do organismo numa velocidade dessas tem características virais, mas ainda não detectamos o agente da infecção. — O médico tirou um molho de chaves do avental e conferiu o número da porta e o número da chave. — É essa aqui. — Fez uma pausa olhando mais uma vez para a enfermeira. — Agora, para mim, mais grave que o dano físico é o efeito que essa doença causa na psique dos pacientes. Não vai ser nada bonito o que você vai ver, enfermeira...

— Mallory. Meu nome é Mallory.

O médico girou a chave e deu passagem para a enfermeira. O quarto estava escuro, e os oito leitos estavam ocupados com funcionários das clínicas do complexo do HC. Mallory entrou e percorreu aquele cenário tão conhecido e rotineiro. Acessos intravenosos, bordas metálicas laterais elevadas para que não caíssem dos leitos. Alguns atados às grades laterais com cintas plásticas, o que já não era rotina. Em quatro deles havia monitores de biometria conectados. Estavam dormindo, todos. Mallory identificou Francine primeiro, por conta do tamanho da mulher; com quase um metro e noventa, a espigada enfermeira era notada onde quer que fosse, até mesmo acamada, no leito de um hospital. Mallory aproximou-se e ficou olhando para o rosto pálido da amiga. Conversava com Francine todos os dias, apesar de ela ser da ala de adolescentes agora. Mas tinha sido ela, muito mais velha e experiente, sua mentora e treinadora quando começou a trabalhar na oncologia do IC. Mallory passou a mão no rosto da amiga, a pele estava fria.

— Eu ficaria mais confortável se você não tocasse nela, nem em ninguém aqui — advertiu o médico.

Mallory aquiesceu com a cabeça, contentando-se apenas em observá-la.

— Além do risco à sua vida, pois não sabemos a forma de contágio, eu não quero que eles acordem. Dormindo são uns anjos. Quando anoitece viram uns capetas.

A enfermeira olhou mais detidamente a pele da amiga. Estava acinzentada e cheia de marcas, como se ela tivesse se arranhado. Havia um cheiro no ar, um cheiro de doença. Não o característico odor de feridas infectadas, tinha um aroma diferente, ácido.

Mallory seguiu até o fim e encontrou Laerte. Foi a doutora Ana que tinha falado dele.

— Acho que ele foi o primeiro do Instituto da Criança a ficar assim, doutor.

— Vou anotar, talvez seja importante para a investigação cronológica dessa enfermidade.

Mallory fechou os olhos e fez uma prece rápida para os colegas, estendendo seus pedidos a todos que estavam naquele andar. Virou-se para a porta e voltou ao corredor secundada pelo médico.

— O seu amigo, o Laerte, ontem ele deu um bocado de trabalho.

— É? O que aconteceu?

— Ele conseguiu se soltar das cintas plásticas que conseguimos com a administração. De noite, se eles se levantam, partem para cima do primeiro que encontram. Ele encurralou uma enfermeira, a Paula. A coitada é mirradinha, ele a derrubou com um soco e mordeu o pescoço dela.

— Santo Deus!

— É o que eu disse. Eles ficam insanos. Só conseguimos contê-lo porque o Décio estava aqui. É mais forte, prensou o Laerte na parede usando uma cadeira, acredita?

O médico encostou a porta e a trancou.

— Eu apliquei uma sedação pesada nele, mesmo assim ele levou mais de três horas para dormir de novo. Deixamos ele amarrado e trancado na dispensa do corredor, só voltamos ele para o leito quando amanheceu. Hoje eles estão piorando. Ao menos quinze dessas pessoas tiveram parada cardíaca. Revertemos dez, que se mantêm bem instáveis, monitoradas. Seis corpos desceram para o necrotério só nesse andar. Ouvi dizer que mais de quarenta pacientes das clínicas tiveram óbito hoje pela manhã, logo que amanheceu. Parece que a luz do sol está surtindo algum efeito sobre eles.

— Tempestade solar? Está todo mundo falando disso.

— Olha, por mais absurdo que isso possa parecer, pode ser. Pode ter alguma influência, mas deve ter algo a mais se for isso. Vivemos sob bombardeio dessas tempestade solares e nunca nada como isso foi desencadeado antes. Não voto em tempestades solares, como a causa desse mal físico e psicológico nas pessoas, mas, por outro lado, não podemos descartar nenhum argumento até que cientificamente encontremos o caminho da explicação.

— Por isso as persianas estão fechadas?

— Para evitar o desconforto. Alguns pacientes que chegaram aqui, depois de serem expostos ao sol por poucos minutos, tinham pústulas e bolhas iguais a de queimaduras. Melhor deixá-los longe do sol até entendermos, Mallory.

A enfermeira sentiu um frio na barriga ao ouvir seu nome pronunciado pelo médico. Ele era um quarentão bastante bonito. Estava com um rosto fatigado, mas ninguém poderia culpá-lo por isso. Ela mesma não deveria estar nem um pouquinho atraente.

— Mallory. Preciso te pedir uma coisa.

Novamente aquele frio na barriga. Agora, então, ele a olhava nos olhos.

— Peça.

— Você viu que o Décio foi embora. Pelo visto nenhum médico virá me substituir e nenhum enfermeiro virá para o plantão noturno. Quando fui almoçar vi que a estação das Clínicas está fechada, e disseram que os ônibus também estão fora de circulação. Até para vir de carro está complicado.

— Ai, doutor Otávio. Eu entrei ontem às dez da manhã, já estou há mais de vinte e sete horas trabalhando.

— São nossos amigos, Mallory. O que vai ser dessa gente quando anoitecer e tivermos que medicar a todos?

— E se esse quadro não mudar, doutor? Até quando o senhor vai ter medicação?

— Não quero pensar nisso. O governo vai ter que dar um jeito de acudir todo mundo.

— Por enquanto, a única ajuda que mandaram foi aquele bilhete assustador, jogado de um avião.

— Mallory, eu também poderia ir para casa, mas não tenho coragem de abandonar eles aqui, à própria sorte.

— Doutor, eu estou exausta.

— Faz o seguinte, a que horas você larga o seu plantão?

— Já devia ter largado. Mas também não sei se alguém virá me substituir. Todo mundo que tem parente está ficando com a família.

— Caso você consiga sair, venha para cá, por favor. Tem um quarto de descanso nesse andar. Você pode ficar e dormir, só vamos te chamar na hora da medicação.

Era a segunda vez que ficava naquela situação desde que tinha assumido seu posto no dia anterior. A doutora Ana tinha feito o mesmo apelo. A prioridade era clara: suas crianças em estado terminal, suas crianças com dores horríveis, lutando, agarradas ao último fiapo de vida. Por outro lado, só dentro de um dos quartos destinados aos colegas do HC, tinha dois amigos.

— Eu verei isso mais tarde, doutor. Realmente estou sobrecarregada com a UTI infantil, não sei se terei condições de ser útil. Se for para dar uma mãozinha, se eu conseguir descansar um pouco, eu ajudo vocês.

O médico estendeu a mão para Mallory e trocaram um aperto.

— Só por considerar eu agradeço, de verdade.

Mallory deu um sorriso fraco para Otávio e seguiu para o elevador. Pressionou o botão e, antes de o transporte chegar, ela já estava com a testa encostada nos ladrilhos da parede, arrependida.

— Eu tenho que aprender a dizer não, só pra variar — murmurou baixinho, enquanto a porta do elevador se abria.

Apertou o botão do térreo e recostou-se ao fundo do longo elevador. A porta abriu-se no sexto andar e, então, um funcionário entrou, trazendo uma maca, sobre ela um corpo coberto por um lençol do Incor. O funcionário não era um enfermeiro, era um auxiliar encarregado de levar os mortos ao necrotério no subsolo.

— Era um paciente?

O auxiliar, um rapaz de seus vinte e poucos anos, trazia no rosto marcas de uma adolescência em que as acnes tinham sido irritantes, tinha os olhos verdes e o cabelo trançado, estilo dreadlock. Olhou um tempo para Mallory sem responder, tempo o suficiente para ela se sentir uma idiota, é claro que qualquer óbito ali dentro seria o de um paciente do hospital.

— Eu quis dizer, ele é paciente de antes dessa confusão toda?

— Entendi. Não. Esse senhor chegou aqui ontem, é um daqueles que têm a sede.

— Ah!

Os dois ficaram quietos enquanto o elevador descia, passando então pelo segundo andar, onde parou, balançando, tremendo e apagando a luz.

— Ai, meu Pai! — exclamou a enfermeira, aflita.

— Ixi. Lascou.

Os três ficaram no escuro por alguns segundos, segundos esses que foram preenchidos por imprecações de Mallory.

— Acho que acabou a energia.

— Não fala isso, moço. Eu tenho um treco se ficar presa aqui dentro com vocês.

A fraca luz de emergência ligou automaticamente, piscando umas quatro vezes antes de a iluminação fria se firmar.

— Calma, moça. Vão tirar a gente daqui. E não fique com medo desse cadáver, ele não vai fazer nada com a gente.

— Eu sou enfermeira, querido. Não estou com medo do cadáver. Estou com medo de estar presa dentro deste elevador minúsculo.

Mallory aproximou-se do painel e pressionou o botão do alarme, acionando uma campainha repetidas vezes. Seu coração batia disparado. Morria de medo de ficar presa em elevadores. Aquela lâmpada fraquinha mantinha tudo na penumbra. Mal via o rosto do rapaz no fundo do elevador. O lençol branco tinha adquirido um tom acinzentado. Os olhos do moço tinham perdido o verde bonito que ela notara e estavam agora mergulhados numa sombra escura. O morto não a incomodava, nem o vivo. O que incomodava era saber que não sairia dali. Começou a bater na porta, e logo foi ajudada pelo rapaz, que também bateu com a mão espalmada e começou a gritar por socorro.

Mallory pensou em Nice, a amiga ia estranhar a demora. Já tinha se passado mais de uma hora desde que saíra do IC. Ela podia até demorar para sentir sua falta, mas acabaria achando que Mallory havia deixado o posto e ido embora para casa. Ninguém iria procurar por ela, muito menos no elevador do Incor.

As batidas dos dois rareavam, na mesma proporção em que a frustração ia aumentando. Mallory virou-se de costas para a porta e escorregou pela parede do elevador até o assoalho, acocorando-se, com as mãos tampando o rosto.

O rapaz encostou a testa na porta e ficou naquela posição, respirando fundo. Ele sabia o quanto o hospital estava mergulhado na desordem. Poderiam passar horas ali dentro sem que a situação deles fosse notada.

Então uma batida do lado de fora trouxe uma troca de olhares entre os dois prisioneiros.

— Quem está aí? — gritou uma voz feminina do lado de fora.

— Sou eu, o Gladson.

— Você é funcionário?

— Sou! O elevador parou comigo e com uma enfermeira aqui dentro.

— Acabou a energia no hospital inteiro, Gladson. Eu vou buscar ajuda.

Mallory levantou-se.

— Graças a Deus — murmurou.

Gladson e Mallory trocaram um sorriso e um abraço. O rapaz ficou embaraçado a princípio, mas retribuiu o gesto.

— Achei que íamos passar a tarde toda aqui — remoeu a enfermeira.

— Agora é só esperar um pouco que já vamos sair.

— Eu tô com falta de ar. Tá ficando abafado aqui dentro.

— É impressão sua. É porque a senhora está nervosa.

— Senhora? Pareço tão velha assim, cara?

Gladson riu.

— Desculpa. É porque você está nervosa. Quantos anos você tem?

— Vinte e seis. Ainda estou na flor da idade. E quero sair daqui e viver ainda muitos e muitos anos.

Gladson riu do comentário descontraído da enfermeira que, segundos atrás, parecia que ia ter um piripaque. O jovem enfiou os dedos pela fresta entre as portas e as forçou. Elas cederam alguns centímetros, e então ele enfiou o pé na lateral do batente e puxou com mais força. Uma fenda de trinta centímetros se abriu, revelando uma muralha de concreto à frente de seu rosto.

— Graças a Deus — soltou a enfermeira, abaixando-se e observando o corredor que tinha surgido na metade inferior da porta, trazendo uma corrente de ar fresco para dentro do elevador.

Gladson se afastou dois passos e se abaixou, dava para ver todo o teto do segundo andar.

— Acho que se eu abrir mais um pouco dá pra você passar.

Mallory olhou novamente pela fresta, o corredor do hospital estava na penumbra, com as poucas luzes de emergência acesas. Pensou nos pacientes nas UTIs. Ainda bem que todo o equipamento de manutenção da vida era conectado aos geradores de emergência.

— Agora eu não sei do que eu tenho mais medo, Gladson. Se é de pular por essa fresta e cair lá embaixo ou se é de ficar aqui presa.

— Cair lá embaixo onde? No corredor? Está baixo.

— Não. Tenho medo de ficar pendurada no elevador e cair no poço.

— Ah, não cai, não. Eu te ajudo a descer.

— Prefiro esperar ajuda.

— Num dia normal o técnico demora para chegar, imagine hoje.

— Ai, não fala isso, Gladson. Tenho que voltar para os meus pacientes.

— Hoje os pacientes vão precisar ter paciência, enfermeira. Qual é o seu nome?

— Mallory.

— Gladson e Mallory. Estamos bem arranjados de nome aqui dentro desse elevador.

— Ih, nem vem. Eu adoro o meu nome. Minha mãe que deu.

— Hahaha. Agora, sério. Quer tentar?

— Pular? Nem a pau.

— Então eu vou. Eu consigo abrir mais um pouco, e se minha cabeça passar, consigo pular para fora.

— E vai me deixar aqui sozinha, trancada no elevador e com o seu defunto, ainda? Nem a pau, seu Gladson.

— Você disse que era enfermeira e não tinha medo.

— Eu não estou com medo. Eu só estou com receio de ficar aqui sozinha dentro do elevador.

— Receio?

— É. Receio.

— Tá bom. Eu espero com você.

Gladson sentou-se ao lado da maca. Estar num elevador enroscado entre andares já era um saco. Estar no elevador com um cadáver era pior ainda. Olhou para a enfermeira, que também estava sentada e com a testa apoiada nos joelhos, de forma que não conseguia ver seu rosto. Ficou com pena dela. As mulheres, em geral, tinham pânico de elevadores travados. Observando-a mais atentamente, suspeitou que ela não queria tentar pular mais porque era rechonchudinha e tinha medo de se enroscar na porta do que por aquela desculpa de medo de cair no poço do elevador. Não tinha como cair, era só se jogar para a frente e pronto, caía direto no corredor. Se uma pessoa ficasse ali embaixo para lhe dar apoio ou até para lhe dar a mão, seria mais fácil ainda. Se aquela mulher voltasse, pediria que ela trouxesse uma maca, assim a tal da Mallory tomaria coragem. Já sobre os quilinhos extras, era só forçar um pouco mais a porta, ela abriria e a enfermeira passaria. Ela era cheinha, mas muito bonita de corpo. Morena jambo, cabelos ondulados. Pena que era mais velha que ele. Mulheres de vinte e seis achavam os carinhas de vinte uns bobões ainda, imaturos, era essa a palavra que sempre usavam. Gladson secou o suor da testa. Não é que a fofinha tinha razão? Estava esquentando dentro do elevador. Apurou os ouvidos. O barulho da ventilação tinha parado. Para a espera numa situação de emergência só funcionava aquela lâmpada. Transportava defuntos quase todos os dias. Num hospital especializado em coração, acontecia. Tinha orgulho do seu emprego. Sabia que hoje era um auxiliar e que a maior parte do seu tempo passaria fazendo exatamente aquilo, levando os presuntos para o necrotério. Por outro lado sabia que aprenderia muito ali. Começara mais para pagar o seu Corsa usado que tinha comprado a prestação, mas em menos de noventa dias já estava apaixonado pela rotina do hospital. Todo mundo dizia que era o melhor hospital para casos de transplante, cirurgias neurológicas e cardíacas da América Latina. Tinha conseguido encaminhar a madrinha para ser tratada lá. A família começou a olhar para ele de um jeito diferente. Agora ele era importante. Gladson ria da cara das primas quando dizia que carregava defuntos e que, se um dia elas morressem lá, naquele hospital, poderiam ficar despreocupadas que era ele quem iria carregá-las até o necrotério. Elas soltavam palavrões e se benziam ao mesmo tempo, xingando o primo. Gladson ficava observando cada profissional. Sabia que não conseguiria ser técnico de enfermagem, nem médico. Simpatizava muito era com a função de assistente social. Dava-se bem com papelada e sentia-se satisfeito sabendo que estava sendo útil, ajudando as pessoas a acharem um caminho. Por causa de uma internação do tio anos atrás no interior, ele achava que assistente social era a pessoa que só cuidava de arrumar uma ambulância para o paciente voltar para casa. Ali no Incor descobriu que assistente social fazia isso, e muito mais. Sempre que podia tomava café com a Rose, uma das assistentes sociais, e ficava ouvindo a mulher discorrer sobre os seus afazeres. Foi por conta desses cafés, e do desejo de trocar o Corsa usado por um carro mais novo, que decidiu que queria voltar a estudar e subir na carreira da administração hospitalar. Queria um monte de coisas, mas, por ora, só lhe cabia esperar pelo resgate daquele elevador.

Capítulo 32

Cássio e Graziano alcançaram o restante do destacamento do Regimento de Cavalaria 9 de Julho às duas e meia da tarde. Apresentaram-se ao tenente Edgar, debaixo da passarela que interligava as unidades e projetava uma amistosa faixa de sombra sobre o asfalto. Cássio reportou rapidamente o acontecido na Avenida Rio Branco e, em seguida, para completar seu intento, observou que a frente do Instituto da Criança estava desprovida de soldados, se prontificando a ali permanecer com Graziano. O tenente concordou, e logo a dupla estava voltando para a entrada do Instituto, próximo à rua Teodoro Sampaio. Cássio acreditava que Alessandra pudesse estar ali, assim como os sobrinhos. Diante da crise alastrada pela cidade, seria de se esperar que agrupassem as crianças num hospital especializado. Cássio desmontou sua égua e prendeu seu reio junto à grade na calçada. Poucas pessoas andavam pela rua, mesmo assim os cavalos causavam o seu efeito impressionante, chamando a atenção dos passantes.

Graziano apontou para o outro lado da rua, onde um carro de uma estação de TV tinha acabado de encostar. Dele desceu uma equipe de reportagem, com câmera, repórter e mais assistentes.

— Voltaram a transmitir, é?

Cássio apanhou o rádio e pressionou o botão de fala, proferindo uma frase de contato. Só chiado.

— Deve ser só uma gravação. Quando as transmissões voltarem, prepare-se para um festival de sensacionalismo.

— Hahahaha! — riu Graziano. — Mas dessa vez eles vão estar certos, né, Porto? Isso aqui não está sensacional?

Cássio adentrou o IC e dirigiu-se ao balcão onde havia uma senhora prestando atendimento. Cartazes improvisados com cartolina advertiam que não estavam mais aceitando pacientes.

— Senhora?

— Pois não, policial?

— Eu sou o sargento Cássio Porto.

— Rosana.

— Fui destacado para tomar conta da frente do hospital, senhora. Qualquer anormalidade, basta chamar a mim ou ao meu amigo, Graziano.

— Uau, dois policiais! Agora senti firmeza.

— Preciso de uma informação, se puder me ajudar.

— Sim.

— Minha irmã me deixou um bilhete, dizendo que traria meus sobrinhos, que adormeceram, para o Hospital das Clínicas. Há alguma chance deles terem vindo parar aqui, no Instituto da Criança?

— Quando foi isso?

— Na tarde de ontem.

— Bem, chance há, se eles são menores. Mas ontem ficamos lotados e paramos de aceitar novos pacientes adormecidos por volta das quinze horas. Só admitimos, ainda assim lá no PS do HC, pessoas que estivessem com o outro transtorno, sabe?

— Está falando dos...

— Os agressivos. É assim que os estamos chamando no momento.

— Agressivos — repetiu o sargento.

— O senhor, sendo policial, deve ter encontrado algum deles em suas ocorrências.

Cássio sorriu sem responder.

— Os pacientes que estavam em condições de ir para casa retornaram com seus familiares e vão continuar com o tratamento quando as coisas se normalizarem — explicou a atendente.

— Existe alguma lista das pessoas que foram atendidas desde que esse transtorno começou?

— Sim, temos tudo informatizado, mas a rede parou de funcionar e agora estamos sem energia elétrica.

— Sem energia?

— Estamos funcionando com os geradores de emergência que são abastecidos por combustível. Essa energia vai para os equipamentos de primeira necessidade. Preenchemos alguma coisa à mão ontem e até hoje de manhã. Escreva aqui neste papel os nomes de seus sobrinhos que vou verificar.

Cássio olhou ao redor. Na recepção, que normalmente deveria ser bem cheia, havia coisa de dez pessoas. Provavelmente aguardando informações de quem já estava internado. O sargento voltou para fora e tornou a montar sua égua. Estava acostumado a montar guarda. Apesar de nos últimos anos estar mais ocupado com os trabalhos da cavalariça, já tinha perdido as contas de quantas vezes seu destacamento tinha ido às portas dos estádios de São Paulo apaziguar as torcidas inimigas, evitando um sem-número de combates violentos. Ele e Graziano assistiram à turma da TV entrevistar bem umas vinte pessoas que eram paradas depois de alguma insistência. A repórter era uma morena alta e magra, usando uma blusa decotada que deixava à mostra o seu colo bem desenhado, emoldurado pelos ombros e pelos cabelos lisos e negros que desciam pelos braços e pelos seios fartos que chamavam a atenção. A equipe chegou a olhar para os soldados duas ou três vezes, trocou uns cochichos e, por fim, parece que desistiu de entrevistar os policiais. No final a equipe entrou na van e partiu dali.

Uma hora se passou até que a Rosana da recepção viesse para a a calçada.

— Não encontrei o nome de seus sobrinhos nas internações nem consultas, mas eles podem ter dado entrada no HC direto. Isso aqui está um pandemônio desde aquela maldita noite.

Cássio apenas concordou com a cabeça, mas teria rido se não estivesse em serviço. Ele também se referia àquela madrugada como "a noite maldita". O sargento agradeceu a recepcionista e, com Graziano, rumou para a frente do pronto-socorro do HC. Desmontou e, já na portaria bloqueada, pediu informações para o único segurança que viu no complexo. O segurança abriu uma brecha para o policial e logo alcançou um balcão de informações. Diferente do Instituto da Criança, o saguão do Hospital das Clínicas estava lotado; ouvia-se choros e gemidos por todos os lados e viam-se enfermeiras e enfermeiros percorrendo as filas de gente, anotando dados em formulários apoiados em pranchetas.

— Pensei que vocês não estavam mais pegando pacientes.

— As admissões pararam ontem, policial. Essa gente toda chegou ontem. Muita gente chegou de madrugada. Por isso pedimos policiais aí na frente. Não dá pra receber mais ninguém. Não temos leito para os adormecidos, e muitos não querem ir para casa antes de saber o que está acontecendo.

— Descobrir o que está acontecendo vai demorar.

— Essa gente precisa ir embora — reclamou a enfermeira. — Tinha mais pessoas querendo entrar, mas, depois que seus amigos da cavalaria chegaram, os ânimos ficaram mais tranquilos. Parece que vocês foram chamados porque a doutora Suzana, que é a diretora do HC, vai esvaziar o hospital, deixando o mínimo possível de pessoas internadas. Não é mais seguro ficar aqui.

— Por quê?

— Por causa dos agressivos. Acho que você ainda não encontrou nenhum deles, né?

Cássio fez sinal que não, mas sabia. Só queria ouvir da boca de outra pessoa o que estavam achando para ele não sair falando de "vampiros" como um louco varrido.

— Tem gente que está se transformando — disse a mulher, baixinho, em tom de confissão. — Eles ficam violentos. Você encontrou quantos na rua?

— Já vi uma dúzia, mais ou menos. Tem alguns aí na frente do hospital.

— Aqui no hospital temos mais de mil com sintomas, gente de fora e funcionários. Nem todos puseram as asinhas de fora, mas, do jeito que eles se contorcem e ficam durante a noite, não duvido que vão ficar iguaizinhos aos mais violentos.

— Funcionários também?

— Também. Esse mal pegou todo mundo, não escolhe, não. Não tem idade, desde bebês até os velhinhos. Vai dizer que não viu nenhum amigo seu assim? Pelo menos com os sintomas.

"O Santos", pensou Cássio. "O Santos está bem assim".

— Eu acho que tem muito mais gente afetada dessa maneira na cidade. Não é todo mundo que vem para o hospital. Imagine quanta gente não está assim, transformada, no meio desses prédios e casas? E se essa desgraça não for só aqui na capital? Se isso for no estado inteiro?

— Ou no Brasil inteiro — completou Cássio, involuntariamente.

A mulher balançou a cabeça em sinal positivo.

— Exato, policial. Exato. Pode ser no Brasil inteiro.

Cássio olhou ao redor novamente. Tanta gente. Mesmo assim, se pensasse em termos de capital, aquele aglomerado seria uma amostra microscópica do que estava acontecendo por aí. Sem os meios de comunicação operando, era impossível saber o que acontecia no quarteirão debaixo, impossível precisar a amplitude daquela infecção. Só a cidade de São Paulo possuía uma população que passava dos dez milhões de habitantes; somado à região metropolitana, esse número dobrava. Cássio não tivera a oportunidade de respirar para tentar mensurar a proporção em que os cidadãos tinham sido afetados. Os adormecidos eram muitos. Ao que parecia, pelo esvaziamento imediato das ruas, pelos depoimentos dados por aqueles que encontrava, podia chutar que pelo menos trinta por cento das pessoas tinham sido apanhadas pelo sono. Só aí estava falando de aproximadamente três milhões de pessoas apagadas na cidade. Pessoas que nem se davam conta do que acontecia ao seu redor. Um número assombroso. Olhando os poucos agressivos que tinha encontrado pelo caminho, se contasse que apenas cinco por cento da população da cidade estava tomada por aquele mal ferino, teriam coisa de quinhentos mil doentes. Não iria verbalizar o seu temor para aquela mulher. Não evitava assustá-la, evitava o ridículo de dizer o que pensava, que aquelas pessoas alteradas tinham se tornado vampiros sugadores de sangue. Quinhentos mil sugadores de sangue à solta. Não raro Cássio fazia parte do destacamento que guarnecia o estádio do Pacaembu, onde, nos briefings, era dito que as arquibancadas recebiam, em dias de jogos importantes, quarenta mil pessoas. Logo, o número que imaginava de vampiros à solta na cidade encheria mais de uma dúzia de Pacaembus.

— Está tudo bem, policial? — perguntou a recepcionista, notando o rosto transtornado do sargento.

— Sim. Tudo.

— Se a sua irmã for inteligente como você, aposto que ela está em casa, cuidando de seus sobrinhos, esperando as coisas melhorarem.

"Cuidando de meus sobrinhos e cercada por vampiros", pensou Cássio.

— Você não concorda?

A pergunta da mulher tirou Cássio de outro momento de divagação.

— Acho. A senhora tem razão. Obrigado.

— Agora, caso queira procurá-la nos ambulatórios e no PS, fique à vontade, ninguém vai proibi-lo.

Cássio recuou, meio tonto, meio perdido. Aquilo, simplesmente, não podia estar acontecendo. Será que o problema de comunicação tinha alguma ligação com aquela gente doente? Não podia ser mera coincidência a união dessa gente toda adormecendo, essa gente toda transtornada, atacando uns aos outros e a queda dos meios de comunicação. Alguém tinha planejado aquilo. Alguém tinha atacado a cidade de São Paulo, e talvez o Brasil inteirinho estivesse pagando o preço. O desejo de encontrar a irmã agora martelava sua cabeça. Começou a andar pelos corredores do prédio de ambulatórios, onde havia bastante gente esparramada em todos os andares, sentada em bancos e cadeiras e, na grande maioria, acomodada no chão, com parentes adormecidos nos braços. Dessa vez Cássio não se deteve em observar os adormecidos. Contou os que estavam amarrados pelos punhos com as cintas plásticas cedidas pelo hospital. No andar térreo contou sessenta pessoas e, realmente, a idade e o sexo não faziam diferença. Notou uma garota, de no máximo vinte anos, passando também pelos corredores, com uma prancheta e um amontoado de papel, distribuindo folhas impressas para as famílias que tinham parentes naquela situação. O hospital estava contando os agressivos. Isso era um bom indicativo, significava que não era só ele, um sargento de cavalaria, que tinha percebido o quão perigosos eram aqueles seres. Subiu um andar. Mais adormecidos, muitos, e um bocado daqueles violentos. Igual aos adormecidos, estavam imóveis, como mortos, de olhos cerrados, com a pele bastante pálida. Nenhum deles próximo a janelas ou onde os raios de sol chegavam. Coincidência? Não, não era. Naquele andar Cássio ouviu choro. Havia gente em volta de um daqueles agressivos. Dois funcionários do hospital colocavam uma senhora que aparentava ter uns setenta anos em cima de uma maca. O funcionário soltou a cinta plástica, desatando seus braços, que não se moveram, permanecendo na mesma posição, como que ainda presos. Cássio entendeu. Era rigor mortis. A velha tinha empacotado. Uma médica ou residente estava com um estetoscópio sobre o peito da mulher. Não precisava ser legista para saber que era um caso sem volta. A família acompanhou os funcionários pelo corredor, formando um cortejo atrás de sua defunta. Sem energia elétrica, alimentados apenas pelos geradores emergenciais, os corredores longe da vidraça frontal ficavam um bocado sombrios, sinistros.

A cada esquina encontrava mais gente pelo chão. Mais adormecidos e mais violentos amarrados. Cheiro de urina aqui e ali. Poças de vômito. Estava impossível para a administração dar conta de todos os problemas que iam se juntando numa lista sem fim. Mais cedo ou mais tarde todo o hospital seria evacuado, e como ficariam aquelas pessoas? Elas sabiam disso e cochichavam quando Cássio passava. Ele era agora um tipo de inimigo de quem queria ficar. Mal sabiam elas que ele era só mais um desesperado em busca da irmã que tinha trazido os filhos adormecidos para o HC. Seguindo seus instintos, Cássio voltou ao térreo e para a sua montaria. Sua irmã não estava ali, naquela loucura infestada de desacordados, amarrados, urina e vômito. Ela teria dado o fora assim que as coisas começassem a parecer excessivamente fora de ordem. Alessandra tinha aversão a aglomerações e medo até de gripe. Já em cima da égua olhou em direção à passarela suspensa. Todo o destacamento estava embaixo dela ainda, protegido do sol, sem dar o menor sinal de que dali se moveria. Talvez a ideia fosse passar a noite na frente do hospital para impedir que os populares invadissem as dependências do HC durante a madrugada, quando a crise e o medo aumentavam, fazendo as pessoas correrem para os hospitais, desesperadas com os parentes descontrolados. Queria cavalgar até sua casa e ver se a irmã estava lá, mas seria a segunda vez que abandonaria seu posto em menos de vinte e quatro horas. Dessa vez teria que esperar a dispensa. Se um veículo não fosse destacado para trazer ração para os cavalos, caso a guarda se estendesse, cedo ou tarde acabariam voltando para o Quartel 9 de Julho, quando então conversaria com os superiores e pediria permissão para encontrar sua irmã. Cássio usou de um raciocínio lógico para tentar acalmar a mente. Se a irmã estivesse em casa, estaria com a casa trancada. Nenhuma daquelas criaturas teria a chance de entrar. Ela também estava de posse de sua arma, um .38 com munição suficiente para se proteger. Ela sabia usar aquela arma, ele mesmo tinha se certificado disso e a deixado preparada para disparar caso fosse preciso. Se o bairro estivesse parecendo ainda mais perigoso do que o cenário já sugeria, a irmã seria esperta o bastante para se juntar à família do tio Francisco, que ficava só a duas quadras de distância. Tio Francisco era o que eles tinham mais próximo de uma família. Era um amigo de infância da mãe dos dois. Tão amigo que viera morar com os avós de Cássio por um tempo, tempo que ele não tinha conhecido, já que ainda nem era nascido. Criado como meio-irmão, tinha herdado o posto de meio-tio também. Francisco era um homem grande e barrigudo, de bom humor de terça a domingo, insuportável nas segundas-feiras. Mecânico, tinha ensinado a Cássio uma ou outra coisa sobre carburadores e motores de carros dos anos 1980. O tio Francisco tinha tido seis filhos, sendo cinco meninos e uma menina, a caçula. Certamente alguns dos homens deveriam estar alertas e por ali. Alessandra ia achar um jeito de proteger suas crias e leria o seu bilhete avisando que estaria em casa às dez da noite. Era só chegar lá nesse horário e saber como as coisas tinham sido para ela até ali.

Capítulo 33

Por volta das duas da tarde a energia elétrica acabou em Foz do Iguaçu, deixando as coisas piores do que já estavam. Por sorte, Everaldo tinha descido a mãe e o marido de Dolores até seu carro parado no subsolo. A cidade, que amanhecera perturbada e fora dos eixos, tinha piorado ainda mais. Agora, os postos de gasolina estavam fechados e caminhões do Exército circulavam pelas ruas, isolando bairros inteiros, gritando pelo megafone que a população tinha que permanecer em casa. Um tipo de mensagem gravada circulava em caminhões de som escoltados pelos soldados, repetindo sem parar o mesmo alerta dado pelos soldados de megafone. Não deveriam ir para hospitais nem sair de casa até que a ordem fosse restabelecida. Dolores e Everaldo não queriam ficar mais em Foz do Iguaçu, não obedeceriam a gravação, seguiriam para a chácara da família da mulher, que ficava ao sul de Santa Helena. Por lá iriam se virar muito melhor do que no meio daquele cenário que começava a parecer o de guerra civil. Ainda mais sem energia, a noite seria um breu só. Everaldo prendeu Vinícius, o marido de Dolores, ao cinto de segurança no banco de trás, atrás do banco do motorista. Ao lado dele atou dona Rosário ao cinto do meio. Logo começou uma discussão com Dolores, a mulher deixou o pequeno Rian em seu colo enquanto, teimosamente, voltava para dentro do prédio. O bebê começou a chorar imediatamente diante do sumiço da mãe. Dolores queria pegar mais roupas para a criança e mais bugigangas para a viagem. A ideia não era fazer uma mudança, mas a mulher só faltava descer o apartamento inteiro para a garagem. Logo o porta-malas estaria cheio, e ainda faltava Everaldo voltar até sua casa para apanhar a esposa. Pensava nisso quando virou-se para o carro e sentiu um arrepio. Podia jurar que o marido de Dolores tinha se mexido. Foi se aproximando devagar, pé ante pé, chacoalhando o bebê em seu colo, imaginando que era assim que se acalmava uma criança. O fato é que tinha deixado Vinícius com a cabeça encostada no banco da frente, e agora o homem estava com a cabeça encostada no vidro da janela. Talvez Dolores tivesse mexido com ele, mas que a impressão foi estranha, isso foi. Fora os resmungos do bebê que parecia inconformado com o sumiço da mãe, a garagem era um silêncio só. Everaldo circundou sua Parati olhando para todos os lados. Em algum lugar água pingava de um cano, gotejando numa poça. Um gato preto cruzava a garagem preguiçosamente, parando para lamber a água. Não havia som de gente. As pessoas pareciam assustadas e trancadas em seus apartamentos.

Quando finalmente Dolores voltou, Everaldo já estava sentado no banco do motorista, começando a se acostumar com o fato de ter um neném em suas mãos. Desceu para destrancar o porta-malas e passou o Rian para a mãe, a fim de colocar duas malas no compartimento do carro.

Deixaram a garagem por volta das três e meia da tarde, subindo pelo acesso da garagem e tomando a rua. O sol entrou pelas janelas varrendo a escuridão do prédio sem energia, forçando-os a espremer os olhos por um instante. Quando chegavam à primeira esquina, um grito explodiu dentro do carro. Parecia um tipo de bicho acuado. Everaldo freou assustado, enquanto Dolores gritava e Rian começava a chorar sem nada entender.

— Me tirem desse sol! — gritou Vinícius, se debatendo e tentando se cobrir com a camiseta que vestia, enfiando os braços por dentro das mangas e se remexendo como se um milhão de formigas picassem seu corpo. — Me tirem daqui! Me tirem dessa luz!

Os brados eram apavorantes, como os de um lunático descontrolado. O homem enraivecido tirou a mão da manga da camiseta e atirou-se para cima da esposa no banco da frente, enquanto Everaldo empurrava seu ombro para trás e preparava um soco que o acertaria no meio da cara. Mas sua mão freou no meio do caminho quando Vinícius recuou, puxando o cobertor com que Dolores tinha envolvido gentilmente seu filho. O bebê rolou pelos braços da mulher, que o amparou para que não batesse a cabeça no console do veículo, enquanto Vinícius, o louco, abaixava-se entre o banco do motorista e o banco onde estava, cobrindo-se com a peça felpuda. Ele estava apavorado com a claridade.

— Me tirem daqui! — gritou de novo.

Everaldo acelerou o carro contornando a esquina, planejava retornar para a garagem, mas, conforme manobrava e girava o carro, a luz do sol penetrava pelos vidros em diferentes posições, fazendo o homem ali atrás gritar de dor. Uma fumaça fina e esbranquiçada subia de sua pele quando a luz incidia sobre seus poros, fazendo-o tremer e puxar o cobertor. Agoniado, o homem começou a chutar o ar, acertando a sogra a seu lado e derrubando-a no banco, enquanto Dolores gritava para que ele parasse e se acalmasse.

— O que está acontecendo com você, Vinícius?!

— É esse sol, Dolores! Está acabando comigo!

Everaldo freou o veículo e desceu, chegando ao porta-malas, tirando as malas de Dolores e jogando-as no chão com pressa. Abriu a porta lateral e puxou o homem para fora do carro, que gritou ainda mais quando foi completamente exposto ao sol. Seus olhos ficaram vermelhos por inteiro, como se uma explosão de sangue estivesse acontecendo por trás das órbitas, e os gritos, os gritos era o que Everaldo nunca ia esquecer em sua vida. O homem parecia estar queimando de dentro para fora, sendo carcomido por um demônio de lava. Obstinado, continuou puxando Vinícius, e então, arremessou-o no porta-malas, onde as sombras o acolheram.

Vinícius, livre do sol, recuou até se grudar ao tampo do banco de passageiros e, tão inesperadamente quanto tinha acordado, ainda com a pele fumegando, fechou os olhos e voltou a ficar desacordado, como os adormecidos faziam.

Everaldo tremia, olhando para aquele homem transtornado. Para ele, tinha acabado de testemunhar uma episódio de possessão. A voz do homem, os gritos e o chacoalhar lembrava muito das coisas que sua mãe contava quando ia ao terreiro com a avó. A mãe de Everaldo entrava em pânico só de relembrar as histórias de espíritos que tinha sido obrigada a ver ao lado da mãe. Era isso. O homem agia como um possuído. Everaldo ainda tinha as pernas trêmulas e o coração disparado, quando uma chorona Dolores surgiu ao seu lado, com o filho no colo. Ela olhou por um segundo para seu marido adormecido no fundo do porta-malas e colocou a cabeça no ombro de Everaldo, fechando os olhos e dando vazão ao pranto.

— Ai, Everaldo! O que aconteceu com ele? O que tá acontecendo com todo mundo?

— Não sei, Dolores. Não sei.

— Ele está morto agora?

Everaldo perdeu um momento olhando para o corpo de Vinícius. Ele ainda respirava. Seu peito subia e descia acelerado.

— Não. Ele não está morto. Só está... Está estranho, desse jeito.

Em silêncio e assustados fecharam o porta-malas. Everaldo jogou a bagagem da mulher no banco de trás e bateu a porta. Rumaram pela via pública e, no segundo quarteirão, Everaldo embicou o carro em direção à avenida Tancredo Neves. Iam em silêncio ouvindo Rian falar sozinho. Os olhos de ambos percebiam que as ruas continuavam mais desertas que o comum e cheias de carros abandonados aqui e ali. Os veículos do Exército trafegavam em comboios de três e quatro caminhões com os soldados exibindo seus fuzis. Um desses comboios estava parado em frente a um prédio residencial de oito andares. Everaldo reduziu a velocidade ao passarem diante da portaria. Sete sacos pretos no chão. Dois deles eram carregados por soldados e colocados na carroceria de um caminhão, onde existiam outros.

— Ai, Everaldo. Isso aí é gente morta?

Everaldo continuou olhando para o amontoado de sacos na traseira do caminhão até que soldados ao lado do veículo começaram a sinalizar para que ele passasse.

— Acho que é isso mesmo, Dolores. Tem alguma coisa doida acontecendo em nossa cidade. Só não sei o que é.

— Vamos pegar meu pai no hospital e sumir daqui.

— Pegar seu pai e pegar minha mulher, né? Aí a gente some daqui.

— É mesmo. Tem a Isis ainda. Nossa, vai caber tanta gente doente aqui? — perguntou Dolores olhando para trás, vendo sua mãe caída de lado e as malas empilhadas no banco ao lado da mulher.

— Se você não tivesse entupido o meu carro com suas tralhas, acho que teria espaço para todos os nossos parentes.

— Não são tralhas, são coisas da minha mãe, do neném e do Vinícius. Eles vão acordar e vão precisar se vestir. Não podemos viajar sem levar nada, Tagarela!

— Não estamos viajando, Dolores! Estamos fugindo dessa cidade! E não me chama de Tagarela!

— Então não grita comigo! Eu levo o que eu precisar, é pra minha casa que estamos indo!

— Certo, certo. Então quando eu pegar a Isis eu jogo a sua mãe na calçada, ou o Vinícius. Você que escolhe.

— Everaldo!

— Isis do céu! Põe na sua cabeça que não estamos saindo de veraneio. Você não viu como seu marido está?

— Eu não sou a Isis. Então tá explicado por que tanto grito. Você trata ela assim, igualzinho.

— Não, eu não trato ela assim, igualzinho! Acontece que você e ela me deixam doido assim, igualzinho! Agora fica quieta que eu tenho que dirigir em paz.

Dolores bufou e virou o bebê Rian para o lado, apontando-lhe a rua.

Everaldo continuou guiando, de olho no nível do combustível, que já chegava a um quarto de tanque. A mulher tinha pegado algum dinheiro em casa, mas nem queria entrar no assunto agora. Estava de cabeça quente e seria capaz de deixá-la na rua, com mãe, marido, filho e tudo só para não ter que ficar aguentando aquele humor azedo. Quando entrou na rua do hospital, teve que diminuir mais uma vez a velocidade.

— Merda — murmurou.

Dolores olhou para a frente e entendeu a imprecação deselegante do motorista. Havia um bloqueio do Exército. Dois jipes cruzados na pista, com uma barricada de arame farpado logo atrás. Alguns carros estavam parados logo à frente, e muita gente perto dos soldados. O clima parecia quente, posto que uma multidão aparentava gritar com os soldados.

— Espere aqui — disse Everaldo, puxando o freio de mão e desligando o carro.

O homem caminhava em direção à barricada montada ouvindo as reclamações lançadas pelos cidadãos. Uma senhora chorava, deixando o grupo revoltado.

— O que está acontecendo, dona?

— Eles não deixam ninguém ir até o hospital.

— Mas meu amigo está internado lá.

— Meu marido também. Eles não deixam ninguém ir até o hospital, moço.

— Eu vou falar com eles. Isso não está certo.

Mal terminou a frase, Everaldo sobressaltou-se com o som de trovões se repetindo e saltou para o chão, imitando as pessoas ao redor.

Levantou a cabeça, tentando entender o que acontecia. Não eram trovões. Eram os fuzis dos soldados, agora fumegantes. Tinham aberto fogo contra a multidão que agora corria dali. Quatro corpos no chão, pessoas gemendo e se arrastando, baleadas e sangrando.

— Meu Deus! — espantou-se.

Everaldo virou-se para o lado da senhora que chorava. Ela estava caída, de olhos abertos e um buraco enorme na testa. Rastejou por três metros e então se levantou, correndo de volta ao carro.

Dolores, vendo as pessoas correndo em direção ao veículo e se afastando da barricada, estava estática e de olhos arregalados.

Everaldo engatou marcha a ré e voltou para a esquina, engrenando a primeira e fazendo os pneus cantarem quando tomou a rua.

— E o meu pai?

— Você ouviu os tiros, Dolores? Ouviu?

— Não tinha como não escutar, Everaldo.

— Eles fecharam a rua do hospital. Não dá pra chegar lá.

Mais uma vez Dolores chorava.

— Eu não vou aguentar isso, Everaldo! Não vou aguentar! Eles atiraram nas pessoas. Isso não está certo!

— Nada está certo, Dolores. Nada. O melhor que fazemos é sair daqui mesmo, por um tempo.

As lágrimas já lavavam o rosto da mulher, que apertou o filho contra o peito, fazendo com que o bebê levantasse a mão até o queixo da mãe, imaginando que ela o convidava para brincar.

— O meu paizinho.

— A gente volta, Dolores. A gente volta. Isso não pode ficar pior, uma hora as coisas se acalmam.

O carro, um túmulo. Só parou novamente em frente à casa de Everaldo, onde, com a ajuda de um cobertor, deitou o corpo da esposa e conseguiu puxá-la até o quintal. Ali a apanhou do chão com alguma dificuldade. Isis não era gorda nem nada, mas era uma mulher grande, e ele estava bem fora de forma para aguentar carregá-la desde o quarto até ali. Além disso, não queria mexer com a desequilibrada da Dolores, que tinha ficado calada no banco do passageiro, quase catatônica, quase tão imóvel quanto a mãe dela no banco de trás.

Everaldo abriu a porta do carro e voltou até a esposa adormecida, pegando-a no colo e depositando-a no banco, atrás de Dolores, prendendo o cinto de segurança ao corpo da mulher. Voltou correndo para dentro da casa e apanhou uma muda de roupas para a esposa, vai que a doida da Dolores estivesse certa. Foi até a cozinha e apanhou uma caixa de fósforos. Assim que escurecesse iriam precisar de fogo, caso não houvesse energia em Santa Helena também. Everaldo voltou até o quarto e abriu o guarda-roupa, apanhando um aparelho do tamanho de um livro. Voltou para a Parati e deu partida mais uma vez.

O primeiro posto de gasolina aberto foi encontrado já na estrada. Muitos veículos pareciam fazer o mesmo trajeto, deixando Foz do Iguaçu, como se os donos dos carros também tivessem a sensação de que seria mais seguro enfrentar aquela situação longe da cidade. Dolores parecia ter se recuperado um pouco. Ainda estava calada, o que deixava nítido o quanto ainda estava abalada com tudo aquilo. Everaldo precisou do dinheiro da mulher para encher o tanque de combustível. Fizeram boa parte do percurso em silêncio, sem paradas. Dolores trocou as fraldas do pequeno Rian ali mesmo em seu colo e, depois de amamentá-lo, o bebê finalmente dormiu. Quando alcançaram a chácara de Medeiros em Santa Helena, o céu já estava laranja, convidando à chegada do crepúsculo. Everaldo tirou a grossa corrente passada em duas voltas no portão e liberou a passagem para o carro. Passou e trancou o portão, deixando o carro ligado, e o conduziu por mais quinhentos metros, até a porta da casa de campo.

Dolores desceu e caminhou animada para a porta da casa. Quantos finais de semana de sua infância não tinha passado ali com os pais, com as amigas de escola, depois com os namorados? Tinha perdido a conta. Everaldo foi até o porta-malas dar uma olhada no estranho genro do Medeiros. Ergueu a tampa, sentindo um cheiro azedo vir lá de dentro. O marido de Dolores tinha vomitado. Estava quieto e de olhos fechados. Como o carro estava parado à sombra de uma árvore, pareceu não se incomodar com o resto de claridade que tomava o fim da tarde.

— Ele está bem?

— Vomitou aqui. Tá uma catinga feia.

Dolores parou em frente ao porta-malas, vendo o marido adormecido. Ele não estava como a mãe e o pai, nem mesmo como Isis. Dolores não reconhecia aquele homem agressivo que tinha lhe enfiado a mão na noite anterior, como se tivesse possuído por uma entidade.

— Ele parecia um demônio ontem, Everaldo — resmungou a mulher.

Everaldo engoliu em seco sem dizer nada. Lembrou-se de que ele mesmo tinha pensado que o homem estava possuído por um espírito maligno.

Os dois subiram a varanda larga da frente da casa e, enquanto Dolores afagava o bebê em seu colo, disse qual chave Everaldo deveria girar na fechadura. A sala estava limpa e, ao acionar o interruptor, confirmou seu temor: o sítio parecia sem energia.

— Tem que ligar o disjuntor — disse Dolores. — Meu pai sempre desliga quando vai embora.

— Onde fica?

— Atrás daquela cortina azul.

Everaldo girou nos calcanhares e encontrou a tal cortina ao lado de uma estante cheia de livros. Medeiros era do tipo que gostava de ler. Podia até vê-lo ali, na varanda daquela simples, porém aconchegante casa de campo, lendo aqueles livros, deitado em sua rede. Abriu a caixa de luz e acionou os disjuntores.

— Nada — balbuciou um desanimado Everaldo.

O homem suspeitava que, igual a ele, muitos funcionários deixaram de ir para a hidrelétrica, e era certo que alguma coisa tivesse acontecido. Se Itaipu tivesse cessado o fornecimento das linhas de energia, metade do país estaria às escuras assim que anoitecesse.

— Minha mãe costumava ter lampiões aqui no campo. Vamos trazer o pessoal pra dentro e vamos procurar.

Dolores colocou o bebê adormecido e foi até o quarto dos pais. Abriu a janela para deixar entrar ar fresco e estendeu um lençol limpo sobre a cama.

— Minha mãe vai ficar aqui, Everaldo. Vamos dar um tapa no quarto de visitas para você ficar com a Isis.

No segundo quarto também abriram a janela e estenderam a cama.

— Depois eu passo um pano nesses quartos, mesmo fechados junta um pó lascado.

Em dez minutos colocaram as mulheres nos aposentos. Cada uma deitada em sua cama, pareciam apenas adormecidas que iriam despertar a qualquer momento para tomar um café fresquinho, passado na hora, ou sentar-se na varanda e falar do que tinham feito durante o dia, ou perguntar, estupefatas, como diabos tinham dormido em suas casas em Foz do Iguaçu e agora estavam ali, no campo!

— Falta o Vinícius.

Dolores olhou para Everaldo e concordou com a cabeça. A dupla voltou até o carro.

— Vou precisar de sua ajuda, Dolores. Seu marido é grande. Pega as pernas dele aí que eu levo ele pelos braços.

Dolores obedeceu mecanicamente. Estava cansada daquele dia, cansada demais para pensar no que fazer. Agarrou as pernas do marido, que estava de tênis e moletom, e começou a puxá-lo para fora. Everaldo agarrou Vinícius pelas axilas e suspendeu seu pesado corpo para fora do carro, arqueando as costas por causa da carga. Foram se movendo a passos lentos enquanto um calafrio percorria toda a pele de Everaldo. Tinha algo errado ali. Algo muito errado.

— Para, Dolores.

A mulher ainda deu mais dois passos até processar o pedido do homem.

Everaldo baixou o corpo de Vinícius e olhou para a mulher.

— O que foi?

Everaldo baixou os olhos para Vinícius. O negócio é que o corpo do marido de Dolores estava frio. Frio demais.

— Eu acho... — começou, sem conseguir continuar.

— O quê? — perguntou à mulher aflita, desviando os olhos para o marido pálido no chão. — Não fala uma coisa dessas, Everaldo. Não fala.

Everaldo assistiu à mulher se abaixar e abraçar o marido. Ela ficou ali um instante e não demorou a vir o choro. Desde que aquele inferno começara tudo o que ele via a Dolores fazer era chorar. Everaldo afundou as mãos nos cabelos e caiu ajoelhado. Suas pernas tremiam e ele virou-se para o lado, vomitando um suco ácido sobre a grama do terreno. Era demais até para ele. O marido de Dolores estava morto. Tinha morrido no porta-malas do seu carro.

Dolores levantou a cabeça pranteando a morte do marido, enquanto o sol descia no horizonte, a luz se despedindo do dia, deixando para trás um gosto amargo a ser tragado e digerido por cada ser vivente.

Terceira noite

Capítulo 34

O homem chorava copiosamente, soluçando e debruçando-se sobre si mesmo, jogado de joelhos ao chão. Não entendia nada do que tinha acontecido. Não conseguia chegar a uma boa razão para aquela insanidade. Dona Miriam não tinha sido só uma boa vizinha de andar, como por boa parte da vida também lhe servira como uma mãe reserva, que lhe acudira umas mil vezes nos infernos e aflições da adolescência com orientações e ponderações. Ela era uma boa mulher, que, por companhia, tinha agora apenas dois fiéis gatos angorás. Anos atrás o marido tinha sofrido um AVC e entrado em coma. Ela tentava explicar, mas sempre se perdia nas tecnicidades médicas que resumiam o defeito na cabeça dele. No geral, Miriam era uma mulher triste, viúva de um marido ainda vivo. Apesar da tristeza presente em seu rosto, Miriam não deixava de ser o doce de mulher que ficara de olho nele — o chorão e desesperado adolescente que fora —, ajudando-o a manter a cabeça no lugar desde os 13 anos de idade. A mãe tinha caído no mundo, como dizem por aí, e o pai, entregue à bebida, era um velho pouco presente na sua criação e na sua vida. Jessé contava primeiro para dona Miriam sobre suas namoradas e suas aspirações acadêmicas, em vez de para seu pai. Fora ela quem lhe dera conselhos quando Ana, a menina do 46, ficara grávida depois de três meses de namoro. A menina tinha perdido o bebê ainda embrião de forma espontânea, deixando para trás uma marca profunda naqueles dois corações aflitos. Melhor assim, dissera dona Miriam, explicando que com quinze anos não é fácil ser pai, muito menos mãe. Ela guardara o segredo, e nunca ninguém, fora a mãe da menina, ficara sabendo daquilo. Ela tinha sido uma boa mãe reserva por toda a sua vida, e agora estava morta, ali na sala do seu apartamento. Jessé, ainda inconformado, chorava e passava a mão no rosto da velha, sujando-o ainda mais de sangue. O que era ele? Um monstro? Qual era a razão daquilo? Jessé levantou-se e cambaleou até o banheiro. Seu apartamento estava sem energia, mas não houve inconveniente. Mesmo sendo noite fechada, enxergava tudo claramente. Claro o suficiente para ver sua boca borrada de vermelho, cheio de sangue seco incrustado na pele, formando uma mancha larga em seu queixo e pescoço. Sangue que não era dele. Sangue que era dela. Dona Miriam tinha ido três vezes ao seu apartamento naquela tarde. Ele a impedira de abrir a janela do quarto, fora grosso, até. Ela insistira em trazer chá lá pelas três da tarde, já que ele se recusara a tocar no prato de canja na hora do almoço. Ela dizia estar preocupada porque um monte de gente estava apagada, que as rádios e TVs ainda estavam fora do ar, que os telefones não funcionavam. Falava, falava, enchendo-o de informações desnecessárias, reclamando que ia perder todos os episódios da semana de sua novela favorita. Ele só queria o silêncio e o escuro. O escuro, principalmente. Não queria nada daquelas refeições para doentes. Queria ficar deitado, protegido na sua cama de solteiro, acalmado pelo escuro, protegido pelas sombras, esperando as horas passarem e, com sorte, aquele zumbido em seus ouvidos ir embora e a queimação em seu estômago desaparecer. Ele estava doente, e era só nisso que concordavam. Ela colocara a mão em sua testa um zilhão de vezes. Parecia até decepcionada em não encontrar traços de febre. Ela dizia que aquele suor não era normal e que era boa ideia irem até um hospital porque, se ele apagasse, ela não teria forças para carregá-lo até o elevador e do elevador ao carro. Ele ficaria lá, apagado, e ela não iria sair que nem uma doida à caça de ajuda só porque ele estava sendo um turrão teimoso. Daí à tarde a energia da rua acabou e as coisas pioraram, ela começou a ralhar ainda mais, não calava a boca um segundo, choramingando que quando ficasse de noite ela ia dormir ali, ao lado dele, porque morria de medo do escuro. Disse que ia procurar velas e falar com a Cleuzinha se ela também não queria subir e ficar com eles. Se conseguisse que o teimoso do seu Antunes viesse, poderiam até jogar uma biribinha ou uma tranca valendo. A mania de tocar sua testa não parou. A velha saiu de seu quarto e voltou com uma vela. Ela abriu uma fresta na cortina e espiou para fora, o céu roxo escurecia, com a caída rápida do sol atrás dos prédios. A mulher estremeceu ao ouvir gritos vindos lá debaixo, do prédio do outro lado da rua.

— Você ouviu isso, Jessé?

A mulher se afastou da maldita janela, deixando aquela maldita fresta aberta, deixando o final da luz do dia entrar, luz o suficiente para fazer com que seus olhos ardessem como o inferno, enchendo-o de vontade de arrancar a cabeça da velha com as mãos e arremessá-la pela janela. Inflado de puro ódio, Jessé olhou para a janela mais uma vez e notou que a luz tinha ido embora. O sol tinha ido embora e, com ele, algo mais em seu interior também queria ir. Sentiu uma fisgada no estômago e se enrodilhou sobre a cama. Nesse momento a velha Miriam tornou a se aproximar com a porra da mão estendida. Foi nessa última vez que se aproximou para tomar sua temperatura e secar seu suor que tudo degringolou de vez.

Jessé sentiu uma contração estomacal mais forte. Uma baba espessa e cheia de espuma chegou aos seus lábios, como um derradeiro litro de humanidade escorrendo pela boca. Gritou de dor, fazendo dona Miriam tirar a mão de sua testa. Um cheiro doce e inebriante encheu seu nariz. Vinha da mão dela. A sede se multiplicou. Jessé, sem conseguir controlar o próprio corpo, se contorceu mais uma vez e de forma tão intensa que seu corpo foi ao chão, caindo sobre a própria baba. Sentiu o peito doer de um jeito que nunca tinha doído antes. Sentiu os músculos dos braços enrijecerem, arqueados, numa caricatura de abraço, como se o pedisse à mulher que fora quase uma mãe. Então toda a dor desapareceu e seus músculos se soltaram uma vez mais. Jessé sabia. Estava morto. Estava preso em seu corpo morto. Seu coração não batia mais. Seus pulmões não inalavam mais. Logo estaria frio e seria sepultado. Dona Miriam chamaria alguém. Ligaria, se pudesse. Logo o rabecão estaria lá embaixo para levá-lo para o velório. Era isso. Sua vida toda tinha passado sem que tivesse feito algo de interessante. Havia sido um nada, um merda completo, e agora a morte lhe carregava sem que pudesse nem mesmo dizer tchau para a pessoa que mais se importara com ele nos últimos anos. Jessé sofria ao perceber claramente como tinha sido estúpido, como tinha sido um panaca em não se preocupar em ser feliz enquanto estava vivo. Talvez alguns amigos fossem ao seu velório. O caixão desceria para a terra fria do Chora Menino, e em questão de dias sua existência seria esquecida. Então algo bateu em sua mente. Morto. Abriu os olhos. Morto. A velha estava ali, na sua frente, com cara de quem teria um ataque cardíaco. Ao vê-lo com os olhos abertos ela fez um sinal da cruz e disse coisas agradecendo ao céu por ele ainda estar entre os vivos. Morto. Jessé não acreditava. Conseguiu se mover e se colocar de joelhos. Morto. A culpa de estar ainda ali era daquele cheiro. Ele sabia de onde vinha. Vinha de uma gota de sangue que se formara na mão da mulher, onde ela havia se machucado minutos mais cedo. A vela sobre a cômoda tremeluziu. Nem a velha nem a vela sabiam que estavam diante de um cadáver animado por alguma força incompreensível. Jessé tremeu dos pés à cabeça, invadido por uma sensação perturbadora. Ele sabia que aquilo não era natural. Sabia que não poderia estar de joelhos, olhando e desejando se aproximar ainda mais daquela mulher. Ele sabia, como o seu coração parado sabia, que ele era um homem morto.

Dona Miriam venceu sua imobilidade vendo Jessé colocar as mãos sobre o próprio peito. Ele tinha uma expressão estranha nesse momento. Como se estivesse aflito com algo que o mordia por dentro.

Jessé, sentindo a queimação em seu estômago apertar, foi mais uma vez hipnotizado pelo odor fantástico emanado da ferida da mulher. O cheiro vinha justamente da mão que passava o pano em sua testa, enxugando o suor. Estava frio, muito frio. Seus olhos ficaram fixos na mão da velha, bem onde uma goticula de sangue se formava, conforme ela fazia pressão em sua testa. Aquela gota de sangue estava a quê? Cinco, dez centímetros de distância de suas narinas. Como uma porção tão pequena de sangue tinha o cheiro mais poderoso do universo? Jessé sentiu uma corrente elétrica percorrer seu corpo, e, quando dona Miriam desfez a pressão sobre sua testa e já refugava com a mão, ele a agarrou repentinamente, assustando-a. Jessé sentiu uma dor infernal no estômago e na boca. Seus dentes doíam. Seu maxilar ficara duro e ele tentou dizer algo, mas as palavras não se articularam, porque sua boca e sua língua não se moveram conforme comandou. A mão mole e a pele solta dos dedos magros da velhinha se retraíram. Jessé ainda estava magnetizado pelo odor do sangue, e seus olhos mantiveram-se fixos por intermináveis seis segundos na pele salpicada de manchas da velhice da senhora.

— Eu machuquei a mão ainda agorinha, guri — gemeu a mulher, puxando o braço para longe do rapaz, com a voz trêmula e um tanto assustada. — Quando abri a latinha de comida de gato para o Tiquinho. Me cortei.

— Eu falei pra senhora não voltar.

Dona Miriam começou a caminhar de costas, lentamente, para não tropeçar nas coisas lançadas ao chão num ataque anterior do rapaz. Ela já sabia que ele não estava bem da cabeça. Jessé tinha sido um adolescente doce e pacato, aquilo que chamamos de sujeito normal. Tinha crescido e virado um belo homem. Sempre cordato, sempre amável com ela e com os vizinhos. Então ele ficara doente naquela noite e não estava bem da cabeça, nada que assustasse. Dona Miriam cria que o rapaz ia melhorar. Era só influência daquela loucura toda, culpa daquela noite maldita que tinha vindo e deixado todos sem televisão. Sem televisão o povo ficava nervoso. Ela sabia. Então viu aquele olhar. Aquele olhar que poucas vezes vira em sua vida. O olhar de um louco insano, do vilão da novela das oito. Ela sabia que alguém com aquele olhar boa coisa não queria. Aquilo ligou todos os seus sentidos de alerta, colocando todo o seu corpo velho em rota de fuga. Já virava no corredor do apartamento, pronta para correr. Porém, uma mão fria aferrou-se doloridamente ao seu ombro, comprimindo seu nervo e fazendo-a soltar um grito.

Jessé já não era dono de sua vontade. Ele agarrou a mulher pelo pescoço e arrastou-a para a sala, bateu com a cabeça dela duas vezes contra a parede do corredor para que ela desmaiasse. Sua tática não funcionou, só fez com que ela gritasse e implorasse ainda mais para que a soltasse. A velha chorava, e era uma delícia ouvi-la gritar em pânico absoluto. Assim que ela deixara o quarto, não era só o cheiro do sangue que o atraía. Ela exalava outra coisa e era aquilo. Medo. Pavor. Medo dele. Pavor dele. Senti-la se debatendo sob seus dedos era excitante. Lembrava que a tinha agarrado com força pela cintura e que, impulsivamente, tinha lhe dado uma mordida no pescoço, e então algo como um orgasmo percorreu seu corpo, aliviando aquela aflição que o tinha tomado desde a noite. O sangue quente da mulher molhou sua boca e aplacou a sede. Jessé agarrou-a com mais firmeza e desferiu outra mordida. Agora o jorro de sangue foi poderoso. Ele tinha feito a coisa de forma instintiva e, na segunda mordida, algo como uma mensagem se consolidou em sua cabeça. Era assim. Tinha que fazer o sangue jorrar direto para sua boca. A dor que sentia na mandíbula vinha de seus dentes mais arrojados, pontudos, e com eles tinha feito furos na artéria da mulher. Era só segurá-la. Não demorou para que um torpor tomasse caçador e vítima. Ele, cada vez mais satisfeito, ela, cada vez mais mole e incapaz. Então Jessé soltou a velha, que caiu arfando aos seus pés. Ele respirava rápido, agoniado. Não sentia falta de ar nem cansaço. Era mais um vício, uma reação ao período de euforia e luta. Seus olhos estavam grudados nos olhos da moribunda. Sua vizinha. Sua mãe postiça. O homem sentiu um aperto no peito e caiu de joelhos, os olhos marejando. Ele não tinha mais fome nem sentia o estômago queimando.

— Cuida do meu velho... — gemeu a idosa, em seus últimos momentos.

— Dona Miriam...

O rapaz abraçou a mulher e então sentiu a vida se desenlaçar dela, passar por ele e arrepiar seus cabelos até a raiz, desvanecendo-se acima de sua cabeça. Do corpo dela vinha o silêncio, o calor derradeiro.

— Dona Miriam, me perdoa.

Jessé soluçou e adormeceu, chorando, agarrado à velha.

Capítulo 35

— Eu não acredito que estamos há quatro horas aqui neste elevador — reclamou a enfermeira Mallory, cansada da espera.

— Eu falei que isso ia demorar. Eu disse pra você pular quando tinha gente aqui.

Isso era verdade. Ao menos quatro vezes funcionários do hospital tinham passado e parado ali para dar algum tipo de apoio moral aos ilhados do elevador. Alguns faziam graça a respeito do cadáver sobre a maca e brincavam com o desespero da enfermeira do Instituto da Criança. Gladson tinha insistido que poderia abrir mais aquela porta e que ela poderia ser amparada por alguém. Mas Mallory tinha medo de elevadores e confessou ter medo de altura também. A enfermeira estava deitada de bruços, olhando para o corredor pela fresta aberta, a imagem do corredor longo e, eventualmente habitado, reduzia um pouco o seu desconforto a respeito de lugares apertados.

— É osso ficar preso assim.

Mallory torceu o pescoço olhando para trás. Até o garoto estava agoniado, passando a mão em seu cabelo trançado.

— Meu medo é esse cadáver começar a feder, e a gente ainda estar aqui.

— Credo, Gladson.

— É verdade. Quero ver quando é que vai voltar essa energia. A geladeira do necrotério tá cheia de gente que nem essa mulher aqui.

— É uma mulher, é?

— É. Quer ver?

— Não. Imagina. Deixe a pobrezinha aí.

— Todo mundo que tá com essa dor de estômago está morrendo. Só ontem eu levei uns oito lá pra baixo. Nunca levei tanto decesso em um dia.

— Decesso?

— É. É assim que eles falam pra gente falar a respeito do morto.

— Ah, entendi. É um código.

— E no Instituto da Criança, quando um paciente morre, vocês chamam eles de que na frente dos outros pacientes?

— Lá eles estão com a vida só começando. Já trabalho há dois anos com eles, os anjinhos, mas ainda é difícil quando eles partem.

— E chamam disso? De anjinho?

— É. Melhor que decesso.

Gladson deu de ombros.

— Tô com sede e precisando ir ao banheiro. Bem que você podia me liberar, né, dona Mallory?

— Ai, Gladson! Eu não quero ficar sozinha aqui. E se essa porta se fecha de vez comigo aqui dentro? Eu tenho um troço.

— Então desça você, eu te ajudo, Mallory.

— Deixa eu respirar. Deixa eu tomar coragem que eu desço, sim.

Acima dos prisioneiros do elevador, no nono andar, o médico de plantão, o doutor Otávio, era chamado pela enfermeira chefe. Tinha tirado um cochilo de meia hora, pois sabia que, assim que escurecesse, precisaria estar pronto para o inferno no qual aquele andar se transformava, com pacientes gritando, gemendo e querendo levantar do leito para agredir quem estivesse por perto.

— Já começou, Bárbara?

— Não, doutor, mas preciso do senhor. O rapaz que a enfermeira veio visitar, ele não está nada bem.

O médico levantou-se de pronto. Assim que saiu para o corredor e olhou pela janela, viu o sol mergulhando no horizonte. Sabia que aquela calmaria não duraria mais que alguns minutos.

— Ela voltou? A enfermeira do IC?

— Não. Até agora não.

— Saco! Vamos ser só nós três, então.

— O Garcia veio.

— Quatro, melhor.

— Mas eu preciso ir embora. Já estou aqui desde ontem.

— Eu também estou, Bárbara.

— Eu tenho família me esperando em casa, doutor. Preciso ver como eles estão. Meu marido adormeceu, mas minha irmã está cuidando dele.

— Eu não tenho família, não tenho porra nenhuma, então que se dane, posso ficar aqui sozinho até o mundo acabar, não é?

— Ai, desculpe, doutor Otávio. Eu não discuto com médico, adoro minha profissão, mas isso já está fora de controle. Preciso ir embora.

Os dois entraram no quarto em que Garcia estava junto à porta.

O médico foi até o paciente Laerte. No trajeto viu que a imensa enfermeira do Instituto da Criança já estava acordada, observando-os calada. Tinha um cirurgião também desperto, olhando para os enfermeiros na porta, expelindo uma baba amarelada pela boca. Laerte estava acordado e se contorcia amarrado no leito. Não tentava livrar as mãos, mas se contorcia como se tivesse câimbras percorrendo o corpo. Notou que na altura do travesseiro um líquido viscoso tinha se acumulado, amarelo, fétido, e que a mesma baba espumosa do cirurgião escapava pela boca do enfermeiro.

— Calma, Laerte. Consegue falar?

— Nãoooo! — urrou o enfermeiro, encarando o médico.

— De zero a dez, qual é a intensidade da dor que está sentindo?

— Onze, seu filho da puta. Para de me injetar essa porra!

O médico apalpou a barriga do enfermeiro. A cavidade abdominal estava mais flácida do que o normal, mas o que mais chamou a sua atenção foi a pele fria do paciente.

— Tirou a temperatura dele, Bárbara?

— Ainda não, doutor.

Um brilho no lábio do paciente chamou a atenção do médico. Ele segurou a cabeça do enfermeiro firmemente e, com o indicador da outra mão, ergueu o seu lábio superior. A surpresa foi inevitável. O canino de Laerte estava alterado, proeminente, projetando-se para baixo até comprimir o lábio inferior. Ia chamar a enfermeira para ver aquilo quando se assustou com um movimento violento do paciente, que tentou morder sua mão. Otávio deu dois passos para trás, assustado. Seus olhos foram para os outros leitos. A maioria dos pacientes começou a gemer.

— Está doendo muito, doutor. Me ajuda! — gritou Laerte.

O médico olhou para trás, pela janela. O sol morria lentamente, e sua luz estava perdida, distante do hospital, deixando a noite chegar e cobrir a cidade.

— Aaaaaah! — gritou o cirurgião deitado em outro leito.

O grito foi tão alto e apavorante que fez Bárbara e Garcia estremecerem junto à porta.

O médico olhou para os pacientes sem compreender de onde vinha tanta dor e agonia. Eles precisavam se acalmar para conseguirem dizer o que estava acontecendo, o que permitiria ao médico uma conduta mais assertiva no uso das drogas. Era isso que pensava quando os alarmes dos monitores ligados ao enfermeiro Laerte começaram a soar.

— Me solta, me solta! — começou a vociferar a enfermeira Francine, chacoalhando-se e fazendo a cama inteira vibrar.

Otávio ainda estava letárgico quando o segundo alarme disparou, agora no leito do radiologista do HC. Duas paradas cardiorrespiratórias.

— Tragam o desfibrilador! — comandou o plantonista.

O grito do médico tirou Garcia também da letargia que tinha lhe apanhado. Correu em direção ao carrinho do desfibrilador, parando no meio do caminho. Os monitores estavam disparando em todos os quartos. Girou a chave do quarto 904 e escancarou a porta. Metade dos pacientes dos doze leitos se debatia incontrolavelmente, enquanto a outra metade estava inerte, com os alarmes de parada cardíaca soando alto. Voou com o carrinho até o quarto 901. Otávio praticamente arrancou as manoplas da mão do enfermeiro enquanto Bárbara encostava seu carrinho de medicação de reanimação cardiorrespiratória.

— Rápido! Rápido!

A enfermeira protegeu o peito do colega, esparramando um gel, enquanto o aparelho de choque era carregado.

— Duzentos!

— Doutor! Nos outros quartos, eles também estão morrendo — disse Garcia, enquanto acionava a carga pedida pelo médico.

— Eles, quem, Cristo?!

— Os pacientes! Todos!

A sala foi se tornando cada vez mais escura conforme o sol desaparecia, as luzes de emergência ainda ligadas não supririam com claridade suficiente, logo todo o andar estaria mergulhado na mais sinistra penumbra.

— Massagem cardíaca! Vai!

— Em quem? São muitos!

— Filho, escolhe! Só poderemos tratar um por vez.

— Escolhe e reza! — gritou Bárbara.

O médico disparou o aparelho de reanimação, enquanto a enfermeira preparava a primeira intravenosa.

O monitor exibiu um único batimento causado pela descarga elétrica, mostrando que a manobra não tinha revertido a parada cardíaca.

— Espera — pediu o médico.

A enfermeira olhou para o outro leito, onde o alarme disparou também. Só naquele quarto eram três pacientes com parada cardíaca simultânea. Possivelmente a enfermeira Francine também tinha sofrido um ataque, posto que não se chacoalhava mais em seu leito.

— Doutor. Estamos perdendo todos eles.

— Impossível — redarguiu o médico, preparando um novo choque. — Afaste-se.

A segunda descarga fez o tórax de Laerte se elevar em resultado do retesamento de seus músculos. No monitor a inatividade continuava.

— Massagem? — perguntou a enfermeira.

— Sem batimento, Bárbara. Injete epinefrina enquanto eu massageio. Vamos ver se conseguimos reverter.

— Um?

— Sim. Um miligrama — respondeu o médico, já sobre o paciente, tentando reanimá-lo com a massagem.

— Vou tentar só mais um choque depois da epinefrina.

Enquanto isso, no elevador preso no segundo andar, Mallory tinha juntado todas as suas forças para tentar saltar para o chão do corredor. De fato, Gladson tinha conseguido abrir mais as portas, encorajando um bocado a enfermeira. Assim que um técnico de enfermagem passou pelo corredor, Mallory e Gladson começaram a gritar. Quando o rapaz se aproximou, Mallory abriu um sorriso largo.

— Graças a Deus! Ele é alto, Gladson.

— Então aproveita e vai, que eu tô quase me mijando nas calças aqui por sua culpa.

— Culpa minha, não. Culpa da Eletropaulo, mocinho.

— Desde que horas vocês estão aí nesse elevador?

— Desde as duas e meia da tarde, dá pra acreditar?

— Vai, Mallory, não estou de brincadeira, a gente tem que sair daqui.

A luz do corredor foi sumindo, sobrando para eles apenas a penumbra.

— Já está escurecendo, e a gente aqui. Qual o seu nome?

— Sou Rubens. Todo mundo aqui me chama de Rubão.

— Tá de castigo aqui também?

— Ô, se tô. Não tenho nada pra fazer em casa sem internet e sem televisão. Resolvi vir ajudar. Vem, desce a perna que eu te seguro.

Mallory colocou-se de quatro, de costas para o corredor. Era melhor não ver a descida. Ainda que a altura fosse menor que dois metros, para ela o medo era cair no fosso.

— Me ajuda, Gladson. Me ajuda.

— Primeiro se acalma.

— Eu já estou calma.

— Tá nada, Mallory, respira fundo. Tem dois homens segurando você, vai dizer que você não gosta?

— Normalmente não dou essa liberdade, mas, dadas as circunstâncias, meu amigo de olhos verdes, eu vou dizer que gosto.

A enfermeira estendeu o pé para trás e já sentiu a mão quente de Rubão segurando seu tornozelo. Foi se arrastando e, assim que foi puxada, soltou um gritinho.

— Não me solta, Gladson. Não me solta.

Gladson, ocupado com a assistência à enfermeira, não viu o lençol às suas costas indo ao chão. Também não viu os pés da morta se separarem.

Mallory desceu mais um pouco e, voluntariamente, levou seu corpo mais para baixo. Péssima escolha de posição, daquela forma via todo o fosso do elevador a convidando para um mergulho.

— Ai, Rubão! Me segura! Pelo amor de Deus!

— Tá segura, moça. Calma.

— Gladson! Eu vou cair, não me solta! Se me soltar, eu caio nesse fosso!

— Moça, vai mais para o lado e segura na lateral da entrada do elevador. A senhora não vai cair, eu não deixo.

Mallory tinha o coração disparado. Quando deslizou a mão até a lateral metálica indicada pelo colega de profissão, sentiu um frio na barriga. O suor em sua mão a tinha deixado lisa, não conseguindo conter o peso de seu corpo. A mão agarrada ao braço de Gladson começou a deslizar perigosamente, fazendo-a arranhar o braço do rapaz, cravando-lhe as unhas.

Gladson deu um grito de dor.

— Para, Mallory, ele já segurou você!

— Eu tô caindo!

— Não está, não! — gritou Rubão, lá debaixo.

Gladson, num espasmo de dor pelas unhas enfiadas em sua pele, levou a cabeça para trás e mordeu o avental na altura do ombro. Quando abriu os olhos novamente estremeceu ao ver o lençol que cobria o cadáver no chão. Elevou a cabeça vendo a defunta sentada na maca, olhando-o nos olhos. Gladson explodiu num grito de pavor ao mesmo tempo em que soltava totalmente a mão de Mallory.

Mallory sentiu seu corpo despencar por um milésimo de segundo, o suficiente para também soltar um grito e se agarrar nos ombros de Rubens. Abriu os olhos, incrédula, e viu-se a salvo, sendo colocada no chão enquanto Rubens a soltava e se dirigia à abertura do elevador.

— Que foi, garoto?

Rubens viu o rapaz recostado contra a parede do elevador, enquanto a paciente que vinha na maca dava dois passos em sua direção.

— Quem é ela? — perguntou Rubão para Mallory.

Mallory olhou para o elevador e começou a tremer.

— Ela... Ela é a morta!

Gladson soltou outro grito, que foi sufocado pela mão fria da defunta comprimindo sua boca e sua cabeça contra a parede metálica do elevador. Então, a outra mão da morta-viva foi até seu pescoço e apertou-o com tanta força que Gladson começou a se debater ao ser elevado. A morta aproximou-se de seu pescoço com a boca aberta e, então, cravou-lhe os dentes na jugular.

— Ela não está morta! Está atacando ele! — gritou Rubens.

— Ela estava morta. Ficamos a tarde toda com ela.

— Largue ele! — gritou Rubens, aproximando-se mais do elevador.

A fresta aberta permitiu que ele enxergasse o que se passava no interior do elevador. A mulher era uma das agressivas. Ela tinha mordido Gladson, que não se debatia mais. Ouvindo os pedidos de Rubens, que gritava pela fresta, a ex-defunta tirou a boca do pescoço do auxiliar e o encarou. Rubens sentiu sua nuca gelar. A mulher tinha sangue escorrendo pelos cantos da boca enquanto jatos do líquido vivo esguichavam da ferida aberta na artéria.

— Largue ele! — vociferou novamente o técnico de enfermagem.

Mallory tinha perdido as forças e caído de joelhos, também vendo aquela cena monstruosa.

Como se eles não estivessem ali, a criatura soltou o corpo imóvel de Gladson no pavimento do elevador e curvou-se sobre ele, tomando seu sangue.

— Precisamos pedir ajuda — gemeu Mallory.

— Para quem? Ela está matando ele.

— Precisamos pedir ajuda — repetiu Mallory.

Rubens levantou a mulher e foi afastando-se do elevador, pé ante pé, caminhando de costas, sem tirar os olhos da fresta. Aquilo que devorava o pobre rapaz não era uma pessoa. Era um monstro. Conforme se afastavam do elevador, ficava mais escuro, o sol tinha terminado seu mergulho no horizonte e a luz residual no firmamento era mínima. Tinham que sair dali. Passaram por uma janela aberta e ouviram gritos vindos de fora. Mallory olhou através do vidro e viu uma multidão de pessoas correndo de dentro do prédio de ambulatórios do HC e tomando as ruas, protegendo-se atrás dos soldados de cavalaria.

Rubens apertou o ombro da mulher, não sabia se confortava ou se buscava conforto. A imagem da criatura sanguinária no elevador ainda estava gravada na sua retina. Deu mais um passo para trás quando ouviu um rosnado baixo.

Viraram-se ao mesmo tempo em direção ao final do corredor. Na escuridão nada puderam ver. A luz de emergência estava depois da esquina, projetando uma sombra suave de alguém se movendo. O som do rosnado se repetiu, deixando-os congelados de pavor. Fosse quem fosse, não era do bem. Era um deles, um dos agressivos.

— Vamos sair daqui, moça.

Rubens olhou para o elevador. A morta empurrava as portas, tentando abri-las ainda mais. Ela ia sair. Foi então que o técnico lembrou-se de que as escadas ficavam junto ao elevador.

— Vem comigo.

Mallory agarrou-se à camisa de Rubens e foi indo, pé ante pé.

Então a criatura que rosnava surgiu no corredor. Era outro paciente, a camisola verde cobrindo o corpo. Ao vê-los no corredor abriu a boca e rosnou mais forte.

— Sede! — gritou a fera.

— São meus! — gritou a morta, pondo a cabeça para fora do elevador.

Rubens agarrou Mallory e puxou-a pela mão.

— Corre, moça.

A enfermeira não teve tempo de pensar, só queria sair viva daquele corredor. Seguiu Rubens enquanto pressentia a fera do fim do corredor em seu encalço. Quando Rubens abriu a porta de acesso à escadaria, puxando-a para dentro, sentiu a mão do monstro pegando seus cabelos. Sorte dela eles estarem escorregadios o suficiente para não se deterem entre os dedos da fera. Rubens abriu a porta corta-fogo e Mallory correu para o patamar da escadaria enquanto o auxiliar de enfermagem segurava a porta.

— O pessoal do nono andar, temos que avisá-los! — gritou Mallory.

— Então vai, corre.

— E você?

— Vou segurar essa porta pra esse doido não passar.

— Ai, meu Deus!

— Corre, Mallory! Se salva, eu vou dar um jeito.

Mallory não parou para pensar nem para ter medo. Tinha que avisar o doutor Otávio e os enfermeiros que os agressivos estavam fora de controle. Por sorte, lá em cima eles estavam amarrados às camas, mas havia alguns que estavam soltos pelo hospital. Mallory pensou na hora no necrotério. Gladson! Pobre Gladson! Mallory começou a chorar enquanto subia. O coitado disse que tinha levado uma porção daqueles agressivos falecidos lá para baixo. Então o subsolo do Incor virara uma espécie de armadilha. Contaria tudo isso para o doutor Otávio.

Boris respirou fundo e empurrou as mãos para cima, afastando o plástico de seu rosto. Estava frio e escuro. Precisou se esforçar para se lembrar onde estava. As lembranças eram imagens borradas, com vultos dançando em sua frente e sons agudos e incômodos. Tinha ouvido as sirenes, não eram da viatura do Corpo de Bombeiros. Eram diferentes. Estava deitado e preso numa maca, dentro de uma ambulância. Então o hospital, a desesperadora falta de ar e as pontadas no estômago. Boris sabia que estava mal porque nunca vomitava, e naquela manhã tinha colocado as tripas para fora até desmaiar de novo. Depois despertou com uma sede estranha, as imagens dos médicos e enfermeiros borrados dançando na frente de seus olhos, que ardiam com a claridade. Ele ficara irritado, muito irritado. Lembrava-se de uma voz doce em seu ouvido dizendo que ele precisava descansar, que iam aplicar um sedativo. Então veio aquela escuridão e aquele silêncio, como se ele tivesse flutuado por horas e horas num vácuo aberto pela inexistência. Quantos dias havia passado naquele hospital? Não sabia. Boris empurrou as mãos e bateu contra uma parede metálica. Não tinha a menor ideia de onde estava agora. Não era mais o quarto luminoso de hospital. Era como uma câmara fechada. Aquele plástico em contato com seu rosto e todo o corpo o sufocava, o deixava claustrofóbico. Não conseguia enxergar e queria ver no escuro. Então aconteceu. Seus olhos obedeceram ao seu desejo e revelaram as sombras e o plástico que roçava seu rosto. Era como se os olhos tivessem se acostumado com a escuridão ou respondido ao seu desconforto com a incapacidade de enxergar onde estava, acendendo como lanternas. Tateou ao redor, e tudo o que sentia era o plástico. Bateu com força contra as paredes de metal e soltou um grito. Conseguiu enfiar as unhas no plástico grosso e abriu uma fenda; com o esforço dos braços e das pernas conseguiu escapar do invólucro, tal qual uma criatura rompendo um casulo. Frio. Muito frio. Ergueu os braços sem encontrar qualquer coisa que indicasse uma saída. Seus pés se iluminaram, e ele viu uma cabeça pendendo de lado por uma portinhola. Boris sentiu um frio na barriga. Era uma mulher, com olhos vermelhos como brasas. O bombeiro deveria sentir medo, mas na verdade foi a curiosidade que o fez se mexer, forçar os braços contra as paredes metálicas, então ele sentiu seu corpo deslizar, deslizar como numa imensa gaveta, para fora de uma câmara. Boris, bestificado, saltou para o chão tirando de suas pernas o que restara do plástico. Estava nu, bem como a mulher que tinha aberto o compartimento onde estivera encerrado. Uma outra moça que já tinha visto no hospital, também sem roupas, estava sentada no chão, chorando.

— O que estamos fazendo aqui? — perguntou para a mulher de olhos vermelhos.

A mulher, de pele acinzentada e veias azuis percorrendo sua pele, abriu um sorriso e aproximou-se de Boris, que recuou um passo, ressabiado. Ela ergueu a mão e apanhou a mão dele, levando-a até seu peito frio. Boris ficou hipnotizado pelos olhos da mulher que lembrava uma cantora de quem ele gostava, mas da qual agora não lembrava o nome. Então os olhos do bombeiro se arregalaram. O coração atrás do peito frio daquela pessoa, parada à sua frente, não batia. Boris trouxe a mão para o seu próprio peito. Frio. Morto. Olhou para a mulher que chorava agachada no chão. Ouviu mais batidas às suas costas e virou-se, recostando-se à parede de azulejos, olhando para as dezenas de portas que tremiam com as pancadas.

— Estamos mortos? — perguntou o vampiro para a mulher.

Ela voltou a sorrir e balançou a cabeça em sinal positivo.

Boris levou as mãos ao rosto. Tremia. O som das pancadas contra as portas das gavetas estourando em seus ouvidos. A mulher calada aproximou-se de uma delas e a abriu. Levou alguns segundos para um senhor surgir, com os braços atravessando o saco plástico, empurrando sua gaveta para fora. Boris correu dali. Aquilo só podia ser um pesadelo. Os mortos estavam sendo vomitados das entranhas da morte, sendo devolvidos à vida, sem que a vida habitasse seus corpos. Boris não sabia o que ele era. Só sabia de duas coisas. Tinha frio e buscaria seu uniforme. E tinha sede. Muita sede.

Depois do terceiro choque, Laerte se moveu. Abriu seus olhos e fechou o rosto numa expressão de zanga, grunhindo para o doutor.

— Conseguimos, doutor! — felicitou a enfermeira Bárbara.

— É — disse doutor Otávio, não muito convicto.

O médico olhou para o monitor. Não havia batimentos cardíacos, não havia oxigenação sanguínea. Era como se Laerte continuasse morto, mas agora com os olhos abertos e rosnando para ele. Os alarmes estavam disparados, no entanto, o corpo contradizia o equipamento.

— Vocês não conseguiram nada, sua vaca! — gritou Laerte.

Bárbara olhou para o médico.

— Eu ainda estou morto. Vem. Põe a mão no peito. Vê se meu coração bate. Põe a mão no meu pau, sua vaca, vê se ele pulsa.

— Doutor?

Otávio olhou para os outros leitos. Os outros dois monitores também tinham os alarmes disparados. O médico cirurgião preso ao leito também se movia enquanto o monitor exibia uma linha contínua, sem batimentos. Otávio aproximou-se de Laerte e apertou sua carótida. Sem pulso. Retirou a mão assustado. Não podia ser. Não podia. Aquele homem estava gelado, pálido e sem batimentos cardíacos.

— Vocês estão perdidos. Sabem por quê?

Nem a enfermeira nem o doutor responderam, limitando-se a se afastar do leito de Laerte, seguindo em direção à porta.

— Porque se eu estou morrendo de sede, imagine os outros que estão aqui há mais dias!

— Vem! — exclamou o médico, puxando a enfermeira.

Quando pisaram no corredor, os outros agressivos começaram a se mexer, todos. Bárbara gritou quando um deles projetou um espectro de luz vermelha no quarto escuro. Eram os olhos do homem!

— Doutor Otávio!

O homem de olhos vermelhos conseguiu romper a cinta plástica da mão direita e, com ela, já puxava a da mão esquerda. Se rompesse a segunda cinta, estaria livre. Otávio adiantou-se e fechou a porta, segurando a maçaneta.

Garcia surgiu no corredor, trêmulo, fechando e trancando a porta do quarto 904 atrás de si. Cambaleou até a parede às suas costas e caiu no chão, levando a mão a uma ferida no braço esquerdo.

— As chaves, Bárbara!

A enfermeira saiu da hipnose e correu até Garcia, que lhe erguia o molho de chaves. Voltou correndo e trancou também a porta do 901.

— As outras portas, estão trancadas? — perguntou o médico.

Garcia se limitou a balançar a cabeça positivamente. O médico e a enfermeira caminharam lentamente até perto do amigo. Otávio se abaixou perto de Garcia e olhou seu braço. Tinha um extenso corte, um pedaço de vinte centímetros de pele aberta.

— Traga um kit de sutura, Bárbara.

A enfermeira, ainda trêmula, caminhou até o carrinho mais próximo e apanhou um kit para o médico.

— Eles estavam mortos, doutor — disse Garcia. — Mortos! Eu estava fazendo massagem cardíaca na Glorinha. Coitada. Ela me mordeu. Tá louca.

— A chefe de enfermagem do sétimo?

— Ela mesma.

— Deus do céu. Deus Pai — resmungou o médico, enquanto lavava a ferida com uma solução de soro fisiológico.

Assim que a agulha atravessou sua pele, Garcia gemeu.

Os três ficaram em silêncio por um instante, ouvindo os gemidos e grunhidos que vinham de cada um dos quartos daquele lado do corredor. O médico conseguia avançar rápido com os pontos, precisavam sair dali. Tinham que chegar até a rua. Era possível que mais daquelas coisas estivessem à solta pelo hospital, pois muitos dos pacientes internados nos andares inferiores possuíam os mesmos sintomas. Não sabia se a conduta de mantê-los presos ao leito tinha sido seguida por todos os profissionais.

— O que aconteceu com eles, doutor? — perguntou Bárbara.

O médico continuou a sutura, dando mais quatro pontos. Respirou fundo e balançou a cabeça negativamente.

— Não faço a menor ideia, Bárbara. Tudo começou com aquela noite maldita, com as pessoas desacordadas. A equipe montada pela doutora Suzana investigava com mais atenção os adormecidos. Então começamos a notar esse transtorno em muitas pessoas. O que mais me preocupa, Bárbara, é que são muitas pessoas que estão com essa doença.

— Ela é contagiosa?

— Ainda não temos certeza, Garcia. Não pensa nisso agora. Agora pensa que temos que sair daqui.

Mal completou a frase, ouviram um estrondo vindo da porta do 901. Algo batia com força contra a porta. Impossível ser a mão de alguém. Então os estrondos se repetiram nas outras portas, que chacoalhavam com força, como se fossem sair do batente.

Bárbara deu um grito assim que uma mão agarrou seu ombro.

Otávio arqueou o corpo pronto para repelir um daqueles agressivos, mas, assim que o corpo de Bárbara foi para o lado, ele reconheceu a enfermeira Mallory.

— Os mortos, doutor. Os mortos estão atacando — revelou a enfermeira do Instituto da Criança, ofegante, arqueada por conta da corrida.

Novas pancadas contra as portas deixaram claro para a enfermeira que sua revelação tinha chegado tarde. O braço costurado do enfermeiro no chão era outro bom indício de seu atraso.

— Levante, Garcia! Temos que sair daqui!

Outro estrondo contra a porta do 901. Dessa vez a porta se partiu ao meio, revelando o rosto transtornado de Laerte do outro lado, que usava uma das camas leito como aríete, criando sua própria passagem.

— Mallory! — gritou Laerte, com uma voz rouca. — A moreninha do Norte veio me libertar.

Mallory continuou andando em direção ao saguão, espremida entre Otávio e o ferido Garcia.

— Volta aqui, Mallory. Sou seu amigo. Não me deixe trancado aqui.

A turma em fuga ignorou os clamores do atormentado morto-vivo, indo em direção às escadarias. Quando alcançaram a porta, ouviram mais um estrondo e o barulho de madeira sendo rachada.

— Corram, vamos para a rua — comandou Otávio.

Capítulo 36

Cássio e Graziano ainda guardavam a frente do Instituto da Criança quando o sol começou a cair.

Graziano, em cima de seu Brasileiro de Hipismo, foi mordido por uma inquietação tal e qual a do seu cavalo, que não parava quieto, levantando a cabeça e dando passadas para a frente sem o comando do cavaleiro, que o estugava e puxava as rédeas para trás.

— Aôooo! Calma, garoto. Calma.

O cabo fez seu cavalo girar e retomar a posição ao lado de Cássio Porto.

Cássio, por sua vez, desmontado, observava a rua, cada vez mais vazia, fazendo logo uma ligação com a chegada da noite. As pessoas sabiam que aqueles parentes enfermos, amarrados, iriam se agitar quando a luz partisse. As pessoas dentro dos apartamentos residenciais tinha lido aquele aviso lançado pelos aviões pela manhã. Estavam com medo. Com medo das pessoas agressivas, e era hora de se refugiar.

— Sabe no que eu estou pensando agora, Porto?

O sargento olhou para o amigo e deu de ombros.

— Que aquela sua história de vampiro, se for verdade, vamos descobrir agora. Está anoitecendo.

— Eu estava pensando na mesma coisa.

Graziano puxou a rédea mais uma vez, tornando a aquietar o cavalo teimoso.

— Vamos descer até a frente do Hospital das Clínicas para você dar uma olhada nas pessoas que estão amarradas. Quando ficar escuro você vai ver se eu estou mentindo ou falando a verdade.

— Acho que é a primeira vez na vida que eu queria que você estivesse de sacanagem, Porto. Juro por Deus. Preferia que fosse tudo zoeira sua.

Cássio soltou a rédea presa de sua égua, apoiou-se no estribo e montou com agilidade.

— Seu cavalo não está estranho, não, Rossi?

— Está alvoroçado. Não gosto quando ele fica assim.

Cássio apertou a fivela do capacete que estava um pouco frouxo. Olhou para o final da rua, o sol mergulhando atrás dos prédios. Bateu os calcanhares no cavalo, fazendo-o avançar. Tomaram o rumo da frente das Clínicas vagarosamente, observando a movimentação do pelotão. Embaixo da passarela o volume de cavaleiros era bem maior, e as montarias pareciam bastante agitadas, lançando relinchos no ar e empinando, sendo domadas pelos cavaleiros.

— Não estou gostando disso — resmungou Graziano.

Um grito de mulher estourou no ar, fazendo os cavalos do pelotão dispararem subitamente. Graças ao preparo dos soldados, logo os cavalos foram controlados.

Ainda que observando distantes, Cássio e Graziano tiveram que manobrar para manter seus cavalos sob controle, circulando uma pequena área e olhando para a direção da passarela.

— Que merda foi essa? — bradou Graziano.

— Ôooo, Kara! Ôoooo, potranca! Quieta!

Um novo grito ecoou pela rua, repetindo o efeito sobre os cavalos. Cássio encontrou o tenente Edgar no meio daquela agitação. Ele também movimentava seu cavalo, tentando retomar o controle do destacamento.

— Que cheiro horrível é esse? — perguntou Graziano.

Cássio inalou fundo, sem conseguir sentir nenhum cheiro diferente do que tinham sentido a tarde inteira parados na frente do hospital.

— Parece que está vindo da garagem.

Os dois cavalgaram até a entrada da garagem. Estava escura e vazia, sem nenhum tipo de detrito ou traço de material que pudesse emanar o mau cheiro alegado por Graziano.

— Eu não estou sentindo cheiro nenhum, Rossi.

— Que catinga tenebrosa! Está vindo desse buraco aí, sim.

— Não temos tempo para isso, vamos nos juntar ao pelotão.

— Calma, Cássio! Deixa os cavalos se aquietarem primeiro, se nos juntarmos agora só vamos aumentar essa bagunça.

Dois longos minutos se passaram, com novos gritos escapando pelas janelas do HC e novos rompantes de disparadas da cavalhada, que era contida pelos treinados cavaleiros.

— Rossi, eu acho que esses gritos já são por causa daquela gente atormentada. Está escurecendo rápido.

Graziano lançou um olhar para a Avenida Rebouças e para trás, para a Teodoro Sampaio. Com efeito as sombras dos prédios já transformavam em noite o chão da cidade, e o céu ia perdendo o seu azul, cedendo aos tons arroxeados que prenunciavam o pôr do sol.

— Esse fedor está me enlouquecendo.

Cássio tornou a olhar para a frente do hospital e para os cavalos agitados. Sua égua empinou pela primeira vez.

— Calma, Kara! Calma, menina! O que está acontecendo?

Olhou para Graziano, que raspava o nariz com as luvas, realmente sofrendo com um cheiro que só ele sentia. Da frente do Hospital das Clínicas uma turba alvoroçada apontou pela porta, fugindo de alguma coisa, tomando a rua em direção ao pelotão de infantaria, buscando proteção. Kara disparou para o outro lado da rua, indo em diagonal em direção à passarela próxima da entrada do Incor.

O fluxo de pessoas saindo pelo acesso ao prédio dos ambulatórios era impressionante. Logo todo o asfalto foi tomado por gente gritando, e então Cássio viu o primeiro deles, dos agressivos, chegando até a porta do hospital, e mais quatro ou cinco se juntando a ele, urrando como feras, aguardando por trás de alguma barreira invisível. Cássio olhou para o horizonte. A luz minguava. Era isso! Eles esperavam a certeza da escuridão para sair e atacar a população que evadia do hospital. Um grito à sua esquerda capturou sua atenção. Funcionários do hospital, com seus uniformes de enfermeiros e jalecos de médicos, atravessavam a porta da frente do Instituto do Coração e corriam pela calçada. Viu pelo menos vinte pessoas, desesperadas, algumas feridas, vindo em sua direção. Por reflexo o sargento levou a mão à manopla do seu cassetete. Graziano parou seu cavalo ao seu lado, retomando o controle da montaria. Os cavalos estavam treinados para enfrentar comoções e tumultos, gritos e agitação eram a rotina daquelas criaturas, mas havia algo mais ali, deixando-os ariscos daquela forma. Foi então que, pela porta da frente do Incor, Cássio viu outra leva daquelas pessoas transformadas aparecendo, eram aproximadamente quinze seres que urravam, enchendo o crepúsculo com sons aterradores. Quando o som do primeiro tiro de arma de fogo espocou à sua direita, Cássio sobressaltou-se com a disparada que o cavalo de Graziano deu em direção à entrada do Incor.

— O cheiro vem deles! — bradou Graziano.

Só então Cássio percebeu que o cabo conduzia propositadamente para cima das feras junto à porta de entrada do hospital, e disparou no encalço do parceiro. Os funcionários se dispersaram como puderam, dando passagem para os cavalos. Cássio assistiu boquiaberto ao amigo lançar a cavalo contra os agressivos que ainda urravam e abriam suas bocas, expondo dentes pontiagudos. O primeiro deles teve a cabeça separada do corpo pelo sabre afiado do policial Graziano. Outros se juntaram à porta e fizeram o cavalo do soldado empinar com seus urros selvagens. Cássio aproximou-se da calçada, dando cobertura ao amigo, e viu os olhos de um dos monstros coruscarem rapidamente, vermelhos, perigosos. Graziano despencou da sela em reposta à empinada de seu cavalo, fazendo com que Cássio desmontasse ligeiro para ajudá-lo a se levantar. O impacto foi duro, pois Cássio escutara o estalar de ossos, provavelmente resultado de alguma fratura. No entanto, para sua surpresa, Graziano se colocou de pé num salto ágil e gritou de volta para as criaturas, que se juntavam na porta do hospital, formando agora uma parede de vinte vampiros. Cássio olhou para trás como que buscando auxílio nos cavaleiros da infantaria que estavam agrupados com o tenente Edgar. Não encontrou ajuda. O pelotão todo estava com sabres e armas em punho, tentando debelar um aglomerado de insanos ex-pacientes que saíam do hospital, urrando e saltando para cima das pessoas ali aglutinadas e também para cima da soldadesca.

— Graziano! Vamos sair daqui! — bradou Cássio.

Os funcionários que tinham saído correndo estavam agrupados metros para trás.

— Pelo amor de Deus, moço! Ajude a gente! — gritou Mallory, juntando as mãos em súplica. — Precisamos voltar para o IC, as crianças podem estar em perigo!

Ouvindo aquele clamor, Cássio lembrou de Felipe e Megan, estariam eles em local seguro naquele momento? Quando o sargento, com o coração acelerado, voltou a olhar para a frente, sentiu o sangue gelar. Os vampiros dispararam correndo, abandonando a frente do Incor assim que o último fio de luz se desvaneceu. A noite tinha se instalado na cidade, lançando todos os personagens daquele funesto palco à própria sorte. A segunda surpresa foi ver que Graziano não tinha se movido um centímetro para trás, ao contrário, o cabo bradou e correu de encontro à turba de vampiros que deixava o hospital, brandindo seu sabre. Cássio correu para junto do parceiro, tirando sua pistola da cintura, efetuando o primeiro disparo assim que viu o sabre de Graziano mergulhar no abdome de uma daquelas feras que, mesmo ferida, continuava a empurrar o amigo para trás. O disparo foi perfeito. O projétil atravessou a cabeça da mulher vampira, que tombou para trás, inerte, morta. Graziano puxou o sabre e desenhou um arco à sua frente, cortando a face do vampiro mais próximo, abrindo um talho da testa ao queixo da criatura. Um homem obeso e oscilante surgiu de trás do vampiro com o rosto rasgado e grunhiu, exibindo dentes pontiagudos. Graziano viu os olhos daquela criatura brilharem vermelhos e não perdeu um segundo, desenhando então um arco horizontal, tendo a lâmina do sabre encravada nos ossos do pescoço do monstro. Puxou a espada, deixando aqueles dois feridos se debatendo no chão.

— Como vocês podem feder tanto? — berrou Graziano.

Então três daquelas criaturas pularam em cima dele, enquanto outras três ganhavam a rua e, como bestas descerebradas, corriam em direção ao alvoroço em torno da infantaria e dos parentes de doentes que tinham ido para o meio da rua. Os agressivos pareciam atraídos pelo cheiro ferruginoso do sangue que vertia dos feridos. Foi a sorte de Cássio, que fez mira e acertou dois daqueles monstros com disparos na cabeça mais uma vez. O terceiro estava muito colado a Graziano para efetuar um disparo seguro. Para seu horror viu a fera cravar os dentes no pescoço de Graziano e voltar com um pedaço de pele na boca. Quando teve chance de disparar, puxou o gatilho duas vezes, acertando-o no peito, fazendo-o parar no ar. A fera, no entanto, tomada pelo êxtase do sangue, ignorou as próprias lesões e voltou à ferida de Graziano, sugando uma porção de sangue do militar. Graziano, no calor do combate, não sentiu a dor da mordida, mas sim a ânsia de tirar aquele monstro de cima de si para acabar com a sua raça, e, em vez de ele gritar com a nova mordida, quem gritou foi a fera, que largou o homem caído, mantendo no rosto uma expressão de dor. A fera caiu de joelhos e vomitou o sangue ingerido, vendo um pedaço de seu lábio cair no asfalto, corroído de alguma forma, como se tivesse bebido ácido.

Sem tempo para entender o que acontecia, Cássio disparou novamente, agora acertando a cabeça do sujeito, que tombou inerte. Era isso. Para tirá-los de combate precisava acertá-los na cabeça.

Graziano, ferido, com o sangue pingando de seu pescoço, levantou-se diante do olhar incrédulo do parceiro, dos enfermeiros e funcionários e tornou a correr para a frente do hospital, talhando cada um dos vampiros que ousou pôr os pés na calçada. Logo a turma de ainda uma dúzia das feras internou-se nas sombras do hospital escuro, fugindo daquele homem insano, que atacava um atrás do outro. Cássio olhou para os funcionários e para a confusão gigantesca da rua. Tirou o sabre da bainha e estendeu para um dos homens que estava com os funcionários.

— Corram para o Instituto da Criança, enquanto seguramos esses malucos aqui. A moça do balcão me disse que lá vocês só mantém as crianças adormecidas. Protejam-se lá. Assim que eu pegar meu amigo eu vou com vocês.

Cássio correu até a entrada do hospital. Com a noite instalada, estava difícil enxergar três metros à frente. Reconheceu a silhueta de Graziano por conta do uniforme e correu até ele.

— Vamos sair daqui, cara. Eles são muitos. Minhas balas não vão durar.

— Eles fedem! Fedem pra cacete! Tenho que matar todos!

— Vamos para o Instituto da Criança, cara! Vamos proteger as crianças.

— Vá lá! Eu vou matar esses desgraçados. Todos eles!

— Não vai conseguir matar todos, Rossi! Deixa de ser imbecil, vem comigo. — Cássio agarrou o braço do amigo.

— Me larga! — bradou o soldado, repelindo Cássio com um empurrão.

Cássio foi ao chão com a violência da investida. Não conseguia entender. Graziano estava fora de si.

— Está escuro aí dentro, você não vai encontrá-los! Não vai enxergar nada!

— Tem as luzes de emergência! E outra, meu amigo — disse Graziano, virando-se para Cássio e erguendo os narizes para cima. — Eu posso encontrá-los por causa desse maldito cheiro. Nenhum deles vai se esconder de mim. Nenhum deles vai sair vivo desse hospital essa noite!

— Cara, não faz isso comigo. Eu não enxergo um palmo diante do nariz. Eu tenho que ficar vivo para encontrar minha irmã. Se você entrar nessa porra de hospital infestado de vampiros eu vou ter que ir atrás de você. Não vou deixar você na mão! Volte, Graziano! É uma ordem!

Nesse instante, de trás de um balcão, saltaram duas daquelas criaturas, urrando. Uma foi para cima do braço de Cássio, derrubando sua pistola no chão, enquanto o outro, algo que deveria ter sido um enfermeiro um dia, saltou de encontro a Graziano, empurrando-o contra a vidraça da entrada, fazendo os dois caírem do lado de fora em meio a uma cascata de estilhaços.

Cássio levantou-se assustado. O golpe do vampiro foi tão poderoso que rompeu o fio retrátil que prendia sua pistola ao uniforme. Respirando descompassado e atrapalhado pelo hall completamente escuro, não via sua pistola em lugar nenhum. A fera aferrada em seu braço também se levantou, exibindo presas pontiagudas, e exalou um hálito pútrido quando urrou em sua cara, permitindo que finalmente entendesse de qual fedor Graziano tanto falava. Um terceiro vampiro emergiu da escuridão do hall de entrada, indo direto para cima de Cássio que, de modo automático, procurou o sabre na bainha, puxou seu cassetete, mas não teve tempo de empunhá-lo, já que o segundo vampiro o derrubou. Esse segundo vampiro, trajando roupa de médico, tinha um crachá ainda preso em seu jaleco. Seu nome era Eduardo, e agora prendia o segundo braço de Cássio. O sargento gritou quando sentiu os dentes do primeiro vampiro cravarem em seu punho. Uma dor lancinante subiu pelo braço, explodindo em sua garganta. Agora estava com os dois braços presos e dominados pelas feras. O doutor Eduardo faria como tinham feito com Graziano: enterraria os dentes em seu pescoço e pronto, estaria perdido. Lutava, despendendo um esforço inútil, encarando a nova fera em cima de seu torso e tentando livrar o braço ferido da boca do primeiro vampiro, quando viu a ponta do sabre de Graziano surgir através do peito da fera.

— Toma, desgraçado! — gritou o cabo, puxando o vampiro pelos cabelos.

O vampiro que mordia o braço de Cássio recebeu uma estocada que atravessou sua garganta. A fera largou o sargento e caiu de lado, com as mãos envolvendo a ferida no pescoço. Graziano retirou a espada da carne da fera e voltou para cima dele, dando seguidas estocadas em suas costas até que ele parou de se mexer. Estava morto.

Os ouvidos de Cássio estavam cheios de gritos desesperados, relinchos de cavalos e urros de vampiros vindos do lado de fora. Levantou-se. Escorou-se na porta do hospital segurando seu punho ferido e olhando assustado para o campo de batalha em que tinha se transformado a frente do HC. Precisava tapar sua ferida. Seu sangue. Não podia correr aquele risco. Tinha suprimido aquele temor até agora. E se não houvesse mais remédio no próximo mês? O que aconteceria? E todas as pessoas dependentes de drogas farmacêuticas? Como seguiriam em frente? Morreriam?

Cássio olhou para a calçada em frente. Graziano tinha acabado com pelo menos dez daqueles infelizes sugadores de sangue e estava novamente farejando no hall do hospital.

— Vamos embora daqui, Graziano!

Graziano ficou parado no hall, cheirando o ar.

— Acho que não tem mais nenhum por perto. Acho que o cheiro que estou sentindo vem lá de fora.

Cássio voltou ao hall e andou até onde estava quando foi atacado. Refez o percurso da queda e ajoelhou-se no chão, procurando sua arma. Agora, mais do que nunca, precisaria dela. Encontrou primeiro seu cassetete e, depois de vasculhar por baixo de um fileira de bancos, resgatou sua pistola, enfiando-a no coldre e seguindo para a calçada. Graziano ainda estava lá, com um olhar estranho e ameaçador. Nunca o tinha visto assim, nem nas piores missões do Batalhão de Choque. Era como se o amigo estivesse possuído por uma entidade ou coisa parecida. Não podia deixá-lo no meio daquela balbúrdia. Do jeito que ele estava, se atiraria no meio daquelas centenas de vampiros que se engalfinhavam com o pelotão. Morreria, de um jeito ou de outro. Lembrando-se do repelão sofrido instantes atrás, montou sua estratégia de evasão.

Graziano grunhia quase como um daqueles monstros dentuços, externando o quanto o fedor terrível o incomodava. Raspava repetidas vezes a luva na ponta do nariz, que já estava ferido por culpa do atrito. Seus olhos se fixaram nos olhos de uma das feras que tinha caído das ancas de um cavalo ao atacar um dos soldados pelas costas e ser repelido com um golpe de cassetete. Graziano ia correr no encalço da fera quando a pancada recebida em sua cabeça o fez desmoronar.

Cássio jogou Graziano no ombro, sentindo o punho ferido doer como o inferno. Assim que ajeitou o amigo apagado nas costas, sacou a pistola da cintura e foi caminhando rente ao calçamento do Incor em direção à sua égua que, apesar de assustada, continuava próxima à grade. O cavalo de Graziano tinha desaparecido, provavelmente fugido por culpa da gritaria infernal que persistia. Jogou o amigo no lombo de Kara e a montou, seguindo atento até o hospital, coisa de quinhentos metros à frente. A escuridão era um véu espesso e tenso. A cada passo da égua os ouvidos de Cássio pareciam amplificar os sons que vinham das trevas. Parecia que cada canto escuro, cada arbusto ou obstáculo do caminho escondia um daqueles malditos vampiros. Tinha que tirar Graziano dali antes que acabasse morto. Olhou para trás, para baixo da passarela que ligava o Hospital da Clínicas ao Instituto do Câncer. A agitação tinha minguado. Viu o clarão enredado na explosão de ao menos duas armas de fogo em pontos diferentes. Ouviu um som terrível, um som triste, de muitas bocas arfando, na luta das feras noturnas a tomar o sangue dos abatidos. Metade do pelotão não estava mais lá, a outra metade estava morta. Não havia mais o que fazer por aquelas almas, a não ser o que fazia com Graziano, debandar, para entender, sobreviver e lutar. Cássio olhou para seu punho rasgado por quatro perfurações. A mordida da fera. Sangrava. Gotas escuras pingavam da sua mão e iam ao chão. Foi então que notou que algumas das feras, talvez sentindo o cheiro de seu sangue fresco vertendo das veias, ergueram as cabeças do meio daquele mar de corpos, encarando-o com os olhos vermelhos brilhantes. Cássio bateu os calcanhares na barriga de Kara, fazendo-a acelerar. Não demorou a ouvir passos de corrida, teve certeza de que ao menos meia dúzia daqueles seres hediondos vinha atrás dele. Encostou em frente à entrada do IC e desmontou, retirando rapidamente seu amigo do lombo de Kara. As portas estavam trancadas.

— Abram! Sou eu, o policial Cássio!

O sargento não ouviu nenhum ruído lá dentro. As feras vinham em sua direção, e o grupo já tinha aumentado. A escuridão e a urgência dificultavam a tomada de decisões. Usou seu cassetete para quebrar um dos vidros da porta frontal e empurrou os móveis que estavam agrupados, bloqueando a passagem.

— Alguém! Ajude aqui. Tenho um amigo ferido!

Cássio voltou e, com dificuldade, puxou Graziano até a porta. Não dava para passar o amigo ainda, precisou enfiar uma perna para dentro e forçar dois armários pesados de madeira e uma maca encostada na parede que os travava contra a porta. Usou mais uma vez o cassetete, dessa vez fazendo uma alavanca, erguendo a maca, assim aliviando a pressão contra os armários. Conseguia ouvir os vampiros se aproximando, seus pés batendo contra o asfalto. Um vento frio percorreu a rua, fazendo os papéis lançados pelos aviões da Força Aérea farfalharem e girarem. Cássio bateu com o ombro, derrubando um dos armários. Ali dentro do hospital a escuridão era ainda maior. A cidade tinha ruído, sem energia, sem comunicação, diminuída em seus meios de transporte e assolada por aqueles monstros assassinos. O impensado tinha acontecido. Cássio, ofegante, puxou mais uma vez Graziano e jogou-o para dentro do hospital. O mundo estava acabando.

— Somos nós, da polícia! Ajudem aqui! Meu parceiro está desmaiado!

Cássio virou quando Kara relinchou e empinou, disparando em galope. As criaturas estavam agora a poucos metros, formando um semicírculo ao seu redor. Eram sete deles, cinco homens e duas mulheres. Cássio viu a égua entrar na rua Teodoro Sampaio, fugindo, assustada em direção à Heitor Penteado.

— Kara! — gritou, preocupado com a sorte de sua montaria.

Ergueu a pistola. Perdeu a conta de quantos disparos fizera anteriormente. Ouviu tiros vindos de longe. Aqueles seres estavam em todo os lugares. Foi então que, com a proximidade dos agressores, Cássio sentiu uma pressão nos ouvidos, característica de quando se concentrava. As vozes que agora ouvia, vindas de dentro do hospital, estavam abafadas. Os atacantes do lado de fora moviam-se lentamente. Cinco eram homens, e três deles eram fortes e ameaçadores, andando encurvados, abrindo e aumentando as pontas do cerco, buscando os flancos do militar, dificultando que Cássio tivesse todos no campo de visão. Cássio teve um déjà-vu. Via-se em uma cena de um dos documentários do Nat Geo. Hienas caçando na savana. Se esparramavam e davam investidas violentas enquanto distraíam a presa. Os outros dois homens, bem na sua frente, eram meninos. Um era um rapazote que, se muito, tinha quinze anos. O outro era um sujeito magro, sem camiseta, com as calças rasgadas nos joelhos e cabelos compridos. Era ele quem mais urrava para Cássio. As duas mulheres estavam mais para trás, igualmente selvagens e ameaçadoras, esperando uma oportunidade para atacar. Todos tinham metade do rosto tomado por sangue das vítimas das quais tinham acabado de se alimentar. O sangue da ferida do sargento tinha atraído a atenção do grupo. Só podia ser. Gotas grossas vazavam da mão que empunhava a arma, caindo sobre o coturno de Cássio e sobre a calçada de concreto.

— Pai nosso que estais no céu... — começou a rezar o soldado, varrendo a sua frente com a pistola.

As vozes de dentro do hospital se aproximavam, de relance viu vultos lidando com o corpo desmaiado de Graziano, puxando-o pelo dorso, fazendo seus braços pesados caírem para dentro do hospital.

— Venha a nós o Vosso reino...

Cássio continuava olhando para todos aqueles sete, virando rapidamente de um lado para o outro. Sabia que os cinco homens só esperavam as duas mulheres se aproximarem para fechar o cerco, e então atacariam, todos de uma vez. Esperar era inútil. Por outro lado, se puxasse o gatilho, adiantaria o momento do ataque. Se fosse essa a sua decisão, teria a vantagem do bando ainda estar desorganizado, seus tiros teriam que ser precisos, no meio da testa de cada um deles. Sua respiração foi ficando cada vez mais lenta, e as vozes e urros foram ficando cada vez mais abafados. As mulheres apareceram atrás dos dois rapazes. Então uma terceira vampira surgiu. Essa última tinha uma fisionomia estranhamente familiar. Uma mulher de pele alva e pintada de sardas, com os cabelos ruivos volumosos descendo pelos ombros e costas, emoldurando um par de sinistros olhos vermelhos. A ruiva distraiu-o por um segundo, o suficiente para o homem à sua esquerda disparar em sua direção. Cássio virou-se e flexionou os joelhos para ter mais equilíbrio e atirou. O selvagem tombou de cara no chão, fazendo com que as mulheres parassem o ataque e que dois dos homens se encorajassem com a distração. O magrelo cabeludo foi o próximo a ganhar um tiro no meio dos cornos, e o grandão à sua direita recebeu um tiro de raspão. Quando alcançava o ombro de Cássio com as mãos, o segundo tiro deu conta do serviço, fazendo-o tombar para trás, com um buraco no tampo da cabeça. Ele caiu e ficou tremelicando no chão, soltando grunhidos pela boca e vertendo um sangue negro e fétido que escorria pelos cantos dos lábios.

O bando reduzido a um quinteto ficou petrificado por um segundo, como se aquelas bestas demonstrassem algum fio de raciocínio, no fim das contas.

Cássio aproveitou e, num átimo, olhou através do vidro quebrado. Duas mulheres estavam com Graziano nos braços e puxavam-no ainda mais para o interior do hospital. Voltou a olhar para a frente, quando a voz poderosa da mulher ruiva chegou aos seus ouvidos, fazendo-o estremecer.

— Bravo, soldado. Fiquei espantada com sua determinação em salvar seu amigo.

Os outros vampiros voltaram a se posicionar e a se esparramar, ficando dois de cada lado. A ruiva se aproximava bem à sua frente. Ela parecia ser líder daquele grupo.

— Eu conheço você. Já a vi em algum lugar.

A mulher, trajando jeans e uma bota de salto alto, com uma blusa de mangas longas de cor púrpura, deu mais dois passos para a frente.

— Entre e cuide desse seu braço. É o seu sangue pingando que está deixando a gente bastante interessado na sua pessoa.

— Quem é você?

A vampira riu enquanto os outros trocavam olhares nervosos.

— Quem eu sou? Eu não sou mais, soldado de cavalaria. Eu não sou mais ninguém.

— O que aconteceu com vocês? Por que estão agindo assim?

A vampira ruiva olhou para os outros, e depois voltou a olhar para o soldado.

— Boa pergunta, camarada. Não faço a mínima ideia do que aconteceu conosco. Só sei que cada vez que anoitece a sede vem e temos que saciá-la de alguma forma. A sede toma conta de nossa mente, toma conta de nosso instinto, e não existe mais nada no mundo a não ser a vontade de agarrar alguém com sangue quente correndo nas veias, alguém igualzinho a você, no caso.

Cássio deu mais dois passos para trás, até bater as costas nas portas do hospital. Ouvia um choramingo vindo lá de dentro. Eram Graziano e os funcionários que acudiam ele.

— E por que você não está como o resto deles? Quero dizer, você está falando comigo. Eles, eles parecem que são bichos.

— Eles? Nós, você quer dizer? Nós parecemos bichos.

— Mas você fala. Eles rugem.

— Essa noite maldita não veio com um manual de instruções, soldado. Por que eu falo e por que eles agem como predadores na savana não faz a menor diferença. No fim os falantes e os loucos querem só uma coisa. Querem sangue.

Cássio, mesmo sem olhar para trás, passou um pé através da vidraça quebrada e foi colocando o corpo para dentro.

Uma das feras grunhiu nervosa.

— Pare! — ordenou a ruiva.

O monstro que queria correr para cima do sargento olhou para a ruiva por um instante, vacilando.

— Você não manda em mim, mulher!

Ignorando a vampira, o homem lançou-se contra Cássio, que puxou o gatilho da pistola mais uma vez. O som do disparo ribombou na rua e no hall do hospital. Os choramingos aumentaram. Contudo, o tiro entrou pela clavícula do agressor, que alcançou Cássio e derrubou-o na calçada. Os demais se animaram e se lançaram de encontro aos dois engalfinhados no chão.

Cássio levou a arma até o peito do agressor e atirou mais uma vez, contudo, dessa vez a arma não disparou. Empurrou o vampiro com os pés e, quando levantou-se, guardando a pistola e levando a mão ao cassetete, foi agarrado pelas costas pelo garoto de quinze anos. Apesar de ser um frangote, o rapaz tinha a mesma força espetacular que já havia experimentado na noite anterior, quando a vampira o levantou pelo pescoço com as mãos e conseguiu puxá-lo para trás, tirando seus pés do chão. O homem forte, mesmo com um tiro no ombro, voltou para cima dele, sendo repelido por um chute de Cássio, que continuava apoiado e agarrado pelo outro atacante. Com o impulso do chute, Cássio caiu e, finalmente, tirou o cassetete do cinto e desferiu um golpe na lateral do joelho do vampiro adolescente, que caiu urrando de dor e raiva. Novamente de pé, Cássio viu a ruiva dando uma gravata no último homem que restava, fazendo-o ficar de joelhos. A vampira sacou uma faca do calça e abriu a garganta do vampiro. Girou para as mulheres, ameaçando-as com a faca em riste.

— Saiam daqui!

Cássio retrocedeu até a porta partida e atravessou para dentro do hospital. Fachos de lanterna vieram em sua direção.

— Calma, sou eu. Me ajudem aqui.

Com a ajuda de um enfermeiro e uma enfermeira, logo a porta foi barricada mais uma vez. Usaram uma das macas para tapar o buraco aberto pela vidraça estilhaçada, impedindo que qualquer um daqueles seres noturnos conseguisse passar por ali. Cássio levou a mão ao cinturão e apanhou um pente de munição, substituindo o vazio. Engatilhou a pistola e foi para uma das janelas. Por que ela tinha feito aquilo? Por que a vampira ruiva tinha salvado sua vida?

— Você está sangrando muito — observou a enfermeira morena e rechonchudinha que se aproximou.

— A vampira, ela me salvou.

— A o quê?

— A mulher ruiva. Ela, ela me salvou.

— Você disse vampira?

— Disse. Eles todos tomam sangue. Quer que eu os chame de quê?

A enfermeira deu de ombros.

— Para mim, até hoje à tarde eu os chamava pelo nome mesmo. Aí aconteceu essa desgraça. Desculpe, venha aqui.

Murros na porta fizeram os dois pararem no corredor.

— Deixe-me entrar, soldado!

Cássio sentiu um frio na barriga ao ouvir a voz da ruiva mais uma vez. Deu um passo na direção da porta de entrada, quando a mão da enfermeira o segurou.

— Você está maluco?

— Ela me ajudou. Ela matou um deles só para que eu escapasse.

— Nem vem. Aqui dentro essas coisas não vão entrar. Eu vi uma dessas mulheres matar um rapazinho hoje. Não foi brincadeira, moço.

— Eu sei. Eu não vou deixar ela entrar. Eu só estou curioso. Eles todos parecem um bando de loucos, ela... Ela não.

— Ela deve ter te enfeitiçado. Venha comigo.

A enfermeira levou Cássio através de uma sala escura e chegaram a uma ampla janela envidraçada que dava para a rua.

— Eu posso sentir o seu cheiro, soldado! Você não vai escapar de mim!

— Tá vendo ela? — perguntou a enfermeira.

— Não, moça.

— Venha mais para cá. Meu nome é Mallory, a propósito.

— Cássio.

Mallory abriu uma pequena fresta.

— Não acho que seja uma boa ideia.

— Meus filhos foram atacados! — gritou a ruiva.

Cássio olhou para Mallory.

— Eles foram atacados e baleados. Disseram que foram trazidos para cá! Deixe-me entrar e levá-los!

— Não tem nenhuma criança baleada aqui, policial. Ela está mentindo.

Cássio olhou para a vampira e se afastou do vidro.

— Abram essa porta! — gritou novamente Raquel. — Eu quero meu filhos!

A vampira começou a golpear a porta de entrada do hospital. Cássio foi até o corredor e segurou a maca que prendia a porta.

— Eu sei que você está aí, soldado.

A vampira golpeava a maca, que entortava a cada impacto. Cássio arrancou a porta de madeira de um armário e calçou a maca.

— O que vamos fazer se ela entrar?

— Vamos matá-la — sentenciou o militar. — Encontre o meu sabre e o traga até aqui. Dessa porta essa vampira não passa.

Enquanto Mallory sumia pelos corredores escuros do IC, iluminada pela fraca luz de emergência, Cássio aproveitou a folga que a vampira tinha dado contra a porta e sacou a pistola, substituindo o magazine de munição. Recolocou-a no coldre e contou mais dois magazines cheios. Pensava em se virar com aquilo quando lembrou-se da munição do cabo Rossi. Assim que enfermeira voltou com seu sabre, despachou-a para outra missão. Explicou como desengatar a pistola do fiel e pediu que procurasse, no cinto de Graziano, os magazines de munição. Mallory, sem pestanejar, correu mais uma vez para o pronto-socorro, onde o policial era atendido pelo médico Otávio.

Cássio se aproximou da maca e subiu em uma cadeira para espreitar o lado de fora. Na rua escura via dezenas daqueles seres transformados, zanzando, com seus olhos vermelhos acesos, parecendo demônios cuspidos de alguma porta do inferno que tinha sido aberta, procurando gente desprotegida para atacar. Ouviu um vidro se partindo. Cássio correu para sua direita, seguindo o som do vidro estilhaçado, e parou em frente a uma porta. Girou a maçaneta, imaginando o que ia encontrar. A sala administrativa estava escura e viu o vulto escuro do outro lado, batendo contra o vidro. Era a vampira. Ela empurrava cacos de vidro, criando espaço para entrar.

Cássio puxou a pistola e a engatilhou, chamando a atenção da vampira. Quando ela levantou seus olhos vermelhos, o sargento mirou em sua cabeça, disparando duas vezes. A criatura tombou para fora e ele avançou em passos curtos, com os olhos arregalados, roubando o máximo de luz que podia do corredor. Ouviu passos às suas costas, era a enfermeira.

— Eu trouxe a arma que o senhor pediu.

— Fique aí. Ela quebrou o vidro, querendo entrar.

— Ela entrou?

— Não. Vamos precisar tapar isso aqui.

Cássio lembrou-se da lanterna e tirou-a da cinta, iluminando o recinto. Vidros caídos junto à armação metálica da janela.

— Feche essas persianas, enfermeira. Isso vai nos ajudar um pouco.

Cássio chegou até a janela e espiou para fora, esperando encontrar a vampira tombada em frente ao hospital. Contudo, para sua surpresa, apenas os corpos dos vampiros derrubados antes estavam lá.

— Eu quero os meus filhos! — gritou a vampira.

O sargento ouviu a voz da criatura, mas não conseguiu visualizá-la.

A enfermeira empurrou outra maca para dentro da sala, logo o sargento e ela conseguiram levantá-la e taparam o buraco, escorando com dois gabinetes de arquivo.

— Tem como trancar essa sala? — perguntou o sargento.

— Boa ideia, sargento. Ilumina aqui.

Os dois retrocederam até a porta, e ao lado do batente havia um quadro imenso de chaves.

A enfermeira saiu da sala e retornou com uma comadre, onde começou a arremessar os molhos de chaves.

— Já que é pra trancar, vamos trancar todas as portas das quais encontrarmos a chave.

Cássio e Mallory, com a ajuda das luzes de emergência, começaram a vasculhar os molhos e a trancar todas as salas possíveis do hospital que tinham acesso às janelas da rua da frente.

Distante da janela estilhaçada a vampira se recolhia a um recorte do prédio, abaixada, enfurecida e ferida. O segundo disparo tinha perfurado seu ombro, e o projétil saído do outro lado. Detestava aquilo. Outra ferida por disparo de arma de fogo. As duas primeiras se curaram quando tomou sangue. Era disso que precisava agora. Entrar naquele hospital e tomar o sangue de alguém. Raquel retomou o controle das emoções para pensar. Seria melhor conseguir sangue ali fora para se restabelecer, e então atacar aqueles malditos que mantinham seus filhos trancados lá dentro, longe de suas mãos e de seus cuidados. Por que estavam ali? Estariam feridos, machucados pelo maldito Adilson? Estariam agora no escuro, com medo e clamando por ela? O pequeno e suscetível Breno, com toda a certeza, estaria estarrecido com aquela situação, procurando ficar perto do irmão mais velho e tentando, a todo custo, não externar o pavor que tinha do escuro. Somente Pedro saberia e seria solidário à bravata do irmão caçula. Eles estavam crescendo e começando a se entender como parceiros, como irmãos, como os elos mais fortes de uma corrente que os uniria para toda uma vida. Raquel os queria de volta, a qualquer preço.

Capítulo 37

Quando os gritos começaram o enfermeiro Alexandre achou que alguns daqueles que estavam amarrados no corredor tinham se soltado. Estavam na ala destinada aos agressivos que foram trazidos pelos parentes e eram colocados em leitos improvisados no segundo andar. Não havia mais espaço para receber ninguém. Alexandre foi até o corredor, que já estava bastante escuro, e lançou um olhar para os pacientes amparados por seus parentes. Eles tremiam e gritavam, lutando para se libertar das amarras.

— Não deixem eles se levantarem — aconselhou o enfermeiro ao passar por um garoto que segurava um homem que parecia ser o seu pai.

Alexandre andou até o mezanino atraído por uma gritaria que vinha de fora do hospital. Seus olhos se arregalaram ao ver um mar de gente entrando pela frente do prédio, fugindo de outras pessoas que pulavam sobre os que caíam.

— O que está acontecendo? — perguntou-se o enfermeiro, alarmado com o que via.

As pessoas se empurravam para os corredores e escadas do prédio de ambulatórios, e a gritaria se esparramava com rapidez enquanto a noite caía do lado de fora do hospital já lançado à penumbra. As luzes de emergência acesas não davam conta de clarear todas as áreas de circulação, fazendo com que uma corrente de medo se esparramasse com rapidez. As pessoas no chão começaram a se levantar e a tentar carregar seus parentes adormecidos.

O enfermeiro ficou parado à beira do mezanino olhando ainda para a entrada do prédio, escutando os disparos de armas de fogo e os gritos dos soldados que tentavam guardar o hospital. Ouvindo agora uma balbúrdia às suas costas, encontrou os olhos vermelhos de uma senhora que se sacudia enlouquecida contra o piso frio. Um senhor que deveria ser seu marido tentava acalmá-la, mas, assim que aproximou a mão dos ombros dela, foi mordido, puxando a mão com força e caindo contra a parede segurando o ferimento. Alexandre viu outro daqueles agressivos com os olhos também vermelhos se virar na direção do velho que tinha a mão ensanguentada. O rapaz, também amarrado, começou a urrar, parecendo uma fera. Alexandre prendeu a respiração por um instante. Seus olhos foram novamente para baixo, para a entrada. Mais pessoas descontroladas estavam agora saindo do hospital e correndo para fora. Uma daquelas criaturas estava parada, olhando para ele. Alexandre tornou a olhar para o chão à sua frente, o rapaz tinha se levantado e tinha um par de dentes proeminentes em sua boca escancarada. O doente parecia possuído por um espírito das trevas, chutando quem se aproximava e, por fim, correu até o homem com a mão sangrando e se atirou sobre ele. Alexandre correu para cima do rapaz com a ajuda de outras pessoas e o arrancou de cima do homem. O rapaz, que uma moça chamava de Gilberto, foi jogado ao chão pelo enfermeiro, não por uma agressão abusiva, mas simplesmente porque estava tão agitado que havia perdido o equilíbrio.

— O que está acontecendo com ele, doutor? — perguntou a moça, chorando, desesperada.

— Não sei. Todos eles... Estão enlouquecidos.

— Ajude o meu noivo, doutor. Pelo amor de Deus. Ele não é assim.

— Eu não sou médico, moça. Sou enfermeiro, mas vou ajudar quem eu puder.

Alexandre voltou para o corredor ainda mais escuro. Aquela sucessão de olhos vermelhos era apavorante. O que estava acontecendo com aquela gente? Quando retornou ao ambiente onde os agressivos estavam sendo acondicionados pela direção do hospital, levou outro susto. Como os de fora, esses também estavam fora de controle, agitados, debatendo-se como loucos e querendo deixar os leitos. Dois deles se machucaram, esfacelando parte da pele dos braços para se livrarem dos enforca-gatos de plástico,, e começavam a livrar também seus pés. O grito da noiva do Gilberto no corredor chamou sua atenção. Gilberto tinha soltado os braços e estava agora debruçado sobre o corpo da mulher. Levantou-se, o rosto ensanguentado exibindo um sorriso de satisfação.

— Corre, Alexandre, corre! — berrou a doutora Liege às suas costas.

Alexandre ficou um instante sem saber o que fazer. Olhou mais uma vez para dentro do imenso quarto com os agressivos. Agora todos tinham aqueles olhos vermelhos e demoníacos e as bocas escancaradas, urrando como selvagens. As camas chegavam a sair do chão com o chacoalhar dos corpos. Letárgico, o enfermeiro ainda tentava entender o que acontecia, até que a médica Liege agarrou seu ombro e o puxou.

— Corre!

Alexandre fechou a porta e seguiu a médica pelo corredor. Um policial mancava ao final da escadaria, pedindo ajuda. O enfermeiro correu até ele e o puxou, ouvindo o homem soltar um grito do fundo da alma. Só então Alexandre notou o braço direito do soldado, dobrado para trás de uma forma impossível. Seu úmero estava partido.

— Deus do céu — murmurou o enfermeiro. — Vem, eu te ajudo.

Alexandre procurou a médica. Ela se esgueirava pelo corredor escuro e tinha acabado de passar por uma porta vaivém. O enfermeiro ouvia mais gritos e disparos de arma de fogo vindos do lado de fora. Som de gente correndo e berros também do lado de dentro.

— Vamos atrás da doutora. Ela é orto, vai olhar seu braço.

Alexandre continuou do lado do homem. Ele cheirava a suor e gemia baixo a cada passada.

— Não vimos de onde eles vieram — disse o policial. — Eram muitos.

Alexandre alcançou a porta vaivém e entrou em outro corredor. As paredes de divisórias de madeira continuavam por mais alguns metros, e ali o andar ficava ainda mais escuro. Uma porta se entreabriu, fazendo o enfermeiro parar, assustado. E se fosse um daqueles agressivos? Para seu alívio foi a doutora Liege quem surgiu pela fresta e o chamou com a mão, sem dar um pio. O enfermeiro puxou o policial e entraram na pequena sala escura. Assim que passaram a médica fechou a porta e passou um ferrolho que servia de tranca, iluminando o espaço com o seu aparelho celular.

— Ele está com o braço quebrado — sussurrou o enfermeiro, soltando o policial.

A médica arregalou os olhos. Era uma fratura e tanto.

— Deite ele aqui. E fiquem quietos. Não sei o que está acontecendo, mas essa gente agressiva parece que enlouqueceu de uma hora para a outra.

— Eu tô morrendo de medo, doutora. Nunca vi gente assim.

A médica olhou para o braço do soldado. Era uma fratura fechada, o edema estava inchando e ia inchar ainda mais. Foi até um balcão no pequeno cômodo e vasculhou uma gaveta com a lanterna do celular. Apanhou uma tesoura.

— Pelo menos para isso esse telefone funciona — resmungou a médica, aproximando-se do homem ferido. — Preciso cortar o seu uniforme, ok?

O policial, ainda com seu capacete, olhou para a tesoura se aproximando do tecido.

— Está doendo pra cacete, doutora.

— E vai doer mais. Tenho que reduzir essa fratura o quanto antes. Isso vai inchar mais ainda, é bom que já esteja tudo no lugar.

— O que está acontecendo com essas pessoas, doutora? Que doença é essa que elas têm? — perguntou o policial.

— Qual é o seu nome?

— Benício, doutora.

A médica respirou fundo. O cômodo estava escuro, o que fazia o lugar parecer ainda menor.

— Eu não sei o que está acontecendo com essas pessoas, Benício. Na verdade, ninguém sabe. As pessoas adormecidas não são problema. Porém, esses agressivos estão piorando, ficando mais violentos. Hoje fugiram do controle.

— Eu estou morrendo de medo, doutora, morrendo de medo — disse Alexandre, recostado à porta. — Eu vi um deles tomando o sangue da noiva.

— Eles atacaram nosso destacamento, nós atirávamos neles e eles levantavam.

— Atiravam?

— Sim. Eram muitos, estavam derrubando todos os soldados. Meu cavalo empinou e eu caí sobre o meu braço, batendo na guia. Foi nessa hora que eu quebrei. Não sei como eles não me pegaram.

— E os seus amigos?

— Estão mortos.

Liege pôs a mão sobre os olhos, a médica tremia. A pressão de um paciente com um braço quebrado numa sala escura era fácil. Difícil era aceitar que aquilo tudo estava acontecendo. A energia faltando enquanto um monte de dementes atacavam uns aos outros a dentadas.

— Eles estão tomando o sangue das pessoas, doutora Liege. Estão bebendo o sangue — repetiu o enfermeiro.

— Doutora, faz essa dor parar, pelo amor de Deus.

Liege passou a luz sobre o braço ferido. A pele agora estava tão inchada que brilhava com a aproximação da lanterna improvisada.

— Alexandre, vou precisar de gesso e anestesia. Sabe se tem alguma coisa aqui em cima?

O enfermeiro ficou respirando profundamente por alguns segundos, o peito subindo e descendo, recostado à parede, ouvindo os gritos que vinham lá de fora.

— Temos que ir até o pronto-socorro, doutora.

— Meu Deus, Alexandre, tem que ter material de atendimento aqui em algum lugar! Até o PS são dois andares, nessa escuridão e com essa gente louca à solta...

— A sala do Prado. Pode ter gesso. Mas não sei se tem anestesia.

Liege passou a mão pela cabeça. O homem era forte, capaz de aguentar, mas homens eram sempre mais reclamões que mulheres dentro do hospital. Precisava medicá-lo também. Ele tinha que tomar um antibiótico e um anti-inflamatório. A dor se tornaria insuportável, mesmo com a imobilização.

— Vamos para o PS então — disse a médica. — É o melhor. Ele precisa ser tratado. Só gesso não vai resolver o problema dele.

— Ai, doutora. E se aquelas pessoas estiverem no corredor ainda, com os olhos vermelhos?

— Você já atirou alguma vez na vida, enfermeiro?

Alexandre olhou para Benício, que tirava a pistola do coldre.

— Tem que soltar ela do cabo de proteção.

— Eu... Eu nunca atirei.

— Nesse caso, melhor eu continuar com ela. Pega meu cassetete.

Benício sentou-se soltando um gemido e apontou a mão para o cassetete na sua cintura.

— Pode puxar. Não vou conseguir tirá-lo.

O enfermeiro foi até o policial e puxou seu cassetete para fora do suporte.

— Bata com força e não solte. Ele pode ajudar um bocado.

Alexandre engoliu em seco. Seu coração estava disparado. Nunca tinha sido o valentão da escola. Nunca tinha entrado numa briga em sua vida inteira.

A médica revirou mais algumas gavetas, e então encontrou uma caixa de bandagens.

— Dobre o braço, assim.

O policial tentou imitar a médica, mas a dor era imensa. Quando ela passou a faixa em seu punho e forçou seu cotovelo a dobrar, prendendo a tala em seu pescoço, ele gritou.

— Sshhh! Aguenta um pouco, isso vai ficar assim só até a gente conseguir o gesso. Você não pode sair por aí com o braço pendurado.

Benício ficou de pé, fazendo uma careta. A sensação era horrível, podia sentir a ponta fraturada do osso beliscando sua carne por dentro.

— Estou sem força para fechar a mão.

— Não feche, então. Você pode estar com algum nervo pinçado ou o edema tirou sua força, por assim dizer.

— Que seja. Só queria que parasse de doer desse jeito.

— Alexandre, você vai ser nosso guia. Nos leve até o pronto-socorro pelo caminho mais rápido possível.

O enfermeiro abriu a porta e espreitou o corredor. Ouvia gente correndo e vozes sussurradas. Estavam se escondendo dos agressivos. Não encontrou nenhum daqueles com olhos vermelhos.

— Vamos — disse baixinho.

Teriam que voltar até a escadaria por onde tinha surgido o policial Benício e por lá descer dois andares, pegando o corredor de acesso de funcionários até o pronto-socorro. Era o caminho mais seguro, posto que evitariam sair do prédio de ambulatórios e não se arriscariam na rua.

Liege e Benício seguiram o enfermeiro, que ia um pouco adiante, agora auxiliado pelas luzes de emergência do prédio. Os dois também escutavam vozes o tempo todo, e alguns gritos vieram do lado de fora. Ouviram cinco tiros seguidos e o relinchar de um cavalo. Alexandre segurava o cassetete do policial acima de sua cabeça, enquanto descia a escada. Assustou-se ao encontrar três pessoas abaixadas nos degraus. Elas estavam enrodilhadas e tremendo, uma criança ali no meio chorava.

— Vem com a gente — sussurrou o enfermeiro.

Um mulher de cerca de quarenta anos levantou o rosto rasgado de lágrimas, parecendo bastante assustada a princípio. Quando viu a médica e o policial, a mulher se levantou. Uma menina de oito anos estava abaixada no degrau debaixo, e um rapaz de uns dezesseis a segurava. Foi o garoto quem falou primeiro.

— A gente perdeu meu irmão. Ele está doente.

— Adormecido?

— Não — disse a mãe. — Ele não está adormecido. Está pior.

— Venha para o PS com a gente, dona. Depois que entendermos o que aconteceu com essas pessoas a gente tenta achar o seu filho.

Desceram para o primeiro piso, todos seguindo o enfermeiro que, amedrontado, olhava para todos os lados. Olhos vermelhos surgiram no meio do saguão. Estavam a poucos metros do corredor de funcionários. Alexandre congelou no meio do caminho, enquanto a médica puxava o policial, indicando a porta.

— Vamos, Alexandre. Não pare aqui — disse Liege.

— E-eles, eles estão vindo, doutora.

A médica olhou para o corredor escuro à esquerda do grupo de onde vinham grunhidos, como se animais selvagens espreitassem a caça. A médica viu três pares de olhos brilhantes acesos na escuridão. Já tinha visto aquela gente perturbada, mas nunca tinha visto aquilo. Como era possível? Havia alguma modificação na pupila dos doentes? Seria um efeito similar ao dos olhos de um gato? Liege olhou para o policial. Benício estava balançando ao seu lado, provavelmente havia mais algum ferimento interno que prejudicava seu estado geral. Voltaram a caminhar em direção à porta de acesso aos funcionários, quando aqueles pares de olhos vermelhos dispararam de encontro ao grupo. O enfermeiro brandiu o cassetete acima de sua cabeça e gritou, tentando assustar os agressivos que chegavam. O trio era composto por um homem alto, de uns 35 anos, e duas mulheres, uma parecia velha, com mais de 60 anos, enquanto a outra era uma adolescente, de uns 16. Eles se separaram ao redor do grupo que tentava chegar ao PS, tentando impedir a fuga. Estavam curvados, como que preparando um salto, e grunhiam de maneira assustadora. A menina mais nova se aproximou de Alexandre e rosnou, abrindo a boca e exibindo dentes alongados e pontiagudos. O enfermeiro golpeou o ar com o cassetete, tentando afugentá-la, mas a agressiva não deu nem um passo para trás, grunhindo ainda mais alto. O enfermeiro não queria bater na garota. Algo o impedia. Era só uma menina doente, não tinha culpa de estar daquele jeito. Assim que completou esse pensamento, se arrependeu. A garota saltou para cima dele, desequilibrando-o e assustando-o ainda mais com um rugido ferino. Graças ao cassetete, conseguiu manter os dentes dela longe de sua pele, forçando-a para cima, segurando o objeto como uma barra. Os outros dois agressivos também se aproximaram, surpreendendo a médica e o trio que se juntara na escadaria. O agressivo mais velho e forte saltou de encontro à senhora que chorava também, jogando-a ao chão. A médica foi atacada pela velha de olhos cintilantes, sendo empurrada contra a porta por onde deveriam fugir. Um tiro ribombou no saguão, e o homem alto tombou com um buraco na cabeça. Suas pernas continuaram se movendo lentamente, revelando que ainda existia vida dentro daquele corpo. As pessoas no chão gritaram, e o adolescente colocou sua irmã no colo. Liege gritou quando a velha perfurou seu ombro com uma mordida poderosa. Alexandre conseguiu se virar e levantar, descendo o cassetete contra a menina que o atacava, batendo repetidas vezes até acertar sua cabeça e fazê-la parar, caída no chão, parecendo morta. Benício atirou novamente. Dessa vez foi a cabeça da velha que recebeu o disparo da pistola. O policial cambaleou até ela e desferiu mais dois disparos em seu peito. Outros olhos vermelhos apareceram na escuridão, aproximando-se, grunhindo. Benício levantou sua arma e atirou na direção de um deles. O som de um corpo caindo revelou que tinha acertado o alvo. O policial deu dois passos na direção do enfermeiro que estava chorando, olhando para o rosto desfigurado da garota caída de costas.

— Eu a matei.

Benício colocou a mão no ombro do rapaz e deu dois tapinhas.

— Antes ela do que você, amigo.

O grupo se juntou novamente e seguiram pelo corredor de funcionários com destino ao PS. Pelas janelas amplas podiam ver a rua escura e uma porção de pessoas com roupas hospitalares zanzando pela calçada.

Benício sentia-se fraco, vinha amparado por Alexandre, ainda com a pistola em sua mão esquerda. Seus olhos zanzavam pelas órbitas, procurando por mais agressivos. Atravessaram o corredor extenso e saíram em um novo prédio que também estava sem energia. A médica usou mais uma vez seu celular como lanterna, iluminando o caminho. O maior medo era se deparar com um daqueles malucos. A ferida aberta pela sexagenária ainda pulsava e escorria sangue.

Quando chegaram ao PS, foi a vez de Liege ficar alarmada. Parecia que estava em um hospital de campanha no meio de uma guerra civil. Lanternas estavam presas com fitas adesivas em lugares altos, uma vez que as luzes de emergência não davam conta de iluminar todo o pronto-socorro. Os médicos e residentes tinham movido mesas e leitos para perto da iluminação improvisada e gritavam junto aos pacientes que chegavam aos montes, atacados pelos agressivos que estavam ainda na rua. Liege virou-se para o enfermeiro e para a senhora que vinha logo atrás e pediu que voltassem até o corredor de acesso, dando um jeito de trancar aquela porta para manter as pessoas perturbadas longe daquele lugar. Sozinha, carregou o policial até uma cadeira e o sentou nela. Os feridos gemiam e gritavam no meio de um vaivém de enfermeiros e médicos que cuidavam de suas feridas, a maioria com rasgos na pele ou perfurações próximas ao pescoço. Liege tremia enquanto se perguntava se aquela doença poderia ser propagada com as mordidas. Caso fosse transmitida dessa forma, ela também estaria contaminada. Chamou uma enfermeira que estava segurando os pés de uma criança que se debatia em uma maca enquanto era anestesiada. Assim que a enfermeira conseguiu se liberar foi ter com Liege e, juntas, começaram a medicar o policial. Liege soube que os aparelhos de raio-X estavam inoperantes, e era perigoso transitar pelo hospital escuro. Faria uma anestesia no braço de Benício, tentaria uma redução tateando o ferimento e engessaria. Com alguma sorte os ossos se colariam no lugar certo. Assim que amanhecesse daria um jeito de ter uma radiografia daquele paciente.

Capítulo 38

Everaldo tinha encontrado um lampião a gás. Não sabia muito bem como usar aquilo, mas lembrou-se das vezes que tinha ido pescar com o padrinho. Quando o lampião funcionou a noite já tinha chegado, e a luz trouxe um pouco de abrigo àquela casa tão escura. Dolores ainda estava deitada com Rian no sofá, soluçando. Everaldo viu que a mulher dormia, por certo mergulhada em pesadelos terríveis e melancólicos, e refletiu que de nada adiantaria despertá-la daqueles horrores para uma realidade talvez mais sombria do que a visitada nos campos oníricos de seu sono. Everaldo ficou olhando para a sala sob a luz tremeluzente do lampião. As sombras pareciam vivas. Não conseguiu enxergar o final do corredor que levava aos quartos. Seus olhos foram até a janela. A noite, lá fora, era um breu. Caminhou em direção à parede vendo a luz do lampião refletida no vidro, alimentando aquela atmosfera assombrada. A pergunta continuava martelando sua cabeça, e resposta nenhuma vinha, por mais que pensasse. Ficava imaginando onde a falta de comunicação se encadeava com as pessoas dormindo ou como se encaixava nessa história toda aquelas meninas que tinham "devorado" a mulher até a morte. Será que o Vinícius tinha ficado igual a elas, meio louco? Só assim para explicar aquela agressividade, aquela voz monstruosa, o fato de ter batido em Dolores. A mulher era uma mala sem alça, vá lá, mas daí a dar umas bordoadas em uma mulher era incompreensível. O Medeiros até que elogiava o Vinícius, achava ele um folgado, meio mole, mas dizia que era um homem educado e cordial. Agora o Vinícius estava morto. Isis e dona Rosário continuavam dormindo, lembrando princesas de contos de fadas, esperando por um beijo do príncipe encantado que as trouxesse de volta. Por mais que maquinasse, Everaldo não achava ligação nem resposta. Até onde essa catástrofe tinha chegado? Será que Curitiba estava do mesmo jeito. Ficou pensando no pai e na mãe. Por lá tinha mais gente da família. Se as coisas estivessem terríveis como ali em Foz e Santa Helena, eles e poderiam muito bem ter se juntado e estar agora mesmo se perguntando sobre a sorte dele e de Isis, sob a luz de um lampião. Foi sacado de suas lembranças ao ouvir um barulho dentro da casa de campo. Algo como um objeto pesado caindo e rolando. Everaldo sobressaltou-se. Dolores ainda ressonava no sofá, com seu bebê que não chorava, mas se mexia, provavelmente encantado com as sombras tremeluzentes lançadas pelo lampião. O som tinha vindo de um dos quartos. Quando o raciocínio ligou-se em sua mente, correu pelo corredor escuro.

— Isis! — gritou.

Avançou tateando pelo corredor sombrio, desacostumado com a falta de energia elétrica e tão aflito com a ideia de que Isis pudesse ter despertado que deixou o lampião para trás. Chegou à porta do quarto e girou a maçaneta, sendo devorado pela escuridão.

— Isis — repetiu, com a voz sussurrada, com medo de assustar a mulher.

De fato percebeu algum movimento no quarto, na cama.

— Você acordou! — exclamou alegre.

Aproximava-se da cama, com o coração disparado de felicidade, tateando o colchão até tocar o pé imóvel da esposa, quando ouviu um grunhido ferino que o congelou no lugar. Um brilho vermelho refulgiu no quarto, e então uma sombra levantou-se da cama levando o brilho consigo, sumindo através da parede. As meninas!

— Isis? — repetiu o assustado marido.

Everaldo ficou indeciso por um segundo, até ver outra sombra tremular no corredor. Agora não era um brilho vermelho que vinha em sua direção, e sim uma luz amarelada invadindo e espantando as trevas aos poucos.

— Everaldo?

Era Dolores que chegava trazendo o lampião e encontrando um Everaldo descorado, pálido como se tivesse visto um fantasma, virado em direção à parede, apontando para o nada, para a janela.

— Eu ouvi você chamando a Isis...

— Meu Deus! — exclamou o homem.

Everaldo debruçou-se sobre a esposa.

— Ela está morrendo! — gritou, aflito.

O lençol estava empapado em sangue vermelho vivo, o pescoço de Isis tinha sido cortado por algum bicho que tinha invadido o quarto.

— Me ajuda!

— O que eu faço? — perguntou Dolores, atarantada.

— Ela está morrendo, está sangrando.

— Calma, Everaldo! Calma!

Everaldo arrancou a fronha de um travesseiro e pressionou o tecido contra a ferida no pescoço da mulher, que continuava adormecida e imóvel a despeito da hemorragia.

— Quem fez isso com ela? — perguntou a mulher aflita, colocando o lampião em cima de uma cômoda e segurando o bebê contra o peito.

— Não consegui ver. Eu tava na sala e ouvi um barulho, guria. Vim correndo e esqueci o lampião, tão feliz eu estava, pensando que ela tinha acordado.

Everaldo continuou pressionando o pescoço da esposa. Aquele sangramento tinha que parar.

— Vi um vulto que correu para a parede quando eu me aproximei. Pensei que era um bicho que ainda estava aqui, não vi a janela aberta.

— Eu fechei a janela quando arrumei o quarto. Você abriu?

Everaldo ficou olhando para a janela por um segundo. O brilho vermelho nos olhos do animal do mato voltaram à sua memória, terríveis, assustadores. Deu uma volta com a fronha no pescoço da esposa, cuidadosamente prendendo em um nó, tomando a precaução de não estrangulá-la com o curativo. Levantou-se e apanhou o lampião, conduzindo-o até a janela. Algumas gotas de sangue ali. O bicho tinha mordido a esposa e deixado o sangue pingar pelo caminho. Colocou o lampião para fora da casa, iluminando um pedaço do gramado. Em sua cabeça tinha visto um vulto grande, um vulto de um bicho, com aqueles olhos de criatura da noite, que refletem qualquer fio de luminosidade. Era impossível não reavivar a imagem das meninas mordendo e tomando o sangue da mulher na calçada de sua rua.

— Era um morcego? Aqui tem muito morcego.

— Não era morcego nenhum, Dolores! Era um bicho grande, já falei.

A mulher ficou calada, passando a mão nas costas do bebê.

— Morcego. Se fosse morcego eu ia dizer que ele voou daqui, voou pelo quarto. Era bicho! Cachorro, lobo, sei lá. Era algo grande e ficou grunhindo quando eu entrei. Nada de morcego — resmungou o homem, voltando a inspecionar a ferida da esposa. Mais essa agora.

— Tá bom, já entendi. Não precisa ser um cretino.

— Ah! Vá se foder, Dolores. Não tô sendo cretino. Estou preocupado com a minha mulher, só isso.

Os dois ficaram quietos e não demorou para Everaldo se sentir um merda egoísta quando ouviu os soluços da mulher voltando. Ela tinha perdido o marido naquela tarde, e ele, Everaldo, estava ali nervoso, cuidando de um machucado em sua esposa que, ao menos, estava viva.

— Me desculpa, Dolores. Eu estou muito nervoso com tudo isso.

— E eu não, né? Meu marido morreu, esqueceu? Meu pai, o seu amigo, está num hospital para o qual eu não posso ir, minha mãe está aí apagada, e estou supertranquila para ficar aguentando berros no meu ouvido de um mal-agradecido!

— Já pedi desculpas, Dolores! Vamos nos acalmar e nos ajudar. Eu não queria gritar com você. Eu também não abri a janela. Isso está me deixando intrigado.

Everaldo levantou-se e fechou a janela de novo.

— Vamos ver a sua mãe.

— Você acha que...

Dolores não conseguiu completar a frase, sendo alcançada por Everaldo, que apanhou o lampião de gás, levando a luz com ele. A mulher seguiu o colega do pai através da porta, com medo do escuro e de algo também ter acontecido com a mãe.

O homem abriu a porta, e a luz banhou o quarto revelando o corpo da mulher, na cama, coberto por um fino lençol. Dona Rosário tinha os seus cinquenta e cinco anos, algo mais, algo menos, sendo ainda uma mulher muito bonita e de corpo bem feito. Lembrava de Medeiros comentando no trabalho que a esposa vivia na academia para tentar manter as pernas firmes para ele não ficar secando as menininhas do condomínio. Everaldo ouvia a respiração de Dolores às suas costas, quase colada à sua pele. O pequeno Rian soltou um balbucio de bebê, brincando com a mão no ar tentando apanhar o lampião erguido. As cortinas balançavam ao sabor do vento, e a luz prateada da lua entrava pela fresta aberta da janela.

— Everaldo! Eu fechei essa janela também.

Aproximaram-se pé ante pé da mulher adormecida, estranhando o episódio das janelas. Cachorros do mato não abriam janelas. Alguém tinha aberto aquela.

Everaldo encontrou o mesmo rastro de sangue saindo da cama e indo até o batente de madeira. Ficou olhando para aquele rastro enquanto Dolores começava de novo a choramingar. Dona Rosário tinha uma ferida parecida com a de Isis em seu pescoço. Tinha menos sangue no colchão e ela sangrava discretamente, mas o suficiente para Dolores dar início a gritos apavorados, agarrando ainda mais o filho.

— O que está acontecendo aqui, Everaldo? O que é isso?

Everaldo fechou a janela e passou o trinco.

— Não sei, Isis. Não sei — disse, transtornado, olhando para as sombras, temendo encontrar aqueles olhos vermelhos mais uma vez. A lembrança das crianças atacando a velha a poucos metros de sua casa assaltou-lhe a memória, uma recordação que estava adormecida, velada pelas seguidas doses de uísque que tomara na madrugada. — Vamos fechar a casa.

— E minha mãe?

— Ela também foi ferida, mas não está sangrando. Deixe seu bebê aqui e me ajude.

— Eu não vou soltar o Rian por nada, pode esquecer. Te ajudo com ele no colo.

— Então vem logo.

Saíram pelo corredor, assustados. Everaldo não falou para Dolores de seu temor, de alguma daquelas pessoas transtornadas feito as crianças terem invadido a chácara. Lá fora o breu era suavizado pelos reflexos da lua, mas a noite instilava um absurdo cheiro de medo. Trancou a porta da sala, carregando o lampião e sua luz assombrada.

— Tem porta na cozinha?

— Tem. Mas...

— Mas o quê?

— Ai, Everaldo. Eu não quero deixar o corpo do Vinícius lá fora. Não quero. Essa coisa pode querer atacá-lo.

Everaldo pensou que o homem já estava morto e que não faria diferença alguma ser atacado ou não, contudo, se fosse Ísis lá fora ou algum parente seu, também ficaria preocupado.

— Temos que enterrá-lo — soltou por fim.

Dolores ficou calada, indo até a cozinha e fechando a porta, trancando com a chave. Quando voltou já tinha lágrimas descendo pelo rosto, mostrando que não estava pronta para aquela decisão.

— Não quero enterrá-lo aqui, Everaldo. Não quero enterrar meu marido.

— Precisamos, Dolores. O corpo dele não pode ficar jogado na varanda. Tem esses animais e essa gente...

— Você está falando das meninas, não é? Você acha que elas nos seguiram até aqui?

Everaldo balançou a cabeça em sinal negativo. Não tinha pensado nisso. Não era possível, era muito longe.

— Não quero que ele fique lá fora, Everaldo.

O homem tornou até a porta da sala e levantou o lampião até ver seu reflexo no vidro da janela, tomando um susto. Olhou através do vidro antes de abrir a porta. Não tinha ninguém nem nada lá fora que pudesse oferecer perigo. Não conseguia ver direito com o reflexo no vidro, mas o corpo de Vinícius deveria estar ali, no terreiro em frente à varanda. Abriu a porta sentindo o vento frio da noite em Santa Helena invadir a casa, fazendo os pelos de seu braço descoberto arrepiarem-se. Foi andando para fora da casa, temendo o animal que tinha mordido Isis e dona Rosário. Ergueu o lampião acima de sua cabeça, ajudando a luz a chegar mais longe. Seus pés acharam os degraus da varanda, e seus olhos não encontraram o corpo de Vinícius no chão. Everaldo sentiu-se tonto. O que estava havendo ali? Dolores o seguia e olhava incrédula para o lugar onde seu marido morto estivera a tarde toda. Everaldo aproximou-se do local e baixou o lampião, observando o solo onde o cadáver tinha repousado. Não havia marcas ao redor, ninguém o tinha arrastado dali. Não havia rastros de sangue como os encontrados ao lado das mulheres. Era como se Vinícius simplesmente tivesse se levantado dali e saído andando. Pensava nisso quando ouviu o choro de Rian às suas costas, virando-se para atrás em reflexo a tempo de ver a porta da sala batendo. Ficou estupefato por um segundo, olhando para Dolores, que secava as lágrimas em seu rosto esperando o veredito a respeito do sumiço do marido. A mulher também saltou olhando para trás quando ouviu o barulho da porta.

Everaldo correu até a varanda e girou a maçaneta. A porta não se moveu. Estava trancada! Sem pensar, deu duas ombradas contra a madeira. Nada. Desarvorado passou a mão pelo cabelo, querendo entender o que se passava.

— O que foi, Everaldo?

— Está trancada.

Dolores estava com a respiração tão pesada que arfava, balançando o bebê.

Everaldo colocou o lampião no chão e se afastou para tomar impulso, chutando a porta. A madeira era sólida, daquelas portas antigas, e tremeu no batente, mas não cedeu.

— A da cozinha! — lembrou Dolores.

Apanhando o lampião contornaram a casa, e Everaldo chutou a porta dos fundos. Era uma porta de alumínio que cedeu no terceiro golpe.

— Fica perto de mim — sussurrou Everaldo.

Antes de passar para a sala o homem vasculhou uma das gavetas da cozinha, encontrando apenas garfos e facas de mesa.

— Ali, embaixo da pia, é onde o meu pai guarda.

Everaldo abaixou-se em silêncio, olhando para todos os cantos. Abriu o armário e viu que Dolores lia sua mente. Facões de churrasco. Apanhou um com uma lâmina de trinta centímetros, cabo áspero de plástico e de aparência afiada, avançou para a sala.

A casa silenciosa parecia desafiar aquele trio formado pelo homem de olhos arregalados, a viúva chorona e o pequeno órfão no colo da mãe. Cruzaram a sala, e depois a luz do lampião começou a abrir caminho, fendendo o manto escuro e revelando o corredor até os quartos. Primeiro olharam o quarto onde repousava dona Rosário: ela estava imóvel, no mesmo lugar. Entraram no quarto. O cheiro da morte pairava no ar. Não havia mais ninguém. Everaldo, segurando a faca, viu que o peito da senhora ainda subia e descia vagarosamente, ela estava viva.

Everaldo fez um sinal para Dolores passar para o seu lado, e então voltou ao corredor, com a enorme faca erguida. A porta do quarto de Isis aberta. Seu coração acelerava. Fosse o que fosse que estivesse dentro daquela casa e que tinha trancado a porta como uma assombração, banindo-os para fora, estava lá, no quarto com sua esposa indefesa, sua esposa ferida. Seus pés pareciam pesar uma tonelada a cada passo, com medo do que descobriria depois daqueles três metros que o separavam da porta. Não sabia o que iria encontrar, só sabia que queria encontrar Isis viva. Viva. O amor da sua vida. Como tinha chegado naquele ponto, de acreditar em monstros e fantasmas no escuro? O lampião abriu o breu e Everaldo estremeceu. A sombra em cima da cama, dobrada sobre sua esposa, ganhou contornos com a luz amarela, o moletom, o tamanho, o cabelo e os olhos vermelhos que o encararam com a boca cheia de sangue eram de Vinícius. Everaldo entrou no quarto lentamente.

A criatura continuou em cima da cama, em cima de Isis, babando aquele sangue misturado com saliva e encarando o homem que entrava.

— Saia de perto dela!

Vinícius grunhiu como um bicho.

Dolores soltou um grito ao encontrar aquele cenário hediondo.

— Vinícius!

Os olhos do homem apagaram o vermelho assustador e fixaram-se na mulher e depois no bebê. Ele saltou de cima da cama e bateu contra a janela às suas costas, abrindo as folhas de madeira e saltando para a noite.

Everaldo correu de encontro à assombração e, mais uma vez, com o lampião, iluminou o gramado exterior. Ele tinha sumido. Olhou para a cama. A mancha de sangue tinha dobrado de tamanho sobre o lençol. A fronha que usara como curativo tinha desaparecido. O homem fechou a janela mais uma vez.

— O que aconteceu com ele, Everaldo?

— Não sei, Dolores. Não sei! Ele está igual às meninas na frente da minha casa. Se não fizermos nada ele vai matar a Isis e a sua mãe, e depois nós três.

Dolores caiu de joelhos segurando o bebê para não derrubá-lo. Um pranto sofrido tomou conta do quarto. Everaldo ajoelhou-se ao lado de Isis. A ferida estava menor, e dessa vez o sangue não jorrava pelos quatro buracos abertos em seu pescoço. Baixou a cabeça sobre o colchão e também começou a chorar. As lágrimas desceram pelo rosto da esposa, que ele logo secou.

— Eu não vou deixar nada acontecer com você, Isis. Eu juro — sussurrou o homem.

Everaldo levantou-se e olhou ao redor. Havia um guarda-roupa do lado da janela que ele tratou de empurrar para travar a entrada daquele monstro por ali.

— Vamos, Dolores, temos que cuidar da sua mãe também. Não podemos deixá-la sozinha.

— O que você quer que eu faça? Eu não estou em condições de fazer nada — choramingou a mulher, sentada no chão e apoiada contra a parede. O bebê começou a chorar.

— Só vigie o corredor enquanto trago sua mãe para cá. Ele não pode me pegar desprevenido. Se o vir vindo para os quartos dá um grito.

Everaldo carregou dona Rosário o mais rápido que pôde até o quarto onde Isis estava. Assim que a colocou na cama fechou a porta.

— A chave. Tem chave essa porta?

Dolores secou as lágrimas e foi até o criado-mudo ao lado da cama, abrindo a única gaveta. Tirou uma chave lá de dentro e a arremessou para Everaldo, que estava recostado à porta. Tremia tanto que levou quase um minuto para conseguir fazer a chave girar as duas voltas no ferrolho. Com a ajuda de Dolores virou a cama, travando o guarda-roupa contra a janela, e sentou-se recostado à porta, segurando a faca.

— Vamos ficar aqui esta noite, Dolores. Não vamos sair daqui.

— Preciso ir ao banheiro, Everaldo. Preciso pegar a bolsa do Rian que está na sala.

— Tudo o que seu filho precisa está aí com você, guria — disse o homem apontando para os peitos cheios de leite da mãe. — As coisas dele e o banheiro podem esperar amanhecer. Eu não vou sair daqui de jeito nenhum.

— Eu tô apertada, Everaldo.

Um ruído no forro do teto fez a dupla estremecer e olhar para cima. Fileiras de poeira antes incrustadas entre as madeiras choveram sobre suas cabeças. Era ele. O monstro andava ali em cima, entre as telhas e o forro dos cômodos.

Everaldo e Dolores ficaram quietos e tensos, olhando para o forro que ondulava suavemente, acusando o peso e a passagem de Vinícius. Ouviram ele raspar contra a madeira, talvez com sua mão, talvez com uma faca. Everaldo segurou a respiração, imaginando entrar numa briga de faca. Já tinha escutado cada história horrível. Se ele estivesse com uma faca, o pesadelo, que já era tenebroso, tomaria uma dimensão ainda mais assustadora. Everaldo tinha horror a facas e suava frio imaginando morrer a facadas, estocadas cortando sua pele, atravessando sua carne e atingindo seus órgãos, morrendo como um porco, sangrando, esvaindo-se. A dor. Imaginava a dor de cada facada, de cada corte sangrento. Engasgou com a respiração presa, voltando a respirar em golfadas nervosas, antevendo a sensação de sentir o ferro frio perfurar sua barriga, seu pescoço. Começou a tremer e fechou os olhos por um instante. Quem disse que o demônio estava com uma faca? Aquilo era o seu próprio circo de horror tornando aquela situação angustiante ainda mais terrível. Ele arranhava o forro, arranhava com as unhas, com um pedaço de madeira, não com uma faca.

— Eu posso sentir o cheiro de vocês dois aí, seus filhos duma puta — grunhiu o vampiro acima do forro.

Dolores gemeu e soluçou, rastejando para perto de Everaldo, e se aninhou entre sua pernas, segurando o bebê, que ainda chorava. Everaldo, surpreso com a reação de medo da mulher, apenas a abraçou. Estavam unidos naquele pesadelo, gostassem um do outro ou não.

— Eu vou matar vocês dois, eu vou acabar com vocês, seus sem-vergonha! Pensa que eu não sei que você quer ficar aqui pra comer a minha esposa enquanto a sua dorme, seu safado?

Everaldo levou a mão à boca.

— Eu vou acabar com você, seu gordo imbecil. Vou acabar com você e com essa vaca que diz que é minha esposa.

Dolores chorava, afundando o rosto no peito de Everaldo, para tentar sufocar o barulho.

— Depois sabe o que eu vou fazer, seu corno? Depois que eu tomar o teu sangue eu vou catar a tua guria pra mim. Vou tomar o sangue dela devagar, pra não matar. E vou comer ela todo dia, seu palhaço.

Everaldo abraçou ainda mais Dolores.

— Eu vou entrar nesse quarto assim que vocês adormecerem, seu otário e sua piranha. Eu vou entrar aí, Dolores! Pode esperar. Vou pegar nosso filho. Achou que ia ficar com ele, não achou? Não vou deixar filho meu ser criado por outro. Vou entrar aí, sua vagabunda. Aposto que você tá doida pra fazer com ele igual você faz comigo, não é? Quer chupar esse puto aí, não quer?

Dolores pranteava e abraçava Everaldo.

— Aposto que você tá toda molhada, sua vaca. Eu vou matar você, Dolores! Eu vou matar vocês dois!

— Eu... Eu tenho que acabar com ele, Dolores. Você entende? É ele ou é a gente.

Dolores gemeu de sofrimento e terror e secou as lágrimas com uma das mãos. Balançou a cabeça em sinal positivo para Everaldo, sem dizer nada; deixava que o homem cuidasse daquela situação, mesmo que isso significasse matar o seu marido.

Os dois ficaram acolhidos um no outro, ouvindo as juras encarnadas de ódio e ciúmes do monstro no telhado, o monstro que um dia fora Vinícius e que, com muito amor, havia, junto àquela mulher, concebido um filho lindo, um filho que agora ele prometia matar. Everaldo sabia que aquela noite seria a mais longa de toda a sua vida.

Capítulo 39

Quando despertou já tinha avançado a noite. Lá fora ouvia cães ladrando nervosos. O apartamento estava escuro, e o corpo da vizinha, no chão, enrijecido. Precisou empurrá-la com certa força para desvencilhar-se do cadáver. O apartamento agora parecia mais escuro, o que não fazia muito sentido, posto que já era noite quando matou a vizinha. Levantou-se e andou até a janela. A cidade estava apagada. Via clarões difusos a distância. Não conseguia enxergar bem. Focou na escuridão, buscando desvendar aqueles clarões. Algumas sinapses e concatenações depois, seu cérebro voltou com a resposta. Eram prédios em chamas. Assim como ele, a cidade também estava doente. Olhou para o corpo de Miriam, e novamente uma tristeza brutal tomou sua mente. Não entendia como aquele novo mecanismo em seu corpo funcionava, mas tinha algo de diferente comandando sua visão. Ficara um bom tempo olhando pela janela, tentando vencer a escuridão e entender os clarões que rasgavam o escuro e revelavam o contorno dos prédios ao longe. A noite fechada e a falta de energia seriam um contratempo certo para isso, mas, como tinha desejado enxergar, sua visão tinha como que "acendido" tudo. Podia enxergar tudo ao redor com certa facilidade, sem o mistério velado da penumbra. Não havia o brilho da luz nem muita sombra contrastando com os objetos. Mas podia vê-los em seus contornos e em um bocado de seus detalhes, prodígio que se revelou terrível quando o encanto inicial de olhar para os móveis e quadros se desvaneceu e seus olhos tornaram a se fixar na mulher morta aos seus pés. Ele sabia que ela tinha servido a um propósito. Ela tinha acabado com sua sede, com sua fome, com sua doença e, também, através do seu líquido da vida, tinha lhe dado visão na escuridão e, sobretudo, calma. Agora ele estava bem, estava sereno, lúcido e cheio de energia. Não só estava enxergando melhor, como estava ouvindo melhor, estava pleno de vida emprestada correndo por dentro de seu corpo. Vida roubada. Sentia-se tão bem que nem o inconveniente de ter matado lhe pesava. Teria enlouquecido? Jessé levou as mãos ao rosto. Sempre leu por aí que os psicopatas não sentiam arrependimento algum em matar. Não viam aquilo como um erro. Era isso que o estava apavorando. Ele sentia pena pelo triste fim de dona Miriam. Entendia que ela tinha morrido e que aquilo era para sempre. Entendia que aquilo era um crime, um assassinato frio, ainda que perpetrado no calor de sua agonia e insanidade temporária. Entendia que tinha matado alguém que era para ele como uma mãe. O que o intrigava era que não, não se sentia culpado por isso. Ele tinha devorado a mulher. Simples assim. Como se de uma hora para a outra sua mente tivesse adquirido um kit de caça aos semelhantes e estivesse tudo bem com essa nova ideia. Ele era um caçador de gente de agora em diante. Seus dentes não estavam pontudos como presas de um tigre e seus dedos não pareciam tão poderosos nesse momento. Tirando sua palidez e sua pele fria, sentia-se perfeitamente humano, mas sabia, de alguma forma absurda, sabia que poderia "ativar" sua face de assassino. Essa face voltaria cedo ou tarde. Ficou atordoado com a clareza daquele pensamento. Ele tinha se tornado um novo tipo de gente, que matava pessoas para manter-se vivo. Um novo tipo de ser equipado física e mentalmente para aquela novíssima situação. Era assustador e atraente ao mesmo tempo.

Jessé bateu a porta atrás de si, saindo para o hall. Ao pressionar o botão do elevador, a luzinha não acendeu. O prédio todo estava apagado como a cidade que viu da janela. Desceu as escadas e logo chegou ao pátio interno do condomínio. A temperatura estava agradável, e o céu, aberto, salpicado de estrelas. Um vento forte cortou entre as torres vizinhas, fazendo uma festa em seus ouvidos. Uma coleção sonora premiou sua audição, mas algo se sobressaía, não muito longe. Um som como um mar, um mar não líquido, o som da relva lambida pelo vento, algo diferente. Jessé olhou ao seu redor. O chão estava recoberto por papéis. Apanhou um deles. Era aquilo. Era o som do vento movendo milhares daqueles folhetos. Como tinham ido parar ali? Quando seus olhos percorreram o escrito, seu corpo estremeceu. O que estava acontecendo com o mundo, no fim das contas?

— Eles jogaram do alto. Meu pai me falou.

Jessé tomou um susto ao ouvir a doce voz em seu ouvido. Era Ludmyla, uma das vizinhas do prédio. Sentiu um cheiro bom vindo dela, mas nada que o fizesse sentir o que sentira ao aspirar o aroma vindo de dona Miriam. Ludmyla tinha o queixo manchado de sangue. Ele imediatamente assimilou que ela era uma igual.

— Eu matei minha vizinha para meu estômago parar de me enlouquecer.

— A Arlete ou a...

— A Miriam.

— Nossa! Pobrezinha. Ela era tão boazinha.

Jessé circulou Ludmyla. O cheiro que vinha dela era bom. Era agridoce, ferruginoso. Ele caminhou um pouco na direção do playground e viu os passos da menina perseguindo-o.

Outra lufada de vento fez os papéis farfalharem, tirando os dois daquela letargia hipnótica que passaram a exercer um sobre o outro quase de imediato.

— Meu pai disse que cinco aviões da Aeronáutica passaram aqui em cima hoje derrubando esses papéis.

— Por isso que a noite está tão silenciosa. Não ouço carros, não ouço motos nem gente.

— Eu bebi o sangue do meu irmãozinho — revelou Ludmyla, caminhando e sentando no balanço.

Jessé sentou-se de frente para ela num pequeno gira-gira do playground. O brinquedo rangeu, cedendo ao seu peso. Um silêncio confidente aconchegou o par até que outra lufada de vento remexeu os papéis. Jessé continuou calado. Apesar de querer falar, ficou olhando para a garota. Ludmyla era bem encorpada, muito atraente e tinha sido por um bom tempo a melhor amiga de sua namorada da adolescência, Ana. Ana tinha um ciúme danado da morena. Ela tinha cabelos castanhos e longos, agora estavam caídos à sua frente, já que tinha abaixado a cabeça, eclipsando seus olhos negros amendoados.

— Sabe o que me assusta?

Jessé limitou-se a erguer os ombros.

— Enquanto ele se debatia, eu vibrava, eu queimava de euforia por dentro.

Ela chorava agora.

— E agora eu estou chorando porque eu não tive o menor remorso de matar o meu irmão. Mas agora eu já tô com saudade dele, vivo, aqui do meu lado.

— E o seu pai? Cadê?

— Ele levou minha mãe para o hospital e pediu pra eu ficar cuidando do meu irmão. Irônico, não?

— Seu irmão era o Pedrinho, não era?

A garota fez que sim com a cabeça.

— Ele era um bom garoto.

Ludmyla começou a chorar e a soluçar. Jessé levantou-se e caminhou até ela.

— E agora? O que é que eu faço? Meu pai vai me matar!

Jessé passou a mão pelo rosto da garota e secou uma lágrima rubra que escapava de seu olho. A pele dela era fria como a de um defunto e, ao fazer essa ligação, afastou a mão do rosto dela.

— O que eu faço, Jessé? O que eu faço?

— Eu estou indo até o Hospital das Clínicas. Se quiser fugir daqui, vem comigo.

A jovem ficou calada, avaliando.

— Não vai ter muita gente na rua. É por isso que tudo está tão silencioso — disse, balançando o papel em sua mão. — Aqui nesse aviso público estão recomendando que as pessoas fiquem em casa e que prendam gente como a gente.

— E que notifiquem o Exército.

— Você sabe o porquê de eles notificarem o Exército, não sabe?

— Acho que eu não tenho muita escolha, então.

Jessé deu de ombros.

— Acho que não. Matar o irmão é um bocado violento.

O rapaz levantou-se e caminhou pelo gramado artificial. A portaria do prédio estava escura. Olhou para a torre onde morava. Uma mulher estava na sacada do quarto andar, com metade de uma vela dentro de um copo. Ela entrou, amedrontada, quando notou que ele a observava.

— Eu estou indo para o HC procurar um amigo. Se quiser fugir daqui comigo, a hora é essa.

Ludmyla levantou-se e bateu as mãos nas coxas, como se estivesse decidindo entre subir e assistir a um filme novo ou ir com uma amiga dar uma banda no shopping.

— Eu vou com você. Não posso mais ficar aqui. Não quero mais subir e ver meu irmão morto.

A dupla caminhou até a portaria do condomínio. Jessé acreditava que estava vazia, mas encontrou seu Marco, o zelador, de pé, do lado de fora da guarita. Ele girou a chave na fechadura ao ver o casal se aproximando.

— Estamos sem energia desde a uma da tarde, minha gente. E sem telefone e sem jeito de falar com o pessoal da Eletropaulo.

— A coisa tá feia, não é, seu Marco?

— Nem me fale, seu Jessé. Desde ontem o trem tá estranho demais. Se tiver comida na geladeira, vai azedar.

— Tenso — murmurou baixinho Ludmyla.

— Tô achando que vai ficar pior antes de melhorar — profetizou o porteiro.

— Por quê?

— Acho que a Eletropaulo e a Telefônica não vão dar conta do recado. O pessoal já está assustado e em pânico com essa coisa de doença do sono. O povo vai entrar em colapso.

— Hum, falando difícil, hein?

— Difícil nada, seu Jessé, é a realidade. Tá todo mundo sumido, escondido dentro de casa. Se a energia e os telefones não voltarem, todo mundo vai ficar doido.

Jessé e Ludmyla trocaram um olhar rápido. Eles estavam em sintonia. Sabiam o que o outro estava pensando. Era o som do coração acelerado do porteiro que batia alto em seus ouvidos. Um cheiro bom de medo aflorava na pele do homem notando o olhar demorado da moradora pálida.

— E os gritos, então? Vocês já escutaram um? O cabra tá aqui parado, quando de repente, um grito vem do nada de qualquer canto.

Jessé sentiu sua gengiva formigar levemente e uma dor suave na arcada dentária superior; os caninos estavam deslizando, alongando-se, preparando-se para o ataque.

— Eu mesmo tô com um medo danado de ficar sozinho essa noite aqui na guarita. Tão dizendo que tá cheio de doido nas ruas pulando em cima dos outros. Vocês já ouviram falar disso?

— Eu ouvi — disparou Ludmyla. — Ouvi dizer que esses doidos querem o sangue dos outros. Uma amiga minha da faculdade foi atacada ontem na praça de alimentação. Até suspenderam as aulas por causa disso. Não sei o que essa gente tem na cabeça, seu Marco.

— É isso mesmo que eu ouvi, menina. Credo em cruz! Por que diacho alguém ia querer o sangue da gente?

— Porque é gostoso, seu Marco. Dizem que é muito gostoso — falou a garota, passando a mão no braço do porteiro e a língua suavemente sobre seus dentes pontiagudos.

— Credo em cruz, menina! Isso deve ser uma perturbação do inimigo! — queixou-se o porteiro, apontando para o chão. — O tinhoso em pessoa deve ter feito isso com o mundo. É o fim do mundo. Escutem o que estou dizendo.

Jessé olhou para os lados. Tudo vazio. Podia acabar com o porteiro agora mesmo, num estalar de dedos. Fecharia sua mão na traqueia do homem. Era só esmagar, com determinação. Ele não teria como respirar. Em segundos estaria rastejando na frente dos dois. Com Ludmyla do seu lado a drenar todo aquele sangue quente e vivo levaria um minuto. Era só tapar a boca dele, e ninguém escutaria nada. Só de pensar em atacar o coitado seus olhos tinham feito a mágica mais uma vez. Estava enxergando o entorno claro como dia, com o benefício de que quem passasse do outro lado da calçada não conseguiria enxergar um palmo diante do nariz.

— O que é isso no seu olho? — perguntou o zelador.

— Do que o senhor tá falando, seu Marco?

— Ele ficou vermelho, Jessé. Ficou vermelho — repetiu o homem, assustado.

— Eu não sei do que o senhor está falando — redarguiu enquanto a noite voltava a ficar escura. A lua em seu quarto minguante estava parcialmente encoberta por algumas nuvens. Ia ser rápido. Bem rápido. Quando olhou para Ludmyla, ela tinha as presas à mostra. O porteiro só não tinha enxergado ainda aquelas magníficas peçonhas por conta da escuridão, mesmo assim ele tremia assustado com o que tinha visto em seus olhos. Se fosse atacar tinha que ser agora, enquanto a vítima estava aparvalhada. Seu fluxo de pensamentos foi cortado por um puxão repentino da garota.

— Vamos. Temos que ir agora. Até mais, seu Marco. Cuide-se e se feche aí na guarita, porque a noite vai ser longa e só quem tem coisa ruim na cabeça vai ficar andando aqui fora agora que anoiteceu.

Ludmyla puxou Jessé pela calçada e começaram a se afastar em passos rápidos.

— Nem vem me perguntar nada. Você ia atacar o pobre homem.

— Eu? Você que estava lambendo os beiços e com os dentes enormes prontos para pular no pescoço dele.

— Ele já ajudou muito a minha mãe. Eu não queria matá-lo.

Jessé franziu a testa e balançou a cabeça.

— Não faz sentido essa clemência toda com ele.

— Tá falando isso por causa do meu irmão, não é?

— Justo.

— Não fica me pedindo explicação. Eu ainda não tô entendendo isso tudo. Não queria matar outra pessoa. Já está me arrancando o coração do peito ter feito o que fiz com meu irmão e estar, ainda por cima, fugindo com o rabo no meio das pernas, abandonando o corpinho frio dele para trás. Estou me sentindo mais que uma assassina, uma ladra, porque ele ainda vive em minhas veias.

Caminharam em silêncio por três quadras. Não conversavam, mas suas mentes voavam, revoluteando nas imagens que iam chegando aos seus olhos. Ruas praticamente desertas, sem carros ou motos. Quando um automóvel passava estava sempre em alta velocidade, com malas e coisas amarradas ao bagageiro, quase tocando o chão de tão abarrotado que ia, com gente bradando aos que a vissem: “Fujam daqui! Levem tudo o que puderem e não voltem!”. Talvez estivessem certos. Talvez fosse o fim dos dias. A única coisa que não sabiam é que não teriam onde se esconder.

Viram ao menos seis prédios ardendo em chamas sem ter quem socorresse. Na frente desses prédios encontravam gente, um amontoado de pessoas, em pijamas, em desespero, olhando com olhos cheios d’água para suas residências evaporando, subindo e sumindo com a fuligem. Ouviam o murmurinho, ouviam frases soltas aqui e ali. Coisas do tipo: fulano foi de carro ao Corpo de Bombeiros, sicrano estava lá dentro, vítima da doença do sono. Escutavam lamentos enquanto as labaredas vermelhas e laranjas eram refletidas nas íris dos que permaneciam com os olhos para cima. O par encontrou outros pares. No meio da gente desesperada que via seus apartamentos arderem, oriundos também daquele vespeiro em chamas, eram iguais. Ao menos dois com resquícios de sangue no canto dos lábios. O fogo oportuno apagaria os traços de barbárie, e estariam livres para matar mais gente ao redor quando ela voltasse. Ela. A sede infernal. A sede que dominava a mente. Daí, viraram a esquina e novamente vinha a noite escura e fria. Passaram também pela frente de uma dúzia de casas comerciais ao nível da rua, carbonizadas, exalando uma fumaça branca. Em nenhuma delas sinais de que os bombeiros tivessem dado as caras para socorrê-las. A cidade estava entregue ao caos, entregue ao pânico.

— O que você quer no Hospital das Clínicas? Achar alguma cura?

Jessé balançou a cabeça negativamente.

— Lamento, baby, mas acho que essa nossa pequena transformaçãozinha não tem volta.

A garota parou de caminhar.

— O que foi?

— Você acha mesmo?

— O quê, Ludmyla?

— Que isso... Esse nosso jeito... Agora é para sempre?

Jessé coçou a cabeça enquanto voltava a caminhar.

— Acho que sim. Acho que agora somos outra coisa, para sempre.

Jessé parou na esquina e virou-se para a garota.

— Vai ficar aí, parada?

Ludmyla caiu de joelhos e começou a chorar, o que irritou Jessé.

— Você acha o quê? Que estamos resfriados? Que isso vai passar com uma aspirina, ou algo parecido?

A garota continuava chorando, com as duas mãos sobre o rosto e os cabelos caídos para a frente.

Jessé aproximou-se e acocorou-se ao lado dela.

— Você matou seu irmão! Lembra? Eu matei a dona Miriam, lembra? Aquela velhinha toda fofinha? Matei e gostei.

— Para de falar assim!

— Não vou parar, Ludmyla. Não tenho que parar. Eu me transformei num monstro. Eu não sou um assassino. Não sou!

Ela concordou com a cabeça, sem tirar as mãos do rosto. Ela gemia no meio de um pranto sentido.

— Você não mataria seu irmão se não tivesse alguma coisa muito diferente dentro de você. Eu... Eu sou o maior bundão, maior certinho, nunca briguei nem na escola. Matar a dona Miriam?! Só porque eu não aguentava mais a voz dela?! Dá um tempo, Deus! Poderia até ter me jogado da janela, mas nunca teria levantado um dedo contra ela.

Ludmyla dobrou-se até tocar a testa no chão, chorando convulsivamente.

— Levanta. — Jessé apanhou a mão direita da mulher. — Levanta e para de chorar. Nós não somos mais os mesmos desde aquela noite maldita, em que todo mundo dormiu. Nós mudamos como muitos mudaram. Nós não somos mais os mesmos.

— Como você pode aceitar isso tão calmamente?

— Não estou calmo, mas, sim, você está certa. Eu estou aceitando. Eu ainda não sei o que é, mas acho que é irreversível. E não adianta ficarmos caídos no chão chorando e lamentando.

— Você acha que nos tornamos o quê?

— Quer saber mesmo?

Enxugando as lágrimas, Ludmyla fez que sim.

— Acho que nos tornamos algo terrível. Acho que agora somos vampiros.

Ela ficou calada, e então mordeu a unha do dedão andando de um lado para o outro, impaciente.

— O que foi?

— Eu estava com medo de que você dissesse isso, sabe por quê?

— Você estava pensando a mesma coisa.

— Exatamente.

Jessé abraçou Ludmyla longamente, apertou-a com vontade. Eram iguais. Afastou a cabeça da garota empurrando seu queixo com a mão e então ficou parado, olhando para os olhos vermelhos dela. Jessé a beijou.

— Eu vou cuidar de você, não tenha medo dessa nossa mudança.

— Eu não estou com medo, eu estou apavorada.

Jessé sorriu.

— Você me perguntou o que eu queria no Hospital das Clínicas e, não, não busco uma cura. Busco o marido da dona Miriam.

— O velho Tomaz?! Ele está vivo ainda?!

— Até onde sei, está. Se bem que, depois dessa zona toda começar, tudo pode ter acontecido.

— Mas o que você quer com ele?

— Não sei. Acho que você vai me achar esquisito pra cacete se lhe contar.

— Hahahaha! Mais esquisito do que já te acho? Impossível!

— Eu matei a mulher dele. A dona Miriam era a única pessoa que o velho Tomaz tinha nesse mundo.

— Ele é tão velhinho, pobrezinho.

— Isso. E agora, além de velhinho e doente, não tem ninguém para cuidar dele. Eu vou cuidar dele, só isso. Aquele lugar deve estar um inferno, um hospício.

— É. Realmente esse seu pensamento é beeeem esquisito.

Jessé deu de ombros.

— Pouco me importa se é esquisito ou não. Só sei que estou fazendo, pela primeira vez, o que eu quero mesmo fazer. Quero ajudar o seu Tomaz e vou ajudar.

Chegaram ao topo da subida. A torre da TV Cultura estava apagada, sem suas luzes coloridas apontando para o céu. Já viam dali o cemitério do Araçá, e em questão de poucas quadras chegariam ao objetivo: o Hospital das Clínicas. A avenida Doutor Arnaldo era uma das artérias do trânsito paulista, mesmo nas horas avançadas da madrugada o tráfego de veículos era presente e constante, contudo, naquela noite, até chegarem na metade do caminho, tinham visto no máximo cinco veículos passando. Pareciam vagar por uma extensão do cemitério, como se todos os prédios ao redor fossem imensas lápides abandonadas. Só não tinham uma sensação de deserto absoluto porque pessoas andavam, como eles, na direção do hospital, a maioria carregando gente adormecida nas costas ou em carrinhos de carga adaptados a liteiras que eram empurrados por duas ou três delas. Esses aventureiros da noite andavam em bandos, pois já sabiam que a noite era perigosa para os simples mortais. Ao chegar aos portões do segundo cemitério daquela avenida, o cemitério Redentor, a dupla estacou. Dois cavalos selados passaram trotando por eles e desceram a Cardeal Arcoverde. Foi Ludmyla quem cutucou Jessé, que olhou para o outro lado da rua onde três mulheres em roupas comuns e longos cabelos esvoaçantes, sentadas sobre o muro do cemitério do Araçá do outro lado da avenida, os observavam. Fúlgidos, os olhos do trio brilharam, quase imperceptíveis.

— São como nós... — murmurou Ludmyla.

— Sim. Vampiras.

— Por que estão nos olhando?

— Hum... Acho que pela mesma razão que estamos olhando para elas. Curiosidade.

— Por que elas estão ali, em cima do muro do cemitério?

— Porque as árvores as estão cobrindo bem. Talvez só nós as tenhamos notado porque também somos vampiros. Elas estão tocaiando, e aposto com você que já, já vão aprontar.

— Caçando?

— Talvez, se estiverem sentindo aquela queimação infernal na barriga, é capaz de estarem caçando. — Jessé sorriu e apontou para o outro lado da rua. — Olhe, Ludmyla, não disse?

Com efeito elas espreitavam. Um casal que caminhava apressado, olhando para trás de tempos em tempos, com medo da noite, arrependidos de estarem fora de casa, ia pela calçada, passando em frente às dezenas de bancas de floriculturas que estavam com as portas cerradas. Não havia trânsito, então só o medo explicava a razão de olharem tanto para trás enquanto caminhavam, trocando ora para o asfalto, ora para o calçamento. Eles passaram por baixo delas sem notar o perigo. Então, quando estavam bem ao alcance, foram surpreendidos pelas três vampiras, que saltaram do muro. Num primeiro momento foram eficientes. Uma delas agarrou a mulher e foi com ela ao chão. Duas partiram para cima do rapaz, uma tratando de tapar-lhe a boca para que os gritos não chamassem a atenção, enquanto a segunda cravou-lhe os dentes no pescoço.

A ação rápida fez brotar um sorriso na boca de Ludmyla. Ela sabia que agora o trio teria sangue quente para aplacar a fome, contudo, seu sorriso sumiu quando um estampido ribombou na noite. Uma das vampiras tombou, e então outro troar. O rapaz, com uma mão tapando a ferida sangrenta no pescoço, levantou cambaleando e partiu para cima da vampira que rolava no asfalto agarrada à sua mulher. Ele chutou a vampira, apartando-a de sua parceira, e então deu dois disparos com a arma de fogo. A vampira tombou contorcendo-se de dor. As pessoas que passavam ao largo, carregando seus doentes em direção ao HC, meramente apertaram o passo, sem parar para ajudar. De fato, um desses grupinhos assustados chegou a trombar com Jessé, empurrando-o para o lado, que mantinha os olhos, fascinados, no espetáculo do outro lado da rua, segurando um sorriso bobo de canto de lábio.

O rapaz estendeu a mão para a mulher caída e começaram a correr, olhando para trás agora de segundo em segundo, enquanto as vampiras baleadas se contorciam de dor.

— Acha que a gente devia ir até elas? — perguntou Ludmyla, num misto de diversão e preocupação.

— Não. Elas vão se virar. O hospital é logo ali. Bando de palermas.

— Estou é impressionada com o fato de nenhuma delas estar morta.

— Eu não estou impressionado nem um pouco.

— Como é possível? Seu sangue é de gelo?

Jessé pegou a mão de Ludmyla e a colocou por baixo de sua camisa.

— Aperta a mão contra o meu peito. Sente.

Ludmyla, ainda com um sorriso bobo na face, ficou olhando nos olhos negros e vítreos de seu parceiro de fuga e, sentindo sua pele fria, sem conseguir perceber as batidas de seu coração, por mais que comprimisse a palma de sua mão contra a pele do homem, deixou o sorriso morrer.

— Estamos mortos?

— Eu não estou morto. É só o que eu sei.

Jessé puxou a garota pela mão e voltaram ao caminho do HC. Jessé apertou o passo e também começou a olhar para trás. As três vampiras estavam lá, uma se apoiando na outra, levantando, cambaleando e caminhando com dificuldade, levando as mãos às feridas. Um sangue escuro manchava as palmas das mãos quando estas saíam dos ferimentos. Olhou para Ludmyla e estacou de novo.

— Cara, parando toda hora, desse jeito, a gente não chega nunca.

— É que pensei numa coisa, de repente.

— O que está saindo aí da cachola dessa vez?

— Eu pensei numa bobeira, ia fazer uma piada contigo, mas o que era piada acabou se tornando um pensamento sério — murmurou Jessé, com o rosto crispado, passando a mão no queixo, como se reunisse uma porção de ideias para formar alguma teoria.

— Do que você está falando agora?

— Eu ia brincar com a situação das madames ali atrás. Ia dizer que elas eram muito tapadas e que a melhor caça para elas era um desses adormecidos nas costas de alguém, porque ao menos eles não poderiam sair correndo — disse, sorrindo ao final.

Ludmyla riu do comentário do amigo.

— Tá, até é engraçado o que você disse, mas por que essa seriedade toda agora?

— Eu brinquei sobre isso, pegar os adormecidos, mas acontece que isso é uma excelente ideia.

Ludmyla também franziu a testa. Não pensando sobre a possibilidade, mas tentando entender do que raios Jessé estava falando.

— Você viu o que aconteceu ali agorinha? Elas estavam indo até que bem, eram três contra dois, foram espertas, uma pulou sobre a garota, que é mais fraca, e duas foram para cima do cara. Só não contavam com o elemento surpresa. O cara estava armado, e atirou nelas!

— Hum. Até eu atiraria em alguém que pulasse em cima de mim, Jessé.

— Sim. Você, eu e toda a torcida do Corinthians. Está todo mundo assustado, com medo, e quem está acordado está ficando esperto, se preparando para lidar com gente que nem nós dois. Esse revide sempre poderá acontecer durante uma caçada. As pessoas não querem morrer, vão revidar, vão lutar até o limite. Mesmo a coitada da dona Miriam se debateu um bocado antes de entregar os pontos.

— Antes de morrer, você quer dizer.

Jessé deu de ombros.

— Que seja. Um adormecido não pode nos provocar um arranhão sequer.

O rosto de Ludmyla mudou, de franzido e preocupado para algo como doloroso e triste, tomada pela lembrança de seu irmão também lutando em seus braços, enquanto Jessé continuava seu discurso empolgado.

— Se pegarmos uns desses adormecidos, deixamos eles em algum lugar, meu apartamento, por exemplo. E vamos tomar seu sangue quando bem entendermos, eles não vão revidar.

— Você está sugerindo que transformemos sua casa num depósito de gente adormecida?

— Correto!

— Uou! É estranho, mas faz todo o sentido.

— Se tivermos aquelas sensações de novo, aquela dor sem fim no estômago, aquela irritação, poderemos nos satisfazer e até aprender a não matá-los. Pelo que eu me lembre o sangue se regenera no organismo das pessoas.

— Sim, se regenera, mas a pessoa precisa ingerir líquidos.

— Bem, isso é de se pensar depois. O que vale agora é testar nossa teoria.

— Como?

— Depois que eu der uma olhada no velho Tomaz, voltamos para nosso condomínio e veremos todos os apartamentos. Em algum deles alguém estará apagado e sozinho.

— E aí?

— Aí arrastamos essa pessoa na calada da noite para o meu apartamento. Se der tudo certo fazemos com outros, e mais outros, e mais outros.

— Até termos um bom estoque de sangue em casa.

— Um rio de sangue, baby. Um rio de sangue.

Quando o casal dobrou a esquina do IML entrando na rua do Hospital das Clínicas, parou instintivamente. Havia cerca de duzentos daqueles iguais, com pele pálida e muitos com seus olhos vermelhos, intensos. A rua estava coberta de corpos. Jessé só não sabia se aquela gente morta tivera seu sangue tomado ou se eram seus semelhantes que tinham sido assassinados pelos assustados não transformados.

Ludmyla aproximou-se de Jessé. Não por medo, mas por um tipo de precaução. O cheiro do sangue coagulado vinha de todos os lados, criando uma perturbação em seu ser, fazendo a garganta secar. Precisou se concentrar para continuar caminhando ao lado do amigo sem que se jogasse em cima de um daqueles corpos e os perfurasse procurando resquícios de alimento.

— Agora não — comandou Jessé. — Vamos encontrar o velho primeiro.

Jessé desceu a rua em direção à avenida Rebouças, arrastando os pés, quase cimentados pela curiosidade. Tudo o que se mexia eram seres semelhantes a eles dois, vampiros, alguns também como eles, estupefatos, ainda perscrutando a nova noite, entendendo os novos desígnios do viver. Aceitando a realidade à qual tinham sido arremessados sem aviso. Eram muitos. Agora as nuvens tinham dado trégua, e a luz da lua banhava a frente do hospital. Ele e a garota passaram por baixo da passarela. Ali existia um bom número de policiais da PM mortos e pelo menos uma dúzia de cavalos também abatidos. Por isso tinham cruzado com a espantosa égua lá atrás. O som de um vampiro se alimentando chamou sua atenção. O igual sugava o sangue de um cavalo, o animal estremecia, agonizando, erguendo a cabeça com seus olhos imensos arregalados, como quem pede ajuda aos estranhos ao redor.

— Vem — chamou Jessé.

Os dois atravessaram a rua e chegaram na entrada do Incor. Vidros quebrados, bancos no chão. Alguns dos semelhantes estavam mortos, transfixados por barras de ferro e espadas. Membros decepados. Duas cabeças no chão. O cenário era infernal.

— De onde vieram essas espadas? — perguntou Ludmyla.

— Os soldados da cavalaria têm sabres. Eles lutaram contra nossa gente.

— São tantos! Vampiros e soldados.

— Percebeu o que aconteceu com os nossos semelhantes?

— O quê?

— Não é igual nos filmes, que vampiros morrem só com estaca de madeira no coração. Já estamos mortos, porque nossos corações parecem não bater mais, mas esses ferimentos podem acabar conosco.

— Deve doer pra chuchu.

Jessé concordou, mexendo a cabeça. O cenário evocava uma grande batalha. Travada entre os soldados e os vampiros, onde os novatos filhos da noite tinham levado a melhor. Tanta gente morta em tão poucas horas! Os rostos dos soldados, ainda com seus capacetes e alguns ainda segurando suas espadas, estavam pálidos, os olhos arregalados em terror, com o sangue drenado por completo. Os cavalos mortos formavam uma barreira de carne e couro que praticamente fechava as duas mãos da rua.

— O sol deve ser perigoso para nós — juntou no final.

— Você também ficou incomodado?

— Muito.

Pararam na recepção do Incor, escura para os humanos e clara o suficiente para os vampiros. Olharam ao redor. Mais corpos de vampiros com braços partidos, cabeças decepadas do resto do corpo, intestinos para fora.

Enquanto conversavam sobre as possíveis dificuldades da nova vida, Jessé caminhava, seguido por Ludmyla.

— Eu só estive aqui uma vez com a velha. A idiota vinha quase todo dia ver o marido, e só faltava desligar os aparelhos para declará-lo morto.

— Ele está aqui? Nesse hospital?

— Está. A panaca falou ainda hoje antes de morrer.

— E depois de ver toda essa destruição, depois da cidade ficar sem energia por horas, você acha que ele ainda está vivo? Não acha que estamos perdendo tempo aqui?

Jessé deu de ombros.

— Para mim tanto faz. Só sei que eu quero fazer isso. Quero cuidar do marido da dona Miriam. Não vou deixar ele virar comida de vampiro. É o mínimo que posso fazer.

— Você parece maluco, sabia?

— Devo estar parecendo mesmo.

— Você está chamando a pobre coitada de panaca e idiota, mas mesmo assim quer pagar uma promessa tão complicada.

Jessé parou e olhou para Ludmyla.

— Eu chamei ela de panaca?

— Chamou, agorinha.

Jessé ergueu os olhos para o teto. O que estava acontecendo com a sua cabeça? Ele não era assim. Não falava assim das pessoas. Baixou os olhos e reconheceu o corredor. Caminhou na direção dos elevadores. O marido da velha estava na UTI há anos sem apresentar melhora. Apesar de já tê-lo visitado, isso fazia muito tempo, e ele não conseguia se lembrar em qual andar o velho estava. Jessé andou até o balcão de informações. Havia mais corpos caídos ali atrás. Gente que teve seu sangue drenado. Jessé olhou sobre a bancada do atendimento e revirou as coisas até encontrar o que queria. Uma lista dos andares e seus departamentos. Percorreu com o dedo a lista e encontrou o que queria. A UTI onde estava o velho ficava no décimo andar. Jessé e Ludmyla dirigiram-se para as escadarias. A falta de energia deixava claro que só chegariam até lá em cima pelas escadas. As luzes de emergência tremeluziam eventualmente, deixando o clima ainda mais fantasmagórico naqueles corredores vazios. Na altura do sexto andar, ouviram vozes. Jessé chegou a abrir a porta para o andar e deixou seus ouvidos atentos captarem mais daquele barulho. Havia um choro ali. Uma mulher. Alguém falava, tentando acalmá-la. O medo daquelas pessoas chegou a tocá-lo, palpável e atraente. As pessoas estavam escondidas no hospital. As que não tinham sido capazes de evadir ao anoitecer agora se espremiam atrás de portas e camas hospitalares, tentando entender o castigo que se abatera sobre a raça humana.

— Você consegue sentir o medo deles? — perguntou Ludmyla.

Jessé confirmou com um movimento de cabeça.

— É um bocado convidativo, não acha?

— Vamos subir. Se tivermos tempo, depois de eu encontrar o velho, a gente vem brincar com eles.

Continuaram subindo e cruzaram com mais criaturas da nova fauna. Eram vampiros, mas não pareciam ser como eles. Aqueles trajavam camisolas hospitalares do Incor, andando curvados, como se fossem bichos. Não pareciam pensar igual a eles dois. Cruzaram com um bando de meia dúzia daquelas feras, e duas delas ficaram encarando-os, ao mesmo tempo que grunhiam e exibiam as presas longas, com os queixos sujos de sangue que já tinham bebido.

— É aqui — disse Jessé, ao subir mais um patamar.

A dupla deixou as escadarias e adentrou o corredor do andar da UTI. Aquele andar estava escuro, sem luzes de emergência funcionando. Jessé viu Ludmyla ficar com os olhos vermelhos, acesos, e imaginou que os dele também tivessem daquele jeito, rubros, vivos, vencendo a escuridão e deixando o caminho sem segredos. Apesar de fazer anos que não visitava o velho, Jessé lembrou-se do trajeto feito ali. Em dia normal entrariam num vestíbulo antes de passarem aos quartos da UTI. Nesse vestíbulo calçariam uma proteção de tecido sobre os sapatos, colocariam uma calça verde larga e um camisão por cima de tudo. Teriam que lavar as mãos por quase cinco minutos, passando um tipo de gel que mataria todas as bactérias da pele. Pelo menos fora isso que a enfermeira dissera naquela ocasião e que ficara retido em sua memória. Como aquele não era um dia normal, Jessé forçou a porta dupla e acenou para que Ludmyla o seguisse, em vez de ficar no corredor, lendo os cartazes afixados na parede. Ela vinha ao seu encontro quando um barulho de uma bandeja metálica caindo deixou-os sobressaltados.

Ludmyla ia falar alguma coisa, quando olhou para Jessé, que estava com o dedo indicador colado ao lábio, fazendo um sinal de silêncio. Ludmyla sorriu, fazendo uma ligação entre a imagem do amigo e a clássica imagem da enfermeira que pede silêncio em respeito aos convalescentes. Ela encostou no amigo e ficaram olhando para uma porta. Um facho de luz dançava pelo vão que se formava no rodapé do batente. Tinha gente do outro lado, sussurrando.

Jessé apurou sua audição, havia algo com os sentidos, igual aos olhos, que parecia se amplificar quando necessário. Ouvia o cochicho de três homens e ao menos duas mulheres. Tinham também os resmungos. O roçar de tecido. Aquelas pessoas escondidas atrás da porta tinham amarrado alguns de seus semelhantes. Jessé não demorou muito para imaginar o que acontecia. Era gente que tinha vindo ao hospital com familiares enfermos, do jeito como ele também tinha ficado. Agora, aqueles doentes, tinham se transformado e se não fossem amordaçados e amarrados não poderiam ser contidos. Não havia choro, mas Jessé sentia o delicioso afago do medo daquelas pessoas tocando seus poros.

— Vamos pegá-los? — cochichou a garota em seu ouvido.

— Está louca?! Não vamos fazer nada disso agora. Eu vim com um propósito. Primeiro tenho que encontrar o velho Tomaz e tirá-lo daqui, ajudá-lo de alguma forma. Devo isso a dona Miriam.

— Deve?

— Devo. Quando ela morreu nos meus braços, logo depois, eu prometi que viria olhar o marido dela.

— Hum, não sabia que eu andava do lado de um assassino nobilíssimo. Me desculpe.

Jessé lançou um olhar esgazeado e sorriu de canto de boca.

— Sem graça. Não somos assassinos, sabia?

— Fala isso pro meu irmão morto no meu apartamento.

— É justamente essa nova realidade que vai demorar a entrar na cabeça dos nossos e vai fazer com que os que não a aceitam sofram sobremaneira. Nosso tipo de comida mudou depois da primeira noite em que essa doença chegou. Nós agora não nos alimentamos de qualquer coisa. Nós nos alimentamos de vida, de sangue. Não somos assassinos, e fim de papo.

— Acho que você já me disse isso.

— E vou repetir até que esse peso saia do seu peito.

Jessé avançou pelo corredor da UTI, adentrando os quartos, procurando pelo velho Tomaz.

— Ainda é difícil de acreditar. Foi repentino demais. Surreal demais.

— A luz do sol me deixou bem irritado essa manhã. Só consegui sair do apartamento depois do poente, acredita?

— Claro. Comigo foi igualzinho.

— Será que, como os vampiros das lendas, a gente também morre no sol?

Ludmyla deu de ombros.

— Se for assim eu vou sofrer um bocado. Eu simplesmente amo praia. Amo o sol.

Continuaram caminhando pelos corredores enquanto conversavam.

— Eu já não vou sofrer tanto. Vivia enfurnado no cubículo da firma onde trabalhava. Mal via o sol. Mal via minha vida. Trabalhava, pagava as contas, comia umas putas e juntava dinheiro.

— Juntava dinheiro para quê?

— Isso já não é da sua conta. O que pesa mesmo é que tudo mudou.

— Tudo mudou é meio que um eufemismo, não é, não, Jessé?

Jessé sorriu para a noturna. Eufemismo era uma palavra que não escutava todos os dias.

— Apesar de você estar certa, eu acho que você ainda não entendeu o quanto tudo mudou, Ludmyla. Tudo mudou.

— A cidade mudou, as pessoas adormeceram, outras viraram isso aqui que somos agora. É nítido que tudo mudou — retrucou a jovem.

— Mas tem uma coisa que você não colocou na sua lista e que para mim é, de longe, a mudança mais significativa.

— Jessé, você precisa me contar o que é porque eu não estou te acompanhando. Você pira o cabeção, cara!

O homem colocou a mão sobre o próprio peito.

— Até ontem a única certeza que nós tínhamos nesse mundo é que todo mundo que nascia um dia morreria. Um dia nosso coração pararia de bater e nossa vida seria interrompida, extinta, e nossos corpos não mais poderiam transitar entre os vivos, dar bom dia e conversar sobre o tempo. Estaríamos mortos e acabados. Então viria o tempo de nossas almas, nossos espíritos. Precisamos morrer e fechar o ciclo terreno.

— Interessante esse papo — disse Ludmyla enquanto Jessé continuava.

— Muitos acreditavam em um Deus e em vida após a morte. Muitos acreditavam em vários deuses e em várias vidas e continuações, outros não acreditavam em nada disso, mas todos concordavam em uma coisa. O tempo de morrer chegaria para todos que aqui respiram. Agora, minha amiga, não sei de mais nada. Veja, ao cair do sol nós morremos, mas por alguma razão que ainda me passa desapercebida, continuamos por aqui, animados, caminhando, como se fôssemos vivos, mesmo com esse coração silencioso e morto em meu peito. Ludmyla, esse silêncio e essa quietude em meu corpo me dão medo.

A vampira olhou mais uma vez para o amigo antes de continuar andando.

— O mais irônico é que nesse novo mundo os vivos dormem, como se fossem os mortos.

Ludmyla ficou parada um instante enquanto Jessé abriu a última porta do corredor suavemente. Havia dois leitos ocupados naquele último quarto. Seringas, bolsas de soro fisiológico, materiais descartáveis caídos pelo chão. A confusão no hospital tinha ido parar em todos os cantos com a chegada da noite, e ali não tinha sido diferente. O único som que ouviam era do respirador mecânico funcionando. Jessé se aproximou em silêncio, parando em frente ao primeiro leito. Não era seu Tomaz. Era um homem mais novo, com coisa de cinquenta anos, talvez um pouco mais ou um pouco menos. Seu Tomaz estava chegando aos oitenta. Olhou para o último leito. Era ele. O velho. O marido da Miriam, ali, tomado pela inconsciência de um derrame, sem saber que ao cair daquela noite sua esposa tinha passado desta para melhor e que o assassino dela estava parado na sua frente, velando sua ausência.

— Eles estão abandonados?

— É o que parece.

— Como alguém abandona seus pacientes, assim, dessa maneira? Que ultraje!

Jessé chegou até a janela do quarto e olhou para baixo. Os vampiros vagavam pelas ruas. Eram muitos. Quantos humanos tinham sucumbido àquela transformação? Era impossível contar. Impossível conceber. Só podia atinar que eram muitos e ainda estavam com fome, caçando gente viva, gente que nem a que pensava estar escondida atrás daquela porta no corredor.

— Esses dois aqui estão praticamente mortos, lançados à própria sorte — continuou ralhando Ludmyla. — O que eles esperam, que nenhum de nós encontre esses dois? Eu tomaria o sangue deles sem pensar duas vezes.

Jessé parou ao lado do vizinho do seu Tomaz. Passou a mão sobre a cabeça calva do homem, e então curvou-se enquanto seus dentes se projetavam. O sangue do homem bateu quente em sua boca e desceu pela garganta infestando seus sentidos com aquela impressão eufórica de vida. Os olhos do vampiro se fecharam e Jessé lutou para soltar-se da garganta da vítima sem tomar-lhe a vida. Quando abriu os olhos, eles percorreram o quarto mais uma vez. A visão do quarto ganhara uma luz. Um sopro em seu ouvido pedia que olhasse devagar. Tinha um crachá funcional caído perto da porta. Um estetoscópio no assento de uma cadeira. Gavetas abertas, medicação esparramada por todos os lados e frascos caídos no piso. Marcas de borracha no chão faziam uma trilha até a porta. Alguns leitos tinham sido removidos dali, dava para ver a mancha de onde as camas ficavam encostadas na parede. Aqueles dois eram os últimos. Alguém teria que ter voltado por eles, mas a noite chegou e os monstros abriram seus olhos vermelhos e suas bocas sedentas antes que tivesse sido possível o resgate.

— Não deu tempo de salvá-los.

— Hã? — inquiriu a vampira, franzindo a testa.

— Imagine, as pessoas trabalhando aqui no hospital quando anoiteceu — disse Jessé, limpando com as costas da mão um resto de sangue em sua boca.

— Tá.

— Essa transformação que aconteceu com a gente aconteceu com eles também. Venha ver.

Ludmyla aproximou-se da janela e olhou para a rua.

— Muitos dos doentes estavam aqui nesse complexo. Alguns aqui no Incor, outros nas Clínicas, outros no pronto-socorro, muitos nesses prédios residenciais do outro lado da Rebouças. Quantos prédios existem na avenida Paulista, na Bela Vista, na 9 de Julho? Em cada prédio dezenas, centenas de apartamentos. De cada prédio saíram dezenas de pessoas transformadas como a gente assim que o sol se pôs. Consegue imaginar?

— Nossa.

— Essa cidade nunca mais será a mesma, Ludmyla. Sempre que a história de São Paulo for contada, ela dirá como era a cidade era antes dessa noite em que os vampiros a tomaram e como as coisas foram depois.

— São milhares de vampiros, então.

— Milhares? Milhares só nesse bairro. Arrisco a dizer, Ludmyla, que pelas ruas da cidade andam milhões de vampiros nesse momento.

— Milhões é muita coisa.

— Sim, é muita coisa. São Paulo é muita coisa. São Paulo é superlativa. É a sexta maior cidade do mundo em população. Se um cidadão em cada dez se tornou uma criatura como a gente, vamos ter ao menos dois milhões de infelizes nessa mesma situação, tendo que viver de tomar o sangue dos demais.

— Se cada um de nós pegar e matar para beber o sangue, logo não terá mais gente em São Paulo.

Jessé concordou com a vampira.

— Tem razão. Por isso que aquilo que disse sobre os adormecidos faz mais sentido ainda. Precisamos pegar os adormecidos e guardá-los. Podemos nos alimentar sem matá-los. Se eles continuarem vivos o organismo deles vai restaurar seu sangue.

— Não é assim, Jessé. Essas pessoas adormecidas não vão comer nem vão se hidratar. Eles vão morrer à míngua. Ou você pensa que seus corpos vão refazer o sangue?

— Isso é algo que vamos ter que consertar.

— E o que fazemos com seu amigo agora?

Jessé olhou para o velho Tomaz e mordiscou o lábio.

— Esse hospital não é mais seguro para ele. Um igual pode chegar aqui e acabar com a vida dele.

— E você vai fazer o quê? Tirá-lo daqui?

— É.

— Tá maluco? O velho tá ligado nessas coisas aí.

— Alguma coisa está me dizendo que podemos levá-lo embora daqui.

— Se você desligar isso, ele morre.

— Não morre. Nem ele nem esse tiozinho aí do lado.

— Virou vidente agora?

— Se virei vampiro, por que não posso ter virado vidente também?

Ludmyla sorriu. Achou a resposta do amigo engraçada.

— Quando amanhecer os humanos vão sair de seus esconderijos e vão tentar resgatar quem ficou para trás. Virão para esse quarto, e antes do cair da noite terão levado esses dois para um lugar protegido. Nessa noite nós pegamos todos de surpresa, amanhã, quando anoitecer, eles estarão com muito medo, mas estarão esperando por nós.

— Faz sentido.

— Vamos levá-los daqui, hoje.

— Opa, espera aí. Levá-los?

— É. Vamos salvar estes dois.

— Por que você vai perder tempo com esse aí? Tome todo o sangue dele, e já era.

— Não. Gostei do sangue dele. Ele vai ser minha primeira cobaia. Algo me diz que eles não vão morrer desidratados. Quem está dormindo está dormindo, e assim ficará.

— Tá dizendo o quê? Que eles vão hibernar que nem urso?

— Quase isso. Eles estão num tipo de pausa que não vamos entender nunca.

— Você está me assustando, Jessé. Desde quando ficou tão sabido?

— Ache uma cadeira de rodas. O outro eu levo no ombro. Depois que tomei seu sangue estou me sentindo até mais forte.

Ludmyla não demorou a voltar com uma cadeira de rodas. Encostou o equipamento ao lado do leito de Tomaz enquanto Jessé se posicionava perto de sua cabeça. O jovem vizinho afagava o cabelo do velho. O aparelho, ligado à energia de emergência, tinha um diafragma pneumático que subia e descia, fazendo a respiração do homem funcionar mecanicamente. Jessé segurou o tubo que entrava pela boca do velho e o desconectou da peça presa entre seus dentes. O aparelho começou a apitar enquanto o velho continuava inerte no leito. Jessé removeu a peça da boca de Tomaz, retirando o tubo que, gosmento, descia por sua garanta, arremessando-o no chão do seu lado. A dupla ficou em silêncio, observando aquele homem que deveria morrer em questão de segundos. A cabeça do velho começou a tremer, depois seu rosto se contorceu por um breve momento. O velho emitiu um longo suspiro e então seu peito subiu, inspirando, e desceu, expirando. Continuava em coma, sem dúvida, adormecido, pego pelo sono misterioso como tantos outros paulistas. Então sua respiração se fez presente até ficar quase imperceptível como nos outros adormecidos.

Jessé virou-se para o parceiro de internação do velho Tomaz e repetiu a operação, retirando o aparelho respirador do homem, que se contorceu por um período maior que o velho, mas que no fim das contas, chegou ao mesmo estado adormecido do vizinho. Desconectou dele os acessos venosos e apanhou o prontuário do paciente que estava em uma prancheta numa bancada ao pé do leito.

— Raimundo Bispo.

— O quê? — perguntou Ludmyla, pega distraída.

— Esse aqui. Venha e conheça.

— Muito prazer, Ludmyla.

Jessé ergueu a mão inerte do paciente e a balançou como quem cumprimenta.

— Muito prazer, Bispo.

Jessé ajeitou o velho Tomaz na cadeira de rodas para que Ludmyla o conduzisse, enquanto jogou Raimundo Bispo sobre o ombro, carregando-o como um fardo.

Capítulo 40

Cássio espiava pela janela. Os minutos pareciam rastejar para trás, e depois de horas e horas trancando portas, espreitando e observando a movimentação daquelas pessoas transformadas em demônios, tentando entender um pouco mais daqueles novos seres, percebeu a alvorada se manifestando de uma forma que nunca antes tinha experimentado. A claridade vinha chegando e rebocando junto a ela uma sensação poderosa de alívio. Tinha passado a noite em claro, percorrendo as janelas e trancando portas para ter certeza de que nenhuma daquelas criaturas tinha conseguido adentrar o hospital. Coisa de uma hora antes de perceber a luminosidade aumentando no céu ele já tinha reparado que os vampiros começaram a rarear até que as ruas estivessem completamente desertas. Durante a noite algumas pessoas tentaram chegar aos hospitais, contudo, muitas paravam na esquina da rua e, horrorizadas com o cenário sanguinolento adiante e intimidadas com a presença daqueles seres transformados, acabaram recuando, fugindo dali. Cássio apurou os ouvidos escutando o ladrar de cães e piados de aves. Ouviu latas sendo chutadas, provavelmente por alguma daquelas criaturas, o barulho vinha da direção da Teodoro Sampaio. Chegou a cogitar deixar o IC para procurar Kara. A égua tinha debandado, assustada pelos vampiros, quando ele conseguiu salvar Graziano do ataque. O amigo tinha passado a madrugada toda desmaiado, sendo consumido por um sono agitado que o fazia se remexer a todo instante no leito. Não puderam fazer uma radiografia por conta da falta de energia, mas um médico presente, por sorte um neurologista, fez repetidos exames e afirmou que Graziano não corria risco de morte e que recobraria a consciência em pouco tempo. A pancada tinha sido forte. Quando Cássio relatou que ele mesmo tinha golpeado a cabeça do amigo, antes que os olhares espantados se apagassem, explicou a estranha reação do parceiro ao se deparar com os vampiros. Ainda que heroica, muito desequilibrada. Alguém se arremessando contra dezenas daqueles vampiros, de forma inconsequente, não podia estar dentro do seu normal. O fato é que Graziano acabara com mais de dez deles, lutando de forma tão selvagem quanto aqueles transformados que tinham atacado pacientes e policiais. Graziano agira como um deles, só que ainda humano, destroçando-os e não buscando o sangue daquela gente. Mais ninguém tinha visto ou descrito alguma pessoa com o mesmo comportamento, tornando a atitude singular do militar mais uma pergunta sem resposta para a coleção que ia se juntando com o passar das horas no ingressar daquele novo mundo.

Sua vontade de partir atrás de Kara e do cavalo do amigo tinha vindo antes da aurora, quando as criaturas desapareceram do asfalto. Cássio viu o que as criaturas fizeram com alguns dos cavalos do destacamento. A ação foi demovida pela enfermeira Mallory, que tinha suplicado para que Cássio se mantivesse dentro do Instituto da Criança. E se a vampira ruiva voltasse? O que seria deles? O sargento concordou em aguardar a alvorada, dizendo que, se aqueles seres transformados fossem mesmo vampiros, durante o dia se recolheriam a algum lugar escuro. Mallory e o médico do Instituto do Coração corroboraram aquela esperança, dizendo que durante as horas de sol, mesmo antes da transformação completa, aquelas pessoas ficavam inertes, imóveis em seus leitos. Era verdade. O amanhecer foi ganhando o firmamento. Muita coisa tinha mudado na cidade, mas, felizmente, aquilo continuava certo. O sol e a lua continuariam alternando seus reinos no céu como faziam há milhões e milhões de anos. Os únicos que tinham mudado eram eles, aquelas formigas que rastejavam por aquela janela de existência que chamavam de vida.

Assim que a claridade começou a invadir as janelas, banindo em definitivo as criaturas para as trevas, deixando as ruas livres para os humanos, Cássio foi até a enfermaria ver como estava Graziano. Ele parecia dormir tranquilamente agora. Perguntou sobre Mallory e foi informado que ela tinha voltado ao seu posto na UTI. Cássio seguiu as indicações e encontrou a enfermeira rindo dentro do quarto onde cuidava das crianças. O soldado sorriu. Aquilo parecia um oásis no meio de tanta desgraça. Dois dos pequenos estavam sentados na cama, enquanto meia dúzia continuava deitada, recebendo medicação na veia, mas com olhos abertos e expressões alegres, ouvindo as piadas da enfermeira e dos outros companheiros de internação. Olhando para a bolsa de soro pingando no conduto, Cássio lembrou que ele mesmo não tinha tomado sua medicação desde ontem. Não era hora de adoecer. Precisaria de todas as suas forças para enfrentar aquele mal que tinha tomado a cidade.

Assim que Mallory viu o policial, levantou-se e deixou o quarto da UTI, fechando a porta atrás de si.

— Como estão as crianças? — perguntou Cássio.

— Estão melhores do que deveriam — revelou a enfermeira no meio de um raro sorriso.

Cássio espiou pelo vidro. As crianças ainda riam e olhavam para eles, fazendo comentários.

— O que você quer dizer com isso?

— É que, no meio de tanta coisa ruim acontecendo, estamos recebendo um prêmio que ainda não entendemos aqui no IC.

Cássio continuou olhando para a enfermeira morena de rosto cheinho. Só agora tinha notado como o rosto dela era bonito, ficando ainda mais atraente com aquele sorriso largo.

— Essas crianças são... Melhor dizendo, eram pacientes terminais.

— Terminais?

— Sim. Todas as que restaram aqui na UTI eram pacientes que estavam mantidos em regime paliativo. Três delas não resistiriam até a semana que vem. Agora olha para elas.

Cássio voltou a olhar para dentro do quarto.

— Nenhuma delas está ligada a aparelhos. Eu mesma retirei essa madrugada o respirador mecânico daquela menina ali do canto. Ela estava inconsciente até anteontem. Na última vez que um médico a avaliou, recomendou a redução da respiração mecânica, e ontem de madrugada o neuro do Incor a viu e me ajudou a retirar o aparelho da menina em definitivo.

— Impressionante.

— Essa melhora me deixou bastante aliviada, não sei até quando os geradores de emergência vão funcionar.

— Os geradores devem ser abastecidos com combustível. É só o pessoal da manutenção ficar de olho.

— Se tiver alguém da manutenção aqui ainda...

Cássio entendeu o comentário da enfermeira. Para muitos funcionários não fazia o menor sentido continuar indo ao trabalho.

— A cada hora que passa elas parecem melhores. Difícil de entender, quanto mais de explicar.

— Ao que parece, essa noite que mudou o mundo não trouxe só desgraças.

Mallory sorriu olhando para dentro do quarto. O sargento tinha razão. As criaturas noturnas eram tão incompreensíveis quanto a melhora súbita de todos aqueles pacientes considerados terminais. Se continuassem melhorando naquele ritmo, em poucos dias estariam correndo pelo hospital, completamente curados.

— Cada uma delas está melhorando. Tomara que eu consiga levá-las para casa.

— Bem, pense nisso. Vou ajudar no que eu puder. Precisamos fazer alguma coisa. Ficar nesse hospital não é mais seguro. Essa madrugada tivemos sorte. As janelas de vidro nos deixam vulneráveis. Não sei se vocês estarão seguros aqui quando anoitecer.

— Oh, Deus.

— O que foi?

— Essa noite foi como um pesadelo. Agora que amanheceu me deu uma sensação de que tudo tinha acabado, ficado para trás com a noite. Você acha que eles vão voltar?

— Infelizmente, sim. Acho que a próxima noite pode ser ainda pior. Eles voltarão sabendo onde estamos.

— E o que eu faço com elas?

— Não sei. Vocês devem ter um diretor por aqui ainda. Só sei que vocês não podem mais ficar nesse hospital.

— E você, vai continuar aqui com a gente?

Cássio olhou para dentro da UTI.

— Onde estão os pais dessas crianças, pelo amor de Deus?

Mallory balançou a cabeça negativamente e ergueu os ombros.

— No primeiro dia as crianças internadas que estavam acompanhadas foram para casa, esperando essa situação passar. Os pacientes terminais não tinham condição de serem levados para casa. A maioria deles veio de longe, de outros estados. Alguns recebem visitas semanais. Mas sem telefones funcionando não temos como avisar seus pais dessa inesperada melhora.

Cássio ficou calado, olhando para as crianças.

— Vai continuar com a gente?

O sargento olhou para a enfermeira.

— Sabe como eu vim parar aqui na frente desse hospital?

— Vieram fazer a segurança do Hospital das Clínicas, não é isso? Por causa da confusão com os adormecidos?

— Não. Eu escolhi ficar aqui. Minha irmã me deixou um bilhete em casa dizendo que meus sobrinhos tinham adormecido. Depois um bilhete no meu batalhão dizendo que viria para o HC. Eu não consigo encontrá-los.

— Nossa! Qual a idade de seus sobrinhos? Posso ajudar a procurar.

— Eles não estão aqui. Sua amiga da portaria...

— A Rosana.

— Isso. Disse que eles não estão aqui.

— Realmente, ontem não estávamos mais pegando pacientes.

— Eu preciso voltar para casa e ver se ela conseguiu.

— Entendo.

— Onde quer que ela esteja, a noite não foi nada fácil.

— Ela pode estar no prédio maior do HC, lá tem muita gente ainda. Não sei como foi essa noite, mas pode ser...

— Conheço minha irmã. Ela leu o bilhete que jogaram dos aviões. Ela viu esse hospital lotado e sem dar atendimento. Ela não ia ficar aqui. Preciso voltar para casa e ver como as coisas estão por lá.

— Sua mulher?

— Sou divorciado. Minha mulher tem outro cara. Eles que se cuidem.

— Você mora com sua irmã?

— Isso. Moro nos fundos da casa dela. Ajudo a cuidar das crianças.

— Qual o nome deles?

— Felipe e Megan.

— Megan? Hahaha! Que nome é esse?

— Não sei, Ma-llo-ry.

A enfermeira murchou o sorriso e abriu a boca, espantada.

— Ah! Olha você! Fazendo graça com o meu nome.

Os dois riram.

— Minha irmã fez uma amiga num intercâmbio uma vez, daí se apaixonou por esse nome. Megan.

— Pelo menos o nome de sua sobrinha tem uma história bonita. A minha dá vergonha.

— Ah, é? Conte-me.

— Minha mãe foi parteira por muito tempo. Um dia o dono de um magazine na nossa cidade foi chamá-la, porque o médico do postinho não dava jeito no parto do neto dele. Minha mãe foi lá e conseguiu tirar o bichinho da barriga da nora do dono do magazine, e ficou tudo bem. Ela não aceitava dinheiro para ajudar nos partos. Bastava um abraço quando encontrava com os pescoços finos depois de nascidos que para ela estava bem pago.

— E onde entrou a história do nome?

— Pois é. O dono do magazine deu uma batedeira para ela. E a marca da batedeira era Mallory; daí eu nasci, e agora estou aqui, que nem uma tonta te contando isso.

Os dois riram de novo.

— Não é tonta, não, Mallory. Achei sua história uma graça.

Os dois caminharam conversando até a enfermaria. Graziano tinha acabado de despertar, para alívio de Cássio. Contudo, o rosto do doutor Otávio não era dos melhores.

— Gente, precisamos nos organizar, e rápido — disse o médico ao ver Cássio e Mallory na enfermaria.

— O que está acontecendo agora, doutor?

— As crianças precisam ser alimentadas. Nós precisamos nos alimentar. Alguém precisa ir até o refeitório e ver como as coisas estão. O pessoal da nutrição não passou por aqui, e acho que ninguém vai passar por aqui para dizer a verdade.

O médico tinha a pele da face sulcada e as pálpebras caídas. Por certo não pregara os olhos a noite inteira.

— E tem outra coisa. Eu vi tudo aquilo acontecer ontem ao anoitecer, mas preciso voltar ao nono andar do Incor. Preciso saber se sobrou alguém vivo por lá.

— Mas, doutor, eles eram todos vampiros!

O médico ficou olhando para o rosto da enfermeira por alguns segundos antes de responder.

— Eu não sei o que eles são, Mallory, mas, se alguém estiver vivo, talvez possa nos ajudar a saber o que está acontecendo.

— Não sei, doutor Otávio. Vocês encheram o Incor com as pessoas agressivas. Aquele prédio deve ter virado um ninho delas.

— E o que eu devo fazer, então? Cruzar os braços e esperar eles melhorarem por milagres?

Cássio não sabia como responder àquela pergunta.

— Não sei, doutor. Francamente, não sei. Mas temos que pensar na sua segurança e na segurança de todos os profissionais primeiro até entendê-los.

— Vampiros... — murmurou o médico. — A Mallory chamou-os de vampiros.

— E o senhor acha que eles viraram o quê? Quando amanheceu foram todos embora. Ontem o senhor mesmo me disse que eles ficam descontrolados na presença da luz do sol.

O médico suspirou.

— Isso é verdade. Pouco antes de anoitecer eu notei que o Laerte tinha uma deformação nos dentes. Estavam maiores, mais pronunciados. Que loucura. É difícil de acreditar numa coisa dessas.

— Ao que parece eles sempre existiram no meio de nós — juntou Cássio. — Como poderiam existir tantas lendas, tantas histórias acerca desse mito se não tivesse um fundo de verdade nessa coisa toda?

— Ainda não consigo acreditar. Deve ter um jeito de reverter essa doença.

— Mesmo que o senhor não acredite, doutor, infelizmente esse é o nosso aqui e agora. Vamos lidar com um problema de cada vez. O senhor disse que precisamos alimentar as crianças, então vamos alimentar as crianças. Mallory, arrume dois colegas seus para providenciar a comida para os pequenos.

— E você, sargento, como pretende nos ajudar? Muitos de seus companheiros estão mortos.

— Talvez algum membro do destacamento tenha conseguido sobreviver. Talvez tenha se escondido no HC. Pelo menos consegui salvar o Rossi.

— Parece que o seu amigo aqui foi um grande herói ontem à noite.

— Ele foi sim, doutor. Graças a ele vocês conseguiram sair do Incor e chegar aqui no Instituto da Criança. Ele pulou que nem um doido em cima daquelas criaturas. Parecia mais maluco do que elas.

Graziano sentou-se na beira do leito, encarando Cássio e o médico.

— Ei! Eu estou acordado e ouvindo tudo. Do que vocês estão falando? Eu não me lembro de nada disso.

O médico e o policial olharam para o homem.

— Como assim?

— É sério, Porto. Do que você está falando, cara?

— Não se lembra dos vampiros? Que me salvou no saguão do Incor? Não se lembra do pelotão do tenente Edgar sendo aniquilado?

— Cara... De novo esse papo de vampiros?

— Eu tive que lhe dar uma cacetada na cabeça para você apagar. Você estava dominado por alguma coisa, meu irmão.

— Dominado?

— Você se atirou para cima do bando deles, dos vampiros. Você foi derrubando todos os que viu pela frente e queria subir pelas escadarias escuras do Incor atrás dos outros, brandindo o sabre que nem um louco, dizendo que estava sentindo o cheiro deles.

— Disso eu lembro, de sentir uma fedentina terrível. Daí eu não lembro de mais nada.

— Pode ter sido a pancada, soldado — explicou o doutor Otávio. — Quando bateu na cabeça, pode ter causado uma amnésia.

— Está melhor? Consegue ficar de pé?

Graziano pulou do leito e levou a mão à cabeça.

— Consigo, só está doendo pra caramba.

— Rossi, preciso achar nossos cavalos e ir até minha casa ver se, finalmente, encontro minha irmã. Preciso que você fique aqui. Não sei quantos homens sobraram do nosso pelotão. Não sei se alguém do comando virá para cá para nos substituir e ajudar.

— Se o pelotão foi atacado, temos que informar o comando. Ninguém deve estar sabendo do que aconteceu aqui ontem à noite.

— Eu faço isso quando estiver a caminho de casa. Preciso que você fique inteiro e aqui, cuidando das crianças. Não tem ninguém cuidando dessa gente. Você pode fazer isso?

Graziano passou a mão no galo em sua cabeça, olhou para os rostos desconhecidos ao seu redor e terminou encarando seu parceiro.

— Claro, meu chapa. Eu ajudo a cuidar dessa gente. Só preciso de um banho. Tô fedendo.

Cássio decidiu descer a rua Teodoro Sampaio à procura de sua égua. Eram seis e meia de uma manhã fria e nublada. Três quarteirões para baixo, na esquina da rua Alves Guimarães, encontrou pistas de que um cavalo ou égua tinha passado por ali, deixando um bocado de esterco para trás. Assobiou com os dedos nos lábios. As ruas estavam completamente desertas, e ainda uma porção daqueles panfletos lançados dos aviões farfalhavam com a passagem de vento. Já com as esperanças diminuídas em encontrar sua montaria, Cássio abriu um sorriso ao avistar o animal na praça Benedito Calixto com mais dois cavalos. O sargento amarrou os arreios dos animais e, montado em Kara, tornou a subir a rua, prendendo os animais em frente ao Instituto da Criança. Movido pela curiosidade, desceu a avenida Doutor Enéas Carvalho de Aguiar rumo à Rebouças. Os corpos de pacientes e soldados estavam esparramados nas duas pistas, uma capa grossa de sangue coagulado corria para as sarjetas indo morrer dentro de bocas de lobo. Mesmo sendo tão cedo já havia uma aglomeração de moscas varejeiras zunindo sobre os cadáveres, muitos deles com os olhos abertos, mirando o sargento que passava lentamente montado sobre a cela da égua, como que condenando-o por estar vivo e não tê-los salvado na noite passada. Cássio parou em frente ao tenente Edgar. O homem estava branco como neve, os olhos arregalados, ainda com seu capacete sobre a cabeça. Ficou aproximadamente três minutos parado embaixo da passarela que ligava os hospitais. Foi então que conduziu lentamente até a frente do Instituto do Coração. Notou que os corpos dos vampiros não estavam mais lá. Tinham abatido um bom número deles, mas encontrou apenas o que seriam restos de vampiros esturricados pelo sol em três pontos, aqueles nos quais tinha acertado tiros na cabeça e aquele que Graziano tinha decapitado. Cássio ficou pensando o que teria acontecido com os demais. Teriam sobrevivido aos cortes e às balas? Se aqueles bichos fossem realmente vampiros, como nas histórias que via no cinema e nos livros, sobreviveriam. Teria que usar mesmo uma estaca no coração daquelas crias? Cortar a cabeça fora tinha funcionado. Cássio estugou a égua e desceu até a avenida Rebouças. Logo que deixou a cobertura da passarela sentiu a garoa fria caindo do céu e molhando seu rosto. Passava das sete da manhã quando tomou o rumo de sua casa, subindo para a doutor Arnaldo e descendo do outro lado, rumo ao Pacaembu. Bateu com os calcanhares na barriga da montaria, fazendo-a galopar. Precisava ser rápido.

Capítulo 41

Mais uma vez o sargento chegava à frente de sua casa. Desmontou da égua e amarrou-a ao portão. Entrou encontrando a casa silenciosa e vazia. Dessa vez nenhum bilhete da irmã. Um desânimo brutal cobriu seu corpo cansado. Estava exausto, mas era impossível pensar em descansar nesse momento. Uma agonia muito maior incomodava seus pensamentos. Durante o trajeto até sua casa tinha perdido as contas de quantos corpos atacados pelas feras da noite tinha encontrado, caídos nas esquinas, no meio das avenidas, presos dentro de seus carros. Via gente chorando que o chamava, clamando por ajuda, gritando que tinha um deles dentro de casa. Cássio não parou, e isso o consumia. Ele não podia parar. Não podia. Aquela desgraça tinha se esparramado por toda a cidade. Em cada prédio, em cada rua, em cada casa havia uma daquelas feras agora. Havia ainda os adormecidos, perdidos em suas camas, em seus sofás, esquecidos pelo mundo, deixados para trás. Quando o sol caísse aquelas feras estariam livres mais uma vez, e a próxima noite seria muito pior que a anterior. Agora as feras da noite sabiam que queriam o sangue dos vivos e sabiam onde encontrá-los. Cássio arrastou-se até sua casa nos fundos, encontrando-a igualmente vazia. Tomou uma ducha e colocou uma farda limpa. Poderia levar uma consigo, para quebrar um galho para o Graziano, mas o amigo era maior, não passaria nem o braço numa camisa sua. O sargento andou até a geladeira de sua pequena cozinha e ali parou por um segundo. Abriu a porta devagar. Apesar da falta de energia, seu interior ainda estava frio. Retirou uma caixa de isopor de dez por dez centímetros e a colocou em cima da pia, tornando a fechar a geladeira. Ficou olhando para sua caixa de remédios. Não tinha ideia de quando teria outra daquelas em suas mãos, ou se um dia teria. Não era um remédio que podia comprar em qualquer farmácia. Caso as coisas continuassem como estavam, não veria a medicação novamente, e não tardaria a começar a sofrer os efeitos. Abriu a caixa e tomou quatro comprimidos. A última dose segura. Raspou um pouco de gelo do freezer que degelava e o acondicionou sobre a última cartela dentro da caixa de isopor. Eles tinha sido muito claros quanto a esse tratamento experimental. O remédio era vivo e nunca poderia ficar em temperatura ambiente, sempre resfriado. Não sabia se poderia continuar tomando. Não sabia se era mais seguro abster-se da medicação que arriscar um remédio ruim. O retorno ao Hospital Geral de São Vítor estava marcado para dali a dez dias. Dias que não sabia se veria. Lutaria por eles, com toda a gana, mas sabia que o futuro era uma promessa sombria. Fogo e fumaça. Tinha sonhado com a cidade ardendo em fogo e fumaça. Olhou pela janela. Como ainda garoava, vestiu a longa capa cinza-escura de chuva e voltou para a sala da irmã. Escreveu uma carta. Ficou parado um tempo olhando para suas letras, fazendo uma oração para que a irmã visse aquela mensagem. Pedia que ela se protegesse, que ficasse dentro de casa. Ele voltaria para apanhá-la assim que terminasse a missão a que tinha se proposto. Falava às claras do perigo dos vampiros, dos transformados.

Passou em frente à casa do tio Francisco. Tudo apagado, tudo fechado. Desmontou da égua e abriu o portão baixo de ferro. Subiu a escada de cacos vermelhos de azulejo antigo; o terreno era íngreme e a casa ficava lá em cima. Bateu na porta da frente. Ninguém atendeu. Girou a maçaneta. Trancada. Tinham fugido para um lugar mais seguro. Talvez Alessandra estivesse com a família dele. Mas ela teria deixado um bilhete, um aviso, qualquer sinal. Teriam ido para onde? Mais uma vez estugou sua égua, imprimindo velocidade no galope. A urgência gritava em seus ouvidos. Gritava que a cidade estava perdida e que todos estavam em perigo. Os doentes do hospital não conseguiriam sobreviver mais uma noite, escondidos atrás de portas, rezando para que os vampiros não entrassem.

Quando chegava ao Regimento de Cavalaria 9 de Julho, puxou as rédeas de sua égua. Pensava que ali poderia falar com seus superiores para reportar a desgraça acontecida na noite passada, no triste fim do tenente Edgar e seus homens, e solicitar reforço para toda aquela gente doente e perdida que ainda estava abrigada no hospital. Foi se aproximando devagar, as gotas de garoa juntando-se na aba de sua touca, pingando e atrapalhando a visão. Uma coluna de fumaça negra subia do quartel. Cássio deu uma chibatada na montaria, que acelerou novamente, deixou a avenida Tiradentes, passando pelo prédio da Rota e adentrando a rua lateral. Os portões do Regimento estavam escancarados, e um caminhão de lixo da prefeitura dava a resposta para o cenário. Provavelmente o motorista tinha perdido o controle do veículo e invadido o Regimento, arrombando os portões e batendo contra o prédio administrativo que estava em chamas. Corpos de cidadãos e soldados estavam por todos os lados, denunciando um combate entre humanos e vampiros ali no batalhão. O que teria levado tantos vampiros para aquela área militar? Cássio cavalgou pelo complexo vendo os caminhões da companhia de cavalaria, as bombas de combustível e as cocheiras. Finalmente encontrou um soldado, que acenou ao vê-lo cavalgando.

— Sargento Porto!

Cássio não reconheceu o soldado de imediato, só quando chegou bem perto lembrou-se do rapaz.

— Cabo Neves. O que aconteceu aqui?

Neves caminhou em direção a Cássio, mancando.

— Eles vieram de madrugada, sargento.

Cássio não precisou perguntar quem.

— Já viu um deles? Iguais ao Santos?

— Vi, sim.

Cássio desmontou da égua e olhou ao redor.

— E os cavalos?

— Fugiram. Sobraram três, que eu recolhi às cocheiras. Os outros todos fugiram.

— E o comandante?

— Ele não estava aqui ontem. Acredito que foi se reunir com o alto comando. Alguém tem que pôr ordem nessa bagunça.

— Eu estou com o cabo Graziano no Hospital das Clínicas. Se quiser pode se juntar a nós.

— O destacamento continua lá?

— Não, soldado. Foram todos mortos.

Os dois ficaram calados por um momento, olhando para as dependências enegrecidas do Regimento de Cavalaria, consumidas pelas chamas.

— Estávamos combatendo esse incêndio quando o caminhão chocou-se contra o portão. Depois disso vieram aquelas criaturas, conseguimos matar muitas delas, mas elas se levantavam e continuavam atacando.

— Venha comigo, Neves. Não tem nada aqui para você agora.

— Não. Eu vou ficar, sargento. Os cavalos estão perdidos, podem voltar. Quem vai cuidar deles?

Cássio concordou com o soldado e apertou-lhe a mão.

— Boa sorte. Não dê moleza durante a noite. Arrume um canto para se proteger.

O soldado, mancando, parou ao lado de Kara e alisou a pelagem da égua.

O sargento tornou a montar e orientou Kara para fora do Regimento, voltando ao galope, impressionado com a quantidade de corpos que continuou a encontrar pelas ruas.

Quando chegou ao IC já eram dez horas da manhã, sua égua estava suada pelo esforço da corrida e a garoa não descia mais do céu. Cássio tirou sua capa e enrolou-a, prendendo-a no lombo da égua. Logo na entrada encontrou Graziano, refeito e disposto. O sono involuntário tinha feito bem ao amigo.

— Novidades? — perguntou o cabo.

Cássio meneou a cabeça negativamente.

— Infelizmente, nada. Não sei onde procurar.

— Ela não tem nenhum namorado, nenhum parente a quem recorrer?

— Temos um tio postiço que mora perto de casa. Passei lá na frente, mas a casa está toda fechada, escura. Parece que fugiram daqui. O que não é má ideia.

— Namorado?

— Ela não estava namorando. Ela me conta essas coisas.

— Se quiser te ajudo a procurar. Podemos ir a todos os hospitais dessa cidade. Em algum lugar ela está.

Cássio sorriu para o amigo e bateu em seu ombro.

— Eu agradeço, meu velho. De coração. Mas acho que não vou achá-la assim. Se minha irmã estiver bem, ela vai voltar para casa para me procurar e vai encontrar o bilhete que eu deixei. Ela não vai cair no erro de não me informar precisamente onde está.

O semblante do sargento ficou pesado.

— Rossi, essa gente toda aqui não vai sobreviver mais uma noite nesse hospital. Ontem já foi um sufoco proteger quem estava aqui. Não preciso nem falar muito, é só você ver o que aconteceu com o destacamento. Eram todos homens preparados para lutar.

— Eu já fui até o Regimento. Não dá para entender como isso aconteceu, Porto.

— Antes de vir para cá eu passei pelo nosso quartel. Ele foi incendiado e destruído. Os vampiros atacaram lá também.

Mallory surgiu à frente do hospital e se aproximou dos policiais.

— Encontrou sua irmã?

— Não. Nem sinal. O cenário pela cidade é desanimador.

— O que você viu?

— Apesar da garoa, os incêndios continuam, Mallory. Mas isso não é o pior. Os vampiros deixaram corpos para todos os lados. A noite foi pior do que eu imaginava.

— Meu Deus. Tudo o que eu queria era acordar desse pesadelo, sargento — resmungou a enfermeira.

— Onde está o doutor Otávio? Preciso falar com ele e com quem comanda o hospital.

— O doutor Otávio está num conselho.

— Conselho?

— É. A diretora do HC organizou uma equipe. Ela chamou todos os médicos que continuam nas clínicas. Eles estão vendo como proceder para continuar a dar atendimento.

— Continuar a dar atendimento? Aqui?

— É. Eles vão chamar mais policiais e vão reforçar a segurança.

— Mallory, ninguém vai mandar mais policiais. Vocês não têm ideia de como a coisa está feia aí fora. Não é mais seguro ficar aqui.

— Aqui no hospital?

— Não, Mallory. Não é mais seguro ficar aqui na cidade. Quando anoitecer, seremos cercados novamente por milhares daquelas criaturas, espreitando do lado de fora. Enquanto aqui, do lado de dentro, estaremos só nós, poucas pessoas saudáveis e um monte de gente doente e adormecida. Não vamos conseguir manter ninguém em segurança se ficarmos aqui.

— E o que você sugere, então?

— Onde está acontecendo esse conselho?

Capítulo 42

Cássio abriu a porta do auditório, trazendo seu capacete debaixo do braço. A junta de médicos convocados para a assembleia de última hora estava exaltada. O sargento viu o soldado Benício junto aos médicos que estavam de pé na frente do auditório. Benício tinha sido ferido no combate do anoitecer e tinha gesso no braço e uma tala. Ficou contente ao perceber que ao menos um dos amigos do destacamento tinha sobrevivido. Cássio, secundado por Mallory, adentrou o recinto e caminhou até o grupo que discutia em voz alta. As coisas estavam fugindo dos trilhos da diretora do HC. Pareciam não entrar em acordo sobre em qual prédio deveriam agrupar as pessoas que ainda estavam no hospital e seus parentes. Alguns diziam que não havia mais condições de se manterem ali com segurança e que deveriam dispersar todas as pessoas, cada um procurando se proteger da melhor forma possível antes do cair da noite. Outros diziam que tinham que entrar em contato com o Exército, buscar proteção armada. A diretora pedia calma. Lembrava da fragilidade da maioria dos pacientes que permaneciam internados e pediu que os médicos se mantivessem em seus postos, face àquela situação tão singular que enfrentavam. Suzana Bartes disse que tinha encarregado um dos assistentes sociais de ir até um batalhão da PM pedir reforços para os portões. Uma gritaria desordenada recomeçou. Muitos lembrando o fim trágico do Destacamento de Polícia Montada em frente à portaria dos ambulatórios. Foi nesse instante que Cássio levantou a voz e se tornou o foco das atenções.

— Meu nome é Cássio Porto. Eu sou sargento do batalhão de cavalaria há quase vinte anos. Aqueles homens que morreram na frente do hospital noite passada eram ótimos soldados. Experientes no combate a grupos desordeiros, manifestantes e combate de choque.

O grupo ficou de olhos grudados no sargento, que subiu ao palco e parou ao lado da diretora.

— Minha irmã está desaparecida com meus sobrinhos, que foram apanhados por esse sono misterioso. — Sua voz ressoava, e agora todas as facções permaneciam caladas. — Meus colegas pereceram ontem à noite porque foram apanhados de surpresa. Foram cercados por essas criaturas que estou chamando de vampiros.

Um murmurinho percorreu o grupo.

— O que estou vendo aqui dentro deste auditório deve estar acontecendo em vários lugares ao mesmo tempo.

— Então isso está acontecendo mesmo no Brasil todo, sargento? O que seus comandantes passaram para você de informação?

— Nada. Ainda não temos informações oficiais. O Batalhão 9 de Julho foi incendiado essa noite. Existem corpos espalhados por toda a cidade.

— Meu Deus! — exclamou a diretora Suzana.

— E como sabe que isso está acontecendo em outras salas?

— É só pensar um pouco, doutor. O panfleto lançado dos aviões veio de Brasília. Nele é dito que as telecomunicações acabaram em toda a nação, então é de se esperar que os outros efeitos a que assistimos por esses dias estejam acontecendo em todos os estados brasileiros.

Outra vez o murmurinho começou.

— Eu sou militar. Temos uma profissão pautada na proteção ao cidadão que começa na prevenção. Contudo, esse cenário nunca foi imaginado. É evidente que o Exército deve ter um plano para uma situação de guerra, guerra civil, inclusive. Estou certo de que o Centro de Gestão de Emergências tem um plano de contingência para uma calamidade como essa. Em todos os planos de emergência, restabelecer a segurança da população é a prioridade. Acontece que nenhum plano imagina um cenário tão perverso como esse. Estamos sem telefone, sem rádio e sem TV. Ninguém consegue falar com ninguém, e a organização para dar assistência à população pode demorar dias. Até as comunicações se restabelecerem vai ser cada um por si, acreditem em mim. Ontem à noite alguma coisa aconteceu com os doentes...

— Os agressivos! Eles saíram do controle! — gritou o doutor Otávio.

— Foi mais que sair do controle, doutor. Você deve tê-los visto de perto.

— Sim, Cássio. Eu os vi morrer. O coração deles parou. A temperatura deles caiu, sem pulso, sem pressão arterial, mas, de alguma forma, eles voltaram a viver.

Os médicos se entreolharam e novamente expressões e cochichos se espalharam.

— Eles morreram na forma humana e despertaram como aquilo, aquelas bestas que mataram todo o pelotão de cavalaria, que invadiram o HC e seguiram matando quem encontravam pela frente. A maioria deles nem raciocina.

São feras, são caçadores de sangue. Por outro lado encontrei pelo menos um desses seres que pensa, que conversa. É tudo muito novo e estranho.

— E o que devemos fazer, sargento? O que sugere? Que peguemos paus e pedras para lutar? Coloquemos nossos pescoços em risco? Não somos militares, somos médicos e enfermeiros.

— Não, doutora — respondeu Cássio, olhando para uma médica negra que estava na primeira fileira. — Não temos como lutar contra essas criaturas, não nesse primeiro momento. Elas são muitas. Eu andei pela cidade essa manhã, moro no Tremembé. Daqui até lá é um rastro de destruição só. Prédios comerciais queimaram, bancos foram saqueados, supermercados. Vocês podem até ter mantimentos na cozinha do HC, mas esses mantimentos não vão durar uma semana. A energia não será restabelecida tão cedo. Quando anoitecer, estaremos lançados novamente na mais profunda escuridão, o que não parece ser problema para esses seres. Eles andaram a noite toda pelas ruas sem usar lanternas nem nada que produzisse luz.

— Nos filmes, vampiros enxergam no escuro — emendou um enfermeiro.

— Eu os chamei de vampiros porque eles parecem ter medo do sol e tomam sangue, usando dentes longos para cortar nossa pele. Não sei como chamá-los de fato. Mas o que estou querendo dizer é que estamos na cidade mais populosa do Brasil, sem proteção, com pouca comida e cercados por essas feras. A energia elétrica já caiu, e logo deve chegar a pior parte.

— Qual?

— O fornecimento de água também ser suspenso, mais cedo ou mais tarde.

— Onde está querendo chegar com esse papo, soldado? — perguntou a médica negra, cruzando os braços.

— Precisamos, em primeiro lugar, de um local em que possamos proteger uns aos outros quando anoitecer. Onde haja água para suprir toda essa gente que está aqui e, se for necessário, plantar para comer.

— Certo, concordo — disse a diretora.

— As clínicas não se encaixam nesse cenário. As janelas não são protegidas. É uma área muito extensa para patrulhar, cheia de pontos fracos. Precisamos sair daqui.

— Não sei. Aqui conhecemos tudo, temos salas que podem ser vedadas para passarmos as noites.

— Com todo o respeito, diretora, não vamos durar uma semana se ficarmos aqui. Como estamos nos organizando, esses monstros também vão se organizar. Eles caçam como animais. Eles se separam para nos surpreender. A cada noite eles vão ficar mais adaptados a essa nova realidade.

— Adaptados?

— Exato. E é justamente esse o ponto. Cada minuto que perdemos aqui, mais perto ficamos de nosso fim. Se quisermos sobreviver a essa crise, até que as coisas voltem de novo aos eixos, teremos que nos adaptar também, mais rápido do que eles. Temos que deixar a cidade de São Paulo. Hoje.

O grupo saiu do controle mais uma vez, cada um levantando a voz, uma parte concordando, mas a maioria exclamando que aquilo era um absurdo.

— Escutem! — gritou Cássio. — Escutem!

O salão se calou.

— Vamos precisar lutar. Precisamos nos unir. Vamos precisar enfrentar essas criaturas. Essa noite elas voltarão para cá. Elas sabem que tem muita gente aqui. Eles sabem. Se essas pessoas se tornaram vampiros de verdade, elas vão querer nosso sangue. Eles virão em um grande número. Se não estivermos aqui quando a noite chegar, ganhamos mais um dia para pensar no que fazer, mas é impreterível que qualquer plano lançado nos conduza para fora de São Paulo. Até a noite em que as pessoas adormeceram, a cidade tinha uma população aproximada de dez milhões de habitantes. Ainda não sabemos quantas pessoas dormiram.

— Podemos estimar — disse um médico, levantando-se de sua cadeira na plateia e capturando toda a atenção.

— Fale mais.

— Fizemos um censo no departamento de gastro. Contamos os pacientes que adormeceram, funcionários que não vieram e relato dos parentes e funcionários que chegaram nos três primeiros dias. Chegamos a um número bastante curioso, porque, como eu fiquei mordido com isso, com a pulga atrás da orelha, fui até o prédio do Instituto do Câncer e pedi para uma amiga também fazer uma contagem.

— E o que apurou, Elias? — atalhou a diretora.

— Ao que parece, cerca de 40% a 50% das pessoas que dormiram aquele dia não acordaram mais.

— Está sugerindo que cinco milhões de pessoas estejam tomadas por esse episódio de sono? — inquiriu a diretora.

— Bem, a base é pequena. É só do meu departamento. Mas esses dados nas mãos de alguém que lida com números pode dizer mais sobre isso, se tivermos mais uns dois dias...

— Não temos esse tempo, é isso que vim dizer aqui — cortou Cássio, enfático. — Temos que deixar São Paulo para trás, e deixar agora!

— E quanto aos que ficaram agressivos, você tem uma ideia? Conseguiu chegar a algum número?

— No departamento de gastro, dos que estavam lá, pelo menos oito pessoas ficaram agressivas, Suzana. No Icesp minha amiga contou em três andares pelo menos vinte pacientes e quinze profissionais.

— Isso nos leva a qual conclusão?

— Determinar o número dos que foram afetados pela agressividade é mais difícil. Não foram todos que externaram essa mudança desde o princípio, aí ficamos mais presos aos pacientes, porque não sabemos a extensão dessa contaminação nos funcionários que não voltaram aos hospitais e...

— Tá bom, tá bom, doutor Elias! Qual número alcançou com os internos?

— É cedo para falar, tenho medo de alarmar todo mundo e colocar ainda mais lenha nessa fogueira que o policial aí acendeu.

— Fale, pelo amor de Deus, Elias!

— Doutora Suzana, contando os pacientes que não adormeceram, contando só a população que estava, vamos dizer, normal após aquela noite maldita, quase metade dela se tornou agressiva com o avançar das horas.

O burburinho ganhou volume. Expressões de espanto e medo foram projetadas pela plateia.

A diretora estava pálida e olhava para todos. Deteve seus olhos nos do soldado. Se os números improvisados pelo colega Elias ao menos se aproximassem da verdade, os afetados por aquela transformação passariam dos dois milhões de indivíduos, dois milhões de vampiros, de pessoas sofrendo daquela demência e convertidas em assassinos potenciais. Suzana estava agora admirada com a coragem daquele sargento. Ele não era um graduado na hierarquia da Polícia Militar apesar dos seus alegados vinte anos de serviço. Talvez o que ele anteviu ela só apreendia agora. Havia cinco milhões de pessoas dormindo, presas em suas casas, espalhadas por toda a cidade. Possivelmente mais de dois milhões daqueles seres hediondos, assassinos. Sobrava a população "sadia" como eles ali na sala, tateando na escuridão. Aquela proporção numérica poderia estar se repetindo em todas as cidades, nas capitais e pequenas vilas. A falta de comunicação tinha isolado as comunidades e tirado a chance de se organizar. O mundo, como era conhecido, estava acabando.

— E qual é o seu plano, sargento? Se está falando em proteção, você tem um plano.

— Tenho. Tenho um plano que, inclusive, vai deixar vocês, doutores, bem satisfeitos.

— E qual é? — questionou a diretora.

— Vamos remover as pessoas que estão aqui nas Clínicas para outro hospital. Fica no interior de São Paulo.

A plateia voltou a ficar conturbada, cada um criando um quadro mental do que representava aquela atitude.

— A cidade é pequena, antes de Avaré. Pouco mais de duzentos quilômetros de distância daqui e tem os elementos que mais nos interessam nessa hora de crise.

— Quais elementos, sargento? — perguntou Suzana. — E escutem esse homem, pelo amor de Deus!

Os ânimos se controlaram por um instante. Cássio olhou para a plateia e respirou fundo.

— Indo para esse hospital que eu conheço, estaremos perto de uma represa, teremos água potável para todos os que estão aqui e para quem mais aparecer. Em segundo lugar, é um hospital universitário, bem aparelhado, que está longe de qualquer cidade. Estaremos isolados e distantes dos agressivos. Só assim teremos chance de nos reorganizar.

— Meu Deus! Isso é impensável! Vamos abandonar nossos lares, nossas casas!

— Marcamos uma hora para a partida. Agora chegamos perto das onze horas da manhã. São mais de duzentos quilômetros até lá. É possível que passemos a primeira noite na estrada, mas precisamos partir hoje, sem falta.

— E por que não partimos amanhã de manhã, soldado? — contemporizou a diretora, tentando acalmar os ânimos.

— Porque amanhã podemos estar todos mortos. Amanhã pode ser tarde demais — profetizou o policial.

— Eu não vou — bradou Elias.

— Eu também não posso participar disso. Tenho parentes no Paraná, preciso me juntar a eles — disparou Verônica, a médica negra da primeira fila.

— A cidade para onde vamos fica a meio caminho do Paraná. Depende da região do Paraná para onde a senhora vai — retrucou Cássio.

— E o seu plano é esse? Nos levar para um hospital do interior e só? Você tinha falado da comida e da energia.

— Não é simplesmente um hospital. É um hospital que acabou de ser construído pelo Estado de São Paulo. Hoje só funciona a unidade de estudos avançados de imunodeficiência. Eu estive nesse hospital há vinte dias. Ele está num terreno plano, tem prédios que podem ser mais bem defendidos que aqui. Tem ao menos dois galpões que poderão nos servir de base de defesa durante a noite. E, o principal, é totalmente cercado. Alambrados, cercas altas. Podemos reforçar essa defesa. É deserto ao redor do hospital. Podemos montar sentinelas para vigiar se alguma dessas criaturas se aproxima. Vamos inventar um jeito de avisar todo mundo a tempo, para que se protejam.

— De que hospital você está falando? — perguntou Verônica.

— Do Hospital Geral de São Vítor.

— Eu conheço esse hospital, policial. Realmente, tudo o que você diz... Faz sentido.

— Não podemos simplesmente deixar essa cidade para trás, gente. Temos que lutar. O policial mesmo disse, essas pessoas viraram bestas. Temos que ficar aqui e lutar.

— Temos que nos adaptar à nova realidade, doutores — tornou Cássio. — Se ficarmos aqui, morreremos. Nós somos gente comum. Meus colegas morreram porque viram pessoas atacando-os. Pessoas. Eles tentaram preservar as pessoas, sem saber que elas estavam tomadas por aquela loucura, aquela vontade de tomar sangue. Não sabemos se isso vai se espalhar para mais pessoas. Ficar aqui é decretar nossa sentença de morte.

— E quanto aos adormecidos que estão lançados à própria sorte na cidade? Deve ter um monte de gente ainda dentro das casas e apartamentos.

— Milhões, segundo as contas do doutor Elias — juntou a diretora.

Cássio suspirou fundo. Ainda com o capacete branco debaixo do braço encarou a plateia.

— É justamente por isso que precisamos sair daqui. É nisso que estou pensando.

— O quê?

— Vou levar vocês para o HGSV, colocá-los em segurança e então voltarei para São Paulo. Encontrarei outros soldados, outros policiais, vou montar uma equipe e vamos voltar para a cidade durante o dia, para salvar os adormecidos. Se for possível, não deixaremos um adormecido para trás.

— Isso é loucura! — exclamou Otávio.

— Estabelecendo uma base no HGSV poderemos salvar mais pessoas. Primeiro nos estabelecemos e garantimos nossa sobrevivência, depois vemos como as coisas ficam. Só estou propondo a vocês uma forma segura de superar essa crise enquanto ela durar.

— Eu tenho casas aqui, soldado. Não posso deixar tudo ao deus-dará — reclamou Elias.

— Você está preocupado com suas propriedades? Você não viu o monte de gente que morreu ontem dentro e fora desse hospital, seu palhaço? — vociferou uma enfermeira, apontando o dedo para o médico que tinha reclamado.

— Doutora?

A médica apoiou-se ao púlpito, sentindo o peso de sua decisão. O que o soldado sugeria era algo como um êxodo. Uma fuga da cidade que agonizava, e agora o fardo da escolha lhe pesava sobre os ombros. Estava acostumada a tomar vinte decisões difíceis por dia, talhada pela experiência do centro cirúrgico que dirigiu por anos, preparada por aqueles átimos de segundo que tinha para determinar o que fazer para o bem do paciente, diante de situações inesperadas que surgiam em cirurgias complexas de traumatizados, contudo, nenhum daqueles momentos a habilitou para algo tão impensado. A médica suspirou mais uma vez e encarou o auditório.

— Queridos colegas, preparem seus pacientes. Vamos removê-los para o Hospital Geral de São Vítor.

— Isso é uma insanidade sem tamanho, Suzana! Não estamos equipados para isso. Temos que nos preparar. Na melhor das hipóteses, temos que ir amanhã.

— Você ouviu o soldado, Elias, amanhã podemos estar todos mortos.

— Não podemos ir. Não devemos ir.

— Por que você reluta tanto, Elias? É uma situação de emergência.

— Gente — clamou Cássio. — Tudo isso pode ser transitório. Lembrem como isso começou, do nada, naquela noite maldita. As coisas podem voltar a funcionar. Os telefones, o rádio. Com informação seria muito mais fácil passar por isso tudo.

— Eu não vou. É uma loucura deixar a cidade — insistiu Elias.

— Bem, você não precisa ir, Elias, mas prepare seus pacientes. Eles vão comigo para um lugar mais seguro. Confronte os números que você mesmo levantou, homem. Se essas coisas são mesmo vampiros, quando anoitecer vão voltar. É como o policial disse. Eles sabem que estamos aqui. E se buscaram se organizar durante a madrugada? E se atacarem o HC com força total?

— Podem chegar à frente do hospital com quinhentos indivíduos, mil, cinco mil! O que faremos? Vocês só têm ao meu parceiro Graziano e a mim para socorrê-los. Não vamos conseguir contê-los. Não todos. Eu estou disposto a lutar por cada um de vocês, para protegê-los, mas quero lutar um combate que nos permita vencer. Ficar aqui é morte certa.

— Eu não sei. Ainda acho tudo isso difícil.

— Eu irei até o quartel incendiado, verei se consigo mais munição. Eu e Rossi vamos escoltar o comboio do HC até o Hospital Geral de São Vítor. Vamos cuidar de vocês. Saindo de São Paulo já estaremos mais seguros. Em lugares ermos a estatística estará do nosso lado. Fugindo dos centros urbanos lutaremos contra menos vampiros.

— Elias, já tomei minha decisão. Nenhum de vocês é obrigado a seguir o comboio do policial Cássio. Nenhum. Se decidirem ficar nessa catacumba que se tornou a cidade de São Paulo, que Deus os ajude.

A algazarra tomou conta daquele auditório. Cássio puxou Mallory de lado e ficaram de olhos colados um instante. A enfermeira, apesar do nervosismo, tinha um sorriso largo, dando-lhe apoio. A diretora do HC se aproximou de Cássio e colocou a mão em seus ombros. Ela era uma senhora com aproximadamente sessenta anos, de olhos verdes-claros e profundos.

— Querido, eu estou apostando todas as fichas nessa nossa loucura. Veja tudo o que vai precisar para essa remoção de emergência. Verei em que podemos ajudar.

— Preciso que alguém organize um grupo de voluntários. Vamos precisar de muitos braços para ajeitar as coisas. Preciso saber quantos somos. Quantos veículos temos à nossa disposição, entre carros de funcionários e parentes de pacientes que permanecem aqui. Ninguém é obrigado a nos seguir, doutora Suzana, mas eu ficaria imensamente feliz se a senhora instruísse algum assistente social, psicólogo, qualquer pessoa boa com as palavras para tentar convencer esse povo a nos seguir. Quem ficar à própria sorte quando a noite cair vai encarar algo muito, mas muito feio. Preciso saber também quanta comida e água temos, se a senhora puder, ainda, destaque alguém para cuidar disso, dos alimentos. Precisamos deixar São Paulo impreterivelmente às quatro da tarde.

— Tão cedo?

— Sim. Precisamos nos colocar fora daqui antes do pôr do sol.

— Não vai ser nada fácil, policial.

— Pode me chamar de Cássio, doutora.

— E qual será o seu próximo passo?

— Vou procurar veículos para dar conta de todos os pacientes, verificar o abastecimento dessa frota que partirá daqui. Isso é o básico, e precisamos dar um tiro certeiro. Qualquer coisa que ficar para trás podemos voltar para apanhar com o nascer do sol.

— Você é um anjo ou o quê, Cássio?

Cássio sorriu constrangido.

— Não sou anjo, não, senhora. Só quero tirar a gente daqui.

Suzana sorriu para o sargento, mas logo voltou a sua expressão velha e cansada. Sabia que tinham uma tarefa hercúlea pela frente.

Capítulo 43

Everaldo tinha ficado acordado quase a noite toda. Dolores tinha dormido no meio dos seus braços, abrindo mão do conforto do colchão logo ao lado. Se ela quisesse poderia dormir entre a dona Rosário e Isis, contudo preferiu ficar ali. Devia sentir-se mais protegida. A verdade é que estavam com medo. Muito medo. As feridas sangrentas nas mulheres, os olhos vermelhos e os grunhidos e ameaças proferidas não deixavam dúvidas de que Vinícius se transformara em uma criatura igual às meninas que Everaldo viu da janela de sua casa. Conversaram por horas, atormentados pelos barulhos que o homem fazia em cima do forro, como se quisesse entrar naquele quarto. Everaldo deixou a faca bem ao seu lado. Não pensaria duas vezes em usá-la, e Dolores também sabia disso. Então os barulhos no teto cessaram e os ouvidos de Everaldo começaram a detectar sons vindo do lado de fora da casa. Primeiro passos no gramado, depois arranhões na janela de madeira. A cada passada das unhas de Vinícius na janela, calafrios percorriam o seu corpo. Como era possível um homem que estivera morto por horas estar ali, do lado de fora, atormentando-os? Tudo era surreal. Começava a fazer sentido aquele amontoado de soldados bloqueando a passagem até o hospital, tomando medidas drásticas como disparar contra a multidão descontrolada. Eles sabiam. O Exército sabia, o governo sabia. As pessoas estavam se transformando naquelas coisas perigosas que tomavam sangue. Dolores se agarrara aos seus ombros e tinha chorado e chorado, lançando uma série de perguntas para as quais ele não tinha resposta. Ela inclusive tinha perguntado se o seu marido e aquelas meninas tinham se transformado em vampiros. Everaldo refutou, dizendo que era uma barbaridade pensar naquilo dessa forma, porém acabou tendo sua convicção vencida por observações que os dois juntaram. Dolores disse que o marido ficara violento uma noite antes de partirem de Foz do Iguaçu e lembrou que, pouco antes de amanhecer, ele sossegou e apagou no quarto da empregada, como se fosse um daqueles adormecidos. De sua parte Everaldo tinha visto as meninas morderem a velha e tomarem o seu sangue a bocadas, como se estivessem aprendendo algo que teriam que fazer dali para a frente. Eram vampiras. Vinícius também. Era absurdo, mas era o que eles pareciam. Vampiros. A noite assombrada se prolongou lentamente, lançando mais perguntas que fervilharam silenciosas em sua mente, uma vez que Dolores conseguiu dormir em seus braços. Era estranho ter uma mulher dormindo agarrada a ele, ainda mais com sua esposa ali, do lado. Perguntava-se a respeito da esposa e da dona Rosário. Elas tinham sido mordidas, e nos filmes as pessoas mordidas por zumbis e vampiros acabavam se transformando. Everaldo afugentou os pensamentos ruins tentando ficar acordado, de ouvidos abertos.

Quando abriu os olhos, sobressaltou-se. Rian chorava, abandonado em um cobertor bem no meio de suas pernas. Dolores não estava ali, e a porta do quarto, aberta. A faca de churrasco também não estava ali. Colocou-se de pé, ainda meio tonto, tomando cuidado com o bebê aos seus pés. Olhou para o guarda-roupa arrastado, notando certa claridade escapando por detrás do móvel. Ouvia o chilreio dos pássaros do lado de fora, revelando que a manhã estava chegando ou já tinha chegado. Quando virou-se para a porta, Dolores entrava no quarto trazendo uma chuquinha com água em uma mão e a faca na outra. Era isso. O bebê chorava de sede.

— Já amanheceu — disse ela, ajoelhando-se ao lado do bebê.

Everaldo caminhou até o lado da cama e olhou para Ísis, ajoelhando-se e passando a mão em seu cabelo. Ela estava do mesmo jeito que no dia anterior, cativa daquele estranho processo, alheia a tudo que a cercava, tal e qual dona Rosário. Melhor assim. O mundo agora era um inferno em vida, e as coisas estavam invertidas. Feliz daqueles que estavam dormindo, a salvo daquele pesadelo. Nenhuma das duas parecia ter sofrido qualquer alteração, as feridas estavam lá, no mesmo lugar, com uma casquinha de sangue coagulado sobre os buracos.

— Você precisa encontrá-lo — disse uma soturna Dolores, pegando o bebê da cama e saindo do quarto.

Everaldo não disse nada e entendeu tudo. Estava sozinho naquele trecho da estrada. O trecho onde deveria encontrar um demônio que colocava sua esposa em risco. O dito de Dolores tinha lhe soado como um aval. Igual a um "faça o que precisa ser feito". Não perguntaria nada a ela, não pediria ajuda. Se encontrasse Vinícius teria que dar um jeito de matá-lo, de novo.

Capítulo 44

Ao deixarem o auditório, Cássio e Mallory voltaram em passos rápidos para o Instituto da Criança. Do lado de fora o ar tinha um cheiro leve de fumaça, e pequenas partículas de fuligem caíam do céu. Se os médicos e enfermeiros lá dentro ainda tinham alguma dúvida sobre a decisão de Cássio, deveriam dar uma volta do lado de fora do Hospital das Clínicas. Com o fim da garoa, nuvens de moscas se aglomeravam sobre as imensas e malcheirosas poças de sangue. Os corpos dos soldados que caíram em combate na noite passada tinham sido removidos dali e enfileirados em frente ao IML. Do cenário da tragédia tinha sobrado, além do sangue, os restos dos cavalos mortos, com as patas erguidas e rígidas estendendo-se sobre seus abdomes intumescidos, imagem que talvez fosse eloquente o suficiente aos contrários à fuga.

Cássio sabia que aquilo era o melhor a se fazer. Depois dos números levantados pelo médico resistente à mudança, teve certeza de que São Paulo tinha se convertido numa armadilha para as pessoas normais. Ficar ali, no meio daqueles milhares de prédios e ruas, era burrada. Poderiam se defender, em pequenos grupos, por poucos dias. Então a comida acabaria, o fornecimento de água também seria interrompido, como a energia elétrica. São Paulo se transformaria numa carcaça pútrida, com esqueletos de edifícios e veias e artérias de asfalto seco. Quando a fome assolasse os milhares que tomassem a decisão errada de permanecer ali, não haveria mais força nem sanidade para combater as feras noturnas. Humanos se virariam contra humanos guerreando por suprimentos. Essa visão do futuro enchia Cássio de coragem e empurrava seus pensamentos para a frente, afastando qualquer dúvida de que estava fazendo a coisa certa. Longe da velha cidade teriam chance para encontrar e proteger uma fonte de água potável, além de plantar o que tivessem que comer. Não seria fácil. Não seria nada fácil. Mas era assim que via alguma chance para aquelas pessoas sobreviverem às noites infernais que se seguiriam.

Cássio adentrou o IC e encontrou Graziano na enfermaria, brincando com duas crianças. Mallory abriu um sorriso, impressionada com o estado de recuperação daqueles pequeninos. Ao que parecia, aquela noite horrível não tinha trazido apenas desgraças. Se era impossível para aquelas crianças estarem de pé, brincando, e sequer sonhar com mais dois meses de vida três dias atrás, também era impossível imaginar que hoje estariam partindo da capital do estado por culpa dos vampiros. Cássio chamou o amigo e foram para o lado de fora conversar.

Graziano ficou um tempo calado, olhando para as dezenas de corpos embalados em sacos pretos em frente à calçada do IML, do outro lado da rua. Eram os cavaleiros do Batalhão 9 de Julho, e mais um bocado de civis.

— Essas criaturas que você disse que eu matei. Onde estão os corpos delas?

Cássio olhou para a calçada onde estavam. Exatamente ali, durante a noite, tinha combatido um grupo deles, tentando salvar Graziano e a si mesmo. Contou ao amigo o encontro com a vampira ruiva e disse que os corpos tinham ficado ali, caídos no chão, mas que lá pelas tantas ao menos três deles começaram a se arrastar. Dois ficaram caídos no mesmo lugar, imóveis até que a luz do sol chegasse e fizesse deles cinzas negras que foram levadas pelo vento. Então Cássio levantou a mão enluvada, pegando um pouco das cinzas que caíam do céu.

— É possível que esses flocos negros sejam dos restos mortais de outros como eles.

Graziano fez uma careta, apanhando um pedaço de cinza que descia lentamente. Trouxe-o até sua narina.

— Isto fede que é uma desgraça.

Cássio aproximou-o de sua narina e aspirou fundo, só sentia o cheiro defumado, de coisa queimada.

— Cheira a fumaça.

— Fede, Cássio. Isso fede terrivelmente. Não consegue sentir?

— Você não parava de falar desse fedor ontem à noite. Pra falar a verdade, até acho que foi esse cheiro ruim, que só você conseguia sentir, que lhe deixou doidinho ontem à noite.

Graziano olhou para os dois lados. As ruas completamente vazias. O chão, que ontem estava quase totalmente branco, tomado pelos folhetos, hoje estava enegrecido, sendo recoberto por aquela chuva de fuligem que vinha com um fraco vento e se dissolvia na água da garoa, formando um tipo de lama imunda e pegajosa.

— Mas não foi para isso que te chamei aqui. Tem outra coisa rolando.

— O que tá pegando, Porto?

— Acabei de vir ali do HC, me intrometi numa reunião dos médicos bambambans.

— O que você queria com eles? Reclamar do seu convênio?

Os dois riram.

— Não, Rossi. Eu não acredito que você não se lembra do inferno que nos cobriu ontem quando anoiteceu!

— Talvez se você não tivesse me dado uma cacetada na cabeça eu pudesse lembrar do que aconteceu.

— A diretora do HC juntou um bando de médicos no auditório, e eles estavam combinando um jeito de se proteger hoje à noite. Estava uma confusão danada. A maioria dos médicos queria fugir daqui de qualquer jeito, sem nenhum planejamento.

— A coisa foi tão feia assim?

— Olha para o outro lado da rua, Rossi! A unidade foi toda morta. Só sobrou eu, você e o Benício, com o braço quebrado. Você quase não se salva com aquela loucura de pular em cima de um monte daqueles bichos. Um até te mordeu no pescoço, por isso que você tá cheio de pontos aí na pele.

Graziano passou a mão sobre a ferida dolorida no pescoço.

— E por que ele não tomou o meu sangue?

— Sei lá! Ele te largou, como se tivesse bebendo veneno. Mas não é disso que eu quero falar agora. O fato é, se ontem foi ruim, essa noite vai ser muito pior. Eles sabem que estamos aqui.

— Os vampiros.

— Exatamente. Até os médicos concordaram em chamá-los de vampiros. Como íamos chamar esses bichos? Eles tem dentes compridos e bebem sangue. São loucos, dementes. E vão voltar para atacar o HC. Virão em maior número e preparados para nos confrontar. Vão tentar entrar por onde não tentaram ontem.

— Meu, você tá piradinho.

— Não estou, parceiro. Escuta. Um dos médicos no auditório contou as pessoas que adormeceram e as pessoas que sobraram acordadas, ele contou de novo. Metade... Escuta isso, metade das pessoas que sobraram de pé começaram a passar mal e ficar agressivas. Ontem à noite todas essas pessoas agressivas se transformaram em vampiros.

— Tá de sacanagem!

— Não, Graziano. Fazendo as contas lá no auditório sabemos que pode ter muito mais de um milhão de vampiros soltos pela cidade. Dois milhões, talvez, ou mais!

— É muita gente.

— Muita gente? Pega um estádio da Portuguesa e enche de vampiros.

— Nossa! O Canindé inteiro cheio de vampiros?

— Isso. Já é vampiro pra caralho, não é?

— Porra, um estádio inteirinho!

— Agora, enche esse estádio umas cem vezes! Isso são dois milhões de vampiros.

Graziano olhou para Cássio.

— O que vamos fazer?

— Vamos sumir daqui. Vamos deixar a cidade.

— Você tá louco?

— Todo mundo fala isso, Rossi. Loucura é ficar aqui, nessa armadilha viva. Quando o sol cair no horizonte de novo, já era, esses vampiros vão sair para as ruas e caçar qualquer indício de gente viva. Eles despertarão famintos e vão fazer de tudo para conseguir o que querem. Nós dois não vamos conseguir defender toda essa gente. No fim vamos ter que nos entocar em alguma sala, e será um deus nos acuda.

— Meu, não sei. Aqui conhecemos as ruas, os esconderijos.

— Quais esconderijos, Graziano? Quais esconderijos?

— Sei lá, tem uma porção de prédios em que podemos nos fechar e nos manter em segurança.

— Somos dois homens treinados. O resto deles é um bando de médicos, enfermeiras e doentes que vão ficar apavorados quando o bicho pegar. Nem munição temos para encarar outra noite.

— E o que você tem em mente? Como vamos fazer isso, cara?

— Já falei o meu plano. Vamos fugir da cidade. Vamos nos reorganizar em outro lugar onde teremos a chance de fazer isso, entender essas criaturas e nos defender até que as coisas voltem ao normal.

— E as coisas vão voltar ao normal?

Cássio olhou novamente para o outro lado da rua. Olhou para os papéis livres da garoa e das cinzas que ainda farfalhavam com o vento.

— Não, Rossi. Nada vai ser igual a antes, nunca mais. Mas as coisas têm que voltar a funcionar, telefone, rádio, essas coisas. Seja lá qual for a força que causou essa desordem, ela vai cessar, e as coisas vão voltar a ser como eram antes, nesse sentido. Quando pudermos falar uns com os outros, quando o comando da PM e do Exército se restabelecerem, vamos conseguir nos organizar e dar conta de todos esses vampiros. Vai ser o nosso recomeço. Só não podemos ficar aqui, de braços cruzados.

— Tá, tá! Você já me convenceu, parceiro. Parado aqui eu não vou ficar. Para onde vamos e como vamos?

Cássio olhou para a Teodoro Sampaio e fez um sinal com a cabeça. Chegando à esquina e virando à esquerda encontraram uma banca de jornal fechada. Cássio recolocou seu capacete enquanto observava dois cães vira-latas que dormiam enrodilhados ao lado da banca. Olhou para o alto, atraído pelo piado de pássaros que voavam em bando.

— Parece que isso só se deu com os humanos. Os bichos continuam numa boa.

— Hum. Tomara que alguém liberte os animais do zoológico. Os coitados vão morrer à míngua se ninguém aparecer por lá.

Um Ford Belina subia sozinho a avenida, com duas pessoas na frente e a parte de trás e o teto entupidos de tralhas. Ao ver os dois policiais o carro encostou. Um senhor abriu a janela do carro do lado do passageiro. Uma jovem estava ao volante.

— Vocês sabem onde podemos abastecer? — perguntou o velho.

— Não faço ideia, senhor — adiantou-se Cássio. — A cidade toda fugiu do controle. Duvido que haja um posto de gasolina aberto.

— Disseram que tinha um funcionando na Consolação — disse a mocinha. — Meu avô falou com um moço na rua que lhe deu essa informação.

— Bem, a Consolação é aqui perto, podem tentar.

— Estamos deixando a cidade — disse o velho. — Ontem uns garotos malucos mataram dezessete pessoas no meu prédio.

— Estão vindo de onde?

— Do Butantã, senhor — disse a jovem ao volante. — Meu avô veio até aqui a Teodoro ver se encontrava a irmã dele. Encontramos um bilhete na casa dela dizendo que a levaram para a igreja, agora, não falaram qual igreja.

— A polícia pode nos ajudar a encontrá-la? — perguntou o idoso, pondo a mão velha e enrugada para fora do carro.

— Estou organizando um grupo que vai sair da cidade hoje à tarde. Vamos fazer a mesma coisa que vocês. Se quiserem vir com nosso grupo, sejam bem-vindos.

O velho olhou para a neta, que deu de ombros.

— Para onde vocês vão?

Cássio fez um sinal para que esperassem, então virou-se novamente para a banca de jornais e tirou a pistola do coldre, precisou dar dois tiros para destruir a tranca da porta helicoidal. Ergueu a porta de ferro e entrou na pequena banca, vasculhando suas prateleiras. Apanhou um Guia Rodoviário e saiu para a calçada, já rasgando a embalagem.

O velho e a neta tinham descido do carro e vieram se juntar ao curioso Graziano.

— Só vou pedir uma coisa a vocês dois: vindo ou não com a gente, não espalhem o que vão ouvir. É uma questão de segurança para os enfermos do Hospital das Clínicas. Se muita gente ficar sabendo e começar a seguir desordenadamente para onde vamos, não vamos conseguir defender e abrigar a todos. Entenderam?

A garota e o avô fizeram que sim com a cabeça.

— Tem minha palavra, senhor — juntou o velho.

Cássio abriu o mapa do estado de São Paulo e percorreu com o dedo a rodovia Castello Branco.

— Aqui. Vamos para o sul desta cidade.

Graziano aproximou-se e leu Itatinga.

— Ao sul de Itatinga a Secretaria de Saúde do Estado de São Paulo construiu um complexo hospitalar que ainda está sendo acabado e seria inaugurado em alguns meses. Já funciona uma unidade especializada em imunodeficiência lá. Por acaso visitei esse lugar algumas semanas atrás.

— É longe, né? — indagou a menina.

— Pouco mais de duzentos quilômetros. Pela Castello Branco. Caso a estrada esteja livre, podemos fazer esse percurso em três horas, até menos, se não precisarmos parar.

— Se eu conseguir encher o tanque da Belina do meu avô, se ele quiser, podemos ir com vocês. Nossa ideia era ir para a casa da minha tia em Boiçucanga.

— Onde fica isso?

— É uma praia de São Sebastião.

— É uma vila, então.

— É um bairro; é, pode chamar de vila.

— É pequeno lá?

— Sim.

— Então é uma ótima ideia. Seja lá qual for sua escolha, fique longe de grandes cidades. Esses vampiros são muitos e estão em todos os lugares.

A menina sorriu.

— Vampiros? Do que você está falando?

Cássio e Graziano trocaram um olhar.

— Seu avô disse que uns garotos mataram dezessete pessoas no prédio de vocês, não foi?

— Disse.

— Escute, qual é o seu nome?

— Virgínia.

— Virgínia, esse garotos malucos, como o seu velho disse, não são malucos, são monstros. São vampiros.

— Pare. Você tá me assustando desse jeito. Não existem vampiros.

Cássio apontou para a calçada do IML.

— Suba até ali e olhe para a calçada. Todos os que você encontrar no chão eram amigos meus, soldados, que lutaram até a morte e discordam de você.

Virgínia subiu caminhando e parou poucos metros adiante, levando a mão à boca, horrorizada. Quando voltou, veio agitada e abriu a porta do passageiro.

— Vamos, vovô. Vamos. Se a gente encontrar gasolina, temos que sair daqui agora.

O velho, mudo e trêmulo, voltou para dentro do carro.

— Obrigado. — Foi tudo o que o velho disse antes de a neta partir.

Cássio e Graziano ficaram olhando até a Belina fumegante entrar na Doutor Arnaldo e sumir, dobrando à direita.

— Tomara que eles não deem com as línguas nos dentes — reclamou Cássio. — Isso aqui ia ficar uma loucura. Já não vai ser nada fácil fazer essa viagem com quem já está aqui.

— Pois é, Homem-Aranha, agora eu quero ver como o super-herói vai dar conta do serviço. Escolher para onde vamos é fácil, mas como vamos é que são elas. O que você tem em mente?

— Quando eu passei na frente do Batalhão 9 de Julho e o encontrei incendiado, mesmo com pressa, dei uma parada para olhar. Só sobrou o Neves lá.

— O cabo Neves?

— Esse mesmo.

— Ele está mancando, machucado, disse que estavam lutando contra o incêndio quando os vampiros invadiram o Regimento. Agora não sabe onde o comandante está. Talvez estejam reunidos, juntando os soldados em algum lugar, mas o fato é que no trajeto todo não encontrei nenhuma viatura de polícia. Não encontrei nenhum soldado. Só gente fodida e corpos pelo chão.

— Hã.

— Bem, existem muitos veículos abandonados na cidade. Inclusive dentro do quartel. Temos ao menos dois ônibus lá, temos que encontrar mais. Temos os caminhões de levar os cavalos. O Neves disse que tem três cavalos lá.

— Combustível?

— Deve ter alguma coisa nas bombas do quartel. Talvez dê para abastecer esses veículos de fuga.

— Cara, você é doidinho, mas eu não sabia que era tanto. Doido e fantástico. Acho que vai dar certo. Só precisamos saber quantas pessoas estão no hospital.

Graziano parou de falar quando Mallory surgiu na esquina. Ela veio de encontro aos soldados, mas não foi a presença da enfermeira que os deixou calados. Foi o ronco dos motores.

Cássio já conhecia aquele som. Afastou-se até o meio da Teodoro Sampaio olhando para o céu, procurando os aviões.

Então eles surgiram, ao menos oito grandes aviões verdes-olivas, voando no céu azul de São Paulo.

Os panfletos estavam sendo despejados mais uma vez, parecia que grandes blocos de papel eram arremessados ao intervalo de quinze segundos, criando uma nuvem branca no céu quando se esparramavam.

— Deve ser outro daqueles avisos — tartamudeou Mallory.

Graziano colocou seus óculos escuros, observando a nuvem que se abria, conforme o vento e o ar se encarregavam de espalhar aqueles papéis. O som das folhas esvoaçando foi aumentando, ganhando volume.

O trio ficou de olhos fixos na nuvem até que os primeiros papéis começaram a cair na avenida ao alcance de suas mãos.

Cássio foi o primeiro a agarrar um deles no ar e, de imediato, começou a lê-lo em voz alta.

Aviso Público Geral Nº 0002

Ministério da Defesa – Comando Central – Brasília

1– Para garantir a segurança da população, informamos que o Ministério da Defesa instaurou o toque de recolher.

1.1– Está proibida a permanência nas ruas e em espaços públicos após o pôr do sol.

1.2– Permaneçam em suas casas.

1.3– Reforcem a proteção do seu lar com o auxílio dos meios que estiverem ao seu alcance.

2 – Informamos à população que unidades táticas das Forças Armadas irão patrulhar as cidades e, após o pôr do sol, para sua segurança, irão atirar para matar.

3 – Aqueles cidadãos que apresentam estado mental alterado e violento, agressividade extrema, alteração óssea dos dentes e psicopatia são um perigo grande para a sociedade. Caso você tenha parentes e amigos nessas condições, mantenha-os amarrados e presos em algum cômodo.

3.1 – Tão logo tenha contato com as unidades táticas das Forças Armadas, apresente-se e entregue os acometidos pela doença para que sejam encaminhados ao setor de tratamento de emergência.

3.2 – Caso algum cidadão sofrendo desse mal mental tente atacá-lo, em caráter de emergência, recomendamos que o incapacite imediatamente, usando qualquer meio que esteja a seu alcance.

3.3 – O uso de armas de fogo continua proibido.

4 – Os cidadãos vítimas do transtorno do sono não representam perigo. Estes devem ser mantidos sob proteção.

4.1 – Não procurem os hospitais com os indivídos vítimas do transtorno do sono.

5 – Continuamos pesquisando intensamente sobre como restabelecer os meios de radiotransmissão.

5.1 – Sabemos que o problema atinge as nações vizinhas e que possivelmente seja de ordem global.

6 – Estoque água e comida.

7 – Obedeçam e mantenham a ordem.

8 – Não deixem seus abrigos durante a noite em hipótese alguma.

9 – Reúnam objetos de prata.

10 – Aguardem novas instruções.

11 – Que deus esteja convosco.

Quando Cássio terminou a leitura e encarou seus amigos, encontrou Mallory com lágrimas nos olhos. Graziano lia o seu próprio pedaço de papel, como que confirmando cada linha daquilo que o parceiro tinha acabado de verbalizar. Estocar água e comida. Incapacitar os violentos. Toque de recolher. Atirar para matar. Cada fragmento daquele novo aviso público mostrava que o governo já tivera a sua amostra grátis de noite maldita, infestada com vampiros ou "cidadãos sofrendo desse mal mental". Ao menos alguém estava no comando dessa crise e tentaria colocar as coisas nos trilhos. Contudo, outros fragmentos denotavam o quão sozinhos estavam, o governo era categórico ao afirmar que todos deveriam permanecer em suas casas. Até quando? Até quando não houvesse mais nada que se pudesse fazer?

— Rossi, vamos. Precisamos de mais homens conosco para descermos até o quartel.

Vinte minutos mais tarde, Cássio e Graziano desciam a Rua da Consolação na Land Rover da doutora Suzana, trazendo a bordo mais quatro homens. Dois eram parentes de pessoas internadas e um deles era o enfermeiro Alexandre. Pela janela do veículo viam que nada tinha melhorado no aspecto da cidade, o poder público estava completamente ausente naqueles primeiros dias e Cássio, a despeito dos avisos lançados do ar, não enxergava nenhuma atuação salvadora nas próximas preocupantes noites. Se existisse alguma salvação naquele cenário apocalíptico ela viria de suas próprias mãos, forjada pela vontade de continuarem vivos. Dentro do carro os familiares tentavam passar confiança uns aos outros, tinham eleito Cássio como um representante do governo que estava quase ausente durante aquela crise. Quase porque existia o segundo aviso, dizendo que ainda, em algum lugar, existia alguém no comando tentando retomar o controle daquele mundo maluco no qual tinham sido arremessados. Rui, um rapaz que era chaveiro e tinha feições de uns vinte anos de idade, magro e alto, usava um boné do Celtic Frost e tinha anéis com letras e caveiras, lia em voz alta o segundo aviso público e olhava para Cássio a cada frase completada. Quando leu o segundo artigo, que falava das unidades táticas que patrulhariam as cidades e atirariam para matar após o pôr do sol encarou Cássio ainda mais demoradamente.

— Me explica isso aqui, sargento. Quer dizer que eles vão sentar o dedo em quem não estiver dentro de casa?

— Estou tão perdido quanto vocês, amigos, mas sugiro levarmos bem a sério o que está escrito nesse papel.

— "Reúnam objetos de prata". Não entendi isso, sargento — disse Paulo, um senhor de cinquenta anos que pilotava o veículo. — Que diacho eles querem com prata?

— Prata é coisa de matar lobisomem — brincou o chaveiro Rui, rindo ao final de sua afirmação.

— Também não sei.

— Se vamos sair hoje antes do anoitecer, vamos chegar fora da cidade quando a noite estiver entrando, Cássio — juntou Armando, um sujeito calvo, beirando os cinquenta anos. — E se a gente trombar com uma unidade tática dessas?

— Eu e o cabo Graziano Rossi estaremos fardados e estaremos na frente do grupo.

— É, pode funcionar, se eles perguntarem antes de atirar — ponderou Armando.

O grupo silenciou quando chegaram à Praça da República. O prédio da Secretaria de Estado da Educação ardia em chamas, com labaredas laranjas e vermelhas sendo cuspidas das janelas. Atrás dele, o imponente Terraço Itália era uma coluna negra de fumaça. Era apenas a terceira manhã após o mundo se transformar e a cidade de São Paulo já parecia arruinada, envolta num cenário de guerra. Corpos pelo chão, poucos carros circulando, semáforos apagados, inumeráveis incêndios fora de controle, falta de energia, nenhuma autoridade oficial à vista. Os comércios tinham suas portas derrubadas e mercadorias saqueadas. Os mercados e as farmácias pareciam os alvos favoritos, com suas prateleiras tombadas e reviradas, com gente saindo com caixas nas mãos. Ouvia-se um alarme disparado aqui e ali, dos estabelecimentos que tinham esse dispositivo alimentado por baterias. Os alarmes gritariam até que as cargas fossem esgotadas sem que ninguém viesse salvá-los. Era impossível controlar aquilo. Parecia que todos se preparavam para fugir da cidade ou se esconder em suas casas, esperando uma solução tão súbita quanto o início daquela tragédia.

— Quando essa zica toda começou eu tinha saído da faculdade e ido beber com uns amigos, íamos assistir a uma luta na TV do bar — contou Rui. — Mas lá pelas tantas a programação saiu do ar e os telefones pararam de funcionar. Até aí, normal. Eu só não tinha ideia é de que aquilo era o começo disso tudo.

— É isso que me atormenta — juntou Armando. — Essas coisas das telecomunicações começaram com o mal das pessoas. Parece coisa feita.

Cássio também já tinha feito aquela relação, mas como explicar?

— Quando eu cheguei em casa meu vô e minha vó estavam daquele jeito, dormindo. Achei que eles tinham morrido, pô. Fiquei mó mal pensando nisso. Aí começou a gritaria no apartamento do lado e vi mais gente falando disso. Fui até o quarto do meu irmão e ele estava dormindo também, mas acordou, graças a Deus. Ontem a gente veio aqui para o Hospital das Clínicas ver se tinha cura para isso que os meus avós têm.

— E os seus pais? — perguntou Graziano.

— Eu não tenho pai. Minha mãe vive sozinha em Barra Mansa.

— Ali já é Rio de Janeiro, né?

— É, sim, senhor.

— Não precisa me chamar de senhor, não, cara. Estamos todos no mesmo barco — respondeu Graziano.

— É costume. Meus avós me ensinaram assim.

Rui baixou a cabeça, com os olhos marejados.

— Será que eles vão acordar de novo?

O pessoal na Land Rover ficou calado um segundo.

— Dizem que tem gente acordando. Eu não vi ninguém que acordou, mas lá no hospital tão dizendo isso — continuou Rui. — E tem esses que se transformaram. Isso parece coisa do diabo. Acho que é o fim do mundo mesmo.

— Eu achei que a gente não passava dessa noite, policiais. Um amigo seu se quebrou todinho lá no HC, mas segurou a onda e salvou a gente.

— Ele tá falando do Benício. Está com o braço quebrado — explicou Cássio para Graziano.

— Ele disse que foi quando caiu do cavalo, quando aquelas coisas vieram de uma vez, que nem uma onda — disse o enfermeiro Alexandre. — Ajudei a cuidar da fratura dele. Teve sorte, a doutora conseguiu fazer uma redução e colocar no lugar sem cirurgia.

— Nunca vi tanta gente morta — juntou Rui.

— E olhem para essas ruas. Parece guerrilha.

Cássio olhou para Graziano, concordando com o amigo.

Quando chegaram ao Regimento de Cavalaria os policiais foram os primeiros a descer. Janelas e paredes negras ainda soltavam um pouco de fumaça, revelando aos visitantes um pouco do que tinha acontecido ali durante a noite.

Cássio chegou a sentir um frio no coração. Conhecia cada palmo daquele quartel, e ver o ambiente de seu trabalho nos últimos oito anos devastado provocava um efeito similar em sua memória, era como ter parte de sua própria existência aniquilada. Era como se o mundo estivesse se dividindo entre o antes daquela noite maldita e o depois, a nova realidade. Cássio ergueu os olhos em direção às cocheiras e viu uma militar acenando. Era uma senhora negra, com uniforme cinza, patentes de cabo, que prestou continência assim que o sargento foi em sua direção. Cássio retribuiu a continência e estendeu a mão para cumprimentá-la.

— Você não estava aqui de manhã quando passei.

— Eu vim para cá depois do amanhecer, eram umas oito quando cheguei.

— Você é de qual batalhão?

— Do 16º, Rio Pequeno, 3ª Companhia.

— E como estão as coisas por lá?

— Nada boas. O comandante está tentando manter o patrulhamento e a segurança do comércio local, mas muitos dos soldados não apareceram esta manhã. Pedi dispensa para vir ver meus pais que moram aqui perto — explicou a militar. — Encontrei minha mãe adormecida em casa e o meu pai assustado.

— Eu estou organizando um grupo para deixar a cidade. Precisamos nos reagrupar fora desta loucura.

A cabo olhou para Cássio e de volta para as cocheiras.

— Meus pais podem ir também?

Cássio balançou a cabeça em sinal positivo. Olhou para o peito da militar, que trazia o nome Ramalho.

— Qual o seu nome?

— Zoraide, sargento.

— Pode me chamar de Porto.

Um senhor aparentando uns oitenta anos apareceu na porta de uma das cocheiras, ele andava encurvado e colocou a mão em concha acima dos olhos, protegendo-os da claridade.

— Eu ia levar minha mãe para o Hospital das Clínicas, mas me disseram que lá não estão aceitando mais pacientes, depois vi o papel que jogaram do céu. Eu trouxe eles para cá, achei que ia ser um lugar seguro para esperar, mas quando cheguei aqui fiquei sem saber o que fazer. Não sei se volto para casa ou para a casa deles.

— Você disse que eles moram aqui perto, não é?

— Exato.

— Não fique na cidade. Vai ser perigoso essa noite.

— Perigoso por causa das pessoas transformadas?

— Isso mesmo, Ramalho. Ainda não sabemos quantas pessoas ficaram assim, mas são muitas.

Cássio olhou para o lado direito, vendo Graziano se aproximar de outro militar.

— Aquele é o...

— Francisco. Ele é do Regimento, o conheço.

— Ele trouxe gente pra cá também.

Ouvindo as palavras da cabo Ramalho, Cássio Porto rumou para perto de Graziano. As expressões no rosto do velho Francisco eram exaltadas, de quem explicava alguma coisa errada que tinha acontecido durante uma diligência. Francisco e Graziano andaram na direção dos escritórios. As escadas também estavam enegrecidas pela fuligem e tomadas por uma gosma escura, resultado da tentativa de conter as chamas que tinham devorado o Regimento. Alcançou a dupla quando entrava no saguão frontal do edifício, onde ficavam as salas do térreo do sobrado. As portas tinham desaparecido, bem como as bandeiras da cidade, do estado e do Brasil, além do estandarte da cavalaria. Tudo consumido pelo fogo. Viu Graziano de costas na sala do intendente. Ali parecia um cômodo mais preservado. Quando alcançou o amigo, viu dentro da sala um garoto deitado em uma mesa, adormecido. Cássio nem precisou perguntar o que ele tinha. Era mais um dos ceifados pelo sono. A voz de Francisco revelava que o menino era seu filho. Graziano perguntou a idade. Juninho, como o pai o chamava, tinha apenas quatro anos. A mãe do garoto estava sentada em uma cadeira ao lado da mesa, com o rosto riscado de lágrimas, mas já cansada de chorar. Cássio bateu a mão no ombro de Francisco, fraterno à situação.

— O Rossi me falou do destacamento. Que coisa horrível, Porto.

— Foi bem feio, Francisco. Na verdade foi um salve-se quem puder. Só consegui ajudar o Graziano aqui e escapamos dos vampiros.

— Vampiros? Do que você está falando? — perguntou Francisco, arregalando os olhos.

Cássio olhou para Graziano antes de falar.

— Eu sei que parece loucura, Francisco, mas essa gente transtornada está atacando os outros para tomar o sangue. Eles fogem da luz do sol e fica mais agitados durante a noite. Tem uma porção de gente assim. Se não milhares, milhões de pessoas se tornaram monstros brutais na noite passada aqui em São Paulo.

— Por isso estamos dando um jeito de partir daqui, para um lugar mais afastado, onde vamos poder nos reorganizar.

— Alguém da Defesa Civil está organizando isso? Alguém do Governo?

— Não, cara. É o sargento que está tomando a iniciativa. Se ficarmos aqui parados esperando ajuda oficial, podemos morrer antes de ter qualquer notícia.

Francisco coçou a cabeça e olhou para dentro da sala, encarando a esposa e o filho adormecido. Tinha ido até o Regimento de Cavalaria para ver se encontrava seus amigos, se encontrava orientação. Não imaginava aquele cenário, muito menos que o quartel estaria destruído e desprovido dos superiores. Cássio tinha razão. Ficar e esperar sentado não era uma opção.

Cássio desceu novamente e reencontrou o cabo Neves. Juntos foram até a sala do comando e encontraram as chaves dos dois caminhões de transporte de montaria, e também dois ônibus de transporte da tropa de choque. Aqueles veículos seriam um excelente reforço para o comboio que deixaria o Hospital das Clínicas, mas não bastariam. Neves também seguiria com o grupo, outro bom reforço, elevando o número de militares envolvidos na evacuação para cinco; caso Benício tivesse condições de ajudar na escolta, seriam meia dúzia. O sargento tirou o celular do bolso e conferiu a hora, meio dia e vinte, o tempo estava voando. Cássio pediu para Paulo encostar a Land Rover na lateral do prédio, no ponto mais próximo ao arsenal. Abriram o porta-malas e começaram a carregá-lo com as armas que tinham encontrado. Caso se deparassem com os agressivos durante a noite, precisariam se defender. Contudo, o sargento ficou um bocado decepcionado ao adentrar a sala do arsenal. Provavelmente, por ordem do comandante, ele já tinha sido quase todo esvaziado. Encontrou duas carabinas Taurus .30 e munição, mais duas prateleiras com sabres embainhados. Pediu que Francisco contasse os sabres enquanto revirava os armários do arsenal em busca de qualquer coisa que pudesse ajudar. A procura insistente resultou em mais doze revólveres calibre 38 apreendidos em ações de rotina há meses e que, por alguma razão que Cássio desconhecia, tinham ido parar num dos armários do arsenal. Não era hora de cismar com o providencial achado. No fundo do armário encontrou quatro caixas de munição para os revólveres que viriam bem a calhar. Pediu que Graziano coordenasse a transferência do material para a Land Rover enquanto seguia para o pátio a fim de inspecionar os veículos que levariam do Regimento carregando com ele uma das escopetas. A preocupação maior era com combustível. Os postos da cidade estavam fechados ou depredados. Segundo Neves havia diesel e gasolina nos reservatórios, mas as chaves dos cadeados tinham desaparecido. Cássio não viu problema algum nisso. Só queria saber quanto combustível ainda tinha naqueles reservatórios. Os dois caminhões e os dois ônibus não seriam suficientes para o êxodo do hospital. Atravessou o pátio secundado pelo cabo Neves e aproximou-se das bombas; com a coronha da carabina conseguiu quebrar as trancas do cadeado. Puxou a mangueira de diesel e pressionou o gatilho. Um jato fino do combustível escorreu pela boca da mangueira e logo se extinguiu.

— Está vazia — lamentou o sargento.

— Não, não está, sargento. Recebemos combustível na terça-feira. Acontece que só agora eu lembrei que as bombas são movidas à eletricidade, e estamos sem energia na cidade.

— Você sabe a voltagem disso aqui?

— Não, mas eu consigo descobrir e colocar as bombas pra funcionar. Na oficina tem um gerador movido a diesel.

— Abastecido, eu espero.

Os dois riram.

— Olha, Neves, se você conseguir fazer as bombas funcionarem, estamos salvos. Se conseguir dar conta disso sozinho eu agradeço, preciso sair daqui e arrumar mais meia dúzia de ônibus para tirar o pessoal do hospital.

— Vai firme, sargento. Eu me viro aqui. Deixa o Francisco comigo, que, se eu precisar de ajuda, falo com ele.

Terceira manhã

Capítulo 45

A Land Rover rodou pela Marginal Tietê com o time de Cássio descobrindo mais sinais de desgraça deixados pela noite anterior. Estavam mais do que certos que não eram apenas os doentes do Hospital das Clínicas que tinham surtado. Aquilo tinha se espalhado por todos os lados, por todas as ruas da capital. Encontraram corpos caídos nas calçadas, poças de sangue. Gente com pedaços de madeira enfiados no peito. Um rastro sem fim de morte e desespero. Quem tinha se livrado do sono e escapado das garras dos agressivos estava se escondendo em suas casas, seus carros. Eram poucos os veículos que trafegavam pelas ruas, sempre em alta velocidade, como se fugindo de um demônio que os perseguisse pelos calcanhares. Paulo, que tinha sido motorista de ônibus de viagem por alguns anos, tinha dado a ideia de irem até o Terminal do Tietê ver se conseguiam alguns ônibus por lá. Contornariam o acesso à ponta da avenida Cruzeiro do Sul, passando em frente ao Shopping D.

— Do quartel até aqui contei só seis carros na rua, sargento — observou Armando.

O enfermeiro Alexandre ia calado ao lado de Rui, ambos de olhos colados nos vidros.

Graziano trazia uma das escopetas encontradas por Cássio, e o amigo vinha com outra. Não sabiam o que iam encontrar do outro lado da ponte. Apesar dos avisos jogados dos aviões, temiam que a população perdesse a cabeça e tentasse desatinos como roubar um carro abastecido. Cruzaram o rio e, em menos de dois minutos, chegaram à frente da rodoviária. Os soldados armados desceram na frente, seguidos por Rui, Armando, Paulo e o enfermeiro Alexandre. Cássio olhou em direção à passarela do metrô. Era muito estranho ver aquele caminho sempre atulhado de gente totalmente deserto àquela hora da manhã. Em frente à estação, logo na entrada, alguns aglomerados de pessoas, e malas e sacos cheios de pertences davam a entender que algumas famílias tinham resolvido ir para lá tentar escapar da cidade através das centenas de linhas de ônibus de viagem que partiam dali todos os dias.

— Rossi, fique aqui com o seu Armando, protegendo o carro. Não vamos dar mole.

— O senhor que manda, sargento.

Cássio sorriu para o amigo e seguiu com Paulo e os demais, andando rápido para dentro do terminal e chamando a atenção das pessoas ali na entrada. Enquanto avançava para dentro da rodoviária, outra coisa que intrigava o sargento se destacou perante o cenário quase deserto e perturbador: a ausência absoluta da polícia e de qualquer outra autoridade num lugar imenso e estratégico como aquele. Havia alguma coisa acontecendo com a Polícia Militar, mas tanto Graziano quanto ele e os gatos pingados encontrados no Regimento de Cavalaria estavam à parte do que acontecia. Cedo ou tarde entenderiam a razão daquele desaparecimento inexplicável de toda a força pública, mas já estariam longe dali, tirando aquela multidão de gente das Clínicas e a levando para um lugar mais seguro. Paulo os guiou dentro do terminal, subindo um lance de escadas e indo em direção ao guichê da Viação Esperança, onde ainda conservava alguns amigos dos velhos tempos. Contudo, acabaram decepcionados, todos os guichês estavam fechados e não havia um funcionário ao menos para dar informações na rodoviária. Era como se uma bomba tivesse caído em São Paulo e feito evaporar metade da população. Seguindo Paulo, foram até as plataformas, dois ônibus jaziam com seus esqueletos devorados pelo fogo, cujos pneus derretidos e ferros retorcidos provavam que a noite maldita também tinha passado por ali. Desceram até a plataforma para examinar mais de perto e encontraram mais evidências de tumulto e enfrentamento. Rastros de sangue pelo chão e a eloquência de ao menos vinte corpos caídos próximos aos ônibus queimados, cinco pessoas carbonizadas. Ao final da plataforma, parado no meio da pista e bloqueando o acesso àquela parte do terminal, avistaram um ônibus que parecia em perfeitas condições de rodar. Rui, que estava mais perto, sorriu e apontou para os demais, e foi direto para o veículo rodoviário. Era um Volvo, daqueles grandes de dois andares. Quando Rui alcançou a porta, Cássio sentiu um arrepio percorrer o seu corpo.

— Espera! — gritou o sargento.

A advertência, que não tinha sido assim tão alta, pareceu ecoar pelo ambiente deserto e silencioso. Paulo e o enfermeiro Alexandre pararam e olharam para trás. O policial se aproximou com a carabina Taurus levantada e, ao chegar ao lado da porta, olhou para o chaveiro.

— O que foi?

— Os vidros estão todos fechados, e as cortinas também.

Os homens olharam para o ônibus sem estranhar muito a observação do policial e depois trocaram olhares.

Cássio circulou pela frente do veículo. O grande para-brisas do gigante estava forrado com jornal.

— Que merda é essa?

Alexandre chegou à frente do ônibus e levou a mão até a boca.

— Nossa. Que estranho — gemeu o enfermeiro.

Rui e Paulo ficaram calados e olharam agora para o chão. Trilhos de um líquido escuro corriam até a porta.

— Isso aqui é sangue? — tartamudeou o motorista Paulo.

Cássio apontou para a porta frontal.

— Está aberta?

Rui puxou a maçaneta da porta lentamente.

Cássio destravou a carabina e a empunhou para dentro do veículo enquanto um cheiro acre chegou a suas narinas, um cheiro que ele conhecia muito bem, o cheiro da morte. Os trilhos de sangue subiam pela escada. Logo no banco do motorista havia uma criança morta, com a cabeça caída para dentro do volante, com a pele pálida e uma dúzia de furos no pescoço. Conforme se aproximou do banco escuro, Cássio percebeu que era um menino, as roupas eram de garoto e o tênis lembrava um carro de corrida. As feridas só lhe remetiam a uma coisa, ao ataque dos agressivos no último anoitecer. Cássio se aproximou de outra escada que levava ao corredor de assentos. Um silêncio sepulcral. Sua respiração tinha se tornado espaçada, e o dedo repousava sobre a proteção do gatilho. Seus pés afundavam no carpete do corredor enquanto seus olhos procuravam por mais alguma coisa. Passou os primeiros bancos com uma sensação ruim, se o ônibus estivesse vazio poderia ser usado na missão que teriam mais tarde. Mas Cássio sabia que aquele ônibus não estava vazio. Aquele desconforto que sentia não era uma sensação abstrata, era um desconforto físico, era a sola do coturno afundando em algo pegajoso e morto. Era sangue coagulado e gelatinoso. Mantendo a carabina erguida, Cássio levou a mão à cortina à sua direita, abrindo-a e deixando a luz do sol entrar. Gemidos foram ouvidos aqui e ali. Escutou a voz de Rui junto à escada de acesso ao ônibus, impressionado com o cadáver do garoto.

— Espere aí, Rui! — bradou.

Cássio abriu outra janela, fazendo com que mais sol entrasse. Então as silhuetas começaram a surgir. Corpos. Como os do menino ao volante, mortos e com os pescoços rasgados. Outros se moviam, lentamente, se afastando da luz. O sargento ficou parado, observando aquele impensável balé. Ao menos cinco criaturas deixaram suas poltronas e, resmungando e fumegando, foram indo para a parte traseira do ônibus. Eram os agressivos, mas, ao mesmo tempo, diferentes. Estavam lentos. Estavam vulneráveis. Eram vampiros de fato, a luz do sol fazia aquilo com eles, os espantava, os impelia para a escuridão. Cássio agora virou-se para a sua esquerda e abriu mais cortinas. Os gemidos aumentaram de volume, e mais duas daquelas criaturas se refugiaram nas sombras, uma delas mostrando os assustadores olhos vermelhos. Cássio tremia. Sabia que tinha ao menos seis inimigos logo à frente, inimigos como a vampira ruiva que clamara pelos filhos a noite toda. Tornou a estender o braço direito na direção de outra janela para liberá-la quando seu punho ferido foi agarrado por uma mão branca como marfim. A fera abriu sua boca e rugiu como um felino, exibindo longas presas. Num repelão, Cássio puxou a mão para trás, trazendo o monstro aferrado ao curativo em seu punho a uma faixa de sol. O vampiro gritou enquanto sua pele enegrecia e chamuscava. A luta da criatura contra a luz criou o tempo necessário para Cássio ancorar a coronha da carabina em seu ombro direito e disparar uma rajada de três tiros, abrindo a cabeça do agressivo. As feras no fundo do ônibus se agitaram, exibindo suas presas e seus olhos brilhantes. Cássio disparou contra as criaturas, fazendo o estofado dos bancos de passageiros voar pelos ares. Baixou a carabina quando a munição acabou e levou a mão ao coldre em sua perna para apanhar a pistola quando uma das feras pulou em seu ombro, derrubando-o de costas. O sargento rastejou assustado, afundando as mãos no sangue que empapava o carpete do corredor.

— O para-brisa, Rui! — gritou.

O chaveiro, apavorado pela cena que tinha acabado de assistir e pelos disparos que ainda retumbavam em seus ouvidos, rompeu o gelo que prendia seu corpo e olhou para trás, para os grandes vidros do ônibus. Jornais enrugados e colados com um tipo de goma tapavam toda a superfície transparente. Rui rasgou as folhas, fazendo com que um facho de luz entrasse até a metade do corredor, o suficiente para cobrir o sargento e afugentar o vampiro que tinha se atirado sobre ele. Antes que o monstro se afastasse, foi a vez de Cássio saltar sobre o agressor, agarrando-o pelos cabelos. O vampiro era um homem forte, gordo, vestindo um blusão vermelho de nylon do Internacional. Cássio precisou calçar a sola da bota contra as poltronas para ter força o suficiente para puxar o maldito para dentro do facho de luz. O vampiro começou a se debater, e sua pele a enegrecer conforme a luz ia infestando seu corpo. Cássio sentiu que o agressivo estava perdendo as forças, ficando mais fácil puxá-lo.

— Me ajuda, garoto!

Rui estava pasmo com a visão do homem esfumaçando e grunhindo como um porco no abatedouro.

— Vai! — tornou a berrar Cássio.

Com a ajuda de Rui jogou o homem do Internacional de costas na plataforma de embarque encharcada de sol. Em silêncio o quarteto que tinha vindo do Hospital das Clínicas assistiu àquela criatura se debater, com sua pele se transformando em placas negras e uma fumaça branca saindo por baixo de sua blusa e sua calça, até que não existisse mais forças naquele corpo que assumiu uma feição cadavérica.

— Meu Pai amado, o que foi isso? — perguntou o enfermeiro, horrorizado, alternando o olhar entre o monstro fumegante e o policial com as mãos e uniforme sujos de sangue.

— Agora vocês acreditam que os agressivos são vampiros?

O trio à sua frente continuou encarando o esqueleto que finalmente se quebrava em um amontoado de cinzas.

— Tem mais deles lá dentro, e vamos precisar desse ônibus.

Os homens entenderam o que o policial queria dizer. Teriam que enfrentar aquelas coisas.

— Eu estou com minha pistola carregada, contei seis deles, pelo menos.

— Quantas balas tem nessa coisa? — perguntou Alexandre, visivelmente ressabiado.

— Doze.

— Pelo menos eles são seis, né?

— Eram seis. Matamos dois.

O enfermeiro afundou as mãos nos cabelos e olhou para o imenso ônibus.

— Eu não sei se consigo, eu não sei.

— Vocês precisam me ajudar, Alexandre. Sozinho é que eu não vou conseguir tirar todos dali.

— Como a gente ajuda? — se prontificou seu Paulo.

— Vocês dois vão na frente, abrindo as cortinas, o sol vai mantê-los longe. Eu dou cobertura com a pistola. Um tiro na cabeça os tira de combate.

— Eles morrem?

— Ainda não sei se morrem. Sei que param. Mas ontem eu acertei alguns com mais de um tiro e hoje de manhã não encontrei seus corpos onde eles caíram.

— Caraca, velho. Vai ser tenso isso aí — gemeu o chaveiro com o boné do Celtic Frost.

— Mas não tem outro jeito, gente. Esses bichos estão aqui e a gente tem que aprender a enfrentá-los — reclamou Paulo.

Cássio assentiu, contente por finalmente alguém entender o cerne da situação.

— É exatamente isso, Paulo. Temos que aprender a enfrentá-los.

— E eu faço o quê, pelo amor de Jesus Cristo?

Cássio olhou para o enfermeiro medroso e depois para o ônibus.

— Você fica atrás de mim, a uns dois metros de distância, e me dá cobertura se algum aparecer de surpresa por trás.

O enfermeiro benzeu-se enquanto os homens se posicionavam na entrada do ônibus.

— Vamos! — ordenou o sargento.

Rui foi o primeiro a entrar. Seus olhos, mesmo já tendo visto o menino morto ao volante, foram atraídos como ímãs para a imagem da morte. Olhou para o corredor iluminado pelas cortinas abertas e, sem perder tempo, foi para a primeira fileira, abrindo as cortinas que tinham ficado para trás. Paulo subiu e também perdeu alguns segundos olhando para a criança. Seus olhos pararam nos furos no pescoço do moleque. Era assim que eles tiravam o sangue das pessoas, igual nos filmes. Concluiu que proteger o pescoço quando saísse de casa seria uma boa ideia a partir de agora.

Cássio deixou a carabina recostada ao pneu do ônibus e subiu empunhando a pistola, pronto para o tiro. Venceu os degraus vendo Rui avançar determinado, abrindo as cortinas do caminho. No fundo ainda escuro os grunhidos começaram a crescer.

— Ei — chamou Cássio, fazendo com que Paulo olhasse para trás.

Cássio ergueu o queixo na direção da trava vermelha da saída de emergência. Rui, entendendo, voltou um passo, ficando próximo a Paulo e, juntos, quebraram o lacre e puxaram as travas da saída de emergência. Rui enfiou o pé na janela, fazendo uma sessão retangular cair e espatifar-se do lado de fora. Com um canivete Paulo cortou as cortinas onde agora havia um grande buraco, fazendo com que mais luminosidade se espalhasse pelas fileiras de cadeiras. Agora podiam ver nitidamente os contornos das feras que se espremiam no fundo do veículo e notar também o medo que a claridade causava nos agressivos.

Rui tornou a encarar o corredor de bancos, encontrando corpos drenados dos dois lados, como se o ônibus tivesse sido apanhado de surpresa por aqueles vampiros. O chaveiro parou, olhando para um dos corpos, uma mulher. Ela estava corada e parecia respirar, adormecida, alheia ao perigo ao seu redor. Debruçou-se para abrir a janela. A luz do sol banhou a mulher. Uma gostosa de uns vinte e poucos anos, com cabelos curtos e lábios carnudos. Rui tornou a olhar para o fundo do ônibus. Não era hora de ficar brisando com o rosto bonito da pobre coitada.

— Cuidado — sussurrou Cássio, vindo logo atrás de Paulo.

Os grunhidos foram aumentando de volume conforme o jovem Rui avançava. Ele sentiu o coração acelerar ao ver o par de olhos de um dos agressivos que se movia, se abaixando atrás de um dos bancos, buscando a escuridão que se recusava a protegê-lo, enfraquecida a cada cortina aberta. De repente um deles saltou de trás de um dos assentos e agarrou os ombros de Rui, que, surpreendido e desequilibrado, caiu de costas no corredor. Cássio quase disparou contra a fera, contudo, Paulo entrou na linha de tiro, puxando a criatura, um homem velho, pelo colarinho da blusa de moletom, trazendo-o para o meio da luz do sol. O homem começou a gritar quando sua pele se encheu de luz, apertou os olhos e estapeou o ar de forma ineficaz, buscando livrar-se daquelas mãos que o carregavam para a claridade. Paulo, determinado, continuou puxando o homem enquanto Cássio recuava desajeitado, vendo por fim o vampiro ser arremessado para fora do ônibus através da saída de emergência escancarada e ser transformado numa bola de fogo ao rolar sobre o asfalto ensolarado da plataforma.

Alexandre, logo atrás, mantinha a mão na boca, segurando o grito de pavor que quase escapou de sua garganta ao presenciar o ataque da fera sobre Rui e o arroubo de valentia a seguir do senhor Paulo. O enfermeiro tremia, imaginando que se fosse ele no lugar de Rui estaria em choque neste momento. Mas, para sua surpresa, o jovem chaveiro se recolocou de pé e continuou a abrir as cortinas da metade final do corredor, deixando cada vez menos terreno para os vampiros entocados nas sombras.

Assim que um deles assomou a cabeça acima de um encosto de banco, Cássio disparou com precisão, fazendo um buraco brotar na testa de uma garota que tinha os olhos vermelhos. O corpo da agressiva tombou atrás das sombras, enquanto os outros seres assustados grunhiam e se amontoavam onde a luz ainda não chegava. Haviam se tornado monstros sugadores de sangue, abandonado ou esquecido parte do que os fazia humanos: consciência. O pavor impresso em seus olhos e os movimentos com seus corpos quase atravessando o metal do fundo do ônibus como se fossem espectros, espíritos desencarnados, mostravam que ainda temiam a morte, a extinção, e num ciclo canhestro aquilo fazia com que eles se resgatassem, que emanassem humanidade. Alguém que jamais tivesse visto o que os iguais a eles tinham feito durante a noite anterior em frente ao Hospital das Clínicas até poderia se compadecer daqueles rostos, daqueles restos do que dias atrás eram carcaças que animavam gente comum, que se preocupavam com o dia, com as contas e talvez com os amores da porta ao lado. Os rosnados faziam aqueles valentes contendores que avançavam pelo corredor do ônibus não duvidarem que estavam diante de feras transformadas e que pouco ou nada tinha sobrado de pessoas normais dentro daqueles vampiros.

Rui olhou para Cássio buscando um apoio moral, já que agora faltavam apenas quatro fileiras de bancos e estavam tão próximos dos vampiros que podia sentir um hálito azedo vindo para a frente cada vez que um deles rosnava ou gritava.

— Eu não vou conseguir abrir as últimas, cara. Eles vão me pegar.

— Segue, Rui. Estou de olho — encorajou o policial.

— Faltam só quatro — contabilizou Paulo.

Mais um deles surgiu no corredor, abaixado, rosnando, irritado e assustado, erguendo as mãos na direção de Rui.

O chaveiro respirou fundo e olhou para trás de novo.

— É só uma criança.

Cássio olhou para o pequeno agressivo. Devia ter oito anos, no máximo, corpo esguio, camiseta de menino. Lembrou-se dos próprios sobrinhos.

A pequena fera deu um passo para a frente, abrindo a boca e exibindo o par de dentes pontiagudos, guinchando.

— Não é mais uma criança, Rui. É um deles — definiu Paulo.

"Um deles" queria dizer muita coisa. O garoto agora pertencia a outra classe. Era um adversário a ser vencido.

Os outros três estavam rosnando também e se preparando para sair do fundo e lutar por suas vidas. Ao que parecia não queriam morrer ali, dentro daquele ônibus, sem oferecer resistência.

— Cássio, faz alguma coisa! — clamou o chaveiro.

O policial subiu em uma das poltronas acolchoadas. Seu capacete branco batendo na parte de cima do veículo, forçando-o a se curvar. Fez mira no pequeno agressivo. Não era mais uma criança. Um disparo o fez tombar de lado, gritando. O pequeno levantou com um pedaço de pele arrancado de seu rosto, deixando o esqueleto branco de seu maxilar à vista. O segundo tiro cravou-se em sua cabeça, cessando os grunhidos e as ameaças conforme ele tombava para a frente. Rui deu mais um passo adiante, alcançando a mão trêmula do menino abatido, e puxou-a para perto das fileiras ensolaradas, quando mais um dos monstros saltou das sombras tentando atacá-lo. Rui caiu de costas e Paulo, agilmente, mais uma vez tirou o vampiro de cima do chaveiro, jogando-o contra o chão iluminado. Rui ajoelhou-se e puxou novamente a mão da criança abatida, trazendo-a para o sol. Os corpos daqueles dois vampiros começaram a fumegar e foram arremessados pela abertura lateral. Quando queimavam e gritavam, fazendo com que escamas negras subissem pelo ar, exalavam um cheiro acre e sulfuroso. Mas o que marcava eram os gritos. Como gritavam! Rui, tomado pelo momento, abriu mais duas cortinas à direita, sobrando agora três fileiras de bancos. Foi para a esquerda e abriu também as duas dali. Avançou mais uma fileira, ouvindo os gritos do lado de fora dos que pereciam sob o sol e os rosnados agressivos dos que se espremiam ao fundo. Pareciam indefesos agora. Abriu as cortinas, e o sol entrando inclinado não deixou mais esconderijo para os monstros. Eles começaram a fumegar de leve a princípio, com os olhos vermelhos extravasando lágrimas de sangue.

— Não! — gritou um deles, para surpresa do grupo.

Rui ficou olhando para a mulher que tremia e chorava vermelho, vacilando em sua determinação de agarrá-la e arrancá-la daquele ônibus.

— Eu... Eu estou com medo — disse a vampira. — Eu não sei o que deu em mim. Eu não queria matar nenhum deles.

O rosto dela exalava uma fina fumaça branca que subia pelo ar. Eram os olhos mais tristes que Rui já tinha visto em toda a vida.

— Eu não queria matar nenhum deles nem vocês, eu juro.

Rui sentiu uma mão em seu ombro, afastando-o para o lado. Era Cássio. O sargento ficou de frente para a mulher e ergueu a pistola.

— Nós também não queríamos isso, dona. Lamento.

— Eu tenho filhos no Rio de Janeiro. Eu vim trabalhar quando fiquei assim.

A explosão do tiro fez estremecer Rui e Paulo. Alexandre tinha lágrimas descendo pelo rosto, tomado por um misto de piedade e pavor. Ficaram calados enquanto a mulher desfalecia e tombava sentada no banco, ainda fumegando de leve ao toque da luz do dia. Cássio adiantou-se, e mais disparos encheram o veículo.

— Jogue-os para fora. Vamos precisar desse ônibus.

Os homens arrastaram os três corpos que faltavam, jogando-os sobre os restos enegrecidos daqueles que já tinham virado cinzas sobre o asfalto. Quando dirigiam-se para a frente ouviram um barulho na parte de trás. Cássio sentiu um arrepio típico subindo pela coluna vertebral. Olhou para a porta que tremia, levantando a pistola. Viu a porta do toalete se abrindo devagar. O dedo passando da guarda para o gatilho; travou a respiração, pronto para o disparo.

— Não atirem! Não atirem, por favor! — pediu uma voz fraca vindo lá de dentro.

Rui e Paulo aproximaram-se tensos, enquanto Alexandre, mais para trás, recuava, ainda atordoado com os disparos recentes. A vontade do enfermeiro era correr dali. Correr tão rápido que fizesse o tempo voltar para um momento em que aquela noite infernal nunca tivesse acontecido. Mas sabia que isso não ia acontecer que nem no filme do Superman. Fora chamado para ajudar e ajudaria, lutaria contra seus medos, lutaria contra seus temores para que o plano maluco daquele sargento desse certo. Alexandre, mais do que ninguém, queria estar fora da cidade quando voltasse a anoitecer.

Com o sargento, sem perceber, os homens travaram a respiração. A porta continuou se abrindo para fora, centímetro a centímetro, surgindo dedos trêmulos.

— Eu me tranquei aqui de madrugada — disse a voz embargada. — Eles estavam loucos. Mataram todo mundo.

— Saia com as mãos erguidas.

Cássio viu um homem franzino deixando o banheiro.

— Eu-eu-eu só ouvia os gritos. Quando eu abri a porta vi gente mordendo gente. Fechei a porta e a tranquei. Não saí mais até tudo ficar quieto.

— Venha para a frente — ordenou o soldado, notando que o homem estava numa porção ainda privilegiada pela penumbra.

O sujeito olhou para a faixa de sol à sua frente e para o policial que lhe apontava a arma. Olhou para o lado esquerdo e viu os corpos de pessoas baleadas.

— Não me mate — suplicou o sujeito, estendendo as mãos na direção de Cássio.

— Mãos pra cima! — berrou o sargento, altivo.

Num susto e estremecendo, o homem obedeceu.

— Só vou pedir mais uma vez, senhor. Venha para a frente.

— Eu não posso! Não posso! — gritou o homem de volta, olhando para os corpos caídos, fumegantes.

Cássio pousou o dedo suavemente no gatilho. Se aquele homem não se mexesse teria que atirar bem no meio de seus olhos.

— Você vai me matar, não faça isso. Eu não posso, pelo amor de Deus — suplicou o homem, caindo de joelhos.

O policial acompanhou o movimento do homem, mantendo a pistola apontada para a testa daquele inesperado personagem.

— Você vai me matar, eu sei. Eu sei...

Cássio fez um sinal com a cabeça. Foi Paulo quem entendeu e tomou à frente, puxando o homem pelo braço, fazendo-o rastejar de joelhos até a luz do sol. Aquele hiato de suspense chegou ao clímax, e então os homens puderam soltar o ar dos pulmões quando a pele do sujeito não começou a fumegar.

— Levante-se — ordenou Cássio, observando o uniforme do homem.

— Eu subi para São José dos Campos, terminei um trabalho e estava voltando para casa.

— O que o senhor faz da vida?

— Eu sou eletricista.

— Está sabendo o porquê de eu ter lhe apontado minha arma?

— Eu-eu imagino que seja por causa dessas mortes. Eu ouvi os gritos. Ouvi choro. O motorista estava encostando aqui na rodoviária quando tudo isso começou, senhor.

— E quando começou? — perguntou Paulo. — Foi de madrugada?

Os olhos arregalados do homem foram para o inquiridor.

— Não. Não. Nada disso. Aconteceu assim que anoiteceu. Tinha gente passando mal, o motorista já tinha feito duas paradas a mais na beira da estrada por causa dessa gente que se debatia. Mas não conseguia ligar para a empresa. Ontem os telefones estavam quebrados.

— Ainda estão — juntou Rui.

— Eu sei. Eu fiquei tentando ligar para a polícia a madrugada toda, até minha bateria acabar. Não tinha sinal.

— Venha, nos acompanhe — disse Cássio. — Qual é o seu nome?

— Lúcio, senhor. Meu nome é Lúcio.

Tinha algo naquele homem de que Cássio não gostava. Era o tipo dos olhos. Conhecia aqueles olhos esgazeados, que fugiam quando eram encarados. O medo de se aproximar de um policial, hesitante. Não era hora para mais perguntas do que o necessário; era hora para se colocarem para fora dali.

— Rui.

— Manda, chefe.

— Veja se a chave do carro está no contato.

O jovem foi até a frente e deparou-se com o cadáver do menino sentado no banco do condutor. Manteve a porta que separava a cabine do motorista do resto do ônibus aberta com seu corpo e abaixou-se para olhar por debaixo da criança morta. A chave estava lá.

— Está aqui, chefe.

— Pode ver se tem combustível?

— Vou precisar de ajuda.

Cássio balançou o queixo para Alexandre, que estava mais à frente. O enfermeiro correu até o rapaz e, juntos, removeram o corpo duro e frio do menino de dentro do ônibus, deitando-o sobre o concreto da plataforma.

— Pobrezinho — suspirou Alexandre.

— Eu pensei que você estava com medo.

O enfermeiro olhou para Rui e secou uma lágrima teimosa que tinha aparecido desde o momento em que a vampira implorara pela vida.

— Não tenho medo de gente morta, não, Rui. Tenho medo é desses bichos esquisitos.

— Pode crê. São esquisitos pra caramba. E, além do mais, tão matando a rodo.

Dentro do ônibus Paulo já estava sentado na poltrona do motorista e examinava o painel.

— Tem mais de meio tanque, Cássio.

— E isso é o suficiente para duzentos quilômetros?

— Vixe. Dá e sobra.

— Ótimo. Um problema a menos pra gente. Agora só faltam mais quatro, pelo menos.

O grupo desceu do ônibus e Cássio apanhou sua carabina descarregada, deixando-a aos cuidados de Paulo, que também guardou a chave do ônibus. O civil sentiu o peso da arma nas mãos e buscou um jeito de segurar o objeto sem dar bandeira de que não tinha a menor intimidade com o equipamento.

Deram a volta pelas plataformas adjacentes sem encontrar mais veículos em condições de uso. Acharam mais um totalmente queimado, ainda fumegando, destruído de ponta a ponta.

— Eu sei onde é a garagem da Viação Esperança, sargento. Tava aqui pensando que pode ser uma boa a gente ir até lá.

Cássio concordou, e logo o bando, acrescido de mais um, estava voltando para o carro. Caminhando mais calmos e atentos, perceberam que as lojas de conveniência e farmácias tinham sido saqueadas. Essa seria a tônica da cidade daquele dia em diante: sem o reabastecimento das lojas, sem o funcionamento dos bancos e dos sistemas financeiros, a população se transformaria numa horda que logo esqueceria centenas de anos de civilidade e partiria para a selvageria a fim de não morrer de fome, invadindo, saqueando e matando se fosse necessário. Territórios logo seriam demarcados e o livre trânsito nas ruas ficaria cada vez mais perigoso. Talvez poucos tivessem se dado conta do perigo maior que se avizinhava. Em poucos dias as caixas d'água e reservatórios dos imensos prédios estariam secos, e a água potável também faltaria. Não haveria caminhões-pipa e assistência tão cedo. Ao menos não existiria socorro até que todos enlouquecessem e fosse tarde demais.

Encontraram Graziano no meio do caminho, carabina erguida, esquadrinhando o ambiente, alertado pelos disparos que vieram da plataforma.

— Conseguimos mais um ônibus.

— E aqueles tiros? O que foi que aconteceu, Cássio?

— Os agressivos, estavam dentro do ônibus que encontramos. Os outros veículos estacionados foram queimados.

— Queimados por quem?

— Não sei, Graziano. Pode ter acontecido qualquer coisa essa noite. Qualquer coisa.

— Pode ter sido esses vampiros — juntou Rui.

— Ou mesmo vandalismo da população, se as empresas cancelaram as viagens, pessoas com medo de ficar em São Paulo podem ter vandalizado — imaginou o sargento Cássio.

— Não dá pra entender porque queimariam os ônibus — disse Paulo.

— Só sei de uma coisa, ainda precisamos de muitos mais e, se ficarmos aqui tentando adivinhar o que aconteceu, o dia vai passar e nada vamos fazer. Vamos seguir a ideia do senhor Paulo. Vamos até a garagem da Viação Esperança ver se podem nos emprestar alguns veículos.

— E esse aí, quem é?

Cássio olhou para o eletricista uniformizado e balançou a cabeça para Graziano, afastaram-se juntos em direção à entrada do terminal rodoviário, voltando para a Land Rover alguns passos à frente do grupo.

— Esse mané estava dentro do ônibus com os vampiros, trancado dentro do banheiro.

Graziano, indiscreto, olhou para trás e encarou por alguns instantes Lúcio, que, ao ver-se observado, ficou bastante desconfortável.

— Notou que ele tem aquele jeito?

Graziano sorriu para o parceiro e confirmou com a cabeça.

— Estava todo esbaforido quando deixou o banheiro, disse que passou a madrugada toda sentado no vaso, segurando a porta com medo do ataque dos vampiros.

— Desse jeito, até eu, Cássio. Não ia ficar de bobeira.

— Se você tivesse visto a si próprio ontem, enfrentando esses monstros, aposto que você iria é ficar doido, partindo pra cima daqueles bichos.

Graziano riu. Não conseguia se lembrar com exatidão de tudo o que tinha acontecido. Só sabia que tinha partido para cima dos agressivos por culpa daquele cheiro horrendo que o deixara transtornado.

— O fato é que esse cara ficou todo esquisitão quando eu comecei a fazer perguntas, igual nossos clientes do dia a dia.

Voltando ao carro, encontraram o senhor Armando com os olhos estalados, olhando para os lados, preocupado com a demora do grupo. Se juntaram e voltaram a rodar pelas ruas da capital guiados por Paulo. Em menos de cinco minutos estavam do outro lado da ponte, parando em frente a um alto muro de tijolos cinzas lacrado por um largo portão de ferro. O topo do muro era guarnecido por concertinas afiadas e, assim que desceu da Land Rover, Cássio viu dois homens armados no alto de uma guarita junto ao portão. Um deles tinha uma doze de cano longo, e o segundo tinha uma pistola na cintura e um fuzil encostado no ombro; nenhum deles fez menção de disfarçar o porte de armas quando os policiais surgiram à frente do portão. Cássio e Graziano trocaram um olhar rápido, mas suficiente para ficarem de orelhas em pé e prontos para o que estava por vir. No trajeto até ali Graziano tinha recarregado as armas do sargento, deixando a carabina e a pistola prontas para uso. Paulo desceu olhando para os vigias e se aproximou do portão.

— Eles não são os vigias da empresa. A viação usa seguranças uniformizados da Haganá — sussurrou Paulo, enquanto passava pelos policiais. — Opa! — gritou para os homens lá em cima. — Eu sou ex-funcionário da Esperança, meu nome é Paulo.

Os homens ficaram olhando para baixo esperando o homem continuar. Também tinham trocado olhares quando os policiais desceram da Land Rover. Sabiam que toda aquela situação em que tinham se metido era totalmente diferente da ordem do dia a dia. Os policiais nem tinham chegado numa viatura, para começo de conversa. Não iriam abaixar as armas nem dar mole para aquele bando só porque tinha um par de PMs junto deles.

— Eu só queria saber se o Peterson da logística está trabalhando aí hoje. Eu preciso falar com ele — continuou Paulo e, como os homens continuaram calados, ele prosseguiu. — Estamos precisando de um favor do Peterson. Tem um monte de doentes no Hospital das Clínicas, e o sargento aqui precisa...

— Não tem ninguém trabalhando aqui hoje, seu Paulo — disse o homem com a doze — depois do que aconteceu ontem, o dono da viação adivinhou que ninguém ia vir. Vieram uns dois gatos pingados, só, que foram dispensados pelo dono mesmo.

Paulo ficou movendo o lábio sem ter o que dizer, as palavras não vinham. Era o sinal claro do desapontamento.

— E o pessoal da segurança profissional? — perguntou Graziano.

Os dois em cima da guarita trocaram um olhar rápido, e um sorrisinho sarcástico brotou no rosto do que trazia a doze.

— A segurança profissional é isso aqui que vocês estão vendo. O dono da viação nos prometeu uma boa grana para garantir que nenhum pilantra entre aqui e roube o seu patrimônio.

— Vocês são da casa também? — perguntou Cássio.

— Não, sargento. Não somos militares. Somos... Como dizer, livre iniciativa em momentos complicados como esse.

— Podemos entrar e conversar?

Os homens se olharam de novo. O que segurava o fuzil e balançava um palito de dentes nos lábios fez sinal negativo com a cabeça.

O da doze olhou para o bando lá embaixo.

— As ordens são pra manter esse portão fechado, sargento. Não leve a mal. Não temos nada contra policiais.

— Eles não estão pra brincadeira, sargento — balbuciou Rui, aproximando-se de Cássio.

— Nós também não estamos, garoto. Precisamos de mais ônibus, e aí dentro está cheio.

— Tem mais garagens pelo bairro, sargento — juntou Paulo. — Talvez tenhamos mais sorte em outra.

— Acho que vamos encontrar o mesmo cenário. Os donos dessas empresas não dão mole. Não querem ver seus ônibus roubados de uma hora para a outra.

— E tem outra, meu chapa, nós somos da Polícia Militar. Esses caras não podem andar de fuzil por aí.

Alexandre e Armando se olharam dentro do carro. A afirmação do cabo Graziano fazia sentido, mas tinha um significado implícito ali. Os policiais não iam ceder.

Cássio encarou Graziano e olhou para a guarita de concreto. A dupla ali em cima estava privilegiada. Os civis que os acompanhavam estavam expostos. Tinham que fazer com que abrissem o portão e deixar os civis do lado de fora, assim teriam uma chance mais segura de engrossar a situação, diminuindo o risco para os cinco homens. O sargento observou por um instante a dupla lá em cima. O jeito com que seguravam as armas, a calma com que conversavam, estavam tranquilos e sentindo-se em situação superior. Eram espertos e treinados, provavelmente estavam fazendo os mesmos cálculos que ele e Graziano, pesando as chances, antecipando os movimentos.

— Estamos evacuando o Hospital das Clínicas, senhores — começou o sargento. — Precisamos de ajuda. Precisamos de pelo menos mais dez ônibus rodoviários. E não estamos confiscando, estamos pedindo emprestado.

— Esse problema foge da minha alçada, chefia. A coisa toda degringolou de ontem pra hoje, tem gente matando gente.

— É por isso que estamos aqui pedindo essa força — interveio Graziano. — Tem um monte de gente desprotegida no HC. Queremos evitar mais mortes.

Os dois em cima do muro se entreolharam.

— Não posso abrir o portão, policial. Os ônibus não são meus e estou sendo pago para manter esses carros aqui dentro.

— Estão sendo pagos? Pagos com o quê? — perguntou Paulo.

— Grana viva, tio.

— Vocês não estão vendo como essa cidade está? Se continuar assim, logo, logo dinheiro de papel ou em um terminal de computador de um banco não vai valer nada. Estão tirando a chance de fazermos alguma coisa pelas pessoas naquele hospital.

Os dois mercenários se olharam mais demoradamente dessa vez. O de palito no beiço soergueu as sobrancelhas.

— Não leve a mal, policial, mas esse é o meu trabalho, e desse portão ninguém passa.

Os homens lá embaixo se olharam, Paulo deu de ombros e se dirigiu para a Land Rover.

— Vocês vão deixar quieto? — perguntou Rui, baixinho.

Graziano fez um sinal para ele ficar na miúda. Foi Cássio quem andou para a frente e passou a mão nos olhos.

— Escuta, meu irmão. Se é hora de levar o trabalho ao pé da letra, eu vou levar o meu também. Seu amigo calado aí do lado está com um fuzil das Forças

Armadas. Quero ver o registro dessa arma, e também quero ver o porte de arma dos cidadãos. Abra esse portão agora.

— Não adianta engrossar, sargento. Vai querer fazer o quê? Nos prender?

Graziano viu quando o sujeito ajeitou o fuzil nas mãos. De cima do muro ele poderia acertar todos que estavam no chão com facilidade sem se expor demais. Graziano deixou o dedo deslizar lentamente até o gatilho da carabina. Eram dois contra dois. Se Cássio pegasse o da doze, ele pegaria o do fuzil. Os dois iriam se acoitar na guarita e o portão continuaria fechado.

— Estamos num impasse então. Eu preciso dos ônibus para salvar pessoas e médicos daquele hospital. A coisa vai engrossar quando anoitecer. Vocês não vão querer estar desarmados quando a noite chegar.

— E como pretende nos desarmar? Não vamos abrir o portão. Não vamos atirar em vocês, mas temos uma missão. Manter esse portão fechado e os ônibus aqui dentro.

— Eu tenho a manhã inteira para ficar de olho em vocês e fazer valer a lei, meus senhores. Vocês leram o aviso público lançado pelos aviões?

— Porte ilegal de armas de fogo continua proibido.

— E vocês vão fazer o quê? Ligar pra polícia? Hahaha! — riu o do palito na boca, falando pela primeira vez.

— É só irmos até o batalhão e cercarmos essa garagem. Acha que por conta de uma noite maldita como essa a ordem pública vai deixar barato todo mundo se armando até os dentes?

Os dois lá em cima se olharam por um instante.

— É só mandarmos nossos amigos aqui irem para lá enquanto ficamos de olho em vocês.

O do fuzil engatilhou a arma, sendo imitado pelo da espingarda. Em resposta o sargento e o cabo também engatilharam as carabinas, mantendo os dois na mira. Os civis, assustados, recuaram, Alexandre afastou-se pela calçada, indo para longe da Land Rover, enquanto Rui e Paulo juntavam-se a Armando e Lúcio dentro da picape.

O homem com o fuzil seguiu Alexandre com os olhos e apontou o fuzil.

— Parado aí, doutor!

Era a chance que Graziano esperava, o homem tinha se distraído um segundo e não seria preciso de dois para cravar uma rajada de balas no seu peito, contudo, quando seu dedo ia para o gatilho uma voz poderosa veio de dentro da guarita.

— Chega!

O homem do fuzil voltou a mirar no cabo Graziano, percebendo o vacilo que tinha dado.

— Abaixem as armas vocês dois — exigiu a voz rouca do velho.

Um senhor com o rosto enrugado saiu para o sol, colocando a mão em frente aos olhos para protegê-los da claridade.

Os mercenários continuaram sustentando as armas, olhando para os policiais.

— Vai, porra! Abaixe essas armas, Gustavo. Tô pagando vocês e vou continuar pagando.

Paulo desceu da Land Rover, reconhecendo a voz do genioso dono da Viação Esperança.

— Seu Márcio.

— Eu abaixo quando eles abaixarem — resmungou o segurança contratado.

Os policiais mantinham as carabinas levantadas.

— Eles são da polícia, homem. E disseram que estão querendo salvar gente, gente que está no hospital. Abaixem essas armas, cacete.

A dupla, a contragosto, obedeceu.

— Não foi por mal, seu Márcio. Eles queriam levar seus ônibus.

— Eu tô pagando vocês que nem coronel pagava jagunço na terra do meu pai para manter os bandidos do lado de fora. Não foi isso o que eu pedi?

— Foi sim, senhor.

— E tá vendo algum bandido aí no portão?

Os homens suspiraram.

— Abra o portão. Eu vou ajudar esses homens.

Dois minutos se passaram até que ouvissem os passos dos homens chegando do outro lado do portão. Era um daqueles grandes, todo de chapas de ferro que não deixavam ver nada do lado de dentro, movidos a motores elétricos que não estavam funcionando por conta da falta de energia. Logo todos estavam unidos no esforço de abrir um bom espaço para dar passagem a um ônibus.

Cássio olhou para o velho, tinha coisa de setenta anos, era barrigudo e fumava um cigarro, andando devagar, com um chapéu na cabeça. Foi impossível não deixar a imagem do velho remetê-lo às histórias dos velhos coronéis, donos de fazenda, que contratavam jagunços para defender seu gado, suas propriedades.

— Prazer, Márcio Santini — apresentou-se o homem, estendendo as mãos para Cássio. — Sou proprietário de tudo o que tem aqui dentro. Me diz do que precisa que eu ajudo.

Os olhos de Cássio percorreram o pátio da empresa, encontrando meia dúzia de ônibus estacionados.

— Prazer, senhor Márcio. Meu nome é Cássio Porto, sou sargento do Regimento de Cavalaria 9 de Julho e estou organizando a evacuação do Hospital das Clínicas. Temos muitos veículos de civis à disposição, mas não é o suficiente. Precisamos de ao menos uma dúzia de ônibus rodoviários para trasladar pacientes e parentes que buscaram refúgio naquele hospital.

O dono da viação cofiou a barba no queixo e puxou a ponta do chapéu, como se o ajeitando pensasse melhor.

— Para onde o senhor vai levar os meus meninos?

— Meninos? — O sargento franziu a testa sem entender.

— É. Meus meninos, meus ônibus.

O grupo sorriu com o sargento.

Cássio olhou para os dois jagunços que estavam ao lado do patrão, com as armas em punho, mas desprovidos da agressividade demonstrada há pouco. Não queria compartilhar o destino do êxodo para qualquer pessoa. Chamou o velho Márcio para o lado e caminharam alguns passos.

— Isso ainda é secreto, senhor Márcio, contudo, o senhor se dispôs a ajudar, e eu, inclusive, aconselho o senhor a seguir conosco, se desejar.

— Secreto? Por que é secreto? Acha que as coisas estão tão ruins assim?

— Se estamos evacuando o maior hospital público da América Latina, acredite, senhor. A coisa está feia e vai piorar.

— Como isso pode ficar pior, meu filho? Ontem eu vi um funcionário meu voar na goela de uma secretária do administrativo, o rapaz matou ela, meu filho.

— Ontem perdemos um destacamento inteiro na frente do hospital, senhor. Esses agressivos, é como estão chamando lá, parecem vampiros.

— Deus me guarde! — Márcio fez um sinal da cruz.

— Eles mataram homens treinados e armados, senhor. São muitos e vão se espalhar essa noite, pode apostar. Mas convenci a direção das Clínicas a evacuar antes de toda essa situação estar ainda mais caótica e deteriorada.

— Do que o senhor está falando?

— Estamos sem telecomunicações, como o senhor já sabe, e estamos sem energia. Logo a água também vai faltar, senhor Márcio. Os alimentos vão faltar em questão de poucos dias. Veja o seu pátio. Aposto que você costuma ter muitos mais ônibus por aqui.

— Sem dúvida, minha frota passa de cento e cinquenta rodoviários. Minha oficina é uma das maiores desse lado da cidade.

— Onde estão os seus meninos agora?

— Não voltaram. Estamos achando que muitos ficaram por aí, pelas cidades do interior, de São Paulo ao Rio de Janeiro. Aconteceu muita loucura ontem. Dispensei os funcionários, para que se guardassem, e mandei chamar esses dois bons moços que me ajudam há muitos anos quando um dos meus meninos some.

— Bem, seu Márcio, nós vamos para perto de Paranapanema. Lá existe um hospital. O Hospital Geral de São Vítor.

— Vai de um hospital para outro hospital, policial? Não entendi isso.

— Seu Márcio, a cidade vai virar um inferno em poucos dias. Vai faltar comida, segurança, e esses malucos que estão atacando as pessoas, eles são muitos, muitos mesmo.

— E a história do hospital?

— As Clínicas não é mais um lugar seguro, porém está cheia de enfermos, pacientes terminais.

— Deus tenha misericórdia.

— Terá, seu Márcio. Mas não podemos ficar parados, de braços cruzados, esperando os anjos descerem do céu para nos salvar. Indo para lá estaremos às margens da represa de Paranapanema. Teremos água e, caso as coisas não melhorem, teremos terra para plantar e nos manter até que o governo consiga resolver essa confusão.

O velho coçou a barba e olhou para o sargento e o grupo à sua frente.

— É o seguinte, filho, eu tenho seis ônibus aqui. Os senhores podem levar quatro deles, com os tanques cheios, e deixam dois para mim.

— Não sei nem como lhe agradecer, senhor Márcio.

— Não precisa, não, filho. Foi aquele hospital que cuidou da minha irmã quando ela tava morrendo. Nunca vi gente tão dedicada. A gente era pobre e tinha dia que não tinha dinheiro nem pro almoço quando ia ficar com ela. Depois eles cuidaram da minha esposa também. Vamos dizer que estamos quites.

— Venho aqui, pessoalmente, devolver os seus veículos depois que levarmos todo mundo.

— Use o tempo que precisar, policial. Quando voltar com meus meninos eu vou estar aqui.

Cássio olhou para os capangas ao lado do velho.

— Se cuide. A coisa vai ficar bem feia antes de começar a melhorar. Não abram esses portões à noite para ninguém. E perdoe a minha pressa, mas temos que organizar todo mundo dentro desses ônibus ainda hoje antes do anoitecer.

O velho Márcio olhou para o grupo de Cássio e lançou um longo suspiro.

— Se essa minha carcaça não estivesse tão velha e cansada eu seguiria com vocês. Mas sem os olhos do dono o gado não engorda, vou ficar aqui, esperando meus ônibus voltarem de onde quer que estejam.

— Bem, o senhor sabe onde vamos estar. O senhor será bem recebido quando quiser aparecer. — Virou-se para os mercenários. — Cuidem bem dele.

— Agora é pra gente cuidar com nossas armas, não é? — perguntou Gustavo em tom de deboche.

Cássio aproximou-se do homem com a doze com um sorriso no rosto que desapareceu assim que ele chegou perto de seu ouvido e sussurrou:

— Se alguma coisa de ruim acontecer com esse homem, eu acho vocês.

Logo os quatro veículos cedidos pelo dono da Viação Esperança estavam cruzando os portões. Cássio conduzia o da frente, Rui vinha trazendo o segundo, enquanto Paulo dirigia o terceiro. Lúcio sabia dirigir e foi o motorista do quarto ônibus. Fechando o comboio vinha a Land Rover pilotada por Armando, com Graziano, armado e de janela aberta, e o enfermeiro Alexandre, cansado e cochilando, no banco de trás. Tinham que apanhar o ônibus deixado na rodoviária do Tietê e tentar encontrar mais alguns para completar o volume necessário de assentos para a fuga.

Capítulo 46

Andou ao redor da casa de campo e procurou por sinais que dessem pistas do paradeiro do monstro. Visitou um barracão onde o velho Medeiros guardava suas tranqueiras de sitiante de fim de semana. O facão na mão estava pronto para o ataque. Vinícius era do seu tamanho, mas estava desarmado. Não tinha ideia do que ele era agora que voltara dos mortos, mas suspeitava que sentiria dor quando a faca cortasse sua carne. Everaldo contava com isso. Nada, nem sinal do morto-vivo. Voltou a rodear a casa, olhando para a varanda e para as pegadas que encontrou perto das janelas. No fundo, no fundo sabia que ele estava escondido debaixo do telhado, como um morcego, como um pássaro entocado. Só não queria encontrá-lo, pois sabia que assim que o fizesse teria que matá-lo. Mesmo sabendo que ele era algo transformado, uma besta que ferira sua esposa, algo no íntimo de Everaldo, como uma programação escondida em seus neurônios, fazia dele um daqueles que repudiavam a violência. Contudo Everaldo sabia que era ele, o monstro, ou eles, a esposa e os amigos. Rodou no entorno da casa e então encontrou nos fundos, onde havia uma pequena lavanderia, a pista que procurava. Ali existia um pequeno muro que contornava o tanque e a máquina de lavar e subia encostado na parede externa da casa. Havia no alto desse murinho uma pequena laje que suportava o peso da caixa d'água e, acima, algumas telhas soltas. Era por ali que Vinícius tinha entrado.

Everaldo ouviu o choro da criança dentro de casa, Dolores não saíra a manhã toda, ficando ao lado da mãe e de Ísis dentro daquele quarto. O homem foi se afastando da casa mais uma vez até chegar ao barracão, de lá tirou uma escada de madeira que tinha visto mais cedo. Agora o choro do bebê tinha parado. Everaldo encostou a escada na parede da casa ao lado do muro da área de serviço e ficou olhando para cima por um momento, deixando os olhos fixos onde as telhas estavam remexidas. Sua respiração era profunda, revelando a tensão que tentava disfarçar de si mesmo: tinha medo de altura. Subir numa simples parede nunca tinha sido tarefa das mais fáceis para ele. Fechou os olhos e tentou esvaziar a cabeça por um segundo. O resultado não foi dos melhores, uma vez que, de olhos fechados, lembrou dos parentes em Curitiba e começou a viajar, imaginando como eles estariam lidando com aquela mesmíssima situação. Será que seu irmão estaria lutando contra um morto-vivo naquele mesmo instante? Será que seu pai e sua mãe estavam bem ou, pior, teriam algum deles se convertido num monstro hediondo como aquele? Everaldo abriu os olhos ouvindo o canto dos pássaros vindo da mata próxima à casa. Uma buzina disparou longe, tocando três vezes seguidas, bem longe dali. Subiu o primeiro degrau, colocando a faca na cintura da calça jeans. A lâmina entrou apertada contra sua pele, sua cintura um pouco fora de forma, deixando o ferro frio comprimido contra o tecido. Subiu mais dois degraus, e no quarto já conseguiu pôr uma das mãos no alto da parede, à beira do telhado. Subiu o mais rápido que pôde, enfrentando seu medo. Sabia que o medo de altura não ia ser nada, em vista da tarefa que tinha pela frente. Quando chegou ao final da escada seu joelho já tocava uma parte estreita da laje. Não queria soltar as mãos do telhado nem da laje, então rastejou até onde as telhas estavam soltas e esgueirou-se como pôde para dentro do vão abafado onde o telhado capturava o ar e o deixava quente e úmido. Ouvia água correndo pelo cano e o som da água enchendo a caixa. Estava escuro ali dentro. Só tinha um triângulo de luz à sua frente, por onde o sol vencia a fresta aberta pelo vampiro. Ficou arfando enquanto tirava a enorme faca da cintura. Demorou para as pupilas se ajustarem e aquele sótão ganhar um pouco de visibilidade. Ainda assim as sombras eram poderosas e pouco conseguiu enxergar da laje da grande casa. Fios, poeira e teias compunham o cenário mais próximo. Conforme fixou mais o olhar, percebeu que em alguns pontos não havia laje, e sim forro de madeira. O maldito estava ali. Tinha escutado o desgraçado arranhar a janela e a porta do quarto por um bom tempo, gritando coisas de maluco, deixando ele e Dolores apavorados, depois de muito tempo, depois de muito silêncio, tinha escutado o monstro rastejando acima do teto, fazendo o forro do quarto vibrar e a poeira se desprender para todo lado.

Everaldo rompeu sua inércia, avançando encurvado para o meio da laje, onde havia mais espaço para desenrolar o corpo debaixo do telhado em ângulo. O coração ainda estava disparado pelo medo e pelo esforço de subir a escada, pela fobia de altura e pela escuridão que espreitava. Ficou no mais absoluto silêncio, ouvindo o estalar das telhas que se dilatavam com o calor do sol, o pinicar dos passarinhos que pousavam do lado de fora, tentando ouvir onde a fera estava. Foi andando pela laje, com o facão em punho, relembrando as promessas da criatura. Encontrou o morto-vivo enrodilhado num dos cantos do telhado, de olhos fechados, preso a um sono diferente daquele reservado a Ísis e dona Rosário. Um sono onde ele se preservava para a chegada da noite, para a chegada da escuridão, quando se tornava o louco ao qual tinha resistido a madrugada toda. Everaldo aproximou-se o máximo que pôde. Precisava de um golpe certeiro. A lâmina cravada no coração deveria pará-lo. Respirou fundo, erguendo a faca. Se ele era um vampiro uma faca conseguiria destruí-lo? E se tivesse que cortar a cabeça dele fora? A faca ficou suspensa no ar enquanto dúvidas inundavam seu pensamento. Nunca tinha matado ninguém antes. Nunca tinha acabado com um morto-vivo. Tudo o que sabia sobre isso vinha dos filmes a que tinha assistido. Filmes de terror. Os vampiros que tomavam sangue morriam com estacas no peito e com a luz do sol. Talvez devesse amarrá-lo e arrastá-lo até o lado de fora do telhado. Lá fora o sol brilhava poderoso. Se o sol matasse aquele bicho, as chances estariam do seu lado. Everaldo respirou fundo. Não poderia perpetuar aquela indecisão para sempre. Tinha que acabar com aquilo, e acabar logo. Dolores não ia ajudá-lo a matar o marido mais uma vez. Baixou a faca com toda a força e sentiu a lâmina cruzando a pele do homem até prender-se a algo mais duro, o que fez um arrepio de agonia subir de suas mãos até sua nuca. A lâmina tinha parado nos ossos da costela de Vinícius. O morto-vivo soltou um uivo de dor e rastejou de lado, virando-se como um gato e agarrando o cabo da faca. No susto Everaldo deu dois passos para trás e caiu de costas. Estava escuro demais para acompanhar os movimentos de Vinícius, que se afastou, buscando um canto mais escondido ainda.

Everaldo rastejou de costas, agora temendo ser surpreendido pela fera desperta e ferida. Tremia. Virou, e seus braços afundaram em teias de aranha que apodreciam naquele telhado há anos. Uma nuvem de poeira levantada com toda aquela agitação entrou por suas narinas e ele sentiu o equilíbrio lhe faltar, agarrando-se a alguns fios elétricos bem à sua frente. Seu joelho ardia e a calça estava rasgada. Havia cabeças de pregos enferrujados cravados nas madeiras que sustentavam o telhado para todos os lados, e parecia que um deles tinha se fincado em seu joelho. Ouviu uma risada sinistra vindo da escuridão.

— Está arrependido, gordão? — zombou o vampiro.

Everaldo não respondeu, seus olhos venceram a nuvem de poeira e encontraram o triângulo de luz que marcava a saída. Tinha que caminhar até lá, voltando para o meio do telhado, onde era mais alto e mais fácil de andar.

— Achou que ia entrar aqui e acabar comigo fácil assim?

A voz do monstro parecia estar vindo de todos os lados. Everaldo olhou para trás, mas nada conseguiu enxergar. Queria alcançar o meio do telhado onde poderia ficar quase que de pé e teria mais agilidade para fugir. Foi então que uma mão fria agarrou seu calcanhar e o derrubou.

— O seu sangue me acordou, vacilão.

Um riso grotesco tomou o oco do sótão, e então Everaldo explodiu num grito de dor. Olhou para baixo e não viu o morto-vivo que se escondia com facilidade na escuridão, mas via o cabo branco do facão de açougueiro. A faca tinha atravessado a sua panturrilha, impedindo o menor movimento. Everaldo soltou outro grito e começou a chorar de dor; baixou a mão tentando alcançar o cabo da faca. Tinha que tirar o ferro de seu músculo. Tinha que se mexer. Se ficasse ali parado mais um segundo estaria perdido. Quando baixou a mão sentiu os dedos da criatura prenderem sua garganta.

— Achou que ia me matar e ficar com minha esposa? É isso? — perguntou o vampiro, com um hálito terrível chegando perto de seu rosto.

— Não... — resmungou o humano.

— Achou que ia ser fácil assim? Se aproveitar de uma mulher indefesa? Queria o quê? Transar com ela aqui no sítio, do lado da sua esposa gostosinha?

— Não, não é nada disso, Vinícius. Eu não queria...

— Cale a boca! — gritou o vampiro, fechando ainda mais a mão.

Everaldo arfou sem ar. A faca na panturrilha distribuía uma dor excruciante, enquanto a mão da criatura lhe impedia a respiração.

— Queria comer a minha mulher, não é? Queria se aproveitar dela, não é?

— Não — respondeu com a voz bem mais fraca.

— Quer o quê? Levar meu filho também? Pois eu não vou deixar. Vou pegar ele pra mim. É meu filho.

— Não! Não pode!

O vampiro afrouxou um pouco a mão e puxou o rosto de Everaldo para mais perto do seu.

— Não posso? Você é louco, é?

— Não...

— Eu vou acabar com você, depois vou descer quando anoitecer e vou pegar meu filho, sim. Vou pegar meu filho e minha mulher.

— Você vai matá-los! Não pode fazer isso, por favor.

— Cale a boca! — gritou Vinícius, arremessando Everaldo para a frente.

Everaldo caiu, soltando mais um grito de dor. O cabo da faca tinha se enroscado no chão, e a lâmina parecia ter aberto mais a ferida. No chão, ficou de quatro tomando fôlego. O pescoço queimava onde as unhas de Vinícius tinham se cravado. Então veio o chute no estômago que o fez tombar de lado, soltando o ar de novo e fazendo lágrimas escaparem de seus olhos.

— Você não pode me dizer o que eu posso e o que não posso, seu merda.

Everaldo levantou a mão, pedindo arrego, contudo Vinícius agarrou-o pelo pescoço mais uma vez.

— E quer saber mais?

Os olhos arregalados do asfixiado Everaldo subiram de encontro ao rosto branco e sombrio do morto-vivo.

— Eu vou pegar a sua esposa também. É Isis o nome dela, não é? Ela fazia academia comigo. Tem um rabão, guri. Que rabão. Eu vou pegar ela pra mim e vou arrancar a roupa dela todinha. Ela não vai poder fazer nada.

— Não vai! — bramiu Everaldo em suas últimas forças.

O rosto de Vinícius se fechou em zanga e consternação, e então ele ergueu Everaldo com toda a força para cima, arrebentando a cabeça do homem contra o telhado. A cabeça de Everaldo atravessou as telhas e, quando o vampiro o baixou, cacos de cerâmica fenderam seu rosto e seu pescoço, derrubando mais sangue, que molhou a mão da criatura. O buraco aberto vomitou uma fatia de luz para dentro do sótão, fazendo o vampiro soltar a garganta da vítima. Everaldo caiu, gemendo e puxando ar para dentro do peito. Finalmente alcançou o cabo da faca com a mão e, num movimento único, desencravou a lâmina de sua perna, soltando um berro de dor. Viu a criatura avançar para cima dele, desviando do facho de luz. Everaldo rastejou para o canto mais escuro, mais quente e úmido. Quando Vinícius saltou sobre ele, com os olhos vermelhos e ferinos, Everaldo agarrou-o com toda a força e jogou-o contra as telhas no canto, fazendo o vampiro arrebentar o telhado e cair de cara no chão. Cerca de cinco telhas quebradas caíram sobre a criatura e a luz atingiu suas costas, fazendo-o rastejar, gritando, saindo da luz do sol. Everaldo lembrou-se de Vinícius se sacolejando no banco de trás do carro. Era isso. A luz realmente o incomodava. Curvado, Everaldo seguiu o vampiro apavorado e puxou seus pés, trazendo-o para debaixo do facho de luz. O morto-vivo se debateu e escapou mais uma vez, indo para o canto do sótão, onde as telhas estavam mais baixas, em ângulo com o chão.

— Você não vai pegar minha mulher, desgraçado! — gritou um consternado Everaldo.

O vampiro grunhiu em resposta, tentando se afastar do homem furioso. Agora o jogo se invertia.

Everaldo agarrou Vinícius e puxou-o novamente até onde as telhas estavam frouxas, e então ergueu-o com toda a força, fazendo o corpo do homem atravessar o telhado para o lado de fora. O morto-vivo começou a gritar e a bater violentamente contra os braços de Everaldo. O homem sabia que se soltasse o vampiro estaria tudo acabado. Tirando forças sem saber de onde, empurrou mais ainda a criatura, que se debatia, e jogou-a para fora do sótão.

Vinícius agarrou-se aos braços de Everaldo, trazendo-o junto consigo para fora. Os dois rolaram sobre a borda da laje e caíram no gramado do lado da casa. A luz era tão poderosa que nem mesmo de olhos fechados conseguia impedir que eles queimassem. Esqueceu-se do ódio e do homem que tinha lhe arrancado do abrigo e ergueu os braços, protegendo os olhos. Tinha que fugir dali, fugir e se esconder. O sol parecia envolvê-lo como um enxame de marimbondos que picava e abria a sua pele com ferrões imensos. Levantou-se e começou a correr. Numa rápida olhada enxergou a mata ao lado da casa e disparou naquela direção, precisava de sombra. Por sorte o infeliz que estava com sua mulher não tinha se levantado, gemendo de dor no chão. Vinícius precisava se esconder de toda aquela luz. A mata não chegava nunca, e as sombras pareciam impossíveis de se alcançar. A dor tomou suas costas e suas pernas, e seu corpo foi ao chão. O sol estava entrando em seu corpo, devorando sua pele e seus músculos, fervendo o seu sangue e penetrando por seus olhos. Estava acabado.

Everaldo sentiu o ar faltar quando sentiu a mão do monstro agarrando seus braços e puxando-o junto de cima do telhado. Caiu por cima da criatura, o que amorteceu a queda, ainda assim rolou pelo gramado, gemendo de dor. Levantou-se, coxeando por conta da ferida na panturrilha, sentindo o ombro e as costelas doerem como o inferno. Tentou ir atrás de Vinícius quando ele se levantou, fumegando e correndo em direção ao matagal ao lado da casa. Sabia que ele queria se proteger do sol, pois gritava e urrava a cada passo dado. Não conseguiu sair do lugar, caiu de joelhos e gemeu por conta do músculo cortado pela faca. Contudo, ficou satisfeito ao ver o vampiro tombar no gramado antes de alcançar as árvores e a mata, vendo-o estrebuchar, convertendo-se num amontoado fumegante. Quando os movimentos cessaram, Everaldo conseguiu ir até o morto, mancando e gemendo. A batata da perna sangrava perigosamente. Olhou para o corpo carbonizado sobre a grama que tinha se abrasado com o calor gerado pela morte do vampiro. Ele tinha se tornado uma mistura de pele e ossos queimados, repousando sem movimento, com a boca aberta, quase uma caveira, exibindo o imenso e tétrico sorriso da morte.

Everaldo coxeou de volta até a casa e bateu na porta da cozinha. Ouviu a voz de Dolores lá dentro, perguntando se podia abrir. Logo ele estava sentado numa cadeira da cozinha com a mulher ainda se derramando em lágrimas e sofrendo pela última vez a perda do marido, enquanto fazia-lhe um curativo improvisado na panturrilha, tentando vencer aquele sangramento. Ela disse que tinham que ir embora dali e procurar um hospital, pois Everaldo não estava nada bem; precisa de pontos na perna e na cabeça, onde tinha se cortado nas telhas, precisava de uma radiografia do ombro inchado por causa da queda. Everaldo tranquilizou-a.

— Eu só preciso dormir um pouco. Só isso.

Capítulo 47

Cássio encostou o ônibus junto ao meio-fio. Depois de deixar a garagem da Viação Esperança, teve a ideia de passar pelo terminal da Barra Funda. Talvez, num golpe de sorte, pudesse encontrar por lá mais um ou dois veículos para engrossar o comboio de fuga. Contudo, assim que encostaram na rodoviária, descobriram um cenário muito similar ao do Terminal Tietê. A estação estava vazia e, sem energia na cidade, as linhas do metrô não circulavam mais. O que chamou a atenção do sargento e fê-lo parar o comboio, que já tomava o rumo da avenida Pacaembu, foi a frota de blindados do Exército parados junto aos portões do Memorial da América Latina. Contou cinco veículos estacionados, com soldados armados com fuzis e dois jipes com metralhadoras montadas em suportes. Cássio sentiu certo conforto em ver que ao menos ali havia sinais da força pública à mostra, deixando claro que o governo ainda estava no comando e que logo faria alguma coisa para socorrer a população. O sargento desceu, trazendo junto sua carabina. Logo Graziano juntou-se a ele. Os soldados viram os policiais militares se aproximarem e deram um assobio, chamando a atenção de um oficial que estava em cima de um Urutu.

Cássio, imitado por Graziano, parou junto ao blindado e prestou continência para o tenente que estava no comando daquele veículo.

— Sargento Porto, do Regimento 9 de Julho, senhor.

O tenente baixou o braço após a continência e desceu do Urutu, dando um salto para a calçada.

— Tenente Almeida, 4º BIL.

— Eu e meu parceiro, Graziano, estamos socorrendo os sobreviventes do ataque ao Hospital das Clínicas. Tivemos a baixa de quase todo o destacamento enviado para proteger o hospital.

O tenente olhou para Graziano. O rosto do homem estava arranhado, e sua farda tinha um rasgo no ombro. Por baixo do capacete enxergou um pedaço de gaze, presumindo que havia um curativo ali.

— O que posso fazer por vocês?

— Estamos transportando os sobreviventes para fora da capital. Quando anoitecer aquelas criaturas vão voltar.

Cássio reparou que nesse instante os soldados trocaram olhares entre eles.

— Vocês tiveram contato com os agressivos?

— É o que eu disse, senhor. Esses agressivos, eles mataram quase todo o destacamento de quarenta homens enviado até o HC. Sobraram apenas eu, Graziano e mais um amigo que está com o braço quebrado.

O tenente colocou os braços para trás e continuou olhando para os soldados da PM e as pessoas que chegavam atrás deles, formando um time mesclado de militares e civis que conduziam aqueles ônibus de viagem. Começou a formar uma teoria em sua cabeça, mas continuou calado: ouvir antes de falar era sempre melhor.

— Estou juntando veículos para a retirada do hospital, levarei todos para outro, a aproximadamente duzentos quilômetros daqui. Contudo, estamos aqui meio atrasados com nosso cronograma, e temo que anoiteça antes de conseguirmos colocar todos os doentes dentro dos veículos.

— De quantos doentes estamos falando?

— São milhares, senhor. Milhares.

— E vai caber todo mundo aí, nesses ônibus?

— Acho que não. Por isso estou aqui falando com o senhor. Precisamos de ajuda.

— De que ajuda você está falando?

— Primeiro, fomos desfalcados, estamos sem contingente militar treinado para fazer frente aos vampiros. Se o senhor e seus homens pudessem nos acompanhar e fazer a segurança de nosso comboio, muitas vidas seriam poupadas.

— Vampiros? Você disse vampiros?

Cássio olhou para os soldados ao redor e também para os olhos cobertos pelas sobrancelhas soerguidas do tenente.

— Sim. É o que são. Esses agressivos atacam quando anoitece e tomam o sangue de quem apanham. Só não conseguiram tomar o sangue de Graziano; o que tentou tombou e cuspiu.

— Escuta, filho. Quem está no comando dessa operação maluca que você está falando?

— Sou eu mesmo, tenente.

— Não me leve a mal, sargento, mas onde estão seus superiores?

— Desaparecidos, senhor.

— Desaparecidos? E isso dá o direito ao senhor de montar esse plano de fuga? Colocar a vida de tanta gente em risco? Você sabe que todos podem ser apanhados por esses agressivos, não sabe? Você mesmo disse que só tem mais dois militares e um está com o braço quebrado. Só aqui eu estou contando cinco ônibus de viagem. Três militares e cinco ônibus.

— Temos mais dois — completou Graziano.

— Como você vai dar cobertura para toda essa gente? O que acham que seus superiores diriam dessa estratégia?

— Com todo o respeito, tenente: aquelas pessoas estão abandonadas à própria sorte. Quando anoitecer os vampiros vão cair sobre elas, e será um milagre que um terço delas esteja viva ao amanhecer. Conheço meus superiores, eles questionariam o porquê de eu não ter feito nada e ter ficado de braços cruzados esperando essa tragédia acontecer.

O tenente Almeida torceu os lábios e respirou fundo.

— Milhares, você disse.

— Exato, senhor. Só estou pedindo cobertura. Aqui vocês estão protegendo patrimônio público, entendo, mas ali no Hospital das Clínicas estamos precisando proteger gente.

O tenente olhou para seus soldados novamente e para o imenso pátio de concreto do Memorial da América Latina. A grande mão sangrando, fendendo o espaço.

— Não vou discutir os motivos de protegermos esse lugar, sargento. Não estamos aqui à toa.

— Não foi isso que quis dizer, me desculpe se...

O tenente levantou a mão, fazendo Cássio se calar.

— Entendo sua preocupação. Posso ajudar, também acho a vida dessas pessoas muito valiosas. Podemos cobrir a saída de seus pacientes e levar seu comboio para fora da cidade, contudo, não posso abandonar minha missão e nem mesmo o restante de meus homens aqui.

— Qualquer ajuda será bem-vinda, tenente.

— Quando pretendem partir, sargento?

— Agora mesmo, senhor. Precisamos aproveitar as horas de sol para embarcar todos que estão lá.

Capítulo 48

Suzana olhou para o relógio de parede em sua sala. Com exceção da luz do teto apagada, estava tudo ordinariamente dentro do comum, como se estivesse em um dia de trabalho banal. Engoliu os segundos seguintes com um sabor amargo durante a contemplação daquele espaço. Era uma despedida. Sabia que tardaria — se é que voltaria — a ocupar aquela sala, de diretora do Hospital das Clínicas. O peso em seus ombros só fazia aumentar com o passar das horas, e agora os ponteiros indicavam duas e vinte da tarde. Doutor Elias, ainda que contrariado com a decisão de fugirem de São Paulo, tinha se tornado um tipo de recenseador oficial do plano de emergência, escalando mais quatro enfermeiros e um parente de paciente para lhe dar apoio e, três horas depois da escolha, chegava com os primeiros números "oficiais" da debandada do HC. Sorte que decisões prévias tinham levado a um esvaziamento dos leitos, e muitos pacientes e parentes tinham ido embora quando a desordem toda começou noites atrás com o surgimento dos primeiros adormecidos. Eram 430 pacientes de todos os hospitais do complexo das Clínicas, 115 acompanhantes desses pacientes, 380 adormecidos, somando aí mais 290 parentes que tinham trazido essa gente apagada e ali aguardado, 183 profissionais das Clínicas, como médicos e residentes, enfermeiros, auxiliares de enfermagem, toda a sorte de pessoal administrativo, seguranças, instrumentadores e técnicos de várias áreas de medicina de diagnóstico. Elias tinha os números esmiuçados do pessoal, deixando saber, por exemplo, que seguiriam com o comboio 36 médicos e residentes, 49 enfermeiros, 9 seguranças e 27 auxiliares de enfermagem. Cada classe trabalhadora presente estava lá, listada e quantificada. Outro número assombroso era o de adormecidos que tinham sido abandonados nos corredores do prédio de ambulatórios. Nada mais, nada menos que 176 pessoas. Todas essas cabeças somadas faziam o total de 1589 indivíduos, sem contar o sargento Cássio e seu companheiro. Os carros disponíveis montavam uma frota de 72 veículos de passeio dos mais variados tipos e modelos. Elias, tomando o cuidado de perguntar a lotação de cada veículo e, sem espremer ninguém, levando em conta as leis de trânsito, concluiu que dispunham então de 386 lugares, deixando um preocupante déficit de 1203 pessoas. Suzana estava com a boca seca. Fosse qual fosse o plano do sargento, seria desejável que contivesse duas dúzias de ônibus, ou algo que os equivalesse para dar conta de tanta gente. Ela podia dizer, com toda a convicção, que poucas vezes na vida havia tido medo. Era o medo que gotejava em sua língua e descia pela garganta envenenando seu corpo, fazendo seu estômago embrulhar. Respirou fundo e fechou a porta do seu escritório, era hora de agir, e não de pensar. Dado o volume de pessoas, era hora de começar a locomover pacientes e acompanhantes para uma área ampla onde pudessem aguardar ordeiramente a chegada dos veículos. O primeiro lugar que lhe veio à mente foi o campo de futebol do departamento esportivo da Faculdade de Medicina da USP. A área ligava a rua das Clínicas com a rua de trás, por onde os veículos poderiam entrar e ser carregados com as pessoas. Depois tomariam o rumo da avenida Rebouças e desceriam até a Marginal Pinheiros, ou dobrariam à direita na Oscar Freire, subindo pela Teodoro Sampaio e ganhando caminho até a Marginal Tietê. Suzana pegou-se sorrindo ao perceber que estava preocupada com as mãos das ruas logo na saída do campo de futebol. Era uma preocupação desnecessária, uma vez que os carros tinham desaparecido das ruas de São Paulo. A cidade, vazia de carros e quase deserta de pessoas, a fazia concordar cada vez mais com Cássio. É possível que muitas famílias, muitas pessoas estivessem tomando a mesma decisão. Mesmo que sem pensar e se municiar de argumentos como o policial tinha feito, talvez movidas pelo sempre subestimado instinto de sobrevivência, partiam do aglomerado de casas e escritórios, buscando zonas menos povoadas. Como tinha solicitado durante a breve visita do doutor Elias, os nove seguranças que tinham permanecido no complexo estavam no saguão de entrada dos ambulatórios. Suzana conhecia muito bem dois deles; apesar de todos serem terceirizados, eram velhos de casa e, como ela, possivelmente conheciam cada cantinho daqueles hospitais. O grupo de seguranças era composto de sete homens e duas mulheres, que, apesar da confusão toda, mantinham seus uniformes negros e um semblante de quem estava disposto a ajudar.

— O Elias falou com vocês?

— Falou, sim, doutora — respondeu uma das seguranças. — Disse que todo mundo vai ser levado daqui.

— Exatamente. Todo mundo será levado, e vamos fazer essa mudança hoje.

— Estamos aqui para ajudar, doutora — disse o mais alto dos seguranças, um senhor de cinquenta anos, aproximadamente.

— O seu nome?

— É Renato, doutora.

— Pois bem, se estão aqui para ajudar, então mãos à obra. São mais de mil e quinhentas pessoas para levarmos daqui. Alguns devem desistir, outros não, mas temos que estar prontos para levar todo mundo.

— O que podemos fazer? — tornou a mulher.

Suzana leu o nome de Vanda no crachá da funcionária e continuou.

— Vanda, o doutor Elias está juntando os números de tudo o que precisamos saber. Primeiro contou as pessoas com a ajuda da equipe que formou. Agora ele está contando o que temos de suprimentos na cozinha. O sargento Cássio saiu cedo, atrás de meios de transporte para levar todo mundo daqui. Vou precisar que vocês se dividam e chamem gente para ajudar. Conversem entre vocês para descobrir a melhor forma de cumprir a tarefa que vou dar.

— Diga lá — disse o mais baixo, com o nome Mauro no crachá. — Do que a senhora precisa?

— Precisamos começar a locomover os pacientes internados para o campo de futebol ao lado. Sei que ainda está cedo e, por isso, com bastante sol, mas é o melhor lugar para aglomerar tanta gente sem gerar muita confusão. Não quero elas aqui na frente do hospital vendo esse monte de sangue, corpos e cavalos mortos. Uma boa parte desses pacientes tem acompanhantes, mais pessoas para ajudar na locomoção deles para lá. Tentar fazer isso da forma mais ordeira possível é imprescindível. Outra parte de vocês precisa começar a remover os mantimentos para o campo de futebol também. Mantimentos para a direita, pessoas para a esquerda. Problemas vão começar a surgir de repente, vamos cuidar de cada um deles a seu tempo.

— Sim, senhora.

— Bem, eu vou até a UTI tentar resolver o primeiro problema.

A diretora Suzana caminhou até o sexto andar do Instituto Central. Ali residia sua maior preocupação no momento. Logo na entrada da UTI entrou a doutora Célia, especializada em queimados. Duas enfermeiras circulavam com os carrinhos de medicação e tinham os semblantes bastante calmos, algo que Suzana não esperava encontrar com facilidade àquela hora do dia.

— Célia, você estava lá embaixo no auditório quando o sargento chegou, não é?

— Estava.

— Bem, está chegando a hora, e preciso saber como estão os pacientes mais graves. Saber quantas ambulâncias UTI serão necessárias para...

— Nenhuma.

A resposta de Célia apanhou Suzana de surpresa. Ela tinha ouvido falar aqui e ali sobre a melhora repentina de alguns pacientes, mas havia tanta coisa acontecendo que os fatos ruins tinham praticamente soterrado os murmurinhos de boas coisas.

— Estamos todos espantados também, doutora, mas a verdade é essa. Tínhamos 86 pacientes internados na UTI na primeira noite da singularidade.

— Singularidade?

— É. É como estamos chamando aqui a noite em que os adormecidos surgiram.

— Hum. E como chegaram a zero pacientes?

— Então, não estamos com zero pacientes, calma, vou explicar. Naquela noite em que todo mundo dormiu, foi difícil perceber a princípio, mas muitos dos nossos pacientes também foram pegos pelo sono.

— Quantos?

— Quarenta e um.

— Quase metade.

— Isso mesmo, corroborando o doutor Elias que aponta que metade da população da cidade foi apanhada pela singularidade.

— Faz sentido você usar essa palavra, mas tenho que me acostumar a isso ainda.

— Depois disso, na manhã seguinte, quinze pacientes apresentaram uma melhora significativa no quadro e receberam alta para quartos comuns. Eu tinha três pacientes queimados, com lesões sérias, dois tinham evoluído para um quadro de infecção generalizada e os órgãos começavam a apresentar falência, mas, a partir daquela noite, a infecção simplesmente desapareceu. Não vou dizer que eles evoluíram bem por conta da medicação. Não dava tempo. Foi um milagre, foi algo tão inesperado quanto surgir os adormecidos ou surgir os agressivos, que agora estão chamando de vampiros.

Suzana ficou calada, olhando para dentro do quarto da UTI através da janela de vidro. As enfermeiras administravam medicamento para seis pacientes.

— O surgimento desses agressivos me levou a outro ponto. Depois daquela primeira noite, acho que na segunda noite, tínhamos aqui trinta pacientes, todos apresentando melhora significativa, simplesmente como se seus corpos tivessem esquecido o quão debilitados estavam.

— Como isso é possível, doutora Célia? Quem fez o acompanhamento disso?

— Não tivemos muita folga para fazer um acompanhamento adequado dessa singularidade, doutora. Mas nem tudo são flores.

— Conte-me.

— Na primeira noite após a singularidade percebemos que ao menos vinte de nossos trinta pacientes começaram a sentir cólicas e a passar mal. Apesar do estado geral ter melhorado, eles se apresentaram irritadiços, e pela manhã já tínhamos o protocolo dos agressivos. Eles foram removidos daqui para ala onde os agressivos foram acondicionados. Nenhum deles apresentava déficit respiratório ou renal. Estavam estáveis hemodinamicamente, e, até certo ponto, bem.

— Incrível.

— Pois é. Acontece que esse fenômeno se deu nas UTIs das outras clínicas. Houve melhoras no Instituto da Criança, nos pacientes terminais, mantidos em tratamento paliativo por causa do avanço do dano no organismo, resumindo: pacientes dos quais não se esperava mais melhora alguma, aparentemente, estão se curando sozinhos. As notícias do Instituto do Câncer são ainda melhores.

— Francamente, não sei o que pensar. É um milagre. Um milagre que se abateu sobre centenas de pacientes nas UTIs, mas o preço para esse milagre acontecer foi muito alto. A cidade está simplesmente destruída.

— Nesse momento não tenho nenhum paciente em ventilação mecânica, estão orientados, alguns ainda fracos e com os membros atrofiados. Meus dois queimados que sobraram aqui sentem dor, o que é perfeitamente normal, e estou somente cuidando da analgesia deles. A única queixa que tenho hoje é que, até agora, não trouxeram alimentação para metade deles. Ontem dei alta para dois pacientes, hoje tenho oito internados aqui na UTI.

— E você, querida? Como está lidando com tudo isso? Por que não está em casa?

— Ai, doutora. Pra ser sincera estou bastante cansada e muito assustada. Só não estou em casa porque não tem ninguém lá. Meus pais estão num cruzeiro, a última vez que falei com eles estavam chegando a Curaçao. Espero que essa confusão toda não tenha se propagado até lá.

— Você vai com a gente para o Hospital Geral de São Vítor?

Célia suspirou e olhou para a diretora longamente. No final fez que sim com a cabeça.

— Vou. Está todo mundo indo. Eu moro no Morumbi, num condomínio com três edifícios imensos. Quantas criaturas perturbadas dessas não estarão por lá quando anoitecer? Acho que não vai ser simplesmente trancando a porta que vou me livrar deles. E se um deles conseguir entrar no meu apartamento? É só ligar para a polícia? Como?

Suzana passou a mão no rosto de Célia e deu um beijo em sua bochecha. Abraçou a médica e tornou a olhar para dentro da UTI.

— Todos os pacientes capazes devem ser levados para o campo de futebol da faculdade agora. Se precisar de alguma coisa, os seguranças que sobraram aqui estão organizando equipes de voluntários para ajudarem nessa remoção.

— Acho que só vou precisar de transporte especial para os três queimados. Só. Eles não conseguem flexionar os membros e ainda sentem muita dor com o movimento. Ambulância comum para os três está de bom tamanho.

— Vou providenciar, querida.

Suzana voltou até a escadaria e começou a descer. Não sentia as costumeiras dores nas pernas que a pegavam quando tinha que subir ou descer muitos lances de escada. Nem mesmo a insistente falta de ar que a vinha apanhando na hora dos esforços.

Otávio olhou para os enfermeiros que tinham sido escalados para auxiliar o grupo que transportava os alimentos da cozinha para o outro lado do campo de futebol. Eles vinham manipulando carrinhos de carga, trazendo fardos de arroz e feijão. O céu claro garantia tempo bom. O volume de alimentos crescia à medida que os minutos avançavam, latas de óleo, pacotes de açúcar e sal, sacos de tubérculos iam se amontoando e tomando uma área grande. Uma alegria em saber que ao menos haveria comida para alguns dias. Uma agonia tentar imaginar onde alocariam tanto alimento para ser transportado. Ouviu um rumorejar às suas costas, e então avistou os primeiros pacientes internados que chegavam amparados por parentes e enfermeiras ao campo de várzea. O bom do espaço escolhido pela diretora Suzana é que ali estavam todos numa área ainda interna do hospital, protegidos por muros e longe da visão do sangue derramado no asfalto em frente os ambulatórios e ao Incor e das pestilentas moscas que rodeavam os restos mortais dos cavalos. Dali teriam acesso rápido e fácil à rua detrás do Instituto Central, ganhando as ruas da cidade com a promessa de fuga do inferno que a noite prometia trazer. Otávio tinha sido incumbido por Suzana de organizar os grupos de doentes e classificá-los de acordo com seu estado geral e deficiência de locomoção, antecipando as necessidades especiais que certamente uma pequena parcela deles demandaria, com alimentação e conforto no translado que, na melhor das hipóteses, consumiria três horas dentro de um veículo. O médico da UTI do Incor sentia algo novo emanando de dentro dele. Algo que escapava de seus poros e se misturava com a energia de todos que iam chegando. Talvez fosse algum bálsamo encharcando de esperança suas almas e também seus corpos, revigorando suas forças. No dia anterior tudo estava ruindo ao seu redor e, apesar de saber que era preciso fazer alguma coisa, o desconhecido irradiava uma letargia que tinha apanhado a todos. Agora, graças à iniciativa do sargento da cavalaria, tinham escapado daquela inércia mortal e estavam em movimento, como dados, lançando a sorte. Ao menos não ficariam ali plantados, esperando a escuridão e aquelas criaturas voltarem, sedentas por sangue, destilando morte por onde quer que passassem. Toda aquela agitação tinha lhe trazido outro benefício. Desde aquela noite maldita não tinha pregado os olhos, com medo de ser apanhado pela singularidade. Desde a madrugada em que os adormecidos surgiram os horas avançavam tangíveis, como um tsunami de desgraças, não obstante, ao contrário das tsunamis que chegam e arrasam com tudo de uma só vez, aquele circo de horrores dava nota de mal-estar entrando em seu primeiro ato. O médico sabia que aquilo era só o começo e que se todos ficassem de braços cruzados acabariam mortos ou ensandecidos como aqueles que despertavam diferentes, pálidos e com medo da luz do sol. Olhou para as dezenas de pacientes que foram se aninhando no chão de terra, alguns em cadeiras de rodas, outros deitados em colchonetes improvisados por fisioterapeutas que abriram os armários da área de fisioterapia. Ainda faltavam muitos. Suzana tinha dito que ao todo seriam mais de mil e quinhentas pessoas. Carina, uma das assistentes sociais, tinha ficado estarrecida com o número de gente a ser transportada e explicou a Otávio o porquê. Ela sabia que cada ônibus de fretamento levava, no máximo, cinquenta pessoas. Isso queria dizer que, se todos fossem levados em ônibus, Cássio teria que surgir naquela rua atrás do campo de futebol com nada menos que trinta ônibus. Carina e Otávio sabiam que, diante do cenário da cidade, aquilo seria um verdadeiro milagre. Trinta ônibus para salvar a todos. Já tinham ficado perplexos ao imaginar essa quantidade de veículos, depois Otávio ainda se questionou onde o sargento conseguiria abastecer toda essa frota. As horas estavam passando e já eram três e meia da tarde, faltando meia hora para o prazo apontado como o de partida, sem que o sargento aparecesse com os veículos da salvação para acalmar os ânimos. Otávio passou a mão na cabeça, aflito. Meia hora! E tudo por se fazer. Seria uma escapada de emergência. Voltar ao HC para apanhar equipamentos e suprimentos seria uma necessidade irremediável. Talvez tivessem que fazer várias viagens até que todos estivessem fora do hospital. Com esses pensamentos povoando sua mente, Otávio viu o doutor Elias da Gastroenterologia entrar pela rua de trás e chegar ao campo de futebol. Ele parecia agitado e esfregava as mãos, olhando desconfortável para o amontoado de mantimentos que se juntava e para os pacientes que iam crescendo em número. Ao ser avistado pelo colega, veio lhe falar.

— Isso não está nada bom, hein, Otávio?

— Só acho que não vamos conseguir sair daqui em meia hora nem lascando. Para colocar todo mundo nos veículos vai levar uma hora, pelo menos. Aí já estaremos vizinhos do pôr do sol.

Elias continuou esfregando as mãos e olhando para os lados.

— Você podia me ajudar a convencer a Suzana de que isso é uma tremenda loucura? E se amanhã tudo voltar ao normal? Quem vai levar a culpa dessa palhaçada toda aqui é ela, não o sargentinho.

— Tudo voltar ao normal, Elias? Acho que isso vai ficar mais difícil antes de voltar ao normal.

— Que isso, Otávio? Você não pode pensar assim. Se você concordar com esse militar e virar pau-mandado dele e da Suzana, tá todo mundo perdido.

— Pau-mandado, Elias?! Não fode, meu amigo.

— Olha a boca. Ainda somos médicos e colegas. Não estou te xingando nem nada.

— Agora o doutor Elias boca suja não fala mais palavrão?

— Não enche, Otávio. Apesar dessa baderna toda, ainda estamos no ambiente de trabalho.

— Ambiente de trabalho, essa é boa! Estamos aqui é lutando para não sermos comidos por aquelas coisas, cacete!

— Você está esquecendo de duas coisas importantes fugindo de todo mundo com o carrossel do sargentinho da cavalaria.

— Do que você está falando, Elias?

— Essa gente toda que vai ficar para trás. Essa gente que está dormindo por aí. Nem sabemos quantos são ao certo, mas, se esses números que levantei ontem e hoje estiverem certos e estiverem se repetindo por toda a cidade, metade de São Paulo dormiu, meu chapa.

— Você não ficou até o final no auditório?

— Claro que fiquei, claro que fiquei. Vai falar o quê? Você acredita mesmo que o sargento é assim tão desprendido? Tão altruísta? Acha mesmo que quando chegarmos no hospital do interior dentro de ônibus e bicheiras ele vai arriscar o pescoço dele para vir buscar esses adormecidos?

— Eu... Eu acho que sim — afirmou Otávio, não tão convicto.

— Otávio, Otávio, você tem quarenta e lá vai pedrada, meu amigo. Já viu muita coisa nessa vida! Você acha mesmo que um PM de merda vai pegar um bando de gente, voltar para São Paulo e vai salvar todo mundo? Quando foi que aquele cara virou herói?

— Elias, você está muito exaltado, colega. Está perdendo o senso de julgamento. A gente não sabia o que ia ser de hoje, e olha onde estamos! Nos organizando! Se essa coisa de adormecidos e agressivos estiver se espalhado pelo Brasil todo você não acha que as pessoas vão ter que se organizar até o poder público poder reassumir? Acha que todo mundo vai se enfiar dentro de casa e esperar de braços cruzados?

— Eu só falei de uma parte das pessoas para as quais nós vamos dar as costas. E os agressivos?

— Os vampiros? Que tem eles?

— Vampiros. Pelo amor de Deus. Você acha que isso é irreversível?

— Isso o quê? A loucura que derreteu o cérebro deles? Ou está falando do fato de o coração deles ter parado e eles terem voltado à vida sei lá como? Não sei de qual parte você está falando.

— Estou falando de tudo. Esse negócio de coração parar, eu ouvi rumores...

— Rumores, Elias. Eu estava lá no Incor quando tudo começou. E quer saber quando começou? Um a um eles foram tendo parada cardíaca. Quer saber quando começou?

Elias deu de ombros.

— Foi ao pôr do sol de ontem. Eles morreram e enlouqueceram. Nessa ordem, meu amigo. E não estou te falando de rumores. Eu estava lá. Eu tive que trancar as portas. Eu tive que fugir e lutar, fazer coisa que eu nunca fiz.

— O quê?

— Eu tive que matar, Elias. Matar dois deles para não ser esquartejado, ou sei lá o quê.

— Você acha que isso, isso tudo com eles, os agressivos... — balbuciou Elias, demonstrando que a revelação de Otávio tinha lhe atingido em cheio.

— Não sei. Taí mais um motivo para irmos para o HGSV, Elias. Lá teremos tranquilidade para formar uma junta médica, estudar o que foi afetado nessas pessoas para que ficassem assim.

— Tem que ter um jeito de reverter isso, Otávio. Precisamos achar um jeito. Não podemos abandoná-los sem dar-lhes a chance de se recuperarem. Esses policiais querem só matar todos eles, só isso que pensam. Dizem que aquele outro, o de nome italiano, Graziano, matou uns vinte só ontem.

— Se você não notou, vá até a frente do IML e veja o tanto de corpos de soldados que estão estendidos lá na frente. O soldado teve seus motivos para voar em cima dos vampiros.

— Não tiraram aquele show de horror de lá ainda, não?

— Quem, Elias? Quem? Parece que você não percebeu que não estamos mais em um estado de ordem. Nós que passamos pela última madrugada intactos fisicamente podemos ser chamados de sobreviventes. Põe na cabeça de uma vez por todas que nada vai voltar a ser como era antes.

Elias, bastante agitado e consternado, foi se afastando de Otávio.

— Vocês estão errados. Eles são milhões. Milhões de pessoas afetadas pelo sono. Milhões de pessoas que estão doentes. É preciso saber como reverter isso, Otávio. Reverter.

Otávio ficou parado no meio do campo de futebol, vendo Elias seguir de volta para a rua dos fundos.

Elias tinha estacionado sua Silverado logo à frente na rua, deixando-a virada para a Oscar Freire. Por sorte o tanque estava cheio. Entrou no carro e sentou-se ao volante, ligando o motor. Logo o ar-condicionado começou a funcionar e a resfriar a cabine, enquanto ele se mantinha parado, com o olhar perdido no asfalto à sua frente, perguntando-se quando tudo tinha desabado ao seu redor. Como poderia achar uma resposta para essa sua necessidade? Tinha que ter uma cura para aquela loucura. As pessoas não podiam simplesmente se transformar naqueles monstros, e ponto final. Ele tinha estudado justamente para isso. Para não deixar as pessoas desamparadas diante de uma doença, diante de um problema sério que poderia custar-lhes a vida. Ele, como cirurgião, se considerava um reparador de anomalias. Agora o problema acometia milhões e, se ele não encontrasse uma resposta para aquela transformação, uma resposta que interrompesse aquele processo, uma resposta que os trouxesse de volta, era capaz de o mundo inteiro estar perdido. Precisava acertar naquela cura, mesmo que acertasse só uma vez. Elias pisou no acelerador repetidamente com a picape desengatada. Era só engatar, deixar o hospital para trás e não tomar parte naquela loucura. Mas o que faria ele naquele hospital vazio? Como sobreviveria àquela noite que estava para chegar? Começou a esmurrar o volante com violência, machucando os ossos da mão direita. Baixou a cabeça sobre o volante e começou a chorar e soluçar. Desligou o motor e continuou seu pranto, olhando para os lugares vazios ao seu lado e na fileira de trás. Apertando, ao menos sete pacientes poderiam se espremer em sua Silverado nessa fuga insana. Outros médicos, profissionais do HC e parentes tinham colocado seus carros à disposição, sabia disso. Ele, com a ajuda da assistente social Carina, tinha contabilizado os veículos disponíveis. Eram 72 automóveis de passeio, 2 Kombis e 1 micro-ônibus, o que vinha bem a calhar, parafraseando a Carina. Não caberiam todos os passageiros daquela escapada às pressas. Relutava em admitir, mas algo dizia que talvez ficar não fosse uma boa ideia. Os agressivos eram muitos. Muitos. Seria impossível detê-los se aquele isolamento de comunicação se perpetuasse. Elias apanhou um folheto com o "Aviso Público Geral número 2"e voltou a chorar convulsivamente. Seus olhos passavam pela linha onde lia-se "recomendamos que o incapacite imediatamente, usando qualquer meio que esteja a seu alcance". Elias gemia, vítima de uma dor profunda, reconhecendo naquelas linhas que horas após a grande mudança o Estado tinha submergido num lago frio e sombrio que nunca tinha visitado antes. Nenhum comboio de ônibus ia aparecer ali na frente do Hospital das Clínicas para sua primeira remoção em massa. Suzana tinha mobilizado um bando de gente, e Elias agora sentia um frio na barriga porque a hora de partir tinha chegado sem que milagre algum se materializasse para dissipar a neblina daquele tétrico pesadelo. Elias retomou o controle e secou as lágrimas. Desceu do veículo ainda soluçando, extravasando a corrente fina que restara daquele dique rompido de angústia. Encostou a testa na lataria da picape quando um som, somado ao trepidar do asfalto, chamou a sua atenção. Correu até o campo de futebol já ouvindo as buzinas. As pessoas, também curiosas, tomavam o rumo da rua da frente do Hospital das Clínicas. Elias cruzou o campo ofegante e viu os ônibus estacionando, um a um, tomando a frente do PS das Clínicas. Um misto de derrota e vitória estava em ebulição nas veias do médico. Eles iriam embora. Ao menos levariam os pacientes que não tinham a menor chance de lutar. Outra observação nutria a dualidade de emoções. Ver aquele comboio de sete ônibus de viagem evocava a imagem de uma grande roleta de parque de diversões. Quem seria premiado com a passagem na primeira viagem? Ainda que os ônibus fossem capazes de ir e voltar sem se preocupar com combustível para a jornada, sem nenhum outro contratempo, seriam três horas indo e mais três horas voltando. Caso conseguissem a façanha de sair dali às cinco da tarde, só voltariam às onze da noite. Quanto mais calculava, mais agoniado ficava. Sete daqueles ônibus garantiriam trezentos e cinquenta lugares, com conforto. Espremendo, talvez um pouco mais de quinhentos lugares. Precisariam de três viagens para levar todo mundo.

— E então, doutor Elias? — perguntou Rafael, um enfermeiro baixinho, troncudo e careca. — Como vai ser?

O médico coçou a cabeça, a chave do carro na mão.

— Vamos acomodar tantos quanto pudermos nos carros. Quem não couber na primeira leva, fica por aqui, esperando a segunda.

— Segunda viagem?

— É, Rafael. Não vai caber todo mundo só nesses sete ônibus, não.

Um ronco mais alto tomou a rua. Na pista da contramão vinham mais dois caminhões com emblemas da Polícia Militar e dois blindados Urutus.

— Nossa! O que é aquilo ali, doutor? Tanque de guerra?

Elias, boquiaberto, ergueu os ombros para o enfermeiro.

Doutor Otávio parou ao lado de Elias e deu um tapinha no ombro do colega.

— Como é que você chamou ele mesmo? — O médico fez uma pausa. — Sargentinho de merda?

— Não. PM de merda. Foi disso que eu o chamei — murmurou Elias, contrariado.

Otávio sorriu e seguiu em frente, em direção aos caminhões e aos dois blindados que tomavam a rua.

— Doutor? — interrogou o enfermeiro, ainda esperando instruções.

— Rafael, tenho uma missão muito importante pra você: mantenha os prontuários dos pacientes em local seguro e não os esqueça aqui no HC. Não sabemos se voltaremos um dia para esse prédio, muito menos como serão as coisas daqui pra frente. Um pouco de organização não vai fazer mal a ninguém.

O enfermeiro baixinho balançou a cabeça positivamente.

— Como dizem nos filmes, doutor, missão dada, missão cumprida.

Capítulo 49

Assim que Cássio embicou na avenida Doutor Enéas de Carvalho Aguiar, conduzindo o ônibus da frente, começou a buzinar para dar a boa-nova. Sabia que o cronograma já estava atrasado, e, por isso mesmo, foi o primeiro a saltar.

Encontrou o doutor Otávio e a doutora Suzana na calçada em frente ao portão do pronto-socorro.

— Graças a Deus você voltou, sargento!

— E tinha dúvidas?

— Não. Nenhuma, querido — apaziguou a diretora. — Só urgência. Você disse que precisávamos sair daqui às quatro da tarde, e já faltam dois minutos para as quatro.

— Consegue colocar todo mundo dentro dos ônibus em dois minutos? — brincou Cássio.

— Quem me dera — resmungou Otávio. — Vamos começar a encher os ônibus com passageiros, mas creio que esses sete ônibus não serão suficientes.

— Eu queria ter trazido mais dois, mas não teve jeito. Isso é tudo o que temos.

— Estamos acondicionando as pessoas e pacientes no campo de futebol. Só estou morrendo de medo de alguém ficar para trás. Isso aqui é imenso, é impossível verificar sala por sala.

— Bem, nos caminhões da PM temos megafones, vão ser bem úteis pra senhora mandar alguém sair por aí gritando e chamando a todos. Sei que o tempo é escasso, mas vamos tentar fazer isso da forma mais ordeira possível. Quantas pessoas somos?

— Mil quinhentas e oitenta e nove pessoas, se nada mudou.

— Uau, doutora. Já sabe de cor?

— Esse número ficou martelando na minha cabeça desde a hora em que o doutor Elias me entregou as planilhas.

Cássio passou a mão pelo queixo e coçou a cabeça.

Mallory, que até então estava no campo de futebol cuidando das crianças do IC, veio matar a saudade da presença do sargento a tempo de ouvir a preocupação dos dirigentes daquela evacuação improvisada.

— Nos ônibus cabem cinquenta pessoas normalmente. Acho que podemos colocar umas setenta em cada um. Isso dá quanto?

Suzana, usando a calculadora do seu celular, veio com a resposta:

— Quatrocentos e noventa lugares.

Cássio olhou espantado para a mulher.

— Faltam mais de mil lugares ainda!

— Calma, sargento. O doutor Elias computou os carros e motocicletas e toda a sorte de veículos em posse dos profissionais presentes e dos parentes de pacientes — interveio Otávio.

— O que vai gerar um certo alívio. Contando esses lugares disponíveis, mais os ônibus, vamos para 988 vagas.

— Deus! Quanta gente falta?

— Seiscentas e uma pessoas, aproximadamente.

— O que ferra com a gente é o sol. São quatro horas já, e daqui pra frente ele vai cair rápido. Quando escurecer teremos a companhia daqueles malditos novamente. Se tivéssemos mais tempo...

— Usando a sua estimativa de setenta pessoas por ônibus, precisaríamos de mais oito ônibus e meio.

— Mais que o dobro do que eu trouxe.

— Teremos que fazer duas viagens, então — recomendou Otávio.

— Inferno! Não pode ser assim, doutor. Temos que levar todo mundo.

— Não se recrimine, sargento. Se você sair daqui com essas mil pessoas, serão mil vidas salvas — ponderou a diretora do HC.

— Temos que lembrar que estamos fazendo isso na base do improviso, policial. Não tem como ser bonito nem eficiente. Vamos fazer o melhor que pudermos. Estamos fugindo, e não passeando. Se precisarem de um médico aqui com os pacientes por mais uma noite, eu me prontifico.

— Os caminhões da PM! Cabe muita gente ali dentro. Não é confortável nem cheiroso, mas, para que ninguém fique para trás, pode salvar muitas vidas. Um veio com nossa montaria, e o outro eu trouxe para carregar os mantimentos.

— E os cavalos? Vai deixá-los para trás?

— Nunca! Eu e os soldados vamos montados.

— Nem pensar! — exclamou Suzana. — Os bichinhos vão se cansar, vocês não terão velocidade para acompanhar o comboio e ficarão para trás.

— Somos soldados, senhora. As vidas que estão sob sua responsabilidade como diretora do HC vêm em primeiro lugar. Os Urutus vão dando cobertura a vocês até a rodovia, foi o que combinei. Nós estaremos logo atrás.

— E os mantimentos? Não é pouca coisa — lembrou Otávio.

— Com os mantimentos, sim, podemos fazer duas viagens — ponderou Cássio. — Levamos as pessoas hoje, em segurança, e voltamos amanhã para buscar o que restou de comida e conforto como cobertores, colchões e essas coisas que estou vendo daqui.

— Tem os bagageiros dos ônibus de viagem — lembrou Mallory. — Cabe muita coisa em cada um deles.

Cássio correu até um dos ônibus e abriu o bagageiro.

— Verdade. Cabe muita coisa. Cabe gente, inclusive.

Suzana olhou para Cássio e depois para dentro do bagageiro.

— Você está falando sério, sargento?

— A ideia é que ninguém fique para trás. Comida podemos voltar e pegar.

— Mas precisamos levar pelo menos metade. Essa comida toda que você está vendo não dura mais que uma semana, se for racionada, ainda por cima.

— Quanto temos de arroz e feijão?

— O Elias escreveu tudo aqui. Fez um ótimo trabalho o nosso recenseador de última hora.

— Falando nisso, ele era um dos rebeldes no auditório. Ele voltou atrás?

— Conversei com ele há pouco, sargento. Ele está bastante perturbado ainda, mas parece que está enxergando o que é óbvio — revelou Otávio.

— Perturbado normal ou perturbado agressivo?

— Normal. Ele sempre foi meio casquinha de ferida. A doutora Suzana aqui conhece bem a peça. Falei com ele, insiste que devíamos ficar. Como se devêssemos isso à cidade, aos nossos ancestrais. Ele diz que quer encontrar uma cura para os adormecidos e para os agressivos.

— Os vampiros... — murmurou Suzana, como num ritual para aceitar aquela nomenclatura.

Cássio suspirou fundo e olhou para Mallory. A enfermeira morena não despregava os olhos dele. Sorriu gentil para a mulher e tornou a olhar para os médicos ao seu lado.

— Bem, cada minuto perdido conversando, mais próximos ficamos da escuridão. Vamos começar a carregar esses ônibus e, quando estivermos longe daqui, longe de qualquer cidade grande, podemos parar para respirar e corrigir nossas estratégias, se for o caso.

— Ok. Primeiro conselho, sargento. Passe um ônibus por vez para a rua dos fundos. Assim que eles forem sendo carregados, desça a Oscar Freire e estacione na Rebouças, podemos formar uma fila lá.

Cássio entendeu que o acesso dos pacientes aos ônibus seria facilitado seguindo o conselho de quem melhor conhecia a estrutura do hospital, então não perdeu tempo questionando. A única coisa que sugeriu é que, enquanto o primeiro ônibus fosse sendo carregado de gente, o seguinte da fila já seria abastecido com os mantimentos pelos voluntários. Tinham que ser rápidos, muito rápidos. E foi assim, sob tamanha pressão e correria, que os veículos começaram a ser preenchidos para a primeira e maior fuga de um grupo da cidade de São Paulo.

Capítulo 50

Enquanto os ônibus eram preenchidos, Cássio juntou-se aos soldados e aos motoristas voluntários, notificando as novas improvisações e repassando o plano. O comboio sairia da Rebouças com destino à Marginal Pinheiros, e então rumaria em sentido a Osasco, onde iniciava a principal rodovia do estado de São Paulo, a Castello Branco. O comboio deveria seguir direto até o novo trevo de Tatuí, onde fariam uma primeira parada longa para checar todos os passageiros e veículos, uma vez que não contariam com rádios. Combinaram que a qualquer sinal luminoso do veículo de trás deveriam parar. O comboio deveria ser um corpo só, unido, seguindo numa velocidade máxima de oitenta quilômetros por hora. Cássio e os outros soldados seguiriam a cavalo até onde fosse possível, e então parariam para os animais descansarem. Numa primeira análise do mapa os cavaleiros pensaram em parar nos arredores de Araçariguama para alimentar cavalos e cavaleiros, e ali providenciarem pernoite. O comboio deveria parar e fazer a checagem nos arredores de Tatuí. Caso os veículos estivessem em ordem e decidissem seguir, só voltariam a parar no Hospital Geral de São Vítor. Com a necessidade inesperada de os soldados seguirem montados, o comboio ficaria desprovido de guarda, e era isso que incomodava Cássio. Resmungando, junto aos soldados do Exército, com um mapa aberto, Cássio pegou-se olhando para a garagem subterrânea, quando um estalo disparou em sua mente. Ainda existia a preocupação com o combustível para os veículos. Os tanques da empresa de ônibus tinham secado, e o reservatório do quartel também não teria muito mais coisa. Ali, naquele subsolo, deveriam existir centenas de veículos! Se houvesse condutores o suficiente poderiam até mesmo usar alguns daqueles carros; fora isso, com certeza poderiam drenar o combustível existente em seus tanques e talvez abastecer a frota toda com o suficiente para a empreitada até o sul de Itatinga.

Mallory atravessou o campo de futebol indo ao encontro do primeiro ônibus e do segurança que tinha sido designado para a contagem de embarcados e para o encaminhamento das solicitações dos profissionais encarregados de prover os pacientes com necessidades especiais. Mallory tinha duas crianças que precisavam ser removidas em ambulância, nenhum de seus pacientes estava mais com déficit respiratório, apenas de locomoção. Os dois que precisavam ser levados deitados tinham sido apanhados pela doença do sono. Assim que embarcaram as crianças que podiam seguir sentadas, deixando-as junto da enfermeira Nice e de seus adolescentes, Mallory desceu para a calçada. Foi ao ficar parada na frente do ônibus que ela viu o doutor Elias recostado a uma picape. A enfermeira olhou para o bando de gente ainda no portão e depois para o imenso compartimento traseiro da caminhonete. Aproximou-se do médico e apontou para o porta-malas.

— Podemos colocar mais umas quatro pessoas aqui atrás.

O médico adiantou-se e agarrou firme seu pulso.

— Não! Não podemos levar ninguém aí! Não é seguro!

Mallory assustou-se com a bruta interrupção e a veemência do médico.

— Ok, deu pra entender, doutor. Pode soltar meu braço, não vou abrir o seu porta-malas.

— Desculpe se fui ríspido. Estou cansado. Três noites sem dormir não fazem bem a ninguém.

— Uma hora o senhor vai ter que dormir e descobrir, cedo ou tarde.

— Você já dormiu desde o que aconteceu?

Mallory apenas aquiesceu com a cabeça, fazendo um sinal positivo.

— E está tudo bem?

A enfermeira sorriu, alisando o pulso que ardia.

— Eu estou aqui, não é? Firme e sã, tentando ajudar nossos pacientes, arrumar lugar para que todos fiquem juntos no comboio.

— Não dá para ninguém ir aí atrás. É abafado demais.

Mallory olhou novamente para o porta-malas. A janela traseira estava tapada com um plástico preto, impedindo de ver o interior.

— O que tem aí, doutor?

O médico se afastou em direção ao carro seguinte. Mallory tinha quase certeza de que o homem havia escutado e ignorado sua pergunta partindo para auxiliar alguém, acertando que ela não iria insistir. A enfermeira, intrigada, olhou uma última vez para o compartimento traseiro da Silverado, movendo seu punho ainda dolorido. Estava perdendo tempo ali. Voltou até a fila de pacientes e começou a ajudar no que podia. O sol começava a descer para o horizonte, e em poucas horas a escuridão selaria a cidade.

Cássio, Graziano, os policiais recém-incorporados ao grupo, Zoraide Ramalho e José Francisco, que era chamado de Chico pelos militares, desceram empunhando suas lanternas, seguidos por mais cinco voluntários que estavam no campo de futebol, agora carregando latões, mangueiras e carrinhos de carga. Dentre os voluntários vinha Rui, o chaveiro magricela e comprido que já tinha se engajado na milícia montada pelo sargento e foi encontrado graças à lista organizada por Elias. Cássio explicou que o plano era encontrar veículos grandes — picapes, de preferência, que pudessem ser usadas — e salvar espaço nos caminhões para que os cavalos pudessem também ser transportados. Precisavam engrossar o comboio para que todos fossem removidos sob a bem-vinda proteção dos blindados que vieram com o tenente Almeida. Os estacionamentos subterrâneos, encravados no meio das clínicas, tinham virado um cemitério de automóveis. Dali, se agissem com presteza, poderiam retirar combustível suficiente para completar os tanques dos veículos que partiriam de São Paulo. Assim que desceram o primeiro nível avistaram ao menos duas dúzias de veículos estacionados.

— Muito bom. Só aqui já temos duas picapes. Dá pra ir umas dez pessoas em cada uma. Fica um pouco apertado, mas dá pra ir.

— Quero é ver essa gente toda topar ir espremida — comentou Chico, apontando sua lanterna para um dos veículos.

— Ah, Chico, esse povo tem que entender que é uma viagem só. Três horas, quatro, no máximo, se tivermos dificuldades no trajeto. Tem gente que vinha do Nordeste e passava duas semanas em pau de arara. Ir dentro de uma picape importada dessa é igual a ir de limusine — disse Zoraide.

— E esse cheiro? Vem de onde? — reclamou Graziano.

Só Cássio sabia da recente esquisitice contraída pelo amigo, mesmo assim se virou com Zoraide e Chico, encarando Graziano.

— Que cheiro, Rossi? Vai começar com isso de novo?

— É uma fedentina do cacete, Cássio. Não acredito que vocês não estão sentindo nada.

Zoraide e Chico se olharam e deram de ombros. Os voluntários vinham logo atrás. Cássio apontou para a picape, e o chaveiro correu para abri-la. Usando um arame conseguiu destravar a porta do veículo. Era uma picape com caçamba estendida. Muita gente iria ali, tomando vento no rosto. Em menos de dois minutos o rapaz conseguiu dar a partida no veículo.

— Esse tá no papo — disse Rui, descendo da picape. — E sabem do melhor? O tanque está cheinho.

— Você. — Cássio apontou para o velho Armando. — Pode levar essa?

— Deixa comigo, sargento.

— Leve essa picape para a rua de trás e junte com os outros carros que vão partir. Assim que puder volte para cá, Armando. Talvez você tenha que levar mais carros para fora.

O homem entrou no veículo e fez o possante motor roncar, conduzindo até a cancela erguida sob a vigilância do grupo, que ficou de olhos grudados no par de faróis acesos que deslindaram a escuridão por breves segundos.

— Vamos.

O grupo seguiu Cássio até o próximo carro. Um compacto que teria alguma utilidade se tivesse gasolina no tanque. Com um pé de cabra Paulo arrancou a tampa do reservatório de combustível e, com um arame, conseguiu fazer a mangueira descer até o etanol. O processo foi repetido em mais cinco veículos, enchendo os dois latões de vinte e cinco litros cada um levados por dois dos voluntários em carrinhos de carga apanhados no hospital.

— Olhem esse aqui! — chamou Neves.

A lanterna do soldado apontava para uma Kombi amarela dos Correios.

— Vem bem a calhar. — Cássio aproximou-se do veículo, iluminando seu interior.

Rui, com presteza, abriu o utilitário, fazendo a porta deslizar lateralmente.

— Espaço para mais de dez — comentou o chaveiro. — E olha que beleza, a chave está aqui, no contato.

Rui deu partida, testando o veículo que parecia em perfeitas condições.

— Só tem pouca gasolina.

O motorista da picape tinha acabado de voltar quando Cássio decidiu descer mais um nível para ver se tinham a sorte de encontrar outros carros maiores com chance de levar mais pessoas. Descendo ao segundo subsolo o breu era completo. Pararam no meio da rampa quando Graziano se curvou e lançou um jato de vômito ao chão.

— Argh! — gemeu Zoraide, enojada.

Graziano, ainda curvado, caiu de joelhos. Ele tremia.

— Não aguento mais esse cheiro.

Cássio ficou parado ao lado do amigo, enquanto Chico e Neves desceram até o patamar do segundo subsolo.

— Cara, você precisa voltar lá para cima e procurar um dos médicos do hospital. Isso não é normal — advertiu Cássio, lançando a lanterna para os lados, cismado.

O sargento sentiu um frio subir-lhe pela coluna, posto que da última vez em que viu o amigo daquele jeito tinha sido na noite anterior ao se aproximarem dos vampiros.

Graziano levantou inspirando fundo e fazendo uma careta.

Chico, seguido pelo chaveiro Rui e pelo policial Neves, abriu um sorriso ao encontrar uma fileira de Kombis brancas com adesivos do Metrô.

— De quantos lugares você disse que precisa ainda, sargento? — perguntou, contente com o achado e se aproximando dos veículos que luziam sob o facho da lanterna.

Cássio olhou para as Kombis apontando para elas sua lanterna, aumentando a luz em cima dos veículos que eram a salvação das pessoas que ficariam para trás. Contou rapidamente o tesouro a espoliar, chegando ao número de dez. Cada uma com lugar para mais treze pessoas, representando mais de uma centena de lugares novinhos em folha no comboio. Procurou o chaveiro com os olhos. Rui, iluminado pelo cabo Francisco, se aproximava de um Porsche 911.

— Se eu conseguir ligar esse aqui eu que vou dirigir. Combinado?

— Combinado — respondeu Chico.

Os policiais e voluntários riram da animação do garoto, que inseriu uma gazua pela fechadura. Em poucos segundos ouviu-se um estalar e, puxando a maçaneta, a porta se abriu. Rui sentou no banco do motorista olhando para o painel do esportivo, seu sorriso se diluiu quando a aguda e altíssima buzina do veículo disparou, soando intermitente, com o pisca-alerta do veículo. Alarme!

Cássio viu os amigos tornarem a rir do azar do chaveiro, provavelmente ávidos para ver como ele ia se livrar daquele barulho infernal. Contudo, o sargento não partilhou da descontração, ainda preocupado com Graziano, que tinha sentado no chão, vítima de uma tontura.

— É uma réplica esta merda aqui! — gritou Rui, descendo do carro.

Com rapidez levantou o capô do veículo e confirmou sua suspeita. O carro era uma cópia externa de fibra de vidro do famoso esportivo alemão, contudo, suas entranhas eram de quinta categoria. Com uma chave de fenda soltou o cabo da bateria, interrompendo o sinal sonoro. Soltou a tampa do capô, fazendo-a bater oca contra o veículo.

— Pronto.

Cássio tornou a olhar para Graziano, que gemia e comprima a barriga.

— Porto... Me ajuda, cara. Essa catinga tá acabando comigo. Você acha que esse cheiro é daquelas coisas?

Zoraide arregalou os olhos ao ouvir o comentário do amigo.

Cássio deu dois passos na direção do cabo e estendeu-lhe a mão. Uma camada de suor tinha brotado na testa do parceiro e descia pelo capacete. Notou que a mão do amigo foi à bainha do sabre preso à cintura.

Cássio apontou a lanterna para o Porsche mais uma vez e para Chico e Zoraide.

— Acho melhor a gente sair daqui — disse baixo.

— Por quê? — perguntou Chico, apontando o dedo para as Kombis. — Melhor é a gente ver se elas tão prestando, sargento. Vai ser uma baita mão na roda.

— Uma mão na roda vai ser a gente sair daqui, meu amigo — comentou Zoraide.

Graziano começou a tremer e a arfar. Cássio ouviu um barulho grave vindo do fundo da garagem. O som pegou todos desprevenidos, e as lanternas se viraram naquela direção.

— Venham para a rampa, devagar, muito devagar — sussurrou.

Outra vez o som que lembrava um animal, grande, pulando foi ouvido. As lanternas dançaram no breu, abrindo pequenos espaços de visão. Então, com um grito de Zoraide, a criatura emergiu da penumbra, saltando de cima de uma das Kombis para a outra e então outra, ficando encurvada, em cima da última delas, com seus olhos vermelhos cintilantes e a boca aberta, soltando um grunhido rouco e ameaçador.

— Vamos saindo, de olho no bicho — ordenou o sargento, dando passos de costas, puxando Graziano pelo cinto.

Os voluntários, com exceção do chaveiro, dispararam correndo para cima, enquanto os soldados empunhavam suas armas.

— Não disparem. Não façam mais barulho do que a merda do alarme desse carro fez.

— Desculpa aí, sargento. Eu não sabia que esse bicho tava aqui.

— O problema nem é ele, amigão. O problema são todos os outros.

Depois da frase de Cássio a garagem se encheu do som de passos, muitos, vindo de todos os lados. A escuridão, como uma grade, trancava a visão, fazendo o coração dos presentes acelerar pelo medo que crescia a cada chiado e a cada par de olhos vermelhos que se acendiam na escuridão. As lanternas dançavam para os lados e para trás quando o grito de um dos voluntários que tinha subido ao primeiro subsolo ecoou pela rampa. Cássio se arrastava pé ante pé, puxando consigo o amigo Graziano, que arfava ainda mais rápido.

— O cheiro, Cássio! O cheiro tá piorando!

— Calma, parceiro, calma.

Então eles surgiram à frente do grupo, ao pé da rampa. Eram muitos, se agrupavam, todos com aquela mesma expressão, bocas abertas, olhos cintilantes que venciam o breu e assustavam quem os encarasse. Avançavam grunhindo e, unidos, como se fossem um corpo só, aumentando a ameaça.

— Não atirem. Esperem o máximo antes de puxar o gatilho. Se todos acordarem, não teremos chance.

Os humanos continuaram se afastando, subindo a rampa. Ao chegarem ao pavimento do primeiro subsolo olharam na direção da rampa seguinte que dava acesso à rua, distante coisa de trinta metros. Lá a claridade invadia aquela caverna de concreto, deixando clara a salvação. Dois corpos de voluntários no chão, já sem vida, com uma dúzia daquelas criaturas debruçadas sobre cada um deles, com dentes cravados em sua pele, drenando seu sangue.

Assim que chegou ao andar, Rui disparou, correndo em direção à Kombi que tinham encontrado primeiro. Uma das criaturas correu em seu encalço. Chico não pensou duas vezes e defendeu o garoto, acertando um disparo nas costas do bicho, que tombou no piso cimentado. Cássio lançou um olhar para a multidão de feras ainda ao pé da rampa, já completamente engolidos pela tão assustadora escuridão. Um rugido uníssono escapou lá do fundo, como se a rampa agora fosse a garganta de um imenso dragão, um dragão que não cuspia fogo. Um dragão cuspidor de brasas vermelhas que subiam de suas entranhas de concreto.

— Vamos! Corram! — gritou o sargento, puxando Graziano consigo.

Rui deu a partida na Kombi e arrancou com o veículo, parando ao lado de Cássio e dos demais. Zoraide puxou a maçaneta e fez a porta deslizar, dando passagem ao resto dos voluntários e aos soldados embarcarem. Cássio fez menção de subir quando Graziano soltou-se de seu punho e desembainhou o sabre, correndo em direção à rampa infestada de vampiros.

— Não... — murmurou o sargento, perdendo a voz.

— Rápido, sargento! — gritou Rui.

A Kombi começou a ser rodeada por vampiros que vinham de todos os lados. Um deles saltou e agarrou o ombro de Cássio, que se desvencilhou e subiu na Kombi que zarpou. Cássio olhou para trás, vendo Graziano ser engolido pela escuridão, e então ser envolvido por aqueles olhos vermelhos. Foi nesse instante que abriu a porta e saltou, caindo de costas e batendo com o capacete no chão. Seu ombro estralou com a queda; levantou-se sentindo uma dor poderosa. A Kombi não parou, salvando os demais. Cássio tirou a pistola do coldre e efetuou dois disparos contra a cabeça dos vampiros mais próximos. A escuridão não ajudava. Sorte que o primeiro subsolo era contaminado pela iluminação que vinha da boca da garagem, permitindo que ele divisasse uma ou outra silhueta se movendo no seu entorno. Com a lanterna apoiada na pistola, foi fazendo seu caminho, buscando por Graziano que, insano, tinha se atirado à morte. Cássio mancava e girava para todos os lados, apavorado. Conseguiu finalmente chegar até a rampa que descia ao segundo pavimento, gritos e grunhidos chegando aos seus ouvidos. Que loucura fora aquela de Graziano?! Que loucura fora a sua?! Eles eram dezenas, talvez centenas! Apontou a lanterna para a rampa, vasculhando e procurando seu amigo. Corpos de vampiros, sem as mãos, três cabeças decepadas. Dois malditos rastejando, com as tripas fedorentas para fora. Agora sim sentia o tal fedor! Desviou-se desses feridos, correndo e girando com a luz. Para sua sorte a luta de Graziano tinha atraído a atenção da multidão de vampiros, que se engalfinhava ao redor do lunático cabo. Cássio foi surpreendido por uma menina que saltou à sua frente. Teria doze anos? Não sabia. Ela grunhiu e mostrou as presas, correndo em sua direção. Não era uma menina. Era uma fera. Um tiro na testa e ela tombou.

— Graziano! — gritou e se arrependeu.

Grunhidos agora vindo em sua direção, atraídos pelo disparo e pelo berro. Vasculhou com o facho de luz, via vultos correndo. Os olhos das feras, quando cintilavam, lhe davam um lugar para fazer mira. Dois disparos. Ouviu risadas. Graziano estava sendo arrastado pelas feras, para um lugar mais fundo e mais escuro, sendo puxado pela rampa. Seguiu a trilha de pedaços de vampiros e seus gritos por quinze metros, então deparou-se com Graziano, com o sabre enterrado no peito de um velho negro de barba branca que vertia sangue escuro pela boca. Graziano estava caído no chão, à sua direita um muro formado por centenas daquelas feras que observavam outro vampiro debruçado sobre o soldado, tomando seu sangue. Cássio ia disparar quando viu o vampiro tombar de lado, com as mãos na garganta, cuspindo o sangue de Graziano, com as bochechas derretendo como se tivesse engolido ácido. A vampira ruiva saiu do meio da turba de vampiros e caminhou até o lado de Graziano.

— Parem! O sangue dele não presta! — bradou para os vampiros.

— Mas o dele presta — grunhiu um daqueles monstros, caminhando encurvado até perto de Cássio.

O vampiro manteve as narinas erguidas e fungava.

— O cheiro dele é bom. Muito bom.

O sargento sabia que estava perdido. Suas balas não seriam suficientes para parar um décimo daqueles vampiros. Estavam condenados. Graziano sangrava no braço e no pescoço. Seu capacete tinha sido arrancado. Ele arfava, enquanto tentava mover o braço e retirar o sabre da barriga do velho sentado ao seu lado. A vampira ruiva aproximou-se do vampiro negro e empurrou sua cabeça com sua bota preta, fazendo-o tombar e livrando o sabre de Graziano.

Raquel abaixou-se ao lado do soldado caído e passou o dedo em uma ferida do pescoço do humano. Levou o dedo sujo de sangue até a língua e chupou-o com gosto. Graziano levantou a mão com o sabre e golpeou a vampira. Raquel segurou o braço do cabo com facilidade e torceu-o, fazendo-o soltar a espada.

— Arde. Seu sangue não é bom.

Graziano levantou-se num repente, urrando de ódio, agarrando o pescoço da ruiva que, surpreendida, soltou o braço do soldado, sendo arremessada contra a parede de vampiros. Ela, rapidamente, recuperou o equilíbrio e voltou-se para o cabo que correu de encontro a ela. Raquel tinha treinado por anos. Jamais seria pega sem luta por qualquer um do bando do morto Urso Branco. Foi fácil desviar o braço erguido do policial e desferir-lhe um chute agudo na virilha, fazendo-o curvar-se, gemendo de dor. Raquel girou sobre si mesma levando a bota até a cabeça de Graziano que, atordoado, abaixou-se ainda mais. Então Raquel girou para o outro lado, abaixando o quadril e mirando sua canela na perna do soldado, que tomou uma rasteira e caiu de costas no chão, batendo a cabeça desprotegida e desmaiando.

— Pare! — bradou Cássio. — Não encoste mais nele!

Os vampiros ficaram inertes, como se aquela vampira fosse uma líder, como se comandasse a vontade daquele covil.

— Esse homem é diferente, soldado — disse a vampira, erguendo os olhos vermelhos, acesos, para o sargento. — Eu quero ele para mim. Preciso entender por que ele é diferente.

Cássio aproximou-se de Graziano apontando a lanterna para o fundo da garagem. Um mar daquelas criaturas estava ali, em pé, algumas recostadas às pilastras, com os braços cruzados sobre o peito, como cadáveres, de olhos fechados, ainda cativas do sono que as acometia nas horas de sol. Outras, simplesmente em pé, no meio do estacionamento. Cássio deu mais dois passos para a frente, com o coração bombeando disparado. Adormecidos e acordados, não importava, a verdade é que eles eram muitos e passavam das centenas.

— Esses não acordaram com o alarme. Estão em transe — explicou Raquel.

— Como você sabe disso? — perguntou Cássio.

— Eles chegaram essa noite, soldado. Vieram de muitos cantos da cidade, procurando parentes, procurando pessoas, perdidos, guiados pelo resquício de consciência que flutua em suas mentes. Como eles existem mais milhares no subsolo do metrô. E, para o seu azar, eles me escutam. Me obedecem.

— Como você sabe disso? — repetiu a pergunta.

Raquel abriu um sorriso largo e andou para perto de Cássio. Graziano balançou a cabeça e gemeu, visivelmente lutava contra a dor, como se ele também estivesse preso a um transe que, ao contrário dos vampiros, fazia-o agir, se levantar, mas, assim que tentou erguer mais a cabeça, desfaleceu, caindo desmaiado.

— Eu sei. Simples assim. Como sei que seu amigo lutaria até a morte aqui nessa catacumba.

— Não sou seu inimigo, vampira. Eu já disse, seus filhos não estão no hospital.

Raquel franziu o cenho e deu dois passos para cima do sargento, rugindo.

— Olhe pra você mesma. Ainda que seus filhos estivessem lá, você agora é uma vampira. Iria matá-los!

— Não diga o que não sabe! — bradou Raquel. — Jamais mataria meus filhos!

Os vampiros próximos a Cássio grunhiram animados com o grito da vampira líder.

Foi a vez de Cássio dar dois passos para trás. Seus olhos foram até seu amigo, que sangrava de forma abundante, cobrindo o chão com seu sangue. Tinha que tirá-lo dali. Cássio ficou parado, girando sob sua posição, com a lanterna erguida, iluminando o rosto daquelas sinistras criaturas e também das assustadoras estátuas imóveis ao fundo da garagem.

— Você veio até aqui para salvar seu amigo, soldado?

Cássio ignorou a pergunta da vampira, arrastando o pé para trás e puxando Graziano pelo colarinho, o que o forçava a ficar arqueado e desprotegido. Viu a rampa de acesso ao terceiro subsolo, que o levaria para um piso ainda mais fundo. Foi então que sua respiração tornou-se mais pesada. Vagarosamente foi avançando em direção à rampa de acesso ao terceiro subsolo, sempre vigiado pela vampira ruiva que caminhava ao seu lado com aquele sorriso indolente na cara, o sorriso de quem não tem medo da arma apontada para o seu peito.

— Você deve gostar muito dele para ter entrado numa cova infestada de gente igual a mim. Ele é o quê? Seu namorado?

Cássio tremia com a arma em sua mão. Nervoso e assustado. Apesar do perigo que corria, Cássio tinha que continuar. Tinha que saber. Algo soprava em seus ouvidos, e, assim que se arrastou até a borda da rampa, o sussurro se confirmou. Começou a tremer mais, tentando controlar os nervos. O facho da lanterna revelava um cenário inacreditável. Eles não eram centenas. Eram milhares de vampiros esparramados pela rampa e continuando por todo o piso do terceiro subsolo! Não era um blefe da vampira. Se ela estava falando sobre eles a ouvirem, estaria no controle de uma horda daqueles seres infernais. Poderia acabar com a presunção da vampira ruiva cravando uma bala no meio de sua testa, mas sabia que, assim que fizesse isso, seu destino e o de seu parceiro estariam selados. Ela, de alguma forma, controlava aquelas criaturas. Se a matasse, aquela chusma voaria para cima deles.

— Ele sabe que você gosta tanto dele assim? Ele faria o mesmo por você, por amor?

As palavras da vampira entravam por seu ouvido, roubando o seu foco. Ele precisava agora dar um jeito de escapar dali com vida.

— Ele viria atrás de você, Porto? — perguntou Raquel, lendo o distintivo do sargento.

— Ele viria.

— Hum, que coisa mais linda. Um casal apaixonado.

Raquel riu, imitada por algumas das feras que seguiam Cássio de perto.

O sargento sabia que o cerco se fechava e que tinha que agir o mais rápido possível. Só não sabia o que fazer.

— Somos treinados. Somos treinados para um cuidar do outro quando estamos em missão — respondeu. Talvez a tagarelice da vampira lhe desse mais tempo.

Respirando com dificuldade, tomado por um pânico crescente, puxou Graziano mais uma vez. Os vampiros grunhiam baixinho, como uma imensa matilha de cães se aproximando da caça acuada. Sabia que aqueles acordados não o deixariam escapar. Os vampiros olhavam para ele, mancando, machucado, como as hienas olham para os animais agonizantes, esperando que tombem sem vida. Estavam esperando ele desistir. Cássio pensou em sua irmã. Por que ela tinha desaparecido? Estaria ela ali, no fundo daquele subsolo com seus sobrinhos? Teria sua irmã se tornado uma daquelas criaturas? O sargento parou ao lado do amigo e, com apuro, jogou Graziano sobre o ombro esquerdo. Começou a coxear em direção à rampa de acesso ao primeiro subsolo, com dificuldade para manter a lanterna e a pistola empunhadas de forma útil. Deixou a lanterna na mão esquerda, que segurava Graziano pelo quadril, virada para a frente, permitindo a navegação pelas sombras. Quando a luz acertava o rosto de algum daqueles seres em cheio, eles franziam o cenho, movendo o rosto lentamente, fazendo com que Cássio prendesse a respiração, tamanha a agonia.

Raquel surgiu à frente do sargento, impedindo que ele chegasse ao fim da rampa. Cássio apontou a pistola para ela.

— Ei, Romeu, você acha mesmo que depois do que fez comigo vou te deixar ir assim, de graça, levando sua namoradinha daqui?

— Eu sei que não, vampira.

O som de um motor chamou a atenção do sargento e da ruiva, que olharam para a rampa. O par de faróis de uma Kombi surgiu no alto, descendo em alta velocidade, fazendo com que Raquel se jogasse sobre a mureta, caindo de volta ao piso do segundo subsolo. Os vampiros, livres da vampira ruiva à sua frente, arreganharam suas bocas, exibindo dentes e deixando os olhos brilharem, partindo agressivos para cima do sargento que tinha caído com seu parceiro. A Kombi passou por cima de umas oito daquelas criaturas, quebrando ossos e arrancando gritos dos atropelados. As portas deslizaram de lado e soldados do Exército saltaram para fora, disparando com seus fuzis, fazendo em pedaços os que entravam em sua frente.

Cássio, ainda com Graziano às suas costas, aproximou-se da mureta e disparou com a pistola duas vezes, mirando na vampira ruiva que, rindo, desapareceu na escuridão. Endireitou o corpo e atirou novamente na direção dos vampiros que subiam a rampa, impedindo que deitassem as mãos em cima dele, colocando para trás os agressivos. Um dos soldados retirou Graziano de seu ombro e jogou-o dentro da Kombi amarela. Cássio encontrou os olhos arregalados do chaveiro agarrado ao volante do veículo, fechando o vidro do motorista, livrando-se das garras das feras que estavam ao lado do carro.

— São muitos! — gritou o tenente Almeida.

Em resposta um de seus soldados retirou o pino de uma granada que foi lançada no meio dos vampiros. Outros tantos já agarravam as armas dos soldados numa briga renhida para tomar o sangue daqueles ousados guerreiros que tinham vindo resgatar o sargento e o cabo. A granada de luz explodiu, fazendo com que as criaturas levassem as mãos aos olhos, sendo alvejadas pelos disparos. Dois soldados apanharam Cássio e Graziano, arremessando-os para dentro da Kombi, embarcando em seguida, com o tenente subindo ao lado do motorista.

— Pelo amor de Deus, Rui, tira a gente daqui! — gritou o tenente Almeida.

Quando Rui engatou a marcha a ré a Kombi sacolejou e patinou sobre os corpos dos vampiros que tentavam bloquear o caminho da fuga. Habilmente o rapaz esterçou para a direita e pisou fundo no acelerador, conseguindo tração para entrar em movimento. Adentrou no estacionamento, distanciando-se da rampa que os tiraria dali, mas ao menos conseguia se mexer e, sempre que podia, atropelava os vampiros que encontrava no caminho. As mãos das feras batiam contra a lataria do veículo, aumentando a agonia daqueles ali dentro. Rui conseguiu voltar para a rampa e acessar o primeiro subsolo, dirigindo direto até a saída para a luz, fazendo todos dentro do utilitário gritarem com a vitória naquele inesperado combate.

Os homens deixaram o veículo ainda na beira da rampa do estacionamento e, quando Cássio desceu, olhou aterrorizado para o céu. O sol já estava caindo, e seria questão de hora e meia para o ocaso. Conseguiu ficar em pé e, mancando, chegou à boca da rampa. Lá embaixo, à margem da luz, centenas daquelas criaturas espreitavam. Uma delas se destacou. A vampira ruiva tinha sobrevivido.

— Aquela vampira, na frente de todo mundo, se parece com a promotora... — murmurou um dos soldados, com o fuzil empunhado, apontando para ela.

— Eu também achei que a conhecia.

— O que fazemos? Atiramos?

Cássio ficou olhando para a promotora, que, como milhões de paulistas, tinha se transformado naquilo, num monstro sugador de sangue. Ela estava com o braço erguido, provavelmente incomodada com a pouca claridade que alcançava seu rosto. Afastou-se alguns passos até ser engolida completamente pela escuridão, deixando então só uma silhueta opaca, mas ainda discernível, no limiar daquela multidão de feras e pares de olhos brilhantes. Eles só queriam que o sol fosse embora para sair e atacar. Cássio sabia que estava diante de uma bomba-relógio, e que aquela aglomeração de centenas de vampiros era só a ponta do iceberg. Atirar contra todos era o mais sensato, no entanto, ao finalmente reconhecer a promotora Raquel, percebeu o quão humanas eram aquelas feras poucos dias atrás. Raquel era mais que uma promotora. Raquel era uma heroína que lutava por justiça. Que tinha enfrentado talvez a quadrilha de traficantes mais perigosa do Brasil em busca de vingança pela morte de seu marido. Raquel tinha filhos. Raquel era gente.

Cássio apoiou a mão no cano do fuzil e balançou a cabeça negativamente.

— Não. Não atire nela. Vamos embora.

O militar não discutiu. Provavelmente ele também perdera alguns segundos em devaneios, lembrando o quão guerreira era aquela mulher, o quão dura tinha sido a vida para ela até a maldita noite em que tudo mudou.

— Vamos embora — repetiu Cássio, coxeando em direção à rua. — Vamos alertar a todos dessa bomba-relógio. Agora, mais do que nunca, temos que levar todos de uma vez.

Eram cinco e dez da tarde.

— Como vamos fazer isso? — perguntou o tenente Almeida.

— Deixa eu pensar. — Cássio olhou aflito em direção ao campo de futebol. Três ônibus permaneciam em frente ao PS, revelando que ainda não tinham sido todos carregados. — Faça o seguinte, Almeida, por favor...

— Diga.

— Pegue um dos seus blindados e instrua seus homens a levarem os veículos que já estão carregados para a entrada da Castello Branco.

— Esperamos onde? Logo na entrada, ao pé da ponte? Ou no primeiro pedágio?

— Espere ali na primeira entrada para Osasco.

— Osasco?

— Sim. Não entre na cidade. Só tome aquela saída à esquerda como referência. Ali tem espaço para estacionar quantos veículos estiverem com você e visibilidade para todos os lados.

— Entendido.

— Espere lá até que a segunda parte do comboio chegue. Não entre em Osasco. As coisas não estarão boas por lá quando anoitecer.

— Bem, eu mesmo vou providenciar o deslocamento dos que estão prontos, sargento. Deixarei vocês cobertos pelo tenente Miguel.

Cássio caminhava até o campo de futebol quando foi alcançado por uma preocupada Mallory, que o amparou.

— Venha, você também está machucado?

— Sim, eu pulei da Kombi quando o doido do Graziano correu na direção dos vampiros mais uma vez.

— Venha, o doutor Otávio está logo ali.

— E o Graziano, como ele está?

— A doutora Suzana e o doutor Elias levaram ele para o PS. Está bastante ferido. Perdeu bastante sangue.

— Mais essa agora. Meu amigo está maluco.

— Como foi dessa vez?

— Foi muito estranho, Mallory. Ai! — gemeu o sargento ao saltar os degraus e chegar ao campo de futebol. — Espera. Meu joelho está doendo.

— Vamos fazer um raio-X. O doutor Otávio não é ortopedista, mas deve ter algum por aqui ainda. Podemos imobilizar sua perna... Está sangrando.

Cássio viu um pequeno rasgo em sua farda, e realmente um filete de sangue descia por seu uniforme. Viu Mallory se aproximando com gaze e um pote plástico contendo um líquido escuro do seu joelho.

— É, cortou mesmo.

— Sim. Cuidado. Cadê suas luvas? — perguntou o sargento, segurando a mão da enfermeira.

Mallory encarou Cássio por um breve segundo.

— Estão aqui. Vou colocar e cuidar do seu ferimento. Não vou te encher de bactérias, não, sou uma enfermeira muito bem treinada. Você pode ter algum osso fraturado.

— Não! Não temos tempo. É isso que ia dizer. Precisamos chamar o Otávio é para agilizar essa debandada. Junte o pessoal que está organizando a entrada de pessoas nos ônibus e mande partir. Temos que sair daqui imediatamente — disse o sargento, pouco preocupado com o joelho e escondendo que o que doía pra diabos era o seu ombro, ferido na queda.

— Eu sei que você está preocupado com os vampiros, mas não podemos fazer nada de qualquer jeito, é muita gente, a maioria é doente. E você está sendo o nosso herói aqui, Cássio. Não pode negligenciar o seu corpo.

— Você não está entendendo a gravidade da coisa, Mallory. Aquelas garagens subterrâneas estão infestadas de vampiros.

— Infestadas?

— Milhares deles. Não sei como chegaram tantos até ali.

— O metrô. Eles devem ter vindo pelos túneis do metrô.

Cássio ficou calado um instante lembrando o que a vampira tinha lhe dito. Podia ser. Os túneis do metrô interligavam a estação das Clínicas e, em algum lugar lá embaixo, deveria haver uma passagem de inspeção até a garagem.

— Como eles foram parar lá pouco importa, Mallory. O que sei é que são muitos e que assim que, o sol cair atrás dos prédios, eles virão para a superfície atacando quem estiver por aqui. Precisamos partir, e precisamos partir agora. Esse meu joelho já, já para de doer e, se for o caso, quando estivermos a salvo no Hospital de São Vítor, eu deixo vocês tirarem raio-X, fazer tomo, serrar no meio, o diabo, mas agora, não. Precisamos sair daqui.

Juntos, seguiram até o PS. O rosto da doutora Suzana parecia ter envelhecido dez anos desde que a vira pela primeira vez de manhã. Cássio perguntou pelo amigo e soube da médica que ele já estava consciente, mas muito fraco pela perda de sangue.

— Ótimo, então coloque-o no caminhão da PM onde irei com meus soldados.

— Nem pensar. Ele deve permanecer em observação ao lado de um médico ou enfermeira.

— Destaque a Mallory para seguir conosco; caso algo aconteça, ela saberá o que fazer.

— Sargento, o senhor entende de estratégia, de combate, mas de medicina entendo eu. Seu amigo, apesar de ter retomado a consciência, está muito debilitado, está desidratado, delirando. Não encorajaria esse traslado no momento.

— Doutora Suzana, não temos o luxo desses cuidados. Eu tirei Graziano do meio dos vampiros. Por alguma razão eles não tomam o sangue dele. É como se fosse um veneno para aquelas criaturas.

Suzana arqueou as sobrancelhas diante daquela revelação.

— Como aquelas pessoas se transformaram, tornando-se assassinos que caçam a nós, Graziano também se transformou, mas se transformou em algo que caça os vampiros.

— Por que acha que seu amigo se transformou, Cássio? — intrometeu-se Mallory.

— Antes que qualquer um de nós possa ver os vampiros, ele já sabe que eles estão lá. Não conscientemente. Ele fica falando de um odor, de um cheiro ruim. Ele passa mal quando eles se aproximam, mas o pior é que quando ele vê um deles, é como se ele não fosse mais ele. Ele simplesmente perde o controle da mente e parte para cima daquelas criaturas. Ele treme, se enfurece, sai de si e mata cada vampiro que encontra no caminho. Não duvido que ele morra tentando matar cada um desses agressivos.

— Sorte dele ter um amigo como você — tornou Mallory. — A senhora acredita que esse maluco pulou de um carro que fugia da garagem para salvar o Graziano?

— Quem tem amigo tem tudo, minha filha — ponderou a médica.

— Doutora, por favor, me escute. Reúna tudo e todos, mas tem que ser agora. Não temos mais nem uma hora de sol, e aquele subterrâneo está completamente tomado por vampiros. Milhares de vampiros que vieram não sei de onde nem como. Eles virão atrás de nós. Eles sabem que estamos aqui.

Elias, que ouvia tudo do outro lado de um biombo, aproximou-se de Suzana, com o rosto pálido, traduzindo que entendia perfeitamente a situação.

— E-eu... Eu nunca fui a favor desse desatino. Se ao menos os pacientes estivessem aqui dentro, daríamos um jeito, mas é como ele fala, Suzana. Se vamos partir, vamos agora, antes que anoiteça, pelo amor de Jesus Cristo!

Cássio olhava firme para o médico.

— O hospital já foi evacuado?

— Temos duas equipes com megafones percorrendo os corredores. Se ao menos tivéssemos rádios, poderíamos saber como estão indo, mas, até onde sei, não encontraram nada de novo.

— Disparem as buzinas dos carros, dos ônibus. Eles saberão que estamos partindo, e qualquer pessoa que ainda esteja dentro do hospital será atraída pelo barulho. Ninguém é besta. É hora de escolher se querem ir ou ficar — sugeriu a enfermeira do Instituto da Criança.

— Fizemos tudo o que pudemos, não é mesmo? — perguntou Suzana, talvez procurando apoio dos presentes, talvez retórica.

— Sim, doutora. Fizemos até mais do que podíamos. Vamos embora.

Cássio voltou coxeando para o corredor e retornou empunhando uma cadeira de rodas.

— Me ajude aqui, Mallory.

Com a enfermeira, tirou Graziano da maca e colocou-o sobre a cadeira de rodas. O amigo abriu os olhos, o rosto pálido dava-lhe um espectro azulado e preocupante.

Cássio levou a cadeira de rodas para o corredor, enquanto a doutora Suzana olhava para aquele pronto-socorro que, durante tantas décadas, tinha sido o porto seguro de tantos desvalidos que ali chegavam precisando de assistência imediata para suas enfermidades. A médica, com lágrimas nos olhos, retrocedeu até o corredor com o colega Elias ao seu lado. Ela fechou as portas do PS e tomou o rumo do campo de futebol da escola de medicina. À sua frente rangia a roda da cadeira empurrada pelo valente sargento que tinha se convertido numa espécie de herói após o ataque daquelas criaturas. Se ele não estivesse ali, talvez todas aquelas pobre almas permaneceriam dentro do hospital, abandonadas à própria sorte, esperando uma providência das autoridades, que nunca chegaria a tempo.

O campo de futebol, que tinha se convertido num hospital de campanha, já estava agitado, preenchido pela algazarra de algumas crianças que corriam, de adultos que conversavam e até de algumas risadas descontraídas aqui e ali. A boa e velha humanidade se adaptando com velocidade à nova realidade. Com a chegada dos comandos proferidos pelo sargento Cássio e do doutor Otávio aquele lugar ferveu, os risos cessaram e um corre-corre intenso teve início. Cássio não tinha revelado que os vampiros já estavam ali, do outro lado da rua, na boca da rampa do estacionamento, ávidos para que a escuridão cobrisse tudo e os libertasse daquela jaula para atacarem o hospital. Não era preciso. A urgência do comando e dos soldados da PM, dos soldados do Exército e também do grupo de seguranças formado pelo médico Elias bastou para que todos soubessem que o tempo chegava ao fim e que uma noite muito perigosa se avizinhava. Os auxiliares com megafone anunciavam a urgência da partida, o que aumentou ainda mais o alvoroço na fila que se formou no portão. Quando o último dos ônibus foi cheio, muitos adormecidos ainda estavam perfilados junto ao muro, a maioria deles acompanhada de algum parente.

Rui, o chaveiro, tinha ficado com a chave de uma das Kombis e, graças à sua heroica participação no episódio da garagem subterrânea, teve a permissão de Cássio de manter o veículo para acomodar sua família que estava no hospital, levando seus avós, apanhados pelo sono. Seu irmão mais novo, Jonas, tinha evaporado na noite anterior, sumindo no meio da confusão promovida pelo ataque dos agressivos. O irmão tinha passado mal a tarde inteira, ficando irritadiço. Rui demorou para aceitar, mas todos os sintomas indicavam que ele também estava se transformando num daqueles violentos. Quando a agitação começou, Rui não teve como conter o irmão e proteger o avô e a avó ao mesmo tempo. Jonas, um jovem de treze anos de idade estava desaparecido desde então. Antes de colocar a parentada dentro da Kombi, o jovem chaveiro removeu os dois bancos traseiros, criando mais espaço. Vendo o amontoado de adormecidos aproximou-se de Otávio, perguntando quando partiriam.

— Em alguns minutos, garoto.

Rui olhou para os lados, vendo o tamanho da fila e o último ônibus disponível partindo, e toda aquela gente ainda zanzando pelo campo de futebol.

— Eu posso levar alguns deles, se você quiser.

Otávio saiu berrando no meio da confusão, deixando Rui plantado no meio do campo de futebol. O médico estava preocupado com o volume de pessoas junto ao portão. Tinha aproximadamente umas setecentas pessoas começando a ficar bastante inquietas e queixosas vendo o último ônibus partir. Otávio viu quando uma Fiorino velha encostou em frente ao portão e duas pessoas em boas condições sentaram na frente, uma sendo o motorista, e seis pessoas entraram na caçamba na parte de trás, sendo dois adormecidos e quatro pessoas despertas.

— Não esqueçam os prontuários. Deixem os prontuários presos em cada pessoa adormecida! — bradou o médico, vendo que os prontuários daqueles dois estavam soltos.

Otávio passou a mão na cabeça, afundando em sua tormenta.

— Doutor. Cabem mais umas quatro pessoas adormecidas na Kombi que eu estou dirigindo. Sem contar que dá pra levar uns quatro acordados.

— Desculpe, garoto. Eu estou atordoado com tudo isso.

— Normal, doutor. A gente sabia que não ia ser fácil.

— Quem já está na Kombi?

— Minha família.

O médico ficou olhando para o rapaz. A resposta fazia dele uma figura solitária.

— Meu vô e minha vó estão apagados. Meu irmão mais novo sumiu ontem à noite.

— Foi pego por um deles?

Rui balançou a cabeça negativamente.

— Não. Meu irmão virou um deles. Um vampiro.

— Lamento, filho. Isso tudo é bem estranho ainda, mas nada é definitivo também. O doutor Elias quer pesquisar o que fez essa mutação. Quer encontrar uma cura.

— Me avisa se souber de algo. Quem sabe eu acho meu irmão de novo.

Otávio fez um sinal para quatro voluntários.

— Vamos colocar mais quatro pessoas no seu carro, então. Tem habilitação?

Rui riu e balançou a cabeça positivamente.

Logo os voluntários, aos pares, estavam carregando os adormecidos apontados pelo doutor Otávio enquanto Rui manobrava a Kombi para a frente do campo de futebol e abria as portas laterais. O médico viu os dois anciãos dentro do veículo, imóveis como todos os outros apanhados pelo sono. Mais quatro pessoas foram depositadas no chão da Kombi. Otávio notou que daria para ao menos mais dois pacientes desacordados seguirem viagem ali num estado minimamente decente.

— Cabem mais dois — disse Rui.

— É isso que eu estava vendo. Espere aqui.

Otávio voltou acelerado até o campo de futebol, seguido pelos ajudantes, onde encontrou Mallory junto aos adormecidos. O sol estava cada vez mais baixo, e a tonalidade da luz do céu estava mudando, o que o deixou mais aflito. Pediu que quatro dos voluntários ficassem ali um instante.

— Mallory, esses caras vão te levar até uma Kombi lá fora que tem lugar para mais dois adormecidos. Vão ficar um pouquinho apertados, mas dá.

— É só a gente escolher então duas pessoas pequenas, não muito grandes.

— As crianças já foram levadas para as ambulâncias — redarguiu o médico.

— Espera.

Mallory saiu andando rapidamente entre os adormecidos deitados no chão e parou na frente de um rapaz de corpo magro e estatura mediana.

Apontou-o para um dos voluntários, que entendeu de imediato. A enfermeira continuou andando, até que foi capturada por um rosto conhecido que a fez enraizar-se no chão, sem conseguir mover mais um passo. Lágrimas rolaram por sua face, liberando aquela emoção que estava presa havia muitas horas. Eram tantas pessoas sofrendo, tantas pessoas conhecidas que tinham se tornado coisas horríveis, que agora sentia-se enredada numa teia de tristeza e doçura ao mesmo tempo. A enfermeira virou-se e indicou para a outra dupla de voluntários a mulher deitada no chão. Quando a dupla chegou para içá-la, Mallory fez um sinal para que parassem.

— É um carro seguro?

Os homens trocaram um olhar rápido e voltaram a olhar para a enfermeira.

— É uma Kombi, senhora. É um garoto que está dirigindo, levando o vô e a vó adormecidos. Acho que não vai ter carro mais seguro que esse em todo o comboio.

Mallory apontou com a cabeça para a mulher.

— Levem-na com todo o cuidado, ok? Ela é minha amiga. Minha amigona.

— Pode deixar, dona. A gente vai devagar.

Mallory pediu só um minuto para reforçar com fita adesiva a fixação do prontuário da doutora Ana em seu peito. Deixou os rapazes partirem com a colega em direção à rua da frente do hospital. Parou no meio dos adormecidos e olhou para o lugar vago que surgira com a subtração do primeiro rapaz que tinha escolhido, vendo seu prontuário largado sobre a grama. Apanhou o prontuário e correu em direção aos homens que levavam Ana.

— Ei! O prontuário do rapaz ficou para trás!

Elias, assistindo a toda aquela confusão, lamentou-se por não ter tido a ideia de imprimir uma lista com o nome de todos os pacientes, parentes e funcionários para ficar com quem estava no portão, embarcando os passageiros. Bastaria ir ticando os nomes assim que cada pessoa embarcasse para saber precisamente quem já tinha ido.

Mallory alcançou a dupla quando já colocavam o rapaz no veículo. Olhou para a frente do Incor, do outro lado da rua, com os vidros da recepção estilhaçados sobre a calçada, sentindo um arrepio ao se lembrar da tarde anterior que tinha passado presa no elevador com uma defunta e o pobre do Gladson.

Mallory se aproximou ofegante.

— Olha, vocês estavam esquecendo o prontuário do... do... — A enfermeira abriu o prontuário e leu o nome do rapaz. — Vocês estavam deixando o prontuário do Lucas para trás. Se perdessem isso aqui, coitado, o Lucas iria ser internado como um indigente lá em São Vítor.

— Dá passagem, tamos chegando! — anunciou o líder da segunda dupla.

Rui se aproximou da enfermeira, olhando para o trabalho dos homens que colocaram a mulher ao lado do jovem no assoalho da Kombi. Eles iriam com as pernas dobradas, mas certamente nem perceberiam aquela aflição. Depois de tudo o que tinha passado no subsolo da garagem, alguém ir com as pernas dobradas não era grande coisa para se preocupar.

— Pronto, doutora Ana. Arrumei um rapaz muito corajoso e responsável para levá-la para São Vítor em segurança. — Mallory olhou para o adormecido que tinha sido colocado ao seu lado. — E um acompanhante até que gatinho. Eu sei que a senhora não gosta de homens nem muito altos nem muito baixos, como a senhora mesma dizia. Comporte-se, viu? — conversou a enfermeira ternamente com a amiga adormecida, selando um beijo no rosto de Ana antes de a porta ser fechada.

Mallory subiu na calçada e abraçou o jovem chaveiro, que retribuiu com um aperto forte. Eram todos irmãos naquela luta terrível contra inumeráveis inimigos. Alguns deles sopravam um bafo quente em suas nucas, lembrando que não podiam ficar ali parados nem um pouco mais. O tempo, com a chegada do crepúsculo, tornava-se um adversário poderoso, visto que era ele o corcel que puxava, furiosa e insensivelmente, o assustador cabriolé da noite, cujo passeio cobria a terra com um manto de escuridão e, quando as portas da tão funérea carruagem se abriam, a promessa se cumpria e os novos passageiros sem vida desciam, pálidos e cheios de fome de vida a nos visitar.

Capítulo 51

Cássio sentiu até certo alívio quando viu o primeiro Urutu partindo, descendo a Rebouças, seguido pelos sete ônibus de viagem, os quase oitenta veículos de parentes e funcionários e as vinte e duas motocicletas, levando consigo a maior parte de toda a população presente ao último dia de funcionamento do Hospital das Clínicas durante a crise.

Cássio teve que insistir muito para que a doutora Suzana seguisse com o primeiro grupo. A velha senhora derrubava lágrimas cada vez que olhava para os velhos prédios da Faculdade de Medicina da USP que ficariam para trás, legados a um futuro incerto. Era como trair o seio que tanto a alimentara com conhecimento e satisfação.

Com muita insistência Graziano foi convencido a seguir com os convalescentes. O cabo queria continuar com o grupo de policiais da cavalaria a todo custo. Só quando Cássio disse que Graziano mais atrapalharia do que ajudaria naquele estado o cabo deu o braço dolorido a torcer.

Passados poucos segundos de alívio com a partida oficial do comboio às cinco horas e cinquenta e dois minutos, Cássio olhou para o restante dos passageiros aguardando para serem levados. As mulheres, mesmo sob protesto, tinham partido na primeira leva, com crianças, idosos e adormecidos, ficando para trás os homens saudáveis, o que podia ser traduzido também como aqueles que poderiam lutar por suas vidas. Faltando menos de vinte minutos para as seis da tarde o céu já ia se apagando, e o sol já baixava em meio aos altos prédios da rua Cardeal Arcoverde. Cássio era agora responsável por trezentos e sessenta vidas. Faltavam poucos minutos para que as feras se fizessem livres. Cássio apontou para os dois caminhões que tinham sobrado e ordenou que subissem ordeiramente. Infelizmente os quatro cavalos restantes do Regimento 9 de Julho tiveram que deixar a carroceria do veículo, posto que as Kombis, que seriam a salvação da lavoura, estavam inacessíveis no fundo daquela caverna de concreto, rodeadas por milhares de vampiros. Apanhou do cabo Francisco o megafone enquanto ordenava a ele que descesse da carroceria do primeiro caminhão os sabres e as poucas armas de fogo que foram trazidas do quartel. Francisco obedeceu de pronto, deixando o sargento para trás.

Cássio aproximou-se da boca da rampa do estacionamento. Os vampiros rosnaram assim que viram o policial. Continuavam lá, agora muito mais próximos do fim da rampa, ávidos pelo sangue dos humanos, aguardando a alforria que a noite trazia. A cada centímetro que a luz recuava as criaturas avançavam, empurrando umas às outras. As que tinham o azar de cair na mancha de luz derradeira contorciam-se fumegando e embrenhavam-se novamente buscando proteção no bolo de cadáveres animados por alguma força desconhecida. Talvez dez metros separassem o sargento dos milhares de vampiros que se alinhavam na boca do estacionamento, talvez nem isso. Os motores dos caminhões foram ligados, chamando a atenção do sargento, que se virou para uma última contemplação daquele caldeirão do inferno. Do meio daquela multidão de olhos vermelhos e bocas, de onde se desprendia um grunhido gutural, ela surgiu. A vampira ruiva. A promotora. Ela tinha o olhar frio como gelo e parecia emanar uma promessa. Cássio soube que eram inimigos e que ela depreenderia todo esforço para alcançar seu grupo. Finalmente o sargento libertou-se daquela hipnose, seguindo para perto dos veículos.

Aproximou-se dos caminhões sob o olhar apreensivo daqueles que tinham ficado para trás. Oitenta homens se espremeram em cada veículo, sobrando ainda duzentos no chão. Cássio aproximou-se dos dois motoristas que estavam em frente ao IML, aguardando instruções, e mandou que partissem imediatamente, em velocidade segura, e que alcançassem o comboio na entrada da Castello Branco.

Sob a expectativa tensa do momento, os que tinham ficado no meio da rua ouviam a ordem mais inesperada ser proclamada da boca daquele homem em quem tanto confiaram. Cássio ordenara que os caminhões partissem com os que estavam a bordo e, ao alcançarem os outros veículos, que partissem rumo ao trevo de Tatuí, onde pernoitariam à própria sorte. Sabiam que o trato com o tenente Almeida só cobria a escolta até a entrada da rodovia, dali para a frente contariam apenas com seus instintos e com Deus para protegê-los.

— E nós, sargento? Como vamos sobreviver? Já está anoitecendo! — gritou um senhor, desesperado.

Cássio levou o megafone à boca e alertou a multidão que se juntava ao redor do primeiro caminhão.

— Infelizmente fiz tudo o que podia por todos vocês. Agora é isso. Estamos sozinhos.

Um vozerio começou aumentando, então gritos de insatisfação.

— Vão! — ordenou aos motoristas.

Os voluntários correram para os volantes dos caminhões e engataram as marchas, enquanto muitos dos que estavam no chão tentavam se agarrar na carroceria. Com efeito, ao menos oito pessoas conseguiram se pendurar na rabeira, nos para-choques dos caminhões e ali se estabilizaram, enquanto os que tentavam se agarrar nas laterais foram debelados pelos soldados da cavalaria.

— Vamos marchar! — bradou Cássio ao megafone. — Façam uma fila e apanhem os sabres que estão com o cabo Francisco.

Os homens protestaram e gritaram palavrões.

— Vamos morrer, seu filho da puta!

— Vamos marchar, descer a Teodoro, agora!

— Vá à merda, seu corno! — gritou um rapazinho. — Por que não nos disse desde o começo que ia foder com a gente?!

— Mentiroso!

Cássio trotou do começo ao fim da grande fila, encarando aquelas pessoas. Ele não era um bandido, não era um mentiroso. Era só mais um deles, que tivera a coragem de organizar aquela fuga, contudo, nem tudo havia dado certo.

— Se ficarmos aqui, vamos morrer. Comecem a marchar agora. Os que quiserem ficar, boa sorte. Escondam-se, e escondam-se muito bem, porque tem milhares daqueles malditos dentro desses subsolos e estações de metrô. Se começarmos a marchar, desceremos até o Largo da Batata, mais alguns quarteirões estaremos na beira do rio Pinheiros, longe de prédios e longe dessa garagem. Escolham agora. Meus homens ficaram conosco, dando proteção. Temos armas, temos espadas, podemos nos virar até o amanhecer. O blindado vai com a gente. São mais soldados, fuzis e metralhadoras. Senhores, sua melhor chance, no momento, é marchar.

Sem perder mais tempo, Cássio desembainhou a espada e a ergueu, e depois apontou-a para a Teodoro Sampaio. Seus soldados ladearam a imensa fila de homens, dois cavaleiros de cada lado, o Urutu acelerou e manobrou sobre o asfalto, tomando a frente do grupo e liderando aquela milícia.

— Formem filas de cinco homens! Vamos organizar essa bagunça!

Assim que adentraram a Teodoro Sampaio, aquele exército improvisado, parte dele armado com os sabres do Regimento de Cavalaria, começou a tomar forma, tendo então trinta e nove fileiras de cinco homens. Mesmo sem ter um compasso, logo o vozerio calou, e tudo o que se ouvia era o som da marcha. O sol caindo e levando embora a luz falava mais alto que qualquer um deles. Cada homem ali sabia sem que nada fosse dito que estavam numa caminhada pela vida. Cada um envolto em seus medos e pensamentos. O ronco do motor do Urutu à frente dava algum ânimo, ao menos não estariam totalmente desguarnecidos.

Capítulo 52

Almeida bateu com a mão espalmada na chapa de aço do Urutu. O veículo parou e o motor foi desligado. Estavam sobre a ponte da rodovia Castello Branco, com a cidade de Osasco dos dois lados da pista. O tenente olhou para trás, vendo a imensa fila de veículos ir reduzindo a velocidade e parando. Apesar das nuvens no céu, um ar quente de fim de tarde era empurrado por um vento leve. Ao seu lado esquerdo via o rio Tietê, correndo para o interior do estado. O cheiro ruim costumeiro azedando o ar. Apanhou seus binóculos e apontou-os para uma estrutura do outro lado da pista, na outra margem do rio. Era um grande ginásio de esportes. Tinha um movimento intenso ali, macas, gente vestida de branco trazendo pessoas para dentro da estrutura coberta. Elevou os binóculos e, em menos de um minuto de observação, entendeu todo o cenário. Atrás do ginásio, separado por poucos metros, estava o muro do Hospital Regional de Osasco. Vendo janelas quebradas no hospital não foi difícil concluir que, na noite passada, as pessoas alojadas ali passaram pelas mesmas dificuldades reportadas pelo bravo sargento Cássio enfrentadas no Hospital das Clínicas, vinte quilômetros para trás. Com a aproximação da noite alguém havia tido a boa ideia de levar todos para o ginásio, que se converteria num bunker para enfrentar as horas de escuridão. O tenente continuou viajando com os binóculos tentando observar melhor as ruas do bairro Presidente Altino. Olhou além dos viadutos que davam acesso ao centro da cidade de Osasco, buscando montar um panorama geral. Viu colunas de fumaça como as tantas que tinha encontrado no trajeto do Memorial da América Latina até ali. Aquela cidade também sofria como a capital, e os efeitos daquela estranha noite onde tudo em suas vidas tinha se transformado estavam estampados em sua paisagem. Ruas desertas, poucos veículos e quase todos obedecendo ao toque de recolher sugerido pelo Ministério da Defesa. O tenente virou-se em direção à Marginal, apontando os binóculos para Pinheiros. As múltiplas colunas de fumaça coalhavam o horizonte, e o sol morria, dando vez à noite. Torcia para que Cássio já tivesse saído daquele antro de vampiros e conseguisse escapar com vida do meio daquele emaranhado de prédios e construções que logo estariam às escuras. Ele ainda observava a cidade pelo aparelho quando foi chamado por um de seus soldados.

— Senhor?

O tenente olhou para a pista da rodovia, ao lado do soldado estava a diretora do Hospital das Clínicas.

— A senhora Suzana está pedindo permissão para se dirigir até o Hospital Regional de Osasco, senhor.

— O Regional é aquele lá? Perto do ginásio?

Suzana olhou para o outro lado do rio.

— É, sim, tenente Almeida.

O tenente desceu do Urutu, saltando para o asfalto. Um cheiro forte de fuligem cobria a estrada por onde nenhum veículo tinha passado desde que tinha encostado ali.

— Na verdade, tenente, eu vim aqui informá-lo que vou até o Hospital Regional e volto assim que possível. Não estou pedindo sua autorização para nada.

Almeida olhou a velha senhora nos olhos. Ela era uma das diretoras das Clínicas, acostumada a estar no comando e, pela idade, talvez na juventude e nas agremiações estudantis tivesse vivido os embates da ditadura, e algo de rançoso ainda estivesse guardado dentro dela contra os militares. O tenente sorriu de seu próprio pensamento. Se ela guardasse algum rancor talvez não tivesse aceitado a ajuda do sargento Cássio.

— É meu dever como médica salvar tantas vidas quanto eu puder. Tenho uma amiga muito querida que trabalha naquele hospital, e quero contar a ela o que estamos fazendo aqui e para onde estamos indo.

— Eles já estão tomando suas decisões, doutora. De cima do Urutu eu vi um bom número de pacientes e profissionais de saúde se deslocando do hospital para outro lugar.

— Para onde? — perguntou uma Suzana preocupada, de olhos arregalados.

— Estão indo para um ginásio em frente ao hospital, por certo eles tiveram problemas durante a noite passada e, não sei se a senhora já notou, não há mais tempo para nada, está escurecendo, e eu também tenho deveres com vocês aqui.

— Só preciso ir até lá, tenente. Não devo demorar mais que cinco minutos lá dentro.

O tenente olhou novamente para o horizonte, teriam no máximo mais dez minutos de luz. Algum imprevisto poderia acontecer na ida daquela médica até o Hospital Regional, e Almeida sabia que não poderia perder aquela mulher. Ela era a médica mais experiente do grupo e respeitada pelos demais médicos que vinham no comboio. A vida dela não era seu problema, contudo Almeida sabia que precisariam daquela mulher para manter o grupo coeso. Não poderia simplesmente deixá-la ir para um lugar onde desconhecia as condições de segurança.

— Um minuto, doutora.

Almeida chamou seus homens. Ia com mais quatro soldados no Urutu. Debateu a situação por cerca de dois minutos e, com agilidade, tomou sua decisão. O soldado Gabriel Ikeda, de vinte e dois anos, foi destacado para seguir com a doutora Suzana até o Hospital Regional de Presidente Altino. Ikeda era um de seus melhores homens e muito sensato quando tinha que tomar suas próprias decisões, e ainda tinha a vantagem de ser residente da cidade, conhecendo bem suas ruas e os possíveis trajetos para chegar ao hospital com mais rapidez. Missão, transportar a diretora do Hospital das Clínicas até o Regional de Osasco, deixar que ela transmitisse sua mensagem e retornar ao comboio o mais rápido possível. Ikeda partiu com a médica deixando o tenente para trás, dando ordens aos três soldados restantes.

Almeida estabeleceu um perímetro de segurança. Quando a luz do sol morresse no horizonte, não sabia quantas daquelas criaturas iriam encontrar. Seus homens estavam armados com fuzis e repletos de munição sobressalente. Qualquer pessoa que se aproximasse do comboio deveria ser abatida. O tenente e mais um soldado ficaram em cima do Urutu, providos de uma metralhadora .50, enquanto os outros dois soldados ficaram exatamente no meio do comboio que foi reorganizado, diminuindo seu cumprimento ao meio e dispondo-o em duas fileiras.

Suzana chegou ao Regional de Osasco a bordo de um Palio Weekend que foi esvaziado de seus passageiros para servir à missão, indo a doutora e o soldado, apenas. O tanque estava pela metade e, assim que pegou o acesso à cidade, o soldado se localizou, pisando fundo e pegando o acesso ao viaduto que o colocaria do outro lado do rio.

— Você sabe para onde estamos indo, Ikeda? — preocupou-se Suzana vendo o carro emparelhar a um longo muro que parecia deixá-los mais distantes do Hospital Regional.

Ikeda olhava pelo retrovisor no momento em que a médica fez a pergunta. O soldado voltou a olhar para a frente, vendo o muro do motel Imperium indo de encontro a um posto de gasolina fechado.

— Sei, sim, dona. Eu moro aqui em Osasco e, não é pra me gabar, já vim com muitas menininhas aqui nesse motel. O hospital está logo atrás, só precisamos entrar na próxima à direita.

Como o soldado tinha explicado, Suzana viu uma cerca de alambrados terminar e dar lugar à tal da rua à direita por onde o Palio Weekend entrou em alta velocidade, cantando os pneus, obrigando-a a segurar-se com firmeza. O carro voava por uma avenida larga, por onde refaziam a distância que tinham tomado a princípio, retornando em direção ao hospital. Dois carros passaram ligeiros em sentido oposto, com os maleiros cheios de bagagem amarrada à carroceria. O soldado freou bruscamente na frente do hospital e saltou num pulo, pedindo que a doutora aguardasse. Para sua surpresa, ele deu a volta pela traseira do carro, abriu a porta do passageiro e estendeu-lhe a mão, num gesto cavalheiresco.

— Filho, você quase me matou de susto, mas só por essa gentileza... Agora entendo como conseguia trazer as "menininhas" pra cá.

Suzana entrou no hospital seguida pelo soldado portando seu fuzil. A agitação era tamanha que quase ninguém percebia o soldado armado. Subindo até a recepção encontrou corredores vazios e móveis revirados. Igual ao Hospital das Clínicas, os doentes daquela unidade estavam sendo removidos para a segurança de todos. Procurava por Margarete Leitão, uma velha amiga dos tempos de universidade que agora dirigia aquele hospital. Ao encontrar um dos enfermeiros, um rapaz moreno e baixo, levando uma senhora em uma cadeira de rodas, ficou sabendo que a diretora não aparecia na unidade desde a noite em que tudo mudou. Perguntado sobre quem estava no comando daquela remoção de doentes para o ginásio ao lado, foi indicada a procurar o doutor Tarso, um dos três médicos que ainda estavam no hospital e que tinha sugerido a remoção para o ginásio após a madrugada infernal que tiveram, e era lá onde ele estava agora, procurando acomodar a todos.

— Vamos rápido, doutora — pediu o soldado.

Quarta noite

Capítulo 53

A noite caiu sobre a cidade de São Paulo. Desde 1554, quando iniciou-se a vila de São Paulo, ninguém jamais teria sonhado que a escuridão traria consigo tanto pavor e tanta promessa de morte. Naqueles tempos em que os temores eram onças, índios, febrões ou picadas de cobras, nenhum cidadão vislumbrava o tamanho que aquele pedaço de planalto tomaria, e muito menos, engolfados no desejo de fazer a pequena vila prosperar, lutando por seu apogeu, jamais adivinhariam as circunstâncias de sua ruína. O tormento não era ainda o fim físico da cidade. O tormento maior era o medo que exalava dos poros daqueles homens que marchavam largo adentro, o medo que fizera mais da metade deles estremecer quando a luz finou-se no horizonte, dando vez ao brilho das estrelas no céu negro, reluzindo como nunca tinham reluzido antes, ali, naquele canto da capital. Cássio olhou ao redor ainda conseguindo ver o espectro das dezenas de colunas de fumaça que subiam contra o firmamento. Conforme a luz do sol amansava, surgia, distante, o rubro espectro dos prédios que cuspiam labaredas. Cássio sabia que o medo, que encharcava tudo ao seu redor, prendendo os pés dos cavalos e dos homens como num lodaçal, vertia não só da cabeça daqueles homens, como também escorria das milhares de janelas, por baixo das portas de casas e apartamentos, das garagens, das escadarias dos milhares de prédios de escritórios que os rodeavam, onde, em seus intestinos, também existia gente temendo as feras que tinham se apresentado ao mundo na noite passada. Com efeito, assim que o sol tombou no horizonte, dando vez à Dona Escuridão, a cidade ganhou novos sons e murmúrios. Os cavalos, como na noite anterior, foram os primeiros a dar o alerta, empinando e relinchando, alarmando os homens que vinham no asfalto. Cássio, instintivo, tirou a espada de sua bainha, sendo imitado pelos outros três soldados da cavalaria que faziam a proteção dos pedestres. A cidade tinha acordado para os vampiros. Eles começavam a sair de suas tocas, seus esconderijos protegidos da luz do sol. Agora o mundo era deles, e durante as horas de escuridão reinariam sobre o tabuleiro estendido à sua frente, deixando claro que era o seu turno de jogar. Os homens se juntaram, reduzindo o bloco pela metade do tamanho.

— Vamos! Não parem agora! — bradou Cássio. — Mais seis quadras e estaremos na Marginal Pinheiros. Lá será mais seguro para continuarmos.

"Ou lutarmos", pensou o sargento ao final, guardando para si o seu maior temor. Se os vampiros investissem às centenas contra o seu grupo, estar ali no meio do Largo da Batata não era uma boa ideia. Se ao menos chegassem à Marginal Pinheiros, teriam o lado do guard-rail, o lado da linha do trem da CPTM livre de moradias, e então livre de surpresas. Guardariam as costas ali, às margens do rio Pinheiros, e teriam que confrontar as feras que viriam pela frente e pelos lados. Cássio sabia que podia proteger aquele grupo, desde que chegasse até a Marginal. Os homens não tinham experiência com os sabres, um ou dois naquele grupo já teria matado uma pessoa nessa vida, com gana, com vontade. Contava com o desejo de sobreviver de cada um deles para emprestar-lhes a coragem que nem sonhavam ter e faria com que espetassem as feras com suas espadas, ganhando tempo para todos.

Atravessaram a Faria Lima em passos apressados. Cássio lançou um olhar para trás. Por mais incrível que parecesse, apesar de imaginar-se rodeado por aquelas feras, seu temor maior era o bando da vampira ruiva, da promotora, que tinha ficado lá em cima, e já devia estar fora do estacionamento subterrâneo, procurando por eles, e não os possíveis vampiros que estariam saindo dos milhares de prédios e casas ao redor. Cássio estava com a mente acelerada, traçando possibilidades. O principal era continuar em movimento, sempre em frente. Assim, ao seu comando, tomaram a rua do Sumidouro. Quando toda a luz do crepúsculo morreu somente os faróis do Urutu varavam a escuridão infernal que engoliu a cidade. O sentimento de opressão ao redor de cada um era aterrador. Cássio temia que o motor da máquina de guerra e o som dos cavalos chamassem a atenção dos seres noturnos. Aqui e ali viam olhos vermelhos espreitando, atrás de janelas, dentre vielas, atrás dos carros. O sargento sabia que o combate corpo a corpo eclodiria a qualquer momento, posto que alguns daqueles olhos e sons de inimigos se movendo pareciam acompanhar a marcha dos aflitos. Orações sussurradas vinham ganhando força e aumentando de volume até que o grupo de duzentos homens começou a entoar em uma só voz um Pai Nosso. A oração surtiu efeito moral no grupo, que passou a marchar mais rápido, sentindo um tipo de vibração que só quem acredita em um Deus maior que tudo e que olha por todos pode perceber. Era como se uma força agora estivesse ali, entre eles, criando um campo de energia que fecharia os caminhos de todas as feras que espreitavam ao redor. Os cavaleiros tinham que segurar suas montarias com vontade, trazendo-as no cabresto, evitando que empinassem ou disparassem.

Cássio também orava junto da tropa amadora. Não era frequentador de nenhuma igreja, mas aquele vozerio cadenciado tocou-o sobremaneira. A escuridão ficou momentaneamente menos ameaçadora, e as criaturas que circundavam o pelotão pareceram desaparecer e, para surpresa de todos, luzes começaram a surgir aqui e ali na rua do Sumidouro. Cássio estugou Kara e adiantou-se até o blindado, fazendo-o parar. As luzes vinham das ruas e apareciam nas janelas. Poucas a princípio, dobraram de número em pouco tempo, e logo via-se uma procissão de pontos de luz. Ouviam choro de bebês e vozes de gente encoberta pela poderosa oração do Pai Nosso. Conforme se revelavam, Cássio entendeu. Eram pessoas trazendo lampiões ou velas acesas. Eram frações de famílias que estavam escondidas em suas casas e que tinham sido encorajadas a colocar o nariz para fora com a passagem daquele bando de homens marchando de forma organizada e, acima de tudo, encorajados pela prece que faziam em voz alta. As pessoas foram se juntando ao grupo de Cássio, aproximavam-se emendando a oração. Logo a esquina da rua do Sumidouro com a Ferreira de Araújo foi sendo tomada por gente trazendo velas.

Cássio gesticulou para que se juntassem ao bando. Continuaram marchando, com a adição agora de mais de sessenta pessoas. Uma garota correu ao lado do cavalo do sargento, se aproximando.

— Moço, pra onde vocês estão indo?

— Estamos saindo da cidade, menina.

— Podemos ir junto?

Cássio olhou para trás, mais gente vinha saindo da esquina e se juntando à marcha e ao Pai Nosso.

— De onde essa gente toda está vindo?

— Estávamos escondidos na igreja católica, uma rua para cima. Quando começou a anoitecer, esse pessoal começou a chegar lá.

Cássio continuou cavalgando, acompanhado pela garota. Os novos membros da procissão já somavam mais de cem.

— Tinha um monte de gente chorando. De repente ouvimos esse Pai Nosso e saímos para ver.

— Quem puder caminhar, pode vir com a gente — proferiu o sargento.

A garota abriu um sorriso e parou de caminhar, segurando um lampião. Ela voltou para seu grupo e deu a notícia. Não havia muito mais o que pensar. Não queriam terminar sozinhos naquelas ruas escuras. O jeito era seguir com os policiais. Eles tinham armas, tinham o tanque de guerra e também tinham aquele monte de gente rezando e carregando espadas. Não encontrariam melhor companhia na cidade.

Cássio segurou Kara, fazendo-a se acalmar. Afagou lentamente sua crina, ficando para trás, observando a rua escura. Era estranho, mas os vampiros não estavam se aproximando do pelotão em marcha. Eles saíam das casas e dos comércios carregando pessoas em seus braços. Foi então que Cássio sentiu um calafrio percorrendo sua pele e subindo por sua nuca. Eram os adormecidos! Cássio viu dois vampiros a pouco mais de duzentos metros. Cada um com seu adormecido nos braços. As criaturas sombrias se aproximaram de uma boca de lobo e removeram o tampão de concreto do bueiro. Olharam para ele por um segundo, os olhos vermelhos brilhantes refulgindo na distância, saltando para dentro da tubulação dos esgotos da cidade, levando consigo seu alimento. Era isso. Os vampiros estavam levando quem dormia para as entranhas da cidade, onde o sol nunca os alcançaria. Eles não queriam lutar. Não agora. Eles queriam roubar os sobreviventes indefesos. Alarmado, Cássio virou sua égua e tocou de encontro ao seu pelotão em fuga.

Capítulo 54

Era noite. Finalmente. Raquel foi uma das primeiras a deixar a rampa do estacionamento. Seus iguais saíram aos montes das entranhas da terra, sedentos por sangue. Era só nisso que pensavam. Em alimento. Em gente viva com sangue quente. Viu parte deles correr para dentro dos prédios ao redor, invadindo as clínicas. Raquel olhou para o céu. Colunas de fumaça esparsas denunciavam que a cidade ainda sangrava. O céu derramava o brilho das estrelas de uma forma que nunca tinha visto antes. Não era ruim ser a criatura nova que tinha se transformado. Nem um pouco. A cabeça parecia não funcionar mais como funcionava dias atrás, seus pensamentos fugiam da ordem, mas ela conseguia ainda ter um pouco mais de coesão cognitiva que os demais. As mudanças em seu fluxo de pensamentos tinham sido brutais. Pouca coisa importava. Importava caçar. Importava encontrar alimento, vivo, gente. Importava fazer com que os outros tivessem medo. O mundo anterior parecia se distanciar, pouco a pouco, como uma balsa à deriva, afastando-se da costa, sem pressa, sem lastro, sem gana de voltar. Mas ela ainda lembrava. Lembrava dos filhos. Lembrava da luta contra os traficantes que tinham matado seu marido e, acima de tudo, lembrava do ódio. O ódio contra quem ficava em seu caminho, amarras que ainda prendiam sua mente à custa da consciência. Aquele policial traiçoeiro não a deixara entrar no Instituto da Criança para procurar por seus filhos. Raquel deixou os olhos vagarem pela rua. Encontrou o local onde viu aquele sujeito pela primeira vez na nova vida. Tinha sido na noite passada? Sim, só podia ter sido na noite passada. Caminhou sobre o asfalto ouvindo a cidade vazia. Deparou-se com dezenas de corpos enfileirados na frente do IML, frutos da fome dos semelhantes na noite anterior. Apesar do silêncio, os humanos não podiam estar longe. Eles tinham entrado na garagem, procurando por carros, procurando por combustível. Raquel crispou os olhos. Então eles tinham um plano. A vampira sentiu um arrepio percorrer seu corpo, reconhecendo ali uma sensação tão humana. A surpresa. A cidade vazia! Seus olhos foram para a entrada do Instituto da Criança do outro lado da rua. Correu até lá e empurrou a moldura da porta, que desta vez cedeu com facilidade. Escuridão. Seus olhos de vampira podiam enxergar tudo imóvel. Tinham partido! Tinham fugido da cidade! Tinham levado seus filhos! Raquel caiu de joelhos e, pela primeira vez depois de sua mutação, ela chorou. Chorou vermelho. Chorou lágrimas de sangue.

Capítulo 55

Suzana encontrou o doutor Tarso no meio da quadra do ginásio. Um homem com seus cinquenta e tantos anos, com um rosto de alguém que tinha sido consumido até o fim de suas energias, exibindo olhos fundos e cansados, andando com o corpo curvado e fazendo tudo devagar. Até para dar respostas às pessoas apavoradas ao seu redor o homem demorava.

— Doutor Tarso, sou a doutora Suzana Bartes, diretora...

— Das Clínicas. A doutora Margarete fala muito da senhora.

— Sabe onde minha amiga está?

— Desde aquela maldita noite ninguém sabe de mais ninguém, doutora — resmungou o homem, coçando a cabeça e olhando para os lados. — Desculpe, preciso sentar um segundo, senão desmaio aqui na sua frente.

O médico aproximou-se de uma cadeira dobrável ao lado de uma ambulância parada na beira da quadra poliesportiva.

Ikeda olhou ao redor. Até que a ideia de se esconderem ali não era ruim. O ginásio permitiria uma defesa mais eficiente se aquelas criaturas atacassem, uma vez que era completamente fechado e desprovido de janelas visíveis ali da quadra. Notou que as pessoas estavam esparramadas pelas arquibancadas que circulavam a quadra. Pessoas muito parecidas com os integrantes do comboio. Eram pacientes incapacitados de andar, parentes e adormecidos. Notou poucos profissionais da saúde por ali. O ginásio sucumbia mansamente à penumbra, e ele encontrou meia dúzia de lampiões a gás sendo carregados por algumas pessoas. Um senhor de idade estava ao final da arquibancada, mexendo com um spot de luz.

— Vocês foram atacados ontem? — inquiriu Suzana.

— Vocês também? — perguntou um médico nada assombrado. — Eu bem que imaginei que isso estava acontecendo em todo lugar.

— Vim falar com a minha amiga, mas, na falta dela, vejo que o senhor está no comando.

— Não que eu quisesse. As coisas foram acontecendo.

— Estamos deixando a cidade com os pacientes, doutor. Estamos indo para Itatinga, no interior do estado.

Tarso levantou o rosto e ficou calado por um segundo com a boca aberta. Agora ele estava espantado.

— Não é seguro esperar dentro da cidade de São Paulo até que as coisas melhorem.

— Aqui em Osasco as coisas não estão boas, também. Eles mandaram o Exército para vocês? — perguntou o médico, apontando para o soldado Ikeda.

— Mais ou menos. Na verdade é um policial do Regimento de Cavalaria 9 de Julho que está salvando a gente. Ele está salvando todos os pacientes e parentes que ficaram nas Clínicas, ninguém teria pensado nisso tão rápido.

— Que sorte vocês têm então, doutora. Aqui vamos ter que nos virar dentro desse ginásio. Vocês evacuaram o Hospital das Clínicas inteiro?

— Sim. É impressionante como fizemos isso às pressas. Quase nada dentro de padrões de segurança, mas foi necessário. É como diz o ditado, "o que não tem remédio remediado está".

A médica olhou ao redor, observando as arquibancadas salpicadas de pessoas.

— Vocês vão conseguir, doutor. O senhor está fazendo um grande trabalho aqui.

O médico ergueu os olhos para a doutora e riu.

Suzana fechou o rosto e balançou a cabeça.

— Não estou falando isso para lhe agradar. A cidade está uma loucura, doutor. Em vista do que vi ontem, posso dizer que o senhor está fazendo um bom trabalho. Fez a coisa certa. Tirou os pacientes do hospital e os trouxe para cá.

— Vamos tentar sobreviver essa noite.

— E vão sobreviver. Eu vim aqui para dizer que serão bem-vindos no Hospital Geral de São Vítor, que está sediado ao sul de Itatinga. Lá, segundo o sargento que nos recomenda o lugar, encontraremos um hospital universitário todo equipado e pronto para trabalhar. Poderemos nos instalar por lá durante essa crise.

— Quer que eu leve meus pacientes para o interior do estado, doutora Suzana? A troco de quê?

Suzana pousou as mãos nos ombros cansados de Tarso.

— Porque você está aqui com eles ainda, quando poderia estar na sua casa. Você está cuidando dessas pessoas. As coisas podem demorar muito a voltar aos eixos e estamos desprovidos do Estado no momento. Estamos nos virando.

— A senhora tem polícia e soldados do Exército.

— Por sorte. Não porque alguém tenha arquitetado isso. Como o senhor mesmo disse, as coisas foram acontecendo.

— Não sei. Prefiro não tirar ninguém daqui.

— Estamos sem energia elétrica, é questão de dias ou horas até que o suprimento de água também cesse. Como você vai conseguir água para todo mundo, doutor?

— E como a senhora vai conseguir?

— O hospital fica próximo à represa de Paranapanema. Teremos água. E, se este inferno se prolongar, devemos plantar o que comer.

— Plantar? — O médico baixou a cabeça e riu de novo. — Estamos vivendo o quê? O fim do mundo?

— Não penso em fim, doutor. Penso em transformação. Talvez tenha chegado essa hora.

Uma senhora aproximou-se do médico e da doutora.

— Doutor Tarso...

— Sim, Corina.

— Está anoitecendo, senhor. Pediu que eu lhe avisasse quando ficasse escuro.

— Sim. Obrigado, Corina.

— É só isso? Não quer fechar os portões? Aqueles vampiros amarrados no hospital, eles podem se soltar e vir direto para cá.

— Não se preocupe com isso, Corina.

— Mas o senhor pediu para eu avisar, por isso eu vim até aqui.

— Já entendi. Não precisa mais se preocupar com os vampiros do hospital. Segundo nossos visitantes, existem muitos mais por aí.

Corina olhou para Suzana e para o soldado por um breve instante.

— Precisamos fechar o ginásio agora, doutora — disse o médico, desanimado, levantando-se.

— Nós também precisamos sair daqui, doutora. Nosso tempo está se esgotando — alertou o soldado.

— Antes da senhora ir, preciso de um favor.

— Diga, doutor Tarso.

— Tenho um paciente traumatizado, ele deveria estar com morte encefálica uma hora dessas, mas não sei o que o está mantendo vivo, sinceramente não sei. Sou neurocirurgião e eu mesmo o operei quando chegou baleado.

— Em que posso ajudar? Não é minha especialidade...

— Leve-o com a senhora. Leve-o para o Hospital Geral de São Vítor.

Suzana pareceu vacilante, olhando para Ikeda, que balançou a cabeça negativamente.

— Se ele ficar aqui não terá chance alguma.

— Mas qual é o seu estado, ele pode ser transferido?

— Doutora, ele não pode é ficar aqui. Já o retirei do hospital, ele está em uma UTI móvel para continuar monitorando seu estado aqui dentro do ginásio. A ambulância tem combustível. Eu iria transferi-lo essa manhã, mas não temos contato com nenhum hospital. Está tudo um caos. Ele precisa de melhores recursos, mas para onde posso levá-lo, me diga?

— Ele está numa ambulância, você disse.

— Exato.

— Se ele está tão mal, isso não faz sentido.

— O que não faz sentido, doutora, é deixá-lo dentro de um hospital sozinho morrendo à míngua. Leve-o com a senhora.

Suzana respirou fundo.

— Ok, ok. Eu posso levá-lo comigo. Preciso de um enfermeiro nessa ambulância e de um motorista. E precisamos partir agora.

— Corina...

A mulher, que continuava ao lado do médico, levantou os olhos para ele.

— Você sabe dirigir?

Capítulo 56

O tenente Almeida levou mais uma vez os binóculos aos olhos, mirando no viaduto do outro lado da ponte. Sentiu alívio quando viu o carro da doutora Suzana retornando em direção à pista que daria acesso à rodovia Castello Branco. A novidade era que mais dois veículos seguiam o da doutora.

Já estava escuro quando ouviu os motores se aproximando. Com os faróis acesos, os dois veículos apontaram no alto do viaduto do Cebolão, que ligava a Marginal Pinheiros com a Castello Branco. Os veículos vinham em velocidade reduzida e, quando encostaram ao lado do Urutu, ele entendeu o porquê. As pessoas vinham na carroceria, espremidas, como podiam, mal-acondicionadas. Seus soldados e os voluntários do grupo do doutor Elias ajudaram as pessoas a descer dos veículos. Os homens gemiam e se espichavam, e não demorou muito para o tenente entender que uma boa parte daqueles homens que estavam, na frente do hospital tinha ficado para trás sob a guarda do sargento Cássio e de seu outro blindado. Assim que os caminhões foram esvaziados, o tenente ordenou aos motoristas que voltassem na pista, na contramão, para buscar o que restava das pessoas que tinham abandonado o HC. Orientou aos motoristas que não deixassem a Marginal Pinheiros de modo algum, posto que até ali as pistas estavam livres, contando com vários veículos abandonados, mas que não impediam de forma alguma o trânsito. Se chegassem até a frente do prédio da Editora Abril, junto à estação Pinheiros da CPTM, se fosse seguro, deveriam aguardar ali até que Cássio e os demais surgissem. Designou um soldado para cada caminhão, reduzindo o número de homens que cobriam o comboio. Optou também por encaminhar três ônibus rodoviários atrás dos caminhões, assim que lembrou que os soldados do regimento de cavalaria tinham suas montarias e seria mais prudente poupá-las do esforço da cavalgada. Iriam precisar de fôlego para prosseguir a jornada.

O burburinho das conversas enchia a rodovia e, assim que despachou os caminhões, o tenente voltou a atenção para as margens dela. Ele mesmo e o soldado Castro começaram a patrulhar o entorno do comboio, ajudados por voluntários organizados ali na hora. O grupo de seguranças que viera das Clínicas não era de soldados de fato, mas possuía o treinamento mínimo para obedecer a ordens e lidar com armas de fogo, se fosse necessário. Castro trouxe cinco lanternas do bojo do Urutu, e dois times de quatro homens começaram a percorrer as extremidades da larga pista de asfalto a fim de prevenir qualquer ataque sorrateiro.

Com a escuridão completa a estrada estava um breu, igual à cidade de Osasco na frente deles. Num dia comum aquela região seria um festival iluminado, com centenas de prédios subindo ao céu, com milhares de janelinhas cuspindo sua luz amarelada para fora. Agora pareciam diante de um cemitério, escuro e silencioso, onde se destacavam ao longe o brilho lucilante de alguns incêndios. Como todas as organizações profissionais, os bombeiros também tinham se dissolvido, deteriorado ou se tornado células tão pequenas e ilhadas que tinham perdido a força para lutar contra algo tão poderoso e estarrecedor como aquele evento. As cidades estavam entregues à própria sorte e, rastejando em suas veias, obrigavam as pessoas e os vampiros a tentar entender a nova ordem das coisas, vislumbrando as novas importâncias; as pessoas fortificavam suas casas para que as feras noturnas não varassem as portas e janelas, evitando assim perecer sob o jugo daqueles monstros, e os vampiros fortificavam portas e janelas para que ali nenhuma luz do sol entrasse durante as horas do dia. Almeida ainda não sabia se tinha uma parte boa ou uma parte má. Para ele aquelas pessoas eram doentes. Pobres desgraçados apanhados por algum tipo de magia demoníaca que chegara com a hora do Apocalipse. Para o militar era isso. Estavam vivendo o mistério do fim dos dias.

Capítulo 57

Cássio e sua comitiva alcançaram a Marginal Pinheiros sem que nenhuma daquelas criaturas que espreitavam pelos cantos escuros tivesse tido coragem de atacar o grupo que marchava como em uma parada militar. O blindado adentrou a pista local da Marginal, enquanto Cássio, de posse de sua lanterna, investigava o canteiro central que dividia a local da pista expressa. Um casal numa scooter passou por eles, acelerando, com a luz do farol tremeluzindo e, quando alcançaram o imenso Urutu, diminuíram a velocidade, impressionados com o veículo.

O rapaz que pilotava tirou o capacete e passou a observar o grupo que ia ganhando a pista. Sua namorada também tirou o capacete, ouvindo o ronco do motor do Urutu que passou por eles. O barulho da marcha e o rosto triste daquele amontoado de pessoas a emocionou de tal maneira que uma lágrima desceu por sua face. Ao menos oito carros vinham atrás daquela multidão. O soldado Neves, a cavalo, parou do lado do casal e encarou-os por um instante, voltando a conduzir a montaria junto ao grupo. O rapaz olhou para a namorada, que enxugava uma lágrima, e suspirou.

— Por que você está chorando?

— Porque eles estão fazendo a mesma coisa que a gente.

— Estão indo embora... Eu sei — murmurou o rapaz, completando a resposta da namorada.

Assim que o pelotão passou marchando, o rapaz acelerou e partiu com a scooter novamente, em direção ao Jaguaré, bairro próximo a Osasco. Dali onde estava tinha a chance de escolher entre pelo menos quatro rodovias. Se saísse na altura da Cidade Universitária, pegaria a Raposo Tavares; caso continuasse reto teria a Bandeirantes, a Anhanguera e a Castello Branco. Todas levando-os para longe da cidade grande. Todas levando-os para uma chance de viver afastados daquele inferno.

Cássio viu a scooter se afastar velozmente. Olhou para trás mais uma vez, sempre pressentindo os olhos da vampira Raquel em sua nuca. Sabia que a promotora, ao menos em sua vida já nada comum, era uma caçadora implacável. Seria também uma vampira tão obstinada? Se fosse, cumpriria sua promessa e viria atrás deles.

Luzes chamaram a sua atenção. Cinco pares de faróis vinham na direção do comboio, pela contramão, na pista expressa da Marginal Pinheiros.

O Urutu parou e o tenente surgiu na escotilha, empunhando a metralhadora .50 acoplada ao chassi da máquina. Os caminhões começaram a buzinar e a reduzir a velocidade, parando ao lado do grupo que marchava. Atrás deles mais três ônibus completavam o resgate.

Cássio reconheceu os veículos da frente, abrindo um sorriso. Eram os mesmos caminhões da PM que tinham levado a última carga possível de gente de encontro ao comboio. Eles tinham descarregado e voltado para apanhar os que ficaram para trás. A ideia havia sido ótima e fez o sargento olhar para o céu agradecido. Sob vigilância constante e atenta as pessoas foram embarcadas até o asfalto ficar livre de civis. Os cavalos foram acondicionados em um dos caminhões, e os novos carros agregados ao comboio, orientados a seguir de perto os ônibus rodoviários. Assim que o Urutu deu a partida e começou a se mover, os ônibus buzinaram e a fila de veículos partiu rumo à rodovia Castello Branco.

Capítulo 58

Assim que se juntou ao comboio, o sargento da PM foi conversar com o tenente do Exército. À esquerda dos dois o centro da cidade de Osasco dormia. Podiam avistar esporadicamente os faróis de um veículo ou outro se aventurando pelas ruas, provavelmente como eles, fugindo das criaturas que abriam os olhos durante a noite.

Um ronco cadenciado, vindo do alto, chamou a atenção de todos sobre a rodovia. Um facho de luz vencia as nuvens e varria o leito do rio, e quando o som ficou mais próximo puderam ver o corpo de um pequeno helicóptero R22 sobrevoando o Tietê. O helicóptero começou a descer e parecia vir em direção ao comboio. O tenente fez um sinal para o soldado Castro, que estava ao seu lado, e logo subiu na carcaça do Urutu, posicionando-se no compartimento atrás da metralhadora .50. A nave tombou para a esquerda e cruzou o rio, começando a girar sobre o próprio eixo, revelando um problema com o estabilizador. O helicóptero tentou ganhar altitude, mas o facho de luz ainda dançava frenético, lançando sua hóstia platinada para todos os lados e emitindo um chiado cada vez mais agudo. O fim do espetáculo foi o som da queda da nave do outro lado da linha da CPTM, em direção ao Largo de Osasco. Um murmurinho cresceu entre os retirantes enquanto Cássio e Almeida trocavam um olhar indagado.

— Devemos ir até lá, tenente?

Almeida subiu também no Urutu e apossou-se de seus binóculos dotados de visão noturna. Não tinha escutado explosão, tampouco encontrou foco de incêndio na direção em que viu o helicóptero caindo. Avistou ao menos duas dúzias daqueles seres de olhos brilhantes, zanzando pelas ruas. Virou para o ginásio de esportes Professor José Liberatti, observando à sua frente o estacionamento. Poucos daqueles agressivos circulavam por ali, para sorte dos pacientes transferidos para o ginásio. A poucos instantes de deixar o ginásio, Ikeda, comovido com toda a luta pela sobrevivência daqueles pacientes, havia avisado sobre a precariedade da instalação, dito que conversara rapidamente com o médico de nome Tarso, dando conselhos e orientação para que as pessoas não ficassem esparramadas pelas arquibancadas e se concentrassem em um único local, o que tornaria a defesa mais eficaz. O soldado também revelara ao seu tenente que tinha deixado a sua pistola, municiada, com o médico civil. Ikeda dissera que cumpriria a pena administrativa assim que aquela missão terminasse, mas que não poderia ter deixado aquele homem completamente desarmado, já que não teria permissão para ficar no ginásio. O tenente André Almeida ruminou sobre as revelações de Ikeda e sobre a insensatez de deixar uma pistola com um civil, mas, fora os conselhos de Ikeda, não tinha mais o que se fazer por aquelas pobres almas naquela noite. Caso os pacientes do Regional sobrevivessem, assim que o sol se levantasse teriam a chance de tomar melhores providências.

— Não, Cássio — finalmente respondeu o tenente. — Os agressivos estão à solta. O melhor que você tem a fazer é seguir viagem.

Cássio foi notificado da ida da doutora Suzana até o hospital Regional. Soube que ela havia pedido que o máximo daquelas pessoas seguissem viagem rumo a Itatinga assim que amanhecesse. O sargento ainda não estava certo se divulgar o destino daquela multidão era o melhor a fazer. Não parecia a escolha mais inteligente naquele primeiro momento, mas, obedecendo à urgência, muitas escolhas estavam sendo feitas mais pela intuição e pelo coração do que pela razão. Caso aquelas pessoas ficassem para trás, relegadas aos poucos profissionais que persistiam em continuar no hospital, logo o cenário seria o mesmo previsto para a turma que escapava do HC: sofreriam com a falta de água e energia e, em pouco tempo, estariam privados de alimento. Cássio olhou para a carcaça da cidade de Osasco, também agonizando, e se pegou pensando em todas aquelas pessoas que ali moravam, minguando, vivendo num estado deplorável, sem comida, fracas e desidratadas, enlouquecendo a cada anoitecer, tentando manter-se vivas até que as coisas voltassem ao normal. Não poderia salvá-los do seu destino. Logo vizinho se viraria contra vizinho na luta pela sobrevivência. Não poderia acolher a todos no Hospital Geral de São Vítor, mas deveria avisá-los que ficar nas cidades era o fim. Tinham que partir dali, buscar uma fonte de água doce e se fortalecer para enfrentar aqueles dias de terror e morte.

O sargento do Regimento de Cavalaria 9 de Julho foi tirado de suas divagações pela voz cansada da doutora Suzana. Ela pedia sua atenção e o chamava até a ambulância que tinha vindo do ginásio de esportes. Durante o trajeto ela tentou explicar a situação do rapaz a bordo e da razão de ele estar seguindo com o comboio. Explicou que ele tinha passado por uma cirurgia extensa e complicada e que, lendo o prontuário cedido pelo colega do Regional, tinha sobrevivido a seguidas paradas cardíacas; não havia como prever no momento o quão comprometido ficara o seu cérebro após o trauma. Na verdade era para o rapaz estar morto, mas alguma força dentro dele ainda lutava milagrosamente pela vida.

Cássio, comovido com a elucidação da diretora do HC, caminhou até a ambulância. Ali encontrou uma garota com o rosto cansado, chamada Chiara, acariciando a cabeça de um garotinho menor que segurava um pacote de bolachas nas mãos. Olhou para dentro do veículo e viu o corpo do garoto, ligado ao respirador. A menina que zelava pelo pequeno ficou olhando para o policial.

— Esse menino é seu irmão? — perguntou Cássio, empinando o queixo na direção do pequeno Breno.

— Não. Ele é irmão do Foguete, meu namorado.

Chiara passou a mão pelo cabelo curto e se afastou de Breno um instante.

— Deita aqui — disse ela cuidadosa.

A garota saiu da ambulância, pulando para o asfalto. Ela fedia a suor e suas roupas estavam um bocado sujas.

— Está com ele desde que aconteceu?

— Sim. Você é o primeiro policial que se interessa por ele.

Cássio aproximou-se da porta da ambulância e olhou mais detidamente para o rapaz. Não deveria ter mais que dezessete anos.

— Por que um policial deveria se interessar por ele?

— Porque ele foi baleado, saco. Que pergunta! — explodiu Chiara, cansada de tanto ter que explicar.

— E os pais deles? Já sabem?

Chiara bufou. Olhou para os lados, certificando-se de que estavam sozinhos. Ela ainda não se sentia confortável em dar detalhes. Mesmo depois de todo o horror lançado pelas criaturas da noite, ainda tinha mais medo dos bandidos.

— Eles não têm pai, não. O pai deles morreu faz uns anos.

— Lamento.

— Agora, estou bastante preocupada é com a mãe deles.

— Ela não sabe?

— Provavelmente, não. Eu fui até a casa dela ontem e deixei um bilhete dizendo onde estávamos. Agora o doutor Tarso decidiu fazer a gente se mexer de novo. Eu pedi para que a assistente social avisasse a mãe dele, se ela, por acaso, aparecer por lá, se estiver viva.

— Tiro?

— Na cabeça.

— E por que você acha que ela pode não estar mais viva?

— Sei que parece estranho, Porto, mas, se não reparou, você está fugindo de São Paulo. Pessoas morreram ontem, sabe? — disse Chiara, lendo o distintivo do sargento e mantendo seu ar sarcástico.

Cássio não conseguiu segurar o sorriso. Aquela menina transbordava personalidade.

— Como aconteceu?

— Nós moramos num condomínio em Alphaville e estávamos na casa de uma amiga nossa. Tava a maior zueira lá, o Foguete tinha dado uma fugidinha de casa, literalmente — disse a garota, esfregando os braços. — Porque ele e o Breno vivem cercados de seguranças por causa da mãe deles. Aí, lá pela meia-noite, começou esse treco esquisito do sinal de celular não pegar e as TVs ficarem só naquele chiado estranho. Ele disse que tinha que ir para casa, e nós fomos com eles.

— Quem é a mãe dele, Chiara?

— Quando chegamos na casa dele estava um tiroteio já, mó bang-bang. O Foguete entrou num carro com a gente e fomos perseguidos, quando estávamos chegando na Castello os bandidos nos alcançaram, e então atiraram nele. — Chiara não conseguia conter a emoção e finalmente desabafava. — Uma tia deu carona pra gente até aqui... Eu não sabia o que fazer... Só não queria contar pra ninguém...

— Quem é a mãe dele?

— A mãe dele é a promotora Raquel. Ela é boa em achar as coisas e vai achar eles de algum jeito. Ela não vai ficar parada esperando até alguém chegar e dizer onde os filhos dela estão.

Cássio segurou a respiração por um segundo e chegou até a sentir certa tontura. Só podia ser brincadeira aquilo. Era coincidência demais! Então era por isso que ela queria tanto adentrar o Instituto da Criança. Ela realmente achava que seus filhos estavam lá dentro. É por isso que ela o encarava com tanto ódio. Os filhos que ela tanto queria estavam ali, diante de seus olhos.

— Tudo bem com o senhor?

Cássio olhou para a frente, encarando os belos olhos da adolescente. Ele passou a mão na cabeça dela, transferindo um pouco de conforto.

— Estou bem, sim, Chiara. Estou bem.

— Se ela estiver viva, não deve estar sabendo de nada ainda. Quando os telefones voltarem a funcionar eu conto tudo para ela. Ela é boa em pegar bandidos e parece meio friazona, mas é uma mãe e tanto.

— Não duvido. Conheci um bocado do temperamento dela... Pela televisão.

Cássio ordenou que o comboio partisse. Não era seguro ficar ali. Ainda mais tendo, dentre aquelas pessoas, dois filhos de uma vampira que os queria de volta. Tinham que se afastar de São Paulo. A configuração se repetiu, com o comboio partindo e ficando para trás cerca de cento e noventa homens a pé, mais os quatro cavaleiros da Polícia Militar. Gratamente o tenente Almeida avaliou que os Urutus seriam mais úteis no apoio daquele grupo do que parados em frente ao Memorial da América Latina naquela noite. Foi mantida a cobertura ao comboio com os blindados e, dessa vez, foi Almeida quem permaneceu com o grupo de Cássio, que continuaria a marcha.

O comboio partiu por volta das nove horas da noite e, se não ocorressem imprevistos, estariam em frente ao trevo de acesso a Itatinga em no máximo três horas, seguindo em velocidade reduzida para que nenhum veículo fosse desgarrado e não houvesse o consumo excessivo de combustível.

O grupo do sargento Cássio prosseguiu lentamente, caminhando pela larga rodovia. Desde que partiram da frente de Osasco tinha se passado quase meia hora até que um veículo, timidamente, passasse por eles. Ao que parecia, o segundo aviso público tinha surtido efeito e ninguém queria se arriscar colocando a cara para fora de casa após o pôr do sol, com a promessa de que forças especiais atirariam para matar. Talvez por essa mesma razão o tímido carro que alcançou o comboio não tenha parado para se informar para onde tantos iam, com medo de ser aquele grupo uma dessas unidades treinadas para atirar contra os desobedientes, uma vez que era encabeçada por um tanque de guerra. A cada vinte minutos, em média, avistavam um veículo novo na estrada; se aquela rodovia, uma das principais artérias de escoamento rodoviário do estado, estava às moscas, o aviso público tinha acertado em cheio a população. Tampouco tiveram o desprazer de encontrar as criaturas da noite, que, soltas para caçar, tinham preferido as ruas e as casas das cidades no entorno da rodovia. A imagem dos vampiros levando aquelas pessoas para os bueiros em Pinheiros voltou à mente de Cássio. O sargento se pegou imaginando o que acontecia agora nas ruas das cidades no entorno. Os vampiros estariam lutando para invadir casas, entrando em combate direto com os vivos, como tinham feito na noite em que despertaram em massa, ou estaria sorrateiramente subtraindo os adormecidos desprotegidos, aqueles que não tinham quem olhasse por eles? Quando passaram por Barueri os olhos daqueles homens encontraram outra cidade afundada na mais impenetrável escuridão. A falta de energia elétrica tão ostensiva dava a dimensão exata da tragédia que se abatera sobre São Paulo. Não era só a maior cidade do país que tinha sucumbido. Aquilo queria dizer que desde o Paraná, leito da usina Itaipu, os brasileiros sofriam com as mudanças perpetradas pelo ainda inexplicável adormecer de milhões de pessoas e pelo surgimento daquele novo tipo impensável de gente.

O tenente Almeida pediu que o Urutu fosse para o meio da rodovia e parasse, dando passagem aos homens que marchavam, sendo alcançado pelo sargento Cássio. Assim que obteve a atenção do policial, apontou para os imensos reservatórios da Petrobrás que jaziam ao lado da estrada. Igual a toda paisagem, o complexo da Petrobrás estava mergulhado na escuridão.

— Amanhã precisamos voltar até aqui, Cássio. Se você quer criar um lugar onde possa proteger e receber ainda mais pessoas, vai precisar de combustível para continuar indo e voltando para cá.

Cássio fez sua égua parar e ficou olhando para os reservatórios. Será que tinham combustível refinado ali? Seria possível conseguir ajuda naquele lugar? Combustível processado se tornaria o novo ouro dentro daquele cenário.

Depois de mais uma hora e meia de caminhada alcançaram um posto da rede Graal à direita da pista, onde decidiram parar para que os homens descansassem. O tenente Almeida sabia que, se aquele grupo de quase duzentos homens fossem soldados do Exército, poderiam varar a noite marchando, ultrapassando quarenta quilômetros de caminhada, mas quase a totalidade deles era composta por homens despreparados para tamanho esforço, e ao cabo de três horas desde a partida de Osasco, muitos já se queixavam de cansaço extremo, mesmo a maioria carregando apenas o seu próprio esqueleto. Como estavam incumbidos de salvá-los, e não de purgá-los, o tenente aceitou a preparação do acampamento de bom grado. Descansariam quatro horas e, quando retomassem a marcha estrada afora, estariam perto da alvorada, a luz do sol certamente traria mais ânimo àquelas almas combalidas e uma sensação maior de segurança.

O sargento do Regimento de Cavalaria 9 de Julho também não objetou. Assim que adentraram o grande estacionamento em frente ao restaurante de beira de estrada, avistaram duas lanternas passeando embaixo da marquise do estabelecimento. O sargento, sem desmontar de Kara, tomou a frente do grupo e descobriu que eram dois vigias contratados para evitar que o restaurante fosse saqueado. Cássio viu que estavam armados e ressabiados, a princípio. Explicou o que aquele grupo fazia ali, e que ali ficariam por algumas horas para que descansassem e retomassem a estrada. Um dos vigias, de apelido Neco, exprimiu sua preocupação com os transformados e disse que até se tranquilizava um pouco com a presença daquela gente toda ali, por algumas horas. Só lamentava não poder abrir o restaurante e fornecer uma estada mais agradável, porque tinha sido pago justamente para conservar os mantimentos e o estoque daquele lugar. Cássio compreendeu a posição do homem, que era só mais uma alma perdida naquela tempestade de episódios sombrios. O sargento, ao ser perguntado, não revelou exatamente para onde iam, dizendo que estava levando todos para a represa de Paranapanema, deixando claro apenas que a melhor ideia no momento era se afastar dos grandes centros urbanos, reduzindo as chances de se encontrarem com os vampiros.

Nesse momento Neco fez uma cara de espanto. Era a primeira vez que ouvia a palavra sendo aplicada para aquelas pessoas atormentadas.

— É nisso que eles se transformaram, Neco. Em vampiros.

— Não pode ser. Isso é coisa que não existe, policial.

— Agora existe. Eles são milhões. Milhões de pessoas que adoeceram.

Neco olhou para os lados e depois passou a mão na cabeça, parecendo bastante abalado com aquela revelação. No fim, para surpresa do sargento, o vigia segurou-o pelo ombro.

— Isso tem cura? Eles vão ficar bem?

Cássio entendeu a aflição. Não sabia como confortar aquele homem a respeito dessa triste verdade.

— Não sabemos se há cura. Só sabemos que temos que tomar todo o cuidado com eles.

— Não pode ser, cara. O meu pai... O meu pai e a minha irmã. Ontem a gente teve que amarrá-los. Fizemos igual dizia no primeiro papel. Amarramos os dois. Eles estão possuídos. O pastor passou lá pra orar, mas não adiantou nada.

— Onde eles estão?

Neco olhou para o policial novamente e bufou.

— Estão na minha casa. Meu irmão mais novo e minha esposa estão cuidando deles. Eu saí antes de anoitecer...

— Deus do céu. É quando anoitece que ficam violentos.

— Isso a gente já sabia. Estão bem amarrados e num quarto trancado. Minha mãe caiu dormindo que nem morta. Meu filho caçula também. Estou com duas pessoas que não sei se vão acordar de novo, e agora essa. Meu pai e minha mana, porra. Eles são vampiros?!

— É assim que estamos chamando essa gente. Eles atacam e mordem as pessoas para que sangrem. Eles lambem o sangue. Eles engolem, bebem. Não sei nem como descrever pra você. Ainda não viu nenhum deles fazendo isso?

— Não. E que Deus me livre disso, mano. Eu ouvi as histórias. Meu chegado aí mesmo, o Renato, ele viu a tia dele matando o tio, cara. Falou que a mulher ficou maluquinha. Foi o que você disse, mordeu o velho todo, fez ele sangrar que nem porco até cair falecido. Foi feia a treta.

Cássio incumbiu o cabo Francisco de dar de beber aos cavalos e, se fosse possível, que encontrasse pastagem para as montarias. Deveria permanecer com lanternas e com mais dois soldados dando cobertura para que não fossem apanhados desprevenidos nem por gente curiosa, nem por vampiros. Como o garoto Rui tinha partido com o comboio, Cássio andou entre os homens, buscando um rosto familiar para despachar mais tarefas que poderiam ser facilmente realizadas por civis, dando descanso aos poucos militares que tinham. Encontrou o seu Armando parado na escadaria embaixo da marquise do restaurante. Ao que parecia ele tinha sua própria lanterna, aquelas pequenas de bolso, e a apontava para um cartaz afixado no vidro pelo lado de fora. O sargento aproximou-se mais, identificando o cartaz. Era um anúncio de um show da banda Plantação, que aconteceria no estádio de Barueri no mês seguinte.

— Também é fã do Plantação, seu Armando?

O homem baixou a lanterna e olhou para o sargento que se aproximava caminhando.

— Conheço uma música ou outra.

— É. Não tem jeito, né? Eles estão em todo lugar.

— É, em todo lugar. Menos onde deveriam estar.

— Queria o quê? Um show deles aqui, no meio da estrada?

Seu Armando deu de ombros.

— Acho que você não veio aqui falar de música, né?

— Não. Nem sou fã deles. Minha sobrinha, Megan, é doida por esses moleques. Sabe todas as músicas de cor. O sonho dela é tirar uma foto com esses caras.

Cássio notou o ar abatido do homem e considerou procurar outra pessoa para ajudar, mas, assim que teve esse pensamento, mudou de ideia, talvez fosse justamente isso que Armando estivesse esperando. Alguma coisa para fazer para espantar aquela melancolia.

— Quem o senhor está trazendo no comboio?

Armando desligou a lanterna antes de continuar e sentou-se no degrau da escada.

— Minha esposa, Elza. Minha vizinha também. Elas adormeceram.

— Sua mãe? Filhos? Estão bem?

— Minha mãe faleceu mês passado. Teve câncer.

— Poxa, seu Armando. Lamento.

Armando deu de ombros novamente. O homem calvo baixou o cabeça, vencido pelo cansaço da marcha, vencido pelos pensamentos mais pesados que o esforço físico.

— Não lamente, sargento. Não lamente. Deus sabe o que faz. Melhor ver a mãe partindo assim, de uma doença, do que perder alguém como eu perdi o meu pai ontem à noite.

Cássio coçou o pescoço e apertou os olhos, pensando o quanto tinha sido inoportuna a sua abordagem. Queria só pedir que seu Armando distribuísse um pouco de comida para o grupo. Não revirar suas agruras.

— Meu pai, um bom senhor de setenta e dois anos, se transformou num daqueles, um agressivo. Ele não merecia, viu? Não merecia mesmo — desabafou o homem, indo às lágrimas.

Cássio aproximou-se e colocou a mão em seu ombro.

— Lamento profundamente que tudo isso tenha acontecido, seu Armando. Eu perdi minha irmã e meus sobrinhos nessa confusão toda.

— Se tornaram agressivos também?

— Isso é o pior de tudo, seu Armando. Eu não sei. Ela simplesmente desapareceu com eles.

Armando secou as duas lágrimas que teimaram em cair e levantou-se.

— Diga, sargento. Em que posso ser útil? Não veio aqui pra falar da banda e da minha família.

— Estou precisando de ajuda, seu Armando. Precisamos alimentar esse povo todo.

— É só dizer. Eu ajudo.

— Vá até o blindado. Eu peguei alguns suprimentos do comboio para que façamos uma boquinha. Não é muita coisa, mas vai ajudar a devolver a energia gasta na caminhada. Vamos descansar um pouco, e amanhã tem mais.

Armando estendeu a mão ao sargento e os dois trocaram um cumprimento apertado.

— Pode deixar comigo.

Foi assim que se fez o primeiro acampamento fora de São Paulo, pelas mãos dos homens que deixavam a cidade.

Capítulo 59

Raquel tinha vagado pelas ruas de Pinheiros tomada por um ódio brutal contra a figura do sargento que a impedira de entrar no hospital. Tinha esperado o anoitecer para levar a horda de vampiros que a cercava de encontro ao hospital, e naquela noite as portas e janelas não resistiriam a uma investida maciça. Tinha descido a rua Teodoro Sampaio e, quando chegou até o seu fim e resolveu seguir pela rua do Sumidouro em direção à Marginal Pinheiros, tomou tento de que não vagava sem destino. Ela seguia o cheiro dos cavalos. O cheiro de seus excrementos e seu suor, a trilha deixada pelos humanos que tinham abandonado o hospital e fugido, ao que tudo indicava. Tinham fugido da cidade.

Raquel chegou até a pista local da Marginal, ao lado do imenso prédio da Editora Abril, vendo a estação de trem metropolitano à sua frente. Eles tinham estado ali e parado. O cheiro dos cavalos era intenso em suas narinas, bem como o cheiro do medo dos humanos que também ali aguardaram. E seguiram rumo a noroeste. A vampira caminhou até a pista expressa e andou por mais alguns metros, parando bem onde o cheiro sumia. Ela ficou imóvel por um longo tempo, sentindo o vento da noite soprando contra os seus cabelos vermelhos.

— Vocês podem sentir o cheiro deles? — perguntou a vampira.

Nenhuma resposta veio. Raquel virou-se, olhando para as pistas vazias da Marginal Pinheiros e para a estação silenciosa do outro lado da cerca.

— Vão continuar me seguindo a noite toda?

Sons de passos vieram da passarela acima de sua cabeça. Um jovem casal de vampiros surgiu na escadaria do outro lado da Marginal, para onde Raquel se encaminhou, sentindo-se entre curiosa e enraivecida. A primeira sensação tentando entender o que aqueles dois queriam com ela, e a segunda por conta do término da trilha a qual seguia.

— Não queremos incomodar, promotora. Reconheci a senhora, e por isso a segui com minha namorada — disse o jovem, apontando para uma adolescente.

— Então você me conhece?

— Sim. Conheço a senhora e a sua luta.

— Isso foi em outra vida. Quem são vocês?

— Eu sou Jessé, essa é a Ludmyla.

— Acredito que ela tenha boca para se apresentar.

A garota sorriu para Raquel e andou até a vampira, estendendo-lhe a mão.

— Eu sou Ludmyla. Esse aqui é o meu amigo Jessé.

Raquel sorriu para a garota. Ela usava uma camiseta de uma banda nacional de que o filho mais velho gostava.

— Vocês são dos que conversam — murmurou a vampira, numa reflexão verbalizada.

Ludmyla trocou um olhar com Jessé, que se aproximou ainda mais.

— Eu acessava as matérias que falavam da senhora todos os dias. Além de poderosa e obstinada, eu sempre achei a senhora uma gata.

Raquel olhou para o homem de cima a baixo. Podia partir-lhe a cabeça com um único golpe, mas a verdade é que tinha gostado do elogio.

— Posso perguntar por que a senhora está aqui?

— Me chame de Raquel. Você não é tão novo, nem eu sou tão velha.

— Ok. Já que me autoriza, vou chamá-la de Raquel ou você.

— Estou atrás do homem que levou meus filhos.

— O traficante?

— Não. Esse eu matei ontem. Estou atrás de outra pessoa. Ele levou as pessoas do hospital. Ele fugiu da cidade e levou meus filhos com eles.

— Raquel, você vai me achar um louco, mas acho que sei para onde eles levaram seus filhos.

Os olhos da vampira pesaram sobre Jessé.

— Se sabe, diga logo.

— Eu acho que estou ficando doido. Não pode ser.

— Falando desse jeito você está parecendo doido mesmo, Jessé — falou Ludmyla.

— É uma sensação, sabe? Eu não sabia até a senhora... quer dizer, até você falar de seus filhos. Um pelo menos eu sei que é seu filho. É um menino pequeno, que tem os cabelos vermelhos igual ao fogo.

— Breno!

— Ele estava aqui perto! Ele estava em um hospital, com uma menina. Eu não vi os dois, mas eu vi o pequeno.

Raquel agarrou o vampiro pelos colarinhos e ergueu-o do chão.

— Faça essa sua história ter pé e cabeça, ou logo você vai perder os seus.

— Calma! Calma, Raquel! Eu, eu, não sei o que isso quer dizer. Eu tive um sonho enquanto era dia. Seu filho estava logo ali! — disse ele, apontando adiante, para a Marginal em sentido a Osasco. — E, e, eu não sei se era seu filho. Era um menino pequeno, de cabelos vermelhos.

— É bom que você esteja certo. Do contrário acharei que está mancomunado com aquele policial imbecil.

— Não — rebateu Jessé, pousando as mãos nas mãos da vampira e voltando para o chão. — Não estou mancomunado com ninguém, promotora.

— Eu não sou mais promotora. Eu, você e sua namorada não somos mais nada. Conte-me mais de seu sonho.

— Você não me falou de sonho nenhum, Jessé. Tá fazendo segredo agora?

O vampiro olhou para as duas e começou a balançar a cabeça.

— Isso começou ontem quando chegamos ao Incor, Ludmyla. Parece que alguma coisa soprava no meu ouvido que era para eu ficar por aqui. — Jessé desviou o olhar para a vampira ruiva. — Parece que tudo isso era para eu encontrar você, Raquel.

A vampira ficou calada por alguns segundos. Sua mente lutava com memórias antigas e com lembranças das noites anteriores. Por que alguns dos vampiros podiam conversar, como aqueles dois, e outros eram diferentes? Os outros pareciam bichos, monstros carniceiros descerebrados. Raquel precisaria de todos eles para reaver seus filhos.

— Vamos, mostre-me onde viu meu filho.

Andaram por cerca de duas horas até o final do entroncamento das marginais com a rodovia Castello Branco. Novamente a vampira sentia o cheiro dos cavalos sobre o asfalto. Eles tinham estado ali. Notou que não tinha se cansado e chegou a perguntar para os dois estranhos vampiros se sentiam algum desconforto com a caminhada. Não sentiam. Como ela, não se desgastavam e poderiam andar a noite inteira. Contudo, ela sentia sede. Muita sede. Precisava de mais sangue vivo em seu organismo para garantir que o encanto se perpetuasse. Olhou para Jessé, que entendeu a pergunta. O homem apontou para o outro lado do rio. Para os olhos de Raquel não havia escuridão, e o que ela via era um ginásio de esportes e um hospital. Podia ser isso. O maldito comparsa do Urso Branco podia ter mentido sobre o destino de seu filho. Fazia mais sentido ele estar ali do que no HC, era mais perto de sua casa.

Desceram até a pista ao lado do rio e cruzaram as águas negras sobre uma passarela metálica. Não havia vivalma na rua, nem mesmo na estrada, a cidade era dos mortos, que vagavam e eram avistados ao longe, com seus olhos de brilho fácil e suas peles exangues que refletiam a luz pálida da lua, que teimava em surgir entre brechas de nuvens que rolavam soltas com o vento. Indiferente à humanidade que sangrava e parecia enfrentar o momento do fim, o planeta continuava sua valsa encadeada com som e ar, com fenômenos e precipitações.

Andavam em silêncio. Raquel não tinha nada a dizer àqueles dois. Um dos poucos momentos em que tinha aberto a boca foi ao passar mais uma vez em frente ao CDP de Pinheiros, apontando para a dupla onde o traficante tinha sido encarcerado e assassinado, por ela, por seus golpes insanos, até lambuzar-se em seu sangue. Depois voltaram ao silêncio. Cada um afundado em seus pensamentos. Raquel queria os filhos. Reuni-los. Estariam juntos novamente. Seriam uma família novamente. Deixaria-os protegidos. Agora não existia mais inimigo nem traficante nem bandidos. Estavam todos enredados naquela teia de caos, cada um lutando para se manter a salvo e longe dos iguais. Seus filhos a aceitariam daquela forma? Aceitariam uma morta-viva como mãe? Raquel parou um segundo e ficou olhando para a água negra que corria debaixo da passarela. Caberia a eles decidirem. Ela sabia que não tomaria o sangue das crias. Ela conhecia sua sede, louca e insana, mas sabia que jamais a apontaria para os filhos. Eles cresceriam, eles seriam lindos e maravilhosos. Ela sempre seria aquela criatura fria, mas era seu papel protegê-los dos iguais. Ninguém poderia protegê-los como ela fazia, como uma mãe fazia. Uma mãe morta.

Raquel e Ludmyla estacaram no meio do asfalto do outro lado do rio, quando Jessé, repentinamente, parou. Estavam numa avenida larga que apontava para um viaduto que dava acesso ao centro de Osasco. À direita havia uma estação de trem, e era para lá que o vampiro olhava.

A vampira ruiva se aproximou lentamente, olhando também para a estação. Via alguns dos iguais andando pelos trilhos, como cães estúpidos, farejando e procurando sangue quente para se alimentar. Um trem de carga estava parado na plataforma central, imóvel. Ao que parecia tinha sido abandonado ali.

— O que está te chamando a atenção?

Jessé ficou calado ainda por alguns instantes, parado, olhando para a mesma direção.

— Não sei. É como alguma coisa no meu ouvido, me soprando, me dizendo que ali tem alguma coisa importante.

— O que ia ser importante pra você numa estação de trem, Jessé? — perguntou Ludymila, mais acostumada com as esquisitices do vizinho.

Jessé virou-se para as duas.

— Pra mim, nada. É algo importante para ela. Pra Raquel.

— O que me importa são meus filhos, só isso.

— Seus filhos estavam ali, no ginásio.

— Estavam?

— Eu... eu não mando nesses assopros, Raquel. A senhora tem que entender que esse mundo é novo para todos nós.

— Isso começou depois que ele tomou o sangue de um homem no Incor. Ficou doidão. Acho que o sangue do tio doente é droga pra ele.

Raquel virou e deixou os dois para trás, indo em direção ao ginásio. Era isso. Eles estavam lá. Podia sentir. Os passos foram acelerando conforme se aproximava do ginásio. Raquel olhou para o outro lado do estacionamento. Um grande hospital se erguia em paredes brancas e vidraças quebradas. Era óbvio o que tinha acontecido. Na noite anterior os vampiros invadiram o hospital, e nesta noite os humanos procuravam se abrigar ali, naquele ginásio. A parte da frente era guarnecida por grades altas, que seriam facilmente vencidas. Raquel viu dezenas de vampiros atirados na segunda grade sobre a escada, que impedia a passagem das criaturas. Alguns deles estavam caídos, enquanto outros rugiam, ferinos, desafiando as pessoas que guardavam a passagem. Ao que parecia ali era o lugar mais frágil para se conseguir adentrar o ginásio. Raquel contornou o prédio, sempre seguida pela dupla que tinha se juntado a ela. Procurava por acessos que em geral não eram considerados por aqueles habituados ao mais fácil. Logo no início da lateral do prédio encontrou uma mureta em arco que se ligava ao telhado do ginásio, completando a parábola. Essa arquitetura se repetia ao menos mais cinco vezes ao longo da lateral do prédio. Raquel foi até o meio e subiu através da mureta, com facilidade, dona de um equilíbrio espetacular, alcançando o telhado metálico. Seus pés estalavam contra as folhas de zinco, e então ela desejou não fazer barulho para caçar de forma mais apropriada. Como num passe de mágica, seus passos pareciam pluma, sem produzir um ruído sequer sobre as folhas metálicas, como se ela não tivesse peso algum. Desajeitados, Jessé e Ludmyla seguiam a vampira, com menos equilíbrio, menos graça e discrição.

Raquel galgou até o topo do ginásio, onde o vento batia forte contra seus cabelos longos, agitando-os para o lado. O que ela queria estava lá. Entradas de ar. Arqueou o corpo e, sem dificuldade, estava num emaranhado de treliças de metal que davam sustentação ao imenso telhado. Havia um forro de tecido que a manteve encoberta, e então ela pôde passar a assistir à agitação dos humanos que tentavam vencer a noite e sobreviver. Ela viu um grupo de ao menos vinte homens junto às grades frontais, lutando com os vampiros que tentavam saltar para dentro do ginásio, valendo-se de lanças improvisadas, facas e, ao menos um deles, com jaleco branco, de pistola na mão. Raquel ficou analisando o grupo na arquibancada. Era um grupo grande, coisa de duzentas pessoas, eram adormecidos e enfermos e, por certo, um bom número de parentes deles dispostos a lutar para que eles não fossem bebidos. Era uma massa de pessoas concentrada em uma parte só, formando um grupo, uma torcida de um time qualquer. Quem tinha feito aquilo tinha sido esperto. Se os vampiros quisessem aqueles doentes e aqueles adormecidos teriam que ir para um lugar apenas, a luta ficaria concentrada. Se as pessoas estivessem esparramadas por aquele espaço imenso, dariam sopa para o azar. Treinamento militar. Alguém ali embaixo tinha recebido treinamento como ela. Ela, para sobreviver aos traficantes. Agora o treinamento a tinha tornado uma arma mortal, uma arma poderosa, alimentada por um espírito irascível. Raquel mandou Jessé e Ludmyla se posicionarem entre as treliças.

— Está vendo os seus filhos? — perguntou a menina, interessada.

A vampira já tinha procurado por Pedro e Breno sem conseguir distingui-los naquela massa de gente amontoada, chorando e gemendo. Podiam estar adormecidos? Era uma probabilidade.

— Não os vejo, mas não quer dizer que não estejam aí.

— E agora, Raquel? O que fazemos?

— Esperamos.

— Viemos até aqui para esperar? — queixou-se Ludmyla.

— Se você pular no meio deles agora, em menos de um minuto estará morta. Acho que você não quer parar de existir agora, bem no começo do espetáculo.

Os três ficaram calados até Raquel tornar a falar.

— Esperamos, observamos e aprendemos. Quando soubermos o ponto fraco do inimigo, atacamos e matamos. Todos.

Capítulo 60

Cássio tinha sonhado. Sonhado com a irmã. Estivera com ela na cozinha da casa, onde ele deixara o bilhete avisando de sua decisão de partir e prometendo que voltaria para apanhá-la. A irmã, sentada à mesa, calada, chorava, parecia não ouvi-lo. Cássio repetia diversas vezes, dizendo para onde estava indo e o porquê de ter ido imediatamente, mesmo sem tê-la encontrado. Perguntava sobre as crianças, que não via em parte alguma da casa. Então Mallory surgiu em seu sonho dizendo que seus sobrinhos estavam bem, enquanto ele olhava para o corredor da UTI do Instituto da Criança, sem saber como tinha ido parar lá. Caminhou lentamente até o vidro por onde poderia finalmente rever seus sobrinhos; o coração começou a acelerar ao notar que o quarto da UTI estava inundando, enchendo-se de uma água negra e suja que começava a vazar para o corredor através dos cantos dos batentes que prendiam o imenso vidro, que arqueava como se fosse explodir. Não conseguia ver os sobrinhos, apenas as quatro mãozinhas batendo contra o vidro, lutando para não se afogarem. Um zumbido foi crescendo, e o vidro, arqueado e trincando, provocava um ronco infernal que culminou com o seu despertar. O barulho tinha se materializado em seus ouvidos por culpa dos espocos do escapamento do grande blindado que acelerava em ponto morto. Cássio tinha o coração disparado. Não sabia interpretar sonhos, e aquele só tinha servido para deixá-lo mais apreensivo. Eram três e meia da manhã quando seus olhos, já acostumados com a escuridão, foram ofuscados pelo farol da máquina de guerra que começou a se movimentar. O sargento esfregou os pálpebras e levantou-se do banco onde estivera sentado com um fuzil emprestado pelo tenente antes de cair no sono. Tinha recusado a oferta de descanso providenciada pelo tenente Almeida, que organizou a vigília do acampamento durante a madrugada. No entanto, o cansaço do dia anterior tinha falado mais alto e vencido seus olhos. Suspirou longamente enquanto se espreguiçava. Os homens tinham cada um improvisado um canto para deitar ao redor da varanda em frente ao restaurante, fazendo do piso frio o colchão.

A refeição distribuída por Armando tinha sido de algum alento. Meio pacote de biscoitos recheados, uma maçã e uma banana tinham sido toda a comida que muitos deles viram o dia inteiro. Um dos monstros mais devastadores daquela tragédia já mostrava sua cara, a fome rondava. Os soldados do tenente Almeida começaram a caminhar batendo palmas e gritando, acordando a multidão.

Vendo todas aquelas pessoas se levantando e se preparando para retomar a marcha, Cássio foi até o banheiro escuro de onde escapava uma luz pálida. Tinham levado para lá um lampião a gás que facilitava o uso dos sanitários. Cássio tirou a camisa de botão do uniforme militar e a camiseta branca que usava por baixo. Na frente do espelho ficou se olhando por um minuto. Estava mais velho e mais cansado do que nunca. Tirou do bolso a cartela de remédios e destacou três cápsulas. Fora da geladeira não sabia se elas funcionariam. Arriscaria mesmo assim, ao menos aquela última dose. Não podia mais se preocupar com aquilo. Talvez o efeito da abstinência tardasse o suficiente para rever sua irmã e seus sobrinhos. Baixou o rosto fungando e inalando o próprio cheiro de suor. Precisava de um banho. Lavou-se na pia do banheiro, jogando bastante água no pescoço, no rosto e esfregando debaixo das axilas, passando um pouco de sabonete líquido na pele. Daria tudo por uma boa ducha quente, com o seu sabonete favorito. Sempre se sentia novo quando tomava um banho, pronto para qualquer luta. Secou-se com o papel toalha tirado aos pares de folhas do dispenser. Pegou-se imaginando que, se aquela situação não se dissolvesse, estagnando o mundo que conheciam cada vez mais, em poucos dias secar-se com papel toalha se tornaria um luxo para poucos. Cássio puxou mais folhas de papel do que precisava e guardou uma dúzia delas no bolso da calça. Quando voltou para baixo da marquise do restaurante, o cabo Francisco chamou seu nome, trazendo Kara pelo arreio.

— Vamos, sargento?

— Vamos, Francisco. Hora de seguir em frente.

Os quarteto de cavalaria se juntou e deu um trote rápido pelo estacionamento. Iniciou, quase automaticamente, uma manobra de carrossel, atiçando os cavalos e executando movimentos ensaiados sob o olhar curioso de todos.

Finalmente o Urutu tomou a estrada, e a tropa em marcha foi ladeada pelos cavalos. Os civis, quase convertidos em soldados, traziam seus sabres à mão, afeiçoando-se à arma e ganhando mais confiança para a jornada singrando a noite escura. Não levou um quilômetro para a maioria deles perceber quão enganosa tinha sido aquela parada para um descanso. Os músculos já ardiam, e cada passo era uma explosão de dor. Os soldados instigavam a caminhada, tangendo aquele grupo como se fosse gado. Ninguém reclamava. Ninguém protestava. Sabiam por que marchavam. Marchavam para viver.

Depois de alcançarem a larga praça de pedágio, ladeados pela cidades de Jandira e Itapevi, e começarem uma longa descida pela rodovia, ainda com noite fechada, viram alguns pares de faróis vindos do alto do morro para onde iniciariam uma subida longa e curva. Ao menos quatro veículos vinham em alta velocidade. Ao fazerem contato visual com o Urutu que encabeçava a tropa, começaram a dar sinais de luz.

Cássio viu três ônibus de passageiros se aproximando, seguidos por um dos caminhões da Polícia Militar. Os veículos pararam do outro lado da pista e buzinaram em felicitação. Cássio ficou contente em perceber que todos que participavam daquele comboio de fuga haviam entendido que precisavam permanecer unidos, e por isso a turma que seguia à frente não tinha se esquecido, em momento algum, daqueles que haviam ficado para trás, sendo esta a segunda vez que os veículos se arriscavam sozinhos pela estrada noite adentro para reunir o grupo. Em coisa de vinte minutos homens e cavalos foram acondicionados nos veículos e partiram para se juntar ao comboio que repousava à beira da Castello Branco a mais de cento e cinquenta quilômetros à frente.

Meia hora depois de ficar rodando na estrada, Cássio ouviu o ônibus se aquietar, e a alegria deu lugar ao cansaço que ainda existia sobre os ombros daqueles homens. Cássio fechou os olhos, buscando o sono no emaranhado de pensamentos que teimavam em não deixar sua mente. Queria dormir e voltar a sonhar com Alessandra. Talvez no inconsciente conseguisse alguma pista de onde procurar a sua irmã na manhã seguinte. Sim. Cássio apenas levaria o grupo até o Hospital Geral de São Vítor e, assim que pudesse, pegaria um dos veículos e tantos daqueles que quisessem voltar a São Paulo durante as horas de sol para procurar seus parentes.

CAPÍTULO 61

Os vampiros não cessavam o ataque ao portão da frente, obrigando os homens capazes a se agrupar na defesa, mantendo para fora as dezenas de vampiros que se aglomeravam junto ao portão, e a deixar vulnerável o grupo que cuidava dos doentes nas arquibancadas. O trio de vampiros continuava imóvel no alto do ginásio, entre as treliças, acompanhando com os olhos aquele teatro de vida e morte. Chegavam, vez ou outra, a sorrir entre si, apontando lá embaixo para iguais idiotas que tentavam investidas visivelmente inúteis; esses vampiros acabavam nas pontas das lanças improvisadas, trucidados e espancados, até que não se movessem mais e não mais oferecessem perigo. Raquel viu que um dos humanos arrancava pés de cadeiras e mesas de madeira, produzindo estacas rudimentares, contudo afiadas, cravando-as no peito das criaturas moribundas que estrebuchavam no chão. Depois de trespassadas pela estaca de madeira, cessavam completamente os movimentos. Vampiros. Fazia cada vez mais sentido serem chamados assim. Por duas vezes Jessé indagou-lhe se já era hora de agir. Ela tinha observado, e explicado, a particular vantagem que os humanos tinham em manter todos agrupados nas arquibancadas, enquanto apenas alguns homens lutavam junto às vulneráveis grades frontais, que vergavam diante da força que alguns dos iguais apresentavam. Os vampiros criaram uma falha na grade que ia ficando cada vez mais perigosa. A vampira assistia a tudo isso e dizia que ainda tinham que esperar. Raquel e seus olhos mágicos invadiam a escuridão como se fosse dia, observando cada detalhe, cada expressão de agonia no rosto daqueles sofredores. E via que a luz dos lampiões fraquejava. Via que ao menos três deles tinham se exaurido de combustível, e não mais forneciam claridade àquela gente que agora temia a noite como eles mesmos temiam o sol. Seu olhar de comando bastou para que a dupla clandestina se aquietasse e esperasse um tanto mais. Foi quando o homem começou a disparar com a pistola que Raquel sentiu o momento chegando. Só tinham aquela arma de fogo, um perigo iminente. O uso dela dizia que a barreira de ferro estava sendo vencida, e logo as centenas de vampiros, que se aglomeravam do lado de fora, teriam sua chance do lado de dentro. Então vieram mais disparos, e ela viu meia dúzia de seus iguais ser fuzilada. Percorreu com os olhos a arquibancada coalhada de gente adormecida e viventes atormentados pelo medo inebriante que lhes chegava às narinas. Viu mais dois lampiões apagarem e a escuridão ampliar sobremaneira. Faltava coisa de uma hora e meia para o amanhecer, e talvez aquelas pobres almas alimentassem a esperança de vencer a noite e fugir, fugir com seus filhos, com seus pais, seus parentes. Ter uma chance para entender o mundo novo que habitavam e se proteger daqueles que bebiam sangue. Fugiriam se tivessem a chance. Fugiriam como aquele maldito policial militar tinha fugido, levando seus garotos. A vampira saltou de cima da treliça voando para o chão, como um morcego despencando de uma árvore, batendo contra a quadra em silêncio, dando a impressão de que seu corpo encantado não tinha peso algum. Abaixou-se contra uma pilha de macas e carrinhos de medicação que tinham vindo do hospital. Logo percebeu Jessé e Ludmyla, alunos exemplares, parados ao seu lado. Os humanos nas arquibancadas, suprimidos da iluminação, não tinham notado a chegada daquele trio, que avançou lenta e silenciosamente, predadores competentes e temíveis, lacerando gargantas e torcendo pescoços, deixando para trás uma trilha de sangue, dor e morte.

Os homens no portão não tiveram chance de proteger os que estavam na arquibancada. De repente uma algazarra sem tamanho explodiu dentro do ginásio. Doutor Tarso, valendo-se uma lanterna, apontou-a para a arquibancada, vendo uma garota de pé tomando o sangue de uma velha. Um homem andava, agarrando os que se arremetiam contra ele, e girava suas cabeças, fazendo os pescoços estalarem. O impacto que aquela brutalidade causava fazia com que os bravos, que tentavam defender os adormecidos, recuassem assustados. Virou a lanterna para a direita, sendo surpreendido por uma das feras a poucos passos de distância, fazendo seus cabelos se arrepiarem de susto. A vampira tinha a boca suja de sangue, o líquido lhe descia pelo queixo e pelo pescoço, empapando a camiseta embaixo de sua jaqueta negra. Num átimo ele a reconheceu, enquanto era erguido pelo pescoço por uma única mão daquela mulher.

— Promotora... Ra... Raquel.

— Que bom que me conhece, vai economizar um bocado de papo.

— Seus filhos não estão aqui, promotora.

Raquel grunhiu enraivecida, apertando os dedos, com vontade de esmigalhar a traqueia daquele homem.

— Seu filho... o novo... está bem... está... muito bem.

— Breno.

A memória do filho fez a vampira baixar o médico e afrouxar a mão, o suficiente para ele se livrar do aperto. Um vampiro vindo de fora agarrou o médico pelos ombros, mas foi habilmente debelado pela vampira ruiva, que o arremessou arquibancada abaixo.

— Ele é meu! — vociferou a vampira, afastando outros que vinham em sua direção.

Os vampiros pareciam obedecê-la de bom grado, desviando seu caminho e seguindo para a arquibancada da direita, a infestada de adormecidos e doentes.

— E-eles vão matar todos os meus pacientes...

— Só quero saber de meus filhos. Onde eles estão?

O médico fechou o semblante, olhando para a vampira.

— Promotora... A senhora é uma justiceira, uma guerreira em nome do que é certo. Não deixe que matem essa gente inocente.

— Meus filhos! — vociferou a vampira.

— O seu filho mais velho foi ferido mortalmente por bandidos. Ele foi trazido para cá por sua namorada.

— Ele não tem namorada.

— Agora tem. Chiara é o nome dela.

Raquel tentou formar uma imagem associada àquele nome que já tinha escutado uma porção de vezes em sua casa, mas não conseguia se lembrar das feições da menina.

— Ele está bem?

— Precisei transferi-lo, promotora. Precisei levá-lo daqui. Ele ia morrer. E, se estivesse agora no meio dessas feras, seria um dos primeiros a ser morto.

— Como ele está?

— Recebeu um tiro na cabeça. Como ele pode estar? Está vivo por algum milagre que veio com essa desgraça. Eu sou o cirurgião que cuidou dele e que ficou aqui para cuidar dessa gente. Como a senhora, eu também tenho filhos e preciso encontrá-los.

Raquel soltou novamente o médico e deu dois passos para trás. Seu filho tinha sido baleado. Tinha tomado um tiro na cabeça.

— Para onde o senhor o levou?

— Uma amiga minha, do Hospital das Clínicas, passou aqui e o levou para um hospital maior.

Raquel voltou a fechar a expressão, sentindo fisicamente a dissimulação escapar daquele homem. Fechou a mão no peito do médico, agarrando um tanto de jaleco, camisa e pele, arrancando dele um gemido, e empurrou-o contra a parede.

— Eu estou disposta a deixá-lo sair vivo daqui, mas, me diga, me diga para qual hospital ela o levou.

— Eu digo, se salvar meus pacientes.

Os olhos da vampira ficaram vermelhos e sua boca se abriu, com dentes imensos extravasando os lábios. Raquel cravou as presas no pescoço do médico e sugou um jato de sangue arterial, que a encheu de excitação. Ela queria mais. Apertou seu corpo contra o do médico e puxou-o para um abraço ferino, sorvendo ainda mais sangue, enquanto ele se debatia. Mais três golfadas de sangue quente inundaram sua boca, descendo por sua garganta, levando-a quase ao êxtase. Lutando contra seus instintos, ela arremessou o médico de costas contra a parede, que, enfraquecido pela hemorragia e pela dor, tombou.

— Posso tirar mais um bocado aí de dentro antes de matar. Eu vou achar meus filhos, cedo ou tarde. Você pode não achar os seus se não colaborar.

— O que aconteceu com você, promotora? Você é uma heroína! Não é esse monstro frio. A senhora foi a caçadora mais passional que esse país já viu nos tribunais!

— Essa, doutor, era a minha outra vida. Eu não sei quem fez isso comigo, mas vou te dizer uma coisa: seja lá quem for, fez direitinho. E eu estou adorando.

Raquel pegou o médico pelo gasganete e ergueu-o mais uma vez.

— Fale ou mato você agora.

O médico encarou a vampira. Tinha determinação o suficiente para morrer. Mas via que era inútil. Ela não seria demovida da ideia e não salvaria ninguém mais. Ele precisava encontrar sua família e, para isso, tinha que sair vivo dali.

— A evacuação do Hospital das Clínicas, todos foram levados para Itatinga, um hospital próximo à represa de Paranapanema.

Raquel, talhada pela profissão em sua outra vida, sabia discernir uma verdade de uma mentira. O médico falava a verdade. Colocou-o em seu ombro e saiu do hospital, não deixando que qualquer vampiro se aproximasse dele.

— Tampe essa ferida agora, doutor. Não vá deixar rastro.

Em poucos segundos ela dava a volta no prédio e retornava até as muretas, caminhando com facilidade por elas e chegando ao telhado metálico. Subiu com o médico até o topo, e ele, meio sonolento e desacordado, foi deixado lá em cima.

— Desça quando o sol aparecer. Eles não vão poder te fazer mal algum.

O médico agarrou seu punho.

— Você não é mais mãe deles, promotora. Você não é como era antes. Deixo-os viver em paz.

Os olhos da vampira brilharam, e um rosnado escapou de sua garganta.

— Olhe para você. Olhe para esses seus olhos. Eles vão temê-la, e um dia você vai tratá-los como tratou a mim.

— Nunca! — rugiu a vampira.

Raquel virou-se, deixando o médico sozinho lá no alto. Voltou até o chão, descendo numa corrida e saltando do telhado para as árvores do estacionamento, agarrando-se aos seus galhos e fixando-se no alto de uma delas. Ficou olhando para o estacionamento por alguns instantes, olhando para aquela multidão de vampiros que eram atraídos pela algazarra dos humanos sendo mortos dentro do ginásio. Raquel saltou para o chão de asfalto e voltou para dentro do complexo esportivo. Jessé e Ludmyla tinham se alimentado e vinham em sua direção.

— Meu filhos foram levados para Itatinga.

Jessé ergueu as sobrancelhas.

— Onde fica isso?

— É interior do estado. Ele falou algo sobre Paranapanema. Foram levados para um hospital naquele município.

— Com pretende chegar lá agora, Raquel? — perguntou a garota.

— Precisamos de um veículo. Precisamos chegar logo, do contrário eles vão se preparar. Vão se proteger, e a cada dia que passar será mais difícil eu recuperar meus filhos.

Raquel calou-se e ficou pensando nas palavras do médico. Elas não entrariam em seu coração morto. Ela era obstinada e não descansaria enquanto não estivesse com seus filhos mais uma vez.

— Eu acho que sei como vamos chegar lá. Agora aquele sussurro no meu ouvido faz todo o sentido.

Ludmyla e Raquel ficaram olhando para Jessé, esperando uma explicação.

— Lembra quando chegamos aqui e eu parei olhando para aquele trem?

Raquel assentiu.

— O que tem?

— Tem que alguma coisa me diz para irmos até aquele trem.

— Alguma coisa te diz? — comentou a vampira em tom de gracejo.

— É, Ludmyla, igual à coisa que me dizia que eu tinha que seguir a promotora e à coisa que me dizia que os filhos dela estavam aqui.

— Mas não estão — rebateu a jovem.

Jessé bufou irritado.

— Estavam. Eu diria que, dentro de todas as possibilidades, Jessé, o que você fez foi algo fantástico.

Jessé sorriu para Raquel e depois olhou para Ludmyla, fazendo uma careta, como dizendo: "Está vendo, idiota, ela me deu algum crédito".

— Só queria saber como você realizou esse truque.

— Desde que me alimentei no hospital ontem, isso começou. Quando tomei o sangue de um homem, parecia uma droga.

— Sempre parece uma droga, garoto. Sempre — retrucou Raquel.

O trio caminhou para o meio da rua, ouvindo o som de passos logo atrás. Quando tomaram tento, perceberam que um amontoado de vampiros os seguiam.

— Nós tentamos entrar naquele ginásio a noite inteira — disse um vampiro de jaqueta jeans e tênis, com um cigarro na boca. Ele deu uma tragada antes de continuar e aproximou-se de Raquel. — Eu vi o que vocês fizeram. Vieram do céu, pularam lá de cima.

— E o que é que tem?

— Precisamos de liderança para entrar nessa vida sem nos ferrarmos. Eu disse isso para eles depois que fizemos a limpa lá dentro. Você é bem esperta, para uma de nós. Deve ter alguma coisa a mais nos miolos que nós não temos.

— Eu só penso antes de agir, só isso — respondeu Raquel.

— Queremos ir com você.

— Para onde?

— Para onde você quiser.

Raquel sorriu para o vampiro fumante e olhou para Jessé e Ludmyla.

— Ora, ora, não é que teremos um bom exército para o nosso ataque? E não é que você, de novo, tinha razão, Jessé?

— Do que você está falando?

— Para levar tanto sofrimento, só levando num trem de carga.

A multidão de vampiros marchou até a estação de trem de Osasco. Passaram por um túnel e acessaram a estação pelo largo. O trem, parado na plataforma como uma serpente morta ou uma jiboia deglutindo sua presa, parecia não se dar conta da aproximação de tantos vampiros. As criaturas pálidas e notívagas começaram a subir sobre os vagões e a caminhar como crianças se divertindo com um brinquedo novo.

Raquel foi andando até a locomotiva. Encontrou o maquinista morto, totalmente drenado. Retirou-o da cabine jogando o corpo gordo e frio sobre a plataforma de concreto.

Olhou para a cabine repleta de botões e alavancas da máquina a diesel, e depois tornou seus olhos para Jessé.

— E agora?

O vampiro deu de ombros e disse:

— Agora eu não sei.

Um garoto transformado de uns quatorze anos se aproximou do corpo do maquinista e tirou o quepe da empresa de transportes ferroviários. Sorridente, colocou-o na cabeça e se aproximou da cabine, passando entre Raquel, Jessé e Ludmyla, entrando extasiado e acariciando o painel.

— É lindo, não é?

O trio de vampiros ficou olhando para o garoto.

— Você sabe pilotar essa coisa? — perguntou Jessé.

O garoto olhou ao redor da cabine e desceu da locomotiva, voltando-se irritado para Jessé.

— Em primeiro lugar não é pilotar, é conduzir que se diz.

O trio se entreolhou novamente.

— Em segundo lugar, isso não é uma coisa, é uma GE C22, acho que é uma 7i. É uma locomotiva a diesel e elétrica. Tem 2200 hp de potência e foi produzida aqui no Brasil entre 1999 e 2002. Ela é uma senhorinha muito rara.

— E em terceiro lugar? Você sabe conduzi-la? — perguntou Raquel, um tanto incrédula quanto ao que assistia.

— Sim. Eu sei conduzi-la... em tese.

— Como assim? — questionou Ludmyla.

— É que eu já conduzi muitas vezes essa belezura. Por incrível que pareça, ela está no pacote de expansão do Rail Simulator Flux.

Jessé bateu com a mão no próprio rosto.

— Você está falando de um videogame.

O garoto olhou para ele, ofendido mais uma vez.

— É um simulador, ok? Um simulador muito bom, por sinal, não é qualquer noob que consegue fazer essa GE deslizar suave. Baixei no Steam.

O trio ficou calado olhando para aquele garoto por mais alguns segundos. Jessé rompeu o silêncio e o choque do qual ainda eram cativos.

— Resumindo: você sabe pilo... quer dizer, conduzir isso... quer dizer, conduzir essa máquina?

O garoto estendeu a mão para Jessé e afundou o quepe ainda mais em sua cabeça.

— O seu bilhete, senhor. O trem vai partir.

Capítulo 62

Quando Cássio acordou pela segunda vez naquela viagem, a linha do horizonte já era discernível a distância. Não se levantou nem falou com quem vinha ao seu lado. Permaneceu sereno e pensativo por alguns minutos. Sentia-se revigorado fisicamente, apenas a cabeça parecia não ter descanso algum, visto que havia tido um sono "vigilante". Não tinha conseguido se desligar completamente, abrindo os olhos sobressaltado vez ou outra. Agora olhava para as placas da beira da estrada. Tinha dormido direto ao menos uma hora, logo depois de passarem pelo trevo de Porto Feliz. Agora via a placa indicando a entrada para Pardinho, o que o fez perceber que faltavam poucos minutos para chegarem ao trevo de Itatinga. Já distante o suficiente de São Paulo ou de qualquer outra grande cidade do estado, a vida lá fora parecia ordinária. O céu começava a rajar, libertando uma língua azul acima de suas cabeças, com nuvens rubras salpicando aqui e ali, amanhecendo como tinha amanhecido por todo o sempre. Uma miríade de odores pairava no ar. Os homens tinham transpirado durante as duas marchas, e o cheiro de suor se sobrepunha a tudo. Iam calados durante a aurora, cada qual mergulhado em seus temores e pensamentos. Não importava o fedor de suor, nem mesmo o esgotamento físico e mental que tinha pressionado cada uma daquelas almas ao extremo. O que importava era o sol. A luz do sol afugentando as sombras e varrendo para as trevas aqueles novos. Cássio tinha vencido aquela noite. Tinha vencido os malditos sugadores de sangue. Por mais maluca e inesperada que tivesse sido a execução daquele plano, tinha conseguido. Estavam longe da Grande São Paulo e longe de milhões daqueles assassinos.

Quando o ônibus desacelerou, Cássio foi o primeiro a se levantar. O sol tinha subido mais um bocado e, privilegiado pela visão ao lado do motorista, pôde ver o grande aglomerado de pessoas e veículos do outro lado da pista, encabeçados pelo segundo Urutu do Exército.

Era incrível como ele tinha acertado na previsão de que não haveria socorro imediato para ninguém. Durante todo o trajeto não tinham cruzado com uma única viatura de polícia, metropolitana ou rodoviária. Nenhuma Força Tática prometida pelo aviso público fora lançada dos aviões. Nada. Estar certo, naquele caso, não o deixava feliz. Sentia-se só e responsável por todas aquelas vidas. Para Cássio, até que o governo se manifestasse fisicamente, através de grupos de pessoas que surgissem ali, na frente deles, estavam todos lançados à própria sorte. Teriam que sobreviver àquela tribulação, e logo ficaria evidente a todos que o melhor tinha sido feito. A inércia seria o caminho perfeito para sucumbir à maior armadilha montada pelo desenrolar das primeiras horas após a imensa transformação. Cássio estava satisfeito com o caminhar de seu plano, apesar de aquela sensação agridoce amalgamada ter se tornado uma constante, onde ter razão nem sempre era uma boa coisa, onde estar certo não o aliviava de todo o sofrimento, mas tinha orgulho de ter conseguido tirar todas aquelas pessoas do maior hospital do país e proporcionado um ambiente milhares de vezes menos perigoso para que se reorganizassem como cidadãos e tivessem ao menos tempo para perceber e lutar contra aquela mudança sem precedentes na história.

Assim que encostaram junto ao crescente comboio que atraía a atenção dos poucos veículos que se aventuravam a cruzar as estradas e, eventualmente, acabavam se anexando ao corpo de fugitivos, Cássio determinou que, diferente das outras duas vezes, ele e seus soldados, mais o grupo de duzentos homens com quem tinha marchado, seguiriam na primeira leva até o sul do município, onde estava o grande complexo hospitalar montado pelo Estado de São Paulo. A ideia é que ele e todos os homens capazes já começassem a trabalhar nas instalações para que, o mais rápido possível, o hospital estivesse apto a se tornar não apenas um lugar para os doentes e adormecidos, mas também uma base de resistência e organização para as futuras e inescapáveis jornadas que teriam de empreender até a capital. Apesar de seu principal discurso para convencer a todos a virem para o HGSV ter sido o da segurança do grupo, Cássio não conseguiu parar de pensar nos adormecidos que tinham ficado para trás, presos em suas casas, seus apartamentos e escritórios. Quantas pessoas estariam lançadas à própria sorte, sem ter quem as procurasse? Quantas seriam apanhadas pelos transformados e arrastadas para os escuros esgotos e estações de metrô? Essa era a sua missão agora, Cássio sabia que não descansaria enquanto não entrasse em tantas casas quantas fosse possível para encontrar as pessoas deixadas para trás e salvar tantas quantas Deus lhe permitisse. Preenchido por esse sentimento, com a certeza de que estava, tal e qual os antigos desbravadores do País, fundando ali a semente de uma nova vida, Cássio desceu do primeiro ônibus para alcançar o hospital-escola de São Vítor.

Cássio chegou e encontrou os portões acorrentados e, ao que parecia, as instalações estavam desertas. Notando o impasse, de cima do Urutu, o tenente Almeida ordenou que um soldado descesse e auxiliasse o sargento da PM. O soldado Ikeda abriu a porta lateral do veículo blindado e desembarcou, trazendo um enorme alicate que partiu as correntes como se fossem de manteiga. Cássio, dentro do seu uniforme de policial militar, afastou os portões, e o comboio começou a passar para um grande estacionamento asfaltado. Cássio sorriu para os rostos através dos vidros. Era a primeira grande vitória daquele grupo, a primeira missão cumprida. Outras viriam, era certo, mas cada uma a seu tempo.

— Por que escolheu esse lugar, sargento?

Cássio olhou para o tenente e gesticulou para que ele o acompanhasse para dentro das cercas do terreno do hospital universitário. Caminharam sobre um gramado plano, onde viam ao menos quatro prédios cinzas de concreto armado que ainda não haviam recebido pintura nem acabamento. Pareciam fortes e resistentes para abrigar a população que chegava. Os prédios tinha quatro andares cada um e eram cercados por árvores por todos os lados, propiciando um ar agradável e aconchegante para os pacientes em recuperação. Bem mais afastado, para a direita do portão e a trezentos metros de onde estavam agora, também subia uma edificação, mais baixa que os quatro prédios, com um pé direito bem alto que dava a impressão de ter dois andares, mas Cássio sabia que ali era algo como um galpão, de andar único.

— Veja. Todo esse complexo hospitalar foi montado numa planície extensa. Se subirmos em qualquer um desses quatro prédios, teremos visão para mais de dois quilômetros. Aqui, além dos prédios ambulatoriais, existem pelo menos meia dúzia de galpões. Eu não lembro exatamente, só tinha vindo aqui duas vezes. Um desses galpões é aquele prédio mais afastado.

— Se o hospital não está pronto, o que você vinha fazer aqui?

— Eles tinham um laboratório e um ambulatório em funcionamento havia mais de seis meses. Especializado em combate a imunodeficiências.

— AIDS, essas coisas?

— Exato. Essas coisas.

O tenente ficou olhando para Cássio um tempo, e então para os prédios a cerca de duzentos metros de distância.

— Outra coisa me fez pensar nesse lugar, tenente.

— O quê?

— Além de estarmos bem afastados das metrópoles, esse complexo é todo cercado.

— Está falando desse alambradinho?

— É. Pode não parecer grande coisa, mas não vai só dar a sensação de que é um lugar mais seguro, vai nos ajudar. Podemos reforçá-lo e até mesmo aumentá-lo.

— Aumentar a cerca, sargento? Está louco?

— É. Esses bichos são ágeis...

— Quanto tempo você pretende passar aqui, Porto? Mais de um mês?

— As coisas ficaram feias, tenente. Não sei quanto tempo vai levar para tudo voltar ao normal. Não sei se as pessoas agressivas vão voltar a ser as pessoas que eram antes algum dia. Precisamos nos precaver, nos adaptar.

— Ah, seja positivo, Porto! Se eu ficar mais de um mês aqui com essa gente toda eu fico doido. Acho que em dez dias o governo dá um jeito em tudo. Eles têm muito a perder se a sociedade se desmembrar. Eles têm bancos, impostos a perder, todas as mordomias que criaram para os políticos mamarem nas tetas dos cofres públicos. Se fosse só a doença, eu até pensaria que poderíamos ficar aqui para sempre, mas não é só a doença. Tem o dinheiro deles metido nisso. Eles não vão deixar simplesmente pra lá. Vão mandar Exército, Marinha e Aeronáutica para acabar com essa gente violenta e transformada.

— Pelas contas do doutor Elias essa gente transformada passa dos milhões na Grande São Paulo, tenente Almeida. Se isso está acontecendo no Brasil todo, e eu acho que está, quando o Exército acabar de varrer da face da Terra toda essa gente, o que vai sobrar?

— Volto a dizer, os grandões, políticos, banqueiros e industriais não vão deixar isso barato, Cássio. Vão dar um jeito de curar essa gente. Vão inventar alguma coisa.

— Onde eles estão agora então? Fazendo o quê?

— Estão montando um plano, por certo. Meu alto comando foi chamado e levado a Brasília em helicópteros e jatos da Aeronáutica. Acho que chamaram também o comando da Polícia Militar. Eles já estão mexendo os pauzinhos.

Cássio não respondeu. A única coisa que tinha visto o Ministério da Defesa fazer era prometer matar quem estivesse nas ruas depois do pôr do sol. Alguma coisa dizia a ele que aquela situação ia se prolongar por um bom tempo. Não era à toa que estava juntando toda aquela gente. O mundo nunca mais seria o mesmo.

— Bem, agora estamos aqui — continuou o tenente. — Vamos colocar essa gente para se ocupar e preparar um bom almoço para quem vem chegando.

— Temos que montar um comitê provisório que cuide disso, alimento, alocação de pessoas, estoque das provisões.

— Concordo.

— Já nós dois, tenente, não teremos descanso tão cedo. Vou destacar meu pessoal para reabastecer três desses ônibus e vou voltar imediatamente para São Paulo. Preciso encontrar minha irmã e meus sobrinhos que ainda estão desaparecidos. Não vou ter descanso enquanto não tiver notícias da minha família.

— Vai montar um destacamento para procurar sua família?

Cássio sentiu o gosto amargo do comentário.

— Essa noite, tenente, salvamos milhares de vidas. Deixei tudo para trás para salvar essas pessoas que estavam nas Clínicas. Hoje eu vou salvar minha família, sim.

— Eu invejo sua determinação, camarada. Essa gente não podia ter achado um guardião melhor. Invejo sua vontade de encontrar sua irmã.

— E você, tenente? Quem você perdeu nessa briga?

— Meu velho e minha velha. Não sei se perdi. Estão adormecidos. Num hospital militar em Barueri. Todos os parentes dos soldados estão sendo levados para lá. Os agressivos estão sendo levados para uma contenção em Quitaúna. Estão presos. Talvez eu traga meus velhos para cá. É bonito aqui.

Cássio sorriu. Não sabia que o tenente estava considerando tomar parte do grupo de São Vítor.

A picape do doutor Elias diminuiu de velocidade ao passar pelos dois militares. Dela saltou a enfermeira Mallory, e então o médico partiu novamente, levando seu carro para um canto distante, abrigado à sombra de uma frondosa árvore.

Os carros não paravam de cruzar os portões, cada qual se dirigindo para uma vaga, então suas portas se abriam e rostos tímidos e perdidos começavam a tomar conta do asfalto.

Mallory aproximou-se de Cássio com um sorriso largo.

— Viemos apertados, mas chegamos todos bem — disse a moça, contagiando Cássio com o sorriso. — Você conseguiu, sargento. Salvou todos nós.

— Nós conseguimos, querida. Nós.

— Estão todos falando da sua bravura e da sua garra, Cássio. Estou tão orgulhosa de ouvir tudo isso.

Cássio arqueou as sobrancelhas, sorrindo para a enfermeira, achando graça no entusiasmo da mulher.

— Não me olha assim. É que, quando eu gosto de alguém, eu gosto de verdade, Cássio. E tô adorando gostar de você.

— Pareceu que estava fazendo pouco caso de tudo isso, Mallory, mas não estou. Só fiz o que eu tinha que fazer.

Mallory segurou a mão direita de Cássio no meio das suas.

— Você é um herói, sabia? Eu só estou aqui, a salvo, por causa de você e do seu amigo, que nos salvaram naquela noite.

— Isso é bom. Espero que, como você, em todos os carros estejam todos bem, também. Foi uma noite longa. Todos precisam descansar. Agora os heróis serão vocês aqui nesse hospital.

Mallory sorriu.

A ambulância adicionada ao comboio em Osasco também cruzou o portão e foi conduzida para a área arborizada, se protegendo nas sombras.

— Você pode dar uma olhada naquele garoto, Mallory?

A enfermeira olhou para a ambulância.

— O menino que tomou o tiro na cabeça?

— Ele mesmo. Eu fiquei bastante impressionado quando o vi ontem à noite.

— Ele é o paciente mais crítico do nosso grupo. Ontem a doutora Suzana e o doutor Otávio estavam discutindo como iriam proceder com ele. Vai ser o primeiro a ser instalado no hospital.

Cássio logo pensou na energia elétrica. Teriam que resolver aquele impasse se quisessem ter o hospital funcionando para todos.

Mallory afastou-se sem falar mais nada, indo em direção à ambulância. Assim que alcançou o veículo, abriu a porta traseira e encontrou a menina Chiara, dormindo abraçada com o pequeno menino ruivo. O paciente entubado era monitorado pelos aparelhos, e parecia que estava tudo dentro da normalidade. Não demorou um minuto para que o doutor Otávio chegasse ali e fizesse uma avaliação da situação do rapaz. O médico pegou o prontuário que vinha junto do paciente e fez algumas anotações, depois instruiu Mallory quanto às medicações. Ficou ali um instante olhando para o garoto. O edema tinha reduzido de maneira impressionante durante a viagem. A pele do rosto e dos ombros estava com um aspecto bem melhor, voltando quase à total normalidade. Otávio estava intrigado com aquilo. A enfermeira Mallory também tinha relatado a melhora súbita de alguns de seus pacientes terminais. A bem da verdade, mais nenhum deles tinha a aparência moribunda de um terminal e estavam bastante falantes e três deles sem dor. Logo que os equipamentos de diagnóstico de imagem fossem colocados em funcionamento, faria uma bateria de exames naquelas crianças. Ainda que fosse uma boa coisa acontecendo com os pacientes, era assombroso.

Os dois dorminhocos acordaram e desceram da ambulância. Um calor crescente ia tomando o ar conforme o sol ganhava altura. Chiara esfregou os olhos por um instante, acostumando-se à claridade.

Logo que os grupos de trabalho foram se organizando, a doutora Suzana teve uma dimensão do tamanho daquela empreitada. Agora não era só a diretora dos ambulatórios das Clínicas, estava sendo tratada praticamente como uma prefeita. A população alocada ali na estrutura do hospital-escola precisava se alimentar, ter onde dormir, ter onde se banhar e viver provisoriamente. Seguindo a sugestão do sargento Cássio, junto de Elias, que tinha mobilizado o grupo de seguranças para agilizar a partida de São Paulo, voltou a lançar mão da equipe que já gozava de certa simpatia de todo o povo. Elias voltaria a controlar os dados. A saber quem era quem naquele êxodo feito às pressas e a contabilizar os doentes novamente.

Foi Otávio quem chamou a atenção da doutora Suzana e de outros médicos para um fenômeno curioso quando lhe foi pedido que ativasse um pronto-

-socorro de campanha para os primeiros atendimentos. O detalhe tinha lhe passado despercebido a princípio, mas, se analisado, era tão estranho quanto todo o restante do cenário instalado desde aquela fatídica noite maldita. Não havia queixas da população que evacuara o hospital. Durante a saída repentina da capital, transportando tantos doentes e familiares, seria comum que pequenos atendimentos estivessem acontecendo, mas o médico notara que, fora dois traumas ocorridos durante o transporte de pacientes — sendo um entorse de tornozelo e uma fratura num artelho do pé de um dos voluntários — e a administração de ansiolíticos em algumas pessoas tomadas por ataques de pânico extremos desde a noite da eclosão dos vampiros, durante todo o dia anterior e até o presente momento nenhum dos médicos tinha sido acionado por qualquer pessoa que fosse vítima de algum mal-estar severo, dor de cabeça ou queixas de resfriado. Nada. Não havia episódios de febres entre a população de doentes, nem dos acompanhantes. Não havia episódios de diarreia, dor de estômago, crise hipertensiva, episódios de mal-estar ligados a diabetes, nada dessa natureza. O último enfermo mais grave tinha sido o cabo Graziano, ainda assim porque ele tinha sido atacado por uma horda inteira de vampiros, resultando em hematomas, ferimentos de abrasão, edemas por contusão e traumas ligados a essa natureza.

— Aonde você está querendo chegar com essa sua análise, Otávio? — quis saber Suzana.

— Oras! Só estou espantado. Acho que ninguém está ficando doente! Seria de se esperar um monte de gente com um monte de queixas, mas nem de uma dor de cabeça tivemos notícias. É intrigante.

— Uma mulher disse que estava com falta de ar — disse Mallory. — Ela ainda está muito perturbada com a remoção de sua mãe e com a história dos vampiros.

— Qual mulher? Traga ela aqui! Vai ser uma novidade. Nossa primeira paciente — atalhou Otávio.

— Calma, Otávio. Calma. É muito cedo para ficarmos contentes com uma observação dessas. Ontem foi um dia tremendamente atípico. Estávamos todos focados em deixar o hospital antes do anoitecer.

— Mas veja uma coisa, Suzana, a Mallory era enfermeira do IC...

O "era" pegou Mallory desprotegida e atingiu fundo seu peito. Otávio dizia a verdade. Agora o Instituto da Criança não existia mais e fazia parte de um passado recente.

— Ela estava havia poucos dias com mais cinco crianças em estágio terminal, em tratamento paliativo no IC.

— Nada fora do comum, nesse caso — respondeu a ex-diretora.

— Sim. Nada fora do comum se eles continuassem assim, evoluindo para o fim. Acontece que isso não aconteceu. Eles, ao invés de morrer, estão melhorando, e sem receber os medicamentos adequados desde a noite dos adormecidos. Sem terapia suplementar. Sem novos diagnósticos. Sem cirurgia. Estão melhorando espontaneamente.

— Onde eles estão?

Mallory olhou para o estacionamento e apontou três de seus ex-terminais jogando bola. Wando, um dos que chegaram mais perto do fim, ainda não corria como os demais, mas andava bem e sorria aquele sorriso pelo qual ela era apaixonada. Suzana e Elias não conseguiram conter a surpresa em seus rostos.

— Terminais? Aqueles ali jogando bola eram pacientes terminais? — As palavras de Elias reforçaram a surpresa de todos.

— Eram, sim. O coitado do Wando provavelmente não chegaria ao final de semana, doutor. Imaginar ele jogando bola só em sonho ou no caso de um milagre.

— Um milagre é o que temos aqui — disse Suzana, levando a mão à boca.

— O paciente que a senhora trouxe do Hospital Regional de Osasco também está bem melhor que ontem. Desinchado, corado, ainda comatoso, enfim, ele é uma charada completa.

Elias coçou a cabeça, como se lá de dentro trouxesse uma memória.

— É verdade. Eu andei tão ocupado que não dei atenção a esse pormenor, que está virando um acontecimento. Não é coincidência — disse Elias. — Meus quatro pacientes que estavam internados para cirurgia não estão demonstrando o mesmo desconforto de dias atrás, passei em visita a eles rapidamente ontem quando paramos a primeira vez na Castello Branco. Todos relatam algum alívio ou melhora espontânea de algum grau. Os dois operados que estavam se recuperando estão bem melhor do que o esperado. Passaram por cirurgias complexas e, normalmente, de recuperação lenta na idade deles. Pressão arterial normal, e dois hipertensos não estão fazendo uso de medicação suplementar. Existe alguma coisa acontecendo com nossos doentes, doutora.

— O mais preocupante parece ser o nosso menino de Osasco, doutora Suzana. É nosso único paciente neurológico. Outros pacientes que estavam nas UTIs de outros hospitais têm um vasto histórico em seus prontuários, diagnósticos variados, mas se mostraram muito bem ontem à noite no exame clínico.

A diretora olhou para Otávio, e depois para a ambulância.

— E o que vamos fazer com ele? Como podemos ajudá-lo aqui?

— Eu li o prontuário que veio com ele. O cirurgião fez um milagre lá no Regional. O paciente teve consecutivas paradas cardíacas, teve perda de massa encefálica, mas continua lá, vivo. Já no prontuário o neurocirurgião relatou um anormal retrocesso do edema; graças a isso o paciente não entrou em morte encefálica. Sem uma tomografia computadorizada e ressonância é impossível prever a extensão dos danos permanentes. Precisamos providenciar ao menos um leito de UTI funcionando aqui e equipamento de diagnóstico por imagem.

— Um leito é pouco — queixou-se Elias.

— Sei que é pouco, amigo, mas vamos lidar com os problemas conforme eles forem surgindo até que possamos antecipar as coisas e nos preparar. Estamos no limite aqui — rebateu o neurologista.

— E o cabo Rossi? Como ele está? — perguntou Mallory.

— Não o vimos ainda. Posso fazer isso — prontificou-se Elias.

— Decidiu se vai ficar conosco ou se vai voltar a São Paulo, doutor? — perguntou Suzana enquanto o médico saía.

Elias parou e virou-se para a médica. Sua resposta foi o levantar de ombros. O médico tornou a se virar e a caminhar em direção às Kombis estacionadas, local para onde Graziano tinha sido remanejado na parada em Osasco.

Quarto dia

Capítulo 63

Cássio tirou toda a sua roupa, olhando-se no grande espelho de um dos quartos de pacientes no terceiro andar do prédio 4. Tinha emagrecido naqueles últimos dias. O esforço, a inquietação e as poucas paradas para se alimentar decentemente tinham lhe tomado bem uns três quilos. O ombro esquerdo estava roxo, por causa da queda da Kombi enquanto socorria Graziano. Outra herança do arroubo heroico tinha sido o corte no joelho e o sangramento. Removeu o curativo, vendo uma casquinha sobre o corte. Abriu o chuveiro e deixou a água fria cair sobre seu corpo. Tudo em sua vida tinha desmoronado, mas um banho não podia faltar. A água fria tinha esse poder, de revigorar suas forças e trazê-lo de volta ao mundo que conhecia, ao mundo de antes daquela noite. Ficou parado debaixo do chuveiro por pelo menos dez minutos, com a cabeça encostada no azulejo, de olhos fechados, só ouvindo a água bater nela e sentindo-a correr por seu corpo. Não queria pensar. Não queria adivinhar o que tinha acontecido com o mundo. Só queria a água e o bem que ela lhe fazia. Inspirava e espirava devagar e, de verdade, tentava manter a cabeça livre de todos os últimos acontecimentos, mas um deles, um deles martelava sua cabeça, e foi esse pensamento que o fez começar a chorar. Chorar como criança desamparada, até que os soluços subissem por seu peito e sua garganta, obrigando-o a cair sentado no chão. Ficou ali mais dez minutos, exausto e com frio, e precisou lutar para se colocar de pé e fechar o registro. Agora aquela água era preciosa demais e não sabia até quando o hospital contaria com as caixas d'água e com o fornecimento dela. Quando deixou o box do banheiro e tornou a se olhar no espelho, ergueu-se, tirou os cabelos que desciam pela testa e sorriu para si mesmo. Estava vivo. Estavam vivos. Era motivo o suficiente para um sorriso. Não tinha toalha, nem copo, nem escova de dentes ou escova de cabelos. Vestiu novamente seu uniforme suado, afivelou o cinto e enxaguou a boca com água pura. Tirou do bolso do calça um daqueles papéis toalhas que tinha pegado no banheiro do restaurante de beira de estrada e secou seu rosto. Apanhou a pistola em cima da cômoda e prendeu o sabre ao seu cinturão, do outro lado do quadril, o cassetete. Pegou o capacete branco que repousava em cima da cama hospitalar, sobre o colchão de couro azul sem lençol, e colocou-o debaixo do braço. Quando pisou no corredor deserto do terceiro andar, já era mais uma vez o sargento Cássio Porto, de 39 anos de idade, HIV positivo, divorciado, com quase 19 anos de Polícia Militar, responsável por 1589 pessoas removidas do Hospital das Clínicas de São Paulo, e preocupado com sua irmã e seus sobrinhos desaparecidos. O homem Cássio Porto, apaixonado pelo amigo que quase tinha perdido na noite passada, ficaria dentro daquele quarto, trancado para pensar sobre essas coisas quando estivesse sozinho e seguro. Ele não tinha se dado conta do quanto gostava de Graziano até a vampira jogar em sua cara a razão de ele ter voltado. Como alguém poderia ter feito aquilo se não amasse quem era levado por aqueles monstros? Só alguém apaixonado. Cássio tinha reprimido aquele sentimento e continuaria reprimindo, posto que não queria que ninguém soubesse daquilo. Não queria ninguém lhe apontando o dedo na rua. Não queria ser discriminado na corporação só porque sua alma não distinguia gêneros. Desde cedo ele sabia que amava meninos e meninas. Ele se encantava com um sorriso, com uma gentileza, e não com o rosa ou o azul. Cássio tinha medo porque amava as pessoas. Amava as pessoas. Amava as pessoas. Por muito tempo não soube o que era isso. Até descobrir na adolescência que existia mais gente assim. O pai não ia entender. A mãe não ia entender. Ele não queria entender. Ele só desejava ser querido, ser visto como normal e para todos os outros o normal, era caminhar como gado, como a maioria, ajustando-se e jogando para o fundo da alma o que não se adequava. Então quando casou com Thais tiveram um casamento feliz a princípio. Cássio amava Thais de verdade. Cássio se apaixonava por pessoas, e tinha se apaixonado perdidamente por aquela mulher. Foi assim que percebeu que escondia seus outros amores e seu outro gostar, não para agradar o mundo, mas para agradar a si mesmo. Cássio sofria porque não queria ser assim. Nem mesmo pensava nisso agora. Agora marchava decidido para o térreo e andava pelo pavilhão de chão de concreto queimado, indo em direção à Land Rover da doutora Suzana, que tinha lhe cedido o veículo para sua nova incursão em São Paulo. Era nisso que pensava. Que era o sargento responsável por aquelas pessoas e que tinha prometido voltar à cidade moribunda para salvar aqueles que tinham ficado para trás. Foi assim, com essa determinação, que o primeiro destacamento misto, formado por militares e civis, por enfermeiros e comerciantes, levados por uma Land Rover, um Urutu e três ônibus rodoviários, partiu do Hospital Geral de São Vítor rumo a São Paulo para sua primeira missão de resgate e reconhecimento.

Mallory estava exausta, mas em qualquer rosto para o qual olhasse encontrava também as mesmas expressões cansadas e os olhos caídos. Não ia abrir a boca para reclamar até que todos os pacientes estivessem alojados e devidamente confortados. Agora não era mais a enfermeira da UTI do Instituto da Criança. Era a enfermeira Mallory, a enfermeira do Hospital Geral de São Vítor. Ainda não tinham energia elétrica nem toda a estrutura para atendimento, mas teriam. Doutor Elias tinha voltado esbaforido e contente do segundo prédio, ligado ao primeiro por uma larga e bem desenhada passarela, dizendo que todo o equipamento necessário para um hospital de verdade funcionar estava lá, embalado, protegido por plástico bolha, só aguardando a instalação. Era uma promessa. Se conseguissem energia elétrica, poderiam colocar todas aquelas máquinas para funcionar. Além disso, os médicos estavam mais calmos. Ainda que tivessem fugido às pressas das Clínicas, ainda que tivessem viajado durante a madrugada, forçados a ficar acordados, não pelos pacientes, mas pelo medo de serem todos atacados pelas feras noturnas, gerando toda aquela sobrecarga estressante física e psicológica, estavam contentes. Contentes porque os pacientes pareciam melhores, e a cada hora que passava, melhor ainda ficavam. Não tinham levado o fato ao conhecimento geral porque o doutor Otávio pedira discrição a esse respeito, para que primeiro entendessem antes de emitir uma opinião a respeito que pudesse gerar alguma expectativa equivocada.

A enfermeira deixou o prédio 1, que parecia todo ajustado para ser uma maternidade, e andou pelo vão livre, de piso cinza, por conta do concreto queimado, saindo para o sol.

Crianças brincavam em frente ao prédio, correndo atrás de uma bola, os gritos dos pequenos se esparramavam pela planície tirando sorrisos das mulheres que passavam carregando coisas para o prédio 2, o prédio escolhido para alojar os parentes de pacientes. Mallory já tinha visitado o prédio 2. Os quartos eram amplos e guarnecidos com camas hospitalares e grandes armários embutidos. Não havia roupa de cama, mas essa era a menor das preocupações para qualquer um ali. Teriam que se virar com o que tinham naqueles primeiros dias, improvisando lençóis e toalhas, sabonetes e escovas de dentes. Mallory sabia que conseguiriam superar aquelas dificuldades, e logo todo esse transtorno seria passado.

A enfermeira andou até perto das crianças, seus pequenos pacientes estavam ali, felizes da vida, mas teriam que subir agora, para uma avaliação a cargo do doutor Otávio que, ao menos naqueles primeiros dias, coordenaria todas as clínicas, para centralizar os dados, tendo o doutor Elias como seu assistente. A diretora Suzana seria a nova diretora do Hospital Geral de São Vítor, até que alguma autoridade pública se manifestasse, e cuidaria mais da parte administrativa daquela colônia temporária, procurando suprir o hospital com materiais indispensáveis para um bom atendimento.

Mallory sentou-se num banco de madeira, estrategicamente fixado embaixo de uma frondosa mangueira onde germinavam seus frutos ainda verdes. Wando acompanhava os demais, sem conseguir correr, mas milagrosamente capaz, de pé e firme. Parecia que não havia mais dor ou doença naquele corpinho. Mais uma vez ela foi capturada por aquele sorriso de que gostava tanto, e agora seus olhos se enchiam de lágrimas ao lembrar que dias atrás estava profundamente deprimida e infeliz por não conseguir vislumbrar um futuro para aquela alma tão brilhante e cativante. Agora podia imaginar Wando crescido mais uma vez. Um adulto lindo e um homem gentil, abraçado a uma mulher igualmente linda e parceira. Wando poderia ser o que quisesse naquele futuro. Seu sorriso murchou um pouco ao tentar desenhar o futuro do menino por quem se apaixonara, adorando-o como uma irmã mais velha, como uma mãe. Imaginou Wando, com um rifle na mão, olhando para além de uma cerca ao anoitecer. Wando não seria um bom advogado ou arquiteto. Wando seria um bom soldado.

O menino viu a enfermeira sentada no banco e andou apressado em sua direção.

— Oi, Mall!

— Oi, meu amor.

A enfermeira debruçou-se sobre ele, cobrindo-o com um abraço apertado.

— Mall, o que são aquelas coisas que fizeram a gente fugir?

Mallory segurou a respiração e se colocou ereta, com uma expressão vazia no rosto tentando disfarçar sua agonia.

— A gente tava conversando com um menino, o pai dele adormeceu. Ele disse que um monte de gente adormeceu de uma hora para a outra.

Só agora Mallory se dava conta do erro. Não tinha conversado com as crianças. Não tinham dito abertamente a elas tudo o que estava acontecendo.

— Ele disse também que tem gente se transformando em vampiro. É verdade? — perguntou o menino, com os olhos cheios de curiosidade.

Mallory ficou sem fala por alguns segundos. Sua cabeça procurava, de forma frenética, palavras e lógica para dar uma resposta que não apavorasse aquelas crianças. Mas não conseguiu formular nada.

— Mall... eu te conheço. Você tá enrolando demais para responder. Só queria dizer uma coisa.

— O quê?

— Se Deus quiser e eu continuar melhorando...

— Você já está muito melhor, meu bem.

— Se eu ficar forte de novo que nem eu era, Mall, não vou deixar nenhum vampiro chegar perto de você. Eu vou te proteger.

Mallory levou a mão à boca e não conseguiu deter os olhos marejados e vermelhos. Explodiu sua emoção num abraço apertado naquele menino.

— Você não vai precisar lutar com essas coisas, meu anjo. Os médicos vão dar um jeito.

— Eu sei, Mall. Eles sempre dão um jeito em tudo. Olha como eu sarei.

Mallory secou os olhos molhados antes que as lágrimas descessem pelas bochechas redondas.

— Vamos, todos os pacientes precisam subir agora. Um médico está organizando todos os prontuários e todas as coisas de vocês. Vem.

— Mall...

— O quê? Vai dizer que gosta de mim?

— Vou. Eu gosto. Mas eu ia dizer outra coisa.

— O quê, Wandinho? Fala pra tia.

— A gente tá com fome, Mall.

— Então vamos embora comer alguma coisa. Vamos subir, fazer exames e comer.

Mallory, aos berros, chamou seus outros pequenos, e, juntos, subiram as escadarias do prédio 1.

Na estrada o destacamento de Resgate e Reconhecimento comia o asfalto em direção à capital. Chegariam a São Paulo por volta das dez da manhã e, até as quatro horas da tarde, permaneceriam na cidade, buscando informações e pessoas adormecidas. Cássio tinha deixado para trás orientações para alojarem os adormecidos no mesmo prédio que os doentes, mantendo-os juntos. Qualquer pessoa agressiva deveria ser enviada para o prédio 4, ficando separada das demais, no prédio que tinha sido destinado aos militares por ora, onde organizariam uma contenção e também toda a administração bélica.

A rodovia Castello Branco registrava um movimento maior do que o da noite anterior, e havia uma boa razão para isso. A segunda noite com os vampiros errando pelas ruas e avenidas, buscando mais vidas para tomar, tinha deixado claro para os mais cautos que ficar dentro das grandes cidades era um risco alto demais a se pagar. Os mais previdentes tinham enchido seus carros logo que o sol nasceu e estavam deixando cidades grandes como São Paulo, Santo André, Sorocaba e Itú, buscando pouso em cidades menores, talvez em chácaras onde, amontoados com parentes e vizinhos, teriam como se defender das feras que eventualmente surgissem durante a noite.

A imagem da garagem subterrânea infestada daqueles infelizes transformados voltou à sua mente, e a promotora tornada vampira pareceu se materializar, ali dentro da Land Rover, à sua frente. Ela tinha dito que poderia controlar aquele amontoado de noturnos. Seria verdade? Caso fosse verdade, ela seria algo como o negativo dele. Uma líder dentre os vampiros que, caso raciocinasse com clareza, seria uma oponente ao seu plano de salvar os adormecidos. Relembrando dos vampiros que preferiam se alimentar daqueles indefesos humanos cativos do misterioso sono do que se engajar numa luta sangrenta contra seu grupo armado com sabres, não era difícil deduzir que eles, as feras da noite, iriam preferir aprisionar primeiro aqueles que não podiam lutar. Cássio perguntava-se quanto tempo aquilo ia durar. Os transformados tinha assumido uma forma imutável? Teria volta? Caso não tivesse volta, aquela mutação definitivamente dividiria humanos e feras, e então haveria guerra. Os humanos lutariam para salvar os adormecidos deixados para trás, enquanto os vampiros lutariam para deitar as mãos no maior número de adormecidos a fim de se alimentar. Um tabuleiro imenso se montava diante de seus olhos, um tabuleiro onde os humanos jogariam de dia e as feras jogariam durante a noite, separados pelo balé do sol e da lua.

Quando chegaram à região de Araçariguama, o céu começou a se fechar de nuvens carregadas e escuras, em Jandira o horizonte estava tomado pela escuridão e relâmpagos lampejavam, rabiscando o ar. Ainda absorvendo aquela atmosfera, os homens viram as primeiras gotas grossas bater contra o para-brisa e depois escutaram o tamborilar intenso na carroceria. Um silêncio tomou o carro enquanto Cássio adivinhava a razão. Todos estavam pensando o mesmo que ele. Essa escuridão provocada pelas nuvens permitiria o trânsito dos agressivos pelas ruas? Estariam ameaçados? Cássio manteve-se em silêncio vendo a cidade de Barueri se revelar nas duas margens da estrada, passando por Alphaville e logo alcançando a praça de pedágios. A tempestade parecia ficar mais forte à medida que avançavam e, quando passaram por Osasco, pouco puderam ver do Ginásio de Esportes para tentar adivinhar as condições dos pacientes do Hospital Regional.

Trafegaram pela Marginal Tietê assistindo ao rio cheio refletir o fulgor dos relâmpagos. Ao menos os prédios em chamas seriam remediados por aquela providencial tempestade. Com sorte os incêndios seriam extintos, e a cidade, em seus últimos suspiros antes da morte, respiraria com um flagelo a menos por um tempo a mais.

O comboio formado pela Land Rover, três ônibus e um Urutu se destinou à Ponte das Bandeiras, subindo para a avenida e se dirigindo para o Regimento de Cavalaria 9 de Julho. Cássio tinha decidido que ali seria uma base provisória nesse primeiro retorno, uma vez que conhecia as dependências e nelas tinham um reservatório de óleo diesel para reabastecer os veículos.

Ao adentrarem o quartel a chuva ainda caía forte e trovões roncavam, fazendo vibrar os vidros da Land Rover. Mais para Cássio do que para ninguém o cenário era desolador. O prédio da administração estava negro por conta das labaredas, morto pela falta de iluminação, e o pátio parecia um lamaçal, tomado pela sopa que se formou com a chuva e a fuligem que ali tinha se acumulado. Cássio desceu da Land Rover olhando para os ônibus adentrando o imenso pátio. Seus olhos seguiram para as baias dos cavalos, vazias, e uma dúzia delas também enegrecidas, consumidas pelas chamas. O grande campo de treino e cavalgada tinha acumulado água, vertendo lama para as bordas. Enquanto o carro e os ônibus eram reabastecidos, Cássio foi até o prédio administrativo que, poucos dias atrás, era uma entidade viva, cheia de soldados indo de lá para cá, respondendo a um ritual infinito de rotinas. Subiu a escadaria principal, dando no hall de entrada. Tudo vazio. O barulho mais presente era o da chuva sendo soprada contra as vidraças, algumas folhas de janela batendo forte contra os batentes de madeira, ao sabor da ventania. Ouvia o gotejar da água caindo para dentro do prédio onde o incêndio havia carcomido o teto e o telhado, deixando o interior do regimento vulnerável. Voltando para a parte externa, via que a área do rancho também tinha sido comida pelo fogo. A sola de sua bota afundava naquela mistura negra de água, papéis e fuligem, derrapando se não tomasse cuidado. Foi até o vestiário e voltou com capas plásticas de policial militar para quem quisesse proteção, uma vez que, se a chuva continuasse, todos ficariam ensopados o dia inteiro.

Rui, que viera dirigindo a Land Rover, foi um dos primeiros a aceitar participar da força-tarefa. O resto do time que vinha no carro da doutora Suzana já era conhecido de Cássio. O sempre prestativo Armando, o enfermeiro Alexandre e o soldado Chico. Dirigindo um dos ônibus vinha um dos seguranças do Hospital das Clínicas, de nome Mauro, muito prestativo, ainda com o uniforme negro da empresa de segurança. Mauro era baixo e gordo, pelas mangas curtas do uniforme escapavam alguns traços negros de tatuagens escondidas pelo tecido, parecia ter pouco mais de quarenta anos. Falava que era o diabo, sempre com uma história na ponta da língua. O segundo ônibus estava a cargo de uma senhora que atendia pelo nome de Diana, de Mogi das Cruzes, que já havia tido uma empresa de turismo, fazendo excursões pelo Brasil todo até dois anos atrás. Por conta disso, aceitaram que o terceiro ônibus viesse conduzido por um moleque de dezenove anos, Júnior, filho da dona Diana. Esses dois últimos se juntaram ao comboio porque o esposo de Diana tinha adormecido, e, como milhares de pessoas, tinham ido buscar auxílio no maior hospital de São Paulo. Mais dois enfermeiros vinham naquele último ônibus, e mais quatro pessoas se ofereceram quando anunciaram a necessidade de voluntários. O tenente Almeida e seu destacamento de quatro soldados, contando os jovens soldados Gabriel Ikeda e Rogério Castro entre eles, a bordo do Urutu, fechavam a fila de veículos, fornecendo proteção armada adicional ao bando, onde só Cássio e Francisco portavam armas de fogo.

Assim que o comboio terminou o abastecimento, Cássio seguiu para o bairro do Tremembé. Deixaram o Regimento de Cavalaria 9 de Julho às onze da manhã, e em segundos estavam embicando na pista da Avenida Tiradentes. O sargento olhou para a esquerda, vendo a Pinacoteca do Estado metros para cima. Seu olhar curioso não identificou nenhuma coluna de fumaça saindo daquela direção; ficou contente com a possibilidade de a Pinacoteca estar intacta. Assim que cuidasse das vidas que mais lhe importavam, arranjaria alguém para verificar o estado daquele prédio que tantas vezes o deixara impressionado. Quando podia dava algumas voltas pelos corredores do museu, imaginando as vidas por trás de cada obra. Gostava da sensação que os retratos antigos lhe proporcionavam. Eram como mensagens lacradas dentro de uma garrafa que flutuara por anos e anos no mar sem fim, vindo dar na costa da retina de seus olhos. Ele lia naquelas cartas antigas as mesmas variações da mesma mensagem, como "estivemos aqui", "existimos", "somos como você, nos importamos, vivemos e morremos". Seria uma tragédia ainda maior deixar aquele tesouro naufragar em desordem. Tirou os quadros do pensamento quando os veículos tomaram a direita e avançaram pela Tiradentes, descendo em sentido à Marginal. A chuva continuava, agora mais serena, contudo, o céu ainda trevoso era escravo das nuvens negras. Outro trovão ribombou atávico, fazendo os mais fracos estremecerem. Dentro da Land Rover o som das gotas de chuva era rei. No segundo trovão Rui abaixou a cabeça olhando para o alto, ligando os faróis da Land Rover.

— Pareceu que agora, além de tudo, o céu vai desabar — reclamou.

As guias eram lavadas por uma enxurrada pardacenta que corria de encontro às bocas-de-lobo. Os vestígios dos avisos lançados do ar pelos aviões iam sendo lavados e devorados aos poucos. O que a chuva não conseguia carregar eram os corpos. Os corpos de homens e mulheres, crianças e velhos, pegos desprevenidos durante as horas escuras. A cada quarteirão avançado naquela larga avenida ao menos três cadáveres eram avistados. Já na Avenida Santos Dumont, Cássio chegou a puxar a direção da Land Rover e a ordenar que Rui freasse junto ao canteiro central em frente a uma frondosa palmeira, quando avistou a primeira criança morta. Uma menina, com o tamanho e os cabelos de Megan, fez o sargento saltar para fora da Land Rover e passar pela enxurrada, atravessando a calçada cimentada de encontro ao corpo inerte, caído nos primeiros degraus da passarela junto à praça Bento Camargo Barros. Virou a garota, com a boca roxa, cianótica. Cássio tremia. Não era ela. Não era sua sobrinha. Ainda assim uma criança, uma menina. O rasgo no pescoço revelava o assassino. Ela tinha sido pega, devorada, e sua carcaça morta abandonada para apodrecer na rua. O sargento fechou as pálpebras da infante defunta e deu passos cambaleantes para trás. A sensação que vivia era perturbadora. Voltou até a Land Rover e, com a voz engasgada, informou que a menina morta se parecia com sua sobrinha.

A Land Rover voltou a se mexer, seguida pelos ônibus e pelo Urutu. Logo passavam sobre a Ponte das Bandeiras, e o rio, cheio, corria abaixo do comboio. A chuva caía fraca, ainda assim prejudicando a visão. Cássio abriu o vidro do passageiro e pediu que Rui parasse de novo, dessa vez a atenção do sargento tinha sido capturada por algo no rio Tietê. As águas escuras moviam-se ligeiras, empurradas pelo volumoso esguicho que vinha das galerias pluviais. Em sua superfície boiavam marcas que causaram estranheza ao sargento. Acostumado aos anos de atendimento às mais insólitas ocorrências, um sinal daquele, isolado, fazia sentido. Mas tantos?

Rui desceu logo atrás do sargento, também envolto por um capote plástico da PM. Juntou-se a Cássio que, perplexo, estava agarrado ao parapeito de concreto da ponte.

— O que é isso, sargento? O que está acontecendo no rio?

Os ônibus foram parando logo atrás, e também o Urutu, de cima do qual o tenente Almeida, igualmente com uma proteção plástica verde-oliva nos padrões característicos do Exército, fazia um sinal da cruz.

— São corpos, garoto. Corpos afogados.

Era como a visão de um pesadelo, um dos piores pesadelos que ele já tinha vivenciado. Eram corpos flutuando na superfície do rio, correndo junto à imundície e às águas da chuva. Dezenas deles. Como se um grupo imenso de uma seita tivesse resolvido, ao mesmo tempo, atirar-se ao rio cheio, suicidando-se, tirando a própria vida. Mas não era suicídio. Os olhos de Cássio buscavam a resposta, e ela veio na forma de um corpo sendo cuspido da galeria de esgoto mais próxima para o leito do rio. Um instante depois ele voltaria à flor da água e boiaria, junto aos demais, descendo em sentido ao Cebolão.

— Que tristeza, minha gente — gemeu dona Diana, a motorista, também rendendo um sinal da cruz aos mortos.

O grupo voltou calado aos veículos e retomou a marcha até o Tremembé. Por mais terrível que tudo tivesse sido até então, a visão de tanta gente morta de uma só vez abalou profundamente cada um deles. No banco de trás da Land Rover o enfermeiro Alexandre choramingava, perguntando-se em voz alta como toda aquela gente tinha ido parar ali.

Quando Cássio, mais uma vez, foi assaltado pela lembrança de os vampiros levando os adormecidos para os esgotos, a resposta para tão macabro espetáculo surgiu. Eram os corpos dos adormecidos que tinham sido carregados pela enxurrada causada pela tempestade. Talvez, até mesmo alguns dos agressivos estivesse ali, boiando no rio, posto que Cássio já tinha assistido às criaturas numa espécie de torpor nas horas de sol.

— Eles estavam nas galerias dos esgotos — revelou Cássio. — Foram carregados pela água da chuva.

— Meu pai pode estar no meio deles — murmurou Armando, no banco de trás.

— Seu pai era um adormecido? — perguntou o enfermeiro Alexandre, ainda com lágrimas nos olhos.

— Não. Não. Meu pai passou mal. Virou um deles, dos agressivos. Um senhor de setenta e dois anos, virou um bicho, uma fera, com uma força que nunca vi nele.

— Ah, meu Deus. Que horror.

Armando balançou a cabeça e curvou os ombros. Estava muito cansado de tudo aquilo.

— Quer que voltemos com o carro para lá, Armando? Posso deixar você e mais alguém, se quiser procurar seu pai.

— Procurar meu pai? No rio, sargento? Não. Não quero voltar.

— Talvez essas pessoas não queiram ser mais encontradas por seus parentes — disse Alexandre.

Cássio ficou calado enquanto a Land Rover contornava a praça Campo de Bagatelle e tomava o rumo de seu bairro. Pensava na irmã. Talvez ela não quisesse mais ser encontrada. Talvez. Seus olhos foram para fora. A cabine da Polícia Metropolitana estava vazia, carros abandonados pelas ruas eram comuns. Todos os comércios fechados e sinais de vandalismo por toda parte. Viram ao menos meia dúzia de saques até chegar ao alto do Tremembé, sem intervir. Cássio sabia que cedo ou tarde também teriam de partir para aquele expediente. O sargento indicou a direção ao chaveiro Rui e encostaram na rua do Horto.

A rua, sempre movimentada e carregada àquela hora do dia, estava praticamente deserta. Eram poucos os mortais que se arriscavam do lado de fora das casas, ainda mais na chuva. Um garoto e uma garota pararam em cima de bicicletas alguns metros antes de chegar até o comboio. Olhavam com curiosidade para os carros, os ônibus e o imponente Urutu. Ficaram imóveis por alguns segundos, então viraram e sumiram em uma das ruas.

— Quer que eu vá atrás deles, senhor? — perguntou Ikeda, caminhando em direção a Cássio com seu rifle.

Cássio apenas meneou a cabeça negativamente.

— Você acha que com esse céu escuro os vampiros podem sair na rua? — perguntou Rui, com a voz gritada para vencer o ronco de um trovão.

O soldado Castro postou-se junto à metralhadora .50.

— Ei, chaveiro, não esquenta a cabeça com isso. A gente chama essa belezinha de deita-corno. Se algum vampiro aparecer vai ficar sem cabeça.

— Acho que eles não vão sair das tocas. Quando amanhece, parece que eles dormem.

— Transe — murmurou Júnior, o jovem motorista do terceiro ônibus, juntando-se a Rui e Cássio na calçada.

Os homens olharam para ele.

— Nos quadrinhos, nos filmes, eles dizem que os vampiros entram num transe. O sol nasce e eles apagam a fim de se recuperar de seus ferimentos, para recuperar suas forças a fim de voltarem mais fodidos no pôr do sol e acabar com todo mundo que aparecer na frente.

Os olhares se mantiveram sobre Júnior, que foi murchando sem graça até que sua mãe lhe deu um tapa na nuca.

— Que foi? Não precisa bater, não, dona Diana! Só estou falando a verdade. É assim.

— O que o moleque disse pode ser verdade.

Agora todos olharam para Cássio. O sargento, em sua capa plástica com capuz, capacete branco e segurando sua carabina, avançou até o meio da rua, ficando no centro do grupo.

— Ontem, quando eu socorri o maluco do Graziano, eu fui até a beira da rampa que levava ao terceiro subsolo da garagem.

— E o que encontrou? — perguntou Armando, tenso.

— Um mar daquelas coisas. Cara, eram muitos. Todos dormindo. Não tinham acordado com os tiros, com as explosões, nada. Só dormiam, com os braços cruzados na frente do corpo.

— Em transe. É o que eu disse — juntou Júnior, recebendo outro tapa da mãe.

— Minha rua é aquela ali — revelou o sargento. — Minha irmã e meus sobrinhos estão desaparecidos, vou ver se encontro alguma novidade, algum sinal dela. A ideia é investigarmos todas as casas dessa rua e vermos quantos adormecidos abandonados existem aqui.

Ikeda e o soldado Castro trocaram olhares, enquanto o tenente Almeida se aproximava.

— Bem, precisamos nos organizar. Ikeda, você e o Castro vêm comigo. Lenine e Rocha ficam de olho na viatura. Os enfermeiros e voluntários seguem com a gente, faremos a segurança do grupo. Rocha, ninguém chega perto dos veículos, entendido? Dois tiros para o alto se estiver tendo problemas, a mesma coisa para nosso grupo. Dois tiros para o alto.

— Ok, senhor — responderam os soldados, em uníssono.

Contando os militares que acompanhavam Cássio, o primeiro grupo de Resgate e Reconhecimento tinha dezoito membros, e agora dezesseis deles desciam a rua Japiúba, em passos lentos, com uma chuva fina e volumosa descendo pela cabeça e fazendo um barulho suave, em resultado dos pingos tamborilando sobre as capas plásticas da PM e do Exército. As enfermeiras voluntárias, Nádia e Gláucia, ficaram junto de Alexandre, que era o enfermeiro mais experiente. Torciam para não serem necessários. Alexandre tinha recebido do doutor Elias uma maleta de atendimento de emergência de trauma, com medicação, sedativos injetáveis e aparelhos para socorro imediato. Ouviam o ladrar de cães presos em quintais, cuidados ou não, que pareciam mais famintos e assustados que outra coisa. O grupo parecia entrar numa rua fantasma, deserta e sem nenhuma alma humana habitando aquelas casas. Cássio mal podia conter seus passos. Queria antes de tudo saber da irmã, dos sobrinhos, se tinham deixado um indício de onde estavam ou uma notícia. Se agora estavam em casa e bem. Destacou-se dos demais, pouco se importando com a compostura centrada e bélica que queria passar para o grupo, abrindo o portão e correndo para a varanda da casa. Pôs a mão na maçaneta da porta da sala com o coração saindo pela boca, já que junto à porta encontrara rastros daquela lama negra de fuligem e chuva que lhe dava a convicção de que eles estavam lá. A porta destrancada não ofereceu resistência e, ato reflexo, bateu a mão no interruptor para acender a luz do ambiente escuro. As pegadas iam para o meio da sala e para o quarto da irmã, os móveis revirados e um armário caído. Ela estivera ali. Ou alguém. Desordem. Podia ter sido um roubo. Mas havia as roupas das crianças pelo chão, brinquedos revirados, pistas de que eles estiveram ali, seus sobrinhos, andando naquela sala, vivos, despertos, livres daquele sono.

— Alessandra! — gritou Cássio, tomado pela ansiedade.

A porta do quarto da irmã estava arrombada. As pegadas que julgava serem dela iam até o guarda-roupa, terminando numa escada dobrável. Ela tinha pegado a arma. As coisas não iam bem. Um amontoado de cobertores num canto ao lado da cama. O criado-mudo caído. Ela tinha estado ali. Apanhado o revólver e sentado no cantinho, entre a cama e o criado-mudo. Mas a ameaça tinha chegado. Tinha arrombado a porta. Cássio abaixou-se e olhou embaixo da cama. Um cheiro horrível vinha dali. O revólver estava ali, caído sob a cama. Cássio o puxou e verificou o tambor. Ela tinha disparado todos os projéteis. O sargento ouviu passos.

— Que baderna. Conseguiu alguma coisa?

Cássio levantou o rosto, vendo o tenente Almeida adentrar o quarto, com a capa molhada, escorrendo água para o chão de tacos.

— Ela esteve aqui. Ela lutou contra eles. Atirou — revelou, mostrando o revólver vazio. — Com essa bagunça toda, acho que levaram minha irmã.

Almeida olhou ao redor, suas pupilas fixaram-se no batente despedaçado da porta arrombada.

— Sinto muito, Porto.

Cássio estava sentado no chão. Soluçou algumas vezes afundando os olhos no edredom onde a irmã talvez tivesse chorado.

— Eu também já perdi uma irmã. Faz muito tempo, mas sei o quanto dói.

Cássio segurou suas emoções e colocou-se de pé. Ficar ali e chorar não ia adiantar nada. Colocou o revólver na cintura e olhou mais detidamente para o quarto. Talvez encontrasse alguma pista que dissesse que ela escapou dali. Algo que lhe desse esperança.

— Todos estão perdendo pessoas queridas, sargento. Temos que ser fortes nessa hora. O senhor é o esteio dessa gente toda agora. Não sei se você é religioso, mas vamos orar por ela essa noite.

Cássio voltou até a sala. Na porta estava o soldado Castro, fazendo guarda. Não duvidava que o tenente tivesse tomado esse cuidado. Cássio tirou a lanterna da presilha e jogou luz na sala. Não encontrava pegadas de crianças. Só as coisas reviradas, como se a irmã tivesse sido surpreendida enquanto arrumava as coisas para sair. Cássio foi até a cozinha. Um copo usado junto ao filtro. Uma marca de batom. Cássio lembrou-se da voz da irmã, da imagem dela ali naquela cozinha, dizendo que não sabia ser dona de casa, mas que fazia um arroz biro-biro imbatível. Cássio olhou para os armários vazios. Ela tinha passado ali e levado os mantimentos. Levado para onde? A casa do tio Francisco parecia vazia. Então ela não tinha ido para lá. Cássio saiu para o quintal e voltou a receber a garoa em sua cabeça. Olhou para cima vendo a torre de celular, imponente e inútil, cravada no meio do terreno ao lado da casa. Olhou para sua casa de quarto e sala no fundo do quintal e rumou para lá. Ali também havia uma trilha escura. Eles tinham rondado por ali. Cássio lembrou-se da munição do .38. Ele tinha ao menos duas caixas em seu guarda-roupa. Girou a chave na porta de sua pequena cozinha e a abriu. Com o céu fechado, ali também estava escuro, e um cheiro ruim vinha dali de dentro, como se a comida abandonada na geladeira desligada tivesse apodrecido ou se, com a chuva, o esgoto tivesse voltado no banheiro, o que não era muito incomum. Apontou a lanterna para dentro e foi em direção ao quarto, ouvindo latidos vindos da rua e as vozes dos componentes do grupo de Resgate e Reconhecimento misturadas à garoa que tinha encorpado novamente para um chuva fraca. Olhou em direção à cozinha por onde a minguada luz do sol entrava, acreditando ter ouvido o tenente Almeida. Quando voltou a cabeça para a frente seu corpo foi imerso num tanque de gelo, sua mão foi à pistola enquanto ele tombava para trás mediando o susto causado por deparar-se com uma figura negra que emergiu das sombras com os braços estendidos em sua direção. A criatura gritava, e logo estava em cima dele. Cássio não teve tempo de disparar, sentindo os braços enlaçarem seu tórax, e deu graças por não ter conseguido puxar o gatilho quando ouviu o choro da irmã junto ao seu peito. Ela fedia. Fedia a esgoto. Cássio, caído, ergueu o queixo de Alessandra e beijou um canto minimamente limpo da testa da irmã.

— Calma, querida. Calma.

Alessandra chorava profundamente, com a voz escondida por soluços e gorgolejos. Ela tremia, e as lágrimas abriram duas colunas brancas em seu rosto enlameado. Cássio sabia que ela estivera nos esgotos, só não sabia como tinha ido parar lá e como tinha conseguido sair.

— Onde eles estão, Alê? Onde eles estão?

Ela chorava sem conseguir falar, enquanto seus olhos se arregalaram e seu corpo começou a chacoalhar por inteiro. Cássio desvencilhou-se da irmã e gritou pelo nome de Alexandre. Os enfermeiros correram até a casa dos fundos, enquanto Cássio trazia a irmã no colo para fora.

— Ela está em choque! — gritou Cássio.

Alexandre comandou o atendimento. A paciente tremia dos pés à cabeça, seus olhos estavam fixos no irmão, as mãos crispadas, e os pés, descalços, retesados. A pele e as roupas cobertas por uma membrana negra e fétida. Ela ergueu as mãos para o irmão, ela queria falar. Alexandre passou a tira da bolsa de ar sobre o braço da mulher, enquanto a enfermeira Gláucia operava o aparelho de pressão arterial. Ela estava tendo um episódio de taquicardia. Nádia apalpou os membros superiores e inferiores da mulher, a sujeira era tanta que era impossível ver se ela tinha ferimentos ou fraturas abertas ou fechadas. Nádia fez o exame com presteza e, com o uso de gazes e soro, foi limpando o rosto e os braços da mulher. Ela estava arranhada e tinha um pequeno corte no cotovelo, nada muito grave e livre de sangramento. Apesar de pequeno, a enfermeira temeu o corte aberto em contato com aquela lama fedorenta, que parecia ter vindo do fundo das galerias de esgoto, lavando a ferida e cogitando uma sutura.

— Saiam de cima dela, ela precisa respirar — orientou Alexandre.

— Você vai dar alguma coisa pra ela? — perguntou Nádia.

O enfermeiro não respondeu, olhou para a maleta do doutor Elias. Chegou a pegar um frasco na mão, mas voltou a colocá-lo na maleta, deixando claro que estava em dúvida.

— Ela precisa respirar, calma.

Alessandra continuava tremendo. A pressão arterial estava baixa, e os batimentos cardíacos beiravam os duzentos por minuto, enquanto ela tinha a respiração curta e acelerada. O enfermeiro sabia que precisava intervir; se os batimentos aumentassem, ela poderia ter um ataque cardíaco.

— Ela tem alergia a alguma medicação? — perguntou.

Cássio ajoelhou-se ao lado de Alexandre, mudo, com os olhos presos nos olhos da irmã. Ele sabia que ela queria falar. Ela queria falar das crianças e, pelo seu estado, Cássio já sabia. Sabia que algo de terrível tinha acontecido aos sobrinhos.

— Ela tem alergia a algum remédio, sargento? Eu preciso saber, agora!

Cássio voltou ao mundo, olhando para Alexandre e balançando a cabeça negativamente.

— Não. Espera. Ela tem alergia a dipirona. Só isso.

— Dipirona. Certeza?

— Certeza.

Alexandre voltou a pegar o diminuto frasco de vidro e apanhou a seringa já preparada pela enfermeira Nádia, introduzindo a agulha através da tampa, puxando o êmbolo, preenchendo a câmara com o líquido amarelo.

— O que você está dando para minha irmã?

— Um calmante, sargento. Ela não pode ficar assim. Sem hospitais por aqui funcionando direito, é muito perigoso. Precisamos sedá-la para que ela saia desse estado de ansiedade.

A chuva voltou a ganhar volume, aumentando o som do gotejar sobre as capas de chuva. Cássio ergueu a cabeça, observando os soldados e os voluntários em seu diminuto quintal. Tornou a olhar para a irmã, lembrando-se das pegadas e da arma abandonada debaixo da cama.

— Ela vai dormir, eu preciso falar com ela.

— O efeito do remédio demora um pouco, mas, assim que começar a relaxá-la, ela vai dormir, sim, Cássio. Espere ela se acalmar um pouco e fale com ela.

— Quanto tempo eu tenho?

— Se ela reagir bem à medicação, vinte minutos, meia hora, no máximo.

Alessandra ainda se debatia, sendo segurada pelas enfermeiras. Seus olhos dançavam, e ela tremia a mandíbula e o tronco, não conseguindo ficar com as pernas paradas. Ainda estava muito nervosa e não conseguia articular uma palavra sequer.

— Ela não pode dormir, Alexandre. Preciso saber onde meus sobrinhos estão.

— Ela ainda não consegue falar, mas vamos acalmá-la.

Cássio saiu de perto da irmã para ela não assistir a sua consternação e ficar ainda mais apavorada. Entrou na casa e foi até seu quarto, de onde Alessandra tinha vindo com os braços erguidos e sujos. Vasculhou embaixo de sua cama e de seu guarda-roupa. Com toda essa agitação ele tinha presumido que eles não estavam com ela. Infelizmente, sua presunção estava correta, os pequenos não estavam lá. Cássio voltou ao guarda-roupa apanhando a munição. Três caixas. Tirou das gavetas seu último jogo de uniformes limpos, com calça, camisa, camiseta e meias. Colocou tudo dentro de uma sacola plástica da World Tennis. Voltou para a pequena sala e vasculhou atrás do sofá. Da cozinha retornou para o quintal e para a chuva. Os enfermeiros conversavam com Alessandra, tentando acalmá-la com frases repetidas e de efeito, acariciando seus braços. O ritmo da respiração parecia ter diminuído o que, para ele, parecia um bom sinal. Cássio abaixou-se ao lado da irmã, encostando um joelho no chão.

— Minha irmã... — murmurou.

Os olhos de Alessandra voltaram-se para os dele. Ela se agitou novamente, levantando as mãos; as vozes de Alexandre e Gláucia embalando a paciente para que ela continuasse a se acalmar. A frequência cardíaca já estava baixando, e os tremores tinham reduzido significativamente, evidenciando que a droga já começava a fazer efeito em seu já combalido organismo.

O som de palmas batendo na frente da casa chamou a atenção de todos no quintal. Uma senhora com o cabelo grisalho, encharcado pela chuva, estava parada lá, com uma saia longa e chinelos azuis de dedo. Cássio levantou o rosto reconhecendo a velha, Dona Tânia. Era uma velha reclusa, que morava três casa para baixo. Parecia viver abandonada em sua casa, esquecida por tudo e todos, aparecendo eventualmente no quintal para regar suas plantas feias e malcuidadas. A criançada que corria e apertava campainhas da vizinhança a chamava de Bruxa Velha, Bruxa do 71, daí para cima. Ela era doente, mal conseguia andar, entrevada por conta de alguma doença. Duas vezes ao ano vinha uma dondoca pavoneada, em carro importado, descia com algumas sacolas de papelão, trazendo presentes e roupas de marca para a velha. Dona Tânia dava tudo ou simplesmente jogava fora depois que a visita ia embora. Agora, aquela figura quase folclórica estava ali, batendo palmas em frente à sua casa.

— Cássio — chamou a irmã.

Os olhos do sargento desceram de encontro aos de Alessandra, e ele acariciou o rosto da irmã.

— Ele os levou, Cássio. Eu não consegui detê-lo.

A irmã respirava lentamente agora, enchendo o peito e perdendo o fôlego.

— Ele pegou a Megan e o Felipe, Cássio. Me ajuda, me ajuda.

— Quem? Quem está com eles, Alessandra?

— O Dalton. O Dalton veio e levou a gente. Eu atirei nele, mas ele não morreu. Ele está igual àqueles infelizes... Ele levou meus filhos, Cássio! — falou ela devagar, mas, no final de um grito, voltou a chorar e a tremer.

— Calma, querida. Calma. Seu irmão vai te ajudar — tentou apaziguar o enfermeiro.

A velha bateu palmas de novo.

— Para onde ele levou as crianças, Alessandra?

A irmã tentou responder, mas revirou os olhos, fechando-os e deixando a cabeça desfalecer.

— É o remédio. Já está começando a fazer efeito — disse a jovem enfermeira Nádia.

— Ela não pode dormir agora.

A velha chamou com uma voz rouca.

— Espere! — gritou Cássio para a velha.

O soldado Gabriel Ikeda caminhou até o portão, tentando afastar a velha daquela cena. Notou que a mulher estava irritando o sargento.

— Alessandra, acorde. Alê, me diz onde eles estão, eu vim aqui para buscar vocês.

De olhos fechados, ela ergueu as sobrancelhas e balançou a cabeça.

— Eu não sei... Eu não sei, Cá. Ele nos levou para o esgoto. Eu fugi de lá.

— Megan e Felipe estão nos esgotos?

— Sim. Eu fugi de lá — resmungava a mulher, com voz fraca, quase inaudível agora. — Eles estão lá, dormindo, esperando a mamãe buscá-los.

A confirmação caiu como uma bomba sobre Cássio, que se sentou sobre o chão molhado, levando a mão à boca. Ele olhava para a frente, mas não via a irmã e os enfermeiros, via o rio Tietê coalhado de corpos boiando, de corpos que foram arrastados das galerias dos esgotos pelo turbilhão d'água que tinha se formado com a inesperada chuva. Se eles estavam nos esgotos, tinham sido carregados pela água. Estavam afogados! Megan sabia nadar, mas, adormecida, ela não teria tido a menor chance. Ikeda pousou a mão no ombro de Cássio, fazendo-o se levantar assustado.

— A velha quer falar com você, sargento!

Cássio empurrou Ikeda contra o muro do corredor.

— Mande-a embora! Mande-a embora!

— Calma, sargento, ela só quer...

Cássio voltou a agarrar Ikeda pela gola do uniforme e jogou-o contra o muro mais uma vez.

— Você está surdo?

Um estalido metálico espocou acima do som da chuva. Castro tinha erguido seu fuzil e o apontava para o sargento.

— Calma, sargento. Nós só estamos aqui para ajudar.

Cássio olhou e viu Castro e o tenente se aproximando com as armas levantadas.

— Amigo, eu sei que você está nervoso, mas solte o meu soldado agora.

Cássio abriu as mãos, como se voltasse ao mundo. Ficou com as mãos abertas e para a frente.

— Está mais calmo agora, sargento? — perguntou o tenente.

— Sim. Sim! — gritou na segunda vez. — Meus sobrinhos, eu acabei de saber...

— É isso que quero falar, sargento. A velha no portão.

— Ela é louca — esbravejou Cássio.

— É melhor que ela não seja — disse o tenente.

— Por quê?

— Porque ela disse que sabe onde as crianças estão.

Cássio arregalou os olhos e começou a caminhar em direção ao portão. Não sabia quando tinha começado a correr, mas, ao chegar junto à velha, parecia um cavalo a galope.

— Diga, dona Tânia. Diga! Onde estão meus sobrinhos?

A velha, com uma voz rouca, levantou a mão enrugada por conta dos seus quase noventa anos e apontou para o fim da rua.

— Eu vi tudo ontem, menino. Eu tentei ajudar, mas eu sou só uma velha. Eu ouvi sua irmã gritando, ouvi os tiros. Mas a noite estava escura e todo mundo na covardia, recolhido.

— O que a senhora viu?

— Eu vi um homem sair daqui, levando sua irmã de ansim — disse a velha, fazendo como se carregasse alguém no ombro. — E arrastando as crianças pelos cabelos.

Cássio olhou para o fim da rua e disparou correndo em direção ao clube.

— Espera, menino! — gritou a velha. — Eu fui atrás dele. Eu sei para onde ele levou as suas crianças.

Cássio, aturdido, freou a corrida. Seu sangue fervia dentro das veias e era uma tortura esperar os passos fracos e indecisos da anciã. Contudo, esperá-la era o mais sensato. Ela ia salvar um tempo precioso em sua busca. Talvez encontrasse Megan e Felipe com vida. Essa esperança brilhava como uma luz fraca num candeeiro distante e tremeluzente, mas existia, era um caminho.

Cássio parou e virou-se para a velha. Dona Tânia. Lembrava-se dele ainda moleque, correndo pela rua, e ela cuidando de um cachorro de um olho só, o Rex, um temido vira-lata que volta e meia escapava pelo portão, correndo como um demônio atrás das crianças. Alessandra havia falado que a dona Tânia adoecera, há muito, numa conversa de já bastante tempo. Tudo recendia a velhice e esquecimento na imagem daquela senhora. Ele vinha, um pouco mais rápido agora, tomando chuva e com a mão estendida, mostrando os portões do Clube Atlético Tremembé.

— Eu ouvi os tiros, moço. Ouvi cinco tiros, eu acho. Daí eu saí na minha janela. Já estava tudo escuro, mas eu sou boa da vista ainda, acredite ou não. Os cachorros latiam e eu não vi nenhum diabo na rua.

Cássio estava impressionado com a coragem da mulher, a noite passada tinha sido tomada por vampiros e ela se aventurara para fora de casa.

— Eu ouvi os gritos da sua irmã. Ouvi, sim. Gente boa, a menina Alessandra, não igual umas aí com quem você andou saindo.

— Vamos, dona. Pode andar mais rápido?

— Me dá a mão aqui.

Cássio apoiou a velha.

— Eu tava toda encarquerada, filho. Parecendo um traste velho, mas, como por milagre, faz uns dias que comecei a melhorar. Agora tô até andando e dando trabalho. — A velha tirou o cabelo branco da frente do rosto e olhou para trás, vendo os soldados seguindo os dois. — O senhor tem amigos. Ter amigos é bom. A gente não fica sozinho.

— O que mais a senhora viu?

— Eu vi um diabo saindo da sua casa. Ele brigou comigo. Brigou e brilhou aquele olho de diabão dele. Eu tentei segurar sua irmã, fui atrás dele. Vi direitinho onde ele entrou.

Chegaram ao clube, o córrego que margeava o seu muro tinha subido, e a água chegava até a passarela e o portão. Cássio atravessou a água rasa, seguido de perto pela dona Tânia. Assim que atravessaram, a velha tomou a frente, arfando, e ainda apontando com sua mão.

— Estava escuro, filho. Estava escuro demais ontem à noite e eu os vi vindo para cá.

Foram em direção a um banco de concreto. Ao lado dele uma tampa de bueiro removida de sua moldura. Cássio tirou a lanterna do cinto e apontou a luz para dentro do poço escuro. Um relâmpago chispou no céu, seguido do ronco duradouro de um trovão. Cássio só via água. A julgar pelo córrego do lado de fora, a rede toda estava alagada. Se seus sobrinhos estivessem ali, estariam mortos. Os soldados Ikeda e Castro e o tenente Almeida chegaram.

— Ela disse que o maldito vampiro trouxe minha irmã e meus sobrinhos para cá.

— E como foi que sua irmã saiu?

Cássio balançou a cabeça negativamente enquanto tirava o cinto, abandonando o sabre e o cassetete.

— Não faço ideia. A dona Tânia disse que ouviu os tiros em minha casa e depois viu o Dalton com minha irmã no ombro, arrastando meus sobrinhos. Disse que ele entrou aqui com eles, de noite. Deve ter amanhecido e minha irmã deve ter recobrado os sentidos, ou algo parecido com isso, ela estava em choque quando a encontrei. Ela deve ter saído daqui e voltado para casa quando amanheceu.

— E os seus sobrinhos?

— É o que estou querendo descobrir — tornou o sargento.

— Você vai entrar aí?

— Eu tenho escolha? — rebateu o sargento, atirando-se dentro do bueiro.

A água gelada cobriu-lhe até a cintura. Ela corria forte debaixo de seus pés, entrando por uma manilha onde sobrava apenas uma palmo de altura para estar completamente tomada de água. Cássio vasculhou com a lanterna. Não conseguia ver onde aquilo parava. Sabia que não ia para o córrego, descia direto até se conectar com o principal ramal de esgoto do bairro. Ouvia o ronco da água passando pela manilha grossa e o guincho de ratos apavorados, carregados pela correnteza. O sargento virou a cabeça para cima e pediu o sabre para o soldado Ikeda.

— Isso é loucura, sargento — gritou o rapaz, ao entregar-lhe a espada.

— Eu sei. Mas não tem outro jeito. Vou procurar meus sobrinhos. Escute, se ficarem todos aqui me esperando, vamos perder muito tempo. Nem sei se consigo voltar para cá. Vou ter que procurar saída em outro ponto, porque a enxurrada não vai me deixar retornar.

— Certo, sargento.

— Tenente, junte seus homens e os voluntários, vá de casa em casa, batendo palma e chamando. Onde não tiver ninguém use o Rui para entrar. É justamente nas casas que não temos resposta que temos que verificar. Pode ter adormecidos lá dentro.

— Pode deixar comigo. Sairemos daqui às 16 horas, como combinado, esteja você aqui ou não. Levaremos sua irmã para o Hospital Geral de São Vítor.

— Obrigado.

O sargento tornou a encarar a manilha de concreto, com um palmo de ar no topo. Tomou fôlego e afundou na água escura. Sua lanterna fazia o facho de luz dançar à sua frente, mas era impossível enxergar qualquer coisa. Enganava-se, repetindo para si mesmo que era só água da chuva, mas sabia que os pés dançavam numa massa de esgoto no fundo do duto. A força da corrente o empurrou sem que conseguisse parar ou frear, agarrando-se em nada até submergir, mal tendo tempo para tomar uma golfada de ar. Sentiu as pernas e ombros raspando contra uma manilha cada vez mais estreita. Seu corpo foi projetado adiante e, quando o ar começou a faltar, o desespero veio, já que, mesmo empurrando a cabeça para cima, não encontrava ar, só água e uma corrente poderosa que o carregava. Cássio empunhava a lanterna em uma mão e o sabre na outra, sem ter muita força para se agarrar nas emendas das manilhas. Precisava respirar. Precisava de oxigênio. Chegou a abrir a boca uma vez, mas esforçou-se para manter a sanidade e não ceder ao desespero, tentando iluminar o caminho e enxergar alguma salvação. De repente sentiu o corpo dançando sem firmeza, solto no ar. Cássio foi arremessado para o meio do córrego e continuou sendo arrastado, mas ao menos agora tinha oxigênio para reabastecer os pulmões. Respirava em golfadas enérgicas e sofridas, lutando para ficar de pé, era impossível se firmar com aquele volume de água. O céu escureceu mais uma vez e um flash de relâmpagos piscou às suas costas, quando foi engolido por uma galeria dos esgotos. Não protestou nenhuma vez. Não temeu por sua vida. Se quisesse encontrar seus sobrinhos, era ali que deveria procurar.

As casas foram sendo visitadas pelo time agora comandado pelo tenente Almeida. Ikeda e Castro batiam palmas ao portão. Quando eram atendidos perguntavam sobre adormecidos e vizinhos que poderiam estar sozinhos. Muitos atendiam ressabiados, perguntando se aqueles soldados eram os das Forças Especiais prometidas no panfleto arremessado dos aviões. Estavam com medo. Na quinta casa deserta o plano de Cássio começou a funcionar. Ninguém atendeu aos chamados de Ikeda e Castro, e então Rui foi autorizado a violar a casa, girando uma gazua no portão e depois na porta da frente. Assim que adentraram a sala, um cheiro infernal de carniça nublou o olfato dos soldados. O chão da sala estava alagado, e o carpete passava uma sensação pegajosa a cada passo.

— Deve ser a geladeira. Sem energia a carne apodreceu — arriscou Castro.

Ikeda, com o fuzil erguido, avançou pela sala, pisando na água. Podia ser água da chuva, água caindo por goteiras ou por uma janela aberta. Olhou o fluxo, tentando descobrir por que ela não estava escorrendo pela porta da frente. Um relâmpago lá fora pegou os três de surpresa, que se sobressaltaram com o trovão arrasador que se seguiu, fazendo a casa toda tremer.

Rui ficou parado na porta, com a mão no nariz, o fedor da casa estava pior que o da sua camiseta, há três dias sem trocar.

Castro apontou a lanterna para a parede da sala. Era mais de onze da manhã, mas o céu continuava escuro como a noite, tornando a expedição mais perigosa do que parecia. Encontrou uma fotografia na parede, emoldurada em vidro e tudo, onde um homem exibia um peixe piraíba que pegava todo o seu colo e o do pescador ao seu lado. Na legenda da fotografia antiga leu: "Adão e compadre Tonico no Araguaia, piraíba de 105 quilos! Eita vara boa!". O soldado Rogério Castro abriu um sorriso e apontou a lanterna para o quadro ao lado. Lá estava o homem que parecia ser o tal de Adão, segurando outro peixe, uma pirarara enorme, sentado numa cadeira de lona, com um barco-hotel ao fundo. Castro conhecia todos aqueles peixes e as manhas da pescaria no Araguaia. Sua família era do Mato Grosso, e muitas vezes tinha ido com o pai e os irmãos àquele rio.

Ikeda, acompanhando a água, notou que ela entrava toda num quarto que tinha um degrau mais baixo que o piso da sala. Dentro do quarto escuro, de cortinas fechadas, a água havia subido um palmo, chegando às suas canelas. Passou a lanterna sobre os móveis e encontrou um homem grande deitado de bruços na cama.

— Gente. Tem um aqui — disse.

Castro chegou até a porta e olhou para dentro.

— Aposto que é o Adão.

— Quem?

— O pescador, Ikeda. Na sala tem um monte de fotos de pesca.

— Melhor chamar um dos enfermeiros pra ver se esse cara tá vivo.

— Tá respirando?

— Não sei.

Outro trovão ribombou do lado de fora, e um relâmpago infestou as brechas das cortinas de luz, dando uma breve visão do ambiente.

— Sinistro isso aqui.

Do lado de fora do quarto, indo para a cozinha, Rui sentiu vontade de urinar e olhou para uma porta no corredor. Devia ser o banheiro. Ainda mais porque dali saía água em profusão. A pessoa que os soldados tinham achado no quarto poderia ter deixado o chuveiro ligado enquanto caía no sono, isso explicaria o alagamento. Abriu a porta ouvindo a água despencar, não do chuveiro, mas de uma banheira de louça. Uma imensa e linda banheira branca ocupada por um cadáver inchado e arroxeado. O fedor de carniça vinha dali. Não era carne na geladeira nem leite estragado. Era um corpo apodrecendo numa banheira que transbordava.

— Ei! Vocês tem que ver isso! — gritou o chaveiro.

Castro deixou o quarto primeiro, trazendo a lanterna e notando a água jorrando para fora do banheiro. Quando entrou no cômodo jogou a luz sobre o cadáver deteriorado na banheira.

— Putz, Rui! Que nojo!

— Tá embaçado mesmo — disse o chaveiro, usando seu boné para cobrir o nariz.

— É uma mulher — tornou o soldado.

Rui adentrou o banheiro pé ante pé, evitando molhar ainda mais os tênis na água, e abriu o zíper para mijar no vaso.

— Você é doente, Rui. Vai mijar na frente da morta?

— Tô apertado, Castro. Dá um tempo. Se eu mijo nas calças vocês vão ficar me tirando de mijão, achando que tenho medo de morto. Eu tenho medo é daqueles miseráveis sugadores de sangue. Disso aí eu não tenho medo, não — explicou o chaveiro, enquanto o jato de urina já descia gorgolejando pelo vaso.

Ikeda parou na porta do banheiro com a mão no nariz.

— Deve ser a esposa do pescador, tem foto dela na sala também.

Castro deixou a porta e parou no corredor, um barulho leve atrás de sua cabeça tinha chamado a sua atenção. Era como se um bicho pequeno, um cachorro ou um rato, tivesse se mexido.

— Chaveiro, vai chamar o enfermeiro. Quero que vejam se o pescador está vivo.

Rui disparou a descarga, tentando imaginar quando tinha virado garoto de recados dos soldados. Deu uma cuspida dentro do vaso, vendo a água girar e sumir na tubulação, lançando um ronco dentro da casa.

— Ssssh! — resmungou Castro do corredor. — Para com essa porra!

O soldado caminhava com o fuzil erguido, pronto para o disparo. Quando o som da descarga diminuiu, ele escutou o choro. Um choro fraco, baixinho, de criança.

— É um nenê chorando — murmurou o soldado, andando lentamente até a porta além do banheiro.

Castro pousou a mão na maçaneta e a girou devagar. Diferente da cozinha, que tinha janelas amplas e lançava um pouco de luz no fim daquele corredor, o quarto estava com as janelas cerradas e cortinas fechadas, o que o tornava ainda mais escuro que todo o resto. Abriu toda a porta e olhou para Ikeda no corredor, que trazia a lanterna. Castro não queria baixar o fuzil, já que um pressentimento ruim corroía-lhe as entranhas. Ikeda jogou luz para dentro do quarto enquanto Castro avançou com a arma pronta. Era um quarto de criança. Uma cama pequena, prateleiras e mais prateleiras com livros infantis. Brinquedos no chão, o guarda-roupa aberto com algumas roupas dobradas em cima de uma cômoda, esperando para serem guardadas. Ao que parecia a mãe tinha resolvido tomar um banho antes de terminar a tarefa e, com a chegada daquela maldita noite, acabara adormecendo e afogando-se na banheira. O choro continuava, vindo de uma gargantinha rouca. Dentro de um chiqueirinho, com os dedos cravados na redinha de proteção, uma criança de mais ou menos dois anos de idade chorava de joelhos, dentro de uma calça de moletom azul, com uma camiseta enrolada no pescoço. A lanterna de Ikeda vagueou um pouco mais, e então Castro finalmente baixou o fuzil. Comovido, correu até o berço, apanhando o bebê assustado. Ele estava fraco. Tinha ficado todos aqueles dias e noites terríveis ali, sozinho, sem ninguém para lhe acudir do frio, da fome e do medo. Era um menino, pela calça azul e pela decoração masculina do quarto, cheio de carrinhos e aviões. A criança era leve e encaixou-se no colo de Castro, que deixou a arma pendurada pela bandoleira no pescoço. Ele se agarrou ao soldado e voltou a chorar, um choro baixo, fraco, de uma criança que estava nas suas últimas forças. Parado na porta do quarto estava Rui, que foi surpreendido pela luz de Ikeda em seu rosto.

— Vai, Rui! Chame os enfermeiros, temos uma emergência aqui.

Castro voltou até a sala e não saiu. Lá fora ainda chovia, e teve medo de o bebê, fraco, resfriar-se.

Ikeda voltou ao banheiro e aproximou-se da mãe morta. Girou o registro, fechando a passagem da água.

— Ikeda! Veja aí no quarto dele se tem um cobertor.

O soldado obedeceu ao amigo, dando um sorriso. Um cobertor? O Castro manjava de cuidar de bebês, então? Em cima da cama encontrou uma manta do pequeno e levou-a para sala. O volume de água no corredor já tinha diminuído, e o restante escorria para o quarto onde jazia o pescador adormecido.

— Toma. Cobre o Fernandinho aí.

— Fernandinho? Como sabe o nome dele?

Ikeda jogou luz na manta azul, onde o nome "Fernando" vinha bordado.

— Deve ser o nome dele.

— É. Acho que você está certo.

Castro enrolou o menino na manta e tornou a confortá-lo em seu colo. O garoto tinha os cabelos pretos e os olhos escuros. Tinha o rosto encovado e sua respiração estava agitada, podia sentir o coraçãozinho do pequeno batendo rápido, como um passarinho assustado.

— Ele deve estar com sede — disse.

— Pode crer — concordou Ikeda, indo para a cozinha.

O soldado voltou com um copo d'água tirada de um filtro atarraxado na torneira da pia. Castro apanhou o copo da mão de Ikeda e colocou na boca do garoto, que estava mole. Ele começou a beber uns poucos goles, batendo os dentinhos de leite contra o vidro.

— Não dá muito, não, Castro. Lembra do treinamento. Ele foi privado de água e comida por quatro dias.

— É um milagre ele estar vivo.

— É milagre mesmo.

Castro deu só mais um gole para o bebê e pousou o copo na estante da sala, saindo para o quintal da frente, onde encontrou com a enfermeira Nádia.

— Ô meu Deus, que judiação — falou Nádia ao colocar os olhos no bebê.

— Eu o cobri. Fiquei com medo que se resfriasse.

— Fez bem. Agora me passa ele aqui — pediu a enfermeira, querendo examinar o pequeno.

— Fernando. O nome dele tá nessa manta.

Almeida coordenava a remoção dos adormecidos da rua Japiúba. Só ali tinham sido seis pessoas perdidas, sozinhas em suas casas. Além do bebê, a velha senhora, dona Tânia, foi convencida a entrar em um dos ônibus para seguir para o Hospital Geral de São Vítor. Ali, sozinha, poderia perecer sob as garras de um dos agressivos. Havia também a contagem de mortos. Dois. A mãe do bebê Fernando e um jovem de aproximadamente vinte e dois anos, encontrado com o pescoço rasgado e com o sangue drenado do corpo. O tenente levou o grupo para a rua seguinte, onde o processo começou mais uma vez. Almeida não tinha verbalizado, mas estava preocupado com o sargento Cássio, que não tinha retornado até o momento. Olhava para o relógio de minuto em minuto, para não perder a noção do tempo. Tinham que ser rápidos, agora que passava do meio-dia.

Ao final de mais três ruas a contagem de adormecidos tinha chegado a vinte e oito resgatados, mais três idosos, que aderiram ao comboio, e uma criança salva de casa, onde os parentes tinham adormecido. O relógio tinha chegado às quinze horas, e o sargento ainda não tinha retornado para o grupo. A chuva tinha se tornado intermitente, indo e voltando de tempos em tempos, em pequenas pancadas, depois períodos de garoa fraca.

Ikeda aproximou-se de Almeida para buscar orientação.

— Senhor? Podemos seguir para a próxima rua?

— Não, soldado. Não temos mais tempo. Prepare o grupo para a partida.

Castro, que estava próximo, olhou para Ikeda.

— E quanto ao sargento Porto, senhor?

— Vamos esperar até as quatro horas. Quatro e um, partimos.

Cássio descansava sentado em uma das intermináveis galerias. Tinha vasculhado por horas as manilhas e galerias, sem encontrar qualquer sinal de seus sobrinhos. Se eles estiveram ali, tinham sido carregados pelas águas da chuva.

Depois de horas, com a lanterna já bastante fraca, finalmente alcançou o ramal principal. Tinha a sensação de ter descido pelas tubulações, e agora seu uniforme era uma pasta de lama negra e fedor. O ramal principal estava na sua frente, precisava saltar do patamar onde estava, onde se formava uma cascata de concreto, abarrotada de toda sorte de detritos e lixo arremessado aos bueiros, formando um hiato de dois metros e meio de altura até o chão da galeria. Cássio aferrou o sabre pela empunhadura e saltou. O coturno deslizou na lama, fazendo-o tombar de costas e perder a lanterna de sua mão, que rolou para a água que corria na canaleta central do ramal. Cássio engatinhou rapidamente para alcançar a lanterna, vendo a luz passar rapidamente pela enxurrada ainda alimentada pela água da chuva, atirando-se no meio da corrente e sendo levado. A lanterna foi para o fundo da água escura e se enroscou providencialmente em alguma coisa; Cássio continuou sendo empurrado, agarrou a lanterna, mas não conseguiu sair da canaleta, com a força da água vencendo suas tentativas de se levantar e se alçar pela lateral escorregadia de concreto. O sargento chegou a temer pelo pior: como aquelas dezenas de corpos que tinha visto de manhã, acabaria sendo arremessado para o meio do rio Tietê. No entanto, acabou colidindo contra uma pilha de entulho e sujeira, sendo aprisionado por galhos que enroscaram perigosamente seus braços. Havia também uma porção de fios, como ramos de plantas soltas, que grudaram em seu rosto. Esses eram os menores de seus problemas. O odor de urina e excremento que fervilhava por todos os lados impregnava em suas roupas e seu uniforme. Cássio concentrava-se em não abrir a boca para que nem uma gota daquela água imunda entrasse. Levantou, puxando a lanterna e o sabre. Arremessou o sabre para cima do patamar de concreto fora da vala, onde a água corria, e conseguiu subir com o joelho até a borda, fazendo força, sentindo toda as articulações doerem. Elevou o corpo e tombou de costas, arfando, cansado. Estava exausto demais para continuar avançando. Ergueu a lanterna, que começava a falhar, e apontou para o amontoado de galhos e entulho que bloqueava o caminho, presos a uma série de barras de vergalhões de ferro plantadas numa interligação do ramal principal. Precisou se aproximar mais para entender aquilo. Aquela montanha de restos não era composto por lixo orgânico vindo de pedaços de árvore e vegetação, trazidos pelas águas das chuvas. Eram corpos! Cássio afastou-se dois passos ao desvendar aquele emaranhado de braços e dedos curvos. Eram pessoas afogadas. Pessoas capturadas pela enxurrada e carregadas até aquelas grades de ferro, que faziam as vezes de um imenso ralo, preservando o ramal central, para que não entupisse e evitasse uma enchente. Cássio arremessou-se de volta à água corrente, agora mais equilibrado, pisou na parte mais rasa e começou a puxar os corpos. Seus sobrinhos poderiam estar ali.

— Megan — murmurou um incrédulo tio.

Ele puxou mais dois corpos, adultos, pesados, com os olhos fechados e as bocas arroxeadas. Estavam frios, estavam mortos. Aqueles ramos que tinham prejudicado sua visão, enrolados em sua pele do rosto e pescoço, não eram mato nem restos de vegetais, eram os cabelos das mulheres. Duas delas estavam nuas, com corpos azulados pelo frio da água e pelo beijo selado da morte. Todos adormecidos, afogados. Nem homens nem vampiros tinham previsto aquele temporal. Por certo agora aquelas feras procurariam outras tocas para onde carregar suas vítimas. Cássio arrastou-a para fora do emaranhado de mortos com o som da água corrente, poderosa, cobrindo sua audição. Olhava para trás e apontava a lanterna quando tinha a impressão de alguma coisa se movendo na escuridão do ramal de esgoto. A ferramenta já não ajudava. A luz era agora apenas um pálido luzir que não vencia mais que dois metros. Voltou ao mundo dos mortos puxando cabeças e ombros. Tremia de frio e de ansiedade. Nunca tinha estado no meio de tantos mortos. Alguns estavam duros como pedra, dificultando o desemaranhar, outros moles e flácidos, mas todos gelados e sem vida. Pensou ter visto um menino, também nu. Por que estavam sem roupas? O que estava acontecendo? Puxou o menino frio pela mão. Não era seu pequeno Felipe. Mesmo assim, Cássio escorou-se na parede pegajosa da canaleta com aquele menino nos braços e chorou, apertando-o contra o peito. Apesar do ambiente sujo e infecto, os corpos, suas peles e roupas estavam limpos por conta da água da chuva. Cássio acabou soltando o garoto e voltou a remexer os mortos, um a um, até certificar-se de que seus sobrinhos não estavam naquele emaranhado de cadáveres. Mais uma vez alçou seu corpo para fora da canaleta, buscando forças para se manter de pé. Uma das mulheres nuas estava ao seu lado. Ela tinha os cabelos longos e negros e seios grandes e cheios. Uma leve ondulação em sua barriga sugeria que poderia estar grávida de poucos meses ou que tinha engolido muita água antes de se afogar. Cássio ergueu a lanterna mais uma vez, agora procurando uma saída daquele pesadelo. No curso de busca em esgotos ministrado pelo Corpo de Bombeiros eles tinham ensinado tudo, desde buscar pistas e fugitivos, que não raro se escondiam nas tubulações dos esgotos, até mesmo a sobreviver a enxurradas e sair das galerias, exatamente como ele precisava fazer agora. Foi para perto de uma das paredes úmidas. Ali a água não tinha chegado, mas os vapores pegajosos e fedorentos do esgoto tinham se fixado sobre o concreto, fazendo crescer mofo e fungos para todos os lados. Apontava a lanterna para cima, em algum lugar encontraria uma escada. Distraído, buscando a escapada, não ouviu os passos da mulher nua às suas costas. Ela não era uma adormecida, era uma vampira, que tinha sido despertada de seu transe das horas do dia pelo movimento de seu corpo. Tinha sido aquele homem, vestido de policial e empunhando uma lanterna, que a tinha tirado do sono.

A lanterna do sargento estava em seus últimos suspiros de vida. A luz tremia e sumia, obrigando o policial a bater o fundo do equipamento numa tentativa teimosa e inútil de manter a luz acesa. Conforme a lâmpada piscava, quem estivesse ali parado na frente do policial poderia tê-lo advertido de que a cabeça de uma morta-viva, com a boca aberta e com dentes longos e pontudos, aparecia, cada vez mais perto. Contudo não havia ninguém ali além de Cássio e a morta-viva. O policial encontrou a escada, dando um suspiro longo. Olhou para cima, vendo a luminosidade que atravessava as bordas da redonda tampa de aço, provavelmente cravada no meio de uma avenida. Quando colocava a mão no primeiro degrau de ferro retorcido, molhado e carcomido pelo tempo, foi que ouviu o grunhido às suas costas. Girou a lanterna, que foi arrancada de sua mão por um tapa violento. A morta nua estava diante dele, com a boca aberta e aqueles característicos olhos vermelhos. A lanterna rolou pela beirada de concreto, indo parar mais uma vez no fundo da canaleta. Cássio agora apenas via os olhos vermelhos da vampira, e o trilho de luz que vinha de cima, da tampa, há quatro metros de altura, não fornecia claridade suficiente para ver o corpo dela. Cássio recostou-se na parece úmida e manteve as mãos abaixadas. A vampira lançou outro grunhido e correu em sua direção. Cássio abaixou-se e lançou a mão direita em arco para a frente, fazendo o lâmina do sabre cravar na lateral do pescoço da criatura, que gritou e jogou-se para trás. Os olhos do sargento estavam se acostumando com a escuridão total e, por conta disso, conseguia ver o vulto da vampira caído no chão. Ergueu o sabre mais uma vez e desferiu sucessivos golpes contra a mulher, que parou de lutar. Cássio posicionou-se ao seu lado e, com uma pancada poderosa e certeira, separou a cabeça do corpo da morta-viva. Mais que depressa voltou para baixo da tampa e, tateando, reencontrou a escada, enfiando o sabre nas costas, deixando-o preso à camisa como se fosse um ninja desajeitado, e içou o corpo para cima, vencendo um degrau após o outro. Quando chegou ao topo, pingava de suor. A tampa de aço parecia pesar toneladas, precisou bater contra ela com o ombro, esquecendo momentaneamente do ferimento da tarde anterior, vendo estrelas girarem diante de seus olhos. Ao menos a obstrução cedeu e Cássio conseguiu remover a tampa, deixando a claridade do dia queimar seus os olhos e infestar o fundo daquele esgoto sombrio. Elevou-se para fora e espiou para dentro, vendo o corpo da vampira se volatizar com a chegada da luz do sol. Cássio inspirava golfadas longas de ar puro, parecendo limpar seus pulmões com cada uma delas. Caiu de costas sobre o asfalto da avenida Engenheiro Caetano Álvares, de onde, num dia comum, seria impossível sair sem correr o risco de ser atropelado. No entanto, indiferente aos cadáveres abandonados em suas entranhas, a cidade seguia em silêncio. A garoa tinha parado e o céu ainda vinha com nuvens, um bocado mais ralas agora. Cássio empurrou com os pés a tampa de volta ao buraco e colocou-se de pé. Não sabia que horas eram. Seu relógio era o celular, que tinha ficado sem bateria, abandonado em seu quarto provisório no Hospital Geral de São Vítor.

Quatro e um da tarde o comboio, agora liderado pelo tenente André Almeida, ligou os motores. O chaveiro Rui tivera uma boa ideia. Deixaram a Land Rover, com as chaves dentro do carro, estacionado na garagem do sargento Porto. Como a chuva tinha dado trégua, os civis e policiais militares acondicionaram as capas de chuva cedidas por Cássio em um dos bagageiros livres dos ônibus, enquanto os soldados guardaram as suas no blindado. Puseram-se em marcha lentamente, como se a esperança em divisar o sargento dobrando uma daquelas esquinas costurasse os pneus dos veículos no asfalto.

Alessandra, a irmã de Cássio, continuava sedada e dormindo, vigiada o tempo todo pela enfermeira Gláucia, enquanto a segunda enfermeira cuidava da criança encontrada sozinha. O estado da criança era bastante assustador, difícil crer como tinha sobrevivido a quatro dias sem água e sem alimento. Justamente a desidratação era o cenário mais preocupante no momento. Nádia havia pegado uma veia e mantinha hidratação por soro fisiológico. Quando chegassem em Itatinga o pequeno Fernando passaria por uma bateria de exames para avaliar se havia danos colaterais por causa da privação de líquidos no organismo.

O blindado ia à frente do comboio, descendo as ruas rumo à Marginal Tietê. Era parte do plano voltar até o Regimento de Cavalaria 9 de Julho antes de tomar a estrada de volta ao interior do estado. O sargento Porto tinha dito que seria bom inspecionar a segurança do quartel e também verificar se algum de seus colegas de patrulha e trabalho tinha aparecido por ali, buscando notícias ou abrigo, podendo ser agrupado em São Vítor. Era assim que estavam começando a chamar aquele lugar onde um poderia proteger o outro durante aqueles dias insanos que o mundo vivia. O tenente Almeida ia no posto da metralhadora .50, do lado de fora, exposto, mas com a visão privilegiada. Desciam a avenida Água Fria quando viu a silhueta ao longe de um homem, cambaleando, subindo a rua. O capacete branco denunciava que era um militar e, conforme iam se aproximando, a figura do sargento ficava nítida. Almeida deu dois tapas rápidos no tampo, avisando para parar. Assim que o veículo reduziu a velocidade, o tenente desceu de seu posto para o interior do blindado e abriu a escotilha dos fundos, ganhando a rua. Cássio parecia ferido, despertando a urgência do tenente.

— Sargento Porto! Pensei que tínhamos perdido o senhor.

Cássio parou no meio da rua, curvando as costas e apoiando as mãos nos joelhos, ainda com o sabre passado em suas costas, preso pela farda. Tinha a respiração entrecortada, e a farda e a pele recobertas por aquele lodo fétido do esgoto.

— Sou vaso ruim, tenente. Vaso ruim não quebra.

O comboio estava ao lado de um posto de gasolina, de frente para o 20º DP e para o 43º Batalhão da PM. O posto de gasolina estava tomado por carros abandonados, ao menos duas dúzias de veículos, sobre as bombas e o calçamento do posto, parte deles com as portas abertas. Um homem aparentava fazer a segurança do local, zanzando de lá para cá, curioso com os veículos que tinham parado tão perto. Fora isso, as ruas pareciam desertas e a DP e o Batalhão pareciam mortos.

— Não entendo como os quartéis da PM estão assim, desertos.

— Eles sabem de alguma coisa que você não sabe, sargento. Pode apostar que o alto comando militar está preparando alguma coisa. Suba, venha no Urutu com os soldados. O senhor está fedendo que é o diabo. Encontrou seus sobrinhos?

— Não. Nem sinal.

— Lamento, sargento. Venha. Não percamos mais tempo. Precisamos sair daqui antes que anoiteça.

— E minha irmã?

— Está sob os cuidados dos enfermeiros, no ônibus conduzido pela dona Diana.

Cássio subiu no veículo, infestando o ambiente com o seu odor azedo.

— Melhor feder aqui do que junto aos convalescentes. O senhor ia acabar matando um deles.

— Deles? Tem mais gente convalescente além de minha irmã?

— Não lhe contaram ainda, sargento? — perguntou Ikeda em tom de chacota. — O soldado Castro vai ser papai.

Cássio franziu a testa e olhou para o soldado Castro que balançava a cabeça negativamente.

— Ele encontrou um bebê perdido dentro de uma das casas.

— Qual casa?

— A do pescador — antecipou Castro.

— Ah! Não brinca! A casa do seu Adão?

— Isso aí.

— Poxa, eu conhecia o seu Adão. Muito gente boa ele e a dona Laila.

— Ele tá vindo aí atrás. Adormecido.

— Já a dona Laila, a mãe do bebê, tá mortinha da silva — revelou Castro.

— Aí o Castro resolveu ser papai do neném — brincou Ikeda. — Cuidando dele com a enfermeira gatinha, a Nádia.

Castro arremessou um magazine de munição contra a cabeça de Ikeda, acertando em seu capacete.

— Nada bobo você, não é, Castro? A Nádia toda peitudinha e bundudinha, e você lá, pagando de papito do Fernando.

Cássio ficou calado, perdido em seus pensamentos. Todas aquelas pessoas do dia a dia. Ainda que não convivesse com elas, que não se preocupasse todos os dias, que não tivesse ligado para nenhuma delas na última semana, que não tivesse ido almoçar frango com polenta, todos elas tinham sido apanhadas por aquele revés. Sua irmã estava num daqueles ônibus, tomada por um pânico infinito, sofrendo a perda dos filhos. Ele tinha se arrastado por horas e horas nos esgotos da cidade de São Paulo, procurando os sobrinhos. Fernando tinha ficado órfão de uma hora para a outra. Quantas histórias como aquela estavam sendo vividas naquele exato momento? Milhares? Milhões? As crônicas do fim do mundo seriam escritas um dia, dando conta de tantos dissabores e alegrias que fossem possíveis de ser contados. O balé da morte também convidava à dança da vida, posto que a humanidade se agarrava em qualquer esperança de sobreviver... E sobreviveria.

CAPÍTULO 64

Dolores estendeu meia dúzia de fraldas brancas no varal. Nunca tinha feito aquilo. Lavado fraldas de pano para usar em seu pequeno Rian. Sempre contava com o conforto das fraldas plásticas, mas as que tinha trazido haviam sido usadas naquela última e terrível noite. Quando amanheceu parecia que era mentira. Tinha certeza de que não terminariam vivos naquela madrugada. Adormeceu de pura exaustão, acordando com o bebê chorando de sede. Então Everaldo despertou e saiu. Dolores tinha escolhido ficar dentro do quarto até que tudo acabasse. Everaldo poderia lhe chamar de covarde por ter tomado aquela escolha, mas ele que se danasse com sua opinião. Ela não queria vê-lo matando o homem com quem tinha sido casada por três anos e que ainda amava. Temia perder a razão e, em vez de ajudar Everaldo, acabar ajudando o coitado do Vinícius. Ele não era aquele homem que duas noites atrás ficara gritando palavrões, xingando-a de tudo que era nome sujo, dizendo barbaridades através do forro do quarto e prometendo degolá-la e beber seu sangue. Aquele não era Vinícius. Aquilo era uma coisa dentro do corpo do marido, que mandava nele agora, que se apoderara de suas lembranças e de sua voz, um demônio possessor. Não teve coragem de perguntar muito sobre o combate, sobre como Everaldo havia finalmente conseguido tirar a vida de seu marido, mas o homem dissera que tinha arrastado o pouco dos restos mortais de Vinícius que resistiram ao sol. Aquela reação ao contato com a luz de um estrela deixava como certo que lidavam com algo fantástico e místico. As criaturas violentas eram vampiros.

Ficaram desanimados e abatidos, mesmo sabendo que tinham coisas importantes para fazer. Dolores insistia que Everaldo devia ir até um hospital ver aquele ombro inchado e roxo, talvez algum osso tivesse se partido na queda. O homem era teimoso como um asno e não queria sair dali, só dizia que queria descansar. O corte em sua perna sangrou até o começo da tarde, contrariando a impressão que ela tinha de que aquilo só estancaria com uma boa meia dúzia de pontos. Ela notou que Everaldo ficou pálido na hora do almoço e reclamou de falta de ar. Ela quase o enfiou dentro de um carro, mas acabou vencida pela insistência dele em ficar e permanecer quieto, deitado, para se recuperar. Everaldo argumentava que os hospitais estavam entupidos e que aqueles soldados malditos podiam estar por aí, procurando qualquer motivo para atirar contra a população, talvez querendo promover uma limpeza a balas.

Por volta das duas da tarde Everaldo saiu, voltando umas cinco horas, quando ela já começava a se desesperar e a imaginar que passaria a noite sozinha, desprotegida, com seu filho nos braços no meio de duas adormecidas. Contudo, arrefecendo seu desespero, ele voltou trazendo duas galinhas vivas, amarradas pelas pernas.

— Toma. Faça uma para comermos hoje e almoçarmos amanhã. A outra eu deixo amarrada lá fora e a gente come na janta de amanhã. Depois vejo como fazer para comprar mais comida.

Dolores ficara calada, olhando para o galináceo por um momento, imaginando como é que transformaria aquilo em alimento comestível.

— Deu um trabalho danado para achar essas galinhas. Foi numa granja lá embaixo, perto do rio.

— Seu Tavares. Meu pai compra ovos na granja dele.

— Está tudo fechado e ninguém aceita dinheiro. A mulher da granja aceitou, graças a Deus. E vendeu pelo preço da tabela dela. Admirável.

— Você tem que comprar um casal. Galo e galinhas.

— Hã?

— Se ficarmos aqui. Vamos precisar de galo e galinhas, delas botando ovos.

— Até que você não é burra, Dolores.

— Não elogia ainda, não.

— Por quê?

— Porque eu não vou matar essa galinha pra cozinhar. Deus me livre!

Começaram ali uma pequena discussão, Everaldo dizendo que tinha andado mais de cinco quilômetros para achar alguma coisa, que estava faminto e sem comer desde a noite anterior. Porém não teve argumento que convencesse a mulher a botar a mão na galinha e a matá-la. Everaldo acabou amarrando uma delas embaixo de uma árvore e, fechando os olhos e estremecendo ao ouvir o estalo, torcido o pescoço da outra. Soltou o corpo que estrebuchava entre seus dedos para logo se arrepender. A galinha, com o pescoço pendurado de lado, saiu correndo pelo terreiro em frente à casa, rodando em círculos, fazendo o casal temer sua escapada. Logo Everaldo cercou a penosa e, com uma faca limpa, terminou de partir o pescoço da criatura, fazendo o sangue dela verter sobre a terra.

Dolores, ainda estendendo as fraldas, fazia careta ao se lembrar da lida com a galinha morta. Tirar as penas tinha dado um trabalho imenso, e o resultado, patético, uma vez que, já na panela, ela ainda conservava algumas das penas e dos tubos que pareciam de plástico que cravavam em sua pele grossa. Dolores se virou com os temperos que a mãe mantinha na chácara e logo, apesar de bastante feia, a galinha ensopada estava cheirando gostoso. Um pouco de arroz para acompanhar com uma salada de agrião apanhado na roça do pai. Assim foi a primeira refeição decente da dupla em Santa Helena.

Quando a noite chegou, Dolores ficou nervosa. Novamente estavam entregues ao lampião a gás, que empurrava a escuridão, criando uma bolha de segurança no seu entorno. Os cinco voltaram a ficar reunidos em um quarto só, com o guarda-roupa escorado na janela e uma cômoda escorada na porta. O sono custou a chegar, e ela e Everaldo conversaram até fechar os olhos. As ideias giravam em torno de imaginar o que se sucedia com o mundo, quanto tempo aquele inferno ia durar e se a transformação daquelas pessoas seria para sempre. Depois se pegaram imaginando como passariam um ano inteiro escondidos naquela chácara, tendo que viver do que a terra dava, sem energia elétrica, logo sem água na caixa e sem gás de cozinha. Dolores não se conteve, e mais uma vez chorou. Everaldo, dessa vez, acariciou a cabeça da mulher, tentando lhe dar algum conforto. A mulher repeliu a mão de Everaldo e nessa noite dormiu espremida na cama, entre as duas mulheres, com seu bebê aos seus pés.

Agora lá estava ela, terminando de pôr as roupas no varal. Uma vez que tinha aproveitado a sagrada água para lavar as fraldas, também tinha dado um jeito em uma bermuda sua e em uma camisa de Everaldo. Quando secava as mãos nas coxas, viu um casal idoso abrindo o portão. Reconheceu o seu Tavares, de chapéu de palha, vindo à frente da velhinha que era sua esposa. Juntos passavam dos cento e quarenta anos. Mesmo com mais de setenta, seu Tavares era um homem forte, de baixa estatura e magro, mas forte e lúcido. Quando chegou mais perto viu que ele tinha um revólver na cintura e a camisa puída rasgada.

— Bom dia, seu Tavares. Que agitação é essa?

— Bom dia, guria — disse o velho, dono de uma voz rouca. — Cadê seu pai?

Everaldo apareceu na varanda, vindo para o terreiro. Reconheceu a velha da granja.

— Meu pai tá com a doença, seu Tavares. Ele está dormindo e não acorda mais.

A velha fez uma sinal da cruz.

— Menos mal, sabia.

— Venham, sentem os dois. Everaldo, traz essas cadeiras aqui para baixo.

— Ah, filha, eu tô bem cansadinha. Vim correndo atrás desse doido.

— Por que o senhor veio aqui, seu Tavares?

— Porque eu era muito amigo do seu pai e achei que ele ia estar aqui.

— Conta logo pra ela, Tavares. Não precisa ter vergonha de dizer que estava com medo.

— Bá, mas que medo, o quê? — ralhou o velho. — Não se intrometa, Maria.

Para surpresa de Dolores, ela viu mais movimento no portão. Agora uma moça abriu as grades e dava passagem para uma camionete cabine dupla entrar.

— Quem são esses? — perguntou Everaldo.

Dolores só ergueu os ombros.

— O que o senhor queria com o meu pai?

— Ontem a gente foi atacado por aqueles do tinhoso, sabe? Quiseram entrar na nossa casa. Um até conseguiu e rasgou a camisa do Tavares. Arranhou ele no peito, pobrezinho — revelou a velha Maria.

— Acontece que ele não sabia com quem tava se metendo. Mandei chumbo nele.

— Mas ele está com medo, porque ficou a noite toda vigiando na janela e disse que viu mais de dez dessa gente que tá louca, andando com os olhos todos vermelhos que nem brasa quando escurece.

Everaldo e Dolores trocaram um olhar, ouvindo o casal de velhinhos e intrigados com o jovem casal que chegava agora.

A moça, uma loira de uns vinte e cinco anos, veio andando acanhada para o lado deles, enquanto o seu companheiro ia até a parte de trás da camionete e puxava uma caixa plástica imensa e que parecia pesar um bocado.

— Essa aqui é minha neta, Cassandra. A gente passou na casa dela no caminho e mandamos ela vir para cá também.

Everaldo estranhou, franzindo a sobrancelha.

— O seu pai era muito meu amigo. Como esse moço aí disse que estava aqui na casa dele, eu achei que o Medeiros ia estar aqui também.

— O que o senhor queria com ele?

— O seu pai colecionava armas, a gente conversava muito sobre isso. Eu ia pedir pra gente ficar aqui, reunido, porque, se esses demônios voltarem, a gente vai ter que dar um jeito neles — disse o velho com a voz já esganiçada por causa da sua afobação.

— Espera. O senhor, a sua neta e aquele moço? Todo mundo quer ficar aqui?

— Olha como essa estância fica no alto, rapaz. Se a gente fizer um jirau aqui numa das árvores ou se a gente subir no topo do galpão, dá pra ver longe.

Só agora Everaldo e Dolores entendiam o raciocínio do velho e seus netos.

— A granja fica numa baixada e estamos isolados. Aqui a gente tá junto e tá no alto. Mais as armas do seu pai... A gente pode resistir.

Dolores ficou comovida com a vontade do idoso em vencer mais uma noite e viver.

— De que armas ele tá falando, Dolores?

A moça botou a mão na boca e correu para dentro da casa, sendo seguida por Everaldo. No quarto vazio, onde a mãe dela estivera, tinha uma cama de casal também. Dolores pediu que Everaldo e o rapaz que tinha vindo na camionete levantassem a cama. Debaixo dela havia um recorte no piso de madeira, revelando um cadafalso, que foi removido com alguma dificuldade.

— Meu pai escondia tudo aqui. Depois que proibiram a caça, perdeu o gosto pelas armas.

— Dolores! — berrou Everaldo. — A gente aqui ferrado e lascado e você esquece que tem armas debaixo da cama?

— Eu esqueci, ué.

Perplexo, Everaldo viu o neto do velho puxar uma bolsa de lona; ao abri-la, três espingardas apontaram para fora. Em cinco minutos o buraco foi esgotado, revelando um arsenal de duas pistolas, três revólveres .38, três espingardas e uma besta munida de flechas, mais uma dúzia de boas facas de caça e uma máquina de prensar pólvora nos cartuchos e selar munição.

— A gente pode resistir — repetiu o velho.

Dolores suspirou fundo. Olhou para o casal de velhinhos e pro casal jovem à sua frente, sem olhar para Everaldo.

— Tá certo, seu Tavares. Tá certo. Isso pode funcionar.

— Opa. Calma aí, Dolores. Não é assim que se resolve uma coisa dessas. A gente tem que conversar.

— Conversar o quê, Everaldo? A casa é minha, eu recebo quem eu quiser.

— A gente vai dar as armas pra eles e vamos ficar com menos espaço aqui, pode ser mais perigoso do que antes.

— Everaldo, não vou discutir. O seu Tavares e a dona Maria vão ficar. Eles ficam nesse quarto aqui, e a neta dele e o marido dela, noivo, namorado, seja o que for, ficam na sala.

— As coisas não podem ser resolvidas sem conversa, Dolores!

— Além do mais, se você gostou do frango, aposto que a dona Maria sabe fazer um bem mais gostoso. E com eles aqui, a gente vai ter ovo e galinha até as coisas se ajeitarem.

— No galpão a gente põe o pessoal da igreja.

Dolores e Everaldo olharam com a boca aberta para dona Maria.

— Que pessoal da igreja?

— Eu sou da pastoral de São Francisco de Assis. Sou muito amiga da dona Joaquina e da família Lerner. Sei que eles perderam muita gente e precisam de ajuda.

— Viu? Eu te falei — resmungou Everaldo.

Dolores suspirou fundo e voltou até a varanda. Olhou para o terreno no entorno. Se iam ficar ali teriam que derrubar as árvores mais próximas, infelizmente. Assim nenhum daqueles coisas ruins iria conseguir se esconder na vegetação ao redor da chácara. Andou até o meio do terreno, seguida pelos velhos, o casal recém-chegado e Everaldo. Olhou para o velho Tavares e para o moço atrás dele, segurando uma das espingardas do pai. Pensou no seu pequeno, que cresceria no meio de armas e do medo da noite. Eram todos iguais naquela luta. Se tudo o que ela tinha de material era aquele rancho e ele serviria para alguma coisa além de ter uma casa gostosa no topo de uma colina, então ela ajudaria. Deixaria que eles ficassem ali e que trouxessem quantos mais fosse possível abrigar dentro daquelas cercas. Precisavam se juntar e se reorganizar. Só assim teriam forças para voltar a Foz do Iguaçu e resgatar seu pai daquele hospital.

— Dona Maria, pode chamar suas amigas para ficar aqui. Vamos ajudar. Vamos nos unir e, como disse o seu marido, resistir.

Capítulo 65

Mais uma vez, como em tantas outras vezes, era noite sobre aquela terra. O vento e o frio brincavam juntos, carregando a noite no seu rastro, ziguezagueando pelas linhas. Uma cidade morta surgiu distante, aproximando-se mais e mais, embalada pelo troar a diesel. Mesmo ainda longe, riscada no horizonte e marcada pela luz tímida da lua, ela sabia que a cidade morta ganhava movimento quando os novos moradores começaram a colocar a cara para fora. Era gente de coração quieto e sangue frio e estragado nas veias. Gente que precisava de sangue quente e vivo, tirado através de feridas na pele dos que dormiam. Eles, os mortos-vivos, caçavam pelas ruas, entrando em casas, ouvindo atrás das portas, buscando pela vida cintilante que se escondia dentro de cascas de olhos fechados, inermes, gente adormecida que não adivinhava o que ao redor acontecia. Lá, através de muros e varando janelas, os vampiros encontravam os corpos deixados para trás. Os vampiros venciam barricadas de famílias que tentavam se esconder. Os vampiros saltavam sobre os vivos e cravavam-lhes os dentes, tomando o sangue e ganhando força e vida clandestina, vida pirata. Quando a lua vencia as nuvens e deixava todo mundo saber que era noite, que o parceiro dourado tinha ido visitar outras damas, os mortos-vivos vinham, sem medo, às centenas, depois, aos milhares. Aqueles seres de pele pálida e branca, carregados de angústia e tristeza pelo aparte, não entendiam por que a vida tinha lhes dado as costas sem que a morte viesse buscá-los ao portão para mostrar o caminho do poço das lágrimas. A eles foi negada a travessia. Eram almas mortas, mas ainda presas à casca ambulante, física e suscetível, donas de corações estáticos, que se recusavam a bailar. Perdidos no fúnebre hiato entre o calor e a inexistência. Alguns queriam caixões para se encerrar, queriam covas e sepulturas para adormecer e desejavam renegar aquela existência mórbida e assassina. Sentiam-se esquecidos. Lamentavam uma vida não vivida que tinham perdido, que tinha lhes passado diante dos olhos enquanto corriam para pagar contas e impostos, enquanto se preocupavam com coisas bobas e sem importância, enquanto se esqueciam do prazer de amar e se deixar amar. Agora aquilo, arrependidos, desejando o descanso a sete palmos debaixo da terra, com seus corações partidos e cansados de viver, eram obrigados a sentar em poltronas rasgadas e decrépitas e assistir ao teatro horrendo do definhar com os olhos abertos, com os olhos cientes de que o fim já tinha chegado. Então vinha a fome. A fome do vivo. Tudo se esquecia. Todo o rancor esvanecia. O sangue, a única coisa que aplacava aquele desejo luxurioso de vida. E quando a sede chegava, para longe voava a consciência, as memórias, e terminava por desabar os escombros de humanidade dentro daqueles corpos esfacelados. Em alguns, aqueles que lidavam com a sede e a fome e ainda assim mantinham um tanto das memórias, chegava o desejo de sangue e, com ele, o ódio, a brutalidade, a vontade de tudo destruir. Eram bestas que tinham força, tinham uma vida além da vida. Existiam alguns ainda vigilantes, donos de faíscas do que já haviam sido, que flutuavam de maneira precária naquele mar de escuridão, queriam remar e manter-se atados ao que já foram um dia. Por conta disso, Raquel sabia que não iria ao baile em Botucatu. A vampira queria seus filhos. Ainda que se reconhecesse inumana, queria suas crias, suas crianças, por quem tinha tanto lutado. Lutaria mais, como tinha lutado na noite anterior, quando havia esperado no telhado do ginásio até o momento certo chegar e colher o doce sumo rubro dos corpos em seu caminho e extrair do patético humano a informação, o paradeiro daqueles meninos que um dia tinham habitado seu corpo quente e vivo e saído de suas entranhas para sempre serem seus.

A locomotiva a diesel diminuiu a marcha dos motores quando atingiu a periferia da pequena Itatinga. Era para lá, para aquela cidade, que os fugitivos de São Paulo tinham levado seus filhos. A composição começou a frear, deixando o bando de seguidores da vampira ruiva agitado nos vagões de carga, doidos para se verem livres. O cheiro do medo aromatizava a noite e fazia a sede de todos aumentar. A cidade, como todos as outras durante o trajeto, estava apagada e com suas ruas desertas. Quando o trem parou, Raquel foi a primeira a saltar da porta aberta do vagão, batendo no chão de terra de um campinho de futebol de várzea. Atravessou o campo ouvindo o ladrar dos cães agitados pelo som do trem. Chegando a uma avenida de duas pistas, de nome Nossa Senhora de Fátima, ouviu agitação atrás de uma janela dos casebres do outro lado da avenida. No terreiro defronte de um deles via roupas estendidas no varal, lembrando que as pessoas, apesar do terror brutal que viviam naqueles dias, ainda imitavam o cotidiano, tentando fazer o que sempre tinham feito até então. Uma placa à sua frente, erigida pela prefeitura, dava as boas-vindas ao município de Itatinga, anunciando a população de 17 mil habitantes, 17 mil almas convidadas para a mesma valsa a que todo o mundo se submetia. Os moradores daquela pequena cidade também estavam às voltas com seus próprios demônios, com seus adormecidos e com seu bom quinhão de vampiros despertos para a caçada noturna, rondando as ruas, espreitando atrás de portas e janelas tentando achar passagem e deitar as garras sobre os viventes.

Aos poucos o bando reunido pela vampira em Osasco foi tomando a lateral da composição. Quando o motor silenciou e os vampiros começaram a se espalhar pelo campo de futebol de chão de terra, ouviram disparos de arma de fogo ao longe. Os humanos lutavam por suas vidas a poucas quadras dali. Raquel caminhou pela avenida, sendo seguida pelo cortejo de mortos-vivos, e subiu em um Palio estacionado em frente a uma escola de esquina na rua cujo nome era o do médium Allan Kardec. Raquel sorriu ao reconhecer aquele nome e poder experimentar mais uma vez memórias de seu passado próximo. O marido magistrado era kardecista. Raquel pegou-se imaginando o que Kardec diria a respeito daquela existência improvável a que seus iguais tinham sido arremessados. Duvidava que seus corpos ainda guardassem a poderosa energia que chamavam de alma. Eram movidos pelo sangue quente e pelo desejo de morte. Seres como ela não teriam a chance da redenção.

Os iguais reuniram-se em torno do veículo tomado pela vampira, esperando que ela falasse. Tinham tomado Raquel como líder, como um farol para a travessia, fariam o que ela ordenasse. Alguns ainda lembravam-se dela, há menos de uma semana, aparecendo nos televisores, nas manchetes de internet, nas fotos de redes sociais. Ela era uma guerreira e, ao lado dela, não teriam o que temer.

— Precisamos nos alimentar agora, irmãos de luta.

O vampiro arrogante e cabeludo estava na frente dos demais, logo atrás a garota com a camiseta das Suicide Girls aproximava-se para ouvir.

— O alimento encalacrado na veia dos que ainda vivem nos dá força e aumenta nossas habilidades. Antes de seguirmos para o hospital dos fugitivos, devemos nos preparar, com rapidez. Lembrem que o sol não tardará a raiar, e então estaremos desprotegidos.

Jessé e Ludmyla pararam ao lado de Raquel e, quando a vampira desceu e entrou na cidade, seguiram-na de perto.

Os disparos de arma de fogo se repetiram, agora com mais intensidade, chamando a atenção da vampira ruiva, que tomou o rumo do barulho. Caminhando pela avenida tomada por arbustos no canteiro central, deixou-se guiar pelo alarido de vozes e o espocar dos tiros. Quando alcançou uma rua de nome São Francisco, da esquina viu, metros adiante, uma multidão em frente a um galpão. Como nos velhos filmes de terror, via homens com pedaços de pau, foices e tochas fumegantes nas mãos. Não demorou a entender o que acontecia. A população tinha se organizado e, por certo, estava aprisionando ali dentro todos os iguais, todos aqueles que representavam ameaças aos munícipes. Em frente ao galpão, além do populacho exaltado, existiam três viaturas da Polícia

Militar estacionada, com suas luzes de alerta funcionando, lançando o brilho vermelho dos giroflex nas paredes do entorno. Em silêncio, Raquel apontou para a rua de trás, por onde conduziu seu grupo de noventa e seis vampiros, com habilidade e cuidado, afastando-se o suficiente do galpão vigiado e evitando a multidão combativa. A hora do confronto ainda não tinha chegado.

Descendo a nova rua chegaram ao final, tendo à direita um cemitério e vendo ao longe a torre da igreja matriz. Foi a vez de Jessé entrar na história e apontar com o queixo a estrada escura à frente. Vagaram por um bairro da periferia, ladeado por um pasto à direita e quarteirões curtos à esquerda, recheados de casas simplórias, cheias de gente, emanando o convidativo perfume do medo. Era ali que iriam se banquetear antes de seguir viagem.

✠ ✠ ✠

Cássio não conseguia dormir. Seu espírito ainda não estava preparado para o descanso. Tinha sido carregado à força para o dormitório por Mallory, Almeida e doutor Otávio, para tirar toda aquela camada de lama dos esgotos de São Paulo e recompor suas forças exauridas na investigação das galerias subterrâneas. Os médicos decidiram, por bem, administrar um coquetel de antibióticos para prevenir qualquer possível infecção advinda da exposição às águas imundas do subterrâneo. Por mais que Cássio tivesse sido precavido, tinha se arranhado, tinha mergulhado diversas vezes e sido carregado pela enxurrada outras tantas. Na hora não queria pensar em sua condição de soropositivo. Queria encontrar os sobrinhos, nada mais. No hospital, quando Mallory veio com a medicação, ficou resistente, não sabia qual seria o efeito daquelas drogas em seu organismo já desprovido do coquetel que mantinha sua doença sob controle. Não queria falar. Não naquele momento. De uma forma estúpida, calou-se, por receio e por medo do julgamento de todos ao seu redor, e sofreu sozinho aquela angústia mais uma vez. De fato tinha dormido e apagado por cerca de quatro horas. Um sono profundo, sem sonhos dessa vez. Voltava ao assunto do sonho porque tinha se lembrado do pesadelo vívido tido debaixo da marquise do restaurante à beira da estrada, quando fugiam de São Paulo. Tinha visto seus sobrinhos na UTI do Instituto da Criança. Tinha assistido aos dois se afogarem. Pesadelo premonitório. Crescera ouvindo a vida inteira que tudo o que você sonha acontece ao contrário. Depois que abriu os olhos com a noite alta varada no céu, não conseguiu mais dormir. Era a segunda noite no Hospital Geral de São Vítor, tudo ainda estava por se fazer e a segurança tinha brechas imensas para que um soldado experiente como ele se desse ao luxo de dormir. Dormiria quando amanhecesse. Percebeu que em cima de uma cômoda estava a sacola na qual tinha colocado seu jogo de farda limpo e a munição apanhada em seu guarda-roupa. Vestiu sua farda, aparelhou-se com cassetete e sabre, verificou a pistola e a munição e colocou o capacete debaixo do braço. Não iria ficar naquela cama. Caminhava até a escadaria escura quando ouviu passos leves se aproximando, trazendo junto uma claridade tremeluzente. Era a doutora Suzana que chegava, com uma vela acesa, aparada em um pote vítreo de azeitonas.

— Doutora, está insone também? — brincou o sargento.

— Para aqueles que decidem é sempre negado o descanso nas crises, meu filho.

Cássio desceu até o patamar intermediário onde a médica tinha parado, com seu rosto sulcado e rugoso adornado pela luz dourada da chama.

— Prometo que amanhã trazemos seu Rover de volta.

A médica balançou a cabeça negativamente junto de um esgar de lábios e mirou os olhos do sargento.

— Você sabe muito bem que eu não viria à sua procura para cobrar satisfações do meu carro, não é?

— Não te conheço tão bem assim, doutora Suzana, mas, se eu tivesse um daqueles, não ia querer ele largado no meio de vampiros e destruição.

— Aquilo é só ferro e plástico, Cássio. Eu vim aqui para falar com você.

— Em que posso ajudar?

— Eu queria, primeiro de tudo, agradecer imensamente tudo o que você fez por todos nós. Esse hospital é perfeito. Ele está aparelhado, e logo que tenhamos energia haverá várias clínicas funcionando para atender toda essa população e ir segurando as pontas.

— Ah, não por isso, doutora. Eu falei que esse hospital...

— O laboratório de imunologia é melhor ainda. Perfeito. Um exemplo. Acho que é até melhor que o das Clínicas.

— Ah. Pois é.

— Cássio — tornou a médica, olhando o sargento nos olhos.

O sargento enrijeceu a postura e manteve os olhos nos olhos da médica.

— Há quanto tempo você é soropositivo?

— Descobri há dois anos, doutora.

— E o tratamento?

— Estava tomando o coquetel experimental daqui fazia seis meses. É uma combinação nova, uma nova droga que minimiza efeitos colaterais.

— Quantas doses você ainda tem?

— Nenhuma. Ele deve ser mantido em baixa temperatura, desde que a energia faltou eu fiquei sem meu remédio.

Suzana bufou e sentou-se nos degraus da escada, projetando uma sombra fantasmagórica e bruxuleante na parede ao lado.

— Esse hospital é completo, filho. Nós vamos dar um jeito de continuar o seu tratamento, ok?

— Não pense a senhora que eu trouxe todos vocês pra cá pensando no meu remédio...

— Não precisa se explicar, sargento. Não precisa.

— Eu só trouxe vocês para cá porque conhecia o hospital, precisei vir uma dúzia de vezes aqui desde que começou meu tratamento.

— Cássio Porto, estou dizendo que não precisa se explicar. Você já provou seu caráter ao conseguir trazer toda essa gente de uma vez para cá. Agora é nossa vez de retribuir. Os soldados estão patrulhando a área, estão vigilantes, você precisa se poupar.

Cássio ficou calado. Não era acostumado a palavras cordiais de agradecimento e de enaltecimento, e aquele zelo só recebia da irmã.

— A primeira coisa que faremos amanhã é uma bateria de exames de sangue. Preciso saber como você está e sua carga viral.

— Estava zero no último exame.

— Não adianta, Cássio. Vamos começar a avaliar tudo de novo. Você já está há um ou dois dias sem o remédio. Não pode ficar assim.

— Eu fiquei com medo de tomar os antibióticos que vocês me deram por causa da minha excursão na merda.

Suzana sorriu.

— Não se preocupe com isso. Não vai lhe fazer mal. Você parece bem. Teve febre ontem ou hoje?

— Não que eu notasse.

Suzana levantou-se e deu um abraço apertado no sargento, terminando com um beijo em seu rosto.

— Doutora...

— Não se preocupe. Esse será o nosso segredo. Meu, seu... e do doutor Otávio, provavelmente. Ou da doutora Jéssica. Vou precisar de gente da área envolvida. Você vai ter que se habituar a isso.

— Talvez os médicos do laboratório de imunologia apareçam.

— Não vamos ficar sentados esperando, não é?

Cássio e Suzana desceram, e o sargento escoltou a médica até o prédio 2, onde o pessoal da saúde tinha sido alocado com os pacientes mais graves.

— Posso ver minha irmã?

— Claro, meu amigo. Venha, vou te levar até ela.

Os dois começaram a subir a escadaria e, no segundo andar, partiram por um corredor de azulejos brancos, farto em portas de quartos. Papéis improvisados nas portas davam conta do nome dos pacientes ocupantes. Diante de uma das portas eles pararam.

— Ela dormiu a tarde inteira, e é bem provável que ainda esteja dormindo. Apesar de toda a situação, Cássio, ela está clinicamente bem.

Cássio duvidava muito daquele "clinicamente bem". Suzana abriu a porta e franqueou passagem ao sargento. Cássio acercou-se da irmã que, de fato, dormia. No leito ao lado, a prestativa enfermeira Mallory velava o sono de sua irmã. Cássio passou a mão na cabeça de Alessandra, que contraiu as feições, como que incomodada, como que assustada. Cássio repetiu o carinho, e então Alessandra abriu os olhos.

— Cássio... — murmurou a irmã, com uma voz afundada no sono forçado. — Meu Cássio.

— Alê.

— Meus bebês, Cássio. Meus bebês. Eu não consegui.

Cássio abaixou-se e abraçou a irmã, que começou a soluçar imediatamente.

Mallory despertou com o barulho, estranhando a luz da vela no quarto, mas logo ficando contente com a presença do sargento que tanto passara a admirar.

— Eu tentei achá-los, Alê. Eu juro que tentei.

Alessandra abraçou o irmão ainda mais forte, também aumentando a intensidade dos soluços.

— Eu vou voltar amanhã pra lá, assim que o sol nascer. Eu vou encontrá-los e trazê-los pra cá.

— Foi o Dalton, Cá. Foi ele. Eu atirei nele.

Dalton era um dos tantos filhos do tio Francisco. Segundo o relato da irmã, tinha se tornado um dos agressivos.

Alessandra abraçou o irmão ainda mais, e então deitou-se na cama, fechando os olhos e abrindo-os com dificuldade.

— E você, Cá? Tá se cuidando direitinho?

— Sim. Está tudo bem.

— Você tem que se cuidar, Cá. Não morra, não morra — murmurava a irmã, perdendo as forças e voltando a dormir.

— Deixa ela descansar mais, Cássio. Ela passou por muito estresse nas últimas horas. Precisa se recuperar.

— Entendo, doutora.

— Pode deixar que eu não vou sair do lado dela.

Cássio deixou o quarto e, quando chegava à escadaria, olhou para trás, vendo o lume da vela escapando fraco através da porta aberta. Suspirou e desceu a escadaria às escuras. Teriam que se habituar com a falta de energia até que fosse providenciado um modo alternativo de abastecer de eletricidade aqueles prédios. Isso era tarefa para técnicos e engenheiros, Cássio não entendia nada de elétrica e eletrônica e, se desaparecesse da face do planeta as pessoas que detinham o conhecimento de matemática e engenharia e o peso da tecnologia recaísse em suas costas, o mundo estaria frito. Façanhas como a nuvem digital, viagens à Lua, exploração das fossas abissais seriam apenas histórias contadas de um passado distante.

Quando chegou ao térreo, Cássio andou até um grande pátio em frente ao prédio, que ficava no centro do complexo de quatro pavimentos. Havia alguns postes de iluminação sem vida ao longo de uma alameda que partia do pátio sentido norte. O sargento sentia um misto de alívio e desassossego. Por um lado era bom que alguém mais soubesse da sua aflição, por outro era terrível imaginar que poderia ficar sem sua medicação por prazo indeterminado. Saber que, apesar dos pesares, a irmã estava novamente em sua companhia também era um bálsamo fragrante e apaziguador que duraria algumas horas.

— Já de pé, sargento? — perguntou uma voz rouca às suas costas.

Cássio virou-se para encontrar o doutor Elias caminhando em sua direção.

— Pois é, doutor. Para aqueles que decidem é sempre negado o descanso nas horas de crise... Ou algo assim.

O médico, que fumava, aproximou-se ainda mais, soltando uma baforada e rindo.

— Conheço uma mulher que fala assim.

Cássio sorriu e inspirou o ar frio da noite. Um relâmpago brilhou distante no céu, na direção da capital. Seu sorriso sumiu. Será que uma nova tempestade tinha voltado? Será que seus sobrinhos ainda estavam vivos? E a vampira ruiva? O que estaria fazendo?

— Você deu uma tacada de sorte, sargento. Devo admitir que a escolha foi boa.

O sargento tornou a olhar para o médico, que trazia uma sacola plástica na mão, balançando-a ao lado de seu corpo. Sobre o comentário do médico, não tinha nada de sorte naquilo. Ele sabia o que estava fazendo, tinha feito uma escolha consciente. O médico é que tinha se colocado oposto à partida.

— Acho que vou embora amanhã.

— Acho que ninguém vai lhe impedir, doutor.

A escuridão impedia que Cássio enxergasse melhor aquela sacola, mas podia jurar que o médico, nervoso, tentava escondê-la.

— Sargento, não sei se te contaram, mas um dos adormecidos despertou.

Cássio não conseguiu conter a expressão de espanto, pois o médico continuou a lhe relatar entusiasmado o acontecido.

— Acordou como se nada tivesse acontecido.

— Sério? Sem nenhum sinal de ser um deles?

— Nenhum sinal. Mesmo assim seguimos a recomendação que você passou aos seus amigos militares. Isolamos o homem que acordou. Ele está trancado em um quarto no bloco dos soldados.

— É, ainda não estou certo se essa gente que acorda não se torna vampiro também.

— Ele acordou um pouco desorientado, desidratado, mas está muito bem. Andou no sol do nosso prédio até o dos militares e não teve nenhum sinal da maldição.

— Isso é um bom sinal.

— Um ótimo sinal.

— Por mais desagradável que possa parecer, esse isolamento é crucial.

— Todos os médicos estão avisados sobre o procedimento de quarentena. Agora, e se um deles realmente se tornar um vampiro?

Cássio ficou calado. O médico sabia o que seria feito dos vampiros.

Outro relâmpago perdido na distância iluminou nuvens negras.

— Vem tormenta por aí — disse o médico, retomando sua caminhada em direção ao alojamento. — Boa noite, sargento.

— Boa noite, doutor Elias.

A atenção do sargento não residia mais naquele médico estranho, e sim em pequenas marcas que ficaram no chão, bem onde ele havia estado. Cássio abaixou-se e viu gotas grossas de algum líquido viscoso salpicadas na superfície. Passou o dedo sobre uma delas e trouxe-o até o nariz para ter certeza. Sangue. Olhou para o saguão para onde Elias tinha se dirigido, vendo o vulto do médico na distância. Por que diabos ele andava com uma sacola que pingava sangue? Tinha uma antipatia natural por Elias, criada no embate de ideias da manhã anterior. Pediria para que um de seus homens ficasse de olho no médico. O sargento levantou-se limpando os dedos no uniforme enquanto seus olhos capturavam um brilho a coisa de trezentos metros de distância, na direção do portão. Caminhou um pouco até o do brilho que sumia e depois reaparecia, uma luz incerta. Quando um clarão piscou ele entendeu. Era uma lanterna. Um minuto depois discernia a silhueta de dois homens caminhando, armas cruzadas horizontalmente. Eram soldados do tenente Almeida. Quando se aproximaram Cássio notou se tratar do próprio, secundado por seu soldado preferido, o oriental Gabriel Ikeda. Olhou para o sentido oposto de onde eles vinham, para a ala oeste, vendo outro facho de luz, um pouco mais forte, em direção ao pátio.

— Não consegue ficar quieto na cama, não é, sargento? — aproximou-se o tenente, perguntando.

Cássio, por força do hábito, prestou continência, que foi respondida de forma ligeira.

— Não. É nossa segunda noite aqui.

— Parece que a chuva da capital está vindo pra cá — disse Ikeda, olhando para os relâmpagos ainda ao longe.

Cássio e Almeida entabularam uma conversa a respeito da melhor forma de defender os portões. Logo chegaram à conclusão de que teriam que treinar minimamente os civis e organizar uma escala de plantão para que jamais fossem pegos desprevenidos pelos agressivos, caso alguns deles viessem dar com suas presas naquele hospital. Almeida explicou que tinha homens colocados no topo de cada prédio e que, ao menor sinal de perigo, disparariam três vezes para o alto como sinal de alerta. Cássio também alertou Almeida que deveriam convencer os médicos a isolar qualquer um daqueles adormecidos que viesse a despertar. O sargento contou ao tenente a história ouvida da boca de uma das criaturas noturnas, que dizia que uma amiga tinha se tornado vampira depois de acordar. Como ainda pouco sabiam acerca da natureza daquele estranho fenômeno, para a segurança de todos seria essencial que os despertos fossem segregados numa quarentena até que se tivesse certeza de que não eram agressivos incubados.

O facho da outra lanterna foi se aproximando, e então Cássio reconheceu Graziano e Chico na responsabilidade da segunda ronda. Apesar da escuridão, Graziano parecia bem melhor.

— Esse aí também não consegue ficar quieto, sargento. Disse que causou muita confusão naquela garagem e que agora precisa pagar a ajuda. Eu expliquei pra ele que a nós ele não tem que pagar nada. Só pra você, que foi doido o bastante para ir atrás dele naquele buraco escuro.

— Grande Porto! Bom te ver, sargento! — bradou Graziano, aproximando-se e prestando continência ao sargento.

Cássio também respondeu rapidamente.

— Por que já está de pé, sargento? Pensei que ia emendar até amanhã — perguntou o soldado Chico.

— Não consigo dormir mais, Francisco. Precisava descer, respirar e ver com os próprios olhos que estamos a salvo.

— Aqui é um silêncio só — completou Ikeda. — Se algum dos filhos da mãe resolver se aproximar, vamos ouvir a quilômetros de distância. Se eles pisarem num grilo no mato vamos escutar o grito do bichinho.

Todos riram descontraídos da graça de Ikeda.

— Quero ver minha égua. Onde ela está?

— Olha aí, sargento. Sempre cheio de boas ideias. Pra fazer essas rondas o bicho é ir com nossos cavalos. Eu aqui me matando de andar ao lado do Francisco! — exclamou Graziano. — Vamos lá, meu irmão. Os bichinhos estão calminhos como eu não via há muito tempo.

✠ ✠ ✠

Depois da refeição feita e das energias recuperadas, abandonaram o perímetro urbano de Itatinga, deixando para trás quase uma centena de mortos. Perderam três do bando, mortos durante o ataque, transfixados por facões e também vitimados por armas de fogo. O embate ainda tinha valido à vampira uma pistola .380. Um dos humanos sacou a arma, apontando direto para ela, mas Raquel foi mais rápida e fria, desviando-se dos dois primeiros disparos e não dando a chance para um terceiro. Quando a arma parara em sua mão, a vítima já se debatia, imobilizada por suas presas que espremiam o seu pescoço com força e gana. A marcha tomou rumo por campos e mata, deixando a estrada de terra, sendo guiada pelo faro do certeiro Jessé. Era como se o vampiro tivesse se tornado um guia místico, que sabia por antecipação de algumas coisas que estavam por acontecer.

Raquel, com a pistola presa à cintura, não sabia o que ia encontrar pela frente. O que sabia era que estavam chegando a um novo hospital. Não sabia como tiraria seus filhos de lá, só que os tiraria a qualquer preço, ainda que o preço fosse sacrificar a sua pequena milícia de vampiros.

O complexo de prédios surgiu à sua frente envolto numa mágica atmosfera de silêncio, causando certa surpresa na vampira. Não esperava encontrar um lugar tão grande e cheio de edificações ali, no meio do nada. No máximo um prédio pequeno, com um estacionamento a sua frente e só; diferente disso, o Hospital Geral de São Vítor prometia um dia ser um grande polo de medicina no interior do estado de São Paulo. Diria que era mais um daqueles tantos lugares desertos vistos no caminho do trem, não fosse pelas duas sentinelas no alto do prédio da frente. Um deles fumava, e a pequena brasa tinha denunciado sua posição. Raquel atentou-se ao topo dos outros três prédios. Uma sentinela em cada um. Seria fácil passar por eles. Estavam distraídos, e a escuridão faria o seu trabalho. Quando os humanos dessem conta do estrago, o caos já estaria instalado dentro das cercas do Hospital Geral de São Vítor.

Os vampiros se aglomeraram próximos a Raquel, com as poucas baixas ainda eram mais de noventa. Estavam cheios de sangue, cheios de energia e prontos para a briga. Raquel tinha prometido um rio de adormecidos. Para tomar aquelas centenas de corpos inertes tinham que derrubar todos os vivos.

— Sejam silenciosos no ataque. Sejam escorpiões venenosos — ordenou a vampira.

Raquel aproximou-se do alambrado e, evocando sua porção mística, saltou para cima da cerca com um impulso só, equilibrando-se em silêncio, sem produzir um único ruído, escondida pela noite e pela escuridão. Imitada, viu a cerca encher-se de seres fantasmas. Raquel repetiu o salto para dentro do terreno do hospital, com os olhos focados nos homens em cima dos prédios. Os dois ali perto conversavam e deixavam suas palavras monocórdias e sem graça reverberar no encontro com as árvores e paredes, deixando claro aos vampiros que estavam ainda desapercebidos de sua presença. O bando começou a se espalhar, enquanto Raquel sinalizava para Jessé e Ludmyla, que se aproximavam.

— Agora é com você, Mister M. Me diz onde os meus filhos estão.

— E-eu já te disse, Raquel, não é bem assim. Hoje elas não me mostraram nada.

— Elas? Agora são elas? — queixou-se Ludmyla.

— As alcoviteiras. Eu te disse que elas ficam sussurrando no meu sonho, rindo da minha cara. E-e hoje, durante o-o transe e-elas não sus... não sussurraram nada.

— Pare de gaguejar que me dá mais raiva ainda de você, imprestável! — bradou a vampira.

— É porque eu sei que você vai-vai ficar chateada comigo.

Raquel virou-se para o vampiro e rosnou:

— Chateada? Chateada eu fico quando chove e eu deixei uma janela aberta. Quando você fica gaguejando que nem um pateta e não diz onde os meus filhos estão eu fico furiosa, imbecil!

Jessé engoliu em seco enquanto Ludmyla erguia as narinas, fazendo algo mais útil.

— Se eu tivesse que apostar todas as minhas fichas, Raquel, eu apostaria no cheiro do medo.

De fato, ao menos oito daqueles vampiros meio bichos estavam seguindo o odor hipnotizante do medo. Ele vinha como um fio d'água corrente descendo pelas escadarias do segundo prédio, logo depois do grande pátio que ficava entre os quatro prédios, como que minando de algum lugar lá em cima. Os iguais ferinos iam caminhando pelas sombras, farejando e se escondendo atrás das moitas aparadas de fícus.

— Faz sentido, garota. Faz todo o sentido.

Raquel olhou para o outro lado dos prédios, vendo um facho de luz. Apertou os olhos, fazendo-os brilhar vermelhos. Então todo o terreno ao redor se acendeu e ela pôde ver dois soldados armados andando com uma lanterna na mão. Estavam longe ainda e não tinham detectado nenhum deles. Agarrou um dos vampiros aparvalhados ao seu lado, um rapaz baixinho e franzino, ladeado por mais três vampiros maiores. Apontou para os soldados.

— Ataquem aqueles soldados! Vão por trás desse prédio e aproximem-se em silêncio. Matem-nos na primeira chance que tiverem.

Os vampiros, obedientes à líder ruiva, dispararam pelo saguão térreo do primeiro prédio, para a porção mais escura da propriedade. Seguindo aquele caminho pegariam os soldados pelas costas.

A vampira voltou os olhos para o prédio com um imenso número dois pintado na parede da frente. Ouvia tosses e algum choro. Existiam pessoas ali.

— Vocês dois, vejam! Existe um soldado lá em cima — apontou a vampira para a nuvem de fumaça escapando pela direita do prédio. — Subam e acabem com ele.

— Ele deve estar armado.

— Sim. É certo que está. Mas vocês são vampiros e estão mortos. O que têm a temer?

— E-eu não sei, não. Eu não vi nada disso, de lutar com soldados.

— Eu pego ele — disse Ludmyla.

— Isso, garota. Gostei de você.

— Vem. Eu te mostro como.

Ludmyla puxou o hesitante Jessé pela manga da camiseta longa que ele trajava e dispararam para a lateral do prédio, onde havia uma oportuna escada de incêndio, igual em cada um daqueles quatro prédios.

— Vamos! — incentivou Ludmyla.

A dupla começou a subir silenciosamente, enquanto Raquel avançava pelo saguão do prédio. Encostava na escadaria que descia do ventre do primeiro andar da edificação para o meio do saguão de chão de concreto queimado quando percebeu uma luz tremeluzente vindo lá de cima. Raquel sinalizou para os vampiros que estavam próximos a ela que se escondessem, e ela também se recolheu para trás dos degraus. Por sorte a meia dúzia de vampiros que tinha subido antes tinha passado despercebida por quem quer que carregasse aquela luz. Passos na escada. Uma mulher descendo. Raquel sabia disso pelo som do salto do sapato repicando no piso. Relâmpagos distantes fizeram o horizonte piscar na retina da vampira.

— Viu? Não precisa ter medo. São só relâmpagos.

Segundos de silêncio. A luz bruxuleante alcançava o teto do saguão. A mulher no meio do caminho, entre o primeiro andar e o saguão, estava parada. Raquel tinha feito um sinal para seus vampiros, para ficarem em silêncio e escondidos.

— Não precisa ter medo. Acho que nem vai chover aqui.

— Eu quero a minha mãe — choramingou a voz infantil.

Foi a primeira vez que Raquel sentiu seu peito gelar depois de morta. A voz da criança. Era seu pequeno Breno. O filho chamava por ela.

— Até sua mãe voltar a tia cuida de você.

— Eu quero a Chiara, então. Não consigo dormir.

Raquel começou a tremer intensamente. Não sabia se aquilo era alegria ou raiva. O fato é que, assim que os sapatos da mulher começaram a estalar ao subir a escada, assim que o primeiro dos cinco vampiros que estavam ali embaixo no saguão deixou o seu esconderijo, ela disparou para fora do seu refúgio e escada acima, no encalço da luz bruxuleante, deixando para trás cinco vampiros caídos, que não tiveram nem tempo de entender o que estava acontecendo antes de terem seus pescoços torcidos e seus corações perfurados pela faca que a vampira ruiva trazia. Raquel não queria interferência naquela reaproximação. Num instante estava no corredor escuro, vendo longe a luz tremeluzente e pálida morrendo no fim da passagem. Ela tinha entrado em uma sala ou em outro corredor. Raquel sabia que outros vampiros já tinham entrado no prédio e que eram uma ameaça para o seu pequeno Breno e seu amado Pedro. Tinha que alcançá-los antes dos outros. Avançou ligeira até o final do caminho, e então descobriu um novo corredor e a mulher que levava uma vela dentro de um pote de vidro. Raquel, como um fantasma, aproximou-se um pouco mais, recostando-se ao batente de uma porta quando a mulher parou. Era uma enfermeira. Raquel soube pelo uniforme branco. Breno, seu pequeno Breno, tinha deitado a cabeça no ombro daquela mulher que o tinha levado para ver relâmpagos. A mataria depressa, para que não sofresse, como pagamento pela bondade. Não tinha outra alternativa. Ela não deixaria que Raquel tomasse a criança de seus braços e gritaria, dificultando tudo ainda mais. Eviscerada, com o pescoço torcido, uma faca no coração, Raquel ainda não tinha se decidido. O que importava é que ela não desse nenhum pio. Então um tiro explodiu na noite, fazendo a vampira arregalar os olhos e a enfermeira parar mais uma vez, nervosa, no meio do corredor.

— O que foi isso?

— Um tiro, tia. — Dessa vez foi Breno quem veio com uma resposta ao temor da adulta.

Gritos explodiram às costas de Raquel. A vampira surgiu no corredor, olhando para trás: agora tudo estava a perder. Os vampiros que subiram antes tinham descoberto onde os doentes amedrontados se escondiam. Logo sentiriam o cheiro do medo do pequeno Breno e para lá também iriam. Virou-se para a enfermeira a tempo de vê-la tapando a própria boca, espantada com a aparição ali no corredor. A enfermeira empurrou a porta e entrou ao mesmo tempo que algumas cabeças assomavam para fora das outras portas daquele corredor. Estava escuro e ninguém deteve demais o olhar em Raquel, não viam nela uma vampira. Se perguntavam o que acontecia e o porquê daquele tiro e daqueles gritos. O povo se agitava enquanto Raquel desviava, rumando certeira para o quarto em que a outra tinha entrado.

Cássio e Graziano ainda deixavam a improvisada estrebaria. O sargento tinha matado saudades de sua fiel companheira de cavalgadas e missões, afagando-lhe a crina e o pescoço. Por um momento os cavalos começaram a se agitar, fazendo os amigos estranharem o bater de cascos e o balançar das cabeças. Tinham ido para fora e olhado para a escuridão, sem nada enxergar, achando que os cavalos se agitavam por conta dos relâmpagos estourando nas nuvens a quilômetros e quilômetros de distância.

— Sargento, preciso te mostrar uma coisa que achei.

A estrebaria tinha sido improvisada num pequeno galpão logo atrás do prédio alto de um andar só que Cássio já tinha visto e notado anteriormente. Sabia que aquele prédio também era um imenso galpão; para a que tantos galpões seriam usados naquele complexo hospitalar era um mistério.

O prédio ficava a uns cento e cinquenta metros para a frente da estrebaria, e o caminho era iluminado pela lanterna trazida por Graziano. O cabo indicou a parte de trás do galpão onde havia uma pequena porta, bem diferente da entrada frontal que era até imponente.

— Dando a minha ronda aqui com o Chico a gente veio xeretar.

Entraram pela porta dos fundos, a luz vagando pelos azulejos.

— E não sei se você sabe, Porto, mas quando eu xereto, eu xereto pra valer.

— O que tem aqui?

— Calma, você já vai ver, sargento.

— Não precisa me chamar de sargento o tempo todo, Rossi.

— Ué, vou te chamar de quê, então? Meu bem? Hahahaha!

Cássio riu da piada e não respondeu. Só pensou: "Bem que eu merecia".

— Vem até aqui, sargento.

Cássio parou onde Graziano indicou, ficando bem perto do outro. Cássio sentiu um embrulho no estômago. Uma vontade imensa de contar a Graziano tudo o que sentia, ali, sozinhos.

Então o som de uma portinhola metálica se abrindo foi revelado por um rangido. Depois uma série de estalos de disjuntores sendo ativados.

— O que você está fazendo, Rossi?

— Sshhhh!

Depois de uns cinco segundos de uma eterna demora, luzes começaram a acender no teto daquela sala e um elevador disparou sua campainha, abrindo uma porta, revelando um carro largo e comprido, grande o suficiente para duas macas.

— Mas que diabos é isso?

— O elevador? Isso não é nada, vem até aqui.

Agora, com uma fileira de luzes de emergência ligadas, Cássio conseguiu ver um largo vão livre terminando em um parapeito de metal pintado de branco e recurvo para dentro do fosso. Cássio via as luzes de emergência descendo até perder de vista, na escuridão daquele abismo.

— Cristo! Onde isso vai dar?

— Eu desci com o Chico uns três andares. Não sei quantos mais tem lá pra baixo, não.

— E o que tinha lá?

— Nada. Absolutamente nada. São como salões vazios, espaço que não acaba mais.

— Talvez fossem montar centros de pesquisa aqui.

— Debaixo da terra?

Cássio deu de ombros.

— Por falar em "debaixo da terra", eu queria te agradecer, sargento. O pessoal me contou como eu fiquei louco naquele estacionamento, e me disseram que mais louco foi você, indo lá me salvar.

O sargento estava com o coração disparado.

— Não precisa agradecer, Graziano. Se preciso fosse, eu faria tudo de novo.

— Não existe na Terra um amigo, um parceiro de trabalho, melhor que você, sargento.

Graziano deu um abraço apertado em Cássio.

— Obrigado, Porto. Obrigado mesmo.

Cássio ficou com a respiração acelerada. Não teria melhor momento para contar tudo o que sentia para aquele homem. Não poderia jamais adivinhar a reação de Rossi, que tinha uma vida particular um bocado discreta, que só falava de seu pai e suas irmãs mais velhas que moravam na Itália. Não sabia se seria escorraçado ou se seria bem-vindo. Não sabia se ganharia um amante ou se perderia um amigo.

— Graziano...

Graziano soltou o sargento e voltou até o quadro de luz.

— Melhor desligar isso. Tem um gerador aqui nesse silo em algum lugar.

— Eu queria dizer...

A frase de Cássio foi cortada pelo som do disparo de uma arma de fogo. Tanto ele quanto Graziano arregalaram os olhos e ficaram aturdidos por um segundo. Graziano fechou o quadro de energia e acionou a lanterna correndo para fora, seguido pelo sargento.

— O que foi isso? — perguntou o cabo.

— Um disparo, com toda a certeza.

— Vamos pegar nossos cavalos! — gritou Graziano, correndo em direção à estrebaria.

— Não vai dar tempo de selar, Rossi. Mete só o estribo no bicho e vamos averiguar esse disparo.

Chegaram à estrebaria gotejando suor pela testa, correram ajeitando as montarias e logo estavam em cima de seus cavalos, estugando em direção ao quarto prédio. Não demorou até que três tiros seguidos fossem dados para o alto, fazendo-os lembrar do aviso combinado com o tenente André Almeida. Era o sinal de perigo avistado, e perigo, naqueles dias, significava uma única coisa: vampiros!

— Como está de munição? — perguntou Cássio, curvado sobre Kara, fazendo a égua ganhar ainda mais velocidade.

— A da arma, mais um magazine — respondeu Graziano, acompanhando o galope.

O som dos cascos dos cavalos enchia a noite. Precisavam de luz, precisavam enxergar os malditos vampiros, mas tudo estava escuro.

Graziano tomou a dianteira.

— Por aqui!

— Como você sabe? — perguntou Cássio, seguindo o cabo.

— O maldito cheiro, Porto! Ele está mais forte pra cá!

Graziano, sem perceber, já tinha desembainhado seu sabre e levava-o perpendicular ao tronco, pronto para arrancar a cabeça de um daqueles vampiros.

O soldado em cima do prédio 2 foi o que deu o primeiro disparo. Jessé agora estava caído e gemendo, com um projétil de fuzil no ombro inutilizado. O braço não se movia e sua junta parecia destruída, a dor era tão grande que ele arfava como se fosse ainda vivo e carente de oxigênio. Podia estar morto, mas as terminações nervosas e sensoriais continuavam trabalhando em conexão com seu cérebro. O soldado estrebuchava no meio dos braços de Ludmyla, que se fartava com seu sangue, o fuzil caído na laje do prédio não oferecia mais perigo. A vampira levantou-se e arrastou o corpo ainda vivo do soldado até Jessé.

— Tome. Beba. Vai diminuir sua dor. Já os vi fazendo isso.

Jessé, sem delongas, agarrou o soldado e, no meio de um grito de dor por conta do ombro ferido, cravou suas presas no pescoço sangrento do moribundo. O sangue bateu quente em sua boca, entorpecendo sua língua e descendo pela garganta. Mais quatro sorvidas e o soldado não mais lutava. Ouviu três tiros disparados do prédio ao lado, mas nenhum projétil parecia ter vindo em sua direção. Quando soltou o pescoço do soldado morto, com efeito seu ombro tinha parado de doer e já conseguia mover as pontas dos dedos da mão. O sangue tinha a propriedade de curar as feridas de um vampiro.

Para sua surpresa encontrou Ludmyla na amurada do prédio, empunhando o fuzil.

— Eles não conseguem nos ver por causa da escuridão, suas lanternas são fracas.

Jessé aproximou-se da namorada e pousou a mão em suas costas, enquanto olhava para baixo.

— Mas nós conseguimos vê-los, lutando, assustados, perfeitamente. Tá vendo aqueles dois ali no telhado do prédio vizinho?

Jessé olhou para o prédio do lado. Aqueles dois não tinha lanternas e olhavam para baixo, através da amurada, tentando enxergar alguma coisa. Gritavam nomes e não tinham respostas.

Um estrondo ribombou no telhado. Ludmyla caiu de costas sobre a laje enquanto Jessé corria para cima dela, gritando, preocupado.

— Meu amor!

Ludmyla ria.

— Não me chama de meu amor. Ainda não sei se sou sua namorada. Fica ridículo você gritando essas coisas.

Jessé levantou-se com as sobrancelhas juntas, enraivecido.

— Pensei que tinham acertado você.

— Como? Fui eu quem atirou. Por isso caí.

Ludmyla levantou-se e foi até a beira da laje mais uma vez. Os soldados tinham desaparecido, talvez tivesse acertado um ou, com sorte, os dois.

Almeida levantou-se sobressaltado no prédio 4 assim que o primeiro disparo se deu. Já estava no corredor, acelerado, seguido por Ikeda e Castro, que também descansavam para pegar o primeiro plantão da manhã, quando os três tiros de alerta foram dados. Mal tinham caído no sono quando tudo começou. Precavido e preparado, agora instruía seus soldados quanto ao uso dos óculos de visão noturna e à necessidade de acertar um tiro no meio da cabeça daquelas criaturas para que cessassem os movimentos.

— Eles morrem com tiro na cabeça, igual zumbis?

— Segundo o que o sargento Porto disse, não, mas param imediatamente. Para que eles morram, têm que ser queimados ao sol.

— Ou se cortarmos a cabeça deles, daí não tem como, também — disse Castro.

Chegaram num piscar de olhos ao saguão do térreo, andando por baixo da laje do primeiro andar. Os gritos vinham do prédio 2.

— Senhor, permissão para correr que nem um louco, senhor. O bebê e a enfermeira Nádia estão naquele prédio.

— Não, soldado, vamos juntos, em formação. Prometo que vamos direto para o abrigo do bebê assim que descobrirmos o que está acontecendo aqui.

Almeida já tinha ativado a visão noturna de seu equipamento e via corpos correndo pelo saguão do prédio 2.

— Temos uma porção deles se mexendo no térreo, rapazes. Disparem ao meu comando.

Raquel encostou a mão na porta, que abriu sem oferecer resistência alguma. A vampira, mesmo sem precisar respirar, tomada pela emoção e expectativa, estava ofegante. Não era um quarto. Era um salão amplo, com coisa de cem metros quadrados. Deixou seus olhos brilharem vermelhos para vencer a escuridão e, ao fazê-lo, ouviu gritinhos e choro vindos lá de dentro. Dezenas de senhoras estavam ali, choramingando, cuidando de gente adormecida que se esparramava pelo chão. Ali era um tipo de dormitório imenso, organizado para proteger aqueles que tinham sido ceifados pelo estranho sono na noite em que tudo mudou. As mulheres tinham terços e crucifixos nas mãos e ficaram imóveis assim que ela entrou, fazendo suas botas estalarem contra o chão liso. A luz da vela tremeluzia no final da sala; a enfermeira, com Breno no colo, tremia. Raquel andou em direção a ela, com a boca um pouco aberta, com os olhos suplicantes de expectativa, enfeitiçada, parecendo um demônio, de tão pálida. Então Raquel começou a tremer ao tentar conter o poderoso impulso de voar até Breno e arrancar-lhe da enfermeira. Começou a tremer porque não tinha mais controle sobre sua emoção. Ao lado de Breno, reconheceu, por conta do que suplantava o medo, o delicioso cheiro de Pedro. O filho estava numa cama hospitalar larga, imóvel, de olhos fechados, com a cabeça enrolada em grossas faixas salpicadas de sangue. Seu peito subia levemente, quase imperceptível, mas subia e depois descia. Raquel levou a mão à boca e desejou que seus dentes imensos ficassem normais. Não queria que os filhos a vissem assim, uma morta-viva, um monstro. Os dentes continuaram pontiagudos, contudo, pôde fechar a boca, onde eles criavam duas discretas marcas nos lábios inferiores. Melhor assim. Seus olhos ainda estavam em brasa e assustadores, posto que para onde ela olhava as pessoas se encolhiam e faziam o sinal da cruz. Tornou a olhar para o leito de Pedro. Uma menina segurava a mão de seu filho. Três tiros de fuzil ribombaram lá fora, desviando o olhar de Raquel para a janela à sua direita. Ela podia ver soldados correndo através do grande pátio que unia os caminhos entre os prédios. Precisava agir rápido.

Breno, no chão e com a cabeça afundada na barriga da enfermeira, olhou para trás. Os olhos de Raquel, por instinto, se apagaram imediatamente. A vampira partilhava com os humanos um pouco da escuridão, mas ainda assim podia enxergar bastante ali dentro. Já pela janela, não conseguia mais ver com clareza o pátio lá embaixo.

Breno soltou-se da enfermeira, que tentou lhe segurar pelo ombro.

— Mãe? — perguntou o garoto, indeciso.

Raquel deu mais dois passos, segurando as lágrimas que queriam descer de seu rosto. Ajoelhou-se. A vampira sabia que não podia chorar, não agora. Precisava manter-se firme e perigosa, não podia se mostrar fraca e vulnerável para aqueles humanos.

— Filho.

— Mãe! — gritou Breno, eufórico.

Chiara, percebendo o perigo, soltou a mão de Pedro pela primeira vez desde que Raquel entrara na sala e correu para perto de Breno, segurando seus ombros, mas o garoto insistia em avançar, como que hipnotizado por uma sereia.

— Eu sabia que a senhora tava viva! Eu sabia!

Chiara segurou Breno com mais força, fazendo com que Raquel grunhisse enraivecida. As mulheres começaram a choramingar novamente, algumas escapando pela porta, uma vez que a leoa estava entretida com sua cria.

Breno assustou-se com o rosnado que escapou da boca da mãe, seguido de um brilho ligeiro em seus olhos.

Chiara apertou ainda mais os ombros do pequeno e puxou-o em direção ao leito onde repousava Pedro.

— Me solta! Eu quero ficar com a minha mãe! — gritou Breno, teimando e se desenroscando da mão de Chiara.

O pequeno correu até Raquel e bateu contra o corpo da mãe, dando-lhe um abraço.

— A senhora tá fria, mãe.

Raquel afagou a cabeça do filho e baixou as narinas até seus cabelos vermelhos, inalando profundamente o doce cheiro do filho.

— Não se preocupe, filho. A mamãe está bem.

Raquel levantou-se, ainda afagando a cabeça de Breno.

— Mãe, aqueles caras atiraram no Pedro. O Pedro salvou a gente. Salvou eu e a Chiara. Não deixou ninguém fazer nada com a gente, mas eles atiraram nele. O Pedro morreu... Quantas vezes, Chiara?

— Oito, Breno. O coração dele parou oito vezes durante a cirurgia.

— A Chiara é a namorada dele, mãe. Ela não saiu de perto dele nem um pouquinho. Só quando foi te procurar lá em casa. A Chiara tava te procurando, mãe.

Raquel encarou a menina. Deveria ter quatorze, quinze anos. A vampira não conseguia se lembrar dela nem lhe dar crédito por ela ter estado ao lado dos filhos. No momento a pirralha era uma pedra no caminho entre ela e seu filho Pedro.

O tenente Almeida sinalizou para seus soldados, que pararam um pouco depois do pátio central entre as torres. Tinha visto seis daquelas feras subindo pelas escadas do prédio 2. Viu mais meia dúzia correndo em direção ao prédio 1, onde estava o pronto-socorro provisório e provavelmente alguns dos pacientes em atendimento. O tenente sinalizou para avançarem, e foi então que o primeiro deles surgiu ao seu lado. Ikeda foi o primeiro a disparar uma rajada com o fuzil em cima de uma das feras, que tombou estrebuchando. O segundo dos vampiros alcançou o fuzil de Almeida, derrubando-o com facilidade. No entanto, antes de tombar, o tenente já estava com a mão na coronha da pistola e, quando caiu no chão, com a fera grunhindo em sua orelha e buscando o seu pescoço, tirou a arma e efetuou três disparos, colocando-o de lado e levantando-se para dar uma disparo contra sua cabeça. Ikeda pegou o terceiro e o quarto vampiros, enquanto Castro derrubou mais três, com disparos precisos contra o tampo da cabeça das feras. Castro aproximou-se das vítimas erguendo os óculos de visão noturna. Era um rapaz e duas meninas, todos adolescentes, caçando juntos. Ouviu Ikeda disparar mais e o tenente também, agora já de posse de seu fuzil. Um tropel de cavalos alcançou o trio de soldados cercado por vampiros. Os policiais do regimento de cavalaria tinham chegado ao pátio central e, com a habilidade de cavaleiros, saltaram sobre as moitas de fícus. Graziano vinha rugindo como as feras, e seu sabre mirou o pescoço do primeiro vampiro que veio ao seu encontro, fazendo a cabeça da criatura girar no ar, com um trilho de cabelos e sangue se esparramando. Graziano, possuído por algum espírito, saltou do cavalo ainda em movimento e enterrou o sabre no segundo vampiro, e uma garota que voava atrás dele foi esmagada contra o chão quando ele, sem hesitar, se atirou de costas contra o concreto. Levantou-se e perpassou o sabre pelo coração da mulher vampira, que desfaleceu imediatamente.

— É, tenente, parece que um tiro no coração também pode parar esses bichos — disse Ikeda.

— Tenente, permissão para subir no prédio 2, senhor. Estou preocupado com o bebê.

— Vá, Castro, acelerado! Ikeda, dê cobertura ao soldado Castro. Eu me viro aqui com os soldados da PM.

Castro e Ikeda correram para o saguão do prédio 2. Antes da escada se depararam com um grupo de quatro vampiros; cada um deles derrubou dois com os fuzis, e logo estavam correndo pelos degraus acima.

Cássio, ainda montado, avistou um grupo de vampiros correndo para o prédio 3, desviando da confusão do pátio central. Bateu com os calcanhares na égua e partiu em disparada na direção deles, seguido por Graziano que, ensandecido, corria bradando o seu sabre, entrando em combate corporal com cada criatura que aparecia na sua frente, de forma brutal e assombrosa, deixando Almeida de queixo caído.

— Maluco — balbuciou o tenente, baixando os óculos de visão noturna e correndo na direção de Graziano.

Castro estava preocupado com o pequeno Fernando. Subiu a primeira escadaria e, ao chegar ao patamar, disparou para o segundo andar. Ainda que não houvesse luz e que estivesse com os óculos de visão noturna levantados, tinha decorado o caminho que fizera pelo menos quatro vezes durante aquele dia só para visitar o pequeno e a enfermeira Nádia. Assim que alcançou o longo corredor coberto de azulejos brancos, baixou os óculos e passou à visão noturna. Caminho limpo até ali. Correu na direção do quarto que, para sua surpresa, estava com a porta aberta. Com o coração disparado entrou, encontrando tudo revirado e completamente vazio.

— Diacho, Castro. Eles não estão aqui.

Ouviram um grito na outra extremidade do corredor.

— É a Nádia! — gritou Castro, disparando em corrida.

Ofegantes, chegaram à outra ponta do corredor.

Castro levantou o dedo, olhando pela esquina rapidamente e voltando a se cobrir na parede. Ikeda entendeu o sinal de silêncio e aguardou. Castro repetiu o movimento e viu quatro vampiros andando agachados, indo em direção a Nádia, que tateava no escuro com o bebê de dois anos, adormecido em seus braços. Castro voltou a se proteger contra a parede e levantou quatro dedos para Ikeda. Castro fez um novo sinal e entrou no corredor, abaixando-se sobre o joelho da frente e deixando uma boa área livre para Ikeda, que permaneceu atrás dele, com a arma levantada.

Um dos vampiros olhou para trás, parando de grunhir e perseguir a enfermeira. Seus olhos se arregalaram, mas não teve tempo de alertar os demais.

Dois disparos de cada fuzil, limpos. Quatro vampiros caídos. Um deles, acertado na omoplata, grunhia doloridamente, girando e tentando se colocar de pé mais uma vez.

Mais um disparo, bem na nuca, fez com que tombasse de chofre, sem vida alguma, nem verdadeira nem emprestada.

A enfermeira gritava sem entender nada.

— Sou eu, Nádia. Pare de gritar! — berrou Castro.

— Eu quem?

— O Castro — berrou Ikeda.

Assim que Ikeda gritou, uma dor aguda em seu pescoço fez com que soltasse outro grito, agora de dor.

Castro foi empurrado para a frente, tombando no chão e vendo o fuzil se soltar de suas mãos. A arma só não escorregou pelo chão graças à bandoleira passada no pescoço.

— Deita, Nádia! — advertiu Castro, virando sobre o corpo e vendo mais três daquelas feras ali no corredor, duas sobre o corpo caído de Ikeda e uma vindo para cima dele.

Castro não conseguiu levantar o fuzil, e quando baixou a mão para sacar a pistola a fera o alcançou, segurando seus punhos com força. Era um dos grandes, um homem de uns quarenta anos, barba e aqueles malditos olhos vermelhos que brilhavam como tochas por conta dos óculos especiais. O grandão baixou a boca, que rosnava e exibia dois dentes afiados, e mordeu sua pele. Castro gritou longamente, sentindo os dentes cravarem em sua carne. O monstro prendia seu pescoço com força, e suas mãos não venciam a briga dos punhos fechados sobre os seus. Contorceu-se e esperneou até sentir uma moleza cada vez maior, e os óculos começaram a apagar. Ouviu o choro do bebê, estavam indo para cima dele. Não podia permitir. Lutou para soltar uma das mãos, e então alcançou sua faca de lâmina de aço temperado. Arrancou-a da bainha, mas a mão do maldito vampiro foi rápida mais uma vez. Sentiu falta de ar, percebendo seu sangue fugir de seu corpo para a boca daquele monstro. A faca foi arrancada de sua mão e Castro começou uma prece, pedindo que sua alma fosse bem recebida no céu por seu avô e avó, por seu irmão mais velho, morto dez anos atrás, pedindo que Deus cuidasse do pequeno Fernando que já tinha sofrido demais e, antes que terminasse a prece, ouviu uma pancada e sentiu o corpo do vampiro, que estava em cima do seu, afrouxar o aperto e tombar de lado.

— Pare de rezar que você não vai morrer! — berrou a voz aflita de Nádia.

Castro precisou se concentrar para interpretar o que via pelo óculos de visão noturna. A roupa branca de Nádia refulgia como a de um anjo. Ela segurava um extintor de incêndio, da base do qual pingava sangue.

— Eu tava rezando em voz alta?

— Estava, Castro, graças a Deus, porque só assim para eu te achar e saber onde enfiar isso.

Castro levantou-se rapidamente e apanhou a faca caída a meio metro de distância e cravando-a no coração do vampiro que gemia ao seu lado. Levantou o fuzil e deu dois passos em direção a Ikeda, que se debatia entre a dupla de vampiras que o tinham agarrado. Eram meninas, jovens e de corpos bem feitos.

— Quer que eu te tire daí ou tá bom o negócio, mano?

— Atira, filho da puta!

Uma das vampiras lindas virou-se para Castro e lançou um rugido, com o queixo pingando sangue. Foi a primeira a ser eliminada com dois tiros no meio da cara bonita. A segunda foi removida com um pontapé que a fez rolar para o lado, e então Castro disparou uma saraivada de balas até que ela parasse quieta.

— Estão mortos? — perguntou Nádia.

— Ainda estamos aprendendo a matar essas coisas, gata. Mas posso apostar que aquele com a faca enterrada no coração não levanta mais.

O bebê chorava, largado num canto. Nádia guiou-se pelo choro e pegou o pequeno.

Castro estendeu a mão para Ikeda se levantar.

— Vem, Don Juan das vacas sugadoras. Levanta.

Ikeda levantou e cambaleou.

— Velho, na boa... Achei que ia ser agora que a gente ia abotoar o paletó.

— Abotoar o paletó? Afê, essa é do tempo da minha avó, Ikeda. Vamos voltar lá pra baixo. Acho que ainda tem mais vermes pra matar.

Raquel aproximou-se de Pedro, empurrando a garota para o lado. A menina chorava, e isso era problema dela. Se Breno não estivesse ali, Raquel sabia que já teria dado um jeito nela. A vampira passou a mão suavemente sobre a cabeça do filho.

— Devagar, tia. Ele foi baleado bem aí e foi operado.

Raquel olhou com o rosto crispado de raiva para a garota. Quem era ela para lhe dizer como tratar seu filho?

Chiara se encolheu contra a parede, fechando os olhos e tremendo de medo. Ela podia jurar que a promotora iria lhe enfiar a mão na cara.

— Não se atreva a chamar-me a atenção, sua merdinha.

Breno olhou para a mãe, ficando com a boca aberta. Raquel notou e conteve sua raiva. Não era lugar nem hora para mostrar sua nova natureza ao pequeno e suscetível Breno.

Raquel jogou Pedro em seu ombro. O filho tinha o peso de uma pluma, poderia caminhar com ele por quilômetros intermináveis sem se cansar. Seus olhos vermelhos e brilhantes assustavam a todos, que voltaram à imobilidade total assim que o brilho fantasmagórico voltou a encher a sala, talvez por medo ou por um estupor desencadeado pela mais absoluta perplexidade. O menino Breno tinha atendido ao chamado da mãe e lhe dado a mão com a maior naturalidade. As pessoas ali não conseguiam enxergar com clareza, mas todos já sabiam que a mãe dos dois ruivos era a promotora Raquel.

— Eu estava com saudade, mamãe.

Raquel colocou um joelho no chão, fazendo Pedro balançar em suas costas.

— Eu também, filhote. Eu também. Agora ficaremos juntos.

— Não! — gritou Chiara, andando na direção da vampira e lutando contra seu medo. — Não pode levá-los.

Raquel levantou-se e segurou Breno pela mão. Manteve um olhar duro sobre a garota.

— São meus filhos. Essa decisão não cabe a você — rugiu, raivosa, fazendo seus olhos acenderem e lançarem um espectro vermelho sobre o ambiente escuro.

— Você agora não é mais mãe deles, dona Raquel! Não os leve, por favor.

Chiara olhou para os lados, buscando nos adultos algum apoio, mas todos pareciam petrificados, amedrontados demais para mover uma palha contra a vampira.

— Eu matei todos aqueles desgraçados que acabaram com a vida do meu marido, Chiara. Eu tomei o sangue dos malditos que fizeram isso com o Pedro, menina. Eu trouxe um bando de vampiros por mais de duzentos quilômetros só para reaver meus filhos. O que você sabe sobre ser mãe?

— Não os leve, por favor — implorou a menina, tremendo, andando para a frente, chegando cada vez mais perto da vampira e ajoelhando-se diante dela. — Eu lhe rogo, tia. O Pedro precisa ficar nesse hospital. O coração dele parou oito vezes. O cérebro dele inchou e ficou do tamanho de uma melancia, tia. Você... você é uma vampira, tia. Não os leve.

— São meus filhos! — vociferou a vampira.

— Você vai matá-los, você vai tomar o sangue deles cedo ou tarde — argumentou a menina. — Você é uma fera igual às outras feras.

— São meus filhos! — repetiu o grito a vampira, como um rugido de uma leoa, dando passos para trás.

Breno, assustado, tremeu de novo e começou a chorar, estendendo a mão na direção de Chiara, que, caída de joelhos, também estendeu a mão para o garoto, tentando alcançá-lo.

Raquel, estupefata com a reação do filho, puxou-o para perto de si, dando um tranco no braço do menino, que chorou mais.

— Eu, eu prometo cuidar deles, dona Raquel. Eu prometo. Tem uma porção de gente para ajudar. Talvez possam até curar a senhora aqui. Tem um lugar aqui que os soldados prepararam para gente igual a senhora ficar.

— Quer me ver numa prisão? Eu que sempre lutei para trancar os bandidos atrás das grades?

— Não é uma prisão. É um lugar para ficar enquanto eles procuram a cura.

Raquel grunhiu irritada e deu mais passos para trás, até sair pela porta às suas costas, puxando consigo o pequeno Breno e chegando ao corredor.

Chiara levantou-se e foi amparada por uma senhora morena que estava colada à parede ao seu lado o tempo todo. As mulheres choravam e, juntas, abraçaram a jovem que tremia, tentando acalmá-la, donas de toda a luz que a pequena vela podia prover.

— Você não pode fazer nada, filha. Ela é a mãe deles — disse uma das senhoras. — Ela é a mãe deles.

Raquel, no corredor, firmou Pedro em seu ombro e puxou Breno pela mão, alcançando a escada. A vampira olhava para trás vez ou outra, preocupada agora com os tantos espocos de disparos de armas de fogo que ouvia. Com grunhidos e gritos, os vampiros corriam e ainda assustavam os que ali tinham se escondido. Raquel não precisava de mais nenhum deles. Só queria sair dali com seus filhos, o mais rápido possível.

O pequeno chorava e soluçava.

— Não chore, filhote — disse a vampira, ainda enraivecida, mas tentando manter a voz doce que sempre usava com Breno. — Eles tiraram vocês de mim.

— A Chiara estava cuidando do Foguete.

— A Chiara é uma ótima menina, mas eu sou a mãe de vocês. Eles já fizeram muito mal contra nós.

— Você está falando do bandido, mamãe?

Raquel descia os lances de escada, puxando Breno e vencendo a escuridão com seus olhos assombrados. Tinha chegado ao térreo do prédio e avançava pelo vão livre, amplo e ventilado. Saiu andando em direção ao estacionamento, encostando-se atrás de uma das Kombis para investigar o caminho. Ouvia o rugido dos semelhantes e o som da luta dos humanos.

— Você está falando daquele bandido? — repetiu Breno, ainda choramingando, secando uma lágrima com o tecido da camiseta.

Raquel baixou o rosto. A pergunta do filho a tinha deixado confusa. Já tinha notado que isso estava acontecendo. Ela não se lembrava nem do nome nem do rosto do bandido que a tinha assombrado por tantos anos. Do bandido que tinha matado com as próprias mãos para vingar a morte de seu marido. Raquel estava assustada com essa confusão que ia ganhando força, tão assustada que começou a respirar ofegante e encostou-se contra a Kombi um instante. E se esquecesse de seus filhos? Pior. E se esquecesse que eles eram seus filhos? Se viraria contra eles como a menina tinha advertido? Nunca! Isso jamais iria acontecer. Iria ficar com eles, para sempre. Não se esqueceria da doçura de Breno nem da cordialidade de Pedro. Eram duas pedras preciosas que estavam de volta às suas mãos para nunca mais escapar.

Chiara, ainda amparada e consolada pelas mulheres, soluçando de tanto chorar, secou as lágrimas no ombro da senhora morena que a abraçara primeiro. Então, num rompante, desvencilhou-se de todas elas, levantando-se. Não iria ficar sem Pedro! Ele ainda estava muito doente, muito ferido. Se deixasse Raquel carregá-lo para fora de São Vítor, sabia que ele poderia morrer em poucas horas.

— Espere, Chiara! — gritou a mulher.

— Não posso, tia! Se eu deixar, ela vai levá-lo!

Chiara saiu correndo pelo corredor e logo alcançou as escadas, descendo como vento os degraus. Chegou ao saguão escuro e aberto do térreo, correndo para o estacionamento à sua frente. Estava escuro e havia apenas a luz da lua no alto. Luz fraca de lua minguante ou crescente, ela nunca conseguia decifrar, suficiente apenas para deixar a menina discernir um vulto indo de encontro ao portão. Preparava-se para correr quando uma mão fria apanhou seu braço. Chiara gritou e virou-se encarando o vampiro de cabelos longos que a apanhara. O vampiro jovem aparentava uns dezenove anos. Chiara puxou o braço com toda a força que tinha, conseguiu escapar, mas foi ao chão, desequilibrada.

Mais adiante, ainda puxado pela mão firme e fria da mãe, Breno olhou para trás e viu o vulto de Chiara, rolando no chão. Foi a vez de Breno repelir a mão do aperto da mãe com um tranco e disparar correndo até a garota.

— Chiara!

Raquel estacou surpreendida e viu o filho se distanciar, rumando ao encontro da adolescente.

— Eu vou acabar com essa pirralha! — bufou a vampira, começando a andar em direção ao filho. — Breno! Espere!

O garoto parou a corrida e virou para a vampira.

— Mãe! Ajuda a Chiara!

Raquel identificou o vampiro cabeludo. Era um daqueles agressivos desmiolados. Vendo que outros se aproximavam da jovem caída, Raquel sabia que a garota estava prestes a ser morta, o que viria a calhar. O problema era que Breno estava indo direto para as garras daqueles assassinos, que não titubeariam um segundo em tomar-lhe o sangue farto e, com isso, sua vida.

Chiara levantou-se com a orelha esquerda ardendo. Quando rolou pelo chão tinha raspado a lateral da cabeça no asfalto, e agora a pele estava arranhada. Ficou de pé, cambaleando, procurando de onde vinha a voz de Breno, que gritava. Agora queria que ele estivesse com a mãe, porque sabia que teria que correr daquele vampiro que tentava lhe agarrar. Olhou ao redor e encontrou uma criança. Uma menina que parecia ter uns cinco anos se aproximava, com os olhos brilhantes e a boca escancarada, exibindo os dentes longos. Chiara, apavorada, estacou. Vacilou o suficiente para o vampiro cabeludo colocar as mãos em seus ombros mais uma vez.

— Fique quieta, garota. Assim eu não consigo te apanhar.

Chiara virou encarando os olhos vermelhos como brasas da criatura e deu um grito, apavorada. O grito pareceu assustar o vampiro que, por um segundo, retirou a mão de seu ombro. Chiara correu para um dos postes sem luz, gritando por socorro, desviando da vampira infante que agora estava mais próxima do que nunca. Outras daquelas criaturas começaram a surgir, com seus olhos brilhantes, vindas de trás das árvores que estavam em frente ao prédio, atraídas pelo grito desesperado de Chiara. Ao longe a menina ouvia o trotar de cavalos; se conseguisse pegar Breno e correr na direção dos cavalos, provavelmente encontraria soldados.

As pessoas que estiveram com a garota e a vampira assistiam ao triste cerco à garota da janela do primeiro andar do prédio onde o ferido Pedro fora mantido em observação, com os adormecidos, por toda aquela tarde e noite. Em sua maioria, mulheres, nenhuma delas tinha coragem de descer e ajudar, posto que ao menos quatro daquelas criaturas estavam ali, no estacionamento, circundando a adolescente.

Cássio ouviu a saraivada de tiros que eclodia no prédio dois e chegou a gritar por Graziano para correrem para lá, já que sua irmã estava no quarto, protegida apenas por uma assustada Mallory a esta altura do campeonato. Contudo, não havia o que demovesse Graziano da caçada àquelas feras que tentavam fugir, esparramando-se pelo terreno do hospital. Para azar deles, não conseguiram se esconder por muito tempo, pois Graziano, parecendo um doido varrido, com as narinas erguidas, os encontrava farejando o ar, praguejando e reclamando do cheiro terrível que eles exalavam e que Cássio não conseguia sentir. Um a um, foi encontrando os vampiros, e então aconteceu o que Cássio temia. Ao contornarem um dos galpões, com Graziano em carreira atrás de um deles, depararam-se com um bando imenso, de ao menos trinta daquelas feras. Graziano, erguendo o sabre, não se intimidou, ao passo que Cássio entrou em pânico, levantando a pistola e começando a disparar, procurando atingir cada bala na cabeça de um dos inimigos. Graziano atirou-se contra as feras igual havia feito na frente do Incor, igual havia feito dentro do estacionamento subterrâneo, lutando de forma destemida e louca, cravando o sabre em um vampiro seguido do outro, colocando o maior número possível deles fora de combate. Cássio controlou Kara para que a égua não debandasse em galope, segurando o arreio e sentido falta da sela. Conseguiu dominar a montaria e, quando olhou para Graziano, o homem estava cercado por uma pilha de corpos que não parava de aumentar. Os monstros tinham um inimigo à altura.

Cássio, ainda tomado por aquele espetáculo macabro, escutou um grito fino e distante. Alguma das mulheres estava fora do alojamento e lutando pela vida no meio dos vampiros. Cássio pensou em sua irmã e disparou naquela direção imediatamente.

Raquel, que caminhava determinada até Breno, estacou, cativa de um odor mágico que chegava às suas narinas. Ele vinha de perto. Muito perto. Raquel sentiu o corpo estremecer. Aquele cheiro era poderoso demais para ser ignorado. Mesmo com o pequeno Breno se distanciando cada vez mais, indo cada vez mais para perto do perigoso cerco a Chiara, ela não pôde lutar contra seus novos instintos. Deitou o corpo de Pedro sobre o gramado em que estava, a poucos metros da cerca pela qual pularia e fugiria dali. Olhou para o corpo pálido e inerte do filho mais velho e passou a mão em seu rosto. O sangue saía da bandagem que envolvia sua cabeça enfaixada. Levou o dedo indicador até a gota mais grossa que escorrera da altura da orelha do jovem e descera para sua nuca. Raquel lambeu o sangue de Pedro e sentiu todos os seus sentidos se ouriçarem. Como era bom aquele sabor. Como era convidativo. Raquel começou a tremer e se colocou de pé, afastando-se do filho. Não podia deixá-lo vulnerável, ali, no chão, já que um dos vampiros desgarrados poderia chegar e tomar aquele líquido maravilhoso. Ela não podia gostar do sangue de Pedro como gostava. Era o sangue de seu filho. Era sangue proibido para suas entranhas. Raquel olhou para o pátio adiante, vendo Breno se aproximar do perigo. Ela tinha que lutar pelos dois filhos que estavam correndo perigo. Um perigo que ela tinha trazido até ali. Um perigo que ela tinha criado, mas ela simplesmente não conseguia se afastar de Pedro, com medo de perdê-lo mais uma vez ou cativa daquela fragrância amaldiçoada que escapava de seu sangue.

Chiara, ouvindo Breno chamá-la, correu até o garoto, agora perseguida por mais dois vampiros, além do cabeludo e da criança. Chiara alcançou o pequeno e agarrou sua mão, mudando a direção da corrida para onde tinha escutado disparos de armas de fogo e o trotar de cavalos. Certamente os policiais da cavalaria estavam lutando com outros vampiros, mas ir ao encontro deles parecia ser sua única chance de salvação, chance que ela não conseguiria comprovar, uma vez que o cabeludo novamente surgiu à sua frente e empurrou-a com força contra o chão, tirando do caminho e agarrando Breno pelo pescoço.

— Ora, ora, olha o que temos aqui? Mais uma deliciosa porção de sangue. Vivi, veja — brincou a fera, exibindo o pequeno para a vampira mirim.

O cabeludo apertou forte o pescoço da criança, erguendo-a até a altura de seus olhos. Breno, incapaz de gritar, gemia esganado, chacoalhando braços e pés.

Dessa vez Chiara sentiu o baque, batendo com o ombro descoberto contra o concreto. Sentiu uma pontada aguda na musculatura do pescoço e levantou-se com o ombro sangrando. Dois vampiros muito próximos agora. Uma mulher gorda e forte, de cabelo tingido de azul, vestindo jeans e uma camiseta baby look da Suicide Girls, correu em sua direção. Chiara não teve tempo de se levantar. Em um outro dia e em outra situação até puxaria papo com uma mulher com uma camiseta daquelas, mas era hora de fugir, e não de brisar em como diabos aquela camiseta tinha aparecido ali. Quando Chiara ficou de joelhos a mulher saltou sobre ela, lançando outra onda de dor que fez a adolescente gritar. Agora suas costas explodiram contra o chão. A Suicide não estava para brincadeira. Sentiu a língua fria da vampira lambendo sua testa, enquanto Chiara lembrava-se de uma das poucas aulas de jiu-jitsu que tinha fixado em sua memória. Deslizou o quadril para a direita com velocidade e puxou a grandalhona pelo ombro, que bateu com a cara contra o chão. Assim que se levantou foi para cima do cabeludo que ainda suspendia e se deliciava de forma doentia com a asfixia do pequeno, jogando-se de ombro contra suas costas, fazendo-o largar Breno no chão. O garoto estava com o rosto vermelho e chorava. Chiara correu em direção a um longo cano de ferro que estava jogado ao lado de uma das picapes que tinham vindo com o comboio e empunhou a haste, voltando rapidamente para perto de Breno, que se levantava, com a mão no pescoço marcado. Os dois sangravam, Chiara pelo corte aberto no ombro e Breno pela perfuração da unha do cabeludo em seu pescoço. O menino estava em pânico, tremendo, apoiando-se contra Chiara, que erguia o cano de metal de um metro de comprimento como se fosse uma lança.

Raquel, ainda debruçada sobre seu filho, ergueu os olhos para o estacionamento a tempo de ver Chiara jogando-se de ombro contra as costas do vampiro que suspendia Breno pelo pescoço, fazendo seu filho sofrer. A vampira colocou-se de pé, olhando para a valente garota que lutava pelo seu pequeno, agora empunhando um cano de ferro, defendendo o menino do ataque dos vampiros que vinham cercando-a como hienas. Raquel olhou para o horizonte distante. Não havia mais relâmpagos nem nuvens se aproximando. Algo mais perigoso era prometido. O piar dos pássaros nas árvores fora das cercas, a tonalidade do negro esmaecendo nos limites de onde a visão alcançava, tudo sussurrava em seu ouvido: avie-se, dona, a noite vai embora e o raiar maldito do sol vem aí.

Chiara não ouvia mais os cavalos e, nem os disparos que vinham do outro lado do prédio. Agora estava com quatro vampiros ao seu redor. A criança caminhava em sua direção com aqueles olhos sinistros, enquanto o rapaz cabeludo de pele pálida ria de sua figura.

— Você é bastante valente, garota. Bastante valente. Mas acha mesmo que vai conseguir fugir de todos nós?

Chiara segurava Breno pela camiseta. Seus olhos rodaram pelo estacionamento. Nem mesmo a vampira Raquel ela conseguia mais ver. Já que ela se importava tanto com seus filhos, deveria estar ali agora, cuidando do caçula. A escuridão atrapalhava. Só conseguia manter à vista a silhueta daqueles que estavam mais perto.

— Abaixe esse cano, vai ser mais fácil assim.

Chiara tinha a respiração entrecortada e os olhos agitados, procurando pelos movimentos ao seu redor. A Suicide Girl estava ali perto também, avançando a passos curtos, fechando o cerco ao seu redor. O primeiro que se aproximasse ia tomar aquele cano no meio da cabeça.

— Abaixe esse cano — disse um homem, chegando por último.

O grupo agora tinha aumentado para cinco. O garoto cabeludo olhou para o lado, vendo o novo vampiro se aproximar. Ele fumava um cigarro e tinha a camisa desabotoada, cabelos negros e espessos e os malditos olhos vermelhos. Parou ao lado da criança vampira.

— O cheiro do sangue de vocês dois é bom. Muito bom. A gente tá com uma fome lascada, criança. Esse que é o impasse.

O vampiro fumante deu mais um passo para a frente, sendo agora o mais próximo a Chiara. Breno chorava e soluçava.

O vampiro deu uma tragada longa, detendo os olhos em Chiara. Olhou para as coxas grossas da menina de shorts e para seu corpo bem feito.

— Qual é o seu nome, gostosinha?

Chiara tremia, de raiva, de medo, de puro pânico. Tinha notado o olhar daquele vampiro. Ele a estava devorando viva.

— Chiara.

— Chiara... — repetiu o vampiro, lançando o cigarro no chão e pisando na bituca, forçando-a contra o asfalto com a ponta de seu tênis. — Escuta, Chiara. Por que a gente não combina um lance? Tu entrega esse molequinho chorão aqui pra minha amiguinha. Deixa eles irem brincar ali no parquinho. Sabe como é, não sabe? Criança se entende com criança.

— Nem pensar. Saia de perto dele — rosnou a garota, erguendo mais o cano e fincando a mão no tecido da camiseta de Breno.

— Eu não sou criança, eu já tenho dez anos!

— Calma. Você nem deixou eu terminar de falar.

O cabeludo olhou insatisfeito para o vampiro fumante. A garota era comida dele, o fumante tinha chegado depois, não podia vir se meter naquela caçada. O fumante pareceu perceber seu descontentamento, pois virou o rosto para ele e abriu a boca lambendo as presas. Depois o fumante voltou a olhar com lascívia para a garota.

— Você solta ele e eu te livro deles? Eu posso ser bem legal com você. Deixar você viver um pouco mais, o que acha?

Chiara afastou-se um passo, recostando-se num fusca azul que estava atrás dela e de Breno.

— Vai. Eu sou legal, prometo. Não vou deixar nenhum deles tomar o seu sangue. Só eu vou tomar.

— Saia de perto da gente, seu escroto! — berrou Chiara.

— Que pena que pensa assim — resmungou o vampiro, tirando um maço de cigarro da camisa desabotoada e um isqueiro da calça jeans. — A gente podia ter se divertido, mas ando meio sem paciência com gente antissocial que me chama de escroto sem mais nem menos.

O vampiro acendeu o cigarro e deu uma tragada longa, soltando a fumaça no ar entre ele e a garota. No fim tirou o cigarro da boca e deu outro passo em direção à adolescente.

Chiara não pensou duas vezes; sua mão soltou-se de Breno e, com velocidade, empunhou o cano com as duas mãos, desferindo um golpe no queixo do vampiro, fazendo o cigarro voar pelo estacionamento. O vampiro cambaleou e tombou de costas. Quando levantou-se, foi num salto felino, ficando acocorado, com a pele do queixo pendurada em sua mandíbula.

— Sua vaca! — gritou o vampiro, saltando mais uma vez em direção a Chiara.

— Corre! — gritou a menina para Breno.

Ambos dispararam mais uma vez pelo estacionamento. Chiara não sabia para onde ir. Só correu, tinha que se afastar daqueles malucos. Sentiu a mão do homem em seu ombro ferido e gritou quando suas garras afundaram em sua pele. Chiara virou-se e acertou o abdômen dele dessa vez, mas logo o cano foi tomado de sua mão pelo cabeludo que já estava ao seu lado. Sua arma foi lançada ao chão de asfalto, fazendo o ferro retinir repetidas vezes.

— Não! — gritou a menina ao ver Breno ser apanhado pela vampira Suicide Girl.

A mulher segurou o pequeno com firmeza e cravou seus dentes no pescoço da criança, que gritou de dor.

— Agora é a sua vez — grunhiu o vampiro fumante.

Chiara foi levantada pelo cabelo e sua cabeça foi puxada para trás, quando ouviu com clareza o galopar de um cavalo.

Um tiro ressoou na noite escura e Chiara lutou para desvencilhar-se daquela garra que prendia seus cabelos e a puxava com firmeza. Não conseguia escapar do vampiro, e então sentiu uma dor aguda em seu braço. O cabeludo a mordia no pulso enquanto o homem cravava os dentes em seu pescoço. Um misto de dor e prazer confundiu seus sentidos por um segundo, mas logo o horror voltou a dominar sua mente e a manteve lutando, se debatendo. Conseguiu girar o corpo e, chorando, olhar para Breno. A vampira tinha caído! Breno estava se arrastando no chão, agora fugindo da menina vampira. O som do galope foi enchendo seus ouvidos e ouviu outro disparo. Agora a criança vampira tombava no chão, com um furo na testa por onde vertia um sangue negro. Chiara conseguiu libertar seu pulso, posto que o vampiro cabeludo tinha parado de lutar. Havia um cavalo ao seu lado. Chiara foi erguida pelo vampiro fumante, que aplicou-lhe um mata-leão, interrompendo sua respiração enquanto ela era feita de escudo entre ele e o policial Cássio, que saltava do cavalo com um sabre em punho, sujo de sangue. Os olhos de Chiara encontraram o cabeludo. Seu corpo estava tombado no chão e sua cabeça tinha rolado dois metros à frente. Então foi assim que ele parou de lutar. O policial tinha arrancado sua cabeça com a espada! Chiara ouviu outro disparo, e o braço forte do homem afrouxou em seu pescoço. O vampiro cambaleou para trás. A garota olhou para o policial. Ele não empunhava nenhuma arma de fogo, apenas a espada, e era dono do mesmo olhar atônito que ela. Ouviram o som de passos, e então ela surgiu. A vampira Raquel, trazendo Breno no colo, com lágrimas escuras descendo por seu rosto claro, empunhando uma pistola. A vampira deu as costas para os dois e seguiu caminhando até ser engolida mais uma vez pela escuridão.

Cássio embainhou sua espada e puxou sua pistola do coldre. Quando ergueu a mão e engatilhou, Chiara pulou sobre seu braço.

— Não, sargento! Não faça isso!

Cássio não tinha palavras para descrever aquele momento. Seu coração batia acelerado. Sabia que ainda não estavam salvos daquele ataque e que mais vampiros rondavam as sombras. Não podia deixar aquela vampira sair dali levando uma criança, ainda que fosse seu filho, mas o grito de Chiara tinha sido tão visceral que o deixara atordoado por um instante. Tempo suficiente para a adolescente também sumir na escuridão, correndo atrás da vampira ruiva. Como ela os teria encontrado? Aqueles seres, apesar da loucura e da demência, pareciam manter os laços afetivos com os parentes. No fim das contas, era uma mãe atrás de seus filhos. Cássio montou Kara e seguiu na direção que Chiara tomara. Não perderia aquela garota também. Conforme conduzia sua montaria, foi se aproximando dos vultos. Sacou novamente sua pistola e também sua lanterna, apontando-as para a vampira que estava ajoelhada no chão ao lado de dois corpos. O jovem Pedro também estava lá! Chiara estava ao lado daquela mãe, acocorada ao lado do namorado, enquanto o corpo desmaiado de Breno também estava no chão, ao lado do irmão. A vampira tremia e chorava. Sua arma estava no chão, sem oferecer perigo imediato.

— O que foi que eu fiz? — perguntou a vampira, em voz alta.

— Você não pode levá-los, tia.

Raquel respirava como um animal enjaulado. Estava presa às circunstâncias. Ela sempre fora o tipo de mulher que pegava o que queria. Queria os filhos. Queria levá-los dali. Queria sua família de volta. Tinha lutado por aquilo. Tinha enfrentado os piores demônios do Brasil para justiçar seu marido morto. Tinha andado com uma faca escondida na bota por dois anos para enfiá-la na garganta daquele marginal. Fazia o que queria, e ponto. Era uma guerreira, da melhor qualidade. Agora seus olhos estavam brilhando por causa de sua raiva. Raiva daquela menina recém-saída das fraldas. Raiva daquela menina, que vira arriscar a sua própria vida para defender a de Pedro e depois tinha visto lutar como uma amazona, defendendo a vida de Breno. Tinha ódio de tê-la visto lutando por seus filhos. Ódio. Pois queria agora cravar os dentes na garganta da menina e tomar a sua vida, arrancar sua cabeça do pescoço e chutá-la até São Paulo. Seu olhar transmitia isso, uma vez que a garota se retraíra, assustada com o olhar vermelho-vivo da vampira. Acontecia que aquela desgraçada estava certa em sua inocente declaração e em sua tão ardente luta. Seus filhos não podiam ficar com os vampiros. Não podiam nem mesmo ficar com ela, sua mãe vampira. Raquel estava enlouquecendo com aquele cheiro inebriante vindo de tantos cortes. Pegou-se lambendo o sangue de Pedro e achando-o infinitamente delicioso. Conseguira reprimir o desejo de sugar a vida do filho para dentro de sua barriga porque sabia que aquele corpo ferido era dele, de Pedro. Agora o cheiro do líquido mágico que esvaía do pescoço de Breno a convidava para cantar ao pequeno a derradeira cantiga de ninar. Esse turbilhão de repressão aos seus instintos, coisa que ela nunca tinha tido que fazer em sua vida, a colocava em parafuso. Ela queria ficar com seus filhos a qualquer preço. Ela queria levá-los dali e voltar para a casa vazia de onde tinham sido retirados. Ela queria tê-los no carro ouvindo alto aquelas irritantes músicas do Plantação. Ela queria vê-los sorrindo diante de um videogame. Ela queria voltar à praia de Ubatuba onde tantas vezes passaram as férias de verão, onde eles brincavam ao sol e passeavam de banana-boat. Ela nunca mais teria nada daquilo. Ela tinha medo de esquecer, de esquecer cada rostinho deles, cada sorriso, cada dia feliz que viveram juntos, cada dente de leite que trouxeram correndo para ela, e por isso, só por isso, a poderosa Raquel chorava, desbancada de todo seu poder e sua segurança, e nivelada ao plano das simples mães que perdem seus filhos. Duas mortes. Era isso que teria que acontecer naquele momento. Duas mortes.

— A senhora não pode mais ficar com eles, tia. Eu juro, por tudo que é mais sagrado, que eu nunca vou sair do lado deles. Eu vou cuidar do Breno e do Pedro pelo resto de minha...

— Cale a sua boca, sua piranhazinha de quinta categoria! — vociferou Raquel, rugindo e empurrando Chiara para trás, que caiu sentada.

Chiara tremia. Nunca antes tinha estado em frente a uma criatura tão feroz e selvagem como aquela na pele de uma mulher. Nunca antes tinha sentido tanto medo, nem mesmo nas garras do xarope do fumante segundos atrás. Sabia que, se aquela mulher quisesse, poderia rasgá-la ao meio com as unhas.

Cássio manteve a pistola apontada para a vampira o tempo todo. Quase disparou quando a viu empurrar a garota. Chiara agora tinha se levantado e vinha caminhando de costas em direção à sua égua.

— Eu perdi tudo — gemeu a vampira, enxugando suas lágrimas de sangue. — Perdi meu marido, meus filhos e minha vida. Não é irônico que isso tenha acontecido justo no dia em que trancafiei aquele monstro que era a materialização do meu sofrimento?

— Todos nós perdemos alguém aquela noite, promotora.

Raquel ficou com a boca aberta um instante, seus dentes longos exibidos casualmente pelos lábios separados. “Promotora”. Sentiu uma eletricidade percorrer sua pele ao se lembrar daquela palavra. Uma vida antiga.

— Se deixar seus filhos aqui estará ganhando, e não perdendo — contemporizou o sargento. — Vamos cuidar deles.

— Quero levá-los. São tudo o que me resta. Eu sempre lutei pela justiça. Seria injusto perdê-los agora. Mas olha o que fiz. Olha. Meu Pedro está morrendo — pranteou a vampira, baixando a cabeça até o peito do filho que sangrava. — Vejam. Meu Breno também sangra.

— Essa menina é bem briguenta, promotora. Vai cuidar de seus filhos. Eu também vou ajudar.

— Eu sou a mãe de verdade, não ela. Eu a vi brigar pelos meus filhos e tive inveja.

— Seu filho mais velho foi baleado na cabeça. Não sabemos como ele vai despertar. Ele terá sequelas, tia, ele precisará de cuidados especiais! — suplicou a menina. — Cuidados que a senhora não vai poder dar.

— Eu sou uma mãe especial. Eu sei cuidar de meus filhos.

— Com essa hemorragia poderá morrer a qualquer instante. Eu lhe rogo que nos deixe cuidar dele — pediu Cássio.

A voz de homens e fachos de lanternas surgiram na escadaria do prédio 2. Logo eles estariam ali.

Chiara engoliu em seco, aproximando-se ainda mais da montaria do soldado.

— A senhora é uma mulher da justiça e há de concordar com o mais famoso julgamento já feito pela custódia de um filho. Se partir com eles, será como partir com metade deles. Estarão mortos.

— Não me venha com Salomão agora, policial. Eu sou a mãe deles, não ela.

— Mas a situação é a mesma. A mãe primeiro abriu mão de seu filho antes que o sábio rei descobrisse toda a verdade. Se você não abrir mão deles, serão cortados ao meio.

— Estou confusa, sargento. — O tom introspectivo da vampira revelava pela primeira vez uma criatura vacilante e vulnerável, o que surpreendeu Cássio. — Não quero perder meus filhos. Tenho medo de perdê-los. De esquecê-los.

Chiara, trêmula, levou a mão ao bolso de trás de seu short. Andou lentamente até a vampira e estendeu-lhe a fotografia amassada, deixada no acostamento pelo bandido que dera um tiro em seu namorado.

Raquel apanhou a fotografia, olhando para o ferimento no pulso da menina, donde um filete de sangue corria para o seu cotovelo. A vampira suprimiu sua natureza e fixou os olhos no pedaço de papel onde via Pedro e Breno, sentados na beira da piscina de sua casa. Ela apertou a fotografia, amassando-a ainda mais, olhando com seus olhos brilhantes para a adolescente. Relutou por um instante e acabou colocando a foto no bolso de sua jaqueta.

— Veja como esses dois sangram — disse Raquel.

Cássio e Chiara olharam para os meninos e depois para a vampira.

— Não resistiriam um dia ao meu lado. Agora eu tenho que conquistar esse novo mundo. Não posso andar ao lado de dois fracos. É isso que eles são, dois fracos que sangram por qualquer ferida.

— O Pedro vai sarar um dia, tia.

— Não. Não vai. Vai sempre ser um fraco. Da raça dos fracos. Se quer tanto essas crianças frouxas, faça bom proveito, menina, fique com elas.

Cássio e Chiara trocaram um olhar sem muito entender. Quando tornaram a olhar para a frente, viram a vampira correndo para o alambrado e desaparecendo na escuridão. Ouviram o ranger do alambrado e, depois, nada mais.

— Você acha que ela vai voltar, sargento?

Cássio olhou para a escuridão à sua frente. O retrato perfeito do que achava do futuro. Algo inatingível e denso. Cássio desmontou de Kara, olhou para os corpos dos meninos e depois para a garota, apontando para ela o facho de sua lanterna.

— Não sei, Chiara. Talvez ela nunca mais volte para São Vítor. Talvez ela nunca esqueça de seus filhos.

— E o que a gente faz então, sargento?

— Vamos cumprir o que prometemos a ela. Vamos cuidar de seus filhos. Espero que outras famílias esfaceladas por esse mal também consigam chegar a um meio-termo, mas não acredito que humanos e vampiros viverão em paz algum dia, Chiara.

— Vixe, o senhor pirou grandão agora, sargento. Foi lonjão, hein? O que quer dizer com isso?

Cássio riu do comentário de Chiara e passou a mão na cabeça da garota, lembrando do jeito que seus sobrinhos falavam.

— Quero dizer, Chiara, que uma guerra longa e sombria está começando e que eu, sinceramente, não sei quem vai ganhar.

Cássio colocou o pesado Pedro sobre sua égua, enquanto Chiara trouxe Breno pela mão. Doutor Otávio foi chamado para cuidar do ferimento de todos os combatentes e daqueles três jovens guerreiros.

Cássio subiu até o alto do prédio, onde encontrou o corpo dos dois vigias. Eram as primeiras baixas de São Vítor. O sargento respirou fundo e ficou mirando o horizonte, que começava a ganhar os primeiros sinais da aurora. Conversaria com o comitê, uma prioridade seria aumentar aqueles muros e derrubar todas as árvores no entorno numa cota de um quilômetro de distância. Nunca mais aquele hospital seria pego desprevenido. Montaria torres de vigia depois do muro que seriam guardadas por voluntários todas as noites, querendo ou não todos teriam que ajudar a manter São Vítor a salvo. O mundo tinha acabado, e muita gente não tinha se dado conta disso. Caberia a eles, cidadãos de São Vítor, reconquistar tudo o que os homens tinham perdido. A partir daquele dia Cássio se dedicaria de corpo e alma a cumprir a revelação que tinha tido ao encontrar os armazéns subterrâneos. Cássio partiria de cidade em cidade buscando os adormecidos, e tornaria São Vítor o maior polo de esperança do País. Lutaria pelos adormecidos e os resgataria das garras dos vampiros, a qualquer preço.

Chiara, no pronto-socorro, segurava uma lanterna para o doutor Otávio examinar Pedro. Breno já tinha sido atendido e estava bem no geral, com um pouco de dor na garganta por conta da pressão da criatura em seu pescoço e machucado com a perfuração dos dentes da Suicide Girl, mas já tinha sido medicado com analgésicos e recebido curativos. Ela também já tinha cuidado do seu corte no ombro e de outras pequenas escoriações. Acabou aguentando uma picada para uma anestesia local no pulso, onde precisou tomar dois pontos numa das mordidas que tinha recebido pela boca do vampiro cabeludo. Fora a dor, estava tudo bem. O que a preocupava, de verdade, era Pedro. O namorado sangrara quando foi carregado sobre o ombro da mãe para o lado de fora do hospital. Chiara chegou a sentir um frio na barriga por conta da cara séria que o médico fez desde que começou a cuidar de Pedro. O dr. Otávio lamentava não ter como fazer exames de imagem e tinha ficado um tempo danado escutando o coração de Pedro, olhando sua pupilas, apalpando seu abdômen e voltando a olhar para os olhos do garoto. Percebia que o médico estava desconfortável com a situação.

— Aparentemente ele está bem, Chiara. Sem radiografias e ressonância eu me sinto de mãos atadas. Ele não está apresentando inchaço no ferimento da cabeça, o que é um ótimo sinal. As pupilas respondem, o sangramento parou. Parece que está só dormindo, como todos os outros. Vamos esperar o melhor.

— Eu posso ficar aqui, do lado dele? Não quero sair de perto dele.

O médico pousou a mão na cabeça da adolescente e assentiu com a cabeça.

— Fique aqui. É um favor que me faz. Estamos sem o pessoal adequado, seria muito bom alguém vigiá-lo até amanhecer, só por segurança.

— Eu fico. Quantas noites precisar.

Otávio despediu-se da menina, indo para o paciente do lado, um dos soldados feridos no combate.

Ikeda e Castro já tinham sido atendidos pelo doutor Elias e conversavam, fazendo piadas um com o outro e alegrando a sala iluminada pelo vaivém de lanternas.

Chiara, em posse de uma das lanternas, apontou-a para o rosto do namorado. Ela não conseguiu conter uma lágrima, que desceu pela face. Um sentimento misto, agridoce, corroía seu peito. Estava feliz por ele estar ali, estava triste por ele ainda sofrer com o ferimento na cabeça. Abaixou a cabeça e apertou os olhos, fazendo mais duas lágrimas correrem por sua pele.

— Ei — murmurou uma voz fraca.

Chiara, com o coração disparado pelo timbre daquela voz conhecida, levantou o rosto para o leito. Pedro estava com os olhos abertos!

— Enxuga essas lágrimas aí, garota. Não gosto de menina molenga — sussurrou o rapaz, com a voz baixa e rouca.

— Pedro! — gritou Chiara, saltando para perto do namorado.

Chiara não se conteve e o abraçou. Pedro, ainda enfraquecido, ergueu os braços e retribuiu o aperto terno da namorada.

Capítulo 66

Jessé e Ludmyla tinham se esgueirado pelos cantos mais escuros do terreno do grande hospital, aguardando o momento certo para se mexer. Temiam, sobretudo, o louco com o sabre que corria atrás dos outros vampiros, como que possuído por uma força extracorpórea. Jessé sugeriu que Ludmyla usasse o fuzil que tinha apanhado do soldado, mas ela se negou a dar outro disparo atrapalhado; precisava aprender a usar aquilo primeiro para considerá-lo uma arma, e não um estorvo. Trataram de saltar o alambrado e contornar todo o complexo para retomar a marcha por onde tinham vindo. Precisavam voltar ao trem antes que amanhecesse e clamar ao garoto maquinista que voltasse com a composição até o túnel escavado no morro em Botucatu, a fim de atravessarem suas horas de transe. Lá descobririam quantos tinham retornado e sobrevivido ao ataque ao Hospital Geral de São Vítor. A líder ruiva certamente tinha conseguido o que queria, posto que a haviam visto do alto do prédio saindo com seus dois filhos nos braços. Ela estaria feliz e motivada a continuar líder do bando, fortalecendo aquele grupo que ingressava numa nova guerra, numa guerra nunca antes imaginada, em que vampiros deveriam subjugar humanos.

Algumas centenas de metros para a frente, inadvertida da aproximação da dupla, estava Raquel, soluçando e arqueada, olhando para a foto dos filhos que a menina tinha lhe entregado. A vampira pranteava como se a morte tivesse lambido sua casa e levado de novo seus amores, como fizera pelo mando e pelas mãos de Djalma Urso Branco. Agora Djalma era um fantasma de outra vida, bem como a perda de seu marido. Teria que empurrar as lembranças de seus filhos também para aquele compartimento. Jamais conseguiria restabelecer a saúde de Pedro, sendo ela uma vampira. Sem opção melhor, deixou as crianças ao cuidado de outra. Teria que esquecê-los e se concentrar em atravessar a nova existência da melhor forma possível. E a única forma que ela conhecia que fazia sobrepujar uma perda tão dolorosa era ter um propósito. O propósito de Raquel agora era retornar àquele maldito trem e voltar para a capital onde milhares e milhares de vampiros vagavam à deriva. Ela iria arregimentá-los e criar um novo bando, muito maior, muito mais perigoso e organizado. Iria tomar cada adormecido que ainda existia dentro da cidade, dominando casas e prédios, ruas e bairros, até que todos fossem seus.